T0178972

México mutilado

La raza maldita

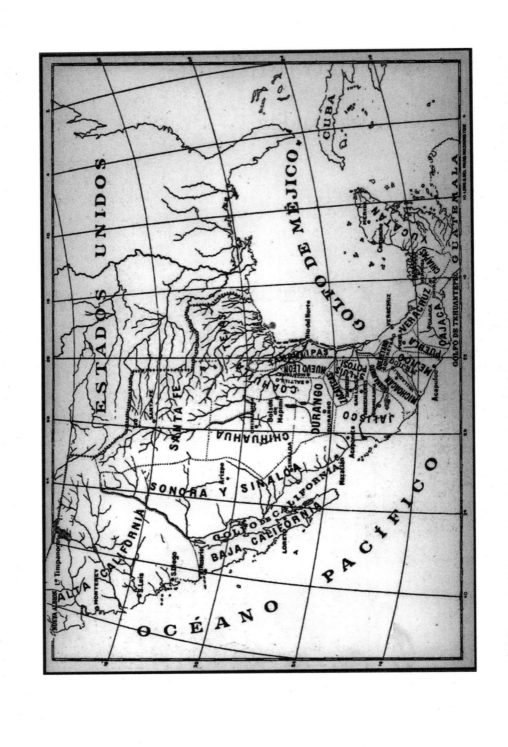

Francisco Martín Moreno

México mutilado
La raza maldita

México mutilado

Primera edición: noviembre, 2004
Segunda edición: marzo, 2020

D. R. © 2004, Francisco Martín Moreno

D. R. © 2019, derechos de edición mundiales en lengua castellana:
Penguin Random House Grupo Editorial, S. A. de C. V.
Blvd. Miguel de Cervantes Saavedra núm. 301, 1er piso,
colonia Granada, delegación Miguel Hidalgo, C. P. 11520,
Ciudad de México

www.megustaleer.mx

ISBN: 978-607-319-020-6

Impreso en México – *Printed in Mexico*

El papel utilizado para la impresión de este libro ha sido fabricado a partir de madera procedente
de bosques y plantaciones gestionadas con los más altos estándares ambientales, garantizando
una explotación de los recursos sostenible con el medio ambiente y beneficiosa para las personas.

Penguin
Random House
Grupo Editorial

*A mi hija Claudia, Co, por tus poderes mágicos
adquiridos desde pequeña, con los que haces
inmensamente feliz a quien tiene la suerte
de encontrarte en su camino.*

Agradecimientos y desprecios

Debo dejar aquí una constancia explícita de mi más genuino agradecimiento a los investigadores mexicanos y extranjeros dedicados a estudiar profusamente el pasado de México sin otro compromiso que la ansiosa búsqueda de la verdad. Gracias por sus invaluables aportaciones, por sus afanosos empeños y, en algunos casos, por su desinteresada amistad.

No podría dejar de mencionar, en particular, a Ángela Moyano, quien en todo momento estuvo atenta al desarrollo de la presente novela y en muchas ocasiones me mostró diferentes derroteros insospechados por mí y que fueron definitivos para la feliz conclusión de mis trabajos. Suyos fueron diversos puntos de vista ciertamente aleccionadores. Mías son absolutamente todas y cada una de las conclusiones.

De la misma manera, no debo dejar pasar la oportunidad de externar mi más genuino desprecio a los mercenarios de la historia de México por haber enajenado, a cambio de unos billetes o de un puesto público, sus conocimientos, su imaginación, su tiempo y su talento a la causa despreciable de la historia oficial, que tanto ha confundido a generaciones y más generaciones de mexicanos. Gracias a ellos nos hemos tropezado, en buena parte, una y mil veces, con la misma piedra.

Vaya también mi más fundada condena a los políticos que financiaron con recursos públicos la redacción y publicación de obras de consumo y formación popular que impidieron la revelación de realidades históricas con las que se hubiera podido construir, sin duda, un mejor destino para México.

Tengo que escribir un breve prólogo…

Hace muchos años —así comienzan los cuentos—, cuando cursaba la escuela primaria, mis maestros, esos auténticos héroes nacionales ignorados, me revelaron la existencia de un rico e inmenso territorio mexicano conocido como Tejas, así, con jota, nada de Texas, el que después *nos robaron los gringos* recurriendo a la *diplomacia de la anexión* para tratar de legalizar, ante los ojos del mundo, un robo artero e imperdonable, que mutiló a nuestro país para siempre. Ahí, en las aulas, se incubó mi rencor y creció un resentimiento que subsiste hasta hoy.

Solo que la amañada absorción de Tejas a la Unión Americana desde luego no satisfizo los apetitos expansionistas de nuestros vecinos del norte, quienes también codiciaban ávidamente Nuevo México y California. ¿Qué haría Estados Unidos para apropiarse de dichos departamentos cuando sus ofertas de compra no eran siquiera escuchadas por el gobierno mexicano ni existía la posibilidad de apertura de un espacio político para oírlas? Muy sencillo: invocar la ayuda de la Divina Providencia… Al sentirse los yanquis apoyados por el Señor, desenfundaron sus pistolas y después de disparar varios tiros en la cabeza del propietario de los bienes, inexplicablemente opuesto a ganar dinero, es decir, después de matar, según ellos, a quien se resistía a evolucionar y a enriquecerse, tomaron posesión de la propiedad ajena alegando defensa propia, en el caso concreto, derechos de conquista, logrados en el nombre sea de Dios…

En síntesis: cuando México se negó a vender sus tierras, los embajadores abandonaron el escenario para que este fuera ocupado por los militares, verdaderos profesionales especializados en el exterminio en masa del hombre, la única criatura de la naturaleza que utiliza la razón para matarse colectivamente… Estados Unidos le declaró la guerra a México en mayo de 1846. La catastrófica y no menos traumática derrota, tanto de nuestras fuerzas armadas como de la población civil, condujo a la firma de la paz en 1848, nada menos que en Guadalupe Hidalgo, lugar "sugerido" por el representante del presidente Polk, porque ahí había hecho supuestamente sus apariciones la Santa Patrona de los mexicanos y, de esta forma, Ella bendeciría los acuerdos... Por si fuera poco, y para nuestra vergüenza, el tratado fue firmado "EN EL NOMBRE DE DIOS TODOPODEROSO" para legalizar así, ante Dios —¡claro que ante Dios!—, ante la humanidad, la historia y el mundo, el gran hurto del siglo XIX. ¿Quién les concedió a los norteamericanos el derecho de hablar y actuar nada menos que en el nombre de Dios...?

De esta suerte fuimos despojados de praderas, llanuras, valles, ríos, litorales, riberas y cañadas, además de promisorias minas. Tan solo unos meses después de la cancelación de las hostilidades, apareció mágicamente el oro en California, una California que, con todo y las inmensas riquezas escondidas en su suelo, había dejado de ser mexicana para siempre.

¿Perdimos la guerra gracias a la inferioridad militar de México? ¡Falso! Fuimos derrotados por una cadena de traiciones sin nombre, tanto por parte de los militares como de los políticos y de la iglesia católica, apostólica y romana, institución, esta última, no solo la más retardataria de la nación mexicana, sino también aliada al invasor, al igual que el propio Santa Anna. ¿La iglesia aliada...? ¡Sí, aliada a nuestros enemigos!, porque los jerarcas militares norteamericanos les habían garantizado a los purpurados no atentar contra sus bienes ni contra el ejercicio del culto, siempre y cuando el clero convenciera a los feligreses mexicanos de las ventajas de la rendición incondicional ante las tropas norteamericanas. ¿Resultado? Puebla, entre otras ciudades, se rindió sin disparar un solo tiro. Una de las peores vergüenzas la sufrimos cuando un obispo poblano bendijo la odiosa bandera de las barras y de las estrellas...

En lo que hace a la capital de la República, si bien hubo batallas feroces en donde los soldados mexicanos mostraron coraje y dignidad, la resistencia civil, una vez caída la ciudad, fue tan escasa como vergonzosa. La consigna silenciosa rezaba más o menos así: "Quien mate o hiera a un norteamericano pasará la eternidad en el infierno..." ¡Cuánto hubiera cambiado el destino de México si la iglesia católica, por el contrario, hubiera sostenido: "Haz patria, mata a un yanqui..." La guerra habría adquirido otra connotación...

"¡Bendita la ley Lerdo! ¡Benditas las leyes de Reforma! ¡Bendito Juárez, el Benemérito de las Américas, el verdadero Padre de la Independencia de México! Él y solo él, junto con un selecto grupo de notables mexicanos, lograron desprender del cuello de la nación a esa enorme sanguijuela gelatinosa llamada iglesia católica, leal a Roma, al dinero, al poder político y al militar, pero nunca a México, al que le succionaba rabiosamente las energías y le negaba cualquier posibilidad de progreso y de estabilidad política. ¡Cuánta sangre se derramó al arrebatarle la inmensa mayoría de los bienes de producción a un clero voraz que había olvidado su misión divulgadora del evangelio!", se decía en discursos abiertos en la Plaza del Volador, años después de la conclusión de la guerra contra Estados Unidos y meses antes de que iniciara la intervención francesa...

¡Pobre México!, acosado a mordidas y puñaladas desde el exterior por corsarios modernos y, además, dividido en lo doméstico por las ambiciones y los egoísmos desbridados de sus líderes, desprovistos de un claro concepto de patria por el que exponer la vida, misma que, eso sí, perdieron quienes dormían en petate... ¡Pobre México!, sometido a un clero terrateniente autorizado a recaudar el diezmo, además de ser dueño de financieras, titular de bancos camuflados, hipotecarias, latifundios, empresas e inmuebles, privilegios y patrimonio que defendía con ejércitos propios, tribunales especiales, policía secreta, cárceles clandestinas y fuero constitucional para la alta jerarquía eclesiástica...

¿Por qué el presidente Polk se negó a la anexión de todo el país, *All Mexico*, según le aconsejaban sus más allegados, y únicamente retuvo Tejas, Nuevo México y California? Porque los norteamericanos solo deseaban apoderarse de los territorios despoblados en los que pudiera asentarse libremente la raza superior, la suya, la anglosajona, sin contaminaciones de ninguna clase: "Nosotros integramos una raza blanca, libre, de extracción caucásica, poderosa, imaginativa, industriosa, alfabetizada y productiva, jamás nos sometimos a la degradación racial propia de un mestizaje..." En nuestro país muy pocos se percataron de que si México no desapareció de la geografía política mundial, se debió a la existencia de millones de indígenas asentados al sur del Río Bravo, de los que el jefe de la Casa Blanca no quiso saber nada… ¿Acaso tendré que exterminar a 6 millones de aborígenes torpes y tontos, igual de inútiles que nuestros pieles rojas? ¡No!, sentenció Polk de viva voz en aquel enero de 1848, ¡no!: prefiero pasar a la historia como un anexionista que como un asesino. Allá los mexicanos, que han cubierto de plomo las alas de su águila nacional… Su mestizaje es imposible de regenerar… No solo nunca remontarán el vuelo, sino que se precipitarán irremediablemente al vacío…

¿Cómo explicar la recepción popular brindada a Winfield Scott, el victorioso general norteamericano, cuando llegó hasta la Plaza de la Constitución entre vítores y aplausos provenientes de los balcones repletos de aristócratas y de una buena parte del sector adinerado del país? ¡Horror! ¡Imposible olvidar tampoco cuando a él, precisamente al jefe del ejército invasor, se le invitó posteriormente a convertirse nada menos que en el presidente de México! ¿A eso se le llama solidaridad nacional? ¿Cómo fue posible que muchos estados de la Federación se hubieran abstenido de enviar recursos económicos, soldados y armas para defender a la patria invadida, con el argumento de que "el problema no era suyo…"?

La rabia se me desborda. Debo dejar aquí el prólogo para explicar los hechos tal y como se dieron en las sacristías, en los cuarteles, en Palacio Nacional, en las tiendas de campaña durante la guerra, en la Casa Blanca, en el Capitolio, en el Potomac, en San Jacinto y en el Río Bravo, entre otros tantos lugares. Muchos personajes, anécdotas y pasajes no fueron contemplados con la debida profundidad en estas páginas. Espero tener la oportunidad de lograrlo en el futuro. Por esta ocasión, solo deseaba revelar a grandes zancadas lo ocurrido y liberarme, a como diera lugar, del efecto causado por las palabras de mis maestros cuando me relataron el gran robo del siglo XIX. Fue mi contacto con la impotencia política.

Los mexicanos no queremos recordar cuando los yanquis nos hurtaron Tejas y nos despojaron, apuntándonos con un mosquete a la sien derecha, de California y Nuevo México, mientras estábamos derribados en el piso con la frente adherida al polvo. No, no hablamos ni escribimos de la guerra contra Estados Unidos, porque nos produce la misma sensación de vergüenza que el hecho de reconocer la existencia de un hermano asesino, o de tener una inmensa cicatriz en nuestro rostro, que nos negamos a contemplar en el espejo. Por ello mejor, mucho mejor, vivir envenenados, sin hablar del traumatismo histórico, en lugar de gritar de día nuestros dolores y complejos para volver a dar con la libertad.

Perdón por las omisiones. Son involuntarias. Perdón. Como sé que es imposible entender el país de nuestros días sin conocer el México del siglo XIX, me apresuraré a contar. Nací para contar; sin embargo, no ignoro que dejo el tintero casi lleno. Sí, pero, por otro lado, he gritado hasta desgañitarme. Ya sin voz, escribo...

Francisco Martín Moreno
Prado Sur, México
Septiembre del 2004

Primer capítulo

La revolución de las tres horas

Mientras tengamos Congreso,
no esperemos progreso…
ANTONIO LÓPEZ DE SANTA ANNA

Yo, sí, yo, yo lo vi todo, estuve presente en cada uno de los acontecimientos. Viví las más diversas experiencias al lado de los auténticos protagonistas de la historia. Los observé llorando desconsoladamente el vacío de la derrota mientras que, sin enjugarse las lágrimas y de rodillas ante la mujer amada, humedecían las abundantes telas de los vestidos de seda y brocados en oro, empapando hasta las crinolinas con sus babas. Sus esposas o amantes en turno permanecían inconmovibles, petrificadas. Nunca las vi tratando de acariciar los cabellos del poderoso líder caído en desgracia ni las sorprendí bajando piadosamente la vista para constatar el tamaño de su desconsuelo. Ni los incontenibles sollozos ni los puños crispados ni los lamentos ni las maldiciones ni las invocaciones a la traición, a la cobardía o a la torpeza, las convencieron de retirar la mirada del artesonado ni las animaron a conceder, al menos, una palabra de aliento ante el fracaso del emperador, del presidente o del general vencidos. Ellas esperaban impacientemente la feliz conclusión de ese patético estallido de llanto con las mandíbulas apretadas y la mirada extraviada, tal vez clavada en uno de los óleos monumentales en que habían quedado eternizados los hechos victoriosos, las rendiciones incondicionales de países y ciudades mediante la entrega simbólica de las llaves de oro: solo por aquellos instantes de gloria inolvidable, otrora vaciados en las telas, había valido la pena existir.

Yo asistí a batallas, parapetado a un lado de la artillería; tomé parte en el ataque de la caballería o cubrí, junto con los lanceros, la huida por la retaguardia. Estuve sentado, rodeado de militares enfundados en trajes de gala, charreteras y guerreras de oro, botas elevadas de charol y bandas tricolores cruzadas de un lado al otro del pecho insuflado y condecorado mientras explicaban, en críptico secreto, los detalles del combate final. Escuché, de pie, la revelación de los planes diseñados por oficiales de campaña reunidos sobriamente alrededor de una mesa cubierta por mapas extendidos y desgastados, sobre los cuales, el alto mando conjunto trazaba las estrategias a ejecutarse en el campo del honor. En otras ocasiones, en elegantes salones decorados con múltiples banderas, asistí a negociaciones entre distinguidos hombres de monóculo, chistera y levita, quienes, una vez silenciado el fragor de los cañones y sin reparar en los miles de muertos, heridos y mutilados, se repartían el mundo apoyados en el derecho del conquistador de hacerse de enormes y ricas planicies sin ostentar ya mayores armas que unas sonrisas, si acaso, un par de amenazas disfrazadas y unas copas alargadas de burbujeante champán.

Recargado contra la pared o acariciando los picaportes dorados de las puertas de las alcobas palaciegas desde donde se gobierna un país, oí, de viva voz de los actores, las razones de su proceder cuando revelaban a sus mujeres sus iniciativas y sus intrigas, mientras las cubrían con besos o se envolvían junto con ellas en sábanas de satén al tiempo que estallaban en estruendosas carcajadas. ¡Qué placer es posible encontrar en la descripción de las hazañas para alcanzar el éxito, sobre todo si el interlocutor es el ser amado o, al menos, la dama ante la cual se intenta producir un hechizo efímero! ¡Cuánta satisfacción experimenta el líder cuando exhibe su ingenio, su astucia y su talento, como quien desenvaina su espada de acero refulgente y la blande en el vacío en busca de una sonora ovación para no dejar duda alguna de su agradecimiento a la herramienta acreedora de su triunfo!

Con la debida oportunidad conocí los pormenores de las campañas periodísticas encubiertas para manipular a la opinión pública, tergiversar la verdad, engañar, despertar el apetito por la riqueza, justificar, en fin, las acciones antes de ejecutarlas, legitimándolas anticipadamente. Descubrí la contratación de diversos agentes camuflados, cuya misión consistía en filtrar las ventajas de una invasión armada entre la población y las autoridades locales del país a intervenir. Supe de soldados disfrazados de colonos, de pastores al servicio de Dios y de la política expansionista, de columnistas convertidos en espías provocadores, dedicados a la sublevación de los ejércitos. Me encontré de golpe con voraces terratenientes disfrazados de diplomáticos y con tenderos, agiotistas, contratados espuriamente para representar, nada menos, que los asuntos mexicanos. Pude asistir a verdaderos aquelarres instalados en el interior de catedrales e iglesias, en donde se diseñaban los planes para asestar golpes de Estado o financiar levantamientos armados en contra de los gobiernos liberales decididos a expropiar los bienes eclesiásticos.

Yo estuve ahí, a un lado de los inquisidores, sentado entre las bancas de la iglesia de la Profesa, cuando el alto clero, dueño de vidas y haciendas en México, nombró a Agustín de Iturbide para que se encargara de independizar a México de la corona española. De esta manera, la iglesia católica no se vería lastimada ni en sus bienes ni en sus privilegios, según disponían las cortes de Cádiz. ¡Claro que la independencia la hacen los sacerdotes mexicanos para no correr la misma suerte que sus colegas de la península! Todavía más: presencié en las noches, años más tarde, encerrado en las sacristías, a luz de enormes cirios pascuales votivos, cómo los purpurados mexicanos, asociados con los generales norteamericanos, invasores de la patria, acordaban la rendición de nuestros pueblos y ciudades a cambio de que Estados Unidos se comprometiera a dejar intacto el patrimonio del clero católico. Para algo servían los púlpitos y los confesionarios...

Tuve contacto con mujeres esclavas, cuyo odio en contra de todo lo vivo, más aún si se trataba de seres humanos de piel blanca, era capitalizado para el triunfo de la causa, cualquiera que esta fuera. Una de aquellas negras, precisamente, le obsequió a Santa Anna un perfumado ramito de flores silvestres que escondía a la más venenosa de las serpientes conocidas. No pude comprender la traición de destacados patriotas cuando, de pronto, aparecieron defendiendo los objetivos enemigos, una vez convencidos, tanto de la inutilidad de su lucha en nuestro país, como de la calidad ética de sus coetáneos. Confirmé de nueva cuenta la suerte del débil frente al fuerte; el poder incontestable de la pólvora frente a las flechas; la ineficacia de la palabra contra la voz lacónica de los cañones; la imposición de la ley de la bala por encima de lo dispuesto por los códigos.

Descubrí, perplejo, los planes secretos de los más encumbrados políticos, en especial los norteamericanos, para hacerse de grandes territorios propiedad de su país vecino. Me estremecí ante la dimensión de los embustes vertidos por supuestos cancerberos de la libertad, de la democracia y de la ley, cuando aquellos convocaron a sus congresos para convencerlos de la inminencia de un conflicto armado del que éramos enteramente inocentes... Como dijo James Polk, presidente de Estados Unidos, al declararle la guerra a México: "Después de reiteradas amenazas, México ha traspasado la frontera de los Estados Unidos, ha invadido nuestro territorio y ha derramado sangre norteamericana en tierra norteamericana". ¡Falso! ¡Nunca se les movió ni un solo músculo de la cara! ¡Asaltantes embusteros! Su justificación no pasó de ser una vulgar patraña.

Yo comprobé personalmente los pretextos a los que recurrió el más poderoso para hacerse con alevosía y ventaja de los espléndidos bienes del incapaz, cuidando de escapar, en cada paso, del ojo escrutador de la historia. Invariablemente me sorprendí cuando las acciones ilícitas se ejecutaron en el nombre sea de la Divina Providencia, quien, supuestamente condujo a los colonos de la mano en dirección de los lugares, terrenos y recintos que, según ellos, les correspondían por disposición de Dios... Desde luego que contaban con una poderosa artillería para demostrar la validez irrefutable de su aserto. ¿Cómo resistirnos —se justificaban— cuando una fuerza sobrenatural recurre a nuestros ejércitos para pelear y entregarnos, gracias a la fuerza de las armas, lo que estaba reservado para ser de nuestra propiedad y lo será hasta más allá de la eternidad? Amén... Nos sometemos a un mandato celestial irrefutable, en nombre del cual matamos, robamos y nos apoderamos de lo ajeno, cumpliendo con una instrucción Superior, retirando los bienes improductivos de manos demostradamente inútiles y torpes para beneficiar a mayorías ilustradas, dignas y progresistas. ¿Vamos a sentirnos, acaso, culpables por haber cumplido puntualmente con los deseos del Todopoderoso? ¡Cuántos crímenes se han cometido en el nombre sea de Dios y de la democracia...!

Estuve en la antesala del presidente de la República Mexicana, en el Palacio Nacional, acompañado de liberales y conservadores, puros y radicales. A mi lado, podía distinguir las figuras de militares regiamente ataviados, además de políticos de traje y corbatín oscuros, aristócratas de la corte española, peninsulares y criollos de ilustre prosapia y rancio abolengo. Cerca, a unos pasos, destacaba un grupo de jerarcas de la iglesia católica vestido con elegantes sotanas color púrpura, decoradas con gruesas cadenas y cruces de oro

20

amarillo, cubiertas con piedras preciosas, un marcado contraste con la humilde indumentaria, alzacuellos, pantalón y saco negro, de los curas recién egresados del seminario que los acompañaban, debidamente instruidos para permanecer cualquier tiempo de pie y sin pestañear, flanqueando con todo respeto y en escrupuloso silencio, a sus ilustres señorías.

Pude estudiar detenidamente el comportamiento de los encumbrados visitantes, analizar su conversación, evaluar sus miradas cruzadas, sopesar sus respuestas ante la inquietud del resto de los interlocutores, quienes, sin ocultar su creciente impaciencia después de varias horas de espera, consultaban el reloj, encendían la pipa o el puro, colocaban correctamente la leontina dentro de los bolsillos del chaleco o revisaban el brillo de su calzado, listos ya para ingresar al despacho más importante de la nación, sin imaginar, a diferencia mía, que la primera oficina del país, desde donde se resolvía su destino, se había convertido transitoriamente en alcoba, dentro de la cual el ciudadano general-presidente hacía el amor arrebatadamente a una de las doncellas, una mulata desbordada en carnes todavía firmes, joven, tímida y antojadiza, contratada para la higiene y debido aseo de tan importante recinto. ¡Que esperen! ¡Que se jodan, para eso soy el amo! Me podría mear en las caras de quienes están allá afuera y todavía sonreirán porque son incapaces de desafiar mis poderes. Serán obsecuentes hasta la indignidad con tal de que les permita compartir el botín...

Viví innumerables efemérides en diferentes países. Conocí el origen de los acontecimientos y descubrí la identidad de los autores de decisiones que alteraron el ritmo de la rotación de la Tierra. Me fueron reveladas inenarrables fantasías íntimas concebidas por los más conspicuos personajes de nuestra historia. Advertí con toda oportunidad las intenciones de los protagonistas, así como los recursos que utilizarían para maquillar los hechos. Descubrí los verdaderos móviles de los diversos actores. Estuve presente cuando trazaron, en soledad o acompañados por sus hombres más leales, las estrategias ofensivas o defensivas y, sin embargo, nunca me había atrevido a hablar, a contarlo todo tal y como fue, sin proteger a los unos y denostar a los otros, sin condenar una causa y absolver a la otra. Quiero difundir, explicar, describir cada uno de los instantes que viví. Hacer públicos los secretos, delatar a los culpables y ensalzar a los héroes desconocidos si es que los hubiera. Es la hora de divulgar, de gritar con la escasa fuerza que aún me queda, de exhibir, de decir, de hacer correr la voz con mi propia versión de los hechos sin contemplaciones, con la esperanza de que alguien, en el futuro, me desmienta o me corrija, aporte más luz y entonces y solo entonces nos vayamos acercando a la verdad, una verdad, que por el momento, solo yo poseo...

Contaré sin medir las consecuencias. Aquí voy. No pido perdón por anticipado. Nadie se lo merece, como tampoco nadie, o tal vez muy pocos, se han hecho acreedores a honores hasta hoy ignorados.

Tú, sí, tú, el que estás ahí, de pie, sobre esa columna de mármol blanco y que fuiste inmortalizado en bronce con la mirada escrutadora clavada en la inmensidad del territorio sureño, prepárate porque pasarás la eternidad en el interior de un bote de basura y tú, el que estás en el cesto, tirado boca abajo, cubierto de mierda, saldrás a la luz y aparecerás en una escultura ecuestre montando un brioso corcel que sostendrá sus patas delanteras en el vacío como un honorable recordatorio a tu muerte durante el combate. Escúchame bien: tus ideales han sido suplantados por intereses políticos mezquinos. ¿Y los principios...? Hoy, como ayer, se siguen subastando al mejor postor.

Iniciaré, pues, mi relato escogiendo, a mi antojo, tanto el lugar como la fecha en que se dieron los acontecimientos. No necesito de muletas ni de recursos documentados aportados por terceros ni de elementos probatorios: baste mi voz y mi memoria, además de mi amor por la verdad y mi deseo de hacer justicia de una buena vez por todas y para siempre.

¿Lugar? La Habana, en los primeros días del mes de enero de 1846. Todavía recuerdo cuando caminaba yo lentamente sobre la arena del mar y recorría la playa con la valenciana recogida para evitar que las olas, invariablemente juguetonas, me empaparan. Arreglaba por última vez mis razonamientos, sosteniendo mis zapatos con la mano izquierda, antes de llegar a la residencia de Antonio López de Santa Anna, en aquella isla caribeña, la más grande de todas las Antillas. Llamarlo "don" Antonio es dignificarlo; dirigirme a él por su nombre, Antonio, es lo menos que se merece antes de recurrir a ningún adjetivo para calificar su conducta y confundir al lector con una ausencia de objetividad. Que sea este último quien dicte el veredicto final.

¿Quién, con dos dedos de frente y un mínimo gramaje de dignidad y de capacidad previsora, le hubiera permitido a un Santa Anna ocupar nuevamente la presidencia de la República, sobre todo después de haber sido aprehendido por Sam Houston en San Jacinto en aquel remoto 1836, cuando dormía una "siesta" en lugar de defender la integridad territorial de México? Los Tratados de Velasco, aquellos que suscribió estando preso, en términos secretos, a espaldas del gobierno y del pueblo de México, para entregar Tejas a los yanquis con tal de no ver herida su hermosa piel lozana, ¿no constituyeron una felonía sin nombre ni límite, y, sin embargo, volvió a colocarse, no una, sino varias veces más, la banda en el pecho, tal y como lo haría al regresar del presente exilio cubano en agosto de 1846? ¿Cómo es posible aceptar que después de haber sido vergonzosamente derrotado en la guerra contra Estados Unidos de 1846-1848, habiendo perdido sospechosamente todas y cada una de las batallas, todavía se le hubiera suplicado volver en 1853 a la presidencia por décima primera ocasión y solo para que enajenara La Mesilla a nuestros odiados y admirados vecinos del norte?

¿Qué país es este, anestesiado, adormecido, que permite el saqueo de sus bienes, la venta de su territorio, el robo descarado de su patrimonio y todavía abraza a los defraudadores del tesoro público, los encumbra, los homenajea y los saluda con prístina convicción cívica? ¿Qué pretende el pueblo mexicano cuando obsequia con reverencias a los invasores, llámense norteamericanos del 46 o franceses del 64? ¿A qué se redujo la resistencia civil ante las intervenciones armadas extranjeras? ¿A qué, a qué, a qué…? ¿Cuál fue la respuesta de los capitalinos cuando los yanquis tomaron la capital de la República al final de la guerra en 1847? ¿Acaso Maximiliano no se hubiera eternizado en el Castillo de Chapultepec, apoyado por Napoleón III, si no es porque este se vio obligado a retirarle el respaldo militar ante la posibilidad real de una guerra contra Prusia, coyuntura que Juárez aprovechó enérgicamente para fusilar al emperador en el Cerro de las Campanas? ¿Qué gesta heroica popular, qué oposición ciudadana, feroz o no, organizada o no, se dio en contra de la invasión francesa, salvo cuando las armas nacionales se cubrieron efímeramente de gloria en la batalla de Puebla el 5 de mayo de 1862? Si el ejército fue vencido, la sociedad mexicana vengará la humillación y matará noche a noche a un soldado francés, no sin antes sacarle los ojos con los pulgares para colgarlo, acto seguido, de los pies del primer farol... ¿Sí...?

No es mi intención adelantar vísperas por más que el coraje me haga romper con el esquema de orden que debe prevalecer en toda narración. ¿Qué hacer cuando la rabia se desborda?

¿Qué hacía en Cuba Santa Anna, el famoso Quince Uñas, precisamente en aquel caluroso invierno cubano del 46? Yo lo diré: "Sufría" uno de los exilios que viviría con placidez y comodidad a lo largo de su dilatada carrera política.

"Santa Anna podrá sufrir ignominiosas derrotas, huir cobarde y vertiginosamente, esconderse, capitular, suscribir tratados vergonzosos a cambio de la conservación del hermoso pellejo, traicionar a propios y extraños, negociar en secreto con el enemigo, entregar grandes extensiones del territorio mexicano a cambio de su libertad personal, alterar la verdad de los acontecimientos, sí, sí, lo que sea, pero nunca perderá esa fuerza interior, esa seguridad personal, la necesaria para defender, según él, en todo trance, los intereses y la suprema e inmaculada gloria de la patria. Aquel es la quintaesencia del caudillo latinoamericano. Podría mudar de parecer y de causa en innumerables ocasiones sin perder la lealtad de sus compañeros. Invariablemente será querido y, más aún, necesitado y respetado."

Nunca debe perderse de vista que el dictador es un genial experto en la distracción de la atención del público, sobre todo cuando él mismo se encuentra en dificultades y aprietos políticos. En esos momentos la presión le despertará una imaginación portentosa, la necesaria para jugar con las mil llaves del reino y estudiar las incontables posibilidades mágicas para salir airoso ante un nuevo embate de la adversidad, esta última, una jugadora silenciosa y artera, invariablemente presente en cada lance.

Nuestro aguerrido y pintoresco personaje aprovechó otra coyuntura política en mayo de 1844 para ejercer una vez más la titularidad de la presidencia de México. Él se encontraba con licencia en su hacienda veracruzana, dedicado a revisar de reojo los asuntos políticos y también a escupirles tequila en la cara a sus gallos de pelea para medir su bravura y encenderlos antes del combate. Jamás supuso que esta nueva recuperación del poder presidencial tendría como consecuencia y desenlace, al año siguiente, en 1845, el exilio indefinido en la isla de Cuba, ahí, donde inicié mi narración.

En aquella ocasión, un mensajero mexicano proveniente de Washington se presentó en El Lencero, su finca favorita, con la noticia de la anexión de Tejas a Estados Unidos. Más concretamente: John Tyler, el presidente norteamericano, había firmado un tratado de anexión con 12 representantes tejanos. Por supuesto que faltaban, entre otros ingredientes jurídicos, la ratificación del Congreso de Estados Unidos, objetivo difícil de lograr, porque Tejas se incorporaría como un estado esclavista, y con los votos de los representantes tejanos en el Congreso yanqui, se descompondría el equilibrio de fuerzas en el Senado. Solo que la intención de hurto ahí estaba, una vez más, totalmente clara sobre la mesa, junto a la dorada oportunidad requerida por Su Excelencia. Había que sacarle todo el provecho. ¿Tejas? ¡Claro, Tejas! Vayamos en su defensa y en su rescate… Pelotón, ¡ya!

Inglaterra jugaba un papel sobresaliente en las maquinaciones de Tyler. El norte de Estados Unidos se oponía a la penetración inglesa en los estados sureños porque los británicos se apropiarían, a la larga, de sus respectivos mercados… El sur, por su parte, rechazaba también la injerencia inglesa, aun la comercial, porque el Reino Unido estaba en contra de la esclavitud. El espionaje para descubrir oportunamente los planes europeos en Tejas llega a extremos inverosímiles. Se trata de impedir la anexión y de pelear por la supervivencia de la República de Tejas.

El jefe de la Casa Blanca, previendo el final de su gobierno, acelera los trámites anexionistas sin ocultar a su gabinete su grave preocupación respecto a la presencia y a las ambiciones inglesas al sur de Estados Unidos. Solo los insaciables británicos pueden descarrilar nuestro proyecto de país. Un arreglo entre la Gran Bretaña y México sería absolutamente inconveniente para Washington. Adelantémonos, ganémosles la partida. Es imperativa la suscripción y la ratificación de tratados, además, ¿por qué he de permitir que

Polk, mi sucesor, se lleve la gloria de haber anexado Tejas a la Unión Americana? La proeza debe ser mía. El crédito histórico me deberá corresponder a mí, a nadie más... ¡Compren Tejas! ¡Ofrezcan dinero a cambio de esos territorios! ¡Corrompan a las autoridades si es necesario!, gritaba Tyler a voz en cuello: ya conocemos de sobra las inclinaciones de los mexicanos a arreglar sus negocios y sus diferencias por medio del discreto intercambio de bolsas de dinero por debajo de las mesas de negociaciones...

¿Cuál debería ser la respuesta de México? Muy sencilla: luchar por la reconquista de Tejas, nuestra Tejas, con "jota", en ningún caso Texas, a la norteamericana. Ponerlo de otra forma o usar otro nombre constituye toda una blasfemia. No, no venderemos Tejas a Estados Unidos ni a nadie ni permitiremos que nos la arrebaten. Es un problema de honor nacional. Tyler ha cambiado perversamente el nombre de sus intenciones: en lugar de anexar debe usar el verbo robar. Antes de que la Casa Blanca concluya con sus planes diplomáticos y políticos y perdamos Tejas para siempre, debemos empeñar nuestro mejor esfuerzo en recuperar, por la vía militar, ese departamento norteño mexicano, mexicanísimo desde que la historia es historia.

¿Qué saben los gringos de los principios? Ellos solo saben de níqueles, *dimes* y dólares. Para ellos todo está en el mercado. *Everything is a question of money*, ¿no...? No es lo mismo que te den piadosamente un pan, a modo de caridad católica, a que te lo arrojen despectivamente a la cara... Los resultados son radicalmente distintos. ¡Ten! ¡Trágatelo y cállate! Nunca se debe olvidar que los muertos de hambre también tenemos dignidad. Allá los franceses cuando vendieron la Luisiana y los españoles cuando se deshicieron de la Florida... Para nosotros vender un metro de tierra mexicana equivale a vender a uno de nuestros hijos a cambio de un puñado de monedas de oro... ¿Verdad que esto es inentendible para un cara pálida? ¿Cómo explicarles a estos bandidos, tan elegantes, el concepto del honor mexicano? Les es inaccesible, ¿verdad? Claro: nunca lo entenderá quien contempla su existencia únicamente a través del prisma del dinero.

¿Quién se sentía con los arrestos para recuperar Tejas, una auténtica tarea faraónica? Santa Anna, el Benemérito, el Quince Uñas, según se burlaba también el populacho de su líder infatigable.

¿O no se quedó con tan solo Quince Uñas cuando perdió una de sus ilustres extremidades a raíz de la Guerra de los Pasteles…? ¡Que nunca falte el sentido del humor! Que sea lo último que se pierda junto con la esperanza…

Si algo podía desquiciar a Santa Anna, Su Excelencia, era, sin duda, la existencia de los Congresos, la oposición, los contrapesos políticos propios de una estructura republicana. En la mente de un dictador resultaba imposible darle cabida a semejantes instituciones liberales y democráticas, que se atrevían a desafiar su indisputable autoridad. ¿Cómo refutar a quien se ostentaba como titular apodíctico de la verdad?

En aquella primavera de 1844, Santa Anna salió de nueva cuenta y a pleno galope de su hacienda en defensa de los intereses de la Patria. No faltaba más. Adiós a la licencia para alejarse temporalmente del cargo de presidente de la República. Venga de nuevo el poder. Devuélvanme mi banda tricolor. Aprovechó hábilmente la postura anexionista de Tejas a través de una vigorosa campaña política orientada a rescatar ese territorio heredado de nuestros abuelos. ¿Vamos a perder lo que es nuestro sin resistirnos…? ¿Vamos a permitir que nos lo arrebaten…?

Juan Nepomuceno Almonte, el hijo del cura José María Morelos y Pavón, ministro de México ante el gobierno de Washington, le hace saber a Santa Anna que México contaría, en caso de guerra contra Estados Unidos, con 2 millones y medio de esclavos, indios, abolicionistas, además de los estados del noreste que se separarían de la Unión y se sumarían a la causa mexicana. El vaticinio es equivocado. Su Excelencia se envalentona. Ambos acuerdan que si el Senado norteamericano llegara a aprobar el tratado de anexión, Almonte debería protestar con toda severidad, exigir al gobierno de Tyler sus pasaportes, cerrar la embajada y volver a México.

El pretexto utilizado por Santa Anna para hacerse una vez más del poder y ejercer de nueva cuenta la presidencia de la República, volvió a operar a la perfección desde un punto de vista político. Regresa de El Lencero a la Ciudad de México el 3 de junio de 1844, cuando percibe el preciso momento de ser coronado por la

Patria con ramas doradas de laurel. Contaba con una experiencia delirante para detectar la oportunidad idónea del resurgimiento. ¿Pruebas de su habilidad para lucrar con cuanta coyuntura se le presentó años atrás? Aquí voy:

En 1829, España intentó por última vez recuperar México, la gran joya de la corona, por medio de las armas. El general Barradas, jefe de la expedición naval española, fue destruido prácticamente por un huracán y otras calamidades, todas ellas naturales, como las enfermedades tropicales, sin haber librado más allá de tres escaramuzas en Tampico. Santa Anna no gana una sola batalla, ni una, pero eso sí, gana la guerra y aprovecha la coyuntura geográfica y climática para ostentarse como el vencedor indiscutible.

"El Salvador de la Patria" construye su prestigio con embustes. Los mosquitos, los temporales, la calidad del agua, el hambre, el vómito, las diarreas, los fuegos cruzados por error entre las propias tropas mexicanas, causaron más bajas que todas las balas santanistas juntas.[1] ¿No fue galardonado con el título de Benemérito de Tampico, aun cuando cometió todo género de torpezas que nos hubieran costado a los mexicanos la pérdida de nuestra independencia y el sometimiento, una vez más, a la corona española capitaneada por un hombre por lo menos torpe, como sin duda lo fue Fernando VII? Jamás se podrá olvidar que casi fue hecho prisionero por el enemigo, tal y como acontecería años más tarde en las batallas libradas en Tejas contra los norteamericanos, solo que ahí lo aprehenderían ya en su carácter de general-presidente de la República. El manejo inteligente de un error equivale a mil triunfos...

¿Más? En 1838, 10 años después de la invasión de Barradas, cuando se produjo la Guerra de los Pasteles, el famoso bloqueo francés en Veracruz y nuestro hombre perdió la pierna izquierda durante el bombardeo, ¿no supo despertar la piedad y la ternura de la nación para que esta lo premiara, erigiéndolo una vez más como héroe, ahora Benemérito de Veracruz, por haber sido mutilado en combate? Todo un maestro autodidacta en las artes del oportunismo. Perdió la batalla, pero ganó la gloria y la conmiseración pública, misma que incrementó sustancialmente su capital político. Imposible olvidar el texto del decreto con el que se le autorizó su histórica condecoración:

El general en jefe llevará en el pecho una placa y cruz de piedras, oro y esmalte, con dos espadas cruzadas, una corona de laurel entrelazada en ellas, en el punto de intersección y por la orla el lema siguiente: Al general Antonio López de Santa Anna, por su heroico valor en el 5 de diciembre de 1838, la Patria Reconocida. La placa sobre el listón y la cruz pendiente de un ojal de la casaca, en listón azul celeste...[2]

Por supuesto que la Patria quedaba en deuda con su hijo mutilado en campaña. Tiempo habría de sobra para premiar y reconocer su sacrificio. Los mexicanos, al fin y al cabo, compensan con creces a los políticos caídos en desgracia, otorgándoles premios de consolación tan absurdos, como generosos y suicidas.

Regresa otra vez a la presidencia enarbolando la bandera tejana. ¿Le importaba Tejas al Benemérito? ¡Qué va! Su único objetivo consistía en volver al poder por aclamación popular. Que el pueblo se lo pidiera a gritos. Las recepciones festivas, los cañonazos de salva disparados por la artillería uniformada de gala, descargas al aire de batallones enteros, repique general de campanas y esquilas pueblerinas, los arcos floridos con su nombre escrito con rosas rojas, las bandas de música, las ovaciones, los sombreros de paja, a diferencia de los de fieltro, flotando en el aire, las porras y el desbordado entusiasmo de la chusma y de los léperos, lo conmovían hasta las lágrimas siempre que volvía de Veracruz a sacrificarse por la Patria, misma que le había pedido, nuevamente de rodillas, su reincorporación como guía de la nación...

Más tarde ya podrían derrocarlo o revocarle el mandato: su auténtico desafío consistía en regresar a la presidencia tantas veces él lo deseara, imponiéndose a sus enemigos, venciendo prejuicios, derrotando a la oposición, a la adversidad y a la más elemental cordura. La conducta del apostador. Él podría con todos y contra todos. Se colocaría la banda en el pecho cuando se le diera la gana aprovechando la corriente política en boga, creyera o no creyera en ella. ¿Principios ideológicos? ¡Ninguno! ¿Sed de gloria eterna en las alturas? ¡Toda! Por nada se privaría de la sensación de ingravidez al sentirse todo un héroe epónimo. Posteriormente se retiraría a El Lencero a corretear mulatas, a meterles la mano bajo las faldas o por el escote o a perseguirlas gozoso entre los callejones de las bananeras. ¿No es cierto que acosar mujeres, aquí, en el trópico recalcitrante, es la mejor oportunidad que la vida nos concede a ciertos varones, desde luego no a todos, solo a los elegidos, para reconciliarnos con los dolores propios de nuestra existencia...?

Santa Anna había sido electo, por segunda ocasión, presidente de la República y de acuerdo a las Bases Orgánicas, tenía que haber iniciado los cinco años de su mandato el 1 de febrero de 1844, pero, como siempre, se había retirado a su finca a disfrutar los aromas de la campiña veracruzana sin haber tomado posesión de su elevado puesto[3] y habiendo nombrado presidente sustituto a Valentín Canalizo. No era nada nuevo: en 1833, el año de su primera elección, tampoco se había presentado a rendir su juramento para defender y hacer defender las leyes en su carácter de jefe de la Nación en el marco de una ceremonia solemne. Nada. En el fondo, no jura ante nada ni ante nadie porque detesta la existencia del Congreso, aborrece las ideologías de los legisladores y se incendia ante su capacidad legal para oponerse a sus determinaciones. No, no asistió, entre otras razones, ante el pleno del Poder Legislativo, como una clara manifestación de desprecio a la oposición política y a la fuerza constitucional de los representantes populares. Un año después clausurará las Cámaras, las disolverá como prueba de su autoridad. ¿Un golpe de Estado? Por supuesto que es un golpe de Estado: ¡Patanes! ¡Mil veces patanes...!

Él dicta. Impone. Decide con voz de trueno para que los súbditos, sus súbditos, no los ciudadanos, humillen la cabeza ante su egregia figura y acepten incondicionalmente la irrevocabilidad de sus decisiones. El asco ante el nuevo Congreso lo enardece. No tolera ningún tipo de limitaciones. Quien se atreva a contradecirlo irá a una prisión bajo tierra o encarará un pelotón de fusilamiento... Las diferencias burocráticas lo desquician... ¿Y sus gallos? ¿Y El Lencero, la balumba, el chuchumbé, el siquisiri, las marimbas, los sones, el zapateado y las mulatas? ¡Ah!, sí, es mucho mejor el jolgorio que convivir con legisladores insolentes que se oponen a obsequiarle caravanas y se niegan a concederle el paso cuando coincide con ellos en algún pasillo.

Hasta el 4 de junio de ese mismo 1844, cuatro meses después, y supuestamente por la causa tejana, decide ejercer el puesto para el que había sido electo como presidente titular de la República, personalidad política y jurídica que, por otro lado, muchos legisladores, periodistas y diplomáticos se habían negado a reconocerle tomando en cuenta los objetivos militares por los que había vuelto de su hacienda. Si regresa a la vida pública, según alega airadamente Su Excelencia, sin duda es por Tejas, Tejas, Tejas, la espina que tenía clavada en el alma después del desastre de San Jacinto, ocho años antes… En realidad pretende volver para imponer su ley, el orden a su manera. Nadie respeta a Canalizo. El poder se le escurre como arena fina entre los dedos de la mano. La descomposición política bien pronto puede alcanzarlo a él mismo. Es la hora de intervenir, de distraer a la sociedad con la amenaza de la guerra contra Tejas, mientras Su Excelencia llama a cuentas a los legisladores y a los periodistas "extraviados" y los "convence" de la procedencia de sus planes con arreglo a diferentes tácticas, advertencias y chantajes que habrán de "conducirlos de nueva cuenta por el camino del bien y de la verdad…"

Él sabrá someter a los legisladores rebeldes y facinerosos distrayendo, por lo pronto, su atención, al iniciar una campaña militar parecida a la de El Álamo en 1836, para recuperar los territorios del norte a punto de ser perdidos irreparablemente. Ajustará cuentas sobre la marcha. Sin embargo, se equivocaba de punta a punta si pensaba que encontraría un Congreso obsecuente y una prensa plegadiza a sus sugerencias y caprichos…

El costo estimado para la campaña tejana de 1844 se eleva a 22 millones de pesos, casi el doble de todos los ingresos del Estado que suman tan solo doce.[4] En la prensa, en las calles, en las elegantes *soirées*, en las calles de la Ciudad de México, se dice: "Es mucho mejor vender Tejas, un territorio deshabitado que nada nos ha reportado y obtener millones de dólares como los que cobró Francia cuando vendió la Luisiana a Estados Unidos, que pelear una guerra sin armas, sin soldados, sin dinero y sobre todo, con el inmenso peligro de perder todo el país…" "Es más inteligente hacer un buen negocio que pelear una guerra inútil." "Esta es una maniobra más de este cabroncete para hacerse otra vez del poder aprovechándose de la apatía de nuestra gente." "Ahora viene a lucrar políticamente con Tejas. ¡Insensato!" "No tenemos ni *pa'* un pinche cuete *pa'* tronarlo el día de la independencia y ahí quiere salir este mamarracho rumbo a Tejas sin pólvora y sin ejército."

"Si libramos la guerra por el rescate de Tejas las pérdidas jamás compensarán las ganancias en el caso remoto de que llegáramos a ganarla." "En lugar de usar el dinero para la guerra, usémoslo para reconstruir y unir al país."

Surgen las amenazas santanistas: "El extranjero que se encuentre a una legua de la margen izquierda del Río Bravo, será ejecutado por traidor". Empiezan las medidas draconianas. De las advertencias pasan a los hechos: en el mes de junio es arrestada, cerca de Matamoros, una banda de filibusteros camino a Yucatán. Habían violado claramente la frontera. De acuerdo a las instrucciones y, como medida ejemplar, la tropa mexicana a cargo de Pedro Ampudia, cubano, de 42 años de edad, pasa a los intrusos por las armas después de un juicio sumario, sumarísimo. El jefe de la expedición, Francisco Sentmanat, de origen francés, recibe un tratamiento especial: es decapitado con el objetivo de exhibir la cabeza frita en aceite en la Plaza Pública de San Juan Bautista, como escarmiento a los futuros piratas en el caso, nada remoto, de nuevas incursiones.[5]

—No güeritos, nosotros no somos de tribunalitos ni de juececitos vestidos de negro y grandes cuellos blancos, ¿eh...? —adujo el teniente Enrique Araujo, encargado de la ejecución.

—¿*Cruzastes* la línea marcada por mi general Ampudia?

—*Je suis perdú, monsieur...*

—¿Pero la *cruzastes*, no, mesiercito...?

—*Je ne sais pas.*

—Pues te chingas...

—*Que ce que c'est ça* te chingas...?

—Ahorita *mesmo* lo sabrás:

—¡Decapítenlo! —fueron las órdenes de mi general Ampudia—. Así aprenderá a no meterse con mexicanos ni tendrá *necisedad* de aprender español... Ya para qué... A ver si cuando le corten la cabeza sigue con la misma boquita de culo de gallina que pone al hablar...

Uno de los ingredientes fundamentales para iniciar una guerra y también, uno de los imprescindibles para ganarla, es sin duda, la capacidad económica, la fortaleza financiera del gobierno para encarar militarmente a un enemigo, más aún, si el adversario es nada menos que Estados Unidos. La tesorería nacional en 1844 estaba no solo quebrada, tal y como acontecía desde los primeros meses de la independencia de España, sino que estaba en manos de los agiotistas, puesto que hasta los ingresos aduanales se encontraban hipotecados a acreedores, fundamentalmente ingleses. ¿Qué institución contaba con abundantes recursos? La iglesia. Solo que esta no concedería créditos, a menos que fueran forzosos, y en cuyo caso, quienes atentaran contra el sacro patrimonio eclesiástico no tardarían en advertir las severas consecuencias de su conducta, no en el infierno ni en el purgatorio, sino aquí mismo en la tierra. ¿Alternativas? Su Excelencia trató de incrementar los impuestos echando mano de fuentes tributarias inimaginables con el único objetivo de poder financiar un conflicto armado contra una potencia que, en 1812, había vuelto a derrotar nada menos que a Inglaterra y que, en 1836, por una razón o la otra, había también aplastado a una parte del ejército mexicano encabezado por Santa Anna en San Jacinto. Las señales eran claras y evidentes...

El César Mexicano, nuevamente en funciones, resuelve que los 4 millones de pesos solicitados al Congreso son insuficientes. Se requieren 10, sí, por lo menos 10 millones de pesos para que Tejas, nuestra Tejas, siga siendo mexicana. El Congreso se niega a aceptar semejantes exacciones. Si se pretende instalar a un país en un monólogo irritante e invitarlo, a continuación, a la violencia, solo se deben incrementar absurdamente las tasas de tributación y destinar los recursos recaudados, con tanto esfuerzo, a los bolsillos de los militares responsables de ejercer el presupuesto bélico. ¿Qué tal inflar fraudulentamente las nóminas castrenses o gastar en pertrechos inexistentes los impuestos cobrados con tanto sacrificio a la ciudadanía?

Los congresistas despliegan un considerable coraje en su determinación por defender la autonomía y soberanía del Poder Legislativo, permanentemente hostigado por los militares que controlan el Ejecutivo. Iturbide arrestó a los diputados recurriendo a la fuerza del ejército. Así acabó sus días... Ni Guadalupe Victoria ni Vicente Guerrero cometieron un error similar. Bustamante no pasó de las amenazas apoyado en Lucas Alamán. Santa Anna sentencia con el siguiente enunciado: "Mientras tengamos Congreso, no esperemos progreso..."[6] Por lo visto no tiene empacho en clausurar el recinto legislativo a pesar de haber prometido no volver a atentar jamás contra él...

A pesar de la quiebra económica y financiera y de la posibilidad real de enfrentar una guerra, el 13 de junio de 1844, el día de San Antonio, Su Excelencia organiza una opulenta cena de más de 800 personas extraídas de la élite política y social de México. Se dispusieron manifestaciones masivas callejeras para demostrarle el sincero afecto de su pueblo. "Las masas, reunidas en el zócalo, vestían sombreros decorados con un moño blanco y azul y la siguiente inscripción: 'Que viva la religión y el noble de Santa Anna'.[7] Los pecadores tenían que llevarlos puestos, si el sacerdote, a modo de penitencia, los condenaba, además, a rezar tres o más padres nuestros. La reunión llegó a su máxima expresión cuando Santa Anna apareció en el balcón de Palacio Nacional, mientras las iglesias echaban a pique todas las campanas y se organizaban, en su honor, misas de gracias en la catedral, así como en iglesias y parroquias del país. Nunca podría olvidar que en una de estas celebraciones se había hecho nombrar Protector de la Nación."

El malestar, en general, cunde como una chispa en un conjunto de ocotes, sobre todo cuando los dineros arrancados a un pueblo harto, cansado y explotado que dice pagar impuestos a razón de 20 pesos *per cápita,* comparados con 11 de Inglaterra, siete de Holanda y cuatro de España, ni siquiera se erogan en lo prometido. Traición. La palabra que todo mexicano tiene en la punta de la lengua. La prensa nacional estimula la hoguera a través de los periódicos *Siglo XIX, La Abeja* y *El Jalisciense,* cuando pregunta en sus páginas: "¿Qué están haciendo con esos ingresos?" "¿A dónde van a dar nuestros impuestos, entre otros, los que pagamos por cada puerta, cada ventana y cada perro que vigile el hogar...? Los gobernantes integran una cáfila de maleantes, rateros..."

Los contribuyentes saben que su esfuerzo se desperdicia. Los militares disponen descaradamente para fines personales de la pobre recaudación lograda con dolorosos sacrificios. Sin eufemismos: se roban los tributos cobrados sin detenerse a pensar en la grave contingencia nacional. ¿Y la urgencia? ¿Y las temerarias carencias financieras? ¡He dicho que a callar! Pero si el dinero era para rescatar Tejas... ¿No...? ¡A callar, carajo...! Lucran sin el menor escrúpulo con la esperanza y la buena voluntad ciudadanas. ¿No estaba la patria en peligro? ¿Quién va a creer en la autoridad en el futuro? ¿Tejas? Bien visto, ¿a quién le importa Tejas…? Solo es una bandera política santanista para la movilización de las masas y una eficaz herramienta para consolidarse en el poder. Si los gobernantes estafan a la sociedad en momentos de clara contingencia nacional, este atentado en contra de la confianza ciudadana, con el tiempo se convertirá en escepticismo, apatía o violencia. ¿Cuál reacción es más riesgosa…?

El rechazo a su estrategia tributaria no puede ser más evidente. No logra convencer, porque se trata de lograrlo democráticamente, sin imponer sus puntos de vista con un puñetazo ni recurrir a gritos ni a amenazas intimidatorias. Santa Anna percibe su derrocamiento con inequívoca sensibilidad. El Lencero, ¿qué tal regresar a El Lencero…? Advierte con su sofisticado olfato canino el arribo de problemas de alto grado de complejidad, el horror de la negociación en lugar de las infinitas ventajas de la imposición. ¿Quién habría inventado los Congresos y los consensos cuando todo se puede resolver con un fuetazo o un trancazo asestado oportunamente sobre el escritorio…? En el caso de los necios siempre cabría un primer intento para reubicarlos en el buen camino a través del soborno o de la invitación a ocupar un elevado cargo público facilitándoles, así, el acceso al poder y al dinero. Si se trataba de un intransigente se le podía acusar de traición a cualquier institución, imponerle sin juicio previo una larga estancia en Ulúa, en un agujero pestilente sin vista al mar o, en el mejor de los casos, invitarlo cordialmente a ponerse de espaldas al paredón y esperar unos instantes hasta que el eco de la descarga retumbara en la inmensidad del mar.

Al Quince Uñas solo le falta encontrar un buen pretexto para retirarse con la debida dignidad, nuevamente de la presidencia, abandonarla y salir otra vez a caballo rumbo al perfumado campo veracruzano. Tan solo había estado tres meses en Palacio Nacional y ya se asfixiaba con los problemas burocráticos carentes de todo *glamour*… Tejas, la razón de su regreso y la justificación para desplazar a Canalizo, la marioneta, un maximato en pleno siglo XIX, puede esperar. ¿Tejas? ¡Ah!, sí, después… ¿Cómo justificar esta vez su salida o, acaso, su fuga del poder? La suerte, otro protagonista mudo e invisible, volvió a tomar parte en la jugada aportando una solución inesperada, oportuna, trágica e irreversible.

De la misma manera en que, apenas unos meses atrás, aquel mensajero mágico había puesto en sus manos, en el momento idóneo, la noticia de la anexión de Tejas a Estados Unidos, de igual forma otro heraldo, un viejo empleado de la familia, con el rostro contrito y desencajado, mudo, con la mirada vidriosa, pulso tembloroso, vestido de luto riguroso con un traje de terciopelo negro, botas altas y sombrero con plumas del mismo color, puso en manos de Su Excelencia, sin pronunciar palabra alguna, un pequeño sobre blanco decorado con un fino marco negro. Solo el nombre del presidente, escrito con caracteres muy reducidos, en espléndida caligrafía, aparecía en el margen inferior izquierdo.

Santa Anna observó el envoltorio. Giró la cabeza para obtener alguna información del rostro del enviado, hombre de toda su confianza ganada con consistente lealtad. Este bajó sin más la mirada. Esquivó la de su patrón. Con dificultad podía respirar y mantenerse de pie. ¿Quién, quién ya no está?, hubiera querido sacudir por las breves solapas al hombre que tal vez había venido a arrebatarle la paz para siempre.

—¿Quién se ha ido…? —agregó con la voz ya entrecortada, paralizado por el miedo.

Silencio. Temblores de labios. La muerte había sido tan alevosa y cruel con él… Miraba fijamente el sobre. No le retiraba la vista. ¿Qué nueva realidad escondería esa breve nota? Solo dos o tres renglones podrían modificar su suerte. Imposible tocarlo. Permanecía desafiante sobre el escritorio. ¿Mientras no lo leyera no se alteraría su destino? ¿De dónde sacar agallas para abrirlo? El connotado héroe militar se encontraba ahí sentado, acobardado, incapaz de hundir el abre-cartas en una esquina del maldito envoltorio. Al hacerlo cambiaría su vida para siempre. ¿Para siempre? ¿Qué es esa terminología en boca de Antonio López de Santa Anna? ¿Su Excelencia no era el amo de pueblos, ciudades, personas y sociedades y hasta de la nación en su conjunto? ¿Cómo dejarse intimidar así cuando él dictaba el destino de millones de hombres y mujeres?

Despachó al mensajero con un breve giro de muñeca. Corrió el pestillo. Cerró con doble llave la puerta tallada en encino que custodiaba el despacho presidencial. Instintivamente revisó sus botas perfectamente lustradas. Se dirigió a la ventana. Pocas veces había visto tan limpia la Plaza. Observó con detenimiento la estatua ecuestre de Carlos IV ejecutada magistralmente por Tolsá. ¿A quién le iba a interesar en esos momentos que dicho soberano español le hubiera cedido a Napoleón el trono de España y, por lo mismo, hubiera impulsado, sin pensarlo, el estallido de un primer movimiento de independencia de México? ¿A quién...?

Tolsá, Carlos IV y su amadísimo Napoleón, con todas sus batallas inenarrables y su imperio, bien podrían irse en ese momento al mismísimo carajo. A ver quién se atrevía a leer la carta...

Soy capaz, se dijo en silencio, de desafiar a golpes a cada uno de los generales mexicanos, de atacar a todo el ejército yanqui, de batirme a espadazos con cada uno de los tejanos anexionistas, de retar a duelo a mil Sam Houston si fuera necesario, pero por lo que Dios más quiera, no me obliguen a abrir este sobre. No tengo tanta fuerza...

Rodeó una y otra vez el escritorio como quien busca asirse de un objeto, algo, lo que fuera antes de hundirse. Se sentó. Respiró profundamente. Permaneció inmóvil unos instantes y finalmente tomó entre sus manos un abre-cartas de obsidiana negra con el escudo nacional tallado en el mango de plata. Tan pronto había leído dos líneas cuando un par de manos largas le sujetaron por la garganta impidiéndole respirar. Se asfixiaba. Inés, no, no, Inés. Su mujer se había dejado vencer por una mortal neumonía. Era el 23 de agosto de 1844 cuando las campanas de la catedral tocaron lentamente a duelo con un tañido macabro. El clero estaba bien informado. Inés había muerto, bien lo sabían ellos, confortada, bendecida y con todos los auxilios espirituales...

Santa Anna apoyó la cabeza sobre la cubierta de su escritorio. Su aspecto era el de un suicida que se hubiera dado un tiro. Dejó caer los brazos a los lados de la silla. Así permaneció largo rato como si atrajera todos los recuerdos después de su fructífera relación matrimonial. Las risas, los perfumes, la textura de aquella piel hechizada, el aliento a agua de rosas, el tacto imperceptible de sus pequeños dedos invariablemente candorosos, la inocencia injustificable a su edad, el sentido maternal, el Toño, Toño, aquí no, nos ven los niños o las empleadas o ya sabes, problemas de mujeres que muy poco le importaban al general-presidente…

Se incorporó lentamente. Se enjugó las lágrimas. Muy pronto todas las campanas de las basílicas, iglesias, parroquias, monasterios y conventos llamarían a duelo. En cada oficina de gobierno, empresas, escuelas, negocios, despachos y periódicos aparecieron crespones negros. Todo el país se puso de luto. Las banderas fueron descendidas indefinidamente a media asta en toda la República Centralista. El dolor, intenso y constante, lo perseguía de día y de noche, al extremo de tener que retirarse una vez más a su hacienda de El Lencero a llorar tan dolorosa pérdida a solas… El pretexto necesitado había hecho acto de presencia. ¿Y la campaña de Tejas por la que había regresado a la presidencia? ¿Y la defensa inclaudicable de los supremos intereses patrios? ¿Y las iniciativas de recaudación tributaria? ¿Y la resistencia abierta del Congreso y la encubierta de la iglesia católica? ¿Y la Patria mutilada? ¡Ah!, sí, la Patria, sí, sí, bueno, que espere: yo me voy con mi pena al campo veracruzano y a extrañar a mi Inés, Inés. ¡Ay, Inés! ¿Cómo te has ido…? De seguro la encontraré en el arroyo, en los manglares, tejiendo un nuevo rebozo mientras se columpia colgada de la rama de un roble, leyendo bajo la sombra protectora de los hules, perdiéndose en el encinal o pidiendo que le corten los aguacates maduros o, bien, preparando en la cocina unas enmoladas con picadillo, las favoritas del *Presi*, o haciendo agua de tamarindo para poder soportar los calores del trópico…

Mi general, ¿y la presidencia…?

¡Ah!, sí, también eso… Me ocuparé que vuelva Canalizo.

—Que ensillen mi caballo. Que sea *La Morena*: no viajaré en carroza. Quiero respirar el aire puro de Puebla. Me iré a El Lencero por la ruta de Cortés.

Su querida y legítima esposa, adorada madre de sus hijos, había fallecido después de 19 años de feliz matrimonio. Cuando ambos se casaron, él ostentaba 31 años y ella apenas 16. ¡Que si había adorado a aquella mujer exquisita y virtuosa…! Jamás pensó en ser dueño de la fortaleza necesaria para poder soportar su doloroso paso por la vida, un peso similar al que cargó hasta el límite de sus fuerzas, el día negro de la batalla de San Jacinto… ¿De dónde sacar ahora la garra para resistir semejante pena? A tal extremo llegó la sensación de vacío y de pérdida de tan entusiasta compañera, leal y devota a lo largo de buena parte de su vida, un luto imposible de conllevar, que tan solo un mes y medio más tarde, es decir, seis semanas después, víctima de un terrible pesar, con 50 años a cuestas, volvió a contraer nupcias, esta vez con María Dolores de Tosta, quien contaba tan solo con 15 años de edad[8] y que, decepcionando todos los vaticinios respecto a la duración del fausto enlace, sería la mujer que enterraría a Su Alteza Serenísima, en la más patética soledad después de padecer verdaderos ataques de diarrea, ya entrado el año de 1876, en el gobierno de Lerdo de Tejada.

Debe saberse que Santa Anna se casó por poder el 3 de octubre de ese mismo 1844. De la misma manera en que no se presentaba a tomar posesión como presidente de la República, tampoco asistió a sus segundas nupcias. Una vez nombrado don Juan de Dios Cañedo apoderado para efectos matrimoniales, organizó, a la distancia, una fastuosa ceremonia religiosa y un suntuoso banquete para agasajar a sus invitados, lo más selecto y distinguido de la alta sociedad de la época. Entre tanto, él, instalado en su rancho El Lencero, en Veracruz, su estado natal, intentaba exitosamente escapar de los recuerdos fúnebres y del pesar del duelo, capacitando en la crianza de gallos de pelea a una joven singularmente hermosa, a quien descubrió una feliz tarde mientras la bella mulata pasaba frente a él con los hombros descubiertos y una falda colorida de gran vuelo, cargando una penca congestionada por plátanos machos, hasta perderse entre los interminables callejones de las bananeras.

Hasta en la redacción de la invitación nupcial se veía la mano del novio, tan ilusionado como ausente de la boda:

> El jueves 3 de octubre, a las siete de la noche, se celebrará en el salón principal de Palacio Nacional, el matrimonio del Excelentísimo Señor Presidente Constitucional de la República, general de división, Benemérito de la Patria, don Antonio López de Santa Anna, con la Excelentísima señora doña Dolores de Tosta. El presidente interino, general de división, don Valentín Canalizo, que tiene el honor de apadrinarlo, suplica a U. se sirva dar lustre a tan augusta ceremonia, con su personal asistencia.[9]

El primer encuentro íntimo entre una chiquilla inexperta, tímida, ignorante y curiosa y todo un señor garañón que ya venía por lo menos 10 veces de vuelta en las artes de la seducción y en el conocimiento de las técnicas del lecho, matrimonial o no, es una experiencia digna de ser contada y recreada al extremo de detener al menos unos párrafos la narración histórica y política y dedicar unas líneas como un breve homenaje a esta feliz pareja... ¿Acaso hay una experiencia más importante en la vida de las personas?

Como todo veracruzano de tierra caliente, López de Santa Anna necesitaría muy buenas patas para demostrar ser un gran gallo de combate... ¿Que parecía ser el abuelo de María Dolores o Lola, Lolita, Lola...? Ya veríamos...

—Mírenme bien y cierren el hocico, ¡envidiosos!

La joven novia, doña Lola, le fue remitida de inmediato al presidente de la República antes de que concluyera el baile y se encendieran los fuegos artificiales. No se había retirado el último plato del banquete ni se había partido el pastel de varios pisos de merengue blanco entre el ilustre apoderado y la novia, cuando un elegante asistente de Su Excelencia ya le hablaba al oído a doña Dolores requiriendo su presencia en la carroza personal del jefe del Estado Mexicano. Ella todavía escuchaba los acordes de la banda de guerra cuando cruzaba apresurada, casi tirada del brazo del jefe de ayudantes, por el patio de honor, rumbo a la puerta central del Palacio Nacional.

—¿Viajaremos de noche? —preguntó la joven esposa sin ocultar su preocupación.

—Sí, señora...

—¿Y los bandidos de Río Frío y los de todos los caminos que conducen a Veracruz? ¿Qué tal si nos encontramos con el diablo de Manuel Domínguez?

—No tema usted, señora mía: de sobra saben que si asaltaran esta carroza sería lo último que harían en sus vidas. Ellos escogen muy bien a sus víctimas para robarlas sin mayores consecuencias... El escudo con el águila nacional en la puerta es inconfundible, además, conocemos al dedillo a todos los rateros...

—¿Y mis padres...?

—Tengo instrucciones —repuso el oficial sin ocultar una sonrisa sardónica— de enviarlos a El Lencero a su mejor conveniencia —su lenguaje esquivo era insuperable.

—¿Y cuándo será eso…?

—Cuando el señor presidente lo resuelva.

Amor, amor, sé de sobra que tenemos toda la vida por delante, pero hoy, hoy te necesito más que nunca a mi lado… Ven, ven, vuela a este nido glorioso que las alondras del campo han hecho día a día para ti… ¿Oyes su canto? Es tuyo, al igual que la luz de las estrellas…

Santa Anna esperó a doña Dolores con todo su séquito de ayudantes en la puerta misma de la residencia de la hacienda de El Lencero. Ahí estaban las nanas, las damas de llaves, las recamareras, las cocineras, las pizcadoras, los caballerangos, los galleros, los rancheros, los tríos, los músicos, las arpistas, los macheteros, los campesinos y los peones, todos formados y con la cabeza descubierta en espera de su nueva patrona. Habían sido debidamente instruidos para ocultar la menor presencia de luto. ¿Será como la señora Inés? ¿Le gustará el campo o será una citadina amante de las barajas? ¿Creerá que somos sus esclavas y nos pateará?

El presidente vestía todo de blanco: pantalón y camisa de manga larga con unas mancuernillas de rubíes, brillantes y esmeraldas, los colores de la bandera tricolor. Su indumentaria contrastaba con un paliacate rojo anudado alrededor del cuello y, sin faltar obligatoriamente, su sombrero de cuatro pedradas, su favorito, el más conocido en su tierra. Había puesto especial atención en los botines del mismo corte y aspecto, igualmente blancos, para que en ningún caso se pudiera distinguir cuál de sus piernas era la de madera.

Finalmente, después de varias horas de espera, que fue posible soportar gracias al abasto permanente de agua de chía, hizo su entrada triunfal la carroza en la que viajaba doña Dolores. La abundante temporada de lluvias impidió que el vehículo presidencial produjera a su paso enormes remolinos de polvo. Se escuchaban a lo lejos los latigazos del conductor sobre los doloridos lomos de las bestias negras. ¡Ay de aquel que hubiera enganchado a un animal de otro color…!

Al detenerse los caballos, uno de los asistentes de mi general-presidente abrió la pequeña puerta del carruaje para que descendiera la nueva primera dama de México. Los comentarios en torno a su edad se castigarían con chicotazos húmedos y estruendosos.

Doña Dolores dejó ver, antes que nada, una zapatilla forrada de seda color pistache y al descender mostró un gran sombrero verde oscuro confeccionado con varios holanes de donde se desprendía un velo transparente que le cubría todo el rostro. En ese momento empezaron a sonar cinco marimbas traídas del puerto especialmente para la ocasión. Su vestido regio, igualmente de seda, cubierto de pliegues para ajustar la cintura de acuerdo a la joven anatomía de aquella mujer, casi una niña, lucía impresionante gracias al gran volumen de las crinolinas. El escote pronunciado permitía observar el nacimiento de unos senos pletóricos, saturados, obsequiosos al mirón, quien bien debería cuidarse de no ser descubierto en esos menesteres de gratísimo espionaje, so pena de pasar hasta el último de sus días recogiendo, de la alcoba presidencial, cada mañana y después de la siesta, los bacines repletos de doña Lola y de Su Excelencia.

La primera dama extendió su mano enguantada al presidente Santa Anna, quien la recibió con exquisita cortesía entre las suyas, obsequiándola igualmente, por elemental caballerosidad, con una breve genuflexión, seguida de una reverente inclinación de cabeza. Santa Anna se abstuvo de besar aquella frágil extremidad, porque él solo estaba dispuesto a conceder un homenaje semejante cuando se le ofrecían manos desnudas. En ningún caso haría una excepción; ni siquiera tratándose de su propia esposa. Las formas eran las formas. Los manuales de etiqueta eran los manuales de etiqueta y habría que respetarlos como si se trataran de una ley…

Se produjo entonces un silencioso cruce de miradas entre ambos. Miradas escrutadoras, ávidas, temerosas, curiosas, desafiantes. Ninguno de los dos pronunció una sola palabra. El abanico hacía juego con los zapatos. Sí que la ilustre señora tenía una expresión virginal. El ciudadano jefe de la Nación tomó entre sus manos la derecha de la primera dama y, colocándola sobre el dorso de su izquierda, como quien se dispone a bailar un vals, se dirigió parsimoniosamente hacia el interior de la hermosa casona. Por un instante el novio pensó en cargar a la novia estrechándola firmemente entre sus brazos, pero el solo recuerdo de la pata de palo, imaginar una escandalosa caída con su mujer a cuestas, le hizo desistir de sus planes. No se podía permitir una pérdida de dignidad de semejantes proporciones. ¿El ridículo? ¡Nunca! Mucho menos en ese día y a esa hora...

El enorme grupo de empleados daba por descontado que el primer acto oficial de la pareja consistiría en una visita a la finca y que, antes que nada, le presumiría sus gallos a doña Dolores, uno de los grandes orgullos de su existencia, pero la escena concluyó cuando ambos entraron directamente a la habitación más grande y luminosa, que daba al patio principal. Con un sonoro portazo cayó el telón para todos los asistentes y curiosos. No volverían a saber de doña Lola por lo menos en tres días.

La muy joven señora de Santa Anna esperaba un vaso con agua de chía o de horchata, un caballito de jerez o de tequila para hacerse de fuerza, un breve refrigerio, un baño de tina tan reconfortante como reparador, algo, tal vez un intercambio de opiniones en relación a la boda en Palacio Nacional, al banquete, la fiesta en sí misma, la decoración, la banda de música, los comentarios de los invitados, el primer baile de casados escuchando la pieza favorita de la pareja, mientras ella era tomada y abrazada rítmicamente a lo largo y ancho del salón por don Juan de Dios Cañedo. Todo ello habría cabido en los términos de una conversación protocolaria, pero no, una vez solos, López de Santa Anna, empezó a desanudarle el sombrero mientras ella hablaba del viaje tan pesado desde la Ciudad de México. Acto seguido le retiró lentamente, uno a uno, los guantes. Mientras ella advertía con más claridad las intenciones de su marido, más inventaba anécdotas y pasajes recientes narrándolos con gran rapidez para disimular su nerviosismo y hacerse de valor. ¡Sí que lo iba a necesitar...!

—En los coches de mi papá —argumentaba la primera dama— los hoyos eran insoportables, sobre todo después de la temporada de lluvias. Llegabas a tu destino con la espalda hecha pedazos —seguía comentando mientras que el César Mexicano, de pie, la volteaba delicadamente para desabotonarle el vestido.

¿A quién, con 10 mil carajos, pensaba Su Excelencia, se le puede ocurrir forrar estos botoncitos con tela? Necesito deditos de quinceañera para poder abrirlos...

Poco a poco, y con paciencia, fueron cediendo mientras ella brincaba de un tema al otro sin tener ya la menor duda de su suerte inmediata.

Cuando Santa Anna terminó con la tortura de los botones, jaló el vestido para abajo mientras que Dolores instintivamente se cubrió el pecho. El presidente se arrodilló entonces frente a su mujer —¿cómo no hacerlo una y mil veces?— y ella levantó primero una pierna y luego la otra hasta desprenderse totalmente del vestido. Doña Dolores no dejaba de hablar. En ocasiones apretaba los párpados como si elevara sentidas plegarias al cielo.

El marido se irguió nuevamente en tanto la hermosa joven externaba sus miedos hacia los ladrones y cómo la habían confortado en México para que no abrigara dudas respecto a su seguridad.

¿Más botones?, se dijo rabioso y en silencio Su Excelencia, cuando constató que, además del fondo y de las crinolinas, todavía tendría que entablar un pleito a muerte contra un corsé que sujetaba y realzaba el tórax y el busto y, al mismo tiempo, marcaba las formas de la cintura y que todo ello, junto con las mil agujetas que tendría que desatar, parecía una conjura perfectamente tramada por Lucifer en una noche de insomnio con el único y preciso objetivo de hacerlo desesperar y arrebatarle la inspiración...

Pero nadie detendría a Santa Anna. Todavía no había nacido ni nacería quien pudiera contenerlo. Uno a uno zafó los listones del corsé hasta que cayó a los pies de la doncella, quien se mantenía de espaldas a su galán. Bien sabía él que los fondos eran generosamente escotados y que de hacer girar a Lola en esos momentos descubriría la hermosa suerte que el destino le depara a sus hijos consentidos. Se abstuvo de hacerla girar. Ella tartamudeaba y repetía anécdotas sin darse cuenta de que se estaba traicionando. Solo que podía insistir en tanto pasaje quisiera porque Su Excelencia no escuchaba nada ni ponía atención a sus relatos ni podría repetir uno solo de los temas que habían formado parte de su conversación. ¿Conversación...? En todo caso: monólogo...

Estando doña Dolores de espaldas, el presidente de la República hizo descender sutilmente el último de los fondos, de los malditos fondos. Solo quedaban por retirar las pequeñas bragas decoradas con diminutos moños color de rosa, encajes y holanes cosidos exquisitamente a la prenda para la sorpresa y la fascinación de su afortunado cónyuge. Antonio no veía nada. Absolutamente nada. Todo lo que atendía era la piel; el color y la textura de la piel. Los sudores exquisitos, algunas veces helados, las humedades incontrolables, los aromas enervantes, las muestras del lenguaje de aquel cuerpo ciertamente intocado. ¡Ay, maravillas de la juventud!

El jefe de la Nación, electo por la mayoría del Congreso, tal vez sin darse cuenta fue cayendo de rodillas a espaldas de su ninfa. Ella guardaba silencio sin retirar los brazos de su pecho mientras continuaba mordiéndose compulsivamente los labios. Su Excelencia abrazó entonces sus piernas por detrás. La besó en la frontera de las bragas y de la espalda, mientras se daba a la tarea de desprenderla libidinosamente del último reducto donde podía esconder su vergüenza. Al sentir cómo su propio corazón estaba próximo a reventar junto con su pecho, decidió proseguir, continuar al hundir sus pulgares entre la prenda y su piel, sí, sí, aquella piel que despertaba sus poros al paso de sus dedos expertos. Así fue descendiendo la pieza más delicada de la indumentaria femenina hasta llegar al piso mismo. Sin recibir mayores instrucciones, doña Lola subió los pies, uno a uno, hasta quedar completamente desnuda con los ojos crispados, firmemente apretados y la respiración escasamente contenida.

Si por lo menos hubiera llegado de noche de la Ciudad de México y la escasa luz de una lámpara de aceite hubiera facilitado el desenlace. Si no hubiera padecido tanta brusquedad, ¿brusquedad?, bueno, brusquedad nunca la hubo, Antonio no ha podido ser más cuidadoso y delicado. ¿Precipitado? Eso sí: ¿Brusco?, en ningún caso. Doña Lola necesitaba un preámbulo, algo para vestir la escena, reposar los tiempos, decorarlos, sugerirlos, vivirlos pausadamente, dejándome al menos un espacio para respirar y prepararme ante un hermoso episodio tan hablado, imaginado, fantaseado, temido y deseado…

Antonio la volvió a abrazar por la espalda besándole las nalgas. Lo vi, lo vi, nadie me lo cuenta. Sépanlo, sépanlo cómo fue. Después de unos instantes, Su Excelencia se puso de pie mientras la piel de doña Lola se volvía a poblar de pequeñas perlas de sudor. Fue entonces cuando la tomó por los hombros y la hizo girar frente a sí. Ella se cubría el cuerpo con los brazos, extendiendo las manos. Hubiera querido tener 100 brazos y 100 manos para tapar su hermosa anatomía que por primera vez un hombre podía disfrutar en todo su esplendor. Ella intentó abrazar al presidente pero este la detuvo. Deseaba contemplar al ser más hermoso de toda la creación y llenar sus ojos para siempre con esas imágenes que jamás olvidaría. La descubrió por completo para admirarla. Ahora sí podría detenerse el tiempo, la historia y la existencia. ¿Tejas? ¡Al carajo con Tejas o Texas, como fuera…!

Finalmente vinieron los besos y los abrazos cada vez más intensos. Doña Lola no sabía besar. Jamás lo había hecho. Para ello contaba con un buen maestro. Abre la boca, ¿si…? Suelta los labios, no los aprietes, humedécelos, aparta la tensión, deja caer los párpados, entrégate, suéltate, mi vida, será hermosísimo, ya lo verás.

Tal y como decía un filósofo francés: puedes tenerlo todo en la vida pero nada más… Esto viene a colación porque cuando Antonio la tomó por los hombros y la empujó delicadamente hasta hacerla sentarse en la cama mientras él, por su parte, se desprendía de su indumentaria jarocha, en ese preciso instante se percató, horror de horrores, de la ausencia de respuesta masculina para hacer vibrar a esa mujer llena de susto, curiosidad, anhelo y sorpresa, todo un conjunto de emociones cruzadas que conducían a la confusión y al placer.

El presidente, quien durante el jugueteo previo se había percatado claramente de esa limitación fugaz, ignoró semejante circunstancia para distraer su atención de lo que ya amenazaba ser un escandaloso naufragio. Será algo pasajero, inexplicable, pero al fin y al cabo pasajero. Si al menos hubiera percibido una señal ingrata, un mal olor, un aliento desagradable, pero toda ella despedía un aroma a heliotropo. Por lo visto, la madre de doña Dolores o alguna tía o amiga, la habían capacitado en detalle en los más exquisitos aspectos de la higiene y delicadeza femeninas. De modo que por ahí no era. ¿Por dónde entonces? ¿Cómo culparla…?

Santa Anna se quitó los pantalones mientras doña Lola, como una gata de angora, recostada, se volteó discretamente hacia la ventana. ¡Qué hermoso lucía el Pico de Orizaba! Era la mejor pintura de aquella ilustre habitación. Su Excelencia se desprendió con dos quiebres expertos de la pata de palo dejando el muñón izquierdo expuesto desde la altura de la rodilla. En un instante quedó también completamente desnudo sosteniéndose nada más de la estructura de latón de la cama. Sí, sí, pero el bastón de mando, el símbolo más íntimo de su poder, el depósito de su virilidad, el origen de su fuerza, se encontraba mellado, acabado, indiferente, apático, agotado, indolente, extraviado, exhausto, agónico, perdido y absolutamente sordo y desmotivado. De nada sirvió que besara a su dama, que la montara, que la invitara a todo género de maniobras que ella, por ser la primera vez, las ejecutaba con verdadero horror: nada. Absolutamente nada. El hombre no reaccionaba. Se excusó. Voy al baño, amor. Espérame, ahora vuelvo…

Sin moverse y entornando los ojos, doña Dolores oyó una catilinaria, una auténtica catarata de apóstrofes, de desesperadas invectivas y de epítetos jamás escuchados por ser humano alguno.

Desde el baño ¡ay, Lola, Lolita, Lola!, pudo oír las siguientes maldiciones de la más pura extracción veracruzana:

—Pedazo de gran cabrón mal nacido —dijo Santa Anna tomando entre sus manos al cañón desvencijado y sacudiéndolo como si quisiera arrancarle la vida o hacerlo reaccionar—. ¿No te has dado cuenta de que yo soy el presidente de la República, grandísimo animal, y que no estoy dispuesto a consentir un desacato de esta naturaleza? ¿Eh…? ¡Responde! Respétame, carajo. Te habla el jefe del Estado Mexicano. No te quedes callado como imbécil…

Acto seguido se escuchó un manotazo asestado contra los azulejos de Talavera del baño y tal vez una patada contra la tina de cobre.

—¿Así vas a estar?, miserable mamarracho. ¿No te das cuenta que soy el jefe de la Nación y que no acepto felonías? ¿Sabes a cuántos he mandado fusilar por menos que esto…? ¿Eh…? ¿Eh…? ¿Eh…?

Vinieron los gritos, las arengas, los insultos, inclusive los golpes, se escuchaban las cachetadas, ¿cachetadas?, bueno, se escuchaban los impactos uno tras otro, sí, sí, pero de virilidad ni hablemos…

¿Sabes lo que es el ridículo? ¿Te imaginas cómo te voy a cobrar todo esto? ¿Entiendes que si yo quisiera te podría mandar quemar vivo…? ¿Cómo supones, por el amor de Dios que todo lo sabe y perdona, que voy a quedar con mi mujer si ya desde el primer encuentro fallo como si yo fuera un cobarde que, bien sabes, me he batido muchas veces en el terreno del honor? Soy, gran cabrón, le dijo sujetándolo firmemente y viéndolo a la cara: el Benemérito de la Patria en Grado Heroico, Benemérito de Tampico, Benemérito de Veracruz y me conocen como el Napoleón del Oeste, el Protector de la Nación, el Invencible Libertador, el César Mexicano, el Libertador de los Mexicanos, el Padre del Anáhuac, el Ángel Tutelar de la República Mexicana, Visible Instrumento de Dios,[10] el Salvador de la Paz y el Inmortal Caudillo… ¿Ya te diste cuenta de con quién estás hablando…?

Silencio. Absoluto silencio. Doña Lola finalmente sonrió. Ahora tendría más poder sobre él. La catilinaria continuó. ¿Sabías que además me distinguieron con la Medalla de la Guerra de Independencia, con la Gran Cruz de Córdoba, con la de Isabel la Católica, que soy general de División y que por ley se deben dirigir a mí con el tratamiento de Su Excelencia, ¿lo sabes, lo sabes, lo sabes…? ¿Eh…? ¿Eh…? ¿Eh…?

De nada sirvieron las reclamaciones que se extendieron hasta bien entrada la noche. Doña Lola descansó cómodamente después de un viaje en carroza desde la Ciudad de México. Durmió con una sonrisa angelical. Tenía tanto que contar. Él jamás salió del baño. No volvió a hacer un solo ruido ni a dar una voz. Imposible aburrirse con Santa Anna. Muy pronto podría comprobar que, en relación a esto último, tenía toda la razón…

En otoño de 1844, las calles de la Ciudad de México se encontraban infestadas de rateros, carteristas y mendigos. Los léperos, la clase baja, pululaban por las vecindades, donde los borrachos, la prostitución, el desempleo y la vagancia mostraban cada vez más los alcances de la degradación social. La violencia y los robos proliferaban sin control al mismo tiempo que las autoridades confesaban su incapacidad para erradicar el crimen y el asesinato en sus más diversas modalidades. La pobreza y sus consecuencias ocupaban los temas de conversación de la aristocracia y de los sectores moderados. "Un sustancial incremento del ingreso nacional es indispensable si se quiere evitar la ruina de la sociedad", se decía en la prensa nacional… En contraste con las mayorías desamparadas, una pequeña minoría integrada por militares acaudalados, especuladores financieros, políticos corruptos, sin faltar, claro está el alto clero, disfrutaban de inmensas fortunas. "Unos ostentaban su riqueza con esplendidez asiática viviendo en mansiones ricamente amuebladas, transportándose por la ciudad en carruajes importados y apostando sumas sorprendentes en las peleas de gallos." Las diferencias, a simple vista, eran abismales.

Una dolorosa nostalgia por la época colonial se apoderaba de las clases adineradas al padecer los efectos del caos político reinante y asistir, indefensas y preocupadas, al estancamiento económico con todas sus consecuencias. En cualquier momento podría estallar la violencia, dados los monstruosos desequilibrios sociales. Disfrutaban, eso sí, el momento de la compra de las facultades de la autoridad por medio de sobornos y, al mismo tiempo, contemplaban con horror las consecuencias del colapso de la ley que ellos mismos habían propiciado… Añoraban la impartición de justicia durante los interminables años del virreinato, así como las mayorías extrañaban el abasto puntual de carne, pan y pulque a los precios accesibles conocidos durante el gobierno de los virreyes. ¿Por qué se festeja tanto la independencia? ¿Por qué…? ¿Qué ganamos? ¿La vanidad de ser libres a cambio de ser miserables?, se preguntaban algunos reputados columnistas a través de sus escritos publicados en los diarios de mayor circulación.

La justicia se subastaba. Los mexicanos parecían incapaces de aprender las duras lecciones de la vida. El sistema tributario aparecía acosado por la ineficiencia, el exceso burocrático y la corrupción. Muy pocos mexicanos tenían acceso a cualquier tipo de educación; los ministros y la fe católica estaban en declive; el crimen, el desconocimiento de la ley y el mantenimiento del caos, en general, aumentaban el malestar público: todo apuntaba hacia el colapso económico y político del país, sobre todo a la disolución social, misma que conduciría en forma expedita a la anarquía total. Una expresión, un miedo domina la vida de los mexicanos, sobre todo la de los capitalinos: el temor a un nuevo levantamiento armado, esta vez orientado a derrocar al presidente sustituto, a Canalizo, un hombre que, ante la menor adversidad, giraba la cabeza en dirección de El Lencero, de la misma manera en que un fanático religioso, en caso de necesidad, reza de rodillas, con los dedos de las manos entrecruzados y voltea hacia el cielo en busca de explicaciones, instrucciones o respuestas. El Congreso se opuso a legislar más incrementos tributarios: rechazó las iniciativas dictadas por el presidente e inspiradas por Su Excelencia. Los ánimos llegan al nivel del desbordamiento en contra del santanismo representado por Canalizo. Cualquiera podía escuchar cuando las balas redondas resbalaban a lo largo de los cañones. Hasta los más ignorantes identifican el chispazo para encender los mecheros. La mayoría percibe con claridad los taconazos secos de las botas militares a la hora de la formación en la Plaza de Armas. La violencia flota en el ambiente.

¿El golpe? El golpe esperado y deseado lo encabeza Mariano Paredes Arrillaga, un general resentido con el César Mexicano por haberlo humillado, rebajado y cesado después de haber sido nombrado gobernador general de la Ciudad de México y, todo ello, por una borrachera de celebración que condujo al propio Paredes a despertar a gritos a Santa Anna, quien dormía plácidamente en sus habitaciones del Palacio Nacional. Nunca se lo perdonó. El general Paredes Arrillaga, financiado, por supuesto, con dinero del clero, se levanta finalmente en armas desde Guadalajara contra el gobierno santanista. ¿Cuántos movimientos armados y guerras financió la iglesia católica mexicana para defender sus intereses materiales, en lugar de dedicarse a la divulgación del evangelio? Se lee en la primera plana del *Amanecer Republicano*: "Dicha institución religiosa, la más retrógrada de cuantas existieron en el país, ha sido, sin duda, una de las grandes responsables del caos mexicano del siglo XIX, caos que seguimos padeciendo hasta nuestros días."

Paredes tenía un encargo concreto, específico: armar un ejército, reclutar soldados, hacerse de recursos para conducirlo, bien pertrechado, al rescate de Tejas. Dichas eran sus instrucciones oficiales consignadas por escrito. ¿Resultado? En lugar de cumplir con sus obligaciones, enderezar la batería de artilleros y orientar la caballería en dirección del norte para recuperar Tejas, apuntó, en cambio, hacia el altiplano, más específicamente a la cabeza del presidente de la República. Ni el pueblo ni la plebe recurren a las armas, son los generales quienes protestan empuñando pistolas, mosquetes, espadas y sables. Y la ciudadanía observa una nueva obra de teatro político. De pronto cunde el pánico. No estamos para dirimir diferencias internas ni para arrebatarnos el poder en un momento tan crucial que exige la unidad absoluta de la nación.

Debemos tomarnos todos de la mano y defender nuestro país. Ya habrá tiempo para ajustar cuentas. Sin embargo, los militares vuelven a hacer uso de la palabra. Cuidado con aquella nación en la que los generales deliberan y deciden la mejor opción, según ellos y sus intereses personales, para la ciudadanía…

Santa Anna regresa precipitadamente de El Lencero a la Ciudad de México el 19 de noviembre de 1844. Se le ve un poco más repuesto del dolor avasallador del duelo. Inés, mi amor, vida de mi vida, Dios te tenga eternamente en su santa gloria… Viene dispuesto a combatir a Paredes y a fortalecer a Canalizo. A hacer justicia. A imponer el orden y el respeto institucionales. Sabe que si somete a su antiguo subordinado, el triunfo militar le reportará una gran popularidad política. Como ya se le conocen sus intenciones ocultas y sus dobles juegos de palabras, algunos legisladores le hacen saber el peligro que implicaría para él volver a disolver el Congreso: usted, general, ha perdido la inmunidad presidencial y un atentado en contra del Poder Legislativo podría conducirlo frente a una corte marcial como a cualquier soldado. Extiende todas las garantías necesarias a los legisladores. "No tengo ninguna actitud hostil en contra de ustedes."

Su Excelencia desata una actividad compulsiva y exitosa en el reclutamiento de conscriptos destinados a combatir las tropas de Paredes. Los futuros guerreros aparecen encadenados en plazas y calles marchando rumbo a los cuarteles. Si alguno de ellos lograba escapar, se le perseguía implacablemente hasta dar con él, pero si en el camino se encontraban con otro joven de la edad necesaria, a ese le colocaban, sin más, los grilletes en los pies y se le ataban las manos. Acto seguido era jalado, como un perro rabioso, sin dejar de lanzar furiosas dentelladas, hasta ser amarrado con el resto de soldados rasos dispuestos a dar la vida, llegado el caso, por la defensa de la patria… Los voluntarios campean por su ausencia. ¿Y la defensa del orden jurídico sin el cual la nación se extraviará? Está bien, pero que otro empuñe las armas.

El Benemérito se encamina tres días después, primero, rumbo a Querétaro. Ese departamento también se había instalado en la rebeldía solidarizándose con Jalisco. A cada paso lo sorprenden las malas noticias. La deserción aumenta jornada tras jornada. Amanecen muchos menos reclutas de los que se acuestan. Se fugan.

Escapan a la primera oportunidad. Su poder se desvanece. Extraña el lecho cálido y perfumado a heliotropos que abandonó *contra su voluntad* en El Lencero. Ahora vuelvo, vida mía: meteré al orden a estos tales por cuales y regresaré henchido de amor a tus brazos. Piensa en mí. Colgaré a Paredes de un eucalipto y volveré a tu lado. Idolátrame. No tardo. Prende un cirio pascual. Espérame. Te enseñaré las mejores canciones veracruzanas. Observa por favor, amor mío, el cuadro de la biblioteca donde aparezco montando un caballo blanco el día de mi primera presidencia. ¿No tengo un aire napoleónico? ¿Me admiras? ¿Verdad que sí? Dilo. Confiésalo. Te ama con locura, tu Toñis...

Arriba rápidamente a Querétaro el día 24 de noviembre. Ni el gobernador ni el comandante militar de la zona le dispensan lógicamente los honores de un jefe de Estado. El gabinete de Canalizo, no el Congreso, le ha encomendado someter con el uso de la fuerza a Paredes, pero él, Su Excelencia, ya no es sino un alto oficial del ejército mexicano, quien, desde luego, no se merece distinciones inherentes a la investidura de un presidente de la República, como sería el caso de Canalizo, su bufón. El Benemérito enfurece. Hace arrestar a los miembros de la Junta Departamental, a funcionarios y a militares adheridos al levantamiento armado de Guadalajara. Aprehende a la mayor parte de los cabecillas y empieza a enviarlos a Perote. Si cambia la orden es por "sugerencias" del clero local, al que se somete como un corderito. "Lo que ustedes digan", replica Santa Anna. "La iglesia es la dueña del dinero y de la conciencia de los mexicanos. ¡Atrás! A callar..." Sí, pero el daño ya estaba hecho.

El Congreso nacional rechaza los excesos santanistas y trata de sancionar a los secretarios del gabinete de Canalizo, quienes nombraron a Santa Anna jefe del ejército para someter a Paredes. Por toda respuesta se hace circular en las Cámaras de diputados y senadores un borrador con tres acuerdos: la suspensión inmediata del Congreso, la reposición de Santa Anna como presidente y de Canalizo como su sustituto, y el reconocimiento del derecho del gobierno para restaurar el orden y conducir la guerra contra Tejas como lo considerara más conveniente sin incrementar los impuestos.

Los diputados rechazan furiosos el texto. Lo desconocen. Lo ignoran. Insisten en citar al gabinete en el Congreso. No comparecen porque "están muy ocupados", alegan. El 2 de diciembre de 1844 el ejército ingresa abruptamente en los recintos legislativos y toma ambas Cámaras. El Benemérito ordena veladamente su cierre indefinido muy a pesar de sus promesas. Firma su propia sentencia de muerte. Su Excelencia se coloca fuera de la ley. Los legisladores niegan su autoridad para cometer semejante fechoría. Además, nadie goza de semejantes facultades legales como para clausurar el Congreso. Los legisladores, empecinados con la defensa de su causa, continuarán sesionando en un nuevo domicilio. 55 contra 45 votan en contra de cualquier tipo de sometimiento a un dictador. El margen es alarmantemente estrecho, pero triunfa la democracia.

Mariano Paredes Arrillaga avanza hacia la Ciudad de México en lugar de dirigirse al norte, a Tejas, a impedir la anexión. Insiste en dar un golpe de Estado en contra del Poder Ejecutivo, de la misma manera en que Santa Anna dio un golpe de Estado en contra del Poder Legislativo.

Si algunos héroes son injustamente ignorados en las primeras décadas posteriores a la independencia, esos son, con claridad meridiana, los legisladores mexicanos. Desde el imperio de Iturbide se identifican abiertamente los senadores y diputados, todos ellos civiles, tenaces defensores de sus opiniones y de sus convicciones en el seno de sus respectivos recintos, muy a pesar de las amenazas y del peligro personal que corrían al enfrentarse a un Poder Ejecutivo dominado por los jerarcas militares, uno más déspota e intolerante que el otro. Estos auténticos prohombres, dignos representantes populares, merecen ser rescatados del anonimato por haber apostado todo a cambio de hacer valer sus principios e ideales en un ambiente autoritario y de absoluta impunidad. Un homenaje similar lo ameritan, sin duda, los periodistas mexicanos de aquellos años, por haber denunciado una realidad catastrófica que los gerifaltes políticos, sus coetáneos, trataron inútilmente de ocultar recurriendo a chantajes, a persecuciones y ataques de toda índole con tal de impedir que aflorara la verdad. Sus columnas deberían estar guardadas celosamente en las grandes vitrinas de la historia y, sin embargo, estas se encuentran vacías y empolvadas…

Antonio López de Santa Anna prometió no disolver el Congreso en 1833 y, sin embargo lo hizo. ¡Lo disolvió! En 1842 extendió todo género de garantías a diputados y senadores y a pesar de haber empeñado su palabra, clausuró los recintos donde sesionaban y se forjaba el México del futuro. ¡Los clausuró! En 1844 se comprometió nuevamente a respetar el poder y la soberanía de los legisladores y juró someterse incondicionalmente a sus determinaciones. ¿Cumplió? ¡Qué va! Por tercera vez cerró las puertas de bronce donde los representantes de la nación veían por el bienestar, la evolución y el progreso del país.

En 1833, 1842 y 1844, el Ángel Tutelar de la República Mexicana, el Visible Instrumento de Dios, el señor Benemérito, clausuró Congresos, canceló las deliberaciones, disolvió las asambleas donde se diseñaba el México moderno y, con ello, impidió que México pensara, que hablara y se pronunciara, que México resolviera, que México opinara y escogiera libre y democráticamente el derrotero más conveniente de cara a sus intereses y deseos. El destino del país se torció, creció como un árbol deforme, desde que un solo hombre decidió resolver por todos y la sociedad lo consintió. La mutilación fue masiva, profunda, desgarradora. El gran intérprete de la voluntad nacional no constituyó sino una monstruosidad, que, como se verá, representará altísimos costos para una joven República recién independizada de España.

Llegan informes cada vez más confusos y alarmantes del norte, de Estados Unidos, de Tejas. Los yanquis ya no saben cómo disfrazar lo que hasta ese momento sería el hurto del siglo. El 8 de junio de 1844 el Senado federal había rechazado en Washington el tratado de anexión con 35 votos contra 16. La oposición de los legisladores no se fincó en el hecho de que la medida pudiera ser justa o injusta para México, sino en que la adición de un estado esclavista podría conducir, en el futuro, a una guerra de secesión en Estados Unidos.[11] Se vuelve a someter el 11 de junio de 1844, pero la clausura constitucional del periodo de sesiones impide que se llegue a un acuerdo. "Las tropas mexicanas —se dice— ya se han internado en territorio norteamericano. Para la guerra solo falta la declaración oficial. El conflicto armado es una realidad." Falso, falso. El Quince Uñas ni siquiera ha llegado a la frontera. Es más: no ha salido del Bajío. ¿Cuál invasión? Se confunde y se desinforma para inclinar la balanza de las decisiones en contra de su vecino del sur.

Mientras que en México el caos político se adueña nuevamente de la nación y el ruido doméstico impide conocer y descubrir oportunamente lo que se trama en el extranjero en contra del país para, en su caso, tratar por lo menos de tomar algunas medidas defensivas, en Estados Unidos llega James K. Polk a la Casa Blanca. No hay tiempo ni pausa para desentrañar los peligros escondidos en esta amenazadora realidad. Gana las elecciones federales en octubre de 1844 con 170 votos contra 105. Será un verdugo implacable. Sordo, inconmovible y fanático. El tema prioritario en sus discursos de campaña lo ocupa Tejas, "por lo pronto", la anexión de Tejas. El "por lo pronto", hace que levanten la ceja quienes saben leer las entrelíneas de los textos políticos. Al electorado norteamericano le fascina la posibilidad expansionista. Las palabras de Polk calan, conmueven, sacuden. Es la reencarnación del "Padre Fundador". Gusta, seduce, es aceptada la idea de la adquisición de los nuevos territorios por medio de cualquier herramienta... Lleguemos al Pacífico... Es la voz de la Divina Providencia. Acatémosla. Votemos por Polk. Es el hombre. Habla con la verdad. Sigámoslo. Crezcamos a su lado...

¿Polk es el culpable y el electorado es inocente? ¡Pobre México! Cuando el pueblo norteamericano votó por Polk yo simplemente dije: ¡Pobre México! Yo ya conocía al candidato a contraluz y podía anticipar las consecuencias de su gobierno...

La elección del jefe de la Casa Blanca, tal y como dejé asentado: "No es otra cosa que un mandato del pueblo norteamericano para ejecutar la anexión de Tejas". "Es el triunfo del expansionismo, la garantía misma de que Tejas será anexada." "Polk es el espíritu maestro en la intriga tejana. Concentrará todo su poder, su influencia, su imaginación, su tiempo en ese objetivo." El problema de la esclavitud ocupará el centro del debate. El territorio de Oregón pasará a ser propiedad de Estados Unidos, a través de negociaciones, en términos de la latitud 54-40, la reconocida frontera sur de la Rusia americana, la Alaska rusa y la Alta California. Cumplirá fielmente las promesas de campaña a pesar de tratarse de conflictivos intereses ingleses, los de sus primos hermanos... La prensa inglesa publica: "Polk es el triunfo de todo lo que está muy mal en América". ¿Quién es Polk finalmente? El expresidente Andrew Jackson sonreía: era su hombre...

James Knox Polk había nacido en Carolina del Norte en 1795, dos años después que Sam Houston y tan solo uno anterior al nacimiento de Antonio López Santa Anna Pérez Lebrón en la ciudad de Jalapa. En aquellos tiempos, los protagonistas de la historia iban apareciendo, uno a uno, en los escenarios políticos del continente americano. Ninguno tenía un papel previamente asignado. ¿Quién cree en el destino, en una inteligencia superior a la humana capaz de ordenar la vida de millones de seres, y, en donde no hay posibilidad alguna de defensa ni de resistencia por tratarse de un mandato divino irrevocable? Dos más dos son cuatro. Dios lo dijo. Esta es tu consigna en tu breve existencia. Serás esto o lo otro. ¿A callar...? ¿Cómo? ¿El poeta y el filósofo estaban equivocados cuando uno sostenía que "cada cual se fabrica su destino" y el otro "quien puede cambiar sus pensamientos puede cambiar su destino"? ¿Estaban en un error?

No hay nada escrito. ¿O acaso efectivamente la Divina Providencia dispuso que Estados Unidos derrotara a los mexicanos a lo largo de una guerra injusta? Ella, la Divinidad, ¿decidió privar a México de la mitad de su territorio por así convenir a los intereses de alguien? ¿Ella misma forjó a la nación de manera tal que facilitara el gigantesco despojo territorial y diseñó el regreso de Santa Anna al poder durante 11 ocasiones? ¿Hacia la Providencia debemos dirigir nuestras miradas y nuestras protestas porque Washington, Rousseau o Voltaire no hubieran nacido en Jalisco o en Yucatán?

Mejor, mil veces mejor volvamos a Polk, un descendiente de inmigrantes presbiterianos, quienes sostenían que desde Adán, Abraham, los profetas y Jesucristo, las obras de los hombres y su trabajo constituían la única vía para su salvación. El fruto de su esfuerzo, concluían, es el único camino correcto hacia Dios. De estos ejemplos, conceptos y preceptos Polk estructura su personalidad. Será un trabajador compulsivo, infatigable, terco, de ideas fijas, determinado a alcanzar sus objetivos, mismos que se llevará a la cama hasta sepultarse en el insomnio y escapar a todo descanso posible, a partir de ser ungido presidente de Estados Unidos. El trabajo y solo el trabajo, la intolerancia en lo que hacía a la consecución de sus metas, ambicioso, introvertido, dueño de una voluntad de hierro, un obsesivo en relación a sus elevadas tareas, incapaz de delegar y decidido a involucrarse compulsivamente hasta en los mínimos detalles, todo ello sumado a una salud muy precaria desde sus primeros años de edad, acabarán con su vida tan solo tres meses después de haber terminado su mandato constitucional en 1849, cuando el conflicto militar México-Estados Unidos había concluido y él mismo había tenido la dorada oportunidad de anunciar, todavía como jefe de Estado, el descubrimiento del oro en California, una California que, desde luego, ya no era mexicana.

Polk, un ávido lector de los clásicos, abogado, graduado con honores, gobernador de Tennessee en 1839, dueño de una experiencia legislativa de casi 15 años, la mayor parte de ellos como principal "teniente de Jackson" en el Congreso y después como vocero del propio presidente, también nativo de Carolina del Norte, comparte una pasión con su paisano, amigo y ahora colega: a ambos los mueve un extraordinario apetito expansionista. Ambos desean anexar Tejas, a cualquier precio, a la organización política norteamericana. Ambos armarán un plan para lograrlo…

¿Cómo llega a la Casa Blanca? Martin van Buren, expresidente demócrata de Estados Unidos y Henry Clay, contrincante por el partido Whig, ambos adversarios políticos, se declaran opuestos a la anexión de Tejas. Ni whigs ni demócratas, nadie se pronuncia a favor de Tejas. Gravísimo error de estrategia política. Un Jackson envejecido, enemigo feroz de México, se percata de que la posición de Van Buren, también su exsecretario de Estado, equivale a cortarse el cuello. No le permitiremos obtener la candidatura demócrata si no está convencido de luchar con todos sus poderes y facultades por la anexión. ¿Cómo después de tantos esfuerzos vamos a permitirnos perder Tejas y más aún, servírsela en charola a los ingleses, para que ellos sean, a la larga, quienes desarrollen ese promisorio territorio abandonado durante siglos por la corona española?

Jackson, a modo de consejero áulico de Polk, cansado, presintiendo el arribo de la muerte sin haber logrado realizar su sueño de una Tejas americana, una estrella más a su bandera, una fijación, una obsesión, murmura lentamente al oído de su paisano, de hecho ya retirado de la vida pública, las ventajas de la adopción de un discurso político que incluyera la anexión a la Unión de una Tejas esclavista, dicho sea lo anterior, con el debido eufemismo y discreción. A esta posición se sumarían los defensores a ultranza de la institución de la esclavitud, con sus millones de votos. El país se dividiría, sí, pero Tejas sería nuestra, James. Ganarás las elecciones, estarás en la Casa Blanca, tal y como yo mismo estuve ocho años…

¿Solo Tejas, respondería Polk? Yo no voy solo por Tejas; voy, querido y respetado Andrew, por todo Oregón, aun cuando sea inglés: sabré convencerlos; voy por Nuevo México y California, ya sea a través de una negociación o de la guerra misma; voy, hermano, hasta el Océano Pacífico, a buscar una salida al mar de miles de kilómetros de riquísimo litoral para poder comerciar directamente con China y voy, le dice a finales del verano de 1844, finalmente por Yucatán y Cuba, para redondear y custodiar debidamente el ingreso al Golfo de México. ¿Golfo de México? Ya le cambiaremos el nombre. Por lo pronto pondremos un gigantesco coloso, el Coloso de Rodas americano, erguido, hercúleo, invencible, con un pie en la Florida y el otro en la península de Yucatán, contemplando la inmensidad del Océano Atlántico y amenazando con la sola mirada a los filibusteros, piratas o extraviados europeos que tengan una intención distinta al trabajo y a la realización de jugosos negocios con quienes estamos llamados a ser los amos del mundo…

Andrew Jackson ya no tuvo que externar sus preocupaciones en torno a Inglaterra: ellos, James, nuestros primos, tarde o temprano vendrán por Tejas, Oregón y California, le hubiera señalado con la voz cansada. Al apoderarse de esos territorios hubieran formado "un anillo de hierro que costaría océanos de sangre poderlo destruir…"

Olvídalo. Déjamelos: sé, créeme, por dónde sujetarlos firmemente…

Los hechos se precipitaron: Van Buren fue, desde luego, excluido por su posición antianexionista. En la convención demócrata de Baltimore, Polk es nombrado candidato oficial después de un intenso cabildeo de Jackson con todas las bases del partido. El expresidente, su padre político, su hermano de batallas políticas, su tutor intelectual, no se separará de su pupilo durante toda la campaña presidencial. Nos aseguraremos el éxito, James: yo sé de esto. No en balde fui inquilino de la Casa Blanca durante tanto tiempo.

Polk declara en sus recorridos por el país: "Nuestra nación es el último y supremo esfuerzo de Dios para iniciar una nueva fase en la historia de la humanidad". Sus discursos se refieren insistentemente a Dios y al país de Dios. "Somos los herederos de todo lo logrado por la sangre y los tesoros de la humanidad durante 4 mil años en el terreno de la libertad humana." "Mi nominación responde a la necesidad de que Tejas sea anexada a Estados Unidos. Concentraré todo mi poder, mi influencia, mi imaginación y tiempo en la consecución de este objetivo." "Nuestros hermanos tejanos nos necesitan." "Si votan por Polk, votarán por la anexión de Tejas, por la expansión de nuestro país y nuestra consolidación como una nación próspera llamada a ser el faro del mundo." "Todo el territorio tejano nos corresponde desde la compra de la Luisiana." "Negociaremos con México por cortesía: ese país no es el poseedor legal de Tejas." "Prefiero mil veces una Tejas mexicana que convertida en un satélite británico." "Tenemos suscrito con México un convenio de reclamaciones, si incumplen habrá llegado la hora de tomar otras medidas..."[12] Inmejorable pretexto para justificar una guerra por la conquista de California y Nuevo México...

La elección de 1844 sería reconocida como la más importante en la historia de Estados Unidos. En dichos sufragios los norteamericanos votaron por la anexión de Tejas y por la reocupación de Oregón, el doble objetivo, de acuerdo a las promesas de los candidatos demócratas durante la campaña. El 14 de octubre James Knox Polk y George M. Dallas resultaron electos presidente y vicepresidente, respectivamente. Ambos reciben un mandato popular, una inescapable instrucción del pueblo norteamericano. Es el triunfo del expansionismo muy a pesar del riesgo de una guerra. Una clara invitación, una autorización para perpetrar un gigantesco robo. La exhibición de la miseria de los valores cuando se antepone el poder del dinero. La Divina Providencia ha dictado su última palabra: ¡Polk al poder! ¡He dicho!

El nuevo jefe de la Casa Blanca llegará a apropiarse de todo el territorio nacional con el apoyo de sus cañones a diferencia de un atraco callejero, en el cual solo se usan navajas, pistolas, verduguillos o hasta un triste garrote para despojar a la víctima, se decía en los círculos políticos mexicanos.

Los buenos entendedores captaron los alcances de estas breves palabras pronunciadas el día en que ganó las elecciones, unos cuatro meses antes de tomar posesión: "Este precioso depósito de libertades debe desarrollarse y extenderse por medio de la guerra solo en condiciones especiales… Estados Unidos tiene un indiscutible y perfecto derecho a intervenir en otra nación siempre que por medio de tal interferencia promueva sus intereses propios, además de la causa de la libertad".

Los diplomáticos ingleses se percatan con claridad de las intenciones de Polk en relación a Tejas. Va por ella. No hay duda. México y las potencias europeas debemos insistir en el reconocimiento de una República de Tejas, una República independiente, libre y soberana, antes de que esta sea absorbida por Estados Unidos. Sí, sí, claro que sí, ¿pero con quién nos entendemos en la Ciudad de México? ¿Quién es el representante legal de este país? ¿Santa Anna o Paredes o cualquier otro caudillo transitorio? La crónica inestabilidad política mexicana reproduce el medio ambiente necesario para facilitar las fechorías norteamericanas. Equivale a poner el país en bandeja para ser devorado por las hienas yanquis. ¿Para los mexicanos no es evidente el peligro que corren? Mientras ellos se arrebatan entre sí el poder y asaltan el escaso tesoro nacional y discuten si debe ser República Federal o Centralizada, Polk y sus secuaces estudian la mejor manera de hacerse de todo el país. ¡Ay de los mexicanos! ¿Quién los defenderá? Contemplan el problema en su justa dimensión y, sin embargo, invierten su atención y su tiempo en conflictos cuya solución no es apremiante a cambio de evadir los conflictos prioritarios y urgentes, como evitar la mutilación del territorio nacional.

En México la convulsión, por supuesto, continúa. Mientras Su Excelencia se dirige a aprehender a Paredes Arrillaga, fusilar a ese maldito traidor, en la capital de la República, José Joaquín de Herrera, se hace repentinamente del mando de las acciones y se consolida como la figura más visible del movimiento antisantanista.

Paredes, el padre del levantamiento armado, es descartado, madrugado, ignorado muy a pesar de sus airadas y enfurecidas protestas. Es el golpista golpeado. No alcanza a llegar desde Guadalajara para coronar su movimiento. Su proyecto aborta. Se desiste. No será el nuevo usurpador del poder. Santa Anna, alejado del centro de la política en el Bajío, se le contempla ya solo como un mero oficial del ejército en plena decadencia. Un león sin colmillos, una víbora sin veneno, un águila con el pico mellado, sin vista y sin garras... Nada de nada.

¿Y Polk...? ¡Polk!, sí, ¡Polk...! Cuidado con Polk, ¡carajo...!

Escucha, escucha, tú, sí, tú, el de la voz impaciente: las tropas leales al veracruzano desertan. Cada mañana, al tocar a generala y formar filas, aparecen menos, como ya dije, muchos menos soldados bajo su mando. Huyen durante la noche. Se escapan a la primera oportunidad. Se va quedando solo. Se hunde. Desespera. Su sentimiento empieza a ser el de un presidente sin oficina, sin territorio y sin nación que gobernar ni ejército al que comandar. Sabe medir el peligro. Lo ventea como los lobos la sangre. Piensa por primera vez en la posibilidad del exilio. ¿Qué tal Cuba? Le han dicho que las mulatas hechas de corteza de ébano son maravillosas... Viajará con Lola, ¡ay!, Lola, Lolita, Lola...

Canalizo, el títere de Su Excelencia, se disminuye, se empequeñece y se desvanece ante la autoridad incontestable de Herrera. ¡Fuera! ¡Largo! Entrega la presidencia interina sin haberse disparado ni un solo tiro. Recibe todas las garantías de que no será lastimado... No tolera ver sangre, menos, mucho menos la suya, ni resiste el dolor físico... ¡Cuidado con él! No hay heridos, ni siquiera intercambio de insultos ni de amenazas en el nuevo golpe de Estado. ¡Dame el poder! Aquí está: ¡Tenlo! Todo arreglado. ¿Me puedo retirar? La "revolución" se consuma en tres horas.[13] El nuevo presidente, José Joaquín de Herrera, asegura el arribo de la paz y de la concordia. Santa Anna se queda suspendido en el vacío, al igual que el propio Paredes.

¿Guerra? ¿Cuál guerra?, se pregunta Herrera. Aun cuando me llamen traidor y apóstata: nada tenemos que ganar en una guerra contra Estados Unidos, menos, mucho menos en las condiciones militares y financieras en que nos encontramos y sí, en efecto, tenemos mucho que perder...

¿Y Tejas…?

Busquemos herramientas diferentes a las armas. Les aseguro que las hay. ¿Qué tal la diplomacia…?

El presidente Herrera sostiene largas conversaciones con los ministros de Francia e Inglaterra acreditados en México. Los dos le recomiendan reconocer a la República de Tejas con el aval diplomático de Europa. De lo contrario, Estados Unidos podría tratar de apropiarse también del norte de México y, tal vez, de todo el país. Tejas hará por lo pronto una especie de pared, una muralla, una barrera defensiva, para contener los apetitos expansionistas de su vecino del norte, señor.[14]

"Nosotros, sus amigos europeos, ayudaríamos al fortalecimiento de la nueva República de tal manera que, al crecer nuestros intereses en ese país, un problema con Tejas, *monsieur*, sería un problema con Europa y todo ello no le conviene a nadie."

Ambos diplomáticos se cuidan de confesar sus auténticos intereses por Tejas: un importante mercado para sus bienes manufacturados, además de un excelente productor de algodón barato. He ahí la verdad oculta en su participación amistosa y neutral. En la realidad, de presentarse un evento apremiante, poco o nada podrían hacer para rescatar a Herrera de un grave problema con Estados Unidos, dadas la distancia, geográficamente hablando, la debilidad del gobierno mexicano y la creciente fortaleza militar del americano. Sacarían las castañas ardientes con la mano del gato… Usted haga esto o lo otro: si le sale bien lo compartimos, *congratulations*, y de lo contrario, pues a lamerse solito las heridas como Dios, nuestro Señor, le dé a entender… *monsieur*.

—Tejas tiene el mismo derecho de independizarse como lo tuvo la Nueva España cuando se escindió de la corona española y Estados Unidos de la inglesa. ¿No lo cree usted? Acepte, por favor, la validez de ese argumento —aducen los europeos.

—Permítame tratar de refutar esa tesis —intercepta el presidente Herrera—. Tejas fue invadida deliberadamente por Estados Unidos ya antes de 1820, aprovechándose de nuestra incapacidad para poblar esos territorios tan inmensos como lejanos. Recurrieron a la vieja estrategia del presidente Jefferson consistente en poblar legal o ilegalmente la superficie apetecida, desarrollarla, armarla desde el punto de vista militar, exigir posteriormente, con cualquier pretexto, la escisión del país propietario a través de la figura de una República independiente y proceder más tarde a la anexión del estado a la Unión Americana, a través de una convención de piratas invasores. Crean un país artificialmente y luego se lo roban... No señores, ese no fue el caso ni de Estados Unidos ni mucho menos de la Nueva España después de tres siglos de dominación. Los yanquis llevan casi 30 años tratando de apoderarse de lo nuestro recurriendo a tantas mañas y argucias delictivas se les ocurre.

Se redacta un primer borrador entre México y aquellas potencias europeas con el objetivo de reconocer la independencia del otrora departamento mexicano. Tejas está perdida, entiéndanlo. Con Tratados de Velasco o no, Tejas está perdida... De lo que se trata es de elegir la mejor opción para salvar al resto del país. No hay otras posibilidades: una Tejas constituida como República independiente, respaldada por nosotros, o una Texas anexada a Estados Unidos con todas sus consecuencias e implicaciones futuras. ¡Escojan! ¿Quieren o no quieren una cuña entre México y Estados Unidos? ¿Es tan difícil para los mexicanos reconocer una realidad y apartarse de conceptos bizantinos relativos al honor y a la dignidad que solo confunden en la toma de decisiones prácticas...?

El miedo al cambio paraliza a los mexicanos. El riesgo los petrifica. Que nada se mueva ni se altere. El dogmatismo en política, la cerrazón, la ceguera, la sordera, la negación temperamental e irreflexiva, hasta suicida, el fanatismo cimentado en principios intolerantes, compréndanlo por lo que más quieran, equivale a caminar a oscuras y caer de bruces en cuantas trampas nos coloquen nuestros adversarios... Pensemos. Analicemos. Veamos. Entendamos... ¿Cuál es el sentido de caer en un monólogo irracional?

¡No!

¿Y por qué no...?

¡Porque no debe ser!

¿Y por qué no debe ser?

Porque no debe ser... Porque no debe ser... Porque no debe ser...

¿Eso es diplomacia? ¿Eso es una negociación? ¿Eso es talentoso? Es tan sencillo manipular a un fanático que se sujeta de una tabla que ya no existe...

Ese diciembre de 1844, meses antes del destierro cubano, no lo olvidaría nunca Antonio López de Santa Anna. Jamás acto deleznable alguno había herido tanto su imagen histórica. Vándalos. Criminales de la Patria. Perdónalos Dios mío: no saben lo que hacen, pero por lo que más quieras y escúchame bien, yo muy pocas veces me atrevo a distraer Tu atención, hiérvelos vivos, cuece a la plebe, a mis adversarios en general, en el mismo aceite con el que le quemaron los pies al difunto Cuauhtémoc. Cúbrelos con mucha resina y caridad cristiana y haz arder como teas humanas a mis paisanos...

Concedidas todas las garantías constitucionales por parte del presidente Herrera, 32 de los diputados encabezados por Llaca marcharon por las calles de la ciudad para retomar simbólicamente la Cámara de representación popular. Su Excelencia ya era, en el Bajío, un presidente derrocado y un general sin ejército ni seguidores. Un cadáver político y militar insepulto. El populacho necesitado de aventura, sediento de venganza y diversión se fue sumando a la manifestación callejera de la reconciliación. Las voces de protesta y festejo integraban un improvisado coro que entonaba letanías de libertad.

"En el anonimato todos los mexicanos son muy valientes", diría Santa Anna en el destierro cubano. "En grupo cualquiera mata e insulta, pero quiero verlos cara a cara en un duelo en Chapultepec, al amanecer, custodiados por sus padrinos..."

¿Usted se ha batido a duelo en esas condiciones, Su Excelencia?

No, desde luego, pero quisiera verlos a ellos...

¡Ah!, bueno...

Masas delirantes y hartas del Benemérito, se sumaban a la manifestación improvisada por los legisladores. A muchos senadores los cargaron en hombros mientras gritaban: "¡Muera el tullido! ¡Viva el Congreso! ¡Con este Congreso, sí hay progreso!"

Bien pronto dejó de ser El Napoleón del Oeste, El Protector de la Nación, El César Mexicano, El Padre del Anáhuac, El Visible Instrumento de Dios, para convertirse de golpe en "El Espíritu del Diablo", "Demonio de Ambición y Discordia", "Una Acumulación de Vicios e Inconsistencias", el "Hombre malagradecido y desleal por excelencia", "¡Asqueroso bandido! ¡Despreciable e inmoral aspirante a dictador!", sentenciaban periódicos al igual que panfletos repartidos al azar en el centro de la ciudad.

Todo esto aconteció hasta que la turba llegó al Congreso. ¿Ahí concluiría el festejo? "¿Así, con tanta insignificancia se celebraba el derrocamiento de un pillo que por octava vez llegaba a la presidencia solo para saquear las arcas de la nación y los bolsillos de los ciudadanos?" "¿Hasta aquí llega la fiesta que nos merecemos como pueblo explotado?" Paredes había tenido razón en su manifiesto: ¡Queremos cuentas de los 60 millones de pesos gastados en los últimos dos años! ¡Fin a la especulación! ¡Reincorporar al Congreso sus libertades constitucionales!

De pronto el movimiento tomó inopinadamente otro curso. Imposible contenerlo. ¡Ay!, si Su Excelencia hubiera estado en la Ciudad de México para impedirlo... ¿Quién podía controlar una marejada integrada por ciudadanos sedientos de venganza, ebrios de libertad, de fiesta y de destrucción, necesitados de una reconciliación y deseosos de devolver al menos uno de los tantos golpes recibidos? México es un país ávido de justicia, escasamente la ha disfrutado en toda su intensidad durante su existencia y por ello cuando grita, mata, cuando advierte, ahorca y cuando canta se lamenta de su suerte.

Alguien clamó entonces hasta desgañitarse: ¡Vayamos a la Plaza del Volador y destruyamos la estatua del dictadoooorr!

La idea prendió como el fuego en un pajar. Era el 6 de diciembre de 1844, el mismo día en que el Congreso confirmó en la presidencia de la República a José Joaquín de Herrera, cuando la marea, una avalancha humana, invadió la histórica plaza ubicada a unas calles detrás de la catedral metropolitana. Lazaron, desde diferentes ángulos, la figura de bronce del César Mexicano. Sí, sí, aquella donde Santa Anna aparecía de pie y apuntando con la mano derecha hacia el norte, hacia Tejas, la que reconquistaría después de sitiar y tomar la misión de El Álamo. Falso, mil veces falso que señalara la casa de moneda para atracarla tantas veces fuera necesario, según decían los léperos. El pueblo es injusto en sus aseveraciones y sentencias.[15] La jalaron al unísono emitiendo sonidos salvajes y profiriendo todo género de insultos. La rechifla era mayúscula y generalizada. Las porras y las mentadas de madre se repetían las unas a las otras. ¡Cuánto placer produce observar la felicidad de un pueblo! Ni en la celebración de la independencia se despertaba tanto entusiasmo popular.

Cuando la cabeza del dictador dio contra el piso con un golpe seco, la muchedumbre se arremolinó entre furiosos empujones como si hubiera caído una piñata gigantesca del cielo. La escupían, la pateaban, bailaban alrededor del bronce inerte, arrancaban a taconazos adoquines de las calles para estrellarlos en la cabeza del otrora ídolo. El populacho se levantaba recíprocamente el brazo en señal de victoria. Uno de los léperos se orinó en la cara del Benemérito de Tampico y también de Veracruz, mientras lloraba de alegría y el resto de la gente reventaba en carcajadas. Los transeúntes se sumaban cautelosamente a la celebración no sin antes verificar la ausencia de la policía. De la misma manera que por superstición alguien tocaba reverencialmente el manto de la Virgen de Los Remedios para obtener su divina protección, así las personas golpeaban la escultura derrumbada con un zapatazo, con el cinturón, con el puño cerrado o simplemente se sentaban encima de ella como si desearan ser inmortalizados en un retrato, para cobrar su cuota de venganza. Yo también estuve ahí, yo lacé por el cuello a Santa Anna, yo me cagué en su boca…

De pronto la algarabía concluyó como acontece en una fiesta mexicana cuando se retiran los músicos con todo y tololoches, guitarrones, trompetas, violines y guitarras. ¿Hasta ahí la celebración por el derrocamiento del tirano? ¡Claro que no! Una voz perdida en la muchedumbre sugirió el paso y el rumbo a seguir.

—¡Vayamos al cementerio de Santa Paula y desenterremos la pinche pata del tullido!

La ejecución de la propuesta no se hizo esperar. La avalancha humana se dirigió entonces a gritos, verdaderamente enardecida, al panteón. Nadie podía impedirle el paso. Muy pocos estarían dispuestos a intentarlo. Entre la chusma eran de distinguirse varios exministros de Santa Anna, examigos, generales y políticos que le habían jurado lealtad frente al altar de la patria.

Recordemos: el 28 de septiembre de 1842, dos años antes del arrebato popular, el general-presidente había autorizado la exhumación de su pierna perdida lamentablemente en la Guerra de los Pasteles de 1838 para que fuera enterrada con todos los honores inherentes a un "héroe" en el cementerio de Santa Paula. El propio presidente, quien había aceptado la propuesta con su conocida humildad, encabezó en aquella ocasión la procesión solemne, mientras que la banda de artilleros, entre otras siete más, interpretaban marchas fúnebres en su desplazamiento por las calles de la Ciudad de México. Los restos de la pierna momificada de Antonio López, guardados en una caja de roble perfectamente barnizada y cubiertos por la bandera nacional, fueron conducidos, a paso marcial lento, de acuerdo a los tiempos monótonos dictados por tambores acompañados de fanfarrias, rumbo a la catedral metropolitana, donde se obsequiaría un *Te Deum*, una misa con todo el rigor de la liturgia católica, en honor de la extremidad perdida por el Benemérito de la Nación.

La vistosa ceremonia de 1842 continuó cuando la procesión siguió la marcha, en absoluto silencio, en dirección al panteón. Solo se detenía en bocacalles y esquinas para escuchar sentidos rezos o las voces dolorosas de poetas, quienes declamaban versos para honrar y recordar la patriótica hazaña del Inmortal Caudillo. Un regimiento de caballería vestido con uniforme de gala, cascos de acero plateados, botas negras y guerrera roja con condecoraciones, bandas y listones multicolores, trotaba rítmicamente al frente, en tanto, un clarín hacía llamados recurrentes para recordar la severidad del imponente homenaje necrológico. Un nutrido grupo de selectos cadetes del Colegio Militar, con la bayoneta calada, custodiaban el pequeño catafalco, precedidos por importantes dignatarios de la jerarquía católica, del cuerpo diplomático acreditado en México, además de destacados representantes del Congreso y de los departamentos del país, quienes llegaron con el rostro contrito hasta el lugar mismo en que se inhumaría, dentro del más rígido protocolo, la pierna momificada del Salvador de la Patria. Para sellar el evento se construyó un impresionante cenotafio que inmortalizaría, de cara a las futuras generaciones, el gesto del héroe inmarcesible e impoluto.

Dos años después, la muchedumbre, en su desenfreno, tiró la reja que custodiaba el cementerio y se dirigió derribando esculturas fúnebres, lápidas, pequeños mausoleos, floreros colocados encima de urnas improvisadas, rompiendo sepulcros monumentales, veladoras, los pequeños pasillos flanqueados cuidadosamente con ladrillos, hasta llegar al cenotafio y acabar a marrazos con la capilla, mientras se escuchaban sonoros vivas, vítores y ovaciones. De golpe y como por arte de magia, aparecieron las sogas y las palas. Los gritos eran ensordecedores, impropios en un recinto en el que obligatoriamente se debería guardar compostura y respeto: "¡Que chiiiiingueee su madre el Quince Uuuuuñaaaaas…!" "¡Queee la chingueeeee…!", respondía festivamente a coro la mayoría de la chusma.

Así aconteció una y otra vez hasta que un grupo desenterró los restos de la pierna, convirtió en astillas la caja de maderas preciosas y, una vez que tuvieron a la tantas veces bendita extremidad del Quince Uñas en su poder, abandonando el cementerio, entre jalones y solicitudes y el tú ya la cargaste, me toca a mí, ahora es mi turno, pasa la pata, cabrón, la arrastraron por las calles, azotándola contra los faroles hasta romper por completo los huesos. El pueblo se desplazó después, movido por una inercia asesina, hasta el Teatro Santa Anna, recién inaugurado, para derribar las estatuas del dictador y destruir el nombre del foro. Acto seguido, derribaron tanto letrero y estatua encontraron a su paso ostentando el nombre o la figura del otrora Benemérito de la Patria.

De regreso en la Plaza del Volador, improvisaron una breve pira hasta que los restos de la pierna se convirtieron en cenizas mientras la chusma bailaba en pequeños saltos alrededor del fuego, en círculos rituales aztecas, moviendo los brazos, dirigiéndolos rítmicamente hacia el cielo y de inmediato al suelo, como si agradeciera a los dioses prehispánicos la ocasión de haberle permitido vengar tantas afrentas sufridas desde la primera noche en que sopló el viento. A la fecha sigo sin entender de dónde salieron los concheros, los tambores y los pequeños anafres para humear incienso y ocotes. Menos comprendo cómo aparecieron los penachos y las maracas hasta conformar una auténtica fiesta nacional. ¡La magia del pueblo, su sabiduría, su autenticidad, sus alcances!

No puedo dejar de consignar aquí mismo la impresión causada en Santa Anna cuando se le hizo saber la suerte de su amada pierna, perdida en defensa de la patria. Imposible evitarlo:

¡Compañeros de armas! Con orgullo pude soportar la mutilación de un miembro importante de mi cuerpo, perdido gloriosamente al servicio de nuestra tierra nativa tal y como algunos de ustedes fueron testigos; pero ese orgullo se ha convertido en pena, tristeza y desesperación. Ustedes deberían saber que esos restos mortales fueron violentamente extraídos de su urna funeraria, que fue rota con el objetivo de extraer el miembro y arrastrarlo por las calles para hacer un deporte con ellos… Sé de vuestra sorpresa y de vuestra vergüenza; tenéis razón, estos excesos eran desconocidos entre nosotros. ¡Amigos! Voy a dejarlos obedeciendo el destino. Allá en tierras extranjeras me acordaré de ustedes. Sean ustedes siempre el soporte y ornamento de nuestra nación. Dios sea con vosotros.[16]

Un paréntesis oportuno y necesario debe ser hecho aun cuando se interrumpa brevemente la narración. Mientras el populacho se arrebataba la pata del Benemérito y derribaba estatuas y esculturas y destruía a su paso, entusiasmado y vengativo, todo cuanto ostentara su imagen y su nombre; en tanto se ejecutaba en México otro golpe de Estado, la Casa Blanca no perdía tiempo y ganaba espacio, más aún cuando se supo que el gobernador Micheltorena de California, había sido derrocado, en diciembre de 1844, por unos "californios" nativos apoyados por "unos americanos" para instalar un gobierno autónomo. ¿Californios apoyados por unos americanos instalan un gobierno autónomo…? ¿Nuestro territorio mutilado por unos yanquis camuflados? O sea, ¿que no es solo Tejas…? Bien, bien, continuemos peleando por la pata del César Mexicano. Sigamos caminando a paso firme y decidido en dirección del infierno.

Un editorial del *London Times* sostiene que Estados Unidos muy pronto dominará las partes del continente norteamericano que no sean defendidas por las fuerzas y con la resolución de la Gran Bretaña.[17]

¿Y Santa Anna? El Benemérito ya se había movido de Querétaro y sabiendo perdida su situación, con muy escasas fuerzas, se preparaba a "atacar" disimuladamente Puebla apuntando hacia Veracruz, coqueteando con la idea del exilio. Dicen que las aguas tibias del Caribe cubano son revitalizadoras, ¿no…? Se reconocía en su interior más muerto que los muertos. Se le notificó que él y Canalizo habían sido destituidos por el Congreso y que tendría que responder por una serie de delitos, entre ellos el robo de la Casa de Moneda de Guanajuato, a lo que él replicó con su acostumbrada fanfarronería:

—Defenderé mis derechos constitucionales. Debo recordar que continúo siendo el presidente de la República. Cuento con 12 mil hombres y regresaré a la capital para restaurar el orden y mi gobierno.[18]

Mentira, otra mentira. Ya no era presidente, ni mucho menos contaba con 12 mil hombres ni tenía el prestigio ni la autoridad para restaurar ningún orden.

Bien sabía Santa Anna que su suerte dependía de la audacia de sus enemigos. Se abstuvo discretamente de pelear contra Herrera ni contra nadie. Controló sabiamente su letal verborrea. Solo tenía clavada la mirada en Veracruz, en el puerto, en el mar, en un bergantín que lo llevara lejos de la plebe, esos majaderos de todos los niveles de la sociedad que nunca comprendieron las dimensiones de mi benevolencia ni de mi talento ni de mi capacidad para gobernar este territorio tan rico y tan desperdiciado. ¡Ay de mí!: soy un incomprendido.

Ya pensaba en la retirada cuando aconteció un episodio que estuvo a punto de costarle la vida. Había perdido en tres meses a Inés, Inés, Inesita, su amada esposa; había sido derrocado por Herrera y en parte por Paredes, y había sabido de los ataques salvajes y bárbaros cometidos en contra de su bendita extremidad. ¿El castigo era suficiente…? ¡No! La vida le tenía reservada otra prueba, esta vez de muerte, para medir el temple del acero con el que estaba forjado.

Las deserciones se habían venido dando en temerario aumento. Imposible contenerlas. Santa Anna escribió al presidente Herrera pidiendo autorización para salir del país acompañado de algunos de sus leales para los que pidió benevolencia y respeto a sus galones y a sus salarios de tal manera que pudieran vivir dignamente en el exilio.

Su petición fue denegada. Tendría que enfrentar a la justicia por todas las tropelías cometidas, que ni eran pocas y, por el contrario, eran ciertamente graves. Será usted juzgado por la ley. Herrera soñaba con la posibilidad de colgar a Santa Anna. ¿Sabe usted lo que es una ley, una norma, una disposición obligatoria y coactiva…?

Ante semejante respuesta, en la villa de Las Vigas se deshizo de los 500 soldados que lo escoltaban y, rodeado escasamente de cinco personas, prescindió de una parte de indumentaria militar, colocándose un sombrero de paja al revés, además de un poncho para esconder la casaca. Así montaría a caballo hasta llegar a Veracruz y embarcarse rumbo a Cuba junto con Dolores, Lola, ¡ay!, Lola, Lolita, Lola...

Entre sus cinco acompañantes se distinguía particularmente uno: don Alejandro Atocha, un español naturalizado norteamericano, quien, de cierto tiempo atrás, había colaborado cerca de Santa Anna hasta convertirse en un hombre de sus confianzas. Atocha, como veremos, jugó un papel determinante en la gran conjura organizada para mutilar el inmenso territorio heredado de la Nueva España. El tiempo y solo el tiempo ha permitido desempolvar a una de las figuras claves en la historia de México, uno de los protagonistas más destacados, cuyos alcances pocos, muy pocos investigadores han podido descubrir ni suponer. En páginas posteriores dedicaré espacio, tinta, papel, vergüenza, rabia y tiempo para ocuparme de este personaje siniestro, ciertamente ignorado por los mexicanos de todos los tiempos. Yo contaré toda su historia tal y como la viví.

Pero volvamos, volvamos a la escena de los hechos: aun cuando Santa Anna aceptó que El Lencero no era un lugar seguro para él, dado que sería el primer lugar en donde lo buscarían, decidió encaminarse en esa dirección. Antes de llegar al pueblo de Xico, a tan solo 10 kilómetros de Jalapa, tal vez extraviado en plena serranía, se encontró repentinamente con un grupo de aborígenes, quienes le exigieron que se identificara. Revisiones rutinarias. Santa Anna dio, por supuesto, una identidad falsa y alegó ser buscador de minas. No era fácil en modo alguno descubrir su personalidad política camuflado como se encontraba, casi como campesino local.

Todo comenzó cuando alguno de los indígenas sospechó del color de la piel del presidente fugitivo y de sus manos escrupulosamente cuidadas, de su hablar tan educado y cuidadoso. Cuando le exigieron que se apeara apuntándole con siete mosquetes y un par de espadas, mientras que otros tantos tenían enfundadas sus armas, se descubrió la evidencia que los indios buscaban: la pata de palo.

—*Por eso mesmamente le pidimos que desmontara. Qué buscador de minas ni qué madres, asté es el mesmísimo diablo de Santa Anna.*

Sin recuperarse de la sorpresa echó mano de un recurso que consideraba infalible entre mexicanos.

—Está bien… Sí, efectivamente soy yo —aclaró sin perder la compostura—, y para que pueda continuar mi camino aquí les dejo estos 2 mil pesos que les caerán del cielo…

—*¿Dinero…? Ese nos lo ganamos ansina todas las noches asaltando caminos, presidentito, solo que un gallito como asté no como quera cae en mi cazuela, ¿verdá, compadritos…?* —cuestionó el líder del grupo en busca de una aceptación en coro.

—¿Entonces qué carajos quieren? —preguntó el Benemérito perdiendo la paciencia mientras tiraba al suelo un sinnúmero de monedas de oro.

—*Yo crio que lo que nuestra tropa quere es que lo cocinemos a asté como tamal pa' que deje de andar haciendo tantas chingaderas que se dice hace asté…*[19]

—¿Cocinarme como tamal? ¿Sabes, pedazo de animal, que este país existe gracias a mí?

El jefe de los indios, Manuel Domínguez, un personaje muy conocido y reconocido en las montañas de Veracruz y Puebla, giró la cabeza al estilo de los pericos, poniéndola casi de perfil sin dejar de observar atentamente a Su Excelencia. No pestañeaba. Sin moverse ni retirar la mirada esquiva agregó imitando el lenguaje de los integrantes de ínfima jerarquía de su banda:

—*¿Y qui es este pais? ¿Hasta dónde llega…?*

—Llega hasta toda California, Tejas, Nuevo México y, al sur, Yucatán… —interceptó Santa Anna, sintiéndose salvado desde que había podido enhebrar un par de palabras con su pintoresco interlocutor, descalzo, chimuelo, sin afeitar de toda la vida, con costras de lodo en los pies, vestido de manta con el sombrero echado para atrás y apenas detenido por el mentón gracias al barbiquillo; pero eso sí: en ningún momento soltó el mango del machete.

—*¡Ah…!, pos sí que 'stá retegrandote, ¿no…?*

—No solo es grande —acotó Santa Anna—, también es rico…

—*¡Traigan la lenia!* —ordenó sin más el jefe dando por concluida la conversación.

—¿Pero estará loco? —tronó el Benemérito echándose para atrás, quitándose bruscamente el poncho y aventando el sombrero al piso. Exhibía su impresionante casaca bordada con hilos de oro. Desenfundó su pistola y encañonó a su secuestrador y victimario—. Usted lo ignora pero yo derroqué a Iturbide y gracias a ello extinguí el imperio; impulsé la República Federal, derroté a Barradas en Tampico para que nuestro país no volviera a ser colonia de España; defendí Veracruz de los franceses y obsequié a mi país con mi pierna a cambio de la gloria y la libertad de la Patria y ahora lucho contra la mutilación de México porque los yanquis nos quieren robar Tejas y usted me quiere cocinar como tamal —concluyó mientras blandía la pistola y con la mano izquierda desenvainaba su espada con incrustaciones de brillantes, esmeraldas y perlas de concha nácar.

—*Con esa pistola solo podrá chingarse a uno de nosotros, tal vez a me mesmo, si me dejo* —repuso impertérrito el indígena—. *Despúes los que queden lo cocinarán como tamal. Mijor ya ni le ande miniando y éntrele a la cazuela. ¡Encuérenlo!*

—Por la gloria sea de Dios, deténganse. No puedo terminar mis días así —asentó a punto de arrodillarse en busca de piedad.

—*Tú, Joel, traite las hojas de plátano macho más grandes qui encuentres. Tú, Sebas, jálate por unos jarros y pídele a mi vieja que te preste el caldero más grandote qui tenga para hacer el puchero. Tú, Nachito, y tú, Jelipe, junten harta lenia y ocotes porque pa'cocer a este cabroncito nos vamos a llevar harto tiempo.*

Cuando menos se dio cuenta, Santa Anna había sido desarmado e inmovilizado por la espalda, en tanto le hundían la cabeza en el piso de tierra para asfixiarlo. La mayoría se peleaba el derecho *"de rajarle la barriga y sacarle las tripas como se pela a los pinches borregos pa' la barbacoa".*

—¿Le tuerzo el pescuezo como a las gallinas, jefe? ¿Se lo chispo?

¿Qué le salvó la vida a Su Excelencia? La repentina aparición de un sacerdote que intervino en el nombre sea de Dios, evitemos el salvajismo, hijos míos…

—*Padrecito, pero eso del ojo por ojo y diente por diente qui ordenó el Siñor li viene al pelo a este cabrón.*

—No hagamos justicia con nuestras manos. Si estoy aquí y alcancé a llegar a tiempo, es porque Dios me mandó para salvar la vida de uno de sus hijos antes de que ustedes lo cocinaran.

Santa Anna sonreía en silencio. Inclinaba la cabeza a modo de un beato que empieza a expiar sus culpas el día del Juicio Final.

El sacerdote tomó del brazo al acusado y entre todos se lo llevaron preso a Perote para que ahí se le sometiera a un juicio cristiano y civilizado. Su Excelencia vio entonces de reojo cómo Nachito y *Jelipe* llegaban con la leña y los ocotes. Al montar todavía alcanzó a ver a Joel, completamente frustrado, cuando tiraba al piso el caldero conteniendo el agua para cocinar... Pinche padrecito...

Una vez encarcelado en el Castillo de Perote, a partir de enero de 1845, pide papel y lápiz. Deseaba comunicarse con su familia. Es como concederle la última gracia a un condenado a muerte. Un acto de generosidad ante el caído. Déjenme escribir. Despedirme, al menos, de los míos, de mis seres queridos: por piedad... El César le había enviado una serie de cartas al presidente Herrera quejándose de la insalubridad de la cárcel, de los hedores que despedían las celdas y de los malos tratos recibidos, inaceptables en términos de su jerarquía. Déjenlo que se siga lamentando de su suerte. Hemos de ver colgado a este descarado bandido de un frondoso ahuehuete del bosque de Chapultepec. Concédanle lo solicitado, al fin, esas líneas serán las últimas que escribirá en su vida.

El texto que redacta el Quince Uñas no va dirigido a Dolores ni a sus hijos ni amigos, ni es un postrer mensaje de amor a los suyos en el que se despide para siempre ante la posibilidad de un inminente fusilamiento: recuérdenme con cariño, sépanse amados y queridos, pude equivocarme pero siempre actué de buena fe buscando el bienestar de ustedes y de la patria. Adiós, adiós, dueños de todos mis pensamientos... No, qué va. El Benemérito de la Patria, manda una misiva secreta, con instrucciones muy precisas, a Manning and Mackintosh,[20] una compañía bancaria británica a la que ordena la transferencia de sus fondos personales a Cuba, de tal manera que al amparo de la bandera inglesa no pudieran ser confiscados, en ningún caso, por el gobierno mexicano, una cáfila de bandidos que desean quedarse por las malas con los ahorros obtenidos durante tantos años, producto innegable del sudor de su frente, el patrimonio sagrado de sus hijos, que paradójicamente coincidía con los desfalcos al tesoro público.

Comienza el juicio en contra del Benefactor. ¿Cargos? Haber atacado al gobierno emanado de las Bases Orgánicas y haber disuelto la asamblea departamental de Querétaro, entre otros tantos más. Herrera, conocido como "el presidente sin mancha", porque nunca robó nada, no separa el dedo del expediente. Lee con lupa cada una de las resoluciones del tribunal en relación al proceso de ese miserable traidor. Cambia la guardia cíclicamente. Teme una fuga lograda con arreglo a sobornos. Conoce de sobra las mañas del inculpado. Las ratas siempre encuentran un agujero para huir o esconderse. Hubiera querido colgarlo al igual que lo deseó, en su momento, el presidente Guerrero, el compadre de Su Excelencia. Con qué placer hubiera dado personalmente Herrera las instrucciones a un pelotón de soldados para ejecutar a Santa Anna. En ese sentimiento coincidía con los deseos, también frustrados, de los deudos de El Álamo y de Goliad, entre otros tantos más que desearon su muerte antes de que siguiera haciendo daño… Cuídenlo bien, huye con más facilidad que un roedor estercolero…

Los periódicos mexicanos de principios de 1845 pedían la guerra. Herrera, un hombre ciertamente débil pero sabio, se opone nuevamente a enfrentar con las armas a Estados Unidos. "Propongo, en cambio, una reforma militar para desmantelar el aparato de control político con el que Santa Anna ha dominado durante más de una década."[21] Ejecutaré igualmente una reforma burocrática. Volveremos al Federalismo. Instrumentaré una reforma constitucional de fondo acorde con los tiempos modernos y conforme a la realidad política nacional.

Mientras se desarrolla el proceso en contra de Su Excelencia, entrado ya el año de 1845, Herrera va fracasando en sus objetivos. Al igual que Santa Anna fue derrocado por su política en favor de la guerra para lograr la reconquista de Tejas, territorio que él mismo había perdido en 1836, ahora el nuevo presidente de la República también se tambaleaba en el cargo por negarse a recurrir a las armas desde el punto de vista ofensivo, no defensivo, tal y como sentenció Cuevas, su propio secretario de Relaciones Exteriores: "Lo mejor sería reconocer a la nueva República de Tejas y evitar un conflicto mayor con Estados Unidos, para lo que México no está preparado". Curiosa nación la mexicana, ¿no? Santa Anna es depuesto, entre otras causales, por apoyar la guerra y Herrera será en breve derrocado, entre otras razones, por negarse a apoyar la misma guerra, es decir, por lo contrario, por proponer una cruzada nacional por la paz y la negociación... Uno cae por apoyar y el otro por no apoyar...

De igual manera que en 1822 Iturbide no logró promulgar el texto constitucional prometido y este proyecto permaneció archivado en su agenda política y, por esta y otras decisiones erróneas, fue depuesto, Herrera tampoco podrá promulgar las modificaciones deseadas a la Constitución y también será derrocado menos de un año después de haber ocupado la presidencia...

Los acontecimientos se dan más rápido que mi capacidad para narrarlos. Antes de que el presidente Tyler entregara el poder a James Polk el 4 de marzo de ese mismo 1845 y para sentir plenamente justificado su paso por la Casa Blanca, debía absolver, en muy poco tiempo, una asignatura pendiente que ni el propio Andrew Jackson ni Martin van Buren, sus antecesores, pudieron salvar durante sus respectivos mandatos. La obsesión, claro está, no podía ser sino Tejas. Agregar, por ende, una estrella más a la bandera nacional, un timbre de orgullo, un acto de sublime patriotismo sin detenerse ante dos consideraciones; una, el atropello a un país vecino, indefenso, que quedaría mutilado territorialmente —¿qué le importan semejantes pruritos al imperio naciente?—, y la otra, el hecho de agregar al país un estado esclavista con todas las consecuencias.

Tyler había firmado en abril del año anterior, en 1844, un tratado de anexión con 12 representantes tejanos. Sí, solo que faltaba la ratificación del Congreso norteamericano. Por ningún concepto permitiría que Polk, un odioso demócrata, disfrutara las mieles de semejante triunfo a tan solo un par de horas de haberse sentado en su despacho en la Casa Blanca y sin haber luchado encarnizadamente para alcanzar dicho propósito. Los días pasaban. La creciente preocupación por la intervención inglesa en Tejas enrarece el ambiente. Malditos británicos: quieren todo el mundo para ellos... La arena del reloj caía con asfixiante rapidez de un depósito al otro sin poderla contener.

Tyler, quisiéralo o no, estando conforme o no, tenía que abandonar el poder a más tardar la noche del 3 de marzo de 1845, so pena de enfrentar graves consecuencias políticas y legales. ¡Qué maravillosas posibilidades encerraba el sistema mexicano cuando sus presidentes podían quedarse a su gusto en el cargo o volver cuando se les diera la gana ignorando todas las limitaciones constitucionales y además, recibiendo el aplauso multitudinario del pueblo! Un puesto de tanta dignidad y pesada responsabilidad se lo disputaban entre sí, principalmente los políticos y militares mexicanos, como niños, alegando su mejor derecho a dar una vuelta montando un *pony*.

No, no, qué va. Ni pensar en quedarse un día más en el poder. El mismo George Washington se había negado a reelegirse. Ese fue el temple, el coraje, la determinación y el buen ejemplo en materia de respeto a las instituciones y a las leyes norteamericanas. Jamás intentaría eternizarse en el poder al más decantado estilo mexicano.

Tyler podría haber fantaseado en sus últimas noches, recostado en los dormitorios presidenciales, con la posibilidad de quedarse en el cargo ignorando la Constitución y todos los principios políticos, claro que sí, pero en ningún caso pasarían de ser eso, fantasías, simples fantasías. En la realidad, si se negaba a entregar el mando los oficiales del ejército lo someterían por la fuerza y lo recluirían en una prisión por un número indeterminado de años que impondría un juez a través de una sentencia, tratárase de quien se tratara.

¿Qué consecuencias sufren en México los generales-presidentes golpistas? ¡Ninguna! A pesar de participar en levantamientos armados, asonadas, golpes de Estado y de organizar todo género de actos de sedición, se les llena el pecho de condecoraciones y se cubren las paredes de sus oficinas con reconocimientos políticos, pergaminos y diplomas multicolores, además de saturar sus bolsillos de dinero y de concederles grandes extensiones de terreno para garantizar su inmovilidad política y asegurar su buena conducta en el futuro. Moctezuma quiso comprar a Cortés con obsequios deslumbrantes y todo lo que logró fue estimular aún más su apetito. La historia se repite. No cambiamos.

Por su parte, el presidente John Tyler convoca a reuniones, dentro y fuera de la Casa Blanca, a legisladores de ambos partidos, a periodistas de diversas corrientes y de diferentes entidades del país. El telón está a punto de caer. En ocasiones comparte el *lunch* con ellos en el salón de recepciones con la vista a los jardines nevados propios de aquel helado invierno a principios de 1845 o los invita a disfrutar el té en su oficina a media tarde. ¿El tema a discutir? Por supuesto, Tejas. Insiste en conversaciones privadas con los congresistas y gobernadores en cocteles, ceremonias, conciertos, cenas de gala, eventos políticos y culturales, recepciones en las diversas embajadas acreditadas ante el gobierno de Estados Unidos en las que se festeja su día de fiesta nacional. Los acuerdos con los agentes secretos infiltrados, siempre serán a puerta cerrada. James Polk, presidente electo, ayuda a Tyler en estos oficios de cabildeo. Promete a los legisladores una serie de ventajas y compromisos que, bien lo sabe él, nunca cumplirá. Prometer no mata... Es preferible pedir perdón, sí, pero no perder Tejas. Lo primero es lo primero. Si ambos, Tyler y Polk, deseaban lo mismo, era el momento de luchar conjuntamente por la expansión de la patria. Aun cuando eran miembros de partidos opuestos, ácidos adversarios políticos, uno whig y el último demócrata, se trataba de sumar fuerzas como aliados para alcanzar una meta común. ¡Texas! Nuestras diferencias políticas las dirimiremos posteriormente en otra arena, en otro escenario, en otras circunstancias. Los enemigos políticos se dan la mano. En este momento lo importante es el engrandecimiento de Estados Unidos, ¿verdad, James? Sí, John...

Faltando solamente tres días para la toma de posesión de Polk, el día 27 de febrero de 1845, en una sesión rígidamente solemne cargada de tensión y decorada con cientos de banderas norteamericanas, ante una gigantesca muchedumbre de espectadores y curiosos, John Tyler logra la ratificación del Congreso en lo referente a la anexión de Tejas con 27 votos contra 25 en medio de una estruendosa ovación y una sonora rechifla de apoyo como si se estuviera en un rodeo. Tejas dejaba de ser una República independiente para convertirse en un estado más de la Unión Americana. Los whigs habían votado junto con unos demócratas unificados para obtener escasamente la mayoría necesaria. Los estados esclavistas ganaron la votación en contra de los estados libres por 14 contra 13, respectivamente. Decisión apretada, difícil. Una década y media después habrá de traducirse en ríos de sangre, ruinas y destrucción. El día 1 de marzo de 1845, Tyler firmó la resolución conjunta, emitida por ambas Cámaras. Esa misma noche envió la resolución a Donelson, el representante de Estados Unidos en Tejas, para la ratificación del tratado por parte de aquella República. No había tiempo que perder. El presidente festejaba con los puños cerrados el final de su gestión. Había alcanzado su objetivo. La euforia, sin embargo, le impidió ver un obstáculo…

La tarea política y diplomática a seguir quedaba ya en manos de Polk: el Congreso y el gobierno de la todavía República de Tejas estaban ahora, a su vez, obligados a ratificar, con todos los formalismos, la anexión ya autorizada por Estados Unidos. Urgía. Solo faltaba un sí mayoritario del Congreso y de los habitantes de Tejas. ¿Quién de estos últimos se iba a negar a la anexión de su "país" a una Unión que ya dejaba ver con claridad sus enormes potencialidades militares y económicas? Todo parecía indicar que nadie podía oponerse y nada podía obstaculizar la fusión política por la que el pueblo norteamericano había votado cuando eligió a James Knox Polk como jefe de la Casa Blanca. Sorpresas te da la vida…

El 4 de marzo de 1845, Polk toma posesión como el décimo primer presidente de Estados Unidos de Norteamérica. Santa Anna, mientras tanto, permanecía privado de su libertad en el Castillo de Perote. Atrapa cucarachas cubriéndolas con un plato hasta matarlas de hambre. Acto seguido intenta comprobar hasta qué punto son del paladar de las ratas con las que cohabita. Desespera. Grita. El calor lo sofoca. El nuevo jefe de la Casa Blanca apela por primera vez a la doctrina Monroe. En su discurso inaugural y una vez comprobada la injerencia del Reino Unido y de Francia en los asuntos continentales americanos, les advierte a ambas potencias blandiendo el dedo flamígero: "Si cualquier potencia europea intenta plantar o mantener una colonia en cualquier porción del territorio reclamado o poseído por Estados Unidos… es en relación a nuestros intereses, nuestra seguridad y nuestro honor nacional que será resistido vigorosamente. *Muy pronto he de solicitar a este Congreso la extensión de la jurisdicción norteamericana en toda el área*".[22]

En otro párrafo provocó cruces de miradas entre los diplomáticos extranjeros acreditados en Washington: "El gobierno de Estados Unidos es el sistema más admirable y prudente de un bien organizado autogobierno entre los hombres, jamás concebido por la mente humana".[23]

¿Dinero, sangre, destrucción y muerte, traiciones, alevosía, sobornos y chantajes? ¡Ay!, por favor: dejémonos de sentimentalismos. Mi único objetivo consiste en poder obsequiar a mis compatriotas con el placer de la contemplación de un nuevo mapa norteamericano en el que, por supuesto, ya debe aparecer Texas como un nuevo Estado de la Unión y a la que pronto habremos de agregar Oregón, California y Nuevo México.

Debemos invertir lo mejor de nuestra atención, de nuestro poder y de nuestro talento, en la obtención de nuevas fronteras, nuevas posibilidades de crecimiento, nuevos terrenos agrícolas, ganaderos y posibilidades mineras, nuevos negocios y empleo para estabilizar la migración, nuevas fuentes de recaudación, nuevas oportunidades de comercio con los asiáticos, nuevas materias primas, nuevas plazas de trabajo gratuito a través de la esclavitud, nuevas promesas, nuevos horizontes, nuevas esperanzas...

Que nunca nadie olvide que un esclavo produce hasta cuatro veces más que un hombre blanco y además, por las razones que sea, el trabajo de los negros es gratis...

El fin justifica los medios, ¿no? Además, es tan frágil la memoria de mis semejantes cuando les lleno los bolsillos de dinero. Es tan sencillo insuflar el pecho de mis paisanos mostrándoles un país invencible e incontenible dotado de enormes litorales en el Pacífico, en el Golfo de México y en el Mar Caribe... Los medios para hacerme de los nuevos territorios muy pronto se olvidarán y se borrarán de la memoria, de la misma forma en que desaparecen las huellas de las gaviotas sobre la arena cuando el mar lava el pasado con sus olas de espuma blanca...

La noticia de la aprobación de la anexión de Tejas a Estados Unidos llega el 21 de marzo de 1845 a la capital de la República con una violencia devastadora que arrolla cuanto encuentra en su camino, tal y como acontece cuando un barco naufraga y el agua irrumpe rabiosamente destruyendo cuanto encuentra a su paso con furia arrebatadora.

México había dejado muy en claro que la anexión de Tejas a Estados Unidos sería equivalente a un *casus belli*. La cancillería mexicana y los diversos embajadores nacionales acreditados en Washington así lo habían hecho saber en notas diplomáticas, declaraciones de funcionarios públicos y legisladores, publicaciones en diarios norteamericanos y nacionales. Nadie podría llamarse sorprendido. La respuesta causa-efecto era evidente y esperada. A la anexión corresponderá la guerra. Los mexicanos no podemos asistir apáticos e indiferentes a la mutilación descarada de nuestro territorio. Los invasores, ladrones, piratas, filibusteros, asesinos, solo pueden esperar de México un dogal en el cuello, un espacio distinguido en el patíbulo al lado del verdugo o un lugar de honor al centro cuando el pelotón de fusilamiento dispare apuntando a los testículos de los usurpadores para que nunca olviden las consecuencias de atacar a sus pintorescos vecinos. ¡¡¡Fuego!!!

En marzo de ese mismo año de 1845 Juan Nepomuceno Almonte, ministro representante de México en Estados Unidos, exige su pasaporte como señal inequívoca de protesta y se retira del país de acuerdo a las instrucciones previamente recibidas, no sin antes dejar en claro una opinión muy mexicana respecto a nuestros vecinos de la puerta de al lado:

Los norteamericanos son bárbaros mata-apaches, asesinos de pueblos enteros, esclavistas, torturadores, vendedores de seres humanos, endiablados devoradores de dólares, sin otro Dios que el oro. Supuestos adoradores del derecho, suelen arrebatarle sus bienes, por lo general, a quien no puede defenderse. Baste preguntarle su opinión a los indios norteamericanos, los primeros pobladores de su territorio...

Con la bendición de la Divina Providencia, le sacarán los ojos por un lingote a quien sea, porque, según ellos, aquella dispuso que los yanquis obtendrían un mejor provecho de lo ajeno... No tienen más moral que sus apetitos materiales. Saciarlos sin pruritos es su único objetivo.

México, de acuerdo a su perspectiva racial, es inferior y degradado y, por lo mismo, nosotros, los mexicanos seremos tratados como esclavos y vendidos como tales a lo largo y ancho de su país. Vendrán a incendiar ciudades, a saquear nuestros templos, a violar a nuestras mujeres e hijas, a asesinar a nuestros hijos e inmolar a los defensores de la patria en nuestra presencia. Deben saber que en cada mexicano muerto encontrarán mil vengadores. ¡Lo juro!

A su regreso a México, organizará la resistencia al lado del presidente Herrera. Pide la guerra para defender la dignidad nacional. Exige mandar tropas al norte para preservar tanto Tejas como Nuevo México y California. Se deben proteger nuestras casas y nuestra religión. Apelemos al apoyo de otros países contra la hipócrita agresión de esta potencia esclavista. En ese momento, más que nunca, en Estados Unidos ya constituyen tema de conversación todos los territorios mexicanos al norte del Río Bravo. ¿Acaso no estábamos hablando única y exclusivamente de la anexión tejana, tan bien armada desde años atrás, por los diversos gobiernos norteamericanos? ¿Por qué salen ahora a colación Nuevo México y California? ¿De qué se trata? Los planes para ejecutar el robo más grande del siglo XIX están en marcha. El rompimiento de relaciones es inminente. La guerra, una palabra en boca de todos, produce miedo, pasión, heroísmo e ilusión. El probable estallido del conflicto bélico consume enormes cantidades de papel y de tinta en ambos países. Los periódicos de las dos naciones se agotan al salir de las prensas. Polk estaba preparado para todo. Se había agazapado como un tigre, en absoluto silencio, esperando el momento adecuado para atacar a su presa.

El presidente Herrera y Luis Gonzaga Cuevas, el ministro de Relaciones Exteriores, no ocultan su coraje y frustración, sobre todo porque ambos habían venido insinuando la posibilidad del reconocimiento diplomático de una Tejas independiente. Los dos se equivocaron al pensar que Inglaterra adoptaría un papel más protagónico, más defensivo y amenazador, dados sus intereses en Tejas y Oregón.

Wilson Shannon, embajador norteamericano en México, también recoge su pasaporte. Antes de la ruptura de relaciones, da su versión de los hechos a su gobierno en Washington. La temperatura política sube de nivel. Faltará escaso tiempo antes de alcanzar el punto de ebullición. La paciencia parece extraviarse en cada uno de los vecinos. ¿Vecinos? Adversarios, próximamente furiosos enemigos después del estallido de la guerra. El comunicado del embajador Shannon critica la actitud patriótica de México en relación a su patrimonio territorial:

> La insolencia de este gobierno es intolerable y si se le tolera en un caso eso servirá para fomentar que se repita. Pienso que debemos mostrarnos duros con México y hacer comprender claramente que debe retirar sus insultos y hacernos justicia en todas las quejas que tenemos contra él. Estoy convencido de que no lograremos ningún arreglo con México en ninguna de las dificultades que tenemos con él, hasta que le peguemos o le hagamos creer que vamos a pegarle... Pienso que debemos presentarle a México un ultimátum...[24]

A finales de marzo se dan por terminadas las relaciones diplomáticas entre México y Estados Unidos. Concluye oficialmente el diálogo entre las dos naciones. Las dificultades son crecientes. Cada una de las partes moverá sus fichas en silencio. El lenguaje es entre sordos. Se funden masivamente piezas de artillería. Se fabrica o se importa pólvora. Se diseñan uniformes. Polk investiga discretamente los recursos militares mexicanos, el ejército y la marina, con el ánimo de medir la fuerza del enemigo y sopesar las posibilidades de éxito en un enfrentamiento armado. El espionaje militar es una realidad. Estados Unidos practica, además, un inventario geográfico de México. Los mexicanos carecen de recursos y, tal vez de imaginación, para hacer lo mismo.

La sola palabra Tejas había venido profundizando las diferencias políticas que se remontaban a la independencia de México. De igual manera encumbraba políticos, derrumbaba prestigios y erosionaba esperanzas, enlodaba reputaciones y justificaba movimientos subversivos en un sentido o en otro.[25] ¿Estás a favor de la anexión? ¡Ah!, traidor, enemigo del patrimonio nacional heredado de nuestros abuelos. Si no sientes el dolor de la mutilación, tampoco experimentarías sensación alguna ante la pérdida de un hijo, ¿verdad...? Moriste hace mucho tiempo y todavía no te has percatado. ¿Piensas que al vender territorios, que nunca nos han reportado provecho alguno, tranquilizaríamos los apetitos de la fiera norteamericana, la saciaríamos, para que posteriormente no intente devorar las Californias y Nuevo México…? Vendamos, dices, para hacernos de dinero y reconstruir el país, pagar deudas, inyectar recursos en caminos, puertos y puentes, educarnos, crecer y evolucionar. En fin: enajenemos la patria antes de ser despojados, ¿no…?

Un fusil, denme un fusil, acabemos con cuanto yanqui y vendepatrias encontremos a nuestro paso. Defendamos Tejas hasta derramar la última gota de sangre…

Ahora bien: ¿Estás en contra de la anexión? ¡Ah!, entonces deseas una confrontación armada y que los yanquis nos masacren con el riesgo, además, de perder todo el país. Tú crees que cualquier contemporización sería un crimen digno de execración pública porque la guerra es justa, gloriosa e inevitable, ¿verdad?[26] ¿No te has dado cuenta de que nacimos quebrados, estamos quebrados y moriremos quebrados y de que la anexión nos proporcionaría dinero para crecer y comprar armas y poder defendernos en un futuro, tal vez inmediato? Por favor entiende: si no les damos los territorios, nos los quitarán a la fuerza…

Comienza una febril actividad diplomática abierta y encubierta. No hay tiempo que perder. Los agentes secretos, generales y comodoros en activo, el representante oficial de Polk en Tejas, Donelson, los ministros sin cartera, observadores camuflados de pastores evangélicos, los espías a sueldo contratados por la Casa Blanca, columnistas y periodistas, cabildean ahora entre el electorado tejano, su Congreso y su gobierno para lograr, a la brevedad, la ratificación del tratado anexionista, el suscrito por Tyler en los últimos tres días de su gobierno. Inducen a la sedición. Yell, Wickliffe, Green, Donelson, Sherman, Stockton, militares, civiles, religiosos y periodistas, hablan de un ataque desde el Río Grande por parte de México: crean el pánico. Cumplen con sus consignas políticas secretas. Incendian con los verbos y con las mentiras. Manipulan con el miedo a la población. El terror es un mal consejero. Es fácil lucrar con el pánico de los tejanos: basta repetir *Remember the Alamo. Remember Goliath*, 1836 y los cambios deseados a favor de Estados Unidos operarán mágicamente. Los enviados personales disfrazados recurrieron a embustes, sobornos y promesas para apoderarse del resto del norte del país. México es un caos, decían, sin dinero, sin orden, sin ejército y sin armas y por si fuera poco, un gobierno indefenso, los ciudadanos desunidos, una sociedad entreguista a su mejor conveniencia económica, el tesoro público exhausto, el crédito nacional perdido, los ingresos futuros comprometidos a través de hipotecas a acreedores extranjeros y un grave malestar doméstico derivado de la eterna inestabilidad política... Tenían razón, ¿no...?

Los ingleses, particularmente, se niegan a la anexión. Sabotean con su tradicional diplomacia el proyecto ahora polkista. Quieren una Tejas independiente, una República autónoma para negociar con ella y no con la Casa Blanca. Los magníficos campos algodoneros y sus posibilidades comerciales atrapan toda su atención. Son obvios sus intereses. Convencen a Herrera cuando ya es demasiado tarde. ¡Cuánto tiempo desperdiciado el año pasado! Mientras políticos y generales se disputaban el poder derrocando a Santa Anna e imponiendo a Herrera o a Paredes, en un histórico escenario de desorden institucional, nadie se percataba de que en Washington se escribía el futuro de México, desde que se buscaba el lugar más certero para asestar en el cuello una puñalada devastadora en el momento adecuado. ¡Qué insensatez! ¡Cuánta irresponsabilidad!

Finalmente la Gran Bretaña, a través de Elliot, su representante en Tejas, convence de lo imposible a Jones, el presidente de la República de Tejas. Lo deslumbra con las ventajas económicas y políticas de no anexarse a Estados Unidos y permanecer como República independiente. México está de acuerdo. Viva una Tejas libre y soberana. Gracias por la invitación del Congreso norteamericano, *mister* Polk, estamos muy agradecidos por su interés y por el esfuerzo de Tyler, su antecesor. Nos sentimos conmovidos, pero los tejanos tenemos litorales, planicies, bosques, ríos, puertos, todo para alcanzar el éxito sin la "generosa" ayuda de nadie. Gracias, hermanos, gracias, de cualquier manera haremos negocios juntos. Las ventajas económicas de la autonomía son indescifrables, insiste Elliot ante Jones, el presidente texano: rechace la anexión en términos categóricos. Le garantizo que nunca se arrepentirá...

La respuesta de Jones sacude por primera vez los cimientos del gobierno de Polk. Acontece algo imprevisto, impensable, inimaginable: bien visto, aduce el jefe de la nación tejana a finales de 1845, vale la pena esperar 90 días para estudiar detenidamente la oferta mexicana… Esperemos. Yo no tengo la prisa de la Casa Blanca. Pensemos en la conveniencia de una República tejana independiente… ¡Reflexionémoslo! Las presiones de Washington son constantes y temerarias. Polk desea saber si Jones comparte su punto de vista en el sentido de que California y Nuevo México han formado siempre parte de Tejas y que, al anexarnos esta última, de hecho llegaríamos al Pacífico. Actualicemos nuestros mapas… ¿No cree que puede haber errores cartográficos…?, *president Jones*… Le conviene…

"Estoy llegando a la conclusión de que mis paisanos yanquis son unos asaltantes. ¿Serán? ¿Cómo se les ocurre siquiera pensar que la línea fronteriza de Tejas es el litoral del Océano Pacífico?"

La campaña de publicidad financiada por Polk y la labor de sus agentes influyen en forma determinante en los tejanos. Buchanan, el secretario de Estado, se compromete a conceder apoyo militar y económico de la Casa Blanca; la ayuda de Estados Unidos fortalecerá mágicamente el mercado interno del nuevo Estado a anexarse a la Unión; cita una y otra vez las desventajas de permanecer aislados en un mundo en donde el pez grande se come al chico. ¿A dónde va una República de Texas solitaria y huérfana? Además, las amenazas, abiertas o veladas, no podían faltar: en cualquier momento los atacará México, resuena desde el Potomac. ¿Quién cree en la palabra de los mexicanos? *Remember the Alamo!* Son unos salvajes. Vean ustedes, Santa Anna es un caníbal, los desollará, acto seguido, los desosará y se los devorará a mordidas sin que nosotros podamos ayudarlos… Ahora bien, amigos tejanos, si ustedes son incapaces de entender lo que más les conviene, si rechazan nuestras amistosas invitaciones y los acuerdos de nuestro Congreso, Estados Unidos no tendrá más remedio que ayudarlos a entrar en razón con el poder de nuestros cañones. A un niño menor de edad se le debe llevar de la mano o de la oreja…

Polk mueve sus piezas del ajedrez internacional. El comodoro Stockton tenía instrucciones de zarpar a bordo del *Princeton*, un novedoso e imponente barco de guerra rumbo al Mediterráneo, un viaje de amistad y buena voluntad, en realidad un periplo diseñado con el objetivo de impresionar a las potencias europeas con la capacidad armada de la marina de Estados Unidos. ¡Dense cuenta de lo que contamos para que midan sus fuerzas y sus ambiciones en relación a América! La tripulación del *Princeton* ya estaba lista para hacerse a la mar junto con otros barcos de la flota como el *Saratoga*, el *St. Mary's* y el *Porpoise*, cuando repentinamente, el mismo 22 de abril de 1845, llega la contraorden de Bancroft, el secretario de la marina del nuevo gobierno. Las órdenes a Stockton, entre líneas, consisten en intimidar a los tejanos:

> Deberá usted dirigirse junto con el escuadrón a su cargo a las vecindades de Galveston, Tejas, y permanecer ahí tan cerca de la playa como las circunstancias lo puedan permitir. Escogerá usted uno de sus buques para que al llegar al puerto de Galveston despliegue la bandera americana… Usted mismo desembarcará para informarse de la actitud del pueblo de Tejas y sus relaciones con México que deberá reportar a este departamento. Después de permanecer en Galveston, tanto como su juicio lo permita, *procederá usted a reunirse con el escuadrón del comodoro Conner en Veracruz.*[27]

En aquel entonces un buen número de barcos de guerra norteamericanos se encontraban anclados en las costas tejanas y en la Luisiana, principalmente en Nueva Orleans. Elliot, el inglés, sale por una puerta de la oficina del presidente texano Jones y por la otra penetra el general Sidney Sherman, comandante de la milicia tejana, acompañado del secretario particular del comodoro Stockton. Las presiones son constantes e intensas. Ahí le informan del interés estratégico norteamericano de tomar Matamoros como "una medida precautoria…" ¿Matamoros? ¿Qué tiene que ver Matamoros? ¿Dónde está la verdad escondida en todo esto?

"El presidente Polk —dispara Sherman a quemarropa a Jones— quisiera que Tejas tomara una actitud más hostil en contra de México, así que cuando Tejas finalmente fuera incorporada a la Unión trajera consigo una guerra en contra de México."[28] Jones se pone de pie, apoya los puños sobre la mesa de su escritorio y declara para la historia: "Así, señores —repuso levantando el entrecejo ante el secretario del comodoro—, lo que el presidente Polk desea es que Tejas le manufacture una guerra a Estados Unidos, en contra de México, ¿verdad?"[29]

Con esa pregunta sin respuesta se da por terminada la reunión.

Al estilo de Pilatos, el presidente Jones cree arribar a una decisión salomónica ante tantas influencias, presiones y chantajes de ambos bandos. El 4 de junio pone en manos del pueblo tejano la decisión de aceptar la oferta de paz e independencia formulada por México o proceder a la anexión a Estados Unidos. Convoca a una Convención Nacional Tejana para decidir la suerte de su país. De sobra sabe que se enfrentará a Polk, a Sam Houston, a Stockton, al ejército, al Congreso y a la prensa de Estados Unidos y, por supuesto, a una gran mayoría tejana.

El jefe de la Casa Blanca truena como un viejo diplomático de la alta escuela: "¡Escúchenme bien, en caso de que el Congreso tejano no decrete la anexión, las fuerzas armadas norteamericanas irían en ayuda del pueblo tejano para proclamarla!"[30]

Polk no se someterá al resultado de la votación en el Congreso tejano muy a pesar de que este solamente se encuentra integrado por un mexicano, José Antonio Navarro de San Antonio; 18 miembros provenían de Tennessee, ocho de Virginia, siete de Georgia, seis de Kentucky y cinco de Carolina del Norte.[31] Solo acatará la resolución de las cámaras legislativas de la República de Texas, si aquella le es favorable y conviene a sus intereses; de otra manera la rechazará violentamente con genuina convicción democrática. Únicamente es justo lo que me beneficia...

Se convoca finalmente a la convención el 4 de julio de 1845. Tejas o Texas: ¿República independiente o estado de la Unión Americana? La sola fecha, el día de la conmemoración de la independencia de Estados Unidos de la corona inglesa, llenó de entusiasmo y esperanza a Polk y a su gabinete. La campaña publicitaria a favor de la anexión y la masiva labor de cabildeo operados por Sam Houston convencían día a día a la opinión pública tejana. Cada vecino parecía ser un agente especial norteamericano. El control y la postura de la prensa bien pronto producirían los resultados esperados.

La votación arrojó los siguientes datos: 120 a favor y 18 en contra en la Cámara de Diputados, y 27 contra 25 en la de Senadores, donde la decisión fue mucho más reñida. Tejas se perdió para siempre: jamás volvería a ser mexicana. El tratado votado por el Congreso norteamericano había sido ratificado por el tejano en una fecha histórica. La vieja estrategia trazada por el presidente Jefferson consistente en invadir los territorios, independizarlos y anexarlos, resultaba una mecánica impecable.

Polk, sin embargo, no tiene tiempo para celebraciones. Ordena, a través de un decreto, con gran placer, el cambio de todas las banderas de la Unión: se agregará, "por lo pronto", una estrella. El misterioso sentido de las palabras, ¿no...? "Por lo pronto..." allá los buenos entendedores... Encerrado en sus oficinas piensa en su siguiente jugada. Sabe que Santa Anna, una vez derrocado y procesado judicialmente, emprendió el camino al exilio cubano. ¿Un enemigo menos...? Toma en cuenta la eterna desestabilización política de México e imprime una gran velocidad en la ejecución de sus planes expansionistas. A un hombre inteligente se le distingue por saber buscar, encontrar y aprovechar las oportunidades.

Obsesivo, como lo es, se dedica a consolidar militar y económicamente al nuevo Estado anexado. El 11 de julio da órdenes a la marina norteamericana para que defienda Tejas en contra de una nada remota agresión mexicana a título de represalia. ¡Cuidado con el trato que conceden nuestros vecinos del sur a quienes se rinden y ostentan una bandera blanca! Pasan a cuchillo a sus víctimas con más salvajismo que los comanches. Es claro que son reminiscencias aztecas de cuando les sacaban el corazón a las doncellas en la piedra de los sacrificios y ríos de sangre inundaban las pirámides donde se celebraban las ceremonias.

Polk da órdenes como si se escuchara una cadena de disparos. Washington es un hervidero.

—¡Conner! —el comodoro es citado en la Casa Blanca el 11 de julio de 1845. Han transcurrido tan solo cuatro meses de su gobierno.

—A sus órdenes, señor.

—Zarpará usted con su escuadra para vigilar los puertos de la Luisiana y Tejas. Deberá emplazar sus naves en la desembocadura del Río Bravo.

—¡Zachary Taylor! —con 60 años de edad, un militar con casi 38 años de servicios en el ejército, más de la mitad de su vida, es convocado el 30 de julio. Desde 1837, después de la batalla de Okeechobee, había sido ascendido a general con la capacitación

necesaria para defender las líneas fronterizas del suroeste norteamericano…

—A sus órdenes, señor.

—Usted saldrá de Nueva Orleans rumbo a Corpus Christi
con lo más selecto del ejército norteamericano, o sea, avanzará al
poniente del Río Nueces, pero a discreción. Estará usted al mando
de cuatro regimientos de infantería de los ocho con que contamos. Además dispondrá de todos los dragones existentes y de toda
nuestra artillería. Entiéndame: la mitad de las fuerzas armadas
norteamericanas. Dese cuenta de la importancia que le concedo
al caso mexicano.

Si Polk ordena a Taylor abandonar Nueva Orleans y partir
rumbo a Corpus Christi, una ciudad de 100 habitantes, en donde
solo se pueden comprar y vender mulas, caballos, sillas de montar,
bridas, tabaco, ropa y alcohol, es porque sabe que los mexicanos
no enviarán tropas ni a defender California ni Nuevo México. Las
batallas, en caso de guerra, serán obligatoriamente en Tejas, en la
costa Atlántica. ¿De dónde van a sacar el dinero, el parque y los
hombres, la fortaleza militar para defender el norte de México que
no sea, si acaso, de Tejas? Resulta imprevisible un combate en las
márgenes de la bahía de San Francisco. Los mexicanos se morirían
en el camino… Me resisto a decir que se ahogarían porque carecen
de una flota…

Polk da intencionalmente órdenes vagas y confusas para dejarse siempre abierta una salida política y en caso de conflicto
poder culpar a sus subordinados, en este caso, al propio Taylor, a
quien castigaría con todo el rigor de la ley.

Zachary Taylor piensa durante el viaje: de mi prestigio militar depende mi acceso a la presidencia de Estados Unidos; por
cada mexicano muerto, por cada batalla ganada, por cada pueblo destruido, por cada metro de terreno mexicano robado o no,
más cerca estaré de la Casa Blanca en este maravilloso país de
guerreros, donde el botín de guerra tiene un extraordinario peso
político específico. La cuerda se rompe por lo más delgado, dice
en silencio. No marchará ni siquiera lentamente hasta no recibir
órdenes precisas, concretas. Se cuida más de las intenciones ocultas
contenidas en las órdenes de Polk que de los ataques apaches o de
los mexicanos. La ejecución de las instrucciones confusas siempre

las paga el subordinado, se dirá a solas mientras masca su tabaco favorito de Virginia.

En el alto mando militar le aclaran a un Polk con la mirada de acero:

—Señor, debo recordarle que las fronteras de Tejas están marcadas por dos ríos, uno, el del noreste, el Sabina, según el Tratado de Adams-Onís de 1819 en lo que hace a la frontera de la Luisiana y el otro, el Nueces, el del sur, es el que establece la línea fronteriza con México, en particular con los departamentos de Tamaulipas y Coahuila.

Quien no conociera a Polk difícilmente se percataría de que su impaciencia estaba a punto del desbordamiento. No soportaba que le dieran clases, menos de geografía y menos, mucho menos si se trataba de las líneas fronterizas de Estados Unidos con México.

—Si le ordenamos a Taylor, señor, llegar a Corpus Christi, o sea, avanzar al poniente del Río Nueces, ya estaríamos violando la frontera mexicana: invadiríamos un territorio a todas luces ajeno, *mister president...*

—Entendido —replica Polk, como si no supiera de memoria que Tejas colindaba con la Luisiana y México. Por supuesto que conocía el alcance de sus decisiones. Había leído mil veces el maldito Tratado de Adams-Onís, podía dibujar a ciegas el mapa de la frontera de Tejas y, sin embargo, concluyó con un lacónico—: procedan.

—Señor...

—¿No entienden ustedes el inglés? —tronó como siempre cuando, sobre todo los necios, se le enfrentaban para darle lecciones a él, a Polk, al jefe de la Casa Blanca, al presidente de Estados Unidos. *God damn it!* ¡Que baje Taylor hasta donde yo ordene...!

—¡Fremont! Traigan a John Fremont.

—Escoja 50 o 60 soldados, ármelos a la perfección, después disfrácelos y salga a la brevedad a California en viaje de reconocimiento y de investigación geográfica. No necesitará más hombres para conquistar California.

—Llevaré una fuerza de rifleros, señor...

—¡Rifleros!, sí, claro que sí y tome, con derecho o sin él, tantas poblaciones californianas como pueda en nombre del gobierno de Estados Unidos. No le confiese a nadie estas instrucciones, son secretas. Si usted me traiciona yo negaré esta conversación.

—Pero no estamos en guerra, señor...

—Como si lo estuviéramos. ¿Me ha entendido?

—¡Manden un buen número de ingenieros militares y navales al norte del Río Bravo y a Veracruz: necesito tener todos los detalles del terreno para garantizarme el éxito!

—¡Larkin!, sí, sí, Larkin, que se vaya a Monterey, California, como agente confidencial del Departamento de Estado. Que renuncie a su cargo como cónsul de Estados Unidos. Así nos será más útil. Él logró que los "mexicanos adoptivos" volvieran a ser norteamericanos de corazón. Ha cumplido muy bien mis instrucciones desde el primer día de mi gobierno. Quiero, además, que nuestros cónsules, Dimond en Veracruz, Black en la Ciudad de México, Schatzel en Matamoros y Chase, en Tampico me informen a mí en lo personal, con copia a Buchanan, de todo lo que acontece. Así tendremos varias fuentes para poder cruzar datos y confirmar el avance de nuestros planes.

Polk tuvo el tiempo suficiente, durante el verano de 1845, para pensar en la selección de sus representantes, agentes, espías o enviados personales, encargados de cumplir con ciertas tareas muy específicas. Unas eran de naturaleza militar, otras de espionaje o periodísticas, o de sedición en contra de las autoridades mexicanas o bien respondían a estudios o investigaciones para levantar inventarios y rutas en caso de una intervención armada. Se reúne casi a diario con sus generales y comodoros más cercanos o les envía cartas o mensajes si ya no estaban en Washington: Stockton, Sloat, Taylor y Conner. Para los mexicanos se trataba de una conjura, de un futuro ataque orquestado. En el caso de los norteamericanos simplemente eran planes estratégicos. ¿Por qué los mexicanos tienen que poner tanta carga emocional en las actitudes ajenas? Todo les parece sospechoso: son escépticos por definición y naturaleza.

De esta suerte Polk ordena sus ideas. Lo vi caminando frenéticamente de un lado a otro de su oficina de día y de noche. ¿Quién irá a Mazatlán a proteger de los mexicanos rebeldes las costas californianas, San Diego, Los Ángeles, Monterey y la hermosa Bahía de San Francisco? ¡Sloat! Sloat toma dichos puertos simbólicamente desde julio de 1845...[32] Los toma un año antes de estallar la guerra entre ambos países, digo apretando las quijadas. ¡Hijos de puta...!

El plan estaba perfectamente orquestado. ¿Quiénes serán los hombres para tomar Chihuahua, Utah, Santa Fe y que conquisten Nuevo México sin disparar un solo tiro, al igual que Yucatán, un rico territorio tropical ya dado, entregado, rendido ante la majestuosidad de nuestra causa? Contaremos con dos herramientas vitales para alcanzar el éxito: la Divina Providencia y la ausencia de nacionalismo mexicano.

Polk escoge personalmente a su equipo de trabajo. Le obliga una y otra vez a memorizar sus instrucciones para no dejar evidencia escrita. Rechaza el ingreso de funcionarios por referencias. Estoy obligado a garantizarme el éxito. No delego nada: solo confío en tres personas: *me, myself and I...*

Santa Anna, hombre de suerte, es beneficiado por medio de un decreto de amnistía después de cinco meses de reclusión en una cárcel infecta. Lo perdonan en mayo de 1845. Se vuelve a salvar, ya no se diga de la furia de los indios que lo hubieran cocinado como tamal, sino del paredón o de la horca, a donde sin duda hubiera llegado encapuchado y maniatado por el resentimiento y el coraje del presidente Herrera. ¡Qué servicio le hubieran hecho a México si Su Excelencia hubiera sido envuelto en hojas de plátano macho y sometido al nivel de cocción requerido para cocinar un buen tamal al estilo oaxaqueño! ¡Cuánto hubiera cambiado el destino de México si un certero pelotón de fusilamiento hubiera acabado con la vida del Salvador de la Patria y un tirador experimentado hubiera disparado puntualmente el tiro de gracia sobre las sienes coronadas con laureles de oro del perínclito Benemérito...!

El 3 de mayo de 1845 Santa Anna abordó el *Midway*, un vapor inglés, rumbo a Cuba, desde luego, acompañado de Dolores. Ahí, en La Habana, tramará la cadena de felonías jamás divulgada y que, por lo mismo, ha permanecido ignorada por los mexicanos de ayer y hoy.

Uno de los personajes que acompañaron al César Mexicano rumbo al destierro es nuevamente Alejandro Atocha, el mismo caballero español que lo había apoyado contra viento y marea en sus años de dictador de 1841 a 1845 y que lo estaba acompañando cuando Manuel Domínguez, el asaltante de caminos, lo aprehendió en Xico, antes de su reclusión en el Castillo de Perote. Con él zarpó de territorio mexicano y cruzó el Golfo de México y el Mar Caribe hasta llegar a su "destino final decidido para agonizar, según decía, en el dolor del exilio, lejos, muy lejos de la patria…" No tengo otra alternativa que beber el frío champán del destierro…

En las noches de tibia travesía primaveral, disfrutando la perfumada brisa caribeña, apoyados los codos en los barandales de proa, Santa Anna y Atocha tienen tiempo de sobra para intercambiar, como siempre, puntos de vista en relación a la política mexicana. Ahí, conversando de perfil con la mirada clavada en el horizonte, contemplando en silencio cómo la luna riela en la inmensidad del mar, Atocha abre su juego y le informa al expresidente las fórmulas a las que había recurrido para inscribirse como acreedor del gobierno mexicano en el Convenio de Reclamaciones suscrito con Estados Unidos. Deudas que el gobierno mexicano tiene contraídas con nacionales norteamericanos. Él, Atocha, finalmente lo confiesa, también posee la nacionalidad norteamericana y por ello tiene derecho al cobro. Tan lo tiene que zarpará de Cuba el mes entrante, junio de 1845, rumbo a Washington para entrevistarse nada menos que con el presidente Polk[33] a fin de reclamar la indemnización que sin duda cobrará cuando México cumpla finalmente con sus obligaciones de pago.

—¿Vive usted también en Estados Unidos?

—Sí, señor, vivo en Nueva Orleans. Mi nombre aparece desde 1834 en el directorio de esa ciudad, como corredor de bienes inmuebles, en el número 53 de St. Louis Street. Mi residencia personal estaba en el número 272 de Bourbon Street. Aunque a partir de 1838 me cambié al número 241 de esa misma calle[34] —insiste su interlocutor para exhibir toda la verdad y evitar la presencia de cualquier sospecha.

Santa Anna no se da por sorprendido de que su amigo Atocha sea acreedor del gobierno mexicano ni que posea la nacionalidad americana ni que tenga su residencia igualmente en Estados Unidos: lo que atrae poderosamente la atención de Su Excelencia es el hecho de que don Alejandro tenga acceso al jefe de la Casa Blanca para tratar un asunto ciertamente irrelevante.

—¿Y cómo hizo usted para obtener una cita con Polk? —pregunta Santa Anna con aparente apatía, inhalando el humo de su puro veracruzano.

—En Estados Unidos la democracia es ejemplar. Es el auténtico gobierno del pueblo. Los ciudadanos —concluye observando la estela del mar que el vapor inglés produce en su desplazamiento— tienen acceso al jefe de la Nación simplemente porque a ellos el presidente les debe el cargo. Estamos frente a la figura de un verdadero servidor público.

—Yo también recibía legisladores, periodistas, miembros de la oposición, representantes de la máxima jerarquía de la iglesia católica, aristócratas europeos y mexicanos, escritores y diplomáticos —agregó con un aire de prepotencia para demostrar que no se dejaría impresionar por las costumbres yanquis—. Mis gobiernos siempre fueron de puertas abiertas en términos de la Constitución.

Santa Anna iba a comentar que cuando la audiencia era solicitada por ladrones como Manuel Domínguez, verdaderos indios malolientes que cuando abandonaban su despacho, el hedor a sudor rancio de siglos permanecía tercamente en su oficina, en ese caso exigía a sus subalternos que se hicieran cargo de sus asuntos y le dieran trámite a sus peticiones. ¡Ya hubiera querido yo que todos mis visitantes cumplieran con las formalidades y educación de las personas que pisan las oficinas de Polk! ¿Qué cara pondría el jefe de la Casa Blanca si su despacho se llenara a diario de mixtecos, zapotecos o mayitas?

Cuando el exmandatario mexicano empezaba a presumir sus conocimientos de la ciudad de Washington, de pronto desvió la conversación para no recordar cuando Sam Houston lo apresó y lo envió encadenado, en su carácter de general-presidente de la República, a la capital de Estados Unidos. ¡Qué vergüenza aquella…! Nunca contaría cómo, estando preso y ostentando semejante personalidad política, fue remitido ante la presencia del presidente Jackson a la Casa Blanca. ¡Qué sano es olvidar! ¿no?

—¿Piensa usted volver a México o ya se olvidará de todo y pasará sus últimos días en Cuba? —preguntó Atocha sin ocultar su acento español.

El mar se mostraba apacible. La navegación resultaba un placer en esas condiciones. Solo ocasionalmente había que sujetarse de la barandilla. La brisa del mar humedecía el rostro, descansaba. Las largas inhalaciones de aire tropical eran tan inevitables como gratificantes. El ambiente se prestaba para enhebrar una buena conversación.

—Volveré a mi querida patria antes de lo que usted cree, querido amigo —repuso Santa Anna exhalando lentamente el humo de su puro veracruzano por la nariz y la boca—. Ahora bien, si debo expresarme con corrección, mejor le diría que nunca regresaré a menos que pidan a gritos mi retorno. Entiéndalo, Atocha: soy como el opio, los mexicanos no saben vivir sin mí. Soy la esperanza, el único que los protege, los comprende, los defiende y los ordena. Soy el máximo juez, la máxima autoridad en caso de diferencias y conflictos domésticos o internacionales. No pueden entender su existencia sin mí. Y, por si fuera poco —concluyó con altivez moviendo curiosamente la cabeza como si le apretara el cuello de la guerrera—, los mexicanos tienen muy mala memoria y, la mayor parte de las ocasiones, aun teniéndola, no quieren acordarse de nada... Lo verá, es un problema de tiempo. Vendrán por mí. Eso lo podrá comprobar usted. Entonces yo pondré mis condiciones.

Por algo había regresado Santa Anna tantas veces al poder. Su Excelencia conocía a su gente mucho mejor que la palma de su mano. Este dominio de la sociedad le permitía jugar con ella y manipularla a su antojo. Se adelantaba a los acontecimientos con sorprendente certeza.

—¿Tiene usted algún mensaje para el presidente Polk? —cuestiona Atocha sin atreverse a replicar a Su Excelencia.

Santa Anna guardó un largo silencio. Enfocaba a la distancia cerrando prácticamente los ojos como si hubiera descubierto algún objeto en el horizonte marino.

—No por ahora —dijo mientras golpeaba delicadamente el puro contra el barandal para hacer caer la ceniza blanca—. Vaya usted y entrevístese con él: más tarde tendremos tiempo para planear una estrategia en común. ¿Cuándo volverá, señor Atocha?

—Cuando usted lo disponga, Su Excelencia...

—Es usted muy gentil. Solo quiero saber sus planes.

—Volveré a Cuba y a México a finales del otoño. Los fríos de Norteamérica no me van muy bien.

Santa Anna permanece mudo. Tiene tiempo de sobra para madurar sus planes. Los tiene muy claros, solo requieren más reposo. Los acuerdos secretos con el presidente de Estados Unidos exigen seriedad. No hay marcha atrás. Observa la presencia de hierbas y troncos flotando en el mar, señal inequívoca de la cercanía de la costa. Ordena sus ideas. Ningún lugar mejor que el mar para hacerlo. El *Midway* apenas se mueve. Concibe planes, los urde sin externarlos. Los masca. Es prematuro. En el exilio tendrá mucho tiempo para pensar. Resulta innecesaria cualquier precipitación. Distraídamente contempla a su interlocutor a contraluz en noche de plenilunio. Se recarga de espaldas al barandal de madera. Repasa el rostro de Atocha. Distingue con claridad la barba en forma de candado. Se asemeja, siempre lo pensó, a un aristócrata, un seboso burgués de la corte de Luis XIV. Sus modales le fascinan. En ocasiones, bien lo sabe Su Excelencia, lo ha imitado.

Alejandro Atocha parecía ser un elegante caballero extraído de las profundidades del Siglo de Oro español. Este hombre, ciertamente particular, obeso, de estatura media, quien aparecía siempre con un pañuelo bordado secándose el sudor del rostro, se distinguía invariablemente en las elegantes *soirées* del Castillo de Chapultepec por el trato exquisito que dispensaba a las mujeres cuando las saludaba al obsequiarles una pronunciada caravana, no sin antes desprenderse del ancho sombrero negro, con forma de tricornio, rematado con una gran pluma negra que, sostenido con la mano derecha, realizaba un largo viaje hacia las alturas, mientras la cabeza del incurable romántico se humillaba ante la regia figura de la dama en cuestión.

En tanto Santa Anna se aprestaba al desembarco en el malecón de La Habana, el general Rangel se levantaba en armas en México al grito de ¡Federación y Santa Anna! Rangel conoce la historia del Salvador de la Patria. Sabe que se sumó al derrocamiento de Iturbide y al del presidente Gómez Pedraza. No ignora que hizo abortar la Constitución federal de 1824 al grito de Centralismo o muerte y que le causó, le causa y por lo visto, le causará un gran daño a México y, sin embargo, se levanta en armas a favor de él proclamando un principio, el de la República Federal, que el propio dictador rechazó. Qué más dan los antecedentes y la historia, el hecho es que el expresidente no se acaba de exiliar y ya claman por su regreso. Ha renacido antes de morir...[35]

Mientras el Benemérito de Veracruz se adapta a las "penalidades" del destierro cubano habiendo ya recibido con la debida oportunidad la transferencia de fondos a través de Manning and Mackintosh y busca una señora residencia con vista al mar, cerca, muy cerca de las playas, y que tenga, eso sí, enormes ventanales desde los cuales pueda contemplar el esplendor del trópico y la majestuosidad del océano, en México, el deterioro político prosigue avasalladoramente en la segunda mitad de 1845. El presidente Herrera, amante de la paz, se había desgastado políticamente por haber tratado de llegar a un acuerdo digno e inteligente de cara a la anexión tejana. La posición de buena parte de la prensa nacional no se publicaba en mensajes encriptados: "Quien negocie la venta de Tejas será etiquetado como corrupto, vende-patrias y traficante de lo sagrado".

El devastador terremoto del mes de abril de ese mismo año lo había tomado como un indicio de la presencia de la adversidad durante su gobierno. Hasta la naturaleza está en mi contra. Los hechos, invariablemente tercos, se ocuparían de confirmarlo. Dos meses después, en el mes de junio, se frustraría un golpe de Estado orquestado en contra del propio Herrera por Valentín Gómez Farías en el Café del Cazador, en el Portal de Mercaderes, acompañado por Lafragua, Olaguíbel y Canalizo. Como siempre sucedía, el castigo ejemplar para quien había atentado en contra de las instituciones nacionales consistió en el otorgamiento del cargo de senador de la República. En lugar de un sitio de honor en el paredón, de acuerdo a la gravedad del delito cometido, le conceden una curul como representante popular. Los mexicanos no resolvemos nuestras diferencias apoyándonos en la ley, sino recurriendo a componendas clandestinas. Esta vez don Valentín había fallado: ya mediríamos en la segunda ocasión, el año siguiente, a mediados de 1846, su capacidad de aprendizaje en relación a su propia experiencia.

Aquella advertencia, tantas veces repetida, de que México debía declarar la guerra en el momento mismo en que el presidente de Estados Unidos firmara el acta de admisión de Tejas a la Unión Americana, no se había cumplido. Si el gobierno encabezado por

Herrera se niega a defender la soberanía nacional, debe ser derrocado. Nuestro país, insisten, no podrá comprar la paz en contra de los bárbaros del norte a otro precio que no sea el de su sangre. La derrota y la muerte en las márgenes del Río Sabina serían gloriosas, pero infame y execrable la paz firmada en el palacio de México.

El día 8 de agosto se amotinan, esta vez, las fuerzas del general Filisola en El Peñasco. Un nuevo conato de golpe de Estado. El segundo en tan solo dos meses. Los entendedores lo contemplan como el antecedente del futuro levantamiento de Mariano Paredes, el golpeador, golpeado, el madrugador, madrugado por el propio Herrera, quien esta vez reconoce la fortaleza del movimiento en su contra. El piso tiembla. La estampida de caballos se escucha. Un nuevo levantamiento armado, esta vez definitivo, se presiente. Los resentimientos crecen. Las heridas no habían cicatrizado. Cuidado con los resentidos, son traidores y alevosos por naturaleza. La sed de poder y de venganza se desbordan. La tropa, sepultada como siempre en el hambre, sería difícil de motivar. Los sueldos no llegan a los bolsillos de los soldados ni el rancho a sus estómagos igualmente vacíos. Filisola fracasa.

En el caso de Tejas, Herrera sueña todavía en una solución negociada. Mientras maniobra diplomáticamente para acordar un precio por Tejas y busca resolver el conflicto militar de forma pacífica, razonable y honorable, simultáneamente intenta hacerse de 15 millones de pesos a través de préstamos destinados al financiamiento de una probable confrontación armada, por demás, nada deseable. Se dirige a la iglesia católica en busca de apoyo. Los mexicanos debemos unirnos en la adversidad sin detenernos a evaluar nuestras diferencias religiosas, políticas, sociales o económicas. ¿La sola amenaza de guerra no constituye una razón mucho más que válida para convocar a la suma de esfuerzos con un solo interés llamado México? La prensa libre toma su partido al lado de la guerra. Nadie confisca sus tipos ni sus planchas ni clausura sus instalaciones ni aprehende a sus operadores. Existen todavía las garantías ciudadanas, la libertad de expresión, de movimientos, de asociación muy a pesar de la contingencia política y cívica.

Finalmente, el 14 de septiembre de 1845, el Congreso concede formalmente a Herrera la investidura de presidente de la República.

El día 16 jura solemnemente el cargo. México se da el tiempo necesario para elegir a sus presidentes. Mientras la Isla de Sacrificios, en Veracruz, es rodeada por barcos de guerra yanquis, violando cualquier norma elemental de derecho internacional. El nuevo jefe constitucional de la nación insiste con notable lucidez: México no cometerá un acto de guerra que le conceda a Estados Unidos derechos de conquista. ¿Hasta dónde puede exigir Estados Unidos derechos de conquista? Tal vez todo México les sería insuficiente para cobrárselo a título de indemnización.

Polk se sentirá descubierto. Su plan es precisamente ese, sí, sí, ese, el de declarar en última instancia una guerra a México para que, una vez derrotado este país ciertamente indefenso y empobrecido, pueda ejercer su derecho de conquista al extremo de hacerse, ya no se diga de Tejas, esa ya se la habían apropiado por sofisticados métodos civilizados, sino de las Californias, Nuevo México y Yucatán, además de otros territorios norteños.

Herrera conoce a sus adversarios. No caeremos en la trampa. No descalabraremos a un marino yanqui de los que están a bordo de sus fragatas en Veracruz para que, con esa razón, esa estúpida excusa o justificación pueril, intenten apoderarse de todo lo nuestro. Si esa es su intención que la exhiban, que sean honestos y que nos asalten al estilo de los ladrones callejeros con una pistola en la mano a cambio de no privarnos de la vida. Fuera disfraces: ¡Esto es un robo! Sí, sí, que muestren quiénes son y de qué son capaces para que el mundo entero y la historia los condenen. ¿Ese es el nivel de ética que aprenden en sus templos calvinistas? ¿Ese es su concepto de la moral? ¿Ese es el respeto que dispensan a sus vecinos? ¡Róbennos! Asáltennos, como haría cualquier bandido en plena vía pública: nosotros, los mexicanos, no daremos el primer paso ni facilitamos la excusa para la extorsión y el hurto. No, no lo haremos, no, no...

Para muchos mexicanos la guerra debería ser una cruzada contra los infieles norteamericanos, malvados invasores movidos por un solo deseo: destruir la única y verdadera religión, la católica, la apostólica y romana. Si Estados Unidos llegara a derrotar a México, los calvinistas impondrían su odiosa doctrina material apartada de la piedad, de la caridad y de la bondad.

El clero español aconseja al mexicano: "Si la iglesia calvinista se llega a implantar en vuestro país por la fuerza de las armas norteamericanas, dicho triunfo se traducirá en una ruina católica total". ¡Adiós a los escasos diezmos y a otros jugosos ingresos que aún recaudáis! ¡Adiós a todo vuestro patrimonio, el que custodiáis a nombre y en representación del Señor! ¡Adiós a la unidad indisoluble entre la iglesia y el Estado, ellos pedirán la separación con todas sus consecuencias...! ¡Adiós al privilegio de ser la única religión obligatoria, los calvinistas aceptan la efectiva libertad de cultos, un horror, hermanos nuestros, una barbaridad, un atentado divino...! Además perderéis el derecho a vender bulas, a acumular bienes raíces, a cobrar rentas, a enajenar indulgencias plenarias o parciales, a financiar todo género de proyectos a través de vuestros juzgados de capellanías, bancos e hipotecarias disfrazados. Ya no podréis tener bienes de ninguna naturaleza ni podréis educar a los chicos en nuestras escuelas y universidades para garantizarnos su lealtad en el futuro, ni recibiréis limosnas salvo que las exhibáis y publiquéis en las puertas de vuestros templos, tendréis que declararlas... Ya no recibiréis tierras por donaciones ni venderéis terrenos ni casas ni contaréis con policías secretas ni cárceles clandestinas ni con ejércitos a vuestra disposición. Estos calvinistas, hijos míos, son una mierda: por algo los habrán largado, siglos atrás, de Inglaterra.

Escuchadme bien, hermanos: si los calvinistas pueden contraer nupcias y tener descendencia, es claro que las esposas y los hijos heredarán el patrimonio de los pastores y, de esta suerte, asistiremos al empobrecimiento de nuestra madre iglesia. No lo consintáis. No podéis aceptar una liberalidad tan monstruosa. Una de las razones de la subsistencia del celibato católico, durante siglos, radica en la justa preservación de los bienes eclesiásticos en manos exclusivas del santo rebaño del Señor... Jamás mortales ajenos podrán beneficiarse ni disfrutar del acervo Divino. ¡Cuidadlo!, se ha derramado mucha sangre por defenderlo. Acordaros que nosotros solo le rendimos cuentas a Dios y al Vaticano...

Mirad, mirad lo que osaron publicar los calvinistas, malditos envidiosos, en el *Daily Union*: "La absorción de México por Estados Unidos es inaplazable e inevitable: la realización religiosa de nuestra gloriosa misión nacional, bajo la guía de la Providencia Divina, para así poder civilizar, cristianizar y levantar de la anarquía y degradación a un pueblo de lo más ignorante, indolente, malvado y desgraciado: el pueblo de México".[36]

Para alcanzar sus propósitos redentores no dudéis que los calvinistas habrán de recurrir a la política, a la diplomacia, a la presión, al chantaje, al soborno, al asesinato, a la mentira y al embuste, al engaño, a la intriga, a la conspiración y finalmente a la guerra. Deberéis resistiros a la guerra porque de perderla, como sin duda la perderéis, ello conllevará vuestra ruina material con los consecuentes daños a los bienes del Señor...

La misiva concluía así: "México debe invadir a Estados Unidos a la brevedad para implantar a sangre y fuego la santísima religión católica, apostólica y romana".[37]

El presidente Herrera sabía de los movimientos navales en el Golfo de México, de los desplazamientos militares realizados al sur del Río Sabina, la frontera legal con Tejas, así como los conducidos en secreto a través de California y Nuevo México. Conocía, no adivinaba, las intenciones de los yanquis. Estas eran claras y evidentes. Imposible olvidar el derrocamiento de Micheltorena, el gobernador de la Alta California, en diciembre de 1844. Las agresiones abiertas, lacerantes, ya no solo las amenazas estaban ahí, sobre la mesa, solo que para enfrentarlas carecía de lo más elemental.

Esa noche el presidente cayó en un profundo pesimismo, se sintió solo, perdido, al terminar la lectura de un editorial publicado en el periódico *Siglo XIX*, uno de los medios más influyentes, en el que escribían Guillermo Prieto, Mariano Otero, Francisco Zarco, Ignacio Ramírez y Lucas Alamán, entre otros tantos más. Las conclusiones resumían una buena parte del sentir de la sociedad que él gobernaba. ¿A dónde voy, se dijo resignado, con un país que siente pero no piensa? El mexicano resuelve sus diferencias con el corazón o con el hígado, pero nunca con la cabeza. Los diarios *El Católico*, *El Monitor Constitucional Republicano*, *El Patriota Mexicano* y *El Mexicano*, cualquiera de ellos pudo incluir en sus páginas el contenido suicida, según él, del siguiente texto:

No hay espíritu público o sentimiento de nacionalidad entre todos nosotros. La ausencia de justicia ha conducido a la desmoralización, a la desaparición del patriotismo y a la apatía. La guerra nos servirá como cohesión social, una amalgama, el sagrado estandarte de la guerra que finalmente nos unirá. Basta de odios, resentimientos y ambiciones personales:

todo lo que importa es México. La confrontación con Estados Unidos animará el espíritu nacional abatido y casi extinguido. La guerra será finalmente fusión y concierto como ha acontecido en otros países, que se entrelazaron fraternalmente para siempre ante un poderoso enemigo común. El despojo y la invasión nos sacarán del letargo. La guerra contendrá el expansionismo americano, cimentará la paz interior, nos unirá para siempre y facilitará el arribo del orden y el respeto al final de la contienda. ¿Acaso fue un desperdicio la Guerra de Independencia...?

Honremos a nuestros muertos. Si pudimos contra España y Francia podremos contra Estados Unidos. Saquemos una buena experiencia. ¿No perdimos contra los españoles porque estábamos divididos tlaxcaltecas y aztecas? Unámonos. Que los ricos cooperen con sus capitales y los pobres con su sangre. Interpretemos cantos, poemas marciales y corridos. ¡Que vuelvan los desterrados! Hasta las mujeres, disfrazadas de soldados, los cojos y mutilados deben ir a la defensa de la patria. Es la hora del patriotismo fecundo y creador. Saldremos airosos de la encrucijada. Todo ejemplo nos será útil.

Bienvenidos los políticos arrogantes e intransigentes, ávidos de medir el coraje patrio a través de las armas. Neguémonos a cualquier acuerdo pacífico. ¡Démosles una lección a los yanquis!

Polk, por su parte, decide abrir una opción largamente meditada en la soledad de su oficina. Moverá el alfil llamado Taylor. Muy pronto le pedirá desplazarse de Corpus Christi hasta el mismísimo Río Bravo. A su juicio, debe internarse en el territorio mexicano, provocar agresivamente a sus vecinos del sur, unas veces impulsivos, otras tantas, angustiosamente lentos en sus respuestas. De esta invasión abierta al territorio mexicano, el presidente espera que se desprenda finalmente un acto de guerra. "Tienen que morder el anzuelo." Al mismo tiempo cambia sus instrucciones dadas al comodoro Stockton para que zarpe a bordo del *Congress*, rumbo al Pacífico, con el objetivo de tomar California y entrar en combate en el momento adecuado.

"La religión de Polk era la política y su iglesia, el Partido Demócrata." El nuevo presidente vivía 24 horas al día su alta responsabilidad oficial. No se permitía tener distracciones ni practicaba ejercicio alguno salvo sus paseos por la noche y la mañana. Su tiempo, según deja constancia en su diario personal, era ocupado en su totalidad por sus deberes oficiales. La confinación en su oficina era constante e incesante en cualquier hora de la larga jornada de trabajo. Fue precisamente durante uno de esos momentos de soledad cuando decidió abrir otra vía, la diplomática, la del verbo y la palabra adecuada además de la militar, con México. Mientras prepara la invasión a gran escala, el presidente busca en su repertorio de funcionarios de confianza al más apto, para enviarlo a adquirir de "buena fe" los territorios de California y Nuevo México. Escogería con pinzas a ese hombre. Su misión era tan secreta como delicada.

Es agosto de 1845. Han transcurrido seis meses desde el inicio de la nueva administración demócrata. A pesar de que Poinsett, el perverso exembajador de Estados Unidos en México lo había desaconsejado, Polk decide mandar a su ministro plenipotenciario a la Ciudad de México, ya con una oferta en firme para tratar de comprar, todavía "civilizadamente", California y Nuevo México. Plenipotenciario o no, México no lo recibirá porque no hay relaciones entre ambos países. Muy bien: en ese caso Taylor se moverá hasta los mismos baños de Moctezuma al pie del Castillo de Chapultepec y será el futuro presidente, gobernador militar de México. "Los mexicanos y solo los mexicanos serán los únicos responsables de que nos hayamos visto obligados a robarlos." Nos apoderaremos por las buenas o por las malas de lo que estaba reservado para nosotros, según lo ha dispuesto la Divina Providencia…

Una de esas tardes lluviosas de octubre de 1845 Polk recibe en la Casa Blanca a John Slidell para darle instrucciones verbales precisas que el ahora ministro tampoco podrá anotar. Hablan, desde luego, de las relaciones con México. ¡Memorízalas, John, nunca escribas ni dejes huellas ni rastros de tu actuación secreta. Tú mismo te estarás cerrando la única puerta de salida! Vacía en un diario personal tu propio concepto de la verdad por aquello de los historiadores mercenarios…

En aquella ocasión tomaron té y galletas de jengibre, las favoritas de Sarah Childress, la esposa del presidente, una mujer comprometida y resignada a no ejercer nunca la maternidad, dado que su marido había quedado estéril desde su juventud a raíz de una enfermedad. Ella invertía buena parte de su tiempo en la cocina y en la decoración de la residencia oficial norteamericana. Tan era así, que muy pronto se mudarían a un hotel, mientras que ella remozaba la mansión presidencial. Su deseo consistía en adecuar la Casa Blanca lo más posible a su diseño original antes de su destrucción durante la guerra contra Inglaterra en 1812.

El ministro Slidell escuchaba con gran atención las palabras del jefe de Estado mientras tomaba un pequeño sorbo de té y se secaba las comisuras de los labios con una servilleta blanca, bordada en Brujas, Bélgica, exageradamente almidonada. El diplomático no perdía detalle de la conversación. En un momento de la charla Polk precisó:

—Ofrecerá usted 30 millones al presidente Herrera por los territorios existentes entre el Nueces y el Bravo, además de Nuevo México y California. ¡La idea es llegar hasta el Pacífico! —ordenó Polk en tanto se ajustaba el chaleco de su traje negro—. Recuerde que hay poca diferencia entre un mexicano y uno de nuestros indios: una diplomacia seria y respetuosa debe quedar descartada.

Como la comparación entre mexicanos e indios le era irrelevante, Slidell estuvo a punto de corregir al presidente cuando se refirió al espacio entre el Nueces y el Bravo… ¿No nos estamos exhibiendo, señor, al tratar de comprar a nuestros vecinos del sur una extensión que nosotros mismos ya reconocimos como nuestra? ¡Es una gran torpeza…! Sin embargo, Slidell prefirió guardar silencio. No podía contradecir a quien lo había "perdonado" después de votar ilegalmente en diferentes casillas de diversos condados a favor del propio Polk, cuando solo podía haber sufragado en una sola de ellas. La acusación por la comisión de un fraude electoral federal hubiera tenido serias repercusiones en su carrera política, mismas que Polk supo y pudo evitarle. Ese era el perfil del hombre que representaría los intereses yanquis en México… Se tenía asegurada su lealtad.

La discreción, una virtud elemental en un diplomático, evitó una mirada acerada, ácida y violenta del presidente.

—¿Está claro, John? —preguntó el jefe de la Casa Blanca ante el silencio y la abstracción de su subordinado.

Slidell ya no solo pensaba en el área entre el Nueces y el Bravo, eso era una insignificancia de cara a la revelación de los verdaderos planes de Polk relativos a la adquisición de Nuevo México y California.

—¿Hasta el Pacífico? —preguntó en voz alta.

Era evidente que una indemnización por Tejas era inútil porque esa ex República ya formaba parte de la Unión. Tontos, muy tontos habían sido los mexicanos por haber perdido ese riquísimo territorio sin haber obtenido millones de dólares a cambio, tal y como fue el caso de la Francia napoleónica y la España de Fernando VII. Ellos sí cobraron. Los mexicanos no, nada. Allá ellos. Eso me da una idea clara de los niveles y calidad de mis futuros interlocutores. Ya veremos si ahora pierden California y Nuevo México sin cobrar igualmente ni un dólar de los que les ofreceremos...

—John —adujo el presidente con exagerada sobriedad—, lo siento disperso la tarde de hoy.

—Por supuesto que no señor —corrigió de inmediato Slidell—; únicamente basculo mis posibilidades para llegar a un rápido acuerdo con México.

—De eso se trata, señor embajador. Yo no deseo una guerra. Mi deseo consiste en anexar esos territorios a la Unión Americana y a cambio de ello, pagar los dichos 30 millones. Solo que los mexicanos son inentendibles y en lugar de quedarse con el dinero y reconstruir su país y su economía, por lo visto están dispuestos a ir a la guerra con tal de no perder unos territorios que han estado abandonados por siglos y que ellos jamás podrán poblar ni explotar talentosamente. ¿Por qué no llegar a un acuerdo comercial conveniente para ambas partes en relación a California y Nuevo México? ¿Desearán que se repita lo de Tejas o preferirán que les arrebatemos por la fuerza lo que Dios ha dispuesto que sea nuestro para trabajarlo convenientemente? Aceptémoslo —concluyó pensativo—: son bichos raros que no se mueven por dinero pero, eso sí, son capaces de venderle su alma al diablo a cambio de un soborno.

Slidell volvió a guardar silencio cuando Polk sentenció que esos territorios le correspondían a Estados Unidos. ¿Quedaría como un tonto que piensa y no habla? ¿Así serán los diplomáticos? Para no caer en los extremos y exponerse a una remoción antes de levar anclas rumbo a Veracruz, el embajador apuntó:

—Mucho me temo, señor presidente, por los informes que tengo —mordió una galleta—, que si México vendiera California y Nuevo México, objetivo por el que pelearé con toda mi voluntad y mi talento, esos dineros, en la tesorería nacional, serían entendidos como un riquísimo botín por políticos y militarotes y al poco rato se matarían entre ellos mismos como borrachos que se disputan furiosos, entre empujones y manazos, a una mujerzuela en las puertas de un burdel.

Polk iba a sonreír ante la actitud jovial de su subordinado pero prefirió continuar con la conversación haciendo una mueca de aceptación.

—Debo mencionar —advirtió el jefe de Estado en tanto se servía té de una delicada jarra de plata— que un tal general Arista se está acercando amenazadoramente al Río Bravo con una fuerza de 3 mil hombres... ¡Por supuesto que va con la clara intención de atacar a Zachary Taylor y a nuestros muchachos!

—No tendría la menor duda de ello, señor...

—Pues escúcheme bien —advirtió Polk, enarcando las cejas—: si el tal general Arista llegara a cruzar el Río Bravo internándose en Tejas, esta actitud sería entendida por mi gobierno como una intervención armada con todas sus consecuencias.[38]

Pero si cruzan el Bravo todavía estarán en territorio mexicano, tan lo estarán, que yo mismo iré a comprárselos por las buenas o por las malas, pensó en escrupuloso silencio Slidell. ¿Cómo declararle la guerra a un país por entrar a su propio territorio, según los tratados y convenios internacionales? Nos condenaremos en el mundo como unos salvajes, reflexionó sin emitir voz alguna.

—Tendremos que sacarlos a cañonazos del territorio tejano, señor —adujo un Slidell absolutamente hipócrita—. Ahora bien, si el gobierno mexicano no me recibe por no haber relaciones entre ambos países y ni siquiera llego a plantear mi encomienda, señor presidente, ¿cuál será el paso a seguir? —cuestionó el diplomático sin apartar la mirada del rostro del presidente.

—México suspendió el pago convenido en relación a las reclamaciones hechas por compatriotas nuestros. De hecho ya lleva casi tres años sin pagar.[39] Dicha suspensión sería una buena causal para declarar la guerra. Nosotros tendremos más justificaciones, muchas más que cuando los franceses declararon la Guerra de los Pasteles —exclamó el presidente dejando constancia de que había estudiado todas las alternativas posibles—. Nosotros no iremos a un conflicto armado en contra de México porque no le pagaron unas cuentas a un pastelero norteamericano. No somos tan absurdos ni cínicos.

Por la mente de Slidell pasó el hecho de cuando Michigan, Arkansas y Florida suspendieron los pagos de los bonos que habían vendido a inversionistas europeos y, sin embargo, Europa no le había declarado la guerra a Estados Unidos, a pesar de tratarse de más de 200 millones de dólares, una cantidad irrisoriamente superior a la adeudada por México, misma que no rebasaba los 2 millones muy a pesar de las aberraciones y abusos con las que había sido inflada la cifra final. El uso de ese argumento causaría un efecto similar al de escupirle en pleno rostro al presidente de los Estados Unidos. ¿Por qué lo asaltaban semejantes ideas suicidas cuando lo distinguían con un cargo tan trascendente? Sudaba con tan solo pensar en una traición de su mente, una indiscreción imperdonable... ¡Qué barbaridad!

—La declaración de guerra por incumplimiento de acuerdos —agregó Slidell aclarando la garganta—; sería un caso extremo ciertamente indeseable —afirmó ufano—. Tal vez me gustaría que me instruyera en el límite de los ofrecimientos monetarios que puedo hacer a cambio de tierras, los techos a los que puedo llegar, señor, para cerrar las operaciones en caso de que me reciban Herrera o Cuevas o el títere o caudillo que ocupe el cargo cuando yo llegue.

—En efecto —repuso Polk disfrutando inmensamente la conversación—, por correr la frontera hasta el Río Bravo, así como la mitad de Nuevo México, Estados Unidos asumiría todas las reclamaciones de norteamericanos en contra de México. Liberaremos a los mexicanos de cualquier adeudo. Ahora bien —el presidente se frotaba las manos sin retirar la vista del fuego de la chimenea—, por correr la frontera, incluyendo todo Nuevo México, les pagaremos 5 millones de dólares —el jefe de la Casa Blanca no parpadeaba—. En lo relativo a California, por hacerlo hasta la

Bahía de San Francisco les corresponderían 20 millones y si la línea fronteriza se logra correr hasta Monterey, entonces les liquidaremos hasta 25 millones.[40] Ahí tiene usted, señor embajador, completa su lista de compra —concluyó Polk con un aire de simpatía.

En noviembre de 1845, el presidente Herrera le ordena al general Paredes, el eterno insurrecto, amante del poder y escéptico de las instituciones nacionales, tal y como se demostrará más adelante, salir ahora sí en dirección del Río Bravo para enfrentar la invasión norteamericana capitaneada por Taylor. Herrera abriga todo género de dudas respecto a la lealtad de su distinguido mílite. Es la hora de que este defina su posición política. ¿Está usted o no, con México y su gobierno? ¡Decídase! La patria, mi general, está a punto de ser intervenida militarmente por una potencia extranjera, encabece las fuerzas armadas a su disposición en aquella localidad, súmese a las huestes de Arista, empuñe vigorosamente la espada y salga usted al grito de que Estados Unidos solo vencerá a México cuando el último de nuestros compatriotas se encuentre muerto en un charco de sangre. ¿Entendido? Cumpla con su juramento castrense. No se trata de atacar, entiéndalo, sino de defender nuestra integridad territorial y la vida y posesiones de nuestros paisanos. Espante a los yanquis hasta que regresen más atrás del Río Sabina. Vivan los héroes que nos dieron patria y libertad. Vivan, vivan, vivan...

¿Cuál fue la respuesta, la misma respuesta de siempre, que se obtuvo de este ínclito militar? En lugar de orientar las baterías, la caballería y la infantería hacia el norte, volvió a apuntarla en dirección ya no de Santa Anna, aquel padecía los "horrores" del destierro cubano varios meses atrás, no, qué va, esta vez, con el país invadido, concentró su fuerza bruta en el derrocamiento del presidente Herrera, recientemente confirmado en el cargo.

¿No tenía usted instrucciones precisas de partir hacia el Río Bravo? ¿Y la invasión norteamericana? ¿Y la patria? ¿Y nuestro patrimonio público y privado y las vidas de los nacionales?

¡A callar! Estoy harto de preguntitas. Si Taylor está o no frente a Matamoros invadiendo abiertamente nuestro país, posteriormente habrá tiempo de ajustar cuentas con él. "Mientras tanto", derrocaré a Herrera antes de que venda medio país a Estados Unidos.

¿Qué significa el "mientras tanto", mi general? ¿Teme que también lo derroquen como a otros tantos?

No, esa no es mi preocupación, a mí sí me respetarán: si digo "mientras tanto" es debido a que al llegar yo a la presidencia de la República traeré a un gobernante de la realeza europea a regir los destinos de México. Nosotros somos incapaces de autogobernarnos... No sabemos administrar la cosa pública. Nos estamos desintegrando por incompetentes. No logramos ponernos de acuerdo ni en la estructura ni en las reglas para gobernar un país. ¡Aceptémoslo! Vamos hacia un despeñadero... Además, una cosa es que me ataquen a mí y me derroquen los yanquis como presidente y otra, muy distinta, es que traten de deponer a un emperador europeo. De esta suerte el problema no será solo con México, sino con una potencia europea y, llegado el caso, con una poderosa alianza de potencias europeas. Quiero el poder, sí, pero para entregárselo a un monarca extranjero...

¿Qué... qué...? ¿Dijo acaso que derrocará al presidente Herrera pero no para sucederlo en el cargo, sino para importar a un príncipe europeo, a quien usted, a su vez, le heredará los mandos de la nación y esto mientras los malditos yanquis de mierda avanzan por el norte de México...?

En efecto. Primero haré que me nombren presidente de la República. Después veré la forma de que nos gobierne un europeo. Nosotros solos nos hundiremos irremediablemente. Ni estamos listos para la democracia ni deseamos la tiranía absoluta y ya fracasamos con el imperio de Iturbide, con el Federalismo y con el Centralismo. En el virreinato, administrado con manos europeas, hubo estabilidad: ¡busquémosla!

Claro que en ese momento Paredes no estaba dispuesto a reconocer sus conversaciones secretas con Salvador Bermúdez de Castro, ministro de España en México desde 1844, con quien había negociado el arribo de un príncipe de aquel país para encabezar una monarquía constitucional hereditaria.[41] El sublevado calla que, en un despacho de octubre 31 de 1845, el gobierno español había aprobado la propuesta y había ordenado el envío de dos barcos de guerra a Cuba para apoyar a los sublevados... Omite, desde luego, que España también había depositado 2 millones de reales en Cuba para gastos generales. Con el golpe de Estado, Paredes preparaba el acceso de un monarca español para presidir el gobierno mexicano. ¿Quién lo sabía? Solo Lucas Alamán, el cómplice, y yo, porque podíamos leer la correspondencia entre Bermúdez de Castro y el Ministerio de Asuntos Extranjeros de España. México volvería a ser la joya de la corona española.

Ante Josefa Cortés, su esposa, Mariano Paredes Arrillaga justifica sus intenciones de instalar en México una monarquía europea. La expresión lo define de cuerpo entero:

> Nosotros, los mexicanos, somos incapaces de autogobernarnos, no nos respetamos los unos a los otros ni confiamos en nuestras autoridades ni en nuestros representantes populares ni en la prensa ni en ninguno de los poderes de la República ni menos, mucho menos, en la ley. Ya hemos visto y comprobado que después de un derrocamiento viene otro y otro más y, de esta suerte, es imposible construir un país donde falta el ingrediente fundamental de la estabilidad. De ahí que sea imperativa la llegada de un príncipe español, que, conociendo nuestras tradiciones y costumbres, sepa imponer el orden, objetivo en el que hemos fracasado desde los años de la independencia y del que se han aprovechado los extranjeros. Un nuevo golpe de Estado orientado a proveer a este país de una monarquía, siempre será justificado.

Ella confiesa públicamente que "Mariano no quiere ir a Palacio. Desde que estábamos en Guadalajara me confesó que su intención era guardarle su lugar en él a su majestad, el futuro rey de la República Mexicana".[42]

Para la inmensa sorpresa de propios y extraños, la revuelta doméstica inserta en el contexto de un México invadido, en donde las prioridades se encuentran alteradas y confundidas, se repite una vez más.

El 14 de diciembre de 1845 finalmente se produce el pronunciamiento armado para derrocar al presidente Herrera. ¿Razones? Trató infructuosamente de desmantelar el ejército, uno de los grandes responsables de la inestabilidad nacional, las bases mismas del poder santanista. Se había rehusado a marchar a tiempo en contra de Tejas, a declararle la guerra a Estados Unidos, y por último, había traicionado la confianza popular desde el momento, se decía, en que estaba dispuesto a vender territorio mexicano norteño a cambio de un vergonzoso soborno.

¡Falso, falso, falso! Yo lo vi, yo estaba presente: jamás hubo un tal soborno, sino una argumentación impecable a favor de la paz. Si envió a Paredes al norte fue como parte de una política defensiva, jamás ofensiva. El presidente Herrera siempre se opuso a la violencia y vivió invariablemente sometido a un riguroso código de ética. ¡Soy testigo de su honestidad!

El 20 de diciembre, el gobierno del general Herrera rehúsa reconocer a *mister* Slidell como ministro plenipotenciario. No lo recibirá ni contestará sus misivas ni se percatará de su presencia ni de su existencia terrenal. ¡No es no! ¡Largo! La furia del embajador por el desaire llega a niveles alarmantes. Soy ministro de Estados Unidos, ¿cómo se atreven, malditos, corruptos, muertos de hambre, a no recibir a una autoridad internacional de mis tamaños? ¿Dónde están las fanfarrias, las 21 salvas, los honores a la bandera, la revisión protocolaria de las tropas y el desfile militar? Soy representante oficial de la Casa Blanca, ¿no basta...?

El ministro, antes gentil y cálido, se transforma y amenaza incluso con el uso de la fuerza. Se retira a Jalapa en espera de instrucciones. Sueña con el derrocamiento de Herrera, al estilo mexicano, un presidente cada ocho meses, bendito caos, así podré hablar con otro jefe de Estado, más agudo, inteligente y complaciente. Sus cartas a Polk delatan su odio, su creciente coraje contra los mexicanos al extremo del desbordamiento.

Cuando cunde el movimiento golpista y Herrera ve perdida su causa, renuncia silenciosa y discretamente después de haber ejercido el poder nueve meses como presidente *de facto* y tan solo tres como presidente *de iure*. Solo que en el México de las sorpresas políticas, estas se dan en los momentos menos esperados. Ya estaba Paredes en las faldas de la Ciudad de México, casi listo para hacerse del poder cuando el general Valencia se erige como nuevo presidente y le arrebata otra vez las banderas de la sedición a su líder original: Mariano Paredes Arrillaga. ¿Al igual que el año pasado se da el caso del madrugador madrugado o el del golpeador golpeado? En aquella ocasión el propio Herrera se había hecho cargo del movimiento, sí, sí, solo que esta vez todo sería diferente.

Efectivamente, después de una negociación muy breve, el propio Valencia desiste de sus planes: Paredes será electo presidente por una junta de representantes de los Departamentos en enero 4 de 1846. ¡Ay!, año trágico de 1846, año dramático y mutilador, año de catástrofe, de abatimiento, de ofensas, traumatismos, muerte, sometimiento por la fuerza, alevosía, incapacidad, desunión y traición. ¡Que se detengan todas las manecillas de todos los relojes de todas las catedrales del orbe! ¡Que no nazca el año de 1846! ¡Que no amanezca, que no transcurra el tiempo! ¡Que se detenga la vida en ese 1846! ¡Que no se acuñen más monedas de oro para financiar la guerra! ¡Que exploten todas las fundiciones para que no puedan fraguar más cañones! ¡Que mutilen la lengua de los políticos, que se erosione la tinta y se rompan todos los puntos de las plumas! ¡Que nadie se comunique con nadie! ¡Que se acaben las amenazas, las envidias y los chantajes! ¡Que empiecen cortando la cabeza de Polk! ¡Que decapiten a los estrategas militares, a todos juntos, en ese 1846! ¡Que amputen las manos de los soldados invasores para que no puedan sostener los mosquetes ni las bayonetas en ese trágico 1846! ¡Que hundan las cabezas de los diplomáticos con todo y frac y monóculos en pozas de mierda hasta que sus cuerpos alcancen la más absoluta inmovilidad! ¡Que ajusticien en el paredón a los legisladores que votan por la guerra! ¡Ay! ¡Ay! ¡Ay… maldito, mil veces maldito 1846! Pocos imaginábamos lo que acontecería en ese desgraciado 1846…

Ya llego, ya, voy con las valencianas recogidas y los zapatos en la mano caminando en la playa. La arena en ocasiones se siente fresca a esa temprana hora de la mañana. A lo lejos distingo la presencia de El Castillo de los Tres Santos Reyes Magos del Morro. Estoy en Cuba. Me detengo. No dejo de asombrarme ante el encanto de la Giraldilla. No sé si la veo o la recuerdo. A corta, cortísima distancia, a tan solo unos pasos, veo la casa de Santa Anna. Aquí comencé arbitrariamente mi narración.

Me acerco lentamente por el ángulo que da al mar. Es el mes de enero de 1846. Quiero ver cómo vive Su Excelencia fuera de la patria. Su vida en el exilio la financian los mexicanos con sus impuestos y ninguno reclama respecto al destino del ahorro público. ¿Será una sociedad adormecida? No responde ante el hurto generalizado. Pareciera ser que el saqueado es un tercero, pero en ningún caso el mismísimo pueblo de México. Lo mismo acontece con una persona que le amputan una mano y no se queja ni expresa dolor alguno. De pronto pienso que quien no protesta está enfermo o resignado. ¡Cuidado! Su Excelencia conoce muy bien los sistemas de respuestas de los gobernados, sus gobernados. Sabe que los contribuyentes mostrarán un malestar pasajero ante la gigantesca estafa y posteriormente inventarán, a título de venganza anónima, un chiste para denigrar a quien cometió el delito de peculado. Festejarán a carcajadas la ocurrencia. Hasta ahí las venganzas. Hasta ahí las represalias. Después de un tiempo y, de haberse desahogado, hasta te invitarán a su casa a cenar, te homenajearán con lo mejor que tengan, tal y como corresponde a todo un hombre de éxito digno de admiración aun cuando seas un ladrón. Qué más da... Después, si se descuidan, podrás invitar a la ópera a una de sus hijas o hermanas. No se opondrán siempre y cuando sepan que pueden compartir algo de tu gloria o al menos alguna parte del botín.

Me acerco aún más. Ya oigo voces. Veamos.

Segundo capítulo

De la indigerible felonía jamás contada

> No puede darse a los mexicanos mayor
> castigo que el de que se gobiernen por sí
> mismos.
>
> BATALLER, 1821

Santa Anna llevaba casi ocho meses en el destierro. Había llegado a La Habana a mediados de 1845, después de haber padecido no solo el dolor del viaje al infinito y sin retorno de su primera mujer, ¡ay, Inesita!, sino también por el derrocamiento de su elevado cargo como presidente de la República, puesto que tan solo pudo desempeñar, como titular, desde junio de aquel fatídico 1844 hasta diciembre de ese mismo año y, por si fuera poco, los incontables sufrimientos vividos en una cárcel inmunda por un espacio de cinco meses. Felizmente casado, aunque despojado nuevamente del *glamour* del poder, había abandonado México junto con su séquito de "emperejiladas jarochas, las acompañantes negras, la balumba de los mozos del cordel", las notas del chuchumbé, el requinto, por lo menos tres marimbas, las guitarras, las arpas, los botines blancos de tacón alto, indispensables para el zapateo, los paliacates colorados, el imperativo sombrero de cuatro pedradas, las jaulas con sus gallos favoritos, los barriles de mezcal y de tequila, en fin, "todo aquel aparato con el que desvelaría y sorprendería a los habaneros del siglo XIX".

Su compleja personalidad, ¿le permitiría sufrir en toda su intensidad los periodos adversos de la vida, en este caso el exilio forzoso, o simplemente echaría un tupido velo sobre lo acontecido en contra de sus deseos, sepultando los malos momentos bajo siete capas de tierra o de olvido para nunca más volverlos a recordar? ¿Para qué son los requintos y los bongós? ¿Santa Anna tendría mala memoria o la tenía tan espléndidamente desarrollada como su admirable dominio sobre sus paisanos? ¡Cómo conocía a su gente…! Cuántas veces lo oí decir: "Yo conozco las fibras de este país castrado. Sé cómo sacudirlo y estimularlo. Domino todas las combinaciones. Tengo en mi poder las claves para despertar, si así lo deseo, sus pasiones, incendiar sus rencores, apaciguar sus resabios y consolarlo en sus fracasos. No hay mexicano que no coma en mi mano..."

Según me acerco a la residencia del exdictador, me percato de la existencia de una gran habitación que da al mar. Todo parece indicar que se trata de una sala de recepción, una biblioteca, tal vez la galería de sus trofeos, reconocimientos nacionales y extranjeros, condecoraciones, uniformes y galardones. Esta parte de la casa se encuentra muy cerca de la playa. Para llegar hasta ella es menester cruzar por encima de un banco de arrecifes. A Su Excelencia le fascina el riesgo. Pocas veces experimenta esa morbosa sensación de miedo infantil como cuando se producen las terribles tormentas del Caribe y las olas furiosas se estrellan con demencial insistencia contra los seis ventanales que hoy, durante un día fresco y sereno, permanecen abiertos permitiendo que las cortinas de lino blanco ondeen con toda libertad, flotando en el ambiente cual banderas de la paz y de la concordia.

Nadie se encuentra en estos momentos en el salón. Entro con gran sigilo por la puerta central de madera de dos hojas, abierta de par en par. El viento insiste en llevarse consigo las cortinas. Las succiona frenéticamente mientras estas latiguean como si se resistieran a ser absorbidas. No se dejarán vencer por los elementos. Se defenderán aun cuando lleguen a desgarrarse. El piso está confeccionado a base de cuadros de barro rojo cocido y callejones de madera barnizados con resina café oscuro. La ventilación es estupenda. De pronto experimento la curiosa sensación de estar en un museo. Permanezco de pie unos instantes advirtiendo detalle tras detalle de la decoración. En realidad, la historia contemporánea de México está presente, reunida, a modo de síntesis, en esa amplia estancia. La luz, a esa hora de la mañana, parece arrancar los colores vivos e intensos a las piezas ahí exhibidas para recordar las hazañas del héroe.

En el lado izquierdo aparecen flotando en el vacío las telas de las banderas que el Benemérito enarboló a lo largo de las campañas militares. Imposible recordarlas todas pero distingo la realista, la que él mismo portó cuando era soldado fanático e incondicional al servicio de España, durante la misión militar encabezada por Arredondo en 1813 en contra de los tejanos insurrectos, a los que mi general ordenó pasar por las armas como escarmiento para los norteamericanos y otras alimañas que quisieran apoderarse por las malas de Tejas, o de cualquiera otra parte vital del sagrado patrimonio de México. Al lado no podía faltar su uniforme como comandante del cuerpo de Realistas Fieles de Extramuros de Veracruz y pueblo de Boca del Río y ayudante del virrey Apodaca.

En el centro del salón sobresale el histórico lábaro que ostentara el Ejército Trigarante el día de su entrada a la Ciudad de México en septiembre de 1821. Justo abajo de esa magnífica pieza está el uniforme completo como jefe de la Undécima División del Ejército de las Tres Garantías, entregado por el propio Iturbide. Por supuesto que, en aquella época, Santa Anna había cambiado de casaca; ya no era realista, sino insurgente, esta vez enemigo declarado de los españoles, razón por la cual tuvo el derecho de desfilar atrás de Guerrero e Iturbide en la Marcha de la Victoria por la calle de Plateros. El paladín de la libertad guardaba el paño tricolor, representante mudo del efímero imperio de Iturbide con tan solo nueve meses de duración. ¡Cuánto había adorado al emperador mexicano y cómo había jurado defenderlo con la vida misma, hasta que don Agustín lo despreció y no tuvo más remedio que levantarse en armas en contra de él y precipitar así su estruendoso derrumbamiento!

En orden, desde luego, se encuentra la vistosa tela que representaba el nacimiento de la República federal por la que él tanto había luchado y ofrecido derramar hasta la última gota de su sangre y anexa, como si no tuviera significado, la de la República centralista, la opuesta al Federalismo y por la que él también había prometido obsequiar su vida misma a cambio de su supervivencia política… Guardaba a título de recuerdo estandartes de intensos colores, en especial el utilizado por Barradas en Tampico durante la invasión española en 1829. Ahí mismo, en una vitrina especial estaban dos uniformes, uno el que acreditaba su ascenso como general, máximo grado militar ya concedido por el presidente Guerrero y el otro, no menos querido, estrenado triunfalmente la primera vez en su carácter de general-presidente.

Sin que tuvieran menor importancia advierto las banderas tomadas a los norteamericanos conjurados, ¿cuáles tejanos o mexicanos?, a los mismos yanquis de El Álamo y El Goliad, momentos antes de ser masacrados, fusilados o degollados en su calidad de prisioneros de guerra en 1836, así como un pabellón arrebatado, al estruendo de los cañones, a las tropas francesas durante el bombardeo a Veracruz de 1838. ¡Qué colorido!

Caminando sobre unos tapetes persas, por lo visto muy antiguos, doy con una colección de cristos crucificados, unos tallados en maderas preciosas tropicales, otros en mármol negro y blanco, otro más pequeño en marfil, en jade, en lapislázuli, una verdadera maravilla realizada por insuperables orfebres y que le fueron obsequiados por los máximos jerarcas de la iglesia católica, tanto de México como de Roma misma. Abajo, en vitrinas cerradas con llaves, se encuentran, vaciados en pergaminos semienrollados, planos militares de las batallas en las que él tomó parte, además de textos de las proclamas y manifiestos a la nación para divulgar sus levantamientos armados.

En una esquina se distinguen, colgados de la pared, sables de todos tamaños y espadas de gala fraguadas en acero refulgente, con sus respectivas dedicatorias grabadas al fuego y mangos decorados con las más diversas piedras preciosas. A un lado, y sobre una mesa alargada, pueden observarse diferentes estuches forrados con terciopelo rojo o negro conteniendo pistolas inglesas y francesas de duelo, sillas de montar españolas, mexicanas, con los arzones repujados en oro y plata y albardones ingleses, plumas y tinteros de plata, recuerdos de su dilatada carrera política, sillones tapizados con elevados respaldos verdes ostentando el escudo nacional bordado con hilos de oro en el ángulo superior derecho. Llaman la atención los mosquetes alemanes, además de unas pequeñas estatuas de cuerpo completo manufacturadas simbólicamente con hierro forjado obtenido de los cañones fundidos tomados a los soldados norteamericanos, nada de colonos, que defendían El Álamo, en San Antonio de Béjar.

Los curiosos podemos observar sus títulos como Alteza, Benefactor de la Patria, Benemérito de México, entre otros tantos recuerdos adicionales. Imposible que faltaran los retratos de sus gallos pintados con acuarela y al óleo. Réplicas en oro y plata de sus aves de corral más valientes, sobre todo las de *El Malviviente*, *El Mandón*, *El Tirano* y *El No-te-dejes*... Valdría la pena recordar cuando este último fue muerto en combate y uno de sus empleados cubanos, un negro más negro que el carbón, no tuvo una ocurrencia mejor que solicitar permiso para hacer un buen caldo con el cadáver, un puchero maravilloso, no lo comerás en toda Cuba, chico, ante lo cual el César Mexicano respondió iracundo que le daría cristiana sepultura en el patio del honor de los gallos caídos en batalla. El caldo lo vamos a hacer con tu abuela, negro de mierda...

En la pared principal destaca un cuadro monumental pintado por un artista mexicano que había estudiado en Italia, con el motivo de la honorable misa impartida, el *Te Deum* celebrado en la catedral metropolitana antes de volver a darle cristiana sepultura a su pierna perdida en combate. A un lado se aprecia una acuarela de tamaño regular, en la que aparece el futuro Napoleón del Oeste entrando a la catedral el 21 de julio de 1822, tomando del brazo a doña Nicolasa, nada menos que la hermana de 65 años de edad de Iturbide, el mismísimo día de su coronación como emperador de México. ¡Qué coraje le produjo al líder indiscutible de la independencia del país contemplar a su hermana, mucho mayor que él, acompañada de un bribón como Santa Anna! Parece que este oportunista no encuentra otra manera de acercarse a mí... ¡Cómo olvidar que nuestro héroe contaba tan solo 29 años de edad!

Las medallas y condecoraciones están particularmente bien guardadas gracias a la dedicación de Dolores. Ella las acomodó cuidadosamente para que los listones de todos los colores no se arrugaran y se distinguieran los trabajos de grabado, los esmaltes y los emblemas a la perfección, resistiendo los ataques de la humedad y del tiempo.

Finalmente, entre diplomas, retratos, bustos, estatuas, cuadros de gallos y de batallas, nombramientos, espolones de oro, gallos disecados y de plata, se advierten cartas del presidente Jackson y de otros senadores norteamericanos, enviados al Benemérito después de su largo cautiverio en Estados Unidos a raíz de su aprehensión por las tropas de Houston en 1836.

Como última muestra de su orgullo patrio, descubro 10 diferentes prótesis de madera para su pierna izquierda. Cada una de ellas tiene un zapato perfectamente lustrado para cada ocasión. Así, puedo tocar una pata de palo con un elegante calzado para ser usado solo en saraos, otra cuando se trata de etiqueta rigurosa, como las recepciones diplomáticas; la del bailarín del siquisiri, la del militar de gala, la de campaña, la propia de los palenques, la del ganadero, agricultor, la de montar a caballo con todo y espuela, la del citadino, y hasta una pantufla, la de descanso para estar en la casa.

De pronto, mientras contemplo este curioso conjunto de prótesis de madera —nunca había visto tantas y tan variadas en mi vida—, escucho música cubana proveniente de un jardín contiguo al "Salón de la Gloria", en donde me encuentro ubicado. Son sin duda notas cargadas de un entusiasmo contagioso, arpegios saturados de vida y levedad, acordes optimistas, felices llamados a disfrutar lo mejor de la existencia. Santa Anna se encuentra de pie, tras los bongós, vestido como siempre de blanco, golpeando los tambores al lado de quien, a todas luces, parece ser su maestro, un hombre negro como el carbón, de pelo hirsuto corto, casi totalmente canoso, alto, senil, pero movido por una alegría juvenil con la que parecía ser eterno.

El reducido grupo interpreta canciones cubanas y veracruzanas a modo de un duelo musical. El bailongo forma parte de la naturaleza cubana. Uno de los músicos baila como nadie la galopa, el rigodón y las piezas del cuadro. En uno de sus invitadores desplazamientos el maestro se acerca, contorsionándose, a una hermosa mulata vestida de falda de gran vuelo hasta la rodilla, diseñada con colores amarillos, verdes chillantes, fondo negro y blusa blanca, sin mangas y hombros descubiertos. Escotada, fresca y graciosa, de pelo negro largo, suelto, la joven bailarina es una diosa del trópico. Ella acepta el desafío y empieza a mover los brazos, las caderas, las muñecas y los dedos como si agitara mil maracas. Acto seguido, todo su cuerpo parece haber sido poseído por Satanás mientras interpreta el Diablo Cojuelo y posteriormente la danza de la celdita, de chiquito abajo, yé, yé, la cachumba, el cangrejito y el repiqueteo. Los asistentes rodean a la pareja aplaudiendo y repitiendo los pasos que todos conocen de memoria desde su remota infancia. Tomás Vuelta y Flores, Clemente Peichler, Claudio Brindis y Ulpiano Estrada, los famosos autores de la música y bailables, podrían haber estado confundidos en este improvisado grupo de bailarines nativos. La fiesta cubana, como esta que celebra Su Excelencia, se presenta en cada esquina sorprendiendo a los turistas.

En esa ocasión, el Ángel Tutelar de la República Mexicana está particularmente risueño. No se le distinguen canas ni arrugas. Continúa esbelto como siempre. Su alegría y juventud son contagiosas. Mueve las manos rítmica y rápidamente sin perder de vista las de su instructor, don Son, quien, al volver a colocarse tras los bongós, ostenta las falangetas vendadas mientras golpea los tambores sin poder controlar en ningún instante el movimiento de sus pies, cabeza y cuello. ¿Por qué razón podía estar tan feliz el exjefe del Estado Mexicano si se encontraba en el insufrible anonimato, en el destierro, lejos de los suyos, de su medio, de sus fincas, de los palenques, del ejército, de la política y de las mulatas? ¿Lejos de las mulatas? Eso sí, ¡jamás!: al llegar a La Habana se había ocupado personalmente de la contratación de un nutrido grupo de mujeres, lo más parecidas a las veracruzanas, jóvenes, muy jóvenes, igualmente de tierra caliente, "para que se ocuparan de las faenas domésticas…"

De pronto el exgeneral-presidente se desprende del grupo musical y, tomando del brazo a un desconocido elegantemente vestido, se acerca cojeando, muy despacio, hablándole al oído, en dirección al salón anexo en donde yo me encontraba. Ríen y celebran. Después de cruzar por un breve pasillo, llegan a una amplia terraza cubierta, donde ambos toman asiento en unos equipales de cuero de cerdo orientados en dirección a un gran jardín espléndidamente cuidado, rematado al fondo, por una fuente espectacular. ¡Cuál no sería mi sorpresa al identificar al invitado con el cual Santa Anna intercambiaba, según parecía, importantes puntos de vista…! Se trataba de Alejandro Atocha, su amigo español-mexicano-norteamericano y colaborador de los años de 1841 a 1845. Atocha, sí, sí, Atocha, el mismo que lo acompañaba cuando Manuel Domínguez, el asaltante de caminos, lo había hecho preso cerca de Xico y estaba dispuesto a cocinar a Su Excelencia como un tamal de Oaxaca envuelto en hojas de plátano macho.

Don Alejandro le narra a Santa Anna los detalles de su entrevista con Polk en el verano del año pasado. Efectivamente, ambos se habían reunido en junio de 1845 en la Casa Blanca sin que el presidente de Estados Unidos le concediera mayores esperanzas para cobrar una indemnización personal a cargo del gobierno mexicano y, respecto a la cual, él ostentaba la existencia de diversos derechos. Tal y como lo había prometido, Atocha visitaría Cuba de nueva cuenta a principios de ese mismo enero de 1846, por lo que se le pudiera ofrecer al Supremo Protector de la Nación…

Un mozo, vestido con guayabera y pantalón blanco, descalzo, se acercó con un par de mojitos servidos en vasos de los que sobresalían unas hojas de hierbabuena. El expresidente hizo una breve señal con la mano, una clave, la necesaria para que el muchacho se ocultara y no se le ocurriera regresar. La plática que ambos hombres sostendrían debería escapar a cualquier registro, memoria, anal o diario y, sobre todo, tendría forzosamente que llevarse a cabo en el más escrupuloso secreto. Encontrar una versión de la charla, una transcripción "tendenciosa e irresponsable", podría comprometer históricamente a Su Alteza Serenísima, al Benemérito de la Patria en Grado Heroico.

La brisa del mar no podía ser más tibia y perfumada. Las flores integraban un mosaico de colores, un remanso de paz en medio de la selva tropical. El monótono murmullo del mar, aunque lejano, producía placidez entre los interlocutores como si el propio escenario natural insinuara la improcedencia de temas trascendentes en semejante atmósfera. El cielo azul, el rumor de la selva, la temperatura, los aromas, los sonidos silvestres, los aromas marinos y selváticos, la paz y la quietud invitaban a una somnolienta indolencia. El vuelo elevado, lento y remoto de una parvada de zopilotes parecía ser un claro reflejo de los ritmos en los que se movían los habitantes de la isla caribeña. Solo que en ese enero de 1846, si para algo no había espacio ni oportunidad posible, era para el ocio, la indiferencia ni la deliciosa apatía remojada con bebidas tropicales. El viento traía un viejo y lejano olor a pólvora y a sangre antigua.

—¿Cómo percibió usted a Polk después de casi seis meses en la Casa Blanca? —preguntó Santa Anna dando un breve trago de su mojito.

—Mire usted, mi general —repuso Atocha mordiendo el tiro de su puro y escupiendo el pedazo de tabaco a un lado—: a mí en lo particular me sorprendieron sus ojos como de acero, escondidos en unas cuencas grises que impiden la proyección de la menor expresión. Es un hombre de estatura media, delgado, obviamente de tez clara, muy clara, frente amplia, casi permanentemente pálido, con el rostro un poco chupado, de poco hablar y mucho escuchar salvo cuando el tema de conversación es México, más concretamente la frontera norte de México. En esos casos surge su verdadera personalidad...

—¿Es un individuo callado? —preguntó el dictador.

—En ocasiones parece un funcionario distraído cuando se abordan temas irrelevantes, solo que, si por ejemplo, lo nombro a usted de manera tangencial, es decir, con el hecho de pronunciar el nombre de Santa Anna, entonces se endereza, se alisa la cabellera, le vuelve a brillar la mirada y pone atención como si se hablara de algo en lo que le fuera la vida misma.

—¿Le informó usted que me conocía?

—¿Cree que yo perdería semejante oportunidad?

—¿Qué quiso saber de mí?

—Sus planes en relación a México: en concreto, si intentaría volver o no a ocupar el poder después de este doloroso exilio.

—Eso depende de él —interceptó Santa Anna al español para entrar al corazón del tema.

—¿De él, señor...?

—Sí, don Alejandro, escúcheme bien —adelantó Santa Anna la cabeza de modo que no lo pudiera oír nadie más. Apoyó entonces los codos encima de las rodillas y rodeó su boca con las palmas abiertas de sus manos. Una vez comprobado que no los escuchaba nadie y cumplido su deseo de que Atocha acercara la cabeza, continuó—: durante todo este tiempo en La Habana, ya pronto cumpliré nueve meses, he tenido la oportunidad de reflexionar respecto a diferentes alternativas de solución para los problemas que tanto afligen a mi país.

Atocha prefirió guardar silencio mientras encendía su puro con una pequeña vela, colocada sobre una mesa de tijera al lado de un cenicero de barro rojo. El rumor del viento hacía parpadear la llama.

—Mire usted —agregó Santa Anna sin moverse—: Estados Unidos ha ambicionado nuestros territorios norteños desde principios de este siglo. Cuando fui recibido en Washington por el presidente Jackson, allá por 1836, me di cuenta de cómo la avaricia de nuestros vecinos los impulsaba a apropiarse de Tejas echando mano de cuantas argucias, zancadillas y embustes se les ocurrieran. Ya en aquella época se empezaba a hablar de California y Nuevo México. Digamos que coqueteaban con la idea de una anexión similar a la tejana...

Atocha, inclinado para adelante con tal de no perder detalle de la conversación, inhalaba largamente el humo de su puro deteniéndolo entre el dedo índice y cordial de la mano izquierda.

—Polk quiere pasar a la historia como el presidente yanqui que duplicó la superficie territorial de su país. A nadie debe escapar esta posición para entender a cabalidad el problema, ¿verdad? —Santa Anna acomodaba sus ideas como quien construye un castillo diminuto y busca cada una de las piezas desperdigadas sobre un mantel—. Solo que Tyler y Polk sabían que Inglaterra o Francia o ambas juntas le podían hacer, a su juicio, una mala pasada para convertir Tejas y California en colonias europeas y de ahí que aquellos apresuraran la marcha de los acontecimientos y aseguraran, por lo menos, la anexión, ya lograda, de Tejas. Ahora les queda California y Nuevo México para discutir con los ingleses, solo que con ellos mismos, con sus propios primos, tendrán que arreglar igualmente sus diferencias en torno al destino de Oregón. No les será fácil arribar a un acuerdo.

—¿Y México? —cuestionó Atocha ocultando su curiosidad y sin perder de vista la posibilidad de realizar un jugoso negocio.

—California y Nuevo México, querido amigo, también podrían llegar a ser propiedad de Estados Unidos, solo que Polk está moviendo muy mal sus fichas...

—¿Cómo es eso...?

—Yo nunca entendí —respondió el Libertador de los Mexicanos— las razones por las que Polk levantó transitoriamente el bloqueo del Puerto de Veracruz en el otoño pasado ni comprendí por qué Taylor permanece en Corpus Christi en lugar de avanzar hasta el Río Bravo. Los mexicanos, escúcheme bien y créame que los conozco, jamás firmarán un tratado de cesión territorial de California y Nuevo México si no es por el uso de la fuerza militar que permita imponer la voluntad de los yanquis. De otra suerte no lo lograrán ni con diplomacia ni con precios elevados legales o ilegales. Como sea, simplemente no lo lograrán, Atocha.

Santa Anna continuó como si impartiera una cátedra.

—Herrera no recibió a Slidell y Paredes tampoco lo hará y todo ello por una razón: el presidente mexicano, de hecho o de derecho, que reciba a Slidell se echará encima de sí tal carga de sospechas de soborno que le impedirán seguir gobernando un solo día más. Basta que el embajador plenipotenciario ponga un pie en Palacio Nacional para que el jefe de la Nación en turno sea depuesto inmediatamente del cargo acusado de corrupto y vendepatrias. Apréndaselo de memoria: un mexicano desconfiará hasta la muerte de lo que haga otro mexicano. Esas divisiones, esos vacíos son los que deben aprovechar los norteamericanos —tal y como él lo había hecho con insuperable habilidad, iba a agregar, pero prefirió omitir esta última parte de su alocución.

—Bien —acotó Atocha permaneciendo erguido con el oído cerca, muy cerca de la boca de Santa Anna, sin dejar de sorprenderse por la información tan detallada de que disponía el expresidente en torno a los movimientos militares yanquis, algo así como si continuara viviendo en la Ciudad de México y estuviera rodeado de informantes—. Si Polk se equivocó enviando a Slidell —adujo con la voz apenas audible— y, además se volvió a equivocar levantando el bloqueo naval en Veracruz y ordenando a Taylor permanecer en Corpus Christi, ¿cuál debería ser la postura correcta a adoptar? Si usted, señor presidente, estuviera ahora mismo enfrente de Polk, ¿que le aconsejaría para que Estados Unidos finalmente se quedara con Nuevo México y California?

El Padre del Anáhuac apuró de un solo trago su mojito. Había que refrescar la garganta. Se acercó tanto a la cabeza de Atocha que pudo oler el refrescante aroma a lavanda que distinguía a su huésped español. ¡Qué pulcro era su interlocutor! ¡Cuántos esfuerzos imprimía en el arreglo de su persona!

—Polk debe bloquear herméticamente Veracruz de modo que no pueda pasar nadie —contestó el Benemérito ya sin tardanza—, de esa manera podrá hacerse de la aduana, de los impuestos al comercio exterior, la única fuente de dinero extranjero de la que depende México para poder pagar su deuda externa y para importar armamento adquirido de otras potencias.

—Señor —iba a interrumpirlo Atocha...

—Veracruz, don Alejandro, es la tráquea de mi país: por ahí respira y gracias a ello vivimos y sobrevivimos. Quien le apriete a México los huesos del cuello nos asfixiará con sorprendente facilidad. Es nuestra parte más frágil y vulnerable —agregó sin hacer caso a la interrupción de su invitado—. Al mismo tiempo que la marina norteamericana se haga de ese punto vital, Polk debe ordenar, sin más, que Taylor baje de Corpus Christi hasta la desembocadura del Río Bravo, de cara a Matamoros, en una clara maniobra de intimidación, una genuina exhibición de fuerza en territorio abiertamente mexicano.[88]

Atocha no podía ocultar su azoro. Ahora le quedaba claro por qué un mexicano debía desconfiar de otro. Solo que el español iba tras su asunto. No era él a quien le correspondería hacer juicios ni evaluaciones éticas. Su objetivo era el dinero y jamás perdería de vista su papel en semejante juego histórico.

—Eso mismo le informaré a Polk, lo sacaré de sus errores, Su Excelencia —concluyó Atocha recargándose por primera vez en el respaldo del equipal. Ocultaba como podía sus sentimientos.

—¿Estaría usted dispuesto a hacer eso por mí? —preguntó Santa Anna entornando los ojos y sin permitir que se le moviera un solo músculo de la cara.

—Por supuesto, señor presidente, me dejé la puerta abierta con Polk para tratar otros temas. De hecho, él me espera de nueva cuenta en Washington el próximo 13 de febrero después del *lunch*.

Santa Anna brincó del equipal como si le hubiera picado un alacrán negro, pantanero, de los que tantas muertes ocasionan en su tierra. La mesura y la serenidad habían desaparecido por completo de la conversación. Ahora se mostraba arrebatado, exaltado, tal cual era en la realidad el Benemérito de Tampico. Las ideas y las ambiciones se derramaban en tropel:

—Si usted lo va a ver el mes entrante —agregó con la mirada fija, ya puesto de pie y ajustándose la prótesis—, dígale de mi parte, no sin antes externarle mis respetos y parabienes, que estoy de acuerdo en la suscripción de un nuevo tratado de fronteras en el que México cedería a Estados Unidos las llamadas "Tierras naturales" por 30 millones.[43]

Ya no importaban ni la discreción ni los cuidados ni el recato previos. Santa Anna se había convertido en una pira humana.

—Repítale, hasta que Polk también se lo aprenda de memoria, que México requiere de una amenaza militar, recurrir a la guerra misma si fuera necesario, a la violencia, al uso de los cañones para ablandar al Senado, a la prensa y a la sociedad y, en general, a mis compatriotas, respecto a las ventajas de la cesión. No entenderán de otra manera. Necesitamos las bayonetas yanquis muy bien afiladas, tocando el cuello de México o hundiéndolo en sus carnes, para hacerlos entrar en razón, ¿está claro?

¿Treinta millones?, pensó para sí Atocha, sintiendo una excesiva salivación en la boca. No dejaba de sorprenderlo la facilidad con la que Santa Anna había hecho sus planteamientos claros y concisos. En los negocios y en el amor se exigía la selección de un lenguaje muy decantado para coronarse con el éxito. Para invitar a una mujer a ir a la cama se requería de una estrategia de abordaje sumamente cuidadosa y prudente con tal de no herir susceptibilidades. Santa Anna, en su ansiedad y desesperación, había escogido los mejores atajos para llegar lo más rápido posible a la meta, a las conclusiones. ¿Para qué los circunloquios? ¡Treinta millones a cambio de California y Nuevo México! ¿Para qué los rodeos? Ya está. Punto y aparte. Ahora veamos cómo...

—Lo haré, Su Excelencia —iba a agregar Atocha para precisar el porcentaje que le correspondería en su carácter de gestor, cuando Santa Anna continuó con sus ofrecimientos.

—Yo sé cómo deshuesar a un mexicano, a los partidos políticos, a la sociedad, a las logias, a los periodistas y al Congreso para facilitar el desmantelamiento de la menor resistencia u oposición a la venta o a la cesión de California y Nuevo México, solo que dichas claves no se las daré a usted el día de hoy —exclamó de espaldas el Protector de la Nación, contemplando cómo se mecían unas palmeras en la playa y llenando los pulmones con la suave brisa caribeña—; lo único que necesitaré para firmar los tratados respectivos es que, de operar nuevamente el bloqueo a Veracruz en los términos acordados, se me permita pasar únicamente a mí hasta pisar otra vez suelo mexicano y de ahí poder conquistar nuevamente la presidencia de la República. Polk debe facilitarme el tránsito, de lo demás me ocuparé yo mismo...[44]

—¿Por qué concepto deberán ser pagados los 30 millones, señor?

—Informe a Polk que el tesoro mexicano está quebrado y que requeriremos de armas y hombres para armar la guerra.

—¿Guerra?

—Sí, guerra señor Atocha, ¿o cree usted que saldré vivo si yo mismo le firmo un tratado de cesión de territorios a Estados Unidos, así porque sí...? Milagrosamente salvé el pellejo después de suscribir los Tratados de Velasco cuando les entregué Tejas a los yanquis, no a los tejanos... No me jugaré otra vez el pellejo. Ya sé lo que me puede pasar de reincidir en el error: si Polk quiere California y Nuevo México, tendremos que confeccionar una guerra para que en los tratados de paz y, a modo de derecho de conquista, Estados Unidos retenga las extensiones que desea. México recibirá una indemnización valuada en dinero de la que nos serviremos todos, también usted, amigo Atocha, también usted... Así y solo así, demostrando a mi pueblo que se trata de una verdadera necesidad, probando que no teníamos otra alternativa y que estaban canceladas todas las opciones —concluyó sin voltear a ver al español—, mi país podrá aceptar un nuevo tratado de límites distinto al firmado en 1819.

He ahí la gran diferencia entre un hombre capaz de enfrentar los retos más temerarios y otro que se disminuye de tamaño ante la menor adversidad, se dijo Atocha. Ambos guardaron un breve silencio, tiempo que aprovechó Santa Anna para imaginar cómo dispondría de los 30 millones de dólares depositados en la tesorería mexicana, si es que llegaban a entrar a las arcas durante su nueva gestión como presidente de la República.

Lo primero consistirá en lograr que efectivamente ingresen, se dijo pensativo mientras cruzaba los brazos y buscaba a Juancillo, el mozo, para ordenarle más mojitos y un habano con un chasquido de dedos. Tiempo habrá después para saquear el tesoro público mediante fórmulas eficientes diseñadas con el objetivo específico de retirar gradualmente los recursos con la mano y sin exhibir el rostro.

—¿Cree usted que Polk pueda declarar la guerra porque México ha incumplido con los pagos por indemnización a los ciudadanos norteamericanos?

—Recurrir a ese pretexto exhibirá a Estados Unidos como un país de asaltantes, más aún si para cobrar lo adeudado se quedan con California y Nuevo México, cuyo valor es infinitamente superior al conjunto de las reclamaciones. Quedarían como rateros ante el mundo y ante su propio pueblo.

Antes de que Santa Anna pudiera explicarse más, Atocha ya había disparado a quemarropa:

—Si Slidell no es recibido por Paredes, ¿será suficiente para detonar el inicio de hostilidades? —inquirió para agotar, según él, las posibilidades reales de guerra.

—No, amigo Atocha, no, ¿cuándo se ha visto que por no recibir a un embajador que ni siquiera se ha acreditado ni ha presentado sus cartas credenciales como ministro de un país, sea suficiente razón para invadir a otra nación? ¿No quedaría Polk ante su propio Congreso, ante el electorado norteamericano y ante la comunidad internacional como un vulgar atracador de llegar a proponer una declaración de guerra sobre bases tan endebles?

El Visible Instrumento de Dios dio unos pasos cojeando ante su interlocutor. Le extendió la mano. Atocha entendió que la reunión histórica había llegado a su fin. Al ponerse de pie, Santa Anna lo acompañó fraternalmente hasta la puerta. Tenía su brazo izquierdo sobre los hombros del español.

—¿Cuándo tendré noticias suyas? —preguntó el dictador, ávido de tener respuestas de Polk a sus solicitudes. Bien sabía él que se abriría un interminable compás de espera en lo que obtenía una contestación de la Casa Blanca.

—Mi reunión con Polk, como ya se lo mencioné, es el día 13 del mes entrante —repuso Atocha mientras se cambiaba el puro a la mano izquierda con la que ya detenía su sombrero, para poder estrechar la diestra de Santa Anna—. Ese mismo día yo le enviaré la síntesis y más tarde le escribiré los pormenores de la entrevista, Su Excelencia.

—Créame que esperaré con interés la correspondencia con su nombre como remitente, don Alejandro —arguyó para ejercer más presión. A modo de recordatorio todavía concluyó:

—Cuando vea al presidente, dígale que "tome medidas enérgicas para que pueda lograr el tratado y que yo lo apoyaré".[45] Los mexicanos somos hijos de la mala vida, es más, amigo Atocha, somos como las putas, solo funcionamos bien cuando tenemos al cliente encima —agregó en un desplante de simpatía para coronar la entrevista con un detalle de humor...

Cuando el Gran Almirante y Mariscal de los Ejércitos se aprestaba a retirarse del enorme portón de maderas preciosas talladas y contemplaba a la distancia cómo se alejaba el carruaje de Alejandro Atocha con acuerdos secretos que alterarían la historia de México, un chamaco negro, dueño de una dentadura nívea, descalzo y risueño porque sí, como todos, puso en manos de Santa Anna un sobre cerrado. Se trataba del correo que llegaba cíclicamente de México. El Benefactor de la Patria conocía en un notable nivel de detalle la marcha de los acontecimientos en México.

Era oportunamente informado de los movimientos, las tendencias y orientaciones, así como los nombres e intenciones de cada uno de los protagonistas de la vida política del país.

A sus manos llegó, en aquella ocasión, un recorte periodístico escrito por un tal Martinillo, un columnista "agrio y amargado" que durante sus diversas responsabilidades públicas lo había atacado sin tregua ni pausa como si conociera su vida íntima. ¡Cómo lo había agredido con su pluma flamígera sobre todo cuando Santa Anna traicionó la Constitución federal de 1824 y aprobó una República Centralista en 1835, un suicidio político, pretexto que aprovecharon los tejanos para escindirse de México! Martinillo parecía un fantasma que habitaba los cuartos contiguos y hasta se apoderaba de sus reflexiones cuando se afeitaba en las mañanas en Palacio Nacional o en El Lencero. La persecución era implacable:

Los mexicanos deberíamos comprometernos a acabar con Santa Anna tan pronto pise territorio nacional, si es que vuelve a intentarlo. El Congreso debería emitir un decreto similar al promulgado en el caso de Iturbide para que quien dé con el paradero del maldito cojo, el traidor Quince Uñas, tenga la autorización legal para fusilarlo de inmediato sin mediar juicio alguno. Cualquier mexicano debe poder privarlo de la vida en cualquier tiempo y lugar. En caso de no lograr integrar un pelotón, sería válido colgarlo del árbol más próximo y a falta de mecate o de árbol, el feliz verdugo que diera con él, tendría el derecho de estrangularlo con sus propias manos y de no tener manos, acabar con el bandido, hijo de la gran puta, a patadas…

Todavía de pie, Santa Anna concluyó la lectura de aquella columna. ¡Cabrones malagradecidos! Soy el Padre de la Patria, su líder natural: no me merecen… A este miserable de Martinillo un día lo van a encontrar clavado por una bayoneta contra la puerta de su periódico con todo y su sonrisita de pendejo…

Verdaderamente furioso, hizo trizas el recorte para evitar que alguien más lo pudiera leer. Mientras rompía el papel y murmuraba un sinnúmero de improperios, creía acabar con sus adversarios. Los cacheteaba. Calumnias, las calumnias de estos libertinos, repetía una vez más en tanto se guardaba una parte de los pedazos en las bolsas del pantalón y los otros los tiraba displicentemente al suelo antes de regresar a la terraza. Nadie podría volver a reunir el rompecabezas.

—¡Dolores! —grita sin saber si su voz altisonante responde al malestar inyectado por la nota periodística, o porque realmente desea hacerse acompañar por su mujer a los corrales donde se preparan los gallos para la pelea de la noche. Han improvisado un palenque. Veremos si en su desesperación por haberse quedado sin dinero para apostar se atreve a tirar otra vez a la arena, donde combaten los animales, la condecoración de la Cruz de Honor de Isabel la Católica... ¿Cuánto me dan por ella?

—¡Dolores...! ¡Carajo!

Mientras tanto, en la Ciudad de México, en aquel frío invierno de principios de 1846, Mariano Paredes Arrillaga aparece como el nuevo jefe *de facto* del Estado Mexicano. Llega al poder el 4 de enero del mismo año. Su ascenso implica la culminación de la década centralista. El nuevo presidente desea imponer el máximo respeto a la religión, aprovechar la innata docilidad de la gente, garantizar la moralidad en el Estado, impulsar el patriotismo y el conocimiento, insistir en la sumisión, la obediencia y el respeto a la autoridad. Solo quienes hubieran pagado cantidades importantes de impuestos podrían ser electos como legisladores o simplemente sufragar en los próximos comicios. Los evasores fiscales carecen de derechos electorales: ni pueden votar ni ser votados. Se debe cumplir con todas las obligaciones ciudadanas para poder concurrir de una forma o de la otra a las urnas. En el Congreso solo caben los adinerados, los ilustrados, los demás, las escorias humanas, los analfabetos y los ignorantes, quienes ni siquiera saben tachar la boleta con el nombre de la persona a quien desean elegir, esos, además, tan fácilmente manipulables, deben ser limitados como los invidentes-sordomudos, de cualquier contienda política. ¿No sabes leer ni escribir ni tienes trabajo? ¡No puedes votar!

Solo los sacerdotes, los militares, los hacendados, los latifundistas, los empresarios prósperos y los sectores proclericales y los monarquistas, ellos y solo ellos, únicamente ellos podrían ser votados para ocupar un asiento en el Congreso. Ellos harán los milagros. Las empleadas domésticas, los campesinos, los vagabundos entre otros ciudadanos más, podrían tener voz popular, pero en ningún caso tendrían peso en las urnas.

¿Cómo va a elegir a sus gobernantes un sujeto que no sabe ni leer ni escribir, se dedica a consumir pulque y tequila, y es, en el fondo, un parásito social? Solo podría votar, repetía hasta el cansancio, quien estuviera al corriente en el pago de sus contribuciones. Nada más. No armemos con el voto las manos de los muertos de hambre que viven en las tinieblas... Como bien decía mi bienamado Lucas Alamán: "Las grandes masas no deben votar porque ni siquiera saben ni entienden por quién lo hacen".[46] Esa es sabiduría política: impedir que participe en las elecciones quien ignora lo que está haciendo. ¿Por qué permitir que un loco o un menor de edad o un zángano o un tonto o un mendigo, o, simplemente un "don nadie", encienda la mecha de una bomba y juegue con ella? Cuídate de un pueblo idiota porque lo puede engatusar cualquier político astuto y bribón... Lucas, ¡ay!, Lucas, bien por acabar con el Federalismo, bien por reformar el sistema electoral, bien por controlar a la prensa, a los Congresos locales y fortalecer el pilar de una sociedad civilizada: la iglesia católica.

Paredes recibe casi todos los días a Lucas Alamán y al ministro español Bermúdez de Castro. Los tres acuerdan la conveniencia de que el Congreso pueda escoger la forma más conveniente de gobierno para México... la monárquica, por supuesto. Solo podrán votar la Constitución quienes posean recursos económicos demostrables, los que piensen, los que tienen algo que perder, los que crean fuentes de riqueza. Los léperos, por definición, serán excluidos. Alamán habla de seleccionar únicamente candidatos a legisladores obsecuentes con la causa monárquica para garantizarse el éxito y preparar a la opinión pública nacional a través de la prensa publicando columnas financiadas con los recursos españoles depositados en Cuba. El periódico *El Tiempo* asienta en sus páginas, en un artículo intitulado "Nuestra profesión de la fe", que, en su opinión, la mejor forma de gobierno para México era la monarquía constitucional hereditaria, misma que descansaría en dos pilares fundamentales: uno, la iglesia y dos, el ejército. "Ya pasamos de la República representativa a la dictadura militar y al gobierno centralizado con resultados funestos. Que no quepa duda, la mejor alternativa para México descansa en un gobierno encabezado por un príncipe europeo. Solo de esta manera recuperaremos la prosperidad de los días de la colonia y podremos oponernos a las agresiones propias del expansionismo norteamericano."

El *London Times* conviene en que la reconquista de México sería fácil y que el arribo de un príncipe español contaría con gran popularidad en México. Martinillo, por su parte, se opone a un gobierno integrado por el ejército y la iglesia, los dos peores enemigos de la estabilidad y el progreso de México. Por ellos y solo por ellos estamos postrados en el fondo cenagoso de un pozo del que difícilmente podremos salir. Solo a unos retrógradas como Paredes Arrillaga y Lucas Alamán se les puede ocurrir una conspiración monárquica... ¿Es hora de invitar a un rey español a gobernarnos o de defendernos de una invasión yanqui? ¿En qué debemos poner toda nuestra atención? Los políticos mexicanos, asienta valientemente Martinillo, duélale a quien le duela, piensan con la cara interna del ano: ustedes perdonarán... "Cuando el tal don Enrique, el supuesto rey de México, ponga un pie en Veracruz, yo mismo le sacaré los ojos con mis pulgares, lo colgaré vivo de la principal asta bandera del puerto y después arrojaré sus restos entre las aguas que rodean la Isla de Sacrificios para que los tiburones den última cuenta de este cretino ibérico."

La confusión cunde en los medios políticos. Los moderados, quienes habían apoyado a Herrera en busca de argumentos para conciliar diferencias con Estados Unidos, pudieron comprobar cómo se desvanecían las posibilidades de un arreglo civilizado. ¿Qué tiene que ver España en todo esto, más aún si la reina Isabella II, ¡ah!, qué nombre tan hermoso para una soberana, la gobernante nominal de aquel reino, tan solo contaba con 15 años de edad, 15 años, y, además, su país no acababa de recuperarse de las guerras carlistas y el gobierno se encontraba exhausto y debilitado? ¿España? ¿Don Enrique, de 22 años de edad, cuñado de la reina, el candidato a convertirse en rey de los mexicanos? ¿Quién era don Enrique para controlar a un país habitado por mexicanos extraviados en un caos laberíntico y amenazados, nada menos, que por Estados Unidos, deseoso de engullirse medio país con tan solo una mordida?[47] Paredes Arrillaga tenía la respuesta puntual que nunca ha dejado de ser escuchada: "Necesitamos la presencia de un hombre enérgico que nos ponga en orden..."[48] Los puros, por su parte, podían coincidir con Paredes pero jamás con la idea de instaurar una monarquía española. ¿Soluciones? Que venga Santa Anna, aun cuando despreciable, no coincidiría con el arribo de un príncipe rubio, idiota o no. ¡Una comisión para ir a Cuba! ¡Por favor: encuentren lo que quede de la pata del Quince Uñas, debemos reparar su honor. Reconstruyamos el cenotafio...!

Paredes confía en que mientras la Gran Bretaña y Estados Unidos no diriman sus diferencias en torno a Oregón, no podrá haber guerra en contra de México. Polk, se dice en silencio, no abrirá dos frentes. No puede ser tan torpe. Él no cometerá el mismo error que Napoleón.

Las negociaciones entre radicales y santanistas se hacen públicas. El César Mexicano hace saber, desde Cuba, a través de dos pronunciamientos, que trabaría una alianza con los liberales, defenderá esta vez la República, la federal, porque sus principios democráticos son los dominantes. Regresará si Paredes es derrocado, garantizará el derecho de la gente a decidir la forma de gobierno más conveniente y, habiendo alcanzado sus propósitos en materia de bienestar político y social, se retirará a su rancho, a la vida privada, una vez rescatada la patria de nueva cuenta... "Estad seguros de que conmigo no seréis devorados por el fuego de la anarquía ni oprimidos por el cetro del despotismo."

Mientras tanto llega a Washington un despacho de México firmado por John Slidell, el embajador plenipotenciario: no será recibido por gobierno mexicano alguno. Se confirman los supuestos. Poinsett tenía razón: los mexicanos mezclan la tierra con el honor. Confunden los negocios con las emociones. Gobiernan los sentimientos antes que las razones. Fracasan los intentos de comprar civilizadamente Nuevo México y California. El dinero estaba listo. Las autorizaciones en el Congreso norteamericano medianamente acordadas. Slidell tenía amartillada una propuesta económica a negociar pero no podrá plantearla a ningún funcionario de alto nivel. Se jugarían el puesto y hasta el cuello. Permanecerá en Jalapa sin poder externar oficialmente la oferta del jefe de la Casa Blanca.

Se la traga. Toda su vida escuchará el portazo en plena cara. Se sorprende al descubrir que los pobres mexicanos también tienen dignidad. ¿Será posible? ¿Acaso no deben arrebatarnos cualquier objeto que se les ofrezca? ¿Esa no es la caridad cristiana, la limosna, tan pregonada y la adopción de la humildad? ¿Cómo rechazan el dinero, aquello que más añoran y necesitan a gritos para subsistir? ¿Quién entiende a estos subhumanos?

James Polk, al mismo tiempo que envidia a Jefferson y a Adams por haber podido comprar la Luisiana a Francia y una parte de la Florida a España, respectivamente, enfurece al constatar el rechazo abierto a su iniciativa diplomática. Necios, suicidas, irresponsables, obnubilados. Ahora solo queda un camino. Se acabaron las alternativas y las opciones. Las palabras se han desgastado. Los argumentos carecen de peso al igual que las amenazas de eficacia. Si los mexicanos no entienden con dólares los haré entrar en razones con balas... ¿No que eran corruptos? ¿No que se venderían por un puñado de billetes? ¿Cómo comprender a estos infames, menores de edad, ignorantes de su mejor conveniencia?

Cuando Slidell fracasa y Polk es abofeteado con guante blanco relleno de acero, el presidente decide convocar de urgencia a su gabinete: Taylor debe bajar de las márgenes del Río Nueces hasta llegar a la desembocadura del Río Bravo, en territorio abiertamente mexicano, enfrente de Matamoros, para acercar más agresivamente la trampa e intensificar la provocación.

El jefe de la Casa Blanca argüirá en su defensa o fundamentará sus acciones en el hecho de que Tejas ya era un estado de la Unión y sus fronteras colindaban originalmente con dicho Río Bravo.

Crece la oposición doméstica al desplazamiento de Taylor. El *National Intelligencer* lo acusa: "Polk quedará en una posición totalmente indefendible si envía tropas americanas más allá del Río Nueces. Moverse hacia el Río Bravo sería una guerra ofensiva y no necesariamente vinculada con la defensa de Tejas". El Río Bravo jamás fue la frontera de Tejas. ¡Revisen las leyes mexicanas, ahí constan las fronteras históricas entre Tejas y Tamaulipas!

Otros diarios, igualmente influyentes como el *National Observer*, publican una columna con la línea editorial propia de un periódico de corte liberal:

Tejas tiene que ser anexada con los mismos linderos y medidas. El tamaño exacto de la extensión territorial que disfrutaba cuando formaba parte de México. Ni un acre más. La frontera entre Tejas y Tamaulipas, en términos de las leyes y de la geografía política de México, la constituía, al sur, el Río Nueces, en ningún caso el Bravo, por lo que si el ejército norteamericano remonta el Río Nueces, Estados Unidos estaría violando la soberanía de México y, por ende, nos convertiremos no en defensores de nuestro legítimo patrimonio, sino en los filibusteros, piratas, invasores, enemigos de la legalidad, a quienes siempre hemos criticado con toda la fuerza de nuestra verdad y de nuestra razón.

Señor presidente, ¿invadir militarmente a nuestro vecino es lo que usted llama guerra defensiva? Es evidente que usted busca un conflicto armado con México. ¿Verdad que después de cruzar el Río Nueces y llegar al Bravo, culpará a nuestros vecinos de habernos atacado cuando el ejército norteamericano penetró ilegalmente en su territorio? A quienes colaboramos en el *National Observer*, nos es evidente quién es el invasor...

El *Enquirer* publica una carta asombrosa, visionaria y muy reveladora, redactada en 1812, 34 años antes, nada menos que por el propio embajador del Imperio Español en Washington y dirigida al virrey de la Nueva España en aquellos años. La vida me permitió leer y copiar la siguiente misiva enmarcada y colgada en la biblioteca de Enrique Rivas, un ilustre mexicano, estudioso de los hechos: "Estados Unidos intenta fijar su frontera sur a partir de una línea al oeste de la desembocadura del Río Bravo, incluyendo Tejas, Nuevo México, Chihuahua, Sonora y las Californias, así como parte de otras provincias. Este proyecto podría ser delirante para muchas personas racionales, pero créame, ciertamente existe".[49]

Polk finge no leer ni oír. Se defiende diciendo que los únicos tratados válidos son los suscritos por Santa Anna en 1836 cuando fue derrotado en San Jacinto. Se niega a reconocer que sus planes personales forman parte de un muy viejo proyecto norteamericano.

Falso, le contestan algunos senadores de su propio partido demócrata: todos sabemos que Santa Anna, aun cuando era

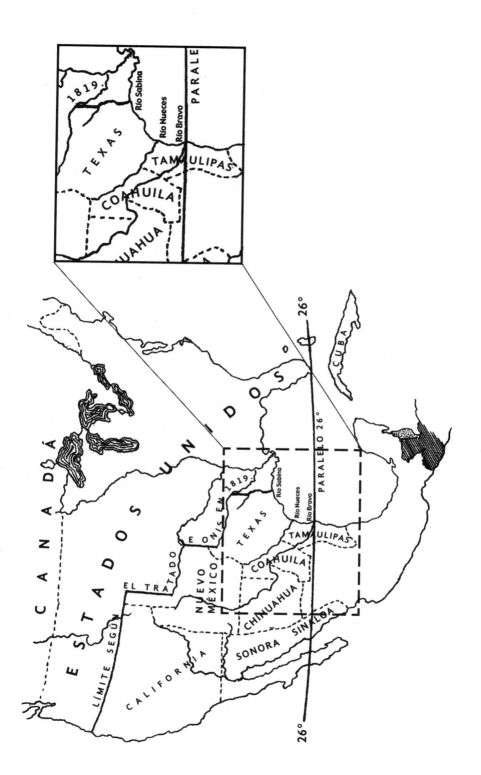

presidente de México, estaba preso y, en dichas condiciones, cualquier abogado de barandilla podría explicarle que los Tratados de Velasco están viciados de nulidad. Es lo mismo que cuando usted firma un acuerdo contra su voluntad por estar amenazado con una pistola apuntando a su cabeza. En esas condiciones firmó Santa Anna, señor presidente, y por lo tanto, lo pactado es nulo. Por supuesto que eso no le quita lo cobarde ni lo pusilánime al dictador mexicano. ¿Los Tratados de Velasco los ratificó el Congreso mexicano? No, ¿verdad…?

James Polk insiste. No escucha argumentos ni cuando alegan que las tropas americanas no están para proteger Tejas, sino para garantizar una colisión con México.

¡He dicho que Taylor bajará hasta el Río Bravo!

Una tarde de enero de 1846 recibe a Buchanan, su secretario de Estado, para externarle sus conclusiones finales. Alguien debería conocer las verdaderas intenciones del presidente de Estados Unidos. El subalterno encuentra a Polk contemplando un retrato al óleo de Andrew Jackson, un espléndido claroscuro al estilo de la escuela holandesa, realizado en el último año de gobierno como presidente de Estados Unidos.

—¡Cuánto le debemos los políticos liberales de nuestra generación a este hombre virtuoso! —adujo Polk con una cierta expresión de nostalgia sin voltear a saludar a Buchanan, quien dejó sus papeles sobre el escritorio presidencial y se acercó a admirar la obra de arte.

—No sabe el dolor que me produjo su muerte. Él era mi padre político. Jamás olvidaré la deuda contraída con él: solo le debo la presidencia de Estados Unidos… Él y solo él, James, me rescató de hecho del anonimato y me comprometió a luchar por Tejas desde la Casa Blanca. Juntos redactamos varios discursos durante mi campaña. Juntos recorrimos algunos estados, aun cuando ya estaba muy enfermo. Juntos hicimos planes y juntos llegamos a la presidencia después de convencer al Partido Demócrata de las ventajas de mi candidatura y al electorado norteamericano de la validez de mis promesas. Podría jurarle que si se resistió a morir hasta mediados del año pasado, es porque deseaba verme convertido en su sucesor y asistir a mi lucha por lo que él no había podido conquistar… Duele, James, duele como la pérdida de un padre

—concluyó Polk sin retirar la vista del cuadro y permaneciendo con los brazos recogidos tras la espalda.

—Yo he pasado por lo mismo, señor presidente —repuso Buchanan sobriamente—. He perdido hombres y mujeres, las personas que realmente me forjaron. Nunca tendré tiempo suficiente para agradecerles en mis plegarias lo que hicieron por mí. Lo que yo daría por volverlos a abrazar y repetirles hasta el cansancio: gracias, gracias, gracias, pero ya no están, me faltan y nunca volverán. Lo único que cuenta es honrar su recuerdo, señor. Ese es el único consuelo.

—Así es James: Thomas Jefferson, James Madison, James Monroe y Andrew Jackson, sobre todo este último, me heredaron una misión, una responsabilidad que, créame, sabré cumplir. No los defraudaré. Mi labor es la expansión de Estados Unidos, la apertura de nuevos territorios y mercados hasta llegar al Pacífico por el lado de Oregón y de California. Logrado lo anterior y solo logrado lo anterior, moriré en paz.

Buchanan sentía una fascinación al abordar estos temas tan largamente discutidos en la intimidad del presidente. Convertir las palabras y las promesas en hechos palpables, en realidades objetivas, lo animaban a continuar con sus trabajos sin la posibilidad de que la decepción y el desencanto lo desviaran de sus objetivos ni que la aparición de pretextos les congelara el júbilo. Nunca les faltaban pretextos a los políticos, solo que Polk, estaba muy claro, iba por todas. Su determinación era ejemplar aun a costa de su propia salud.

El secretario de Estado se sorprendió cuando, por primera vez desde su nombramiento, el presidente no lo recibía con un "¿qué hay de nuevo?", ansioso como siempre de entrar en materia sin pérdida de tiempo y sin el *small talk* previo a la discusión central que tanto podía irritarlo. En esa ocasión Polk, por lo visto, deseaba hablar, explicarse y tal vez, hasta desahogarse dentro de su conocido hermetismo. Había que aprovechar la oportunidad de escucharlo.

Ambos se sentaron cara a cara en sendos sillones apoltronados, muy cerca de la chimenea, sobre la cual se encontraba un retrato de George Washington, enmarcado en tonos dorados, pintado también al óleo, el año de su ascenso a la presidencia en 1789.

—Desde Adán a Jesucristo y, hasta ahora, Dios ha manifestado reiteradamente que las obras de los hombres y su trabajo son las únicas vías para su salvación —expuso Polk sin ocultar su origen presbiteriano—. ¿Con qué mérito o razón se va a salvar un borracho, un vagabundo o un ladrón?

Buchanan escuchaba en silencio. Esperaba conocer un poco más el sentido de la conversación.

—Nosotros, los americanos, los anglosajones, constituimos una raza superior destinada a llevar el buen gobierno, prosperidad comercial y buen cristianismo a las naciones del mundo. En nuestro espíritu de laboriosidad no caben los sujetos improductivos. Nuestro deber es rescatar a quienes han caído en la perdición o se han extraviado para conducirlos al mundo de la prosperidad, llegado el caso, inclusive, a la fuerza.

De pronto se abrió la puerta y apareció una mujer negra, obesa, uniformada con un amplio vestido gris oscuro, largo hasta el tobillo y una cofia y delantal blancos perfectamente almidonados. Con una sonrisa luminosa ofreció ceremoniosamente el consabido té.

—Dos tazas —repuso Polk cortante sin preguntarle a su subordinado si tenía otra preferencia.

—Usted coincidirá seguramente conmigo —continuó clavando la mirada en la levita de sus zapatos perfectamente lustrados con betún— en que nosotros, los americanos, somos los elegidos de Dios y como prueba de ello está nuestra victoria sobre la gran Inglaterra, el triunfo ideológico de nuestra Guerra de Independencia que se ha extendido por el mundo como un estallido de pólvora y nuestro crecimiento con el que, en tan corto tiempo, hemos sorprendido al planeta entero. Claro que teníamos derecho a hacernos de los territorios del sureste, como igual lo tenemos para apropiarnos ahora de los del suroeste. ¿Qué iban a hacer los indios o los españoles o los mexicanos con semejante riqueza? Por más odiosa que les parezca a muchos la esclavitud, dígame, a ver, dígame, Buchanan, ¿qué iban a hacer los negros solos, sin nuestra conducción? ¿Y los mexicanos, los españoles y los asiáticos? Basta ver en qué condiciones se encuentran y, en buena parte de ello, simplemente porque no son blancos.

—¿Los españoles no son blancos?

—Por supuesto que no —exclamó Polk airoso como si estuviera dispuesto a batirse en duelo en las márgenes del Potomac para defender su honor—, ellos tienen herencia árabe de ocho siglos: son medio moros y por lo tanto, raza mezclada, atrasada, que se junta con otra sangre estéril, como la mexicana, para hacer un mestizaje diabólico.

—No puedo estar más de acuerdo con usted, señor —interrumpió Buchanan sin percatarse de que Polk fruncía discretamente el entrecejo. Era claro que no deseaba ser interrumpido porque se destruía el orden de su exposición largamente meditada y le impediría arribar en tiempo y forma a la conclusión deseada.

—En Estados Unidos —continuó Buchanan eufórico, sin poder detenerse a leer la respuesta en los ojos del presidente, quien seguía con la mirada baja— desde un principio luchamos por un gobierno representativo, por una ley común aplicable sin excepciones a toda la comunidad, insistimos en la vigencia de sistema de jurado popular, en la obligación coactiva del pago de impuestos, la subordinación del ejército y de la iglesia a la autoridad civil. ¡Con qué coraje defendimos el derecho a profesar la religión que cada quien deseara! Logramos la unidad nacional y hoy, gracias a ese hermoso conjunto, gozamos de arraigo y fortaleza institucionales.

Polk levantó la cabeza para mandar, con la simple expresión de inmovilidad de su rostro, un mensaje mudo a su secretario. Guardó silencio unos instantes sin articular palabra alguna. ¿Así se daría cuenta de que el dictado de cátedra política era en todo caso en la universidad de John Harvard?

—Suenan muy bien nuestras instituciones vanguardistas, ahora impóngalas usted en un país de salvajes. Un caníbal siempre será un caníbal y comerá con las manos. Le estorbarán el tenedor y la cuchara. Cuando usted se descuide meterá la cabeza en el caldero y, después de tragar, se secará la cara y la boca con el antebrazo.

Buchanan se sintió traspasado. Lo salvó *misses* Jemima que traía el té servido de acuerdo a las instrucciones precisas de la señora Polk, quien no perdía detalle en el arreglo del servicio doméstico. La bandeja, toda ella de plata, podía haber sido sacada de un cuento de niños.

Sin hacer mayores comentarios, Polk continuó en sus reflexiones. No permitiría que lo distrajeran de su tema ni del destino de la conversación:

—A partir de 1830 los americanos decidimos que, además de riqueza y éxito, deseábamos una conciencia tranquila. Por lo tanto, resolvimos que cuando nuestros intereses chocaran con los de otros, ese obstáculo, puesto en nuestro camino, era culpa y responsabilidad de los otros por no tener nuestra misma capacidad. Por eso, James —acotó insistiendo en llamar amistosamente a Buchanan por su nombre—, chocamos tanto con los mexicanos, porque no partimos del mismo nivel intelectual y tenemos que explicarles lo obvio, lo evidente, lo que no requiere prueba, ¿por qué?, pues porque son una raza mezclada y por lo tanto, inferior.

Buchanan aprovechaba cualquier coyuntura para lucir sus conocimientos ante su jefe y adicionar pruebas en torno a las incapacidades manifiestas de las razas híbridas, así como las maldiciones de todo mestizaje:

—No perdamos de vista que en 1776 el libro *Common Sense* de Thomas Paine soportó ideológicamente nuestra independencia. ¿Por qué el milagro?, porque, a diferencia de México, con 90% de analfabetos, nosotros logramos conformar una nación gracias a que sabemos leer y escribir... Esta simple habilidad nos unió, señor presidente, y nos permitió comunicarnos entre nosotros para poder trazar y luego ejecutar un proyecto común. Tan es cierto lo anterior —agregó ya lanzado— que en 1783 se vendieron 60 mil copias de un libro de gramática de Noah Webster. ¿Cree usted que al día de hoy se puedan vender en México 60 mil libros de gramática? ¿Cómo unir a un país de ignorantes y además de indolentes que no lee la Biblia para salvarse?

Polk se echó para atrás. Entrecruzó las manos y se las colocó en la nuca. Miraba fijamente al techo. Al parpadear parecía quedarse con los ojos cerrados. Tal vez hacía acopio de paciencia.

—Pero hay más, mucho más, señor presidente —el fanatismo aparecía también en los labios, en las palabras y en el rostro de Buchanan—: en 1800 el Dr. Benjamín Waterhouse, de Filadelfia, introdujo la vacuna para prevenir la viruela; en 1807 Eli Terry y Seth Thomas de Connecticut, iniciaron la manufactura de relojes con partes intercambiables; en 1808, fue botado el *Phoenix*, el primer barco de vapor diseñado por John Stevens, otro norteamericano. ¿Arte? En 1810 se formó la Sociedad Filarmónica de Boston, la primera orquesta sinfónica que se presenta regularmente; en 1817 inventamos la primera máquina manufacturera de papel elaborada por Tomás Gilpin; en 1822 Graham obtuvo la primera patente de una dentadura postiza; en 1830, Peter Cooper construyó la primera locomotora de vapor; en...

—Señor secretario —lo interrumpió Polk cuando se percató de que la lista podría ser interminable como la fascinación y el orgullo que sentía Buchanan por su nacionalidad—: ¿me permite hablar? Yo conozco de sobra su admiración por los alcances norteamericanos, pero lo que nos concierne el día de hoy es un tema muy delicado que deseo discutir con usted. ¿Me comprende...?

El secretario de Estado se percató de que la perorata había sido fastidiosa y, dada la actitud de su superior, prefirió abstenerse en lo sucesivo de intervenir. Mejor, mucho mejor, dejar hablar a su jefe, permitir que se expresara aun cuando fuera ocasionalmente. Así lo conocería mucho mejor.

Polk estaba incontenible. Continuó hablando con la frente arrugada y alarmantemente pálida. Se expresaba muy despacio pasando a la báscula cada una de sus palabras:

—Los mexicanos se beneficiarían si una raza superior, como la nuestra, se encargara de sus tierras del norte. Ya verá usted en qué se convertirá Texas, una Texas americana, en tan solo unos años más. En las manos inútiles de los españoles transcurrieron siglos y siglos en el abandono y en la miseria. California y Nuevo México, anexadas a nuestra Unión, florecerán como girasoles en un plazo tan breve que ni usted ni yo podemos imaginar y todo ello en beneficio de la humanidad.

Polk dio un sorbo de su taza de té entornando los ojos como si se preparara para sufrir una quemadura. El agua hervía. No se concedía tregua ni siquiera para tragar. De pronto empezó a atropellarse al exponer sus conceptos. Entonces sentenció, sin inmutarse, la síntesis de su pensamiento político y económico:

—Tomar la tierra de gente inferior no es un acto criminal, sino la manera de glorificar a Dios.[50] Por ejemplo: la guerra de Tejas de 1836 fue un choque racial, una revuelta en contra de la tiranía en que se nos tenía a los anglosajones. ¿Cómo íbamos a someternos a esa raza de indolentes solo para sepultarnos en el atraso, del que ellos ni se quejan ni se lamentan? Están resignados, James, eso entienden por la existencia, la resignación generacional. Fíjese muy bien —llamó la atención en términos imperativos—: con la vida de un millón de indios cherokees, sioux, cheyenes o mexicanos, no se paga ni se repara la muerte de cada uno de los norteamericanos degollados por Santa Anna en El Álamo o ejecutados durante la masacre de El Goliad.

Entró nuevamente *misses* Jemima, esta vez con un mensaje de la señora Polk, preguntando si el señor Buchanan se quedaría a cenar.

—No —repuso Polk sin esperar respuesta—. Con los encargos que le haré no podrá descansar en un siglo. Discúlpelo por favor...

Buchanan exhibió una sonrisa sardónica, ciertamente parca. Se limitó a asentir con la cabeza.

—Si nosotros insistimos en la anexión de Tejas fue porque los mexicanos son semibárbaros, al provenir de una raza mezclada. Teníamos que escindirnos obligatoriamente. Tejas, en un futuro, nos puede servir como receptáculo para miles de negros. Eventualmente se irán a Centro y Sudamérica y de esa manera nos quedaremos sin gente de color. Ya veremos cómo resolver el costo de la mano de obra en los estados del sur.

Buchanan prefirió pasar como impertinente pero no como ignorante ni como espectador mudo, sobre todo en temas que a él lo conmovían o hasta lo incendiaban en lo personal.

—Yo concuerdo con usted, señor —adelantó sin preocuparse por las muecas del presidente—, en que la raza mexicana es de imbéciles y apáticos.[51] Nos conviene abandonar la idea de que países como este se regenerarán simplemente copiando nuestras instituciones. ¿Y sabe usted por qué? —cuestionó con tal de darse tiempo para escrutar el rostro de su interlocutor—: porque la mayoría de dichas naciones no tiene ni siquiera la capacidad para copiarlas. Por eso, señor, existen razas condenadas a ser inferiores y otras a desaparecer en términos absolutos. ¿De qué les sirvió a los mexicanos copiar los principios de nuestra Constitución en 1824? Solo les fue útil para dividirse entre sí...

Por algo Polk lo había nombrado secretario de Estado. Para ocupar un cargo de tanta responsabilidad se requería compartir todas las ideas. La afinidad intelectual y política era una exigencia. Toleraba las interrupciones porque el contenido de sus afirmaciones no dejaba de sorprenderlo.

Continuó confirmando con varios asentimientos de cabeza los conceptos de Buchanan. En su tono de voz se percibía la urgencia de llegar a la conclusión de su charla.

—Desde la época de la revolución tejana atacamos a los mexicanos por ser una raza degenerada, atrasada, por estar mezclados a los indígenas y ser incapaces de controlar y mejorar sus territorios y su economía.

—¿Cree usted que los mexicanos son tan poco inteligentes como para desear una guerra contra Estados Unidos? —cuestionó Buchanan adelantándose a las probables conclusiones de su jefe.

—Yo antes pensaba —contestó Polk con toda sobriedad— que podríamos anexarnos todo México si regenerábamos a los mexicanos mediante el envío de una élite de anglosajones dispersándolos previamente por todo el país...

—¿Y...?

—Ahora estoy convencido de lo contrario, y por eso lo hice venir a mi oficina —Polk hilvanaba sus ideas. Hablaba pausadamente mientras insistía en que solo a través de la guerra conseguiría sus propósitos. De golpe guardó silencio y sentenció—: anexar todo el país es un suicidio político. Walker no tiene razón en este punto. Quedémonos con los territorios despoblados de México, si es necesario, por medio de la fuerza. Lo otro, la absorción total, equivale a colocar plomo en las alas al águila blanca norteamericana y eso, James, no nos lo perdonarían jamás las generaciones que nos sucedan en el futuro. ¿Qué haríamos con millones de indígenas incapaces de aprender ni siquiera a pronunciar su nombre? ¿Me explico? Tomemos lo despoblado y tomémoslo por la fuerza para reivindicarnos con el Señor. Él solo puede desear la mejoría y la prosperidad universal, y nadie mejor que nosotros para encabezar ese movimiento hacia el bienestar...

Cuando Buchanan iba a intervenir con toda seguridad para confirmar los puntos de vista del presidente, este se precipitó en la conclusión a la que deseaba arribar desde el inicio de la reunión:

—Hice mi mejor esfuerzo con México por la vía diplomática y fracasé. Sí, fracasé. Después mandé a Slidell para entrevistarse con Herrera y más tarde con Paredes con una jugosa oferta para comprarles los territorios y pagándoles 30 millones. Volví a fracasar. Quien tiene dinero se salva, ¿no, James? ¡Ellos no quieren salvarse! Nada quieren estos emplumados —se dijo enarcando las cejas como si hubiera desistido de cualquier esfuerzo por entender a los mexicanos—. Festejamos la caída de Santa Anna y hasta brindamos con la llegada de Herrera, pero nunca supusimos que este Paredes nos iba a salir mucho peor —adujo Polk con una curiosa expresión de resignación—. Después, y, al mismo tiempo que les ofrecí pagarles bien, los amenacé y además, a su estilo, les prometí dinero entregado por debajo de la mesa de negociaciones. Fracasé. He fracasado en todo. No los entiendo ni los entenderé. Solo me queda una opción: la guerra, sí, la guerra, James…

—No debemos sentirnos mal, señor presidente —agregó Buchanan en tono conciliador: la historia nos da la razón. El valle de Ohio lo logramos conquistar a balazos expulsando a los indios. Esas tierras constituyen un emporio. No debemos incomodarnos por buscar el bien común, por trabar una alianza para progresar y evolucionar. Un niño no entiende muchas veces por qué se le regaña y se le castiga. Al ser mayor lo agradecerá. Si la guerra es la única opción, ejerzámosla; nuestros semejantes, con el tiempo, también nos lo agradecerán. ¿Quién puede enrostrarle a usted una demanda por haber mejorado su calidad de vida, así como la de sus hijos? ¿La guerra? Entonces, ¡la guerra!

—Pues bien, James —golpeó Polk los brazos del sillón con ambas manos. Estaba harto—. Lo que no pude obtener en la mesa de negociaciones, lo lograré por medio de la violencia. ¡Que hablen los cañones! Cambiemos los verbos por las balas. Ya no pensemos en el mejor argumento para convencer, sino en la mejor estrategia para matar. Midamos el alcance y el poder explosivo de nuestras bombas. Descartemos el talento de nuestros diplomáticos y recurramos a la capacidad, a la imaginación y a la destreza de nuestros generales y demás militares. ¿Dónde termina el derecho del conquistador? Pondremos de rodillas a los mexicanos. Castigaré su insolencia y su estúpido orgullo hasta que me supliquen piedad. Los enseñaré a recorrer el camino de la humildad. Al rechazar mis ofertas me obligarán a incurrir en gastos de guerra. ¡Ni hablar! Pues tendrán que reparar el daño causado. El importe de la indemnización que me corresponde por los gastos de guerra será la tierra deseada, la tierra prometida —concluyó estrellando el puño derecho contra la palma extendida de su mano derecha.

—¡Tayyyylorrrr! —gritó de repente el presidente—. Que se baje hasta más allá del Río Bravo, que se baje hasta los baños de *Montezuma* a los pies del castillo ese de *Copeté* o como se pronuncien esos nombres infernales. Haga usted que hasta el último tambor de Norteamérica llame hoy mismo a la guerra. Haremos patria y nos acercaremos hasta el rostro mismo de Dios cuando nos apoderemos de esos territorios hasta hoy desperdiciados… "Solo necesito un estado de guerra para tener una base legal que me permita invadir militarmente California y Nuevo México, James y, por Dios, que la razón para atacar no sea esta vez las quejas de un panadero yanqui como en la Guerra de los Pasteles…" ¡Encontremos un gran pretexto!

Discutieron largamente las posibilidades de éxito, sobre todo el tiempo y el dinero a invertirse para conquistarlo. La velocidad para alcanzar el triunfo era definitiva. Se trataba de la forma más eficaz de cortarle las uñas a la oposición whig. Hablaron de los logros y de los avances realizados y confirmaron la cancelación de cualquier otra posibilidad. La decisión no implicaba sorpresa alguna para ninguno de los dos. Bastaría con apretar un botón. En la bandera norteamericana había espacio para muchas estrellas más. La suerte de México estaba echada.

Cuando Buchanan salía del despacho presidencial alcanzó a comentar con el picaporte en la mano:

—La guerra contra México nos costará muy poco. "Sentaremos un precedente de respeto en otros países para que aprendan que con nosotros no se juega. Tenemos fuerza y sabemos usarla: que lo entienda Europa. El mensaje también es para ellos."

Polk contestó con una sonrisa:

—Buen punto, secretario Buchanan. ¡A trabajar!

—No perdamos de vista que Inglaterra nos puede declarar otra vez la guerra como en 1812, señor.

—No crucemos el puente antes de llegar al río. Con ellos puedo entenderme. Hablamos el mismo idioma. Somos primos. Ambos sabemos dónde nos duele.

—Los mexicanos estarían encantados si hubiera un conflicto armado entre nosotros y los ingleses…

—George Washington se levantaría de la tumba para cachetearnos a usted y a mí si llegara a darse un caso así —contestó sin levantar la vista mientras ya revisaba otros papeles, despachos consulares de México o de la Gran Bretaña.

En tanto Buchanan desaparecía, *misses* Jemima, por su parte, recogía la charola de plata con los restos de té. Se percató, entonces, de que casi todo el servicio permanecía intacto, tal y como ella lo había llevado a la pequeña mesa ubicada entre los dos poltrones. Apenas y lo habían probado. ¿No les gustaría el té de jazmín…?

Al quedarse solo el presidente revisa de pie su agenda de febrero. Sí que estaba apretada. El 13 de ese mismo mes tenía una nueva cita con Alejandro Atocha.[52] ¿Abordar otra vez el tema de las reclamaciones? Pensó en cancelar la audiencia. Desistió. Algo le insistía en la conveniencia de llevarla a cabo. Por su mente no pasaba el planteamiento que escucharía. Imposible controlar todos los acontecimientos. Las variables debían tomarse en cuenta como parte del juego de la vida…

Jalapa, una región otrora totonaca, ubicada a 800 metros sobre el nivel del mar, había venido adquiriendo, ya desde sus años como ciudad colonial, una personalidad propia, al ser paso obligatorio entre el puerto de Veracruz y la Ciudad de México.

Los nudos montañosos, los cantiles sombríos y las fértiles llanuras, los espesos bosques de arrogantes árboles que visten las colinas y los valles, "los senderos que nos rodean sombreados de árboles frutales, como los plátanos, los chirimoyos, confundidos con centenares de plantas y arbustos y flores de todos los colores y fragancias, donde canta el cenzontle, el ruiseñor y el jilguero, y los animales venenosos no causan la muerte violenta", son parajes edénicos, donde uno se extravía sin distinguir si el miedo y la admiración o ambos juntos son los sentimientos dominantes. La fiereza del trópico crea cortinas impenetrables de maleza en los instantes previos al amanecer. Es posible escuchar el crecimiento de la exuberante vegetación, donde habitan y se reproducen no solo insectos, sino también alacranes, bichos reptantes, víboras de todos tamaños y colores, arácnidos, sobre todo tarántulas, aves multicolores, linces, tigres americanos, fieras rugientes, además de roedores, pequeños, negros, gelatinosos y vomitivos de las más diversas familias.

Además de esas criaturas de la naturaleza también proliferan bandidos, rateros, asaltantes de caminos, seres humanos, quienes, después de cometer un crimen y despojar a sus víctimas de sus haberes y, en algunos casos de su honra, desaparecen entre gritos de escarnio y burla, imitando los ruidos salvajes de las cotorras, los tucanes o los pericos silvestres, hasta perderse en los claroscuros inexpugnables y laberínticos de la selva.

Jalapa, la villa que viera nacer a Antonio López de Santa Anna y Pérez Lebrón en el año de 1794, representaba una escala obligatoria en el camino a la Ciudad de México y garantizaba excelentes condiciones de sanidad comparadas con las prevalecientes en Veracruz. De esta suerte la mercancía que llegaba al puerto se trasladaba lo más pronto posible a ese enclave cercano, un centro habitable de distribución, a donde llegaban los comerciantes de todas partes del país para ejecutar redituables negocios. Además, los veracruzanos preferían vivir una parte del año en Jalapa, para alejarse de las epidemias y el sofocante calor porteños. En el verano, Jalapa se veía invadida por mujeres hermosas, quienes atrapaban toda la atención de Santa Anna, entre otros tantos cientos de admiradores de la belleza femenina. El tráfico de personas y de mercancías del puerto a Jalapa era, por lo mismo, particularmente intenso durante el verano cuando la vida era insoportable, agobiante y peligrosa en Veracruz, de la misma manera que la ruta hacia Puebla y a la Ciudad de México era muy socorrida por esas y otras razones.

Las ferias jalapeñas producían año con año una auténtica efervescencia mercantil y popular. Ahí podían encontrarse los productos más diversos, con tan solo ser liberados por la aduana veracruzana. A los traficantes, marineros, arrieros, comerciantes del interior, forasteros, atraídos por el husmeo de las ganancias y por la abundancia de dinero que circulaba, se les veía guiando sus recuas sobre calles, plazas y plazuelas. Aquellos ocupaban hasta el hacinamiento tiendas, bodegas y mesones, en donde se escuchaba el regateo para lograr el cierre de algún trato, el grito de los pregoneros y el campanilleo de las mulas enjaezadas, cargadas de cajas. Había un notable movimiento de personas llegadas para comprar materiales de ferretería, mercería, lencería, fierro para herrerías, serrotes, sierras braceras, barrenas de escora, formones, hojas de garlopa, limas, escodas, picos, cinceles, martillos de fragua y de peña, sin faltar zurrones de cacao del Soconusco, cajones de chocolate, vainilla, palos de tinte, cajones de plata labrada y de monedas, quintales de cobre, entre cientos de artículos más que decoraban el ambiente poblado de callejones empinados, estrechos y alumbrados con velas de sebo o candiles de aceite o de resina.

Si medio mundo y tan adinerado e influyente seguía la ruta tan socorrida de Veracruz-Jalapa-Puebla-México, ¿por qué Manuel Domínguez, sí, sí, el especialista en cocción de tamales humanos, no iba a poder asistir a paseantes, viajeros, comerciantes, diplomáticos, extranjeros en general, periodistas, funcionarios públicos, legisladores y a ciudadanos del mundo, con un excelente servicio de despojo de sus bienes, asaltos y robos descarados, arteros latrocinios con violencia o sin ella, dicho sea sin eufemismos y sin detenerse a constatar si se trataba de norteamericanos, europeos, mexicanos o asiáticos o individuos de cualquier otra nacionalidad? Él sí carecía de prejuicios raciales. El oro es universal. No tiene nombres ni apellido ni sentimientos ni patria.

—Aquí, a estas alturas, de Jalapa, entre tanto pico de montaña, el plátano no llega a madurar —diría el buen Manuel a modo de confesión—, y por lo mismo tenemos que jodernos trabajando —agregaba resignadamente después de haber pulido un tanto su lenguaje—, y ¿qué mejor empleo que asaltar a tanto güerito viajero que pasa por aquí? ¡Ah!, cómo se cagan y lloran de rodillas pero rapidito cuando uno afila el verduguillo pasándolo una y otra vez por su pinche papada… *Verda'* de Dios que se antoja rebanarles el gañote. Ni las mujeres se mean en los calzones como estos…

—¡La lana, cabrón! —dramatiza como si empuñara un arma—, y te sueltan, muertos de miedo, a la chingada vieja que ya *pa'* que *chingaos* la quiere uno… Te entregan lo que *train*, han *traido* y *trairán* toda su ratonera vida. Encájales un tantito el cuchillo cebollero abajo de la oreja, mientras les murmuras al oído lo que les espera, y oirás a los muy hombrecitos ofrecerte hasta lo que no quieres y nunca has pedido ni aceptarías a ningún precio… Además de todo, putos, carajo…

Manuel operaba a lo largo de la ruta Veracruz-México, área que controlaba junto con otros 300 bandoleros, quienes, en perfecta organización y coordinación, no permitían que diligencia, landó, calesa, berlina, tílburi, carroza o carruaje alguno, cruzaran sus "aduanas" sin pagar los debidos "impuestos..."

¡Ah!, cómo le gustaba recordar, junto con su tribu, anécdotas jocosas de asaltos a encumbradas personalidades de diferentes oficios, profesiones y nacionalidades, quienes viajaban disfrutando el paisaje, en ocasiones, a bordo de un cabriolé.

Así asaltaron a Charles Elliot, embajador inglés ante la República de Tejas, cuando en el año de 1845 y, obligado por las circunstancias, había tenido que viajar a México para tratar de convencer, a como diera lugar, al presidente Herrera respecto a las ventajas de contar con una Tejas independiente y soberana, en lugar de una Tejas anexada a Estados Unidos.[53]

Cuando Domínguez hizo descender a Elliot del vehículo, este apeló a una serie de razones con tal de que le permitieran continuar su camino. No tenía tiempo que perder. Jones, el presidente de Tejas, lo esperaba urgentemente con la respuesta del gobierno mexicano.

—*Mí teiner qui regresar, perou ya, siñores míous. Vengo a luchar pour lous intereses de Méxxicou, buscou lo mejor para su país: mí ser de puritita buena fe, siñor, creerme por favor. ¡In otrau ocausión me roban, hoy, nou!*

Alegaba en su defensa ser protector de la patria cuando sintió una mano que le acariciaba las nalgas. El salto no pudo ser más genuino ni el susto menos escandaloso.

—¿*Quí ser estou, siñores? ¿Ustidis ser viouladores o ladrounes?*

—No, güerito —repuso un hombre de baja estatura conocido como el Chicote, porque truena de coraje mucho después de que le dieron el chingadazo, decían sus compañeros de jolgorio—, nosotros *semos* pobres pero decentes, si le toqué a *asté* las nalgas fue por un error...

—*Error ni qui error, siñor... Usté quererme agarrar las nalgas...*

La carcajada de la pandilla no pudo ser más sonora. Las risotadas retumbaron por el bosque e incendiaron al Chicote, quien no podía con la burla de sus compañeros.

—Yo entendí que te estaba diciendo mariquita —insinuó el Bico, desternillándose de la risa. Alguien le había impuesto ese apodo por haber sufrido un derrame desde niño que le invadía la mitad del cuello y casi todo el pecho. Los dos diferentes colores de la piel provocaron que sus amigos lo identificaran desde muy joven como el Bicolor, el Bico...

—Me acaba de insultar, Manuelín —replicó el Chicote apelando a la comprensión de Domínguez. En el grupo cercano se encontraban, desde luego, Joel, Sebas, Nachito y Jelipe, quienes miraban atentos y sobrios—. Te juro que yo solo cumplía con mi trabajo, jefecito. Déjame limpiar mi honor a balazos con este pinche huele-pedos, Manuel, por favor, Manuel, ¿qué te costaría?

—*Mí no batirme en duelou con usted, ¿estar locou?*

—Aquí en México, pinche perfumadito, cuando un hombre ofende a otro, solo se arregla uno con las pistolas, ojetito... ¡A joderse...!

—*¿Qué significar ojetitou...?*

—Ya ni le expliquen —repuso el Chicote mientras Elliot palidecía y la piel de su cara adquiría una tonalidad transparente, de quien ya está en el umbral de la muerte—. A ver, tú, Bico, *tráeme* las pistolas, que él escoja: le daré esa ventaja antes de chingarme a este rotito.

Mientras todo esto acontecía y del carruaje salían las cabezas curiosas del resto de los pasajeros interesados en los hechos, Joel se colocó por atrás del embajador Elliot con la idea de ayudarlo a desprenderse de su elegante casaca.

El diplomático inglés tenía la boca seca, pastosa, las manos temblorosas. El sudor que emanaría de su cuerpo sería helado, de ahí que no dejara huella ni mancha alguna en su amplia camisa blanca con holanes y puños blancos cerrados con mancuernillas de oro, unas monedas antiguas con el perfil de Tomás Moro.

Elliot alegó la importancia de su misión, la enorme trascendencia para México, la seguridad del Estado al dejar de tener frontera con Estados Unidos y disfrutarla con una República independiente.

—*Si mí morir todou se echará a perder, adimáis, mí no tiner motivou para batirme con nadie, minous con iste siñor qui nou conozcou... Ni siquierai hemous sido presentadous...*

En medio de sus alegatos el Chicote se plantó frente al inglés, ordenándole a Sebas, su padrino de ceremonia, que exhibiera las armas colocadas, una frente a la otra, en un estuche negro forrado en su interior con terciopelo rojo muy vivo. Las pistolas eran un "recuerdo personal" del embajador de España en México cuando llegó a Veracruz dispuesto a arreglar el arribo de un emperador peninsular para regir los destinos mexicanos.

Las piernas le flaqueaban a Elliot. En cualquier momento se desmayaría, perdería el sentido. ¿Quién me habrá pedido ser diplomático y venir a este país de salvajes a morirme en duelo con un desconocido? ¡Qué manera de rendir mi vida...!, se dijo en escrupuloso silencio.

—Órale cabrón, *asté* es harto bueno *pa'* insultar, pero a la hora de los chingadazos se cuartea *asté todito*, ¿verdá...? Escoja armas, cabrón, y aprenda a morir como hombrecito —tronó el Chicote ya sin poncho ni sombrero, exhibiendo una abundante cabellera negra, barba de 15 días, orificios en la dentadura por piezas faltantes debidas a pleitos o a falta de higiene, huaraches sucios de una vida, bigote chorreado de aguamielero y tez calcinada por el sol tropical.

El inglés todavía solicitó en un pésimo castellano, ya se le olvidaba por instantes todo lo aprendido, que le permitieran escribirle a su mujer, despedirse de ella y de sus hijos, mandar sus últimas reflexiones a su madre, a sus hermanos y a sus amigos.

Manuel Domínguez lo interrumpió diciéndole que si le permitían escribirle a todo ese gentío el duelo no tendría lugar jamás y que el honor del Chicote, hermano de mi vida y de mi corazón, no se lavaría nunca. ¡Qué manía esta la de los sajones, invariablemente les daba por escribir todo lo que sucedía! Lo mismo, exactamente lo mismo, había acontecido cuando asaltaron a Wilson Shannon, nada menos que el embajador de Estados Unidos en México. A ese personaje lo habían despojado de ida hasta de la ropa que llevaba esa mañana, cuando se dirigía a presentar en Palacio Nacional sus cartas credenciales y lo habían robado también de regreso, a principios del año pasado, cuando México rompió relaciones diplomáticas con la Casa Blanca y el tal Shannon, un bravucón ventajoso, exigió su pasaporte para salir del país. ¡Cómo se habían reído cuando el ministro norteamericano había alegado en su defensa, para evitar ser asaltado, que el gobierno de Canalizo y el de Santa Anna les habían extendido todas las seguridades de que ningún bandido se acercaría a su berlina para robar!

¡Vaya con Dious, siñour embajadour y mi roubaroun hasta lous calzounes lous raterous muy hijous de la grande chingada que ustedes podeir imaginarsei…!

—*Controlei ustí al Chicoutei pour favour, señour* —alcanzó a decir Elliot como si ya elevara su última plegaria—. *Ustí parecer ser el jefe.*

—Yo no mando en el honor de *naidien*, señor: escoja pistola o lo colgamos por marica de donde duele un chingo. ¿Cómo prefiere morir, colgado como cobarde del primer palo que encontremos o como todo un lordcito empuñando la pistola? Solo le recuerdo que el Chicote le puede disparar a las herraduras de un caballo a pleno galope y zafárselas…

Elliot intentó colocarse temblando como un condenado a muerte de espaldas al Chicote.

—*¿Cuántos pasous daireimos?*

—Qué pasos ni qué pasos, carajo —tronó el Chicote—. Aquí no estamos en Inglaterra, *mister*. En mi tierra nos partimos la madre frente a frente…

—*¿Cómou?*

—Échese para atrás, güerito, aléjese tres pasos de mí y así, cuando estemos a tres metros de distancia, cara a cara, usted dispara primero, ese es un privilegio que yo le doy y que usted no se merece, ¿verdá, Manuel?

—Qué va, despáchatelo porque tenemos que trabajar. Ya viene la diligencia de las cuatro de la tarde llena de gringuitos con muchos dólares… Truénatelo y vámonos…

—*¿Mí disparar primerou?*

—Sí, mistercito, sí…

—*¿Y cuándo mí dispairar…?* —preguntó por última ocasión cuando ya se había alejado casi los tres metros establecidos. Veía tan cerca la cara del Chicote como si ambas narices hicieran contacto.

—¡Ya!, dispara ¡ya!, rotito —exclamó el Chicote sacando el pecho, insuflándolo para que el inglés no pudiera fallar el tiro.

Elliot temblaba cada vez con más intensidad. Imposible detener la pistola con el brazo extendido. Apuntaba mientras recordaba que precisamente había escogido el servicio diplomático y no el militar por su absoluto rechazo a la violencia, misma que detestaba, odiaba, vomitaba. Yo soy de pluma, no de pistola. De escritorio, no de campo de batalla. De palabras, no de balas. De salones perfumados, no de apestosos cuarteles.

—Dispara ya o lo hago yo —exigió el Chicote envalentonado apuntando a la cabeza del inglés, a su frente más pálida y blanca que un sudario.

El inglés apretó el gatillo, explotó la pistola con tal virulencia que el Chicote fue a dar varios metros para atrás. Permanecía inmóvil. Mudo. No respiraba. El tiro había sido exacto y letal. Al menos el inglés no había fallado. ¿Cómo hacerlo si casi había disparado a quemarropa? Bajó entonces la pistola hasta dejarla a la altura de la rodilla. Volvía a respirar mientras los compañeros de su rival se apresuraban a descubrir las heridas en el cuerpo, ¿del cadáver…?

Cuál no sería la sorpresa de todos cuando el Chicote empezó a moverse y a ponerse de pie sin exhibir en su camisa huella de sangre alguna. Claro, claro, conocedor de este tipo de duelos había saltado antes de que el inglés oprimiera el gatillo. Sabía leer muy bien el nerviosismo proyectado por la mirada crispada de los principiantes. Brincó para atrás con tal de evadir la línea del proyectil mortal que habría ido a enterrarse unos metros más lejos.

En tanto el Chicote se limpiaba las huellas de pasto y lodo de la cara, camisa y pantalones y se recogía el pelo, echándoselo para atrás, atándoselo con un listón azul para ver a su adversario con meridiana claridad, se acercó lentamente hasta el lugar que le correspondía, apuntando a la cara del diplomático, quien permanecía impertérrito. A Elliot le pareció incorrecto moverse y aceptó su suerte sin quitar la mirada del cañón. Instintivamente dejó caer su pistola vacía sin dejar de ver el arma que le quitaría la vida. ¿Escucharía al menos la detonación?

El Chicote dejó de respirar para no fallar. Con el pulgar de la mano derecha jaló hábilmente el percusor mientras el dedo índice permanecía tocando levemente el gatillo. Apuntaba con precisión entre ceja y ceja de su agresor. Un silencio así no se escuchaba ni en los cementerios.

El eco del disparo recorrió en instantes valles, praderas y despeñaderos. La detonación retumbó hasta perderse mucho más allá del Cofre de Perote. Todos voltearon a ver de inmediato a Elliot.

Este permanecía impávido, inerte, inmóvil. De pie. Miraba altivo el cielo. ¿Así será la muerte...? *¿Estaréi todavía vivitou...?*

De pronto el Chicote soltó una carcajada tan inesperada como sonora que rompió con todo el protocolo. El lord inglés se había meado y no se había percatado de ello. Sus pantalones grises mostraban una gigantesca mancha hasta llegar casi a la altura de las rodillas, donde comenzaban las medias blancas sujetas con un liguero invisible. Las risotadas de la banda se escuchaban hasta las cercanías de Jalapa.

Manuel Domínguez montó su caballo sin dejar de reír, ejemplo que siguieron de inmediato todos los demás. El inglés salvaba la vida, no así su cartera ni su casaca ni su reloj con leontina de oro ni su equipaje. Al llegar a su destino en la capital de la República, le narraría a Charles Bankhead,[54] embajador del Reino Unido en México, lo ocurrido para que enviara una severa nota de protesta al gobierno del presidente Paredes.

—Nunca insultes a un mexicano en su propia tierra ni te atrevas a amenazarlo porque somos de mecha corta, güerito, tronamos de inmediato: créeme que la próxima vez ya no cargaremos las pistolas con balas de salva... —concluyó Manuel Domínguez mientras se perdía en la maleza a medio galope, emitiendo unos extraños ruidos guturales como si se tratara de una guacamaya que hubiera escapado burlándose de sus captores...

Por otro lado, en la capital de la República Mexicana, el general-presidente Paredes, luchaba con todas las fuerzas a su alcance para salir ingeniosamente de la bancarrota tradicional que azotaba como una sombra maligna las finanzas nacionales del México independiente. Al desquiciamiento político, a los cuartelazos, asonadas y golpes de Estado se sumaban la ausencia de capacidad operativa de los sucesivos gobiernos, la organización ineficiente de la economía, la petrificación social que impedía la participación de la comunidad en los asuntos del Estado, las guerras e invasiones, la iglesia retardataria de la contrarreforma carente de un modelo espiritual de vanguardia que impulsara la creación de riqueza y bienestar en todos los estratos de la nación y, por si fuera poco, los problemas derivados de la inexistencia de ríos navegables, de la ausencia de caminos, de una geografía agreste, de la concentración de poblaciones en elevados valles lejos del mar y la desorganización comercial del país dada la fractura entre los centros de producción y los de consumo. ¡Quién tuviera un Mississippi que cruzara de un lado al otro el país y moviera miles de personas y ganado, además de millones en mercancías para desarrollar regiones promoviendo la evolución y el progreso! ¡Y pensar que el ferrocarril Veracruz-México se inauguraría hasta 1873, después de la muerte de Juárez, ya bajo la presidencia de Sebastián Lerdo de Tejada!

El autoritarismo, el caudillismo y los cacicazgos seguían causando estragos en la vida política del país. La corrupción, una de las más enraizadas instituciones que se remonta a los años del virreinato, cuando un Estado monolítico y acaparador, defensor a ultranza de un régimen de privilegios, proponía la venta de títulos, cargos, puestos, concesiones, autorizaciones y canonjías de todo tipo a cambio de dinero, horadaba de lado a lado, con enormes agujeros vulgares, el recipiente donde reposaban las esperanzas nacionales haciendo desaparecer la más elemental noción de la vigencia de un Estado de derecho. México se gobernaba de acuerdo a un grito y, más tarde a una letanía conocida como la de "Sálvese el que pueda..." ¿Cuál unión? ¿Cuál solidaridad? ¿Cuál esfuerzo conjunto encaminado a la conquista de una meta? ¿Cuál comunidad, cuál patria, cuál nación? Se trataba de esfuerzos individuales, aislados, desconectados de un objetivo común. ¿Dónde estaba el adhesivo que unía a la sociedad con todas y cada una de sus partes? Era un enorme rompecabezas que tal vez nunca nadie podría armar.

Si los reyes de España, los virreyes, los obispos, aristócratas, además de los más destacados hombres de negocios y militares, no estuvieron sujetos a las leyes durante 300 años de gobierno colonial, ¿por qué razón los presidentes del México independiente sí iban a someterse al imperio del derecho? ¿No era el caso de una tradición política que ya había adquirido carta de naturalización entre todos nosotros? Los poderes de unos y otros eran igualmente absolutos dentro de la monarquía como dentro de la Constitución Federal o de la Centralista. La ley ha de aplicarse rigurosamente a los pobres, a los indefensos y, por supuesto, a los pendejos. La élite criolla y la iglesia se continuaban oponiendo invariablemente a las reformas institucionales. El clero, intocable, disfrutaba el monopolio educativo, es decir, controlaba el futuro del país entre sus sotanas, dominaba el mundo financiero llegando a tener más presupuesto e ingresos que el propio gobierno independiente y acaparaba el 50% de las tierras cultivables que estaban abandonadas a la suerte improductiva de las manos muertas y, por si fuera poco, continuaba financiando revueltas con los consecuentes daños económicos, políticos y sociales para el país.

Como bien los sentenció Martinillo en el párrafo final de una columna intitulada "Las razones del atraso mexicano". Sus cuestionamientos eran puntuales y devastadores:

> ¿Cuántos derrocamientos presidenciales patrocinó la iglesia protestante en Estados Unidos en el siglo XIX? Ni Washington ni Jefferson ni Adams ni Jackson jamás temieron ser derrocados por ninguna corriente religiosa. ¿Cuántos impuestos recaudó la iglesia protestante norteamericana, cuántas hipotecarias poseyó, cuántos juicios de toda naturaleza controló, cuántos latifundios detentó, cuántas guerras financió, cuántos bancos fundó y cuántos bienes embargó y remató; cuántos ejércitos dirigió escondiendo la Santa Cruz, cuántas cárceles clandestinas operó, a cuántos feligreses torturó, mutiló o quemó en la maldita pira inquisitorial y, díganme, cuántos levantamientos armados patrocinó la iglesia presbiteriana con tal de defender sus intereses materiales en lugar de dedicarse a la divulgación del Evangelio? Miserables ensotanados católicos, agentes de la ambición y del atraso, se han de fundir en el infierno...

Paredes, por su parte, luchaba a diario para controlar a la prensa. Los ataques desde diversas trincheras políticas lo hacían tambalearse de un lado al otro. Las detonaciones de los francotiradores le demostraban los alcances de su fragilidad. Le restregaban en pleno rostro: "El presidente Paredes tenía instrucciones de asistir militarmente a Arista en el norte del país y prefirió usar al ejército mexicano para derrocar al gobierno en funciones, en lugar de luchar por los supremos intereses de la patria". "Paredes traidor, doblemente traidor, desde que propone el arribo de un emperador europeo para conducir los intereses nacionales y se niega a defender el territorio mexicano..." ";Seremos acaso unos tarados?"

El jefe de la nación amenaza a reporteros, columnistas y periodistas, en general, con enviarlos a San Juan de Ulúa o al paredón, en caso de reincidencia. Ante la insolvencia económica, suspende pagos a cargo del gobierno, recorta drásticamente los sueldos de la burocracia y del ejército y, eso sí, solicita a la iglesia un préstamo de un millón de pesos. "No puede haber juego si la iglesia se ha quedado con todos los dados, las fichas, el cuero y el dinero", diría Martinillo en un epígrafe para uno de sus artículos. "Nunca lo reintegrará pacífica y civilizadamente a la sociedad: tendremos que arrebatárselo por la fuerza y se derramará, tarde o temprano, mucha sangre."

La quiebra continúa siendo total. Solo que perversamente complicada con la posibilidad del estallido de una guerra en contra de Estados Unidos. ¿Cómo financiar una confrontación bélica de semejantes dimensiones con tres pesos en las arcas de la nación y, además, con la fundada desconfianza ciudadana en relación al destino de los impuestos recaudados? Muy pocos soportarían económicamente el costo de un estallido militar sepultados, ya crónicamente, bajo el peso del escepticismo en relación al destino del dinero, del ahorro nacional: me niego a enriquecer a un solo militar más. No únicamente son inútiles profesionalmente, una lacra social y política, agentes desestabilizadores, enemigos de la paz pública en lugar de ser sus protectores y defensores, sino, por si fuera poco, integran una auténtica cáfila de bandidos...

Si Paredes había derrocado a Herrera por no haber defendido los intereses mexicanos en Tejas, ahora, una vez instalado en el poder, deseoso, en lo personal, de llegar a un acuerdo con la Casa Blanca, le resultaría imposible evitar una confrontación armada. ¿No había llegado al poder por medio de un golpe de Estado justificado en la necesidad de adoptar una política beligerante en contra de Norteamérica? Pues entonces nunca podría sostenerse en la presidencia sin mediar una declaración de guerra, situación que él, en la intimidad, rechazaba, pero que al mismo tiempo pueblo, Congreso y prensa exigían para justificar su estancia en el cargo.

El malestar por el creciente cotilleo respecto al arribo de un príncipe europeo al gran "trono de México", envenena gradualmente el ambiente político. Gómez Pedraza, Lafragua, Otero, Luis de la Rosa, Domingo Ibarra y Juan Bautista Ceballos se suman a la campaña para lograr el derrocamiento de Paredes. En cualquier momento se espera el primer pronunciamiento. Un golpe político en la nuca del impostor. El presidente *de hecho* lleva en el poder si acaso tres meses. Debe retirarse. Es honrado, pero torpe. El Congreso legitima otro golpe de Estado al confirmar su nombramiento. A través de unas elecciones fraudulentas se le confirma en el cargo como presidente *de iure* de México y a Bravo, como vicepresidente, sí, pero la descomposición política continúa.

Finalmente, el 16 de abril de 1846, se levanta en armas el general Álvarez. Desconoce la ratificación de Paredes como jefe del Estado Mexicano. Ataca la decisión legislativa y advierte que se resistirá por medio del uso de la fuerza a que el nuevo general-presidente continúe en el Palacio Nacional. "He de sacar a Paredes a bayonetazos" y ¡oh!, sorpresa, sorpresas te da la vida, sorpresas te las dará siempre, exige que en lugar del depuesto mandatario, su lugar lo ocupe nada más y nada menos que Antonio López de Santa Anna por novena ocasión en 13 años.[55] Sería "arrancado" de su "doloroso" exilio cubano...

Sí, otra vez el nombre del Quince Uñas, el Napoleón del Oeste, el Protector de la Nación, el Invencible Libertador, el Ángel Tutelar de la República Mexicana, aparece en las conversaciones secretas, en los aquelarres donde se urde y se trama la política nacional. Esta vez se le vuelve a vincular, al igual que aconteciera en el año de 1833, con la figura furiosamente anticlerical y antimilitarista de Valentín Gómez Farías, con quien, de tiempo atrás, y desde La Habana, había venido intercambiando correspondencia disimulada y discrecionalmente.

¿Gómez Farías relacionado nuevamente con Santa Anna después de los terribles episodios vividos en 1833, cuando el César Mexicano ocupó por primera vez la presidencia de la República y don Valentín la vicepresidencia? ¿Cómo era posible que la historia nos permitiera contemplar otra alianza entre los dos ya entrado ese catastrófico año de 1846? ¿No habían acabado sus tratos como enemigos mortales irreconciliables?

El 1 de abril de aquel año de 1833, Santa Anna había llegado por primera vez a la presidencia con el tratamiento de Excelencia. ¡Claro que Su Excelencia, no faltaba más! Un hombre de escasas ideas y abundantes palabras, un extraordinario manipulador, el mejor de todos los tiempos, articulado y persuasivo, capaz de cohabitar políticamente con un ultraconservador de la talla de Lucas Alamán o con un extremista liberal del calibre de Valentín Gómez Farías, inicia su sistema de ausencias como jefe del Estado Mexicano al extremo de no presentarse en aquellos tiempos ni siquiera a su toma de posesión "por estar ocupado en menesteres campestres". El acto solemne se lo encarga, al igual que la mismísima jefatura del Estado para la cual había sido electo, a su vicepresidente, el propio don Valentín, quien promueve sin pérdida alguna de tiempo, leyes reformistas verdaderamente radicales, con las cuales se podría haber cambiado para siempre el joven rostro de México. No podía ignorar que tenía los días contados. Tenía que dirigir el buque mexicano a todo vapor en dirección a los puertos del progreso y de la libertad.

—Don Valentín —advierte Su Excelencia a su vicepresidente—, hagamos de México un país libre, devolvámosle sus derechos y sus herramientas para conquistar su futuro. Ninguna persona goza de privilegios en mi gobierno: ni el clero mismo... No se detenga ante nadie. De sobra conozco su pensamiento, por esa razón le ofrecí la vicepresidencia... A nosotros nos corresponde cimentar las bases sobre las que se construirá la nación que nuestros hijos se merecen. Creemos riqueza y distribuyámosla. Las próximas generaciones nos agradecerán nuestra labor como los auténticos arquitectos de México —sentencia Santa Anna en su discurso de despedida rumbo a su finca—. Tiene usted toda mi confianza y mi apoyo incondicional para tallar el verdadero rostro de México a partir de esta roca en bruto que hoy nos entregaron. Confío ciegamente en usted, ¡adelante!, amigo y hermano Gómez Farías... Yo, por mi parte, me voy a perseguir mulatas y a apostar a los gallos en Manga de Clavo hasta que se le compliquen a usted las tareas de gobierno y tenga yo que sustituirlo por otro presidente interino que me deje vivir en paz...

El vicepresidente, el político más opuesto a Santa Anna en casi todos los aspectos comparables, un hombre humilde, honrado, sin pretensiones materiales, visionario y respetable intelectual, un médico amante de la paz, devoto del ideal de una nación libre del poder omnímodo de la iglesia, de los militares y de la aristocracia terrateniente, el Robespierre mexicano, consciente de que cuenta con peligrosos poderes dictatoriales, los utiliza ilustradamente al suprimir el diezmo,[56] la fuente de ingresos más importante del clero, cancelar las mandas forzosas y acabar con el fuero eclesiástico. Como la iglesia no coopera para lograr el progreso espiritual ni el material de México, le prohíbe pronunciar discursos políticos, seculariza las misiones y conventos, clausura la Universidad de México, de corte históricamente confesional y, a cambio, funda el Departamento de Educación Pública. Es el liberalismo en pleno, es el año de 1833, el del nacimiento del México moderno que crecerá sin tener enredada en el cuello una gigantesca sanguijuela que hubiera succionado la sangre joven de este país hasta convertirlo en un enano anciano. Reduce, también, el tamaño del ejército, priva a los altos oficiales del privilegio de ser juzgados por tribunales especiales castrenses y establece la superioridad del poder civil sobre la fuerza militar. Instruye un proceso contra los responsables del asesinato de Vicente Guerrero. Exige la aclaración del crimen. Expulsa a obispos y arzobispos opuestos a su política. Los bienes deben ser propiedad de la sociedad. Es la fiesta de la esperanza, de la auténtica libertad, la celebración de la verdadera independencia de México sin grilletes ni ventosas succionadoras de la vida y de la esperanza. ¡El clero, ya reducido y sin uñas, a las sacristías! ¡Los militares, sin privilegios, a los cuarteles! ¡Los civiles a los negocios sin más limitaciones que las establecidas en la ley! Sin embargo, solo algunas de las propuestas en relación a la riqueza de la iglesia logró convertirlas en ley. El grito macabro, ensordecedor, de "Religión y fueros" entorpeció la marcha de su gobierno.

En uno de los escritos del afamado médico, mismo que llegó a mis manos antes de ser destruido por el fuego clerical, se encuentran también estas líneas para la historia:

EL IMPERIO DE LAS LIMOSNAS

Mientras más legados y donaciones se entregan a la iglesia más amplio y generoso es el perdón accesible. ¿Nos estamos convirtiendo en un país de cínicos a través de la venta de indulgencias? ¿Cómo es posible que se perdonen los pecados a cambio de dinero? ¡Se negocia con la supuesta palabra del Señor! ¡Se lucra con el miedo al más allá que tiene atenazados a los devotos! Ahí están los legados de hasta 20 o 30 mil pesos o los fideicomisos otorgados para que los capellanes se obliguen a decir misas a perpetuidad, únicamente para salvar el alma del adinerado difunto.[57] ¿A más misas de muerto a lo largo de 100 o mil años, más posibilidades de salvación en la eternidad para el fallecido tal vez un siglo atrás? Seamos serios.

La institución más negada e ignorada por historiadores y periodistas y, simultáneamente, la más influyente del país, la que administra la riqueza en cada diócesis, es, sin duda, aun cuando ya en una pequeña escala, el Juzgado de Testamentos y Capellanías y Obras Pías, invariablemente instalado en los lujosos palacios episcopales.[58] Los fondos de los juzgados, ¿cuáles juzgados…?, ¡se trata de financieras, de auténticos bancos camuflados, son sagrados, intocables e inalienables! La iglesia católica sostiene que ninguna autoridad terrenal, por más poderosa que sea, tiene jurisdicción para confiscar la riqueza eclesiástica.[59] Y todavía se atreve a sentenciar: Quien embargue bienes eclesiásticos o incumpla con sus obligaciones de pago derivado de un crédito concedido por la propia iglesia o se resista a entregar el sagrado diezmo, por esa sola razón será excomulgado y perseguido en la vida y en la muerte hasta incinerar su cuerpo y, después su alma, en la galera más recalcitrante del infierno. ¿Qué clase de iglesia es esta que acapara riquezas materiales en el nombre sea de Dios y mata, persigue, mutila y quema a quien no le paga cuando Jesús hizo votos de pobreza y transformó al mundo tan solo con una túnica y unas sandalias?

En cada cura hay un traidor, un hipócrita que explota el sentimiento de la caridad y del miedo para apoderarse de dinero o de inmuebles en el nombre de la Divinidad. Son ladrones y asaltantes mil veces peores que Manuel Domínguez porque él, al menos, se confiesa bandido sin recurrir a estrategias o disfraces llamados sotanas, tras las cuales se enriquecen con la mirada piadosa mientras torturan en cárceles clandestinas a quienes incumplen con sus obligaciones económicas.

¿Cómo podemos permitir que la agricultura, la industria y el comercio, la economía nacional, dependa de los fondos piadosos? ¿El solo nombre de "fondos piadosos" no debe sublevarnos? Tenemos que crear instituciones de crédito privadas o públicas como el Banco de Avío, bancos propiedad del gobierno o de particulares, para impulsar sanamente el crecimiento del país sin vivir sometidos al monopolio financiero ejercido secularmente por este clero voraz y podrido que ha hecho un imperio con las limosnas, de las que, además, a nadie le rinde cuentas.

Don Valentín concluía:

la Iglesia Católica Apostólica y Romana carece de patriotismo y enfrenta la siguiente encrucijada: o sirve a Roma, a la cual le profesa toda la lealtad, o a México, el país que vio nacer a los curas, obispos y arzobispos y al que supuestamente se le debe agradecimiento por la carga de la sangre y de la tierra. ¿Está con Roma o con México? ¿Qué sería de nosotros si la iglesia "mexicana" vendiera sus bienes y sacara sus fondos cuando sabemos que detenta 66% del capital productivo del país, o sea 150 millones de pesos, según el doctor Mora,[60] además del 50% de los bienes raíces nacionales, de acuerdo al criterio de Lucas Alamán, cifra que se eleva a 2 mil millones de pesos? ¡Ya sabemos cuánto se lastimó el campo mexicano cuando la iglesia dejó de prestar a los agricultores durante los años de la independencia!

Extirpar este tumor maligno, llamado iglesia católica mexicana, del organismo mexicano puede producir una incontrolable hemorragia que acabe con la vida de nuestro país.

¡Si perdemos las batallas contra el clero perderemos México!

¿Después? Después de estos esfuerzos tan íntima y genuinamente patrióticos por liberar a México del pernicioso clero católico, el pueblo mexicano supersticioso, místico, temeroso, indolente y, digámoslo así, contemplativo, se prestaba al saqueo, a la explotación y al abuso de los purpurados y de los ensotanados, a sabiendas que alimentaba con sus limosnas a un monstruo que, acto seguido, le devoraría las entrañas.

Resulta curioso cómo, a través de donativos voluntarios o forzosos, legados, herencias, además de otros ingresos como el arrendamiento de bienes embargados y rematados a los feligreses, el clero acumulaba gigantescas cantidades de dinero que después reciclaba selectivamente en la economía para enriquecerse aún más, ejerciendo un monopolio financiero en contra de la población. Sin embargo, esta última lo dejaba hacer como si se tratara de un patrimonio ajeno, de una realidad distante perteneciente a otro país, sin tomar en cuenta que la concentración de poder espiritual, político y monetario reunidos en una sola institución, tarde o temprano conduciría a la asfixia y a la parálisis del país con todas sus desastrosas consecuencias.

Entonces aprendí que a los mexicanos les preocupa únicamente lo que acontece del zaguán de su casa para adentro. Sus relaciones con el mundo exterior, el acontecer de su propia patria, la suerte misma del patrimonio público, lo viven como meros observadores que asisten a un espectáculo. Los generales y los políticos pueden disponer a su gusto de los impuestos recaudados, de la misma manera en que los curas utilizan las limosnas a su antojo para esquilmar al binomio cliente-feligrés sin que las protestas tengan un mayor alcance que el mantel de la mesa donde se consume café cargado y se fuman puros de San Andrés entre duelos verbales de información y de vaticinios. Si se da una intervención armada en cualquier parte del territorio nacional, esta no debe causar mayor alarma, salvo que la agresión traspase el umbral de su residencia, es decir, la puerta del zaguán, y se tenga que soportar la presencia de militares extranjeros en la misma sala de su casa… Aun así, se tendrán todo género de atenciones y se le dispensarán los obsequios más diversos a los invasores, de la misma manera en que Moctezuma envió equivocadamente ostentosos regalos a los conquistadores españoles con tal de lograr que se retiraran a su tierra.

Gómez Farías intenta transformar una sociedad diseñada para cumplir los caprichos de un solo hombre; desea evitar que el gobierno se siga conduciendo de acuerdo a los estados de ánimo del general-presidente en turno, quiere liberar a una nación paralizada por los intereses de las clases privilegiadas y sustituirla por un nuevo orden basado en la igualdad ante la ley, en donde prevalezca la libertad de expresión y un gobierno auténticamente representativo defienda las garantías individuales antes que las corporativas.

¿Cómo terminar con el privilegio y con el fuero sin derramamiento de sangre? ¿Cómo extirpar a la sanguijuela sin dolor ni hemorragias? Imposible lograrlo. Si luchas en contra de las leyes expropiatorias de los bienes del clero te salvarás... Atentar en contra de los bienes del clero es atentar en contra de Dios: te condenarás como hereje... Haz patria matando a un liberal, enemigo de Dios y de México: la Divinidad te absolverá.

Fue así como en aquel 1834 y ante "las atrocidades" cometidas por "el siniestro y diabólico" Gómez Farías, se pidió el auxilio de Santa Anna. Le hicieron llegar enviados personales y cartas para que interviniera y controlara a los radicales. En junio, el Benemérito de Tampico regresa de su finca como Salvador de la Patria. Se limpia con el antebrazo derecho el carmín de los labios de alguna mulata. De abril de 1833 a abril de 1834 los radicales se habían venido consolidando en el poder a nivel nacional y estatal; disfrutaban las ventajas de una gran mayoría en el Congreso federal y en las legislaturas locales. Sus seguidores controlaban democráticamente muchos gobiernos municipales. Su programa de reformas se instrumentaba vertiginosamente. La riqueza generada la disfrutaría todo el país, y de ninguna manera una sola institución, además, retrógrada. Su propaganda aparecía en la mayoría de los diarios del país. Los oponentes al liberalismo se desbandaban. Se imponía la inaplazable necesidad de ejecutar un cambio, el requerido por la verdadera independencia lograda desde 1821. "México ya no podría continuar viviendo disfrazado con un ropaje republicano y federal, con estructuras políticas y económicas idénticas a las prevalecientes durante los años de la colonia y del virreinato."

Era la gran esperanza para México, la gloriosa oportunidad del despegue y del lanzamiento hacia otras riberas y confines, pero en menos de un mes el edificio liberal se colapsó en aquel 1834. Se desplomó escandalosamente en medio de una espantosa polvareda: el clero y la milicia, encabezados por un Santa Anna ya no liberal, sino fanático conservador, decapitaron de un solo tajo la promisoria reforma, la misma destinada a esparcir las semillas del progreso y del bienestar a lo largo y ancho del territorio del país. Los intereses económicos y políticos de una minoría privilegiada volvieron a erosionar toda señal de esperanza. Curas y soldados echaron mano de la única herramienta, cuyo uso experimentado habían logrado demostrar en un país que se caracterizaba por la ausencia de un orden jurídico eficiente e indiscriminado: la violencia. A pesar de las políticas de Gómez Farías orientadas a educar, a practicar repartos agrarios, a distribuir la riqueza y derogar el diezmo, los radicales, una vez demostradas las ventajas de sus propuestas, no pudieron contar con el apoyo popular. El pueblo conocía sobradamente las ventajas del cambio. Lo deseaba. Lo necesitaba con urgencia. A todas luces le convenía. Era innegable el bienestar que se desprendería de las medidas propuestas, algunas de ellas ya instrumentadas como la derogación del diezmo, y, sin embargo, la comunidad esperó que otros decidieran por ella y permaneció atenta y observadora, absolutamente inmóvil, apostando en relación al curso que tomarían los acontecimientos dictados con el martillazo de la involución. Como mi futuro me es ajeno, apostemos. Saca las barajas. Verás que yo tengo la razón. Que los naipes hablen.

Al regresar Santa Anna al Palacio Nacional, expulsó por supuesto de la silla, del despacho y hasta del propio palacio a Gómez Farías. ¡A la calle, perverso comecuras! ¡Nunca entendiste, mal hijo de Dios, que los sacerdotes solo desean nuestro bien y que son humildes, nobles y justos representantes de Dios aquí en la tierra! ¡Largo! ¡Largo por meterte con los militares…!

—Señor presidente…

—¡Largo, he dicho…!

—Señor presidente —insiste Gómez Farías iracundo—, habíamos quedado en liberar a nuestro país arrebatándole a la iglesia los medios de producción para repartirlos entre la gente de modo que las mayorías pudieran beneficiarse… ¡Nos tienen estrangulados…! ¡Usted y yo quedamos en abolir el fuero de los militares y de los eclesiásticos…!

El dictador contestó a la reclamación airada de su vicepresidente con tres movimientos muy claros y elocuentes antes de ocupar el escritorio presidencial: uno, se introdujo ambos dedos índices en los oídos; acto seguido, número dos, los extrajo para cruzar su boca con ellos, aplastando sus labios, sugiriéndole a don Valentín, sin pronunciar palabra, que guardara silencio y tres, levantó los brazos y, apuntando a la puerta con las mismas extremidades, se dejó caer harto en el sillón presidencial tapándose de nueva cuenta las orejas con el cuello de su casaca bordada en hilos de oro.

Cada vez que Gómez Farías intentaba trabar una comunicación con el dictador —título adoptado por Su Excelencia en aquellos tiempos, según lo había hecho Simón Bolívar en Venezuela años atrás—, este se concretaba a señalar hacia la puerta con ambos dedos índices, sin pronunciar palabra alguna y contemplando el artesonado de su despacho en palacio con los ojos crispados como si estuviera a punto de perder la paciencia.

—Teníamos un compromiso político, señor —exigía de pie don Valentín sin ocultar su frustración.

Santa Anna inclinó la cabeza, tal vez intentado leer un informe, con todo y lo que los odiaba, mientras se cubría la cabeza y los oídos con las manos y fruncía la frente. ¡Cómo lo irritaba el ruido!

—Hijo de puta —rugió don Valentín aprovechando la coyuntura de no ser escuchado.

López de Santa Anna volvió a apuntar a la puerta. En un momento más llamaría a un piquete de soldados para que sacaran a este imbécil "padre del progreso" a patadas o lo tiraran por un balcón a la calle o al patio de honor de palacio.

El doctor Gómez Farías abandonó el despacho presidencial entre murmullos que Su Excelencia no hubiera querido escuchar, pero que por otro lado le hubiera sido irrelevante hacerlo.

El clero, el ejército, la aristocracia y las clases adineradas e influyentes, es decir, todos los privilegiados, determinados en proteger sus intereses personales, cambiarían el sistema federal por uno centralista. Derogarán la Constitución de 1824 con un alto costo para el país. Torcerán para su conveniencia el destino de México acomodándolo a sus necesidades muy particulares. Santa Anna clausurará el Congreso. "Sus servicios ya no son requeridos por el país", les dirá mientras ordena al ejército cerrar las puertas del recinto legislativo. Impondrá guardias castrenses. ¡Largo con los liberales! ¡Fuera los radicales! ¡A la mierda con la democracia! Se "elegirá" a puerta cerrada una nueva Cámara de representantes con un 20% de legisladores extraídos de las sacristías, más un número no determinado de legisladores no ordenados de la iglesia, pero totalmente proclericales. Los sacerdotes habían salvado un primer gran asalto a su inmensa riqueza, de la misma forma en que los militares habían logrado proteger sus privilegios colocando entre sus diputados a una docena de oficiales, incluyendo a cuatro generales, mientras que en el Senado se identificaban cuando menos cinco uniformados del más alto rango.

Se declararán inconstitucionales las reformas liberales. Se restringirá el acceso al poder político únicamente a personas de reconocida posición económica, a las alfabetizadas y a las asalariadas con importantes recursos demostrables. Votarán solo quienes tienen algo que perder o tienen algo que decir...[61] Quedan excluidos los desempleados, los vagabundos y el servicio doméstico, esa maldita esclavitud mexicana tan bien disfrazada. Mientras contemos con criados jamás tendremos un país libre ni sano ideológicamente. ¿Y el pueblo? El pueblo asistía, ya lo sabemos, a estos cambios históricos e igualmente temerarios como quien presencia combates de gallos en un palenque saturado de borrachos...

Al grito de "Religión y fueros", coro organizado y dirigido por Lucas Alamán, Valentín Gómez Farías fue expulsado de su cargo. Cesado. Abucheado. Pisoteado y acusado de mil calumnias. Su odio no tenía límites. Jura venganza en contra del dictador en aquellos años de 1834, sí, solo que en 1846, el maldito año que nos ocupa, es el mismo don Valentín quien urde todas las maniobras imaginables para aliarse de nueva cuenta con Su Excelencia y repatriarlo de la "pesadilla cubana" hasta encumbrarlo por otra vez a la mismísima presidencia de la República. ¿Cómo operan las conveniencias políticas? A veces resultan incomprensibles para la mayoría de los mortales. Todos conocían al derecho y al revés al César Mexicano, sabían sus alcances y sus convicciones proteicas e ingrávidas y, sin embargo, lo llaman, vuelven a hacerlo: nadie podría decirse sorprendido por sus acciones... En Cuba, Santa Anna, en plena primavera de aquel 1846, ya preparaba baúles, carruajes, gallos, galleros, bongós y mulatas para emprender en cualquier momento el viaje de regreso a México, a la patria que lo requería devotamente.

Mientras en aquellos primeros meses de 1846 en México se habla y se trama y se desea y se impulsa y se promueve el derrocamiento de Paredes, otro golpe de Estado en plena crisis nacional e internacional, y se repiten insistentemente los nombres de Santa Anna y de Gómez Farías para volver a presidir respectivamente la titularidad del Poder Ejecutivo, en Estados Unidos, un Polk harto de los reiterados rechazos mexicanos para recibir a Slidell y permitirle proponer al menos la compra de los territorios norteños, empieza la mañana del viernes 13 de febrero de 1846 revisando su agenda del día para encontrarse, por segunda ocasión, con el nombre del general Alejandro Atocha, citado a las 10 de la mañana.

James Polk suponía un encuentro similar al de 1845. Atocha, tal vez, le insistiría en su derecho al cobro de la indemnización por daños sufridos por el gobierno mexicano en su carácter de ciudadano norteamericano. Una rutina insoportable para el presidente. Sin embargo, lo recibiría una vez más porque este personaje de origen español le había transmitido, durante su primera reunión, información valiosa de la marcha de los acontecimientos en México. El jefe de la Casa Blanca no imaginaba, ni podía hacerlo ni suponerlo siquiera, el asunto candente que traía entre manos el enviado de Santa Anna, según la conversación que había sostenido con el Quince Uñas en Cuba, escasamente un mes antes.

Atocha había arribado a Nueva Orleans el 10 de enero de 1846, proveniente de La Habana a bordo del vapor *Alabama*, habiéndose hospedado en el St. Louis Hotel,[62] en donde se registró como A.Y. Atocha de Nueva York. La "Y" quedó inscrita como un error tipográfico. Cinco semanas después estaría en Washington, D. C., precisamente ese viernes de febrero, cuando caía una abundante nevada en la capital de Estados Unidos. Le agradaran o no los fríos, resultaba imperativa la entrevista con Polk para comunicarle la conversación sostenida con Su Excelencia, el expresidente de México. Atocha debería volver a la máxima brevedad a Cuba, no sin antes informar a Santa Anna, a través del correo, el resultado de sus gestiones "diplomáticas" como embajador sin cartera en misión ultrasecreta.

Polk recibió a Atocha en punto de la hora establecida. La puntualidad, decía, es una cortesía propia de presidentes. El jefe de la Casa Blanca mostraba un rostro pálido y tenso, el del hombre que no había podido conciliar el sueño de buen tiempo atrás, el de un funcionario obsesivo que intenta controlar hasta el mínimo detalle y se angustia, desespera cuando algo escapa a su esfera de dominio. Yo lo vi perder la compostura cuando la correspondencia sellada y cerrada enviada por Taylor desde Corpus Christi, o la del comodoro Jones desde el Golfo de México o la de Fremont o Stockton desde California o la de los cónsules Dimond, en Veracruz, o Black, en la Ciudad de México, no llegaba a sus manos con la prontitud deseada. ¿Estos haraganes creerán que mi gobierno los becó para que pasaran unos días de descanso en el extranjero o en la campiña o en la mar, mientras yo desfallezco ante la falta de noticias? ¿No se darán cuenta estos gandules de que estamos en un estado de preguerra en contra de México?

Sí, sí, desesperaba cuando un miembro del gabinete, un comodoro, un almirante, un general, un diplomático o simplemente un agente secreto, no tocaba la puerta de su despacho a la hora precisa de su cita o pobre de *misses* Jemima si se atrasaba en servir el té más allá de cuando las manecillas del reloj de pie del presidente Jefferson anunciaban jubilosas las cinco de la tarde. Los eventos, decía, deben darse cuando yo lo ordeno y no a la hora en que mis subordinados deciden hacerlo.

Polk revisaba hasta los pormenores de los asuntos y a cada uno le daba personalmente el seguimiento idóneo hasta su ejecución final. Que nadie piense ni interprete, solo cumplan al pie de la letra con aquello que se les instruye. Infórmenme paso a paso de la marcha de nuestros planes. El presidente llevaba un registro cotidiano de sus actos en el que dejaba constancia, con algunas excepciones, de lo acontecido durante la larga jornada de trabajo. La memoria siempre es insuficiente. Para evitar interpretaciones que pudieran desvirtuar su obra, escribía un diario del que yo logré hacerme de una copia con sus impresiones durante los cuatro años de su gobierno. Yo la tengo, sí, la guardo celosamente entre mis textos más apreciados.[63]

Si recibía de nueva cuenta a Atocha después de su primera entrevista en junio de 1845, era porque desde la primera ocasión le había abastecido con valiosa información del acontecer político en México. "Las opiniones de este hombre me parecen muy bien fundadas y creo que responden a la realidad mexicana", dejó Polk consignado en su diario. En esta segunda reunión vería la forma de escapar al asunto de las compensaciones para entrar de lleno al tema mexicano, uno de los pocos que le arrebataban la atención y le privaban del sueño sin tregua alguna. El presidente nunca pudo imaginar ni suponer que la reunión que tendría a continuación cambiaría radicalmente su posición en torno a México y alteraría radicalmente el curso de los acontecimientos. ¿Qué le importaban, en realidad, las dichosas compensaciones, al fin y al cabo, pretextos para presionar a México?

Atocha ingresó en el despacho presidencial a la hora indicada sacudiéndose los últimos copos de nieve de su abrigo. Un guardia de la marina de elevada estatura, armado, uniformado en tonos azul y blanco, retiró la prenda humedecida en el momento en que pretendía dejarla sobre uno de los sillones. Habló del frío, de la ventisca, de cómo se le congelaban las mandíbulas con las corrientes de viento helado y cómo saboreaba la *clam chowder soup*, sobre todo cuando al hundir la cara en la sopa, el vapor le permitía volver a mover los músculos de la cara. Polk asentía sin pronunciar palabra, hasta que inquieto, interrumpió a su interlocutor, cuestionándolo de frente respecto a su punto de vista en relación a las complejidades inentendibles de los mexicanos.

El enviado de Santa Anna comprendió que en cualquier momento podría entrar de regreso el uniformado con su abrigo doblado sobre el brazo insinuándole que su entrevista había concluido en ese preciso instante. No había tiempo que perder. Se echó entonces el mosquete al hombro, apuntó a la cara del presidente y oprimió el gatillo hasta soltar todo el mensaje con un solo disparo. Le dijo a Polk, quien trataba de disimular sus emociones y estupor como bien podía, que Santa Anna, sí, sí, el general Santa Anna, el expresidente mexicano, el mismo, sí, no tenga usted duda, sabio conocedor hasta de las tripas de sus conciudadanos, ahora exiliado contra su voluntad en La Habana, le quería hacer saber por su conducto al jefe de la Casa Blanca, de la manera más confidencial y secreta posible, que el mismo Napoleón del Oeste, bien conocido por el presidente Jackson y por el propio Polk, cuando Santa Anna fue llevado preso a Washington, estaba a favor de la suscripción de un nuevo tratado fronterizo con Estados Unidos. Para ajustar los límites entre los dos países, el expresidente proponía que el

Río Grande y no el Nueces, debería ser la nueva línea tejana, así como el Río Colorado la del oeste, hasta llegar al mar a través de la Bahía de San Francisco, lo que sería la frontera norte de México, país que cedería todos esos enormes territorios a cambio de 30 millones de dólares.

James Polk pensaba que no estaba viviendo la realidad. Guardaba silencio y compostura mientras permanecía sentado e inclinado para atrás, recargado en su asiento de cuero café oscuro con los brazos cruzados. De golpe sintió que no podía continuar sentado. La inquietud lo devoraba. Se puso de pie y colocándose atrás de su sillón apoyó los codos en el respaldo de ese mueble tapizado elegantemente en tonos amarillos.

—Santa Anna me dijo en persona, señor presidente —continuó Atocha revisando cada movimiento de Polk—, que usted jamás sería capaz de sentar a los mexicanos en una mesa de negociaciones sin la presencia de una formidable fuerza militar y que le manifestara en esta reunión su sorpresa por haber retirado el bloqueo naval a Veracruz en el otoño del año pasado y también por haber retenido a Taylor en Corpus Christi en lugar de estacionarlo en el Río Grande.

Quien externaba semejantes comentarios señalando las partes débiles o equivocaciones en la estrategia militar y naval no era el peor enemigo de México, no, que va, quien hacía el planteamiento a través de un enviado especial, era nada menos el hombre que había sido presidente de aquel país por lo menos en ocho ocasiones, según las había contado días atrás con Buchanan. ¿Con quién estaba tratando…? Después de todo, los consejos y sugerencias no podían ser más acertados.

El presidente se abstuvo de comentarle a Atocha que Taylor efectivamente ya había recibido instrucciones el mes pasado de mover sus tropas hasta ese Río, a partir de los reiterados rechazos del presidente Paredes de recibir a Slidell. Lo anterior no se lo confesaría a su audaz visitante, sin que por ello dejara de sorprenderse por la información tan detallada de Santa Anna en relación a la ubicación de las tropas norteamericanas. Más, mucho más azoro, le despertó el hecho de que el propio "don" Antonio hiciera sugerencias para lograr que su propio país fuera derrotado. ¿Cómo era posible que un nacional diera las claves para escindir a su patria sin recibir nada a cambio?

¡Cuánto odio acumulado en una persona! ¿Nada...? ¿Quién dijo nada a cambio? ¿Y los 30 millones de dólares? Esos entrarían a la tesorería del país. No los cobraría Santa Anna en persona... ¡Ay!, cuánto candor en los curitas presbiterianos... Santa Anna entraría a saco en las arcas nacionales y desfalcaría una vez más el tesoro mexicano sin oposición ni consecuencia alguna. Se llevaría hasta el último peso en sus sofisticados carruajes. Si ya lo habían hecho otras tantas veces los generales-presidentes, ¿por qué no intentar de nuevo la rutina defraudadora? Esa era una de las ventajas de vivir en una sociedad adormilada, somnolienta, indolente, que viaja al ritmo y en la dirección del viento como una hoja sin destino ni historia ni sentido. ¿Inexplicable para un anglosajón respetuoso del poder de la ley? Son tontos, se pierden lo mejor de la vida...

Pero había más, mucho más, señor presidente, deseaba continuar Atocha ante un presidente Polk, quien, paralizado se había olvidado de tragar regularmente saliva, de parpadear y hasta de respirar, cuando el uniformado, efectivamente irrumpió en la oficina con el abrigo ya completamente seco y reparado en su forma original después de haber usado planchas de carbón.

Ya me lo imaginaba, 10 mil veces mierda, se dijo Atocha... Y yo hablando de la *clam chowder soup*...

Polk dio entonces dos manotazos sobre los brazos de su sillón, se puso de pie y estrelló sonoramente una contra la otra sus palmas provocando un único aplauso, con lo que ya no le quedó a Atocha la menor duda de que la entrevista había concluido. Tenía mucho más que contarle al *mister president*. De hecho apenas si había comenzado a revelar su mensaje, a explicar las razones de su largo periplo desde La Habana. ¿La estrategia de Santa Anna caería en un barril sin fondo? ¿Qué razones le daría al exdictador? Quedaría como un débil mental, sobre todo, si no se perdía de vista que ser portador de un recado de semejantes proporciones históricas constituía, sin duda alguna, todo un privilegio que solo un idiota desaprovecharía, más aún si se daba la posibilidad de ganar algunos miles, si no cientos y hasta millones de dólares. ¿Irse así, sin más, con un helado *good morning* en los labios tensos? ¡Ni hablar!

Atocha siguió hablando y relatando como si continuara a solas con el presidente, deseaba aprovechar hasta el último minuto, mientras el uniformado y Polk le ayudaban uno con el abrigo y el otro con el sombrero. Cuando el jefe de la Casa Blanca se percató que la ansiedad de su peculiar interlocutor lo estaba llevando a cometer indiscreciones ante el enorme marino de piel blanca y, por otro lado, la conversación podría tener derivaciones diversas dignas de aprovecharse, decidió interrumpirlo y poniendo su mano sobre el antebrazo del general español-norteamericano-mexicano, simplemente le dijo:

—Lo espero aquí mismo el día 16 de este mes a las ocho en punto de la mañana —se había agotado el tiempo de la audiencia. Lo esperaba un aristócrata de la corte del zar.

—¿El lunes próximo, señor presidente? —preguntó Atocha para no dejar la menor duda de su próxima cita. De sobra sabía que pasaría un largo, larguísimo fin de semana encerrado en un hotel. No resistía el frío de la calle ni los vientos helados que le erizaban hasta el último poro de la piel, pero tener una nueva oportunidad para concluir el planteamiento de su asunto que lo había traído desde el Caribe, bien pronto le devolvería el calor.[64]

—El próximo lunes —concluyó Polk con una expresión muy particular en el rostro. ¿Sería de escepticismo o desconfianza…?

Con una sensación incómoda abandonó Atocha la Casa Blanca. La colosal nevada había aumentado en intensidad. Bien pronto la capital de Estados Unidos podría quedar sepultada en la nieve y paralizada por el hielo. Si en nuestros países iberoamericanos se dieran estas temperaturas tan extremas obviamente tendríamos otros niveles de desarrollo. ¿Quién se iba a exponer a vivir en la intemperie con un frío de estos que congelan el espíritu? Para guarecerse de los horrores del clima era menester contar con una casa y para contar con una casa se debería trabajar intensamente en lugar de dormir la siesta bajo la sombra de una palmera y después de hacerlo, levantar el brazo para arrancar un plátano de una penca colocada a la altura misma del nativo… No cabe duda de que el clima y la religión invitan a la acción económica en estos países. Los pobres se condenan, los ricos se salvan. Maravillosa dinámica económica. Hermosa nieve que invita a la productividad… ¡Ay!, los trópicos, los trópicos…

Cuando Atocha caminaba cabizbajo por la avenida Pennsylvania en busca de su carruaje y juntaba la mandíbula con el pecho para escapar a la ventisca sujetándose fuertemente el sombrero, volvió a su mente la mirada de Polk. ¿No lo había convencido ni le había creído? Esa expresión inescrutable del rostro del presidente acapararía toda su atención durante tres días. ¿Cómo interpretarla? ¿Sería de sorpresa, de desagrado, malestar o desconfianza? Algo malo, sin duda algo malo: ¡joder! Bastó un segundo para sentir que algo no había salido a punto como él deseaba. Estas malditas percepciones personales podían perderlo y sumergirlo en la duda y en la angustia. El fin de semana apenas comenzaba. Eran las diez y media de la mañana pasadas del día 13 de febrero de 1846. Tendría que esperar tres interminables días más antes de llegar al lunes entrante. Toda una eternidad.

—Vayamos al Simpson's —ordenó al cochero—. Es hora de tomar una flauta de champán y unos huevos benedictine con jamón canadiense.

Con un *yes, sir* y un sonoro latigazo asestado en los lomos del caballo, se dirigieron a uno de los clubes más selectos de Washington. El aspecto de la vida cambia con el estómago lleno. Nunca tomes decisiones con hambre ni con sueño ni enfermo ni con prisas, mucho menos borracho, porque corres grandes peligros de equivocarte, le había aconsejado su tío paterno, Puli Atocha, un sabio, un hombre erudito, conocedor de las debilidades humanas al que ni viviendo mil vidas podría agradecerle el bien que le había hecho. ¿Verdad que hay personas que solo nacieron para ayudar y ser amadas?

Si Polk no pudo imaginar el tema a tratar aquella mañana y que le aportaría nuevos elementos de análisis de cara a una guerra para él ya inevitable, todo se reducía a una mera cuestión de tiempo, Atocha tampoco pudo suponer que al abandonar la Casa Blanca el presidente convocaría a una reunión urgente de gabinete nada menos que a la mañana siguiente, la del sábado mismo, también a primera hora, para analizar en tiempo y forma la propuesta de Santa Anna, si es que era efectivamente de Santa Anna... Requería el consejo de su íntimo equipo de colaboradores para llegar a una decisión final al respecto y, en su caso, hacer una contraoferta.

El jefe de la Casa Blanca hizo el planteamiento de entrada, al sentarse, sin esperar a nadie. Recuerden que estas reuniones son como la ópera: al comenzar se cierra la puerta y nadie podrá ya ingresar al salón de audiciones. Polk parecía contar esa mañana con un estupendo buen humor a pesar de las adversidades con

Inglaterra y el territorio de Oregón y las posibilidades de llegar a la guerra tanto con el Reino Unido, como con sus vecinos del sur. Entenderse con sus primos era factible, pero con los mexicanos representaba toda una odisea. Resultaba imposible no solo negociar, sino sentarlos a la mesa a parlamentar. ¿Ni eso? No, nada. ¡Qué diferentes somos! ¿Se imaginan a un Washington o a un Jefferson o a un Madison intentando regresar al poder cinco, seis o nueve veces y, además, por la vía de las armas y no de las urnas, ¿eh...?

Polk informó en detalle de su reunión con Atocha, tal y como hizo constar la noche anterior en su diario.[65] Yo vi los rostros paralizados por el estupor de los secretarios de gobierno del presidente cuando les informó que Santa Anna estaba dispuesto a firmar un nuevo tratado de fronteras con una línea hasta la bahía de San Francisco en el Pacífico y otra en el Río Grande. Que además sus paisanos jamás se sentarían a negociar la venta de su territorio, que hacía falta mover a Taylor hasta el Río Bravo, enfrente mismo de Matamoros, y reforzar la escuadra norteamericana ya anclada en Veracruz para sitiar el puerto, bloquearlo, asfixiarlo y atemorizar así a los mexicanos. De otra suerte, a menos de que sintieran el rigor del acero norteamericano en la garganta, no soltarían ni un metro cuadrado de sus territorios tan ricos y apetecidos. El apego de los mexicanos a la tierra era casi bíblico, si se pudiera decir, y que por esa razón no se debería discutir con ellos utilizando civilizadamente palabras o las ofertas en dinero, sino recurriendo a las balas, a la violencia. Todos los Slidells que mandaran desde Estados Unidos fracasarían al tocar la puerta con los nudillos. No mande diplomáticos, mande soldados... El llamado se tenía que hacer con mil bayonetas, derribando las puertas donde conjuraban los necios, apuntando al pecho de los tercos incapaces de entender los alcances del progreso...

El primero en replicar fue Walker, el secretario del Tesoro, quien arguyó:

—¿Y toda esa generosidad de Santa Anna es gratuita, *mister president?*

—No, Walker —repuso Polk sonriente—. Santa Anna pide 30 millones de dólares para cubrir las deudas de México, mantener un ejército en condiciones operativas y mejorar, desde luego, la economía de su país.

—¡Ah!, ya nos vamos entendiendo (*now we are talking*) —dijo Walker a su vez sonriente—. Ya me imagino a dónde van a ir a parar esos recursos —continuó con una expresión saturada de suspicacia—: a las manos de los generalotes y de los curas para que estos los absuelvan por sus hurtos a cambio de monedas —concluyó el tesorero, volteando discretamente a la ventana.

El presidente arguyó que le era absolutamente irrelevante el destino de los fondos americanos en tanto el gobierno mexicano vendiera y el Congreso de este país ratificara por escrito la operación con todas las solemnidades. ¿A mí qué me importa si el dinero se lo disputan los mexicanos como si fueran perros rabiosos, muertos de hambre, que se pelean por un gran pedazo de carne entre gruñidos y dentelladas? A mí qué... A nosotros, señores, qué...

Walker volvió a intervenir con su conocida tesis consistente en *All Mexico*.

—Lo mejor para nosotros y para México es absorber a todo el país de una buena vez por todas y para siempre. Nuestros vecinos jamás saldrán adelante por sí solos. Ellos necesitan la figura fuerte de un rey, de un virrey, de un gobierno poderoso como el nuestro para ordenarlos y dirigirlos... Anexémonos todo México, ¡ya...!

Nadie quiso insistir en el tema obsesivo de Walker, por lo menos no era el momento. Después de un breve silencio, aprovechado para que la *misses* Jemima, impecablemente vestida de negro, sin faltar su cofia y delantal blancos, perfectamente almidonados, pusiera en el centro de la mesa una fuente llena de rosquillas cubiertas con chocolate derretido y colocara tazas de té o café a los lados de cada uno de los concurrentes, continuó la sesión en el recinto presidencial.

Bancroft, secretario de la Marina, señaló que tal vez el Congreso americano se encontraría con problemas para ratificar un tratado que anexara a Nuevo México y California sobre todo si eran estados esclavistas: no perdamos de vista que si tardamos casi 10 años en anexar Tejas a la Unión fue porque la inclusión de los senadores tejanos rompería el equilibrio político en la Cámara dado que su voto sería forzosamente esclavista. Me gustaría saber con qué carácter ingresarían a la Unión esos dos nuevos estados.

Polk interceptó la pregunta para impedir que la polémica esclavista se apoderara de la reunión y finalmente no se llegara a ninguna conclusión en los términos que él deseaba.

—California y Nuevo México podrían no ser esclavistas y si lo fueran dividiríamos esos territorios en tres o cuatro estados de tal forma que el susodicho equilibrio no sufriera mayores perjuicios. Ese no sería problema, George, asumamos, por lo pronto, una posición en torno a Atocha —concluyó Polk como un cazador de patos en espera de la aparición repentina de una nueva pieza levantando el vuelo a sabiendas de que cuenta con muy poco tiempo para apuntar y disparar.

James Buchanan sugirió que se nombrara un embajador especial para que fuera a hablar personalmente con Santa Anna a Cuba. Iría con el único objetivo de confirmar la validez de las aseveraciones de Atocha. No sabemos si es una estafa, una mentira, una trampa o algo por el estilo:

—Desconozco qué se trae entre manos este sujeto, el tal Atocha, de modales extremadamente corteses a quien conocí el año pasado. Las personas tan afectadas en su comportamiento me producen una espantosa desconfianza, señores. Además —terminó limpiando sus espejuelos con un pañuelo blanco—, si viene de México pongamos todo bajo una lupa. Nuestros vecinos suplen sus debilidades con mañas, al igual que las mujeres, carentes de fuerza física, tienen que desarrollar otras habilidades para alcanzar sus objetivos... ¡Cuidado con los mexicanos! No perdamos de vista que son de piel oscura, casi como nuestros negros, solo que estos últimos ya aceptaron su sumisión e inferioridad y se resignaron...

Polk acusó recibo del comentario. Le parecía prudente y razonable. Entre otras razones, ahí, precisamente ahí, radicaba la importancia del gabinete, en la oportunidad de rebatir ideas, de encontrar diferentes opciones, de conocer los más encontrados puntos de vista hasta dar con la decisión final que solo tomaría el presidente en la más absoluta soledad. Una nueva opinión es una nueva posibilidad, a diferencia de los mexicanos que dependen de los estados de ánimo de un solo hombre. En esa ocasión el presidente propuso, recogiendo la propuesta de su secretario de Estado, que un buen candidato para salir a Cuba podría ser el propio gobernador C.P. Van Ness, el anterior embajador de Estados Unidos en España.

Dado que se presentaron objeciones de fondo ante la sugerencia de Buchanan y habiendo otros asuntos no menos urgentes que abordar, se difirió el acuerdo hasta la próxima reunión de gabinete, más aún porque Polk anunció que el lunes entrante sostendría una nueva entrevista con el general Atocha y que de ahí podrían desprenderse nuevas alternativas de acción. Por lo pronto, se acordaba enviar a un representante de la Casa Blanca a verificar el ofrecimiento de Atocha y a discutir, una vez logrado lo anterior, los términos de un acuerdo con el expresidente mexicano. Ness fue descartado. ¿Quién podría ser el embajador idóneo de la Casa Blanca?

Al día siguiente, el domingo, a la hora del *lunch*, Polk comió un pollo a la cacerola con maíz hervido y puré de papa acompañado de un vaso con leche. De postre le fue servida, en su escritorio, una compota de manzana. La de calabaza, su favorita, tendría que esperar a saborearla hasta la próxima cosecha en octubre y noviembre de ese mismo año. ¿Para entonces ya habría acabado la guerra con México? Esa noche *misses* Jemima le cambió varias veces las velas antes de que el presidente se retirara por lo menos un par de horas a dormir. Leía y releía informes hasta de los más irrelevantes servidores de su administración. Si soy el único responsable de todo, tengo que estar informado de todo...

El lunes 16 de febrero llegó antes de lo previsto. Atocha había tenido la oportunidad de enviar una carta secreta al correo con timbres en exceso para que llegara puntualmente a Cuba. El destinatario era, lógicamente, Antonio López de Santa Anna. Le anunciaba el arribo de otra misiva después de su reunión con Polk ese mismo día.

En la siguiente entrevista Polk-Atocha, este último abordó el tema sin tardanza alguna. Esta vez el uniformado no lo sorprendería a la mitad de su conversación. Sin más preámbulos, al sentarse y después de constatar que el rostro de Polk delataba más cansancio al comenzar la semana que al concluirla, según lo recordaba del viernes anterior, una vez cumplido con el *good morning* de rigor, le dijo al presidente que tanto el general Paredes, Almonte, ¿se acuerda usted, el embajador de México aquí en Washington, al principio de su gobierno? y, desde luego, el también general-presidente Santa Anna, estaban de acuerdo en vender la mitad de su país, pero que los mexicanos, el pueblo, se negaría a hacer la operación: entiéndanlo, para ellos es como vender a su familia entera, por más que con 30 millones de dólares se terminarían de golpe los más graves problemas que aquejaban al país desde su independencia.

—¿Para qué, señor, quieren los mexicanos esas gigantescas extensiones si jamás han obtenido provecho alguno de ellas? —preguntó Atocha para demostrar que él, más que nadie, estaba convencido de las ventajas de la transacción—. Si dijéramos que para ellos es como para ustedes desprenderse de la Luisiana con todas las ventajas territoriales e hidrológicas y mercantiles que Estados Unidos ha sabido extraerle a esos dominios, yo defendería hasta con piedras el derecho a retener esos territorios, pero abandonados como están, poblados escasamente con 20 mil personas entre California y Nuevo México y sin ninguna posibilidad de obtener ventaja alguna de ellos porque México está quebrado de punta a punta, no tiene la menor posibilidad de poblarlos ni de explotarlos ni de defenderlos, es mejor, mucho mejor, deshacerse de ellos, sobre todo si van a recibir un buen precio a cambio.

—Y para convencer a los mexicanos de las bondades de la oferta… —empezó a exponer el presidente.

—Para convencer a los mexicanos de las bondades de la oferta —repitió Atocha—, estos tienen que entender que solo un tratado de cesión y venta los salvará de una guerra pavorosa en la que tendrán mucho que perder y nada que ganar. Se les debe amenazar, señor —adujo cerrando el puño y poniéndose en pie con la cara sonrojada por el coraje—, tal y como le hice saber el viernes pasado, debe usted mover sin tardanza alguna a Taylor hasta el Río Grande y reforzar Veracruz enviando una señora flota al puerto. Los mexicanos solo entienden cuando sienten el cañón de la pistola en el centro de la frente.

—¿Y qué garantía tendremos nosotros de que con el desplazamiento de nuestras fuerzas los mexicanos cederán…? —cuestionó Polk mientras Atocha volvía a sentarse en el flamante sillón apoltronado.

—La única manera de asegurarnos el éxito, señor presidente, requiere del cumplimiento de dos condiciones inescapables

—repuso el español en su inglés maltrecho, mirando fijamente a la cara de Polk y exhibiendo una fundada confianza en su argumentación—: una, consiste en que una vez ejecutado el bloqueo del puerto de Veracruz y se impida el ingreso o salida de cualquier barco, mercancía o persona, se haga una sola excepción…

—¿Cuál…? —se adelantó Polk, desconfiando de las excepciones a la regla, más aún suponiendo que detrás de cada palabra u ofrecimiento de Atocha se podía esconder una trampa urdida por un sujeto tan peligroso como Santa Anna. Nunca olvidaría su falta de principios en San Jacinto…

—Este plan —agregó Atocha bajando la voz como si alguien, además de Polk, lo pudiera escuchar— solo tendrá posibilidades de salir airoso si usted ordena, en su momento, como ya se lo sugerí desde nuestra primera reunión, que se abra el cerco de tal forma que Antonio López de Santa Anna pueda desembarcar en Veracruz, proveniente de Cuba, para encabezar este movimiento. Así, de tener que llegar a las hostilidades, nosotros le aseguramos que, tan pronto mi general se haga cargo del ejército mexicano, este perderá todas las batallas en abono de la causa a la que nos estamos comprometiendo con usted.

Polk se levantó esta vez y se dirigió a la ventana para ver el jardín nevado con su conocida costumbre de cruzar los brazos tras de la espalda.

—Esto significa que nosotros moveremos nuestras tropas hasta el Río Bravo, bloquearemos los puertos mexicanos como una manifestación de fuerza, un ejercicio de intimidación y, llegado el caso, haremos una guerrita acordada, previamente negociada, en la que ustedes se comprometen a perder las batallas que llegaran a darse —exclamó sin voltear a ver a su interlocutor.

—Cierto, señor…

¿Cómo es posible que alguien pueda vender así a su país?, se dijo Polk en silencio. Solo un desnaturalizado puede cometer un atropello así. Si ahí se nació, se vive, crecen los hijos, se prospera, se come, se duerme, se ríe y se muere, si a esa tierra se le debe todo, ¿cómo se puede pactar la entrega a extranjeros que cambiarán todos los sistemas de vida y la transformarán en algo ajeno, divorciado de sus costumbres y principios? ¿Cómo debe ser una persona capaz de vender a su propia patria? ¿También venderá a su madre o a sus hermanas o traicionará a su padre y a sus hijos a cambio de un puñado de centavos? ¿Los mexicanos estarán huecos por dentro o solo es este sátrapa que encarna a la mayoría de ellos? Finalmente, concluyó sus razonamientos, a mí me interesa California y Nuevo México y no pruritos morales de estos semibárbaros...

—¿Cuál es la otra condición? —preguntó mientras regresaba a su lugar a anotar una idea repentina.

—Una es, como le dije, que se rompa el sitio de Veracruz...

—Aceptado, ¿y la otra? —repuso Polk impaciente, percibiendo las dificultades de Atocha de entrar de lleno al otro tema.

—La otra, señor... la otra...

—Ssssííí...

Atocha decidió hacer su oferta consciente de que tal vez no tendría otra oportunidad de hacerlo:

—La otra consiste, señor, en que los militares requieren como adelanto, como prueba de *bona fide*, al menos 500 mil dólares para firmar el tratado, recursos que, desde luego, serán descontados de los 30 millones de dólares convenidos el viernes, señor presidente —arguyó tomando un vaso con agua para disimular sus emociones y sus sentimientos.

—No están convenidos, señor Atocha —refutó Polk con sobriedad—, están planteados, pedidos, sugeridos, si usted quiere, pero de ninguna manera están acordados por mí ni negociados con mi Congreso, del que dependo para los fondos. ¡Seamos serios, por favor...!

—Perdón señor, en ese caso, los 30 millones sugeridos, como usted dice, a cambio de la cesión de los territorios del norte de México.

Polk desconfía de Atocha. Lo contempla en silencio como si uno de los rasgos de su cara fuera a confirmarle de golpe sus suspicacias. El representante de Su Excelencia es un hombre de baja estatura, de vientre protuberante, escaso bigote, una línea muy tenue, perfectamente rasurada, corre por encima de sus labios. Exhibe un rostro seboso, suda abundantemente, más aún cuando pasa por momentos de mucha tensión y debe emplearse a fondo. Saca entonces su pañuelo blanco bordado con hilo azul claro en las orillas. La prenda despide un intenso olor a lavanda. Se seca las gotas que escurren por su rostro. Al saludarlo, estrechar su mano igualmente obesa, equivale a sujetar un pescado en descomposición expuesto por mucho tiempo al sol.

—¿Por qué razón voy a creer en ustedes? ¿Cómo sé que no se trata de una trampa? ¿En qué condiciones y cuándo voy a conocer la verdad oculta en este planteamiento? —reveló Polk descarnadamente sus dudas después de leer sus apuntes. Era evidente que a Atocha no le prestaría ni a Saks, su perro, su eterna compañía, para que lo paseara por los jardines de la mansión presidencial.

Atocha interceptó la pregunta como el vendedor deseoso de mostrar todas las ventajas y el precio tan bajo de sus mercancías para cerrar a la brevedad la operación. Se mostraba muy insistente, como si el cliente se le fuera a fugar del local. Buscaba la manera de cerrarle el paso y obligarlo a decidir ya. Mañana sería otro día.

—Usted puede pedir referencias mías a Brantz Mayer, en Baltimore. Él fue secretario de la embajada de Estados Unidos en México de 1841 a 1843. Mayer escribió muchos libros sobre México. Me conoce. Sabe de mí. Él me avalará. Me recomendará. Soy incapaz de decir mentiras y menos me atrevería a venir a la Casa Blanca de parte de Su Excelencia, don Antonio López de Santa Anna, a inventar estrategias y planes que él podría desmentir con suma facilidad. ¿No le parecería muy audaz de mi parte venir hasta esta oficina siendo un impostor o un farsante? —argüía inquieto—. Usted, señor, tiene varias formas de comprobar mi dicho —exclamó satisfecho, sabiendo que su verdad era indestructible.

El jefe de la Casa Blanca se cuidó mucho de comentar sus planes en relación a Van Ness. De ninguna manera deseaba preparar a Santa Anna. Prefería una jugada de sorpresa para conocer la realidad.

—Si me permite una última sugerencia, señor —apuntó Atocha, necesitado de conocer la posición de Polk en relación a la propuesta de Santa Anna—. Yo sugeriría que Slidell abandone Jalapa y aborde uno de los tantos barcos norteamericanos de guerra anclados en Veracruz. Desde ahí deberá seguir presionando las ofertas de compra de territorios y las indemnizaciones a favor de los nacionales de este país.[66]

Por toda respuesta Polk arrugó la frente. Los buenos modales, el talento, el arreglo personal de Atocha impresionaban al presidente, sí, pero no dejaba de verlo de reojo presa de una gran incertidumbre.

—Mi general Santa Anna sostiene que desde Jalapa Slidell no logrará nada, absolutamente nada. Su embajador debe negociar sentado en uno de los cañones de sus buques, de modo que todos en el puerto vean y sientan la amenaza de los obuses.

El presidente sonrió. Aceptaba la idea. Era una buena manera de apalancar su posición.

Atocha esperó hasta el último momento para repetir la parte más importante del mensaje de Santa Anna:

—Me pide Su Excelencia —argumentó, poniéndose de pie y ajustándose el saco de su traje— que tome usted medidas enérgicas para lograr el tratado y que él lo apoyará con todo aquello que tenga a su alcance. Señor presidente —adujo extendiendo su mano caliente y húmeda—, usted sabe que la palabra de "don Antonio" vale mucho más que toda la extensión de California y Nuevo México juntas y cubierta por esmeraldas pulidas.

—Lo sé, lo sé, señor Atocha —sonrió nuevamente Polk, conduciendo a su interlocutor del brazo hacia la puerta.

—¿Algún mensaje para él? —cuestionó Alejandro Atocha ciertamente inquieto por la respuesta que estaría esperando el Benemérito en La Habana.

—De haber algo, muy pronto tendrá noticias mías. Tengo todos sus datos. Despreocúpese, no son asuntos en los cuales deba uno precipitarse. Debemos someter su propuesta a un largo proceso de maduración —acotó Polk, llevándose la mano a un bolsillo para extraer un pañuelo. Tal vez estornudaría, no, claro que no, solo recurría a un viejo truco para no volver a estrechar la diestra del español. ¡A ningún precio!, se dijo mientras cerraba la puerta y llamaba a su secretario de acuerdos.

—Mañana es día 17, ¿verdad? —preguntó Polk confundido.

Las reuniones se atropellaban las unas a las otras, de tal manera que resultaba imposible recordar los rostros de todas las personas con las que se había entrevistado.

—Bien, convoque entonces al gabinete para una junta de urgencia mañana mismo, día 17, a las diez de la mañana. ¡Que no falte nadie!

Al día siguiente los secretarios de gobierno de James Polk encontraron a un presidente cambiado. Resuelto. Ejecutivo. Agresivo. Sí, sí, pero extraño, raro, algo acontecía. Les narró su segunda entrevista con Atocha. Estaba dispuesto a tomar medidas inmediatas, enérgicas en contra de México. Las relaciones entre ambos países estaban empantanadas. Había que forzar los acontecimientos. Slidell debería exigir, en primer término, una respuesta perentoria al gobierno mexicano: sería recibido sí o no. No tenía tiempo para contemplaciones. Su energía era desbordante. Por alguna razón estaba dando pasos tan acelerados. Si Paredes escuchaba finalmente a Slidell y aquel le reconocía su investidura, aun cuando no existieran relaciones formales entre los dos países, entonces nuestro embajador debería exigir a México, antes que nada, el pago de las deudas derivadas de reclamaciones de nuestros ciudadanos. Ante cualquier negativa respecto de ambos planteamientos, Slidell deberá abandonar Jalapa y abordar uno de nuestros barcos de guerra para ejercer una mayor presión desde ahí. ¡Que se cuiden los mexicanos si el destino de Slidell es el de envejecer a bordo de uno de nuestros buques, porque entonces pediré al Congreso una resolución mayoritaria de graves consecuencias para México…!

Poco a poco emergieron las verdaderas razones de la descomposición de Polk. Podían resumirse en una sola palabra: desesperación. De la reunión con Atocha concluyó que carecía de alternativas diferentes a la guerra, de otra suerte ninguna presión ni negociación forzosa daría los resultados deseados. Sí, claro, pero, ¿qué hacer para detonar el conflicto? Con la firma de los tratados de paz, teniendo a México de rodillas, a sus pies, rendido, finalmente se apoderaría de California y Nuevo México. La indemnización por gastos de guerra sería la tierra anhelada, la sugerida por la Divina Providencia… De acuerdo, pero, ¿cómo lograr la confrontación salvando la dignidad y adoptando el papel de víctima ante los ojos escrutadores del mundo? Yo encarno la ley, la represento. Las potencias deben conducirse ética y moralmente bien, cubrir las apariencias: debo ser el agredido o, al menos, parecerlo… Necesito un estado de guerra para tener una base legal que me permita invadir militarmente California. Si soy ladrón debo pasar a la historia como el asaltado, el sacrificado, el humillado, el ofendido. ¡Que vengan los diplomáticos, ellos son los especialistas…!

¿Declarar la guerra por falta de pago de unas reclamaciones a nuestros ciudadanos?, parecía ser el murmullo discreto entre los integrantes del gabinete. Esa decisión caería en el vacío. El Congreso difícilmente la aprobaría. Carecía de solidez. El presidente podría desgastarse y devaluarse ante diputados y senadores enseñando temerariamente su juego. El nerviosismo repentino de Polk respondía a una falta de convicción personal de sus propios planteamientos. Ni él mismo los creía. Solo reflejaban desesperación. Se exhibiría ante la prensa y el pueblo. Buchanan fue el primero en oponerse. ¡Miserables mexicanos que no reciben a mi embajador, al representante personal del presidente de los Estados Unidos!

Se resolvió dar un poco más de tiempo a Paredes para recibir a Slidell. Mientras tanto, se tramitaría con el Congreso el pago de un soborno de un millón de dólares para ser entregado al presidente mexicano a cambio de forzar la suscripción de un tratado de cesión de territorios, un nuevo acuerdo fronterizo que incluyera hasta la Bahía de San Francisco.

Fracasaría, fracasaría; ni Paredes aceptaría el soborno ni recibiría a Slidell, quien desde luego se alojó en un camarote anexo al del capitán y se dispuso a esperar, como lo había hecho en Jalapa hasta conocer los nombres de todas las flores silvestres de la región. ¡Un pretexto! ¡Un pretexto!, gritaba Polk descompuesto y en silencio, mientras daba vueltas como un orate en la estrechez de su oficina. Y mientras tanto, Inglaterra bien podía tomar militarmente California o aliarse con los mexicanos mediante la concesión de un supuesto crédito hipotecario, a través del cual, se entregaría precisamente California como garantía inmobiliaria para adjudicarle posteriormente ese gigantesco territorio a la Gran Bretaña, una vez probada la insolvencia económica de los mexicanos. Una operación financiera impecable propia de una exquisita diplomacia para echar por tierra los planes del jefe de la Casa Blanca.

¿El pretexto? El pretexto se dio mucho antes de lo que los protagonistas pudieron suponer. Yo, yo les contaré la villanía en detalle para que nadie la ignore y se conozca toda la verdad.

—¿Nadamos desnudos, Toñis? —le sugirió Dolores al oído al Benemérito mientras la tibia luz de alborada inundaba la habitación en donde Su Excelencia y su joven esposa descansaban, después de un arrebato amoroso, momentos antes de la aurora. Habían abierto las ventanas para que la suave y perfumada brisa del

Caribe acariciara sus cuerpos desnudos. Vivían las últimas noches de marzo de aquel 1846, mientras a ambos lados de la frontera entre México y Estados Unidos se respiraba un intenso olor a pólvora.

—Nadar, no —repuso el expresidente—, ya ves que moverme en el agua con una pinche pata es como quitarle la cola a un pez, me enfada la impotencia —agregó con el pecho descubierto tratando de quitar una de las gasas que hacían las veces de mosquitero, para poder ver hasta dónde había adelantado el amanecer—; además los tiburones por estas aguas son feroces y cuando te sumes ya no vuelves a salir a superficie. A mí me gusta ver a los enemigos de frente, así, cara a cara, nada de ataques submarinos de esos que, de repente, simplemente ya no estás...

—¿Cómo es posible que te hayas batido en tantos combates, hayas derrotado a medio mundo y le tengas miedo a unos pescaditos, a unas sardinitas, rey? A veces no entiendo a los hombres, sobre todo a los conquistadores invencibles como tú —adujo Lolita, mientras recostaba su cabeza de larga cabellera sobre el pecho del guerrero indestructible.

—¿Pescaditos? Esos te parten en dos de una mordida y además no sabes ni cómo ni por cuál frente te van a atacar, ¿esos bichos gigantescos y arteros son para ti sardinitas? —cuestionó jugando Santa Anna mientras acariciaba el pelo sedoso de su amada.

—Bueno, pero como siempre has dicho que a tus enemigos te los comes de un bocado...

—Sí, pero acuérdate que si flotan o se arrastran, sean roedores o humanos, me cuesta un poco más de trabajo controlarlos y, sobre todo, me producen más asco.

—¿Y si vamos al ojo de agua a esperar al sol? —preguntó ella ilusionada, mientras su cuerpo en la penumbra, después de casi dos años de matrimonio, se había fortalecido y la magia de la naturaleza, la luz y los alimentos, los aires del trópico y, sobre todo la juventud, lo habían hecho explotar como los capullos de las rosas caribeñas en abril.

—¿Y si nos ven, Lolita?

—¿En la noche? Además, tú nunca has sido cobarde. Hagamos algo nuevo, rompamos con la rutina, juguemos como niños. ¿No te acuerdas cuando hacías travesuras? ¿El solo recuerdo no te refresca la vida hasta el día de hoy? —insistió la señora de Santa

Anna poniéndose de pie sobre la cama y jalando a su marido de un brazo—. Ven Toñis, vamos, guapito… Yo te ayudo a ponerte la pata…

Cuando el exdictador levantó la mirada, pudo verla a su esplendor. Una aureola de luz blanca rodeaba todo su cuerpo: hermosos 17 años de edad, juventud vigorosa, curiosa, ávida. Esos senos, esos pechos llenos, pletóricos, congestionados, un baño de esperanza, un grito de reconciliación con la existencia; el obsequio de una fruta milagrosa, un manjar carnoso y dulce dedicado a complacer solo a sus hijos predilectos, una de las señales divinas con las que Dios nos manda un mensaje de amor eterno a nosotros, los elegidos, un justo homenaje que se nos concede al despertar, al ver, al dormir, al soñar y al vivir. ¿Por qué el Santísimo puso a mi lado una mujer con estas formas, esa piel tersa sin un solo pliegue de grasa, ese pelo, esas nalgas diseñadas por Él mismo para hacerme enloquecer con la sola contemplación y el tacto?

Se trata de un capricho de la divinidad para poder recrearme, tantas veces yo lo desee, con el ser más hermoso de la creación. Esos aromas, esa caída de ojos, ese tamaño de sus pies, esa languidez cuando la hago girar lentamente en el lecho, esa ingravidez risueña cuando se sienta encima de mí, esos oídos finos y dispuestos por los que penetro en su alma, ese caminar que parece flotar, ese reír que me deleita, ese cantar que me conmueve, esas gasas sueltas, vaporosas, transparentes, con las cuales se incendia mi imaginación y se nutre mi inspiración, esos muslos duros, indolentes, que confluyen en la fuente del mundo, sus toques exquisitos de carmín, su lenguaje refrescante como las voces de un río, esa lengua juguetona que cuando me murmura me pierde, cuando me pide me extenúa y cuando me suplica no detenerme me encumbra, me honra y dignifica hasta sentarme en el trono reservado a las deidades griegas. Esos labios, esa mirada, esa alegría, esa pulcritud, esa delicadeza, ese placer por verla dormir, escuchando su respiración, oyendo el paso de la vida. Ese arreglo personal que me conmueve y me mina, esa sonrisa, esos dedos pequeños, inexpertos y tan débiles, que escasamente pueden sostener el peso del tallo de una flor y que me perturban cuando finalmente tocan el más recio orgullo del hombre. Ese aliento perfumado a agua de rosas, esas perlas de sudor frío cuando gime a mi lado; esas invitaciones a lo obsceno siendo pura y casta, ese placer por lo prohibido, esos lamentos, ¡ay!, ¡ay!, Toño, Toñis, mi Toño, rey, mi rey, mi emperador, mi gigante, mi ser, mi sol, esa audaz tentación por explorar lo desconocido, esa admiración que me dispensa como conquistador de todos los reinos, ¿cómo negarme entonces a ir al ojo de agua desnudo, así como quiere Lola?

Su Excelencia dedicó unos instantes más a la contemplación de su mujer. Se llenaba los ojos con esa imagen misteriosa, la última que deseaba tener en su mente antes de rendirse ante el Señor y proceder a someterse al Juicio Final, del que sin duda saldría ya absuelto, según le habían asegurado obispos y arzobispos, a cambio de que se comprometiera a no atentar contra el patrimonio de la iglesia.

Será usted eterno, Su Alteza, en la medida que no confisque bienes eclesiásticos, propiedad de Dios...

Dolores tiró de Antonio:

—¿Vamos, excelencita...?

—Amor —repuso Santa Anna—: piensa por favor que un hombre de mi prestigio no puede exhibirse sin ropa. Si me vieran los peones y los criados, todos me perderían el respeto. ¿Cómo supones que voy a regañar a alguien en cueros...?

—Ven, ven conmigo, si estabas dispuesto a regalarme el Popo, el Ixta, el Citla y todos los mares de México y el mundo, ¿por qué no puedes complacerme en una travesura insignificante? —adujo sin dejar de jalarlo—. Además a estas horas todos duermen, nadie nos verá, te lo aseguro.

Santa Anna dudó por unos instantes. El que me vea lo mando fusilar por mirón, se dijo en silencio viendo de reojo las formas de su mujer. ¿Por qué no, a ver, por qué no...?

Se levantó entonces de la cama para dirigirse al vestidor en busca de una pata de palo, escogería la prótesis con zapato de día de campo. ¡Qué trabajo le costaba salir a la intemperie, a la vista de todos sin algo para cubrir sus vergüenzas! ¿Vergüenzas? ¿Quién ha dicho que el orgullo de mi virilidad sea una vergüenza? ¡Por Dios! Ahora bien, de ahí a salir al frente, a la vanguardia, a desafiar los cañones enemigos sin caballo, ni sable ni pistola ni mosquete...

En el momento en que Santa Anna regresó a la habitación Dolores ya no se encontraba. La llamó varias veces, la buscó inútilmente.

Ella, por lo visto, se había adelantado rumbo al ojo de agua. La vio volar como gacela, mientras la tela transparente del mosquitero flotaba al sostenerla con los brazos levantados. Reía como una chiquilla.

Cuando Su Excelencia llegó a la poza, Lola ya se sumía y volvía a subir a la superficie entre carcajadas contagiosas y llamadas insistentes para compartir el placer del baño. Santa Anna prefirió sentarse en la orilla y observarla con una sonrisa en los labios. Cambiaría todos sus títulos a cambio de retenerla a su lado. Dolores se zambullía, se perdía y de pronto en la oscuridad de la noche aparecía de nueva cuenta tirando de la pierna a su marido. Invariablemente lo sorprendía haciéndole perder el equilibrio en todos los órdenes. Pídeme que me enfrente a los ejércitos de Napoleón pero no me pidas que discuta siquiera con esta mujer que trastorna mis sentidos.

Dolores se dirigió al centro del ojo. Una vez ahí y, sabiéndose observada, echó la cabeza para atrás, inhaló todo el aire del Mar Caribe y así, flotando boca arriba, sin cubrirse con la tela del mosquitero ni con prenda púdica alguna, contemplando el brillo remoto de una miriada de estrellas, iluminada delicadamente con la luz de la luna como si se ofreciera en sacrificio a todos los astros de la historia, en esta posición, con las piernas y los brazos abiertos, inmóvil e indefensa, exhibiendo la flor negra que custodia las puertas del universo, permaneció unos instantes, los mismos que, por supuesto, Santa Anna entendió como una nueva invitación al rito del rapto de las diosas. No me lo darán: yo lo tomaré…

Al Benemérito no le importó entonces mojar la prótesis de palo y se introdujo lentamente en el agua sin hacer el menor ruido, tocando para su buena fortuna el fondo, hasta llegar a hacer un feliz contacto de su pecho con los pies de su amada. Ella se dejaría hacer. El perfil de sus senos, a veces cubierto por las manos golosas del agua, relumbraba, sí, como la grupa de *La Morena*, su yegua favorita. ¡Qué animal aquel tan poderoso y difícil de domar! El expresidente de la República separó aún más los tobillos de la doncella, besó entonces el izquierdo, subió por la pantorrilla, llegó a la rodilla cubierta por una piel suave y perfumada, mientras advirtió cómo Dolores cerraba firmemente el puño de ambas manos: se sometería a la prueba, a la ofrenda, sin oponer defensa alguna. El César Mexicano ascendió hasta los muslos, besó aquel espléndido jardín viéndola de reojo y con el aliento desacompasado, hasta que Dolores se rindió, no pudo más, cedió y abrazando al Gran Almirante y Mariscal de los Ejércitos, hizo intensos círculos en el agua hasta crear un inmenso remolino que se perdió en la noche de los tiempos.

Momentos después la pareja descansaba recostada sobre una hamaca mecida por la suave brisa caribeña. No hablaban. Santa Anna simplemente acariciaba la cabellera de Dolores mientras parecía escrutar los inalcanzables montes de la luna.

—¿Te gustaría volver a ser la presidenta de México? —cuestionó serenamente, a sabiendas de que había sabido conquistar el descanso del guerrero.

—Amor —repuso ella sin inmutarse—, *dijistes* que este exilio era definitivo, ¿te acuerdas...?

—La patria me reclama, Dolores, debo ser leal a su llamado, siempre lo he sido.

—¿Y todo esto? —cuestionó Lola permaneciendo inmóvil con la cabeza apoyada en el pecho del Benemérito—. ¿Todo el esfuerzo para encontrar, decorar y traer de México tus condecoraciones, armas, uniformes y banderas, la contratación del personal, todo el trabajo empeñado en esta casa, para nada, así para nada?

—Ni 500 palacios como el de Versalles constituirían un pretexto suficiente como para ignorar las súplicas de mis compatriotas. Cada vez que me necesiten, ahí estará Antonio López de Santa Anna para servirlos, apoyarlos y dirigirlos —exclamó en tono apostólico—. Nunca pierdas de vista que los mexicanos requerimos siempre la presencia de un jefe, alguien que presida nuestras relaciones: jefe en la casa, jefe en la escuela, jefe en la iglesia, jefe en el matrimonio, jefe en la empresa, jefe en el país, ¿de acuerdo? —enunció sus puntos de vista que demostraban un gran conocimiento de su gente. Para llegar a ser nueve veces presidente de México se requería gozar de un gran conocimiento de sus paisanos—. Necesitan de una figura fuerte para sobrevivir y, cuando les falla, piensan en mí o se postran de cara a Dios pidiéndole ayuda, consejo y consuelo.

Dolores se incorporó cubriéndose con la tela de mosquitero.

—La verdad —continuó ella— ya lo sabía: en todo este tiempo no has dejado de recibir visitas y cartas a diario de México.

Para ti la política es una adicción similar a la que tienen los chinos por el opio.

—La única adicción que tengo es la defensa y el progreso de la patria —respondió Santa Anna, creciéndose como si estuviera a punto de bajar violentamente su espada de acero refulgente ordenando ¡fuego! a la primera línea de la artillería—. No puedo permanecer aquí, en este paraíso cubano, gozando de mi mujer, de mis gallos, de la música, de la comida, del ambiente y del clima, mientras Gómez Farías me ofrece la presidencia para enfrentar el expansionismo yanqui... va mi vida en prenda, pero de mi cuenta corre que no se anexarán California ni Nuevo México, parte de Chihuahua, Coahuila y Tamaulipas y hasta Yucatán, tal y como lo sueñan. ¡Tendrán que pasar sobre mi cadáver!

—Eres un gran político, pero además te consagrarás como un soldado único en la historia de México —señaló Dolores, enredándose un mechón de pelo con el dedo índice.

Los primeros rayos del amanecer se percibían en la línea más remota del horizonte del Mar Caribe. Era la hora de regresar a la habitación. Caminarían entre carcajadas, envueltos por la tela de mosquitero y abrazados hasta guarecerse bajo techo. Los peones, ayudantes, esclavos y criados empezarían a ocupar sus respectivos puestos de trabajo. Se abstendrían de hablar de México por lo menos durante el breve trayecto del ojo de agua hasta la residencia principal del ostentoso conjunto, adquirido, según Santa Anna, gracias a su ejemplar capacidad de ahorro...

Ya adentro, sentado en un sillón, el Padre del Anáhuac se desprendió de su pata de palo ciertamente empapada. Sin poder apartarse del tema que lo devoraba y después de pedirle a su mujer que la pusiera a secar, Santa Anna continuó describiendo, sin pérdida de tiempo, el avance de las negociaciones entre radicales y santanistas en la Ciudad de México. Dejó en claro que los planes se filtraban intencionalmente en la prensa y en la sociedad para que permearan como la humedad y se obtuvieran los apoyos políticos necesarios. Esparce el rumor y te llenarás de adictos. Divulga una mentira insistentemente y muy pronto se convertirá en verdad. El chisme en una comunidad de analfabetos produce el mismo efecto que los libros en una sociedad alfabetizada. El Benemérito reveló que trabaría una alianza con los liberales, que derogaría el sistema centralista, por el que había jurado entregar la vida y la honra e impondría de nueva cuenta el federal, que también defendería con la vida y la honra...

Dolores había abierto la ventana. La luz del sol había teñido con una multitud de colores el florido jardín tropical que rodeaba la habitación central. Sus brazos descansaban en el alféizar sin que realmente se pudiera saber si escuchaba a su marido o ya se imaginaba su vida de regreso a la Ciudad de México o simplemente pensaba en podar o desyerbar los rosales para que dieran flores más perfumadas y más grandes. En ocasiones, los monólogos del expresidente la aburrían hasta las lágrimas. Los pastos alrededor del tallo, cerca de la raíz, le roban a la planta todos los nutrientes para su crecimiento. ¿Por qué los hombres han de ser tan compulsivos y fanáticos? No parecen saber hablar de otra cosa. Sus temas son el trabajo, las mujeres, el dinero o el trago.

Santa Anna echó la cabeza para atrás, cruzó los dedos de las manos y viendo al techo, recargado en su sillón, cubierto por una bata roja de seda china, continuó absorto revelando sus planes ya no con el propósito de explicarlos ni de tratar de convencer a su mujer de la procedencia de sus ideas, sino como un ejercicio político personal para purgarlos de errores.

—Defenderé la República federal rabiosamente —exclamó, chocando delicada y rítmicamente las yemas de los dedos—. He aprendido que esa es la organización democrática más conveniente para México porque permite la libre exposición de las ideas ciudadanas, la única alternativa para encontrar el camino del bienestar, la mejor opción para todos, aunque yo después imponga mi punto de vista cuando se me dé la gana —iba a agregar pero no sintió conveniente verter el comentario para no causar un daño innecesario en su imagen frente a su esposa—. Eso sí —concluía en sus reflexiones—: exigiré a Gómez Farías, como condición inexcusable, el derrocamiento de Paredes antes de poner las plantas de mis pies en mi patria adorada. El nuevo golpe de Estado tendrán que darlo mis seguidores en mi ausencia. Ellos cargarán con la responsabilidad histórica: yo no regresaré hasta no tener la absoluta certeza de que uno de los mamarrachos que me derrocaron y que provocaron que los perros callejeros se disputaran a mordidas los restos de mi pierna, esté guardado en la celda más oscura y profunda de San

Juan de Ulúa. Seré el mejor cancerbero de los principios democráticos. Respetaré y haré respetar las libertades provinciales como el Padre Tutelar de México...

Dolores, mientras tanto, pensaba en la mejor manera de proteger sus rosales en caso de que un huracán, de los tantos que atacan rabiosamente el Mar Caribe, acabara con sus flores en uno de aquellos veleidosos vendavales que extinguen las esperanzas y las vidas de muchas generaciones de nativos.

—¿Sabes, Toñis, a partir de cuándo te volvió el alma al cuerpo?

—No —respondió Santa Anna extrañado por la pregunta y por la interrupción. Él creía haber disimulado sus emociones ante su mujer pero las palabras de su cónyuge le indicaban una realidad diferente.

—Todo tú *cambiastes* a partir de la visita del español ese perfumadito. ¿Te acuerdas qué feo te *portastes* cuando *despachastes* de tan mala manera al pobrecito de Juancillo Trucupey solo porque te fue a ofrecer un vaso de ron con limón?

—¿Te refieres a Atocha?

—Sí...

—No era momento de interrupciones. Tratábamos asuntos prioritarios para la República, amor... —comentó Antonio, dejando volar su imaginación. Según los comentarios vertidos por Atocha en sus cartas, mismas que habían sido arrojadas con nostalgia y precaución por Su Excelencia a una hoguera improvisada durante una ceremonia vudú, era evidente que el jefe de la Casa Blanca tendería una trampa al gobierno mexicano haciendo bajar las tropas del general Taylor hasta el Río Bravo, en territorio claramente propiedad de México. En aquella ocasión, cómo olvidarlo, el César Mexicano había pinchado una y mil veces una figura de trapo del presidente Paredes. Polk, reflexionaba el exdictador, debió haber entendido a la perfección que la sugerencia orientada a desplazar al ejército norteamericano en dirección al sur respondía a una evidente provocación que se habría de traducir en un ataque mexicano para repeler a las fuerzas yanquis haciéndolas regresar cuando menos al norte del Río Nueces, la frontera histórica de Tejas.

—Ya sé que tratarías asuntos *priotirarios* para la República, pero eso sí, con interrupciones o sin ellas, a partir de ese día *volvistes* a sonreír como la primera vez que te conocí.

Claro que Santa Anna tuvo motivos para volver a sonreír a partir de ese mes de febrero pasado, según fue recibiendo la correspondencia enviada por Atocha desde Washington. A través de dichas cartas, el español dejó claras sus percepciones en torno al efecto de sus conversaciones para influir en los planes militares del presidente Polk:

Soy experto en las expresiones del rostro, mi general, y puedo asegurarle que el jefe de la Casa Blanca se quedó muy complacido con nuestra idea. El movimiento de los músculos de su cara lo delataba. Se quedó felizmente convencido de que los mexicanos no tolerarán a Taylor en las márgenes del Bravo y que en las inmediaciones de la desembocadura de dicho río podría encenderse finalmente la chispa que desencadenaría la guerra.

Debo garantizarle, señor presidente, que la flota norteamericana bloqueará Veracruz herméticamente sin permitir siquiera el paso del viento... Cuente con ello. El comodoro encargado de imponer el bloqueo únicamente le permitirá a usted y solo a usted, desembarcar en dicho puerto, previa autorización del Departamento de Estado. Solo así se podrán ejecutar nuestros acuerdos.

Debo decirle también que no le parecieron nada del otro mundo los 30 millones de dólares que pedimos a cambio de California y Nuevo México hasta llegar a la Bahía de San Francisco en el Océano Pacífico.

Es claro, muy señor mío, que Polk no se iba a comprometer en la primera entrevista a acceder a todas nuestras peticiones. El hecho de haberme concedido dos audiencias adicionales refleja su interés y confianza en mis propuestas. Sin embargo, no me sería extraño que él mandara a un embajador secreto a entrevistarse con usted. Yo haría lo mismo en su lugar. Es la mejor manera de comprobar mi dicho. Polk no tiene por qué creerme en una primera instancia. Es del orden elemental verificar la validez de mis ofrecimientos.

De aquí en adelante, querido general, usted podrá comprobar cómo los acontecimientos se precipitarán a una velocidad insospechada...

¿Qué esperaba Antonio López de Santa Anna a partir de aquellos últimos días del mes de marzo de 1846? ¿Por qué se divertía tanto y le extraía hasta la última gota de elixir a la vida corriendo o cojeando desnudo por los jardines de su casa cubana antes del amanecer? ¿Qué le movió a jugar con Dolores, como un joven travieso, al extremo de besarla en la entrepierna cuando ella flotaba desnuda viendo hasta la última estrella del firmamento? Yo, yo lo sé, bien dicho, ya todos los sabemos: la euforia de saberse nuevamente con posibilidades de regresar por novena ocasión a la presidencia de la República provocaba en él un desbordamiento de sus ánimos más optimistas. Los mexicanos requerían su presencia. Ratificaban a diario sus peticiones. Santa Anna, por lo que más quieras, vuelve. Imposible sobrevivir sin su dirección ni su asistencia ni su estímulo. En manos del Libertador de la Patria todo marcharía bien, muy bien, y el país entero estaría cubierto por una luz blanca, ciertamente protectora.

Los individuos, las sociedades y los gobiernos exhiben su patética debilidad desde el momento en que prefieren engañarse a sí mismos antes que enfrentar el terrible peso de la realidad. Solo que cuando esta última finalmente se impone, las consecuencias de la cobardía y la timidez superan enormemente las dimensiones del desastre por no haberse tomado decisiones valientes e inteligentes con la debida oportunidad y sin esconder o desdibujar los hechos, invariablemente tercos... ¿Por qué tienen que existir los hechos en lugar de las fantasías santanistas...?

Su Excelencia exigía el derrocamiento fulminante de Paredes. Los mismos hijos de Gómez Farías, en sus viajes recurrentes a la isla caribeña como fieles representantes de su padre, le habían revelado en detalle al Benemérito los planes para deponer al nuevo usurpador, muy a pesar del inminente estallido de la guerra contra Estados Unidos. A su regreso a México se tomarían "las providencias necesarias" para encumbrarlo una vez más a la jefatura del Poder Ejecutivo, compartiendo la vicepresidencia, con el propio don Valentín. ¿Cómo el Napoleón del Oeste no se iba a encontrar feliz de contento si próximamente regresaría a Veracruz, estaría unos días en el puerto, apostaría un par de manos con los camaroneros de los portales, convocaría de inmediato a su trío favorito, bailaría un par de zapateados, comería unos ostiones y un huachinango y, si las circunstancias lo permitían, haría una visita de amor…? ¡Siempre encontraría tiempo para el amor! De salida, haría un alto obligatorio en el camino para estar unos instantes en su finca El Lencero y tocar fugazmente sus paredes; saludaría a sus paisanos y de inmediato se dirigiría a la capital de la República para ser ungido nuevamente supremo jefe de la Nación. Acto seguido, y en su carácter de general-presidente, continuaría la marcha hacia el norte del país para cubrirse de gloria en las batallas internacionales que lo proyectarían en la historia patria como el más luminoso de sus protagonistas…

—¿Y tienes muchos amigos en la Ciudad de México? —cuestionó repentinamente Dolores Tosta entreviendo su futuro en la capital de la República—. ¿Te gustaría verlos otra vez? —volvió a preguntar mientras volteaba la prótesis con el zapato de campo para que se secara el tacón.

Santa Anna salió unos instantes del ensueño para volver a la realidad. Dolores se encontraba todavía en la ventana cuando se volvió con los brazos cruzados a ver a su marido, sin ocultar por un instante la admiración que sentía por él.

Nunca le habían preguntado nada sobre sus amigos. ¿Amigos?, se dijo sorprendido el exdictador. Tal vez él mismo pocas veces se lo había cuestionado. Frunció el ceño. Entrelazó de nueva cuenta los dedos y con una mirada evocativa, hasta extraviada, repuso:

—Un hombre de mi condición no puede tener amigos y, ¿sabes por qué? —cuestionó lentamente dándose el espacio para ordenar sus razonamientos—, simplemente porque yo no puedo confiar en nadie. ¿Con quién quieres que comparta un secreto de Estado sin que mi interlocutor corra a sacar partido de mis confesiones? No, no, imposible —agregó negando con la cabeza—: o es la intención de lucrar políticamente con mis titubeos y proyectos íntimos o a mis "amigos" los mueve el interés por mi dinero o el deseo de hacerse de un cargo público… Jamás se me acerca alguien para estar con Antonio, el amigo, sino para solicitar un préstamo, tramitar un nombramiento o pedir un favor. Yo valgo, Lolita, en función de lo que tengo y en ningún caso de lo que soy como persona —concluyó entornando la mirada y expresándose en voz muy baja—. Los hombres son como mis gallos, amor: vienen a mí, golosos, tan pronto ven el maíz en mis manos. Cuando se me acaba, después de darme unos picotazos, se alejan desairados. Mis paisanos me rodean, me buscan y me procuran cuando puedo *maiciarlos* a placer...

—¿Todo el tiempo te sientes usado? —preguntó Dolores sin esperar una respuesta ágil y graciosa como aquellas a las que recurrió su marido para enamorarla. La señora Santa Anna demostraba la madurez necesaria para permanecer al lado de su esposo—. A nosotras las mujeres nos acontece lo mismo: muchos hombres te buscan por tus carnes y no por tus sentimientos ni por tus valores y principios personales. Vienen hacia ti, les abres las puertas, se sacian como animales y se largan relamiéndose el hocico, dejándonos en un espantoso vacío, en un terrible desamparo —exclamó con tanta ternura como si acariciara la cabellera de Antonio—. ¿Ves cómo sí te comprendo...?

Santa Anna sabía que su mujer era precozmente madura. Adelantada. Dueña de una intuición muy aguda y desarrollada. Podría carecer de conocimientos, pero sensibilidad y astucia le sobraban. La comparación le había fascinado.

—La verdad, amor, muchas veces me siento solo, muy solo y esta soledad, esta sensación, como tú bien dices, de saberme usado, este sistema de adulaciones y de desprecio a mi persona, se traduce en rencor, en resentimiento, en ánimo de venganza que me encanta saciar cuando pateo a la gente y siento que le meto la cabeza entera en un enorme bote de mierda podrida —adujo sentado e inmóvil mientras que su mirada adquiría un nivel de profundidad nunca visto antes por ella—. ¿No quieren nada conmigo? —empezaba a levantar la voz—, ¿no quieren saber del niño ni del joven Toño ni de lo que habita en su interior y solo les interesa lo que tengo? ¿Ah, sí... cabrones? Pues prepárense porque habré de cobrar carísimas las humillaciones que he sufrido a lo largo de mi vida. ¿Sabes que hasta los 12 años de edad yo creía que me llamaba ¡cállate, carajo!?

—Hablas como si estuvieras lleno de rencor...

—Bueno, sí, sí tengo rencor, mucho rencor —apuntó creciéndose sin poder domar su coraje. Dolores había tocado, sin quererlo, un punto neurálgico en la personalidad de su marido—. Antes yo pensaba que si lograba hacerme de poder político acapararía el respeto y la admiración que me faltaron de niño y ahora me doy cuenta de que, al tener a manos llenas el reconocimiento no me distingue a mí, sino a lo que me rodea, y de ahí me surge otra vez una rabia que me devora las entrañas —concluyó sin poder bajar la voz—. ¿No existen condecoraciones para revaluar el alma? ¿No existen medallas para dignificar al niño mutilado sentimentalmente? ¿No existen pergaminos para devolverle la ilusión y el amor perdido a un chamaco extraviado y despreciado que se convierte, además, en un adulto lleno de furia? ¡Que se jodan todos, todos, todos! —gritó desaforadamente sin levantarse y golpeando con las manos los brazos del sillón.

—Pero amor, si todo lo que tienes es consecuencia de tu éxito, es tuyo, es esa parte de ti, de la que no puedes desprenderte y que ha sido resultado de tu vida tan esforzada —insistió ella para liberarlo de la carga y tratando de apagar el incendio que estaba causando.

—No, no me entiendes, eres muy joven para poderme acompañar en estas reflexiones —acusó un marcado malestar a raíz de la respuesta de su mujer. Buscaba ya una salida, un cambio de tema antes que la discusión se desbordara y arrasara dominios de paz y tranquilidad en su relación matrimonial.

—Claro que te entiendo —contestó Dolores sin dejarse disminuir a su vez.

—No, no, Lolita, uno soy yo como presidente de la República, Benemérito, Excelencia y todos los títulos que quieras y otro es Antonio, el hombre generoso y tierno, simpático, alegre, bailarín y noble, buen padre hasta llegar a los extremos, solo que el desprecio de mis mejores valores me llena de resentimiento y el coraje me conduce de la mano a cometer atrocidades —agregó tratando de impedir otra erupción de violencia. Para su propia sorpresa volvió a reventar como si una fuerza contenida en el fondo de su ser se desatara repentinamente:

—¡Me cago en todos los mexicanos! —tronó—. ¡Me cago en los pobres por güevones, torpes y resignados!, ¿me oyes…? ¿Me oyes bien, carajo? ¡Me cago en los ricos por interesados, avaros y déspotas! ¡Me cago en los curas por mezquinos, perversos y traidores a la causa de la humildad! ¡Hipócritas que lucran con las debilidades y temores ajenos! Son lo peor de nuestra sociedad, ¿me entiendes? —gritaba incontenible y totalmente fuera de sí—. ¡Me cago en los aristócratas por farsantes e inútiles! ¡Me cago en los militares, sí, en los de mi propia clase, por pendejos y rateros! Solo saben jugar a la guerra con soldados de chocolate... ¡Me cago en todo el mundo! ¡Me cago en los periodistas por ignorantes, perversos y corruptos! ¡Me cago en quienes solo quieren arrancarme algo! ¡Odio la vida porque es un despojo interminable! Siento las manos de quienes me rodean en mis bolsillos mientras me esculcan, me hurgan y me saquean. He de vengarme, lo juro, lo juro, bola de cabrones —concluyó bajando el timbre de la voz al darse cuenta de que se había excedido en su terminología y en el alcance de sus confesiones, sobre todo él que siempre había querido gozar de popularidad genuina, amor y admiración auténticos. ¿Todo lo anterior significaba que finalmente no creía en nada ni en nadie y que estaba más hueco que la cáscara de un coco veracruzano al que se le extrajo el agua y se le quitó la pulpa?

—¿Y yo, tu mujer, dónde quedo en todo esto? —se retiró Dolores de la ventana, decidida a encararlo en el centro de la habitación con los brazos en jarras.

—Tú —agregó moderando la voz y haciendo acopio de fuerzas para no mandarla con su pregunta igualmente a la mierda— quedas en el fondo de mi alma como mi compañera inseparable, mi confesora íntima y la dueña de todos mis secretos —adujo el Protector de la Nación explicándose en silencio cómo podría deteriorarse una relación en un momento dado en que las mujeres siempre se sentían aludidas y eran incapaces de escapar a las generalizaciones exigiendo invariablemente un lugar especial, el mismo que nunca nadie le había concedido a su persona. Al fin y al cabo, otro tipo de despojo. Las mujeres que se le habían acercado siempre le habían querido arrebatar algo de su gloria. Tampoco podía llamarlas desinteresadas. ¿Él, él en lo personal, también al carajo...? Al carecer ellas, según Antonio, de las herramientas varoniles para conquistar el mundo, se veían obligadas a recurrir al instinto y a otras habilidades para saciar sus ambiciones y conquistar, a su vez, al conquistador con sus gracias, su astucia y su talento...

—¿Crees que las mujeres estamos mutiladas...?

—No solo las mujeres, amor, no —dijo en voz muy baja—; todos, hombres, mujeres, niños y ancianos estamos mutilados espiritualmente. Estas inhibiciones impiden que los mexicanos protestemos airadamente las injusticias. ¿Conoces a alguien que no se trague las injusticias, que proteste, que exija, que demande, que grite airadamente cuando se le atropella, se le pisa o se le humilla? —cuestionó subiendo la voz. Sus sentimientos parecían haber estado atorados en su pecho desde mucho tiempo atrás—. Yo, escúchame bien, puedo humillar a quien me venga en gana cruzándole la cara con mis guantes, jalándole las orejas en público, meándome, si quieres, encima de él con todo y uniforme de gala en una recepción en Chapultepec y nunca se defenderán cara a cara ni me retarán a duelo, en todo caso verán la manera de vengarse dándome un golpe, una puñalada por la espalda, eso sí, cuando tengan todas las ventajas de su lado. Estamos mutilados, ¿lo ves claro? —cuestionó escrutando el rostro de Dolores para constatar si la convencía o no.

—¿Y quién nos mutiló? —cuestionó la señora Santa Anna, consciente de que los conocimientos de su marido respecto a sus semejantes le permitirían volver otra vez a la presidencia de la República, si es que el plan de Gómez Farías no fracasaba. Si alguien dominaba a la perfección la personalidad de los mexicanos de todos los niveles económicos, sexos, edades y religiones, ese era el Inmortal Caudillo veracruzano.

—Nos mutiló por primera vez la rigidez militar de los aztecas. Los castigos eran tan severos, la autoridad era tan extremista, que aprendimos a humillar la cabeza a la fuerza. Fue un primer contacto con la indefensión, con la impotencia, con el sometimiento incondicional o te cortaban una mano o rematabán tus bienes o te convertían en esclavo, no sin antes torturarte junto con los varones de tu familia —alegó Santa Anna con la mirada entornada dirigida a la ventana, como si fuera a encontrar explicaciones tras de la línea del horizonte—. Más tarde la Inquisición remachó las heridas cauterizándolas con fuego para que jamás se olvidaran las omisiones o los cargos. Los autos de fe impuestos por la alta jerarquía católica mutilaron la imaginación, el coraje y cualquier capacidad de respuesta o de desafío, haciéndonos entender para siempre que en nuestro país jamás habría igualdad. Alguien siempre tendría el poder, el marro, detentaría la fuerza y los demás deberían joderse. ¡Ay de aquel, quedó grabado para siempre, que levante la cabeza porque se la cortan, o suba la mirada, porque le queman los ojos! Por eso es tan fácil gobernar a este país de castrados. En realidad dominas al indio sumiso con alzar la voz o el fuete, a los terratenientes los controlas con amenazas y advertencias de los privilegios que pueden perder si te desafían, ellos comen de tu mano, al igual que los comerciantes y los escasos industriales: basta un grito oportuno, un mensaje al oído, una recomendación amable para hacerles entender el riesgo de sus intereses y como consolación y agradecimiento se alinearán a tu lado festejando a carcajadas tu sentido del humor. El clero, concluyó su análisis, siempre estará contigo si no tocas su patrimonio y si los dejas llenarse el doble forro de las sotanas con dinero...

Dolores escuchaba atónita la descripción de un mundo ajeno al de ella. Un medio en el que los halagos y las hipocresías facilitaban la convivencia social. La experiencia política de Santa Anna a sus 53 años de edad era admirable. ¿Cómo sobrevivir en un ambiente tan falso y descompuesto en donde por supuesto nadie creía en nadie? La confianza, Lolita, es el pegamento para pegar dos piedras y así construir un edificio y si los mexicanos desconfiamos los unos de los otros, los gobernados no creen en el gobierno y viceversa, jamás podremos hacer ya no digas una barda, sino tampoco una casa o un edificio donde la familia mexicana pueda vivir a sus anchas.

—En nuestro país todo está podrido, nos lo entregaron podrido, lo heredamos podrido de los españoles, ¿o crees que la corrupción se dio en los últimos 25 años de vida independiente? —cuestionó Santa Anna verdaderamente irritado—. La única manera que existe para curarnos es aplicando la ley, pero nadie la aplica porque esta se subasta al mejor postor, ¿entiendes? La única herramienta que existe también está contaminada como si la peste se hubiera apoderado de nosotros y todo en nuestro entorno estuviera infectado. ¿Quién tiene las manos limpias para intervenirnos? Por eso Paredes y mil Paredes piensan en traer un príncipe rubio para gobernarnos. Nosotros ya no tenemos remedio. ¿Quién va a administrar la purga que tanto necesitamos los mexicanos? ¿Los curas? ¿Los militares? ¿Los políticos? ¿Los periodistas? ¿O los empresarios evasores de impuestos? ¡Bah! —concluyó dando por terminada la conversación. Era inútil. Todo era inútil, al menos en ese momento—. ¿Y sabes qué es lo peor de todo? —terminó buscando sus muletas para ponerse de pie.

—No —repuso Dolores, preocupada por lo que parecía ser la conclusión final de Antonio.

Pasaron unos breves momentos antes de que Santa Anna se levantara sin pronunciar palabra alguna. Cuando ya se dirigía con muchas dificultades al pasillo abandonando la habitación, Dolores alcanzó a escuchar:

—Si me adulan, es porque desean algo de mí, me quieren usar y por lo mismo me desprecian como persona: en esos casos me dan ganas de matar; ahora bien, si, por el contrario, no me adulan, siento que me desprecian, que no me admiran ni me aquilatan, entonces las ganas de matar se me desbordan…

En México se habla cada día más del regreso de Santa Anna. El Héroe de Tampico y de Veracruz, el Salvador de la Patria trabaja intensamente a la distancia con Gómez Farías para llegar a un acuerdo político. Se trata de difundir una nueva realidad, el feliz arribo del nuevo César Mexicano, con otras convicciones democráticas, con un novedoso ideario político aprendido durante el duro periodo del exilio, en donde estuvo imposibilitado de auxiliar a la patria, él que había nacido para ofrendar su vida a cambio del bienestar de la nación. Se esparce el rumor del libramiento de órdenes de aprehensión para detener a los santanistas, sediciosos, incendiarios, enemigos de la paz pública. Los periódicos anuncian el arribo de las tropas americanas al norte del Río Bravo. Rotas las relaciones diplomáticas desde el año pasado, la guerra parecía ser la única alternativa para dirimir las diferencias. A falta de palabras se utilizarían proyectiles. En lugar de argumentos se recurriría a las bombas. Ya no se trataba de convencer, sino de matar, ya no de hablar, sino de disparar. Ante la imposibilidad de comprar territorio mexicano, era menester robárselo. Una parte del ejército norteamericano se instala al norte de Matamoros, en el departamento de Tamaulipas. "Para todo efecto es como si los malditos yanquis hubieran ingresado a Chihuahua, a Durango, a Jalisco o a Puebla." Paredes ordena, a puerta cerrada, la defensa del territorio nacional. No solo no venderá, sino que defenderá hasta el último milímetro cuadrado que hubiera sido invadido…

Por otro lado, Estados Unidos rechaza las propuestas inglesas en relación a Oregón. Aparece otra vez el tema de la guerra entre ambos países. El gobierno promonárquico de México, convencido de su impotencia para vencer a los yanquis en un conflicto armado, insiste en buscar, a cualquier costo, el apoyo militar de Europa. Paredes fantasea, sueña y desea el estallido inmediato, impostergable, de hostilidades también por diferencias territoriales, entre el Reino Unido y Washington. "Si esas potencias se despedazan entre sí nos dejarán a los mexicanos en paz durante el tiempo necesario para que Polk abandone el poder a principios de 1849. Luego, luego, ya veremos. Que se maten norteamericanos y británicos, al fin y al cabo, será un pleito de familia..."

Jones, el último presidente de la República de Tejas, había entregado el poder el 19 de febrero de 1846 a Peter H. Bell, el primer gobernador electo del estado de una Tejas ya anexada con todos los formalismos a la Unión Americana. Antes de abandonar el cargo, Jones aclara que "las tropas americanas en Tejas no están ahí para proteger a Tejas, sino para garantizar una colisión con México".[67] Su visión de la realidad política es irrefutable. Ve con gran claridad la marcha de los acontecimientos. Distingue y difunde las intenciones de los presidentes de Estados Unidos. Recuerda cuando él mismo les dijo ¡ah!, ustedes lo que quieren es que yo les manufacture una guerra en contra de México, ¿verdad, señores...?

Polk, por su parte, espera todos los días los reportes de Taylor. No llegan ni con la frecuencia deseada ni con el contenido exigido. Desespera. Se violenta. ¿No han atacado los mexicanos...? ¿Esperan que meta mis tropas en el Palacio Nacional para reaccionar? Si un barco extranjero invadiera las costas de Nueva Inglaterra o de la Carolina, antes de descender el último marino filibustero toda la tripulación ya aparecería colgada de los frondosos pinos de nuestro bello litoral atlántico...

A cambio, el polémico y viejo general norteamericano informa en carta fechada el 28 de febrero de 1846: "Inicié la construcción del fuerte Brown en las riberas del Río Bravo. Tengo colocada una batería de cuatro cañones apuntando directamente a la plaza pública de Matamoros. Tengo un buen ángulo para destruir todo el pueblo. Identifico no más de 2 mil efectivos del ejército mexicano de muy poca calidad. He tomado las debidas precauciones para evitar un ataque de sorpresa". Impaciente al extremo, el jefe de la Casa Blanca filtra noticias a través del *Washington Union*, un periódico de su propiedad. En editoriales, columnas, entrevistas y reportajes arroja la piedra y esconde la mano para dejar muy bien asentado: "Si México se resiste a recibir nuevamente a Slidell, el presidente de los Estados Unidos podría convocar al Congreso para declararle la guerra a ese país". El 21 de marzo le son devueltas a Slidell sus solicitudes de acreditación diplomática. No venderé. Tampoco recibiré a ningún embajador norteamericano por más dólares que traiga en la valija. Yo sería inmediatamente derrocado. ¿Adiós don Enrique, rey de México...? No, no, ni hablar: que se largue Slidell... Prefiero la guerra defensiva...

La Casa Blanca era un hormiguero. Por una puerta del despacho presidencial entraba Bancroft, secretario de Marina, informando la ubicación de la flota norteamericana en la desembocadura del Río Bravo, mientras que por la otra salía Buchanan con los reportes de los cónsules acreditados en México, en tanto Walker, del Tesoro, esperaba, sentado frente al escritorio, la autorización presidencial para empezar a tramitar ante el Congreso un presupuesto bélico. Marcy, el secretario de Guerra, acababa de abandonar la oficina más importante de Estados Unidos con el texto de un nuevo mensaje dirigido a Taylor, conteniendo otra vez instrucciones confusas que le ordenaban internarse aún más, con la debida cautela, en territorio mexicano.

El presidente de los Estados Unidos impide el paso de periodistas y opositores, en particular de cualquier maldito whig, a la región donde podría detonarse, en cualquier momento, el conflicto armado entre los dos países. "No quiero a ningún extraño al sur del Río Nueces. Solo se permite la presencia de personal militar dependiente estricta y directamente de mis órdenes." Las justificaciones para declarar la guerra podrían venirse abajo si un testigo se atrevía a desmentir al jefe de la Casa Blanca a través de la prensa o del Congreso, en relación a la ubicación misma del inicio de hostilidades. Para Polk resultaba imperativo alegar su condición de país agredido, adquirir ante la opinión pública el papel de víctima para contar con argumentos sólidos de cara a una formal declaración de guerra. "Saquen a los intrusos de la zona entre el Nueces y el Bravo. La zona de la frontera donde se prenda la chispa tiene que quedar desdibujada..." Solo yo diré quién atacó, cuándo atacó y, sobre todo, lo más importante, en dónde atacó...

Polk estaba plenamente consciente que el Congreso le había autorizado un presupuesto restringido para sostener exclusivamente una guerra defensiva en contra de México, de-fen-si-va, *mister president*, pero, eso sí, en ningún caso, una guerra de agresión. En el léxico político de Polk, en sus discursos y declaraciones, no existen las palabras California ni Nuevo México. El fondo real de los ataques. Para la opinión pública dichos territorios están desvinculados de la problemática actual. A una parte del gabinete le informa que pretende quedarse con medio México solo para fortalecer su posición a la hora de negociar... "Nunca se olvide que las discusiones se ganan desde posiciones de fuerza..." Para el presidente resultaba vital poder convencer a la nación respecto al lugar preciso en que se había derramado sangre, es decir, de qué lado de la frontera, en qué país se había dado el primer ataque. Una condición resultaba imperativa: México debería aparecer como el gran culpable. Tan pronto se diera la primera escaramuza se produciría una declaración de guerra y, en ese momento, Polk se habría hecho de una justificación para invadir California, su sueño dorado, su fijación expansionista. Además, una parte crítica de su estrategia para impedir que la Gran Bretaña se adelantara y tomara militarmente ese riquísimo departamento mexicano e izara su odiosa bandera, la de la Commonwealth, que ya ondeaba en tres cuartas partes del mundo.

Los mexicanos habían rechazado definitiva e irrevocablemente a Slidell, por otro lado, no pagaban las reclamaciones pactadas a ciudadanos de Estados Unidos ni atacaban a las tropas de Taylor. Nada. Nada de nada. Punto muerto. Las relaciones continuaban empantanadas. ¿Los problemas se crean y se resuelven solitos, así, solitos, al estilo mexicano...?

Cuando Polk, a falta de un mejor pretexto, está dispuesto a declarar la guerra a su vecino del sur como consecuencia de la suspensión del pago de reclamaciones a ciudadanos norteamericanos; cuando la presión se hace irresistible; cuando los rumores esparcen fuego al divulgar que en cualquier momento el Reino Unido invadirá California o que esta última será entregada como garantía hipotecaria a los británicos a cambio de un préstamo concedido a

México destinado a financiar las hostilidades en contra de Estados Unidos; cuando la valija diplomática llega a diario al Departamento de Estado o al de Guerra sin carta ni reporte de Taylor, ¿qué se estará creyendo este soldadito-turista?; cuando cualquier justificación puede ser válida en la Casa Blanca para invadir militarmente a México, en esa desesperada coyuntura de coraje, impotencia, voracidad territorial y desprecio racial, finalmente se dan los hechos tan largamente esperados.

El 9 de abril de 1846 el coronel Truman Cross no regresa de una inspección ocular de rutina ordenada por el general Taylor. El desconcierto cunde en el campamento norteamericano, más aún cuando se descubrió que Antonio Canales y sus odiados y no menos temidos rancheros merodeaban en los alrededores del fuerte. Cross se convierte en una obsesión entre los suyos. ¿Lo habrían desollado vivo los indios arrancándole la cabellera ensangrentada o los mexicanos se lo habrán comido frito? Unos días después llegan a Matamoros los refuerzos mexicanos en número de 3 mil encabezados por Pedro Ampudia. La población local teme nuevas acciones de salvajismo por parte de este último militar. Su bien ganada fama de crueldad se remonta a dos años atrás cuando dispuso la ejecución de Francisco Sentmanat en 1844. El francesito aquel filibustero, pirata de la peor ralea, al que le frieron la cabeza en aceite, ¿se acuerdan…? Claro que antes, por supuesto, lo decapitaron… Por si fuera poco, Ampudia era considerado un incompetente, un oportunista que había sido nombrado para defender esa plaza solo como recompensa por haber apoyado el golpe de Estado de Paredes en contra del presidente Herrera.

El 12 de abril, Ampudia, deseoso de cruzar el Río Bravo y dar la batalla a la brevedad, le hace llegar a Taylor una nota perentoria, amenazadora, temeraria, contraria a las instrucciones recibidas, ya que el presidente Paredes anunciaría su guerra "defensiva" 12 días después. He aquí la parte final del texto enviado por el militar mexicano:

Para don Zachary Taylor:
Le solicito de la manera más amplia y en el término perentorio de 24 horas, que desintegre su campamento y regrese a la orilla Este del Río Nueces mientras que nuestros

Gobiernos regulan la cuestión inconclusa en relación a Tejas. Si usted insiste en permanecer en el territorio propiedad del departamento de Tamaulipas, de esto resultará que las armas, y solo las armas, resolverán esta situación. Si ese fuese el caso le aseguro que aceptaríamos la guerra que tan injustamente ha sido provocada por ustedes.[68]

Por toda respuesta Taylor ordena el apoyo marino. No se empequeñece. Tiene una misión que cumplir. No deja de pensar en la jefatura de la Casa Blanca. La popularidad política va en proporción a su capacidad criminal. Taylor será prudente y discreto. No caerá en las trampas de Polk. No interpretará órdenes: las quiere concretas y sin ambigüedades.

Estados Unidos comete entonces el primer acto de guerra en contra de México: sus fuerzas navales bloquean ya no la desembocadura del Río Nueces, sino la del mismísimo Río Bravo. Obviamente territorio mexicano, más concretamente, las aguas y el suelo tamaulipeco. Se viola ostensiblemente la frontera internacional. La ansiedad conduce a la pérdida de las formas. Polk sentencia:

Todos están de acuerdo en que si las fuerzas mexicanas que se hallan en Matamoros cometen cualquier acto de hostilidad en contra de las fuerzas del general Taylor, yo debo enviar inmediatamente un mensaje al Congreso recomendando la inmediata declaración de guerra. Manifesté al gabinete que, hasta el momento, como ya sabían ellos, no habíamos tenido noticia de ningún acto abierto de agresión por parte del ejército mexicano; pero que había peligro inminente de que ocurrieran dichos actos. Agregué que, en mi opinión, teníamos amplios motivos para la guerra y que era imposible que permaneciéramos en un *statu quo*, o que yo guardara silencio por más tiempo. Era mi deber enviar muy pronto un mensaje muy concreto al Congreso, recomendando medidas definitivas.[69]

Días después, Ampudia es sustituido por el general Arista, un hombre de 43 años, pecoso, pelirrojo, respetado en el ambiente familiar, un distinguido general mexicano, quien se había negado a apoyar a Paredes en su golpe de Estado contra Herrera y, por supuesto, no podía ser la excepción, también jugaba su propio papel con el ánimo fundado de lucrar políticamente con el conflicto entre Estados Unidos y México. ¿La patria invadida? Los intereses personales vuelven a tener la prioridad.

Cross no regresa. La mitad de su patrulla permanece desaparecida. El teniente David Porter sale en su búsqueda rumbo a la zona donde supuestamente desapareció uno de los asistentes más queridos de Taylor. ¡Den con él vivo o muerto! En cualquier ataque o agresión podemos encontrar el pretexto que buscamos. Se van dando, una a una, las condiciones del choque. Dos fuerzas incontrolables se acercan vertiginosamente en sentido contrario y a la máxima velocidad. El encontronazo parece inevitable. Porter es igualmente emboscado y brutalmente masacrado junto con 10 de los suyos. Curiosamente todos los cadáveres muestran heridas en el área de los genitales. Los mexicanos los rematan, sí, pero antes les hunden muy despacio las bayonetas en los testículos. Los invasores tendrían que pagar caro el precio de sus fechorías. El resto de los norteamericanos son hechos presos y llevados a Matamoros donde Ampudia, segundo al cargo de la guarnición mexicana, alista inútilmente una tinaja con aceite hirviendo y manda precautoriamente a afilar los machetes por si los yanquis tuvieran la piel de iguana… El general Arista ve por el buen trato de los soldados extranjeros. Apaguen la hoguera, guarden el recipiente y enfunden los machetes: no freiremos a nadie. Las tropas invasoras claman venganza ya por Cross, ya por Taylor y sus destacamentos. Solo el coronel Ethan Hitchcock escribe en su diario un par de notas para la historia en tanto se ejecutan los planes de la Casa Blanca:

> No tenemos ni una partícula de derecho para estar aquí, en territorio mexicano. Nuestras fuerzas son muy pequeñas para cumplir con esta misión de caridad. Pareciera ser que nuestro gobierno mandó unas fuerzas armadas intencionalmente reducidas para provocar una guerra y poder tener un pretexto para tomar California y todo lo que se pueda escoger del país vecino.[70]

Las partes mueven sus caballos, alfiles y torres en dirección de la guerra. La mecha está prendida. Una chispa se dirige golosa y juguetona, irradiando una brillante energía, hacia un enorme barril de pólvora sin que nadie pueda ni intente detenerla. Ninguno de ambos bandos ignora el tamaño de la detonación ni el extraordinario poder de destrucción de tanto explosivo concentrado. Arista ordena cruzar el Río Bravo a mil 600 hombres de caballería, con el general Anastasio Torrejón al frente, para practicar un reconocimiento del área. Al fin y al cabo se trataba de territorio tamaulipeco, territorio mexicano. "Hagan una composición del lugar. Quiero saber la posición exacta de las fuerzas norteamericanas. Sus desplazamientos, el tamaño de su caballería, el número de cañones, además de un número aproximado de efectivos. En síntesis: de qué tamaño es el enemigo." No hay rancho para tantos soldados inmovilizados en un pueblo tan pequeño como Matamoros, donde ya se encuentran casi 5 mil de a pie del ejército mexicano, el doble de la población. Se imponen las acciones. El hambre y la sed amenazan…

El presidente Paredes Arrillaga, en arranque inopinado y estando en contra de un conflicto armado, le declara la guerra a Estados Unidos el 23 de abril de 1846, sin contar con la autorización legal del Congreso mexicano:

> Yo anuncio solemnemente que no declaro la guerra contra el gobierno de los Estados Unidos porque corresponde al Congreso augusto de la nación, y no al Poder Ejecutivo, decidir definitivamente cuál reparación debe ser la exacta para estas injurias. Pero la defensa del territorio mexicano que ha sido invadido por las tropas de Estados Unidos es una necesidad urgente y mi responsabilidad, ante la nación, sería inmensa si yo no ordenara la repulsa de fuerzas que están actuando como enemigas y así lo he ordenado. A partir de esta fecha comienza la guerra defensiva y cada punto de nuestro territorio que haya sido invadido o atacado será defendido por la fuerza.[71]

Sus declaraciones son entendidas, en un principio, por los cónsules extranjeros como vertidas para consumo doméstico. No parecen intimidar ni siquiera a la opinión pública de México, si bien constituyen un claro aviso, una señal ominosa del futuro cercano, del peligro que se cierne entre ambos países. La violencia está a punto de hacer uso de la palabra. Empieza a ponerse lentamente de pie. Varios temas ocupan las primeras planas de los periódicos: la guerra, la identidad del presidente, inquilino de Palacio Nacional y, sobre todo, en esa desafortunada coyuntura, cuál será la mejor forma de gobierno para México. La patria ya se encuentra invadida en Tamaulipas. Todo ello parece ser irrelevante. Resolvamos ahora, ahora mismo… ¿La instauración de una nueva monarquía europea, el Centralismo, el regreso a la Constitución de 1824 o una nueva dictadura santanista? Los invasores podrán esperar…

Taylor descubre a través de su servicio de espionaje que una fuerza importante de mexicanos intentará cruzar el río. Llevan, claro está, instrucciones de defender a como dé lugar el territorio nacional. Despacha una nueva patrulla integrada por 63 hombres para hacer un reconocimiento del lugar bajo el mando, esta vez, del capitán Seth Thornton. Marchan contra el sentido de la corriente del Bravo. En la madrugada del 25 de abril de 1846 llegan a una finca abandonada. Los mexicanos esperan pacientemente a los yanquis parapetados tras los matorrales. Muy pronto los tendrán rodeados. Podrán disparar a placer desde todos los flancos. Ni los pájaros han iniciado su vuelo rutinario en busca de lombrices frescas para sus crías. Nada se mueve en el campo tamaulipeco. El viento no sopla. Un banco de nubes inmóvil, una capa espesa de niebla matutina, espera la inevitable confrontación. En cualquier momento estallarán las hostilidades que cambiarán para siempre la geografía política de México y de Estados Unidos. El primero saldrá mutilado; el segundo casi duplicará su superficie y ampliará dramáticamente sus fronteras, esta vez hasta llegar al Océano Pacífico. El desastre arranca aquí, en esta zona conocida como Carricitos. Las ramas de los árboles no se mecen. La parálisis es total. Por momentos y en desorden empiezan a salir de la espesura del bosque un grupo de soldados con uniformes desconocidos. Su hablar es extraño. Se expresan en voz baja. Llevan rifles de percusión tomados de la cacha con la mano izquierda y el índice de la derecha en el gatillo. Están listos para disparar. Recuerdan a Cross y a Porter. Vienen a vengarlos. Curiosamente no llevan bayonetas. Parecen armas modernas. Los extranjeros cometen un grave error: mientras investigan el lugar se abstienen de colocar un centinela en tanto sus demás colegas cumplen con sus obligaciones de reconocimiento. Nadie vigila la retaguardia.

Los soldados mexicanos tienen la vista fija en la espada desenvainada de Torrejón. Todos contienen difícilmente la respiración. Nadie parpadea. No hay tiempo. Cuando el general mexicano considera tener a tiro a la mayor parte de la patrulla invasora ordena un furioso ¡Fueeegoooo!, que hará temblar el Castillo de Chapultepec, ¡Fueeegooo!, que sacudirá violentamente los cimientos del Palacio Nacional mexicano, ¡Fueegoo!, que mutilará para siempre al águila patria, ¡Fueeeegooooo!, que hará volar por los aires los baños de Moctezuma, ¡Fueeegooo!, que sacudirá a las pirámides de Teotihuacán, a las de Chichén-Itzá, Palenque y Monte Albán y vengará de una buena vez por todas y para siempre los horrores sufridos durante la primera conquista de México...

La voz de ¡Fueeegooo! desviará ríos y ajustará fronteras, ¡Fueeegooo!, cambiará el aspecto del rostro de la raza de bronce. El ¡Fueeegooo!, nos demostrará los extremos de nuestra debilidad, ¡Fueegooo!, nos hará pensar para siempre en las dimensiones de nuestros errores... ¡Fueegooo!, que creará un traumatismo histórico en los mexicanos de todos los tiempos, ¡Fueegooo!, que mutilará el territorio nacional en 2 millones de kilómetros cuadrados, ¡Fueegooo!, que mostrará los extremos de nuestra torpeza para organizarnos y autogobernarnos, ¡Fueegooo!, que evidenciará las consecuencias de la inobservancia de la ley, así como la fragilidad de nuestras estructuras democráticas, nuestra indolencia ante la corrupción, ¡Fueegooo!, que incrementará aún más las diferencias entre los mexicanos y revelará con claridad los abismos entre nosotros, la falta de arraigo a nuestros valores y principios y, sobre todo, nuestra incapacidad para trabajar en equipo con el objetivo de lograr el rescate de un México invadido, acosado por unos bribones movidos por la avaricia y amparados por la Divina Providencia, la misma que abandonó al más débil, desorganizado y escéptico. La Providencia, como siempre, está al lado del más fuerte...

Para el poderoso está reservado el bienestar, la prosperidad, la salud, la sabiduría y la abundancia. Al pobre y al jodido no le corresponde la luz, ni la molicie ni la paz ni el equilibrio. A todo lo que podrá aspirar es a la insalubridad, a las frustraciones, a la esperanza, a la resignación y a las privaciones de toda naturaleza.

Los mexicanos disparan desde todos los ángulos con sus anticuados rifles de pedernal y pólvora. De haber llovido se hubieran inutilizado. De cualquier manera han cerrado la retirada. Han clausurado la retaguardia. Cuando los novatos hacen blanco no ocultan su angustia al tener que agachar la cabeza y perder momentáneamente de vista al enemigo para introducir una nueva bala redonda en el mosquete. Disparan casi a quemarropa. Hay gritos de placer por la buena puntería y lamentos de dolor por las heridas irreparables. La bandera norteamericana está en el piso, sucia de fango, hecha jirones. A ningún mexicano se le ocurre levantarla y llevársela para colocarla en una vitrina como recuerdo o simplemente para utilizarla como papel higiénico. Permanece tirada en el lodazal. Anastasio Torrejón no deja de ordenar rabiosamente ¡Fuego!, ¡Fuego!, ¡Fuego...! Cae muerto Thornton y 15 norteamericanos más. Los pájaros escapan despavoridos. Abandonan sus nidos. Nunca en la historia de Tamaulipas se habían escuchado detonaciones tan estruendosas, cuyos ecos llegarán rápidamente tanto al Potomac, como al cerro del Chapulín. El cielo se abre. Escapa la neblina. El sol quema. Los cadáveres son enterrados por los extranjeros. Se escuchan aisladamente sonoros tiros de gracia. Los ayes de dolor se apagan de inmediato. Ya nada perturba el silencio.

Algunos de los sobrevivientes son hechos presos y encadenados unos a otros, de pies y manos. Se les conduce en penosa marcha y con destino indefinido, por lo pronto a Matamoros. El resto de los yanquis, muy escaso por cierto, logra huir como puede. El capitán Hardee es uno de los pocos supervivientes. Se detienen. Voltean aterrorizados para constatar si son perseguidos. Saben lo que les espera si se les atrapa. Se esconden. Inician de nueva cuenta la caminata. Detrás de cada chaparral, de una nopalera cualquiera, puede estar agazapado un soldado mexicano traidor, que ataca por la espalda, un artero criminal que no respeta las reglas de la guerra y que ha invadido territorio norteamericano... ¿Sabes?, te cortan la cabeza y te la fríen...

Ya en la noche llegan arrastrándose al fuerte, en donde un Taylor ansioso espera noticias frescas. Le basta verlos, antes de que puedan pronunciar palabra alguna, para advertir las dimensiones del desastre. ¡Horror! Cross, Porter, Thornton y los integrantes de las patrullas muertos y tal vez hasta devorados por las temidas hienas mexicanas... Una vez concluida la explicación y después de haberles ofrecido unas mantas, unos tragos de whisky y un poco de café, ya tranquilos y reconciliados, se dirige a su privado abriendo la puerta con una patada. Acerca la silla jalándola con una pierna. Toma papel y un manguillo para escribir una carta dirigida al presidente Polk. Enciende un quinqué colocado sobre una mesa improvisada de trabajo. Redacta un texto lacónico sobre unos mapas desplegados:

Hoy, 25 de abril de 1846, se pueden considerar iniciadas las hostilidades. Requiero con urgencia que los gobernadores de Tejas y la Luisiana me envíen ocho regimientos, aproximadamente 5 mil hombres más.[72]

La misiva tardará cuando menos unos 15 días antes de caer en las manos del presidente Polk. Llegará a la Casa Blanca no antes del 8 de mayo de 1846. Taylor solicita los refuerzos con carácter urgente. Sabe que las tropas de Arista vienen sin piedad a buscarlos. No ignora, desde luego, el destino que bien les puede esperar a los prisioneros, a sus soldados o, a él mismo: imagina que los destazan vivos, o los degüellan, tal y como hizo Santa Anna en El Álamo, o los sientan a la fuerza, por más resistencia que exhiban o gritos de dolor y súplicas irrelevantes lancen a los cielos, sobre una estaca afilada hasta verlos cómo se desangran entre las risas y las burlas satánicas de sus captores. Para Taylor está clara la sanguinaria herencia azteca.

El general norteamericano recuerda imágenes de los libros donde se contempla la extracción del corazón todavía palpitante de las doncellas, recostadas sobre la piedra de los sacrificios, para ofrendárselo a los dioses y al pueblo en general, reunido en una ceremonia religiosa en lo alto de un templo del que escurrían cascadas de sangre por las escaleras custodiadas por sacerdotes-guerreros. Su mejor destino podría ser el fusilamiento masivo, como el de los norteamericanos que defendían El Goliad. Taylor se imagina sucumbir en esas condiciones. A él no le parece un acto de barbarie haber acumulado el capital político necesario como para llegar a ser presidente de Estados Unidos, gracias a su papel desempeñado en el robo de territorios y en el exterminio de miles de mexicanos. Se trata de un salvajismo más refinado. ¿Esa campaña militar para ser jefe de la Casa Blanca es a lo que debe llamarse "civilización moderna"?

Taylor se lleva, instintivamente, la mano al cuello. Lo cuidará hasta donde su imaginación y sus fuerzas se lo permitan. Por supuesto que no se apeará durante el combate. En última instancia saldrá a todo galope rumbo al infinito. Sufre a diario de pesadillas contemplando cómo se le acerca un hombre de piel oscura con la cabeza cubierta por un enorme penacho confeccionado con plumas de guacamayas, tucanes y loros silvestres de todos los colores, para hundirle en la piel un afilado cuchillo de obsidiana negro, mientras él contempla inmovilizado la luz de la luna sin dejar de lamentar su suerte al negar compulsivamente con la cabeza.

En la historia y en la vida se encuentran varias paradojas de llamar la atención. El mismo 25 de abril de 1846, la fecha precisa del primer enfrentamiento informal entre Estados Unidos y México, en Carricitos, Washington y Londres alcanzan *curiosamente* un acuerdo bilateral para resolver el problema territorial de Oregón. Los norteamericanos cuentan por primera vez con una salida al mar por la costa oeste de su país en espléndida expansión gracias al carácter determinado de su presidente. A Polk no lo había detenido la posibilidad de una guerra más en contra de Inglaterra ni lo había arredrado un conflicto armado con México, que bien pudo darse al mismo tiempo entre los tres países. El jefe de la Casa Blanca tenía muy claros sus objetivos y estaba dispuesto a todo con tal de cumplirlos en tan solo cuatro años de su administración, aun cuando después adviniera la muerte o no fuera reelecto por la mayoría ciudadana de su país, en razón de su fama, bien ganada como "Polk, el mendaz", "Polk, el ventajoso", "Polk, el embustero manipulador..."

Con la cesión del territorio de Oregón se descubrirá, tiempo después, un ardid, una nueva trampa de Inglaterra, una negociación vergonzosa a costa de los intereses mexicanos. Santa Anna, con todo y sus suspicacias, su agudeza y su olfato políticos, además de su enorme escepticismo, una herramienta vital para poder anticiparse a las trampas, habría caído en el garlito junto con el expresidente Herrera y hasta el propio Paredes, presidente de la República. Lucas Alamán, el connotado experto en asuntos exteriores hubiera tropezado con esta ignominiosa zancadilla colocada aviesamente por los británicos para lucrar políticamente con cualquier circunstancia. Primero Inglaterra, después Inglaterra y en última instancia Inglaterra mantendrá su enorme poderío en ultramar a costa de sacrificar lo que sea. ¿Amigos? Los ingleses se han distinguido por tener nociones muy vagas de la lealtad, sí, pero antes de mostrarlas, invariablemente antepondrán sus intereses económicos. ¿La propia reina de Inglaterra no nombró "sir" a un pirata por los servicios rendidos a la corona...? Han cometido felonías atroces desde que los anglos y los sajones colocaron por primera vez las plantas de sus pies en cualquier isla del hoy ostentoso archipiélago británico en el siglo VI. Todo a cambio de la supremacía del imperio y del rey.

Gómez Farías confesará su candor al descubrirse la posición británica, así como sus manipulaciones secretas. Se llegará a saber con certeza que Estados Unidos había llegado finalmente a un acuerdo con los ingleses de fijar la frontera entre Canadá y Estados Unidos en el paralelo 49 a cambio de que la corona inglesa le retirara todo su apoyo a México y se abstuviera de concederle a Paredes un crédito hipotecario sobre territorio californiano o trabara cualquier tipo de alianza militar o diplomática con los mexicanos y, por supuesto, renunciara no solo a Tejas, qué va, ese estado ya formaba parte de la Unión Americana, no, no, Tejas ya no era una carta de negociación, sino en todo caso a California y su colosal Bahía de San Francisco. México quedó entonces desamparado en manos de Polk...

La Gran Bretaña, al conceder Oregón, perdería una parte de su territorio, y de esta manera Estados Unidos llegaría al Océano Pacífico, pero, a cambio, salvaría la inmensa mayoría del territorio canadiense de la tenacidad amenazadora de Polk, de las ilimitadas ambiciones territoriales de la Casa Blanca y, sobre todo, evitaría una sanguinaria guerra más contra sus anteriores colonias, hoy convertidas en un enorme país que, tarde o temprano, amenazaría al mundo entero. Los ingleses perdían una parte, sí, pero salvaban el todo a costa de abandonar a su suerte a los mexicanos, incapaces de sumar uno más uno para alcanzar el bien común...

¿Qué era el bien común para los mexicanos? ¿Se pondrían de acuerdo siquiera para definirlo? No ignoraban los ingleses que, de poder llegar a una concertación con un representante de esa nación azteca, esta podría ser modificada, revocada o derogada a la mañana siguiente por un derrocamiento repentino del general-presidente en turno, una muestra clara y reincidente de insolvencia política que podría echar por tierra las pacientes negociaciones llevadas a cabo tiempo atrás. Estambre se tenía, ahora que, de hacer un tejido, eso ya era un objetivo diferente... ¿Cómo suscribir un tratado con los mexicanos si cada día se presentaba un nuevo representante para "avanzar" en las negociaciones y cuando estas se lograban formal y finalmente, no eran respetadas por los sucesores, unos más indolentes que los otros? ¡Qué más daba abandonar a los mexicanos a la mitad del camino! Era imposible que cada nuevo acreditado tuviera memoria histórica. Negociemos con Estados Unidos, lleguemos a un acuerdo con Polk, parecían decir los ingleses, al fin y al cabo los mexicanos no se darán cuenta y si se llegaran a percatar, quien ejerza el poder en esos momentos podría desconocer los antecedentes y evitar una airada condena en el futuro... Lo verdaderamente importante: Oregón pasa a formar parte del territorio norteamericano. Polk va alcanzando sus objetivos...

En México crece el rumor de un golpe de Estado en contra del gobierno de Paredes, insertado en un peligroso escenario internacional. El presidente, en persona, solicita un préstamo a los ingleses con California como garantía hipotecaria. Nuevamente era tarde, muy tarde para la simulación. Se trata de una venta disfrazada. La Gran Bretaña, desde luego, no la aprueba. Los militares entran en acción. El sonido distante de unos cascos de caballo de pronto adquiere un realismo inesperado y se escucha el ruido de una enloquecedora estampida a lo largo de las principales calles de la Ciudad de México. Los cascos herrados de las bestias sacan chispas sobre el adoquinado. Las mulas jalan los cañones. Se desenvainan las espadas. ¡La guerra, la guerra, la guerra...! Se descubre un intenso intercambio de cartas entre Santa Anna y los autores del levantamiento armado. Se revelan detalles del futuro desembarco del dictador en un puerto mexicano. Regresa. Regresa a pesar de todos los males ocasionados a la nación. Es el opio. Se requiere inhalar opio.

Su Excelencia se presenta desde Cuba como el titular de un nuevo ideario, de una avanzada ideología acorde con los tiempos. Ha aprendido, ha evolucionado, ha meditado críticamente sus actuaciones anteriores y finalmente ha comprendido cuál es el rumbo idóneo para México. Ahora ya no tiene dudas. El camino es ancho, claro, evidente, fácil, sin hoyancos ni obstáculos ni precipicios a los lados. No se trata, desde luego, de adaptarse a las condiciones impuestas por sus seguidores ni es otra faena más de Santa Anna, el oportunista, que aprovecha todas las coyunturas para presentarse descaradamente en el baile de las mil máscaras con el mismo número de disfraces, no, claro que no, el cinismo está descartado de antemano, créanme, mi proyecto es sano, genuino, desinteresado y responde auténticamente a la satisfacción inmediata de las necesidades de este país al que tanto quiero, tanto me ha dado y tanto, tantísimo le debo... En todo caso es un problema de incontrolable gratitud y trato de saldar de alguna manera la deuda histórica que tengo adquirida con los míos...

En el esquema del derrocamiento del presidente Paredes aparecen colocados los nombres de Gómez Farías, Lafragua, Almonte, Tornell, Boves, Álvarez y Otero. Don Valentín confiesa en la intimidad, a sus hijos, sus recelos, dudas y fundado escepticismo en el moderno Santa Anna y en la fortaleza de sus nuevos principios políticos. En el fondo no cree en ellos y desconfía profundamente del "nuevo" César Mexicano. Decide jugársela muy a pesar de haberlo conocido en su primera gestión como presidente de la República en el año de 1833, cuando el propio Gómez Farías echó a andar, de común acuerdo con Su Excelencia, su proyecto anticlerical para iniciar el despegue vertiginoso de México y, un año después, se le había aparecido Santa Anna vestido de santo arcángel rodeado de hermosos querubines, con el santísimo sostenido entre sus manos y mirando al cielo con una expresión piadosa y beatífica, propia de un santo:

—¡Atrás, Gómez Farías, atrás!, he dicho en el nombre sea de Dios, de la grey católica y de sus representantes aquí en la tierra: ¡atrás!, Satanás, endiablado Lucifer encarnado en la triste figura nada menos que de mi vicepresidente. ¡Horror, horror, horror...!

Por supuesto que en el año de 1835, año de su obligada dimisión, don Valentín supo cómo los jerarcas católicos habían presionado a Santa Anna en su finca veracruzana para impedir a como diera lugar la ejecución de sus "planes mefistofélicos". El Benemérito había regresado dispuesto no solo a cancelar abruptamente la gestión de Gómez Farías, sino a revocar la Constitución de 1824 e imponer un gobierno centralista que, encabezado fundamentalmente por la iglesia católica, acarrearía graves consecuencias para el país. Echaría a andar, marcha atrás, las manecillas mexicanas de la historia.

Don Valentín no ignoraba las felonías de que sería capaz el "héroe" de Tampico y de Veracruz... Aun así, insistió en su regreso porque advirtió que su solo nombre aseguraría el éxito del movimiento. Santa Anna le había escrito repetidamente: "Yo le daré, querido amigo Gómez Farías, el respeto del ejército, donde yo cuento con innumerables amigos, todos ellos incondicionales y usted, por su parte, me dará el respeto de las masas en las que cuenta con una enorme influencia. Entre el ejército y el pueblo haremos una alianza invencible, ¿no lo cree usted...?"[73]

A modo de respuesta el doctor Gómez Farías contestó en un par de párrafos, cargados de información y coraje, para no dejar duda de su programa de gobierno ni de sus planes anticlericales tan pronto accediera a la vicepresidencia de la República. Santa Anna jamás podría decirse sorprendido. De sobra conocía las implicaciones del nombramiento del distinguido galeno:

> Con la ley en la mano y la vista en el futuro, impediré que la iglesia continúe siendo la terrateniente más grande de México y que siga acaparando el cobro de rentas elevadísimas. La iglesia, y escúchenme bien para que todo México lo sepa, tiene bienes tan solo en la Ciudad de México por 21 millones, mismos que le reditúan rentas por un millón de pesos al año. Ni el gobierno de la capital del país cuenta con semejantes ingresos. ¿Qué le corresponde a la nación de toda esta riqueza? ¡Nada! ¿Y a los muertos de hambre? ¡Nada! ¿Por qué una sola institución, supuestamente dedicada a la oración y al consuelo, va a acaparar el bienestar de nuestro México sin compartirlo con nadie?
>
> Ahí tenemos al clero disfrutando los ingresos por arrendamiento de casas y terrenos, engolosinándose con los diezmos, suscribiendo préstamos leoninos con garantía hipotecaria concedidos por diversas y bien camufladas corporaciones religiosas, realizando inversiones millonarias, recibiendo voluminosas donaciones, obteniendo jugosos legados a cambio del perdón

eterno, haciéndose de inmuebles adquiridos por insolvencia, cobrando dotes entre 3 mil y 4 mil pesos para permitir el ingreso de una hija a un convento[74] más otros ingresos como bodas, bautizos, comuniones, extremaunciones, bendiciones de todo tipo, entre otros tantos e incontables rubros de ingresos más. ¡Claro que a los indios no se les conceden préstamos por carecer de garantías reales, salvo que, misión inaccesible, obtuvieran avales de reconocida solvencia! ¿Verdad…? ¿Verdad que los menesterosos, destinatarios de los rezos hipócritas del alto clero, están condenados de por vida a la pobreza porque carecen de capacidad productiva y de flujos financieros?

¿El clero presta sus recursos para la construcción de caminos? ¡No! ¿Para el desarrollo de minas? ¡No! ¿Para la organización de establecimientos industriales? ¡No! ¿Para la apertura de talleres de artesanos y orfebres? ¡No! ¿Arriesgan los cuantiosos capitales clericales en el desarrollo de empresas verdaderamente útiles para el país? ¡No!, ¡no! y ¡no…!

Los curas banqueros traicionan al Evangelio, al Estado Mexicano y, finalmente, a la patria.

Yo me ocuparé de que, por las buenas o por las malas, rescaten financieramente a nuestro país de las garras yanquis, en este momento en que la joven República Mexicana está amenazada como nunca en su breve historia.

Mientras tanto el caos en México adquiere proporciones escandalosas. Es el caso de un barco a la deriva, con las velas desgarradas, ubicado a la mitad de una feroz tormenta en medio del Atlántico y los miembros de la tripulación todavía se matan, se acuchillan, discuten y se amenazan en medio del huracán. El general Álvarez se levanta en armas el 16 de abril de 1846, cuando es evidente que tanto Arista como Ampudia ya deberían estar enfrentando a los yanquis para tratar de largarlos más allá del Río Nueces. Las tropas del general Téllez, destinadas a proteger las Californias, se levantan igualmente en armas en contra de Paredes a sabiendas que el país ya ha sido invadido por Estados Unidos y en cualquier momento pueden llegar los reportes del estallido de las hostilidades contra dicha potencia. Paredes declara: ¿Cómo podrá justificar que esas tropas desconocieran al gobierno en los momentos en que recibieron sus órdenes y recursos para defender la integridad del territorio nacional? ¡Es un crimen horroroso y parricida! El propio Paredes Arrillaga, ¿no pude ser acusado de lo mismo? Mazatlán se pronuncia en contra del presidente de la República y también pide el retorno de Santa Anna. Castillo Negrete publica el 7 de mayo de 1846 su pronunciamiento para promover la remoción de Paredes, seguido, el día 20 de ese mismo mes por José María Yánez desde Guadalajara, quien, de la misma manera, exhibía un puño de acero en contra de Paredes, el traidor, el monarquista...

Los informes de la masacre de Carricitos alcanzan a Polk en Washington el 8 de mayo. El presidente de Estados Unidos rompe desesperadamente el sobre, como ya era habitual cuando recibía comunicaciones de Taylor, tan ansiadas y esperadas de buen tiempo atrás. La carta está fechada el 25 de abril y mandada por mensajero personal desde Carricitos, Tejas, según el puño y la letra del propio general de los Estados Unidos. La lectura de un párrafo: "se pueden considerar iniciadas las hostilidades" hace que el jefe de la Casa Blanca se ponga de pie como si le hubieran estallado un látigo en pleno rostro. En la sobriedad y soledad de su oficina besa repetidamente el papel. Levanta ambos brazos en todo lo alto. Se abstiene de gritar por un cierto pudor. Agacha la cabeza como si elevara una silenciosa plegaria salida del fondo de su alma: *Thank you sweet Lord, thank you for your generosity*, murmura mientras aprieta las mandíbulas. No ignora que las paredes hablan, ven y escuchan. Finalmente contaba con una causa que limpiaría su imagen histórica y aprobaría el mundo entero. ¿Cuántas guerras no se habían librado en la historia de la humanidad para defender evidentes invasiones territoriales...? Esta sería una más...

Muy pocos sabían que la verdadera urgencia de Polk por declarar la guerra se encontraba en el hecho de haber despachado ya a soldados disfrazados de expedicionarios, a mercenarios camuflados como investigadores, a almirantes, comodoros, comandantes y capitanes de goletas, bergantines y otros buques de guerra, además de generales y sus respectivas brigadas, para tomar puertos, pueblos y ciudades mexicanas, e izar la bandera norteamericana tan pronto se hicieran de las poblaciones y, si esto se daba sin mediar una declaración formal de guerra, dejaría su juego al descubierto y el ridículo sería mayúsculo.

Gracias a la escaramuza de Carricitos ya no requerirá fundar su declaración de guerra en la insolvencia económica de México. No quedaría ante otras potencias como un caníbal, intruso y saqueador: él, Polk, declarará una guerra "civilizada" ante la evidente agresión de un país vecino, violador flagrante de su soberanía… Su impaciencia es tal que se abstiene de tocar la consabida campana colocada a un lado de la mesa de trabajo. No tiene tiempo de esperar la llegada de sus asistentes, por más que estos parecían estar sujetando el picaporte del otro lado de la puerta ávidos de satisfacer el menor deseo del presidente. El mismo jefe de la Casa Blanca se presenta con una enorme sonrisa y los ojos vidriosos por la emoción en el despacho anexo, donde sus ayudantes y su secretaria transmitían sus instrucciones sin tardanza alguna:

—¡Quiero a Buchanan ahora mismo! Tú, John, tú mismo vas de mi parte y le dices que lo espero. Que deje lo que esté haciendo. Necesito su presencia inmediata. Se trata de un delicadísimo asunto de Estado.

Regresa a su oficina. Lee y vuelve a leer la carta: "Hoy 25 de abril de 1846 se pueden considerar iniciadas las hostilidades. Taylor". Mueve compulsivamente la mano derecha deteniendo la nota de su general como si blandiera una espada, mientras que con la izquierda se alisa los cabellos. Imposible contener tanta emoción. Requiere compartirla con alguien. ¡Buchanan!, vuelve a gritar en el despacho anexo. Cierra la puerta. La azota. Va a la ventana. Mira el jardín. El pasto se encontraba más verde que nunca. Las plantas parecen florecer al unísono exhibiendo sus más vivos colores a mediados de esa primavera. No cabe duda que Sarah sabía dedicarse de cuerpo y alma al cuidado hasta de los últimos detalles del hogar. Imposible en esos momentos poner la atención en las flores y en las sabias manos que veían por ellas. Desespera. Camina de un lado al otro de su oficina. Se golpea el muslo derecho sin soltar la carta de Taylor. Ve el retrato de Washington. A su lado, pasa la mirada esquivamente por el de Jefferson, además de un nuevo óleo que recientemente había hecho instalar con los debidos formalismos.

El de su padre político, Andrew Jackson, el hombre que había inspirado su vocación expansionista y al que, sin duda, le debía su estancia en la Casa Blanca. Besa discretamente la tela, como lo hará al finalizar la guerra.

Buchanan no llega. Le informan que arribará un par de horas más tarde. Se encuentra en una reunión en la embajada del Reino Unido. Termina, por lo visto, los detalles de la anexión de Oregón. James Polk no puede esperar más. No requiere de Buchanan ni de nadie para sentarse a redactar un mensaje dirigido al Congreso de los Estados Unidos. El texto contendrá ni más ni menos que una declaración de guerra en contra de México. No lo había preparado en los días previos por una paradójica razón supersticiosa, además, deseaba hacerlo cuando se dieran en la realidad los acontecimientos para así cargarse con sangre ardiente y darle más fuerza, más expresividad a su texto.

Polk recitó en silencio una vieja letanía para justificarse ante él mismo: recurrí a varias intrigas diplomáticas y fracasé. Traté de sobornar a funcionarios mexicanos y fracasé; intenté alentar a las fuerzas revolucionarias de California y fracasé; utilicé la amenaza para lograr que México vendiera su territorio y fracasé; probé las posibilidades de organizar la guerra a través de Stockton, limpiándome yo mismo las manos, y fracasé; solicité por medio de Slidell la compra de esos territorios que nos son tan necesarios ofreciendo precios elevados y fracasé en todas mis opciones. Estoy quedando como un aficionado, eso sí, muy decidido, pero al fin y al cabo aficionado y sobre todo por culpa de los mexicanos. Si ya pude convencer a los ingleses por la causa de Oregón, y antes convencimos a los franceses y a los españoles por la Luisiana y por la Florida, ¿cómo voy a dejarme vencer por los mexicanos? No me quieren vender sus territorios abandonados, muy a pesar de mi buena fe, ¿no...?, pues entonces me apropiaré de todo por la fuerza. Al fin y al cabo México ya había mordido el anzuelo, ¿mordido?, mejor dicho tragado y contaba con el pretexto perfecto.

Polk requiere de una oración que sintetice su pensamiento y resuma cabalmente todos los hechos sin necesidad de explicarlos. Busca una idea que justifique su decisión en no más de 10 palabras. Una expresión que recojan los periódicos del día siguiente y que aclaren al electorado y a la nación, en general, lo acontecido.

Garrapatea un concepto tras otro. Arruga la hoja. La tira a un lado junto con su frustración. Unas veces cae en el cesto de la basura, otras sobre la duela de madera de su despacho. Toma otro papel. Vuelve a sumergir la pluma en un tintero negro de plata labrada. Hace escurrir una y otra vez la tinta antes de volver a redactar. Que nadie lo interrumpa. El grito que se llevaría *misses* Jemima si apareciera de repente con la tetera y sus tazas colocadas ordenadamente sobre su charola dispuesta con mantelitos blancos tejidos a mano. Lo mismo. No da con la clave ni con la idea precisa. Sin embargo, poco a poco va encontrando el camino de la satisfacción. No puede permitir que norteamericanos hayan sido asesinados, según él, por extranjeros en suelo norteamericano. Imposible consentir en semejante villanía…

Ya viene, ya. Siente su respiración desacompasada. Sus dedos sudan. Se los seca tallándoselos contra su pantalón. Con dificultad puede sujetar el manguillo. Poco a poco surge la frase con la que iniciará su discurso, incendiará las conciencias y movilizará a la nación poniéndola toda de pie como un solo hombre y dejará al Congreso sin otra alternativa que concederle el apoyo político y económico requerido. Quien se niegue a dárselo después de escuchar su mensaje será considerado como un traidor a la patria… Tendrá mucho cuidado en no preocupar de más a otras potencias. ¡Cuánto había soñado con este momento desde sus días de campaña electoral por la presidencia de Estados Unidos! Si sus inentendibles vecinos del sur se negaban a sentarse ni siquiera a negociar; si no vendían ni utilizando sobornos ni ofreciendo precios elevados ni eran sensibles a las amenazas ni se inmutaban ante la posibilidad de la violencia y habían desechado toda posibilidad diplomática, entonces la guerra constituía la única opción para hacerse de los preciados tesoros que generaciones y más generaciones de norteamericanos jamás podrían agradecérselo de manera bastante y cumplida: "Señores legisladores: sangre norteamericana ha sido derramada en suelo norteamericano".[75]

No, no, necesita una pequeña introducción para redondear la idea. Esa primera parte quedará muy bien como el resumen más conveniente de cara a los periódicos del día siguiente a su discurso en el Congreso. Escribe y tacha. Vuelve a tachar. Se frota las manos. Se cubre la boca con la mano derecha. Busca la expresión ideal, la que habrá de pasar a la historia. De sobra conoce la trascendencia de cada una de sus palabras. Pasa el viernes 8 de mayo de 1846 redactando y entrevistándose con su gabinete. El fin de semana sería crítico para las relaciones entre México y Estados Unidos. Vuelve a tomar el manguillo a la luz parpadeante de una vela que llora a lo largo de todo el cilindro de cera:

> Después de reiteradas amenazas, México ha traspasado la frontera de los Estados Unidos, ha invadido nuestro territorio y ha derramado sangre norteamericana en tierra norteamericana.
> Como la guerra existe de hecho y, a pesar de todos nuestros esfuerzos por evitarla, existe a causa de un acto propio de México, estamos obligados, por todas consideraciones de deber y patriotismo, a vindicar con decisión el honor, los derechos y los intereses de nuestro país.[76]

A pesar de lamentar el hecho de pasar el fin de semana sin descansar, Polk se ve obligado a asistir a una reunión de urgencia con su gabinete, otra más a la que él mismo había convocado. Toma su almuerzo sentado atrás de su escritorio. Le pide a Sarah que esta vez no lo acompañe. ¿Sarah? ¡Qué gran mujer!: siempre estaba en el momento oportuno y, además, obsequiando a quien fuera una sonrisa muy fresca y saturada de optimismo.

La última audiencia del domingo, avanzada la noche, se la concede a Robert T. Walker, su secretario del Tesoro, para ultimar detalles del presupuesto de guerra. Walker siempre se había caracterizado como un enemigo venenoso de México y además como un aliado incondicional de la anexión total de ese país a Estados Unidos. Él fue el creador de la idea *All Mexico*. Una vez concluida la audiencia presidencial, le solicitó audazmente al jefe de la Casa Blanca su autorización para leerle un texto preparado por él mismo con el objetivo de ayudar a convencer al Congreso de las ventajas de la guerra contra México. Polk lo dejó hablar. Una nueva opinión es una nueva posibilidad, pensó para sí consultando el reloj y percatándose de que le restaban unos minutos antes de la entrevista formal con sus secretarios de gobierno. Walker leyó un par de párrafos en voz alta. Recurría a diversos tipos de inflexiones y de gesticulaciones mientras Polk esbozaba una leve sonrisa:

Hay países —inició la lectura sin inmutarse— que al invadirlos y mutilarlos territorialmente se les despierta una ira incontenible, una feroz resistencia que puede conducir a espantosos baños de sangre. Al tomar militarmente las capitales más importantes, se debe enfrentar a diario una guerra de guerrillas urbana y rural de terribles consecuencias porque sus habitantes, en lo general, están dispuestos a cualquier sacrificio con tal de recuperar su libertad y largar a patadas o a bayonetazos a sus enemigos. La resistencia podría convertirse en actos de sabotaje abierto, en asesinatos aislados de nuestros soldados, en envenenamientos masivos, en bloqueos a nuestras líneas de abastecimiento, en cierres de nuestra retaguardia, un conjunto equivalente al efecto de agitar violentamente un avispero sin protección alguna.

Walker leía precipitadamente. Ocasionalmente levantaba la vista para interpretar la mirada del presidente, buscando claramente la aprobación de sus ideas.

En ocasiones, el hecho de invadir a otro país equivale a tomar la hoja afilada de una espada con la mano: los cortes serán aparatosos por el riesgo real de perder los dedos. Solo que México no es el caso. Ustedes verán: nos quedaremos con la mitad de su territorio y no pasará nada, absolutamente nada. Y no es que el ejército no pueda defender a su país, es que ni los mexicanos civiles se organizarán para hacer nada en su defensa... Es más, para nuestra sorpresa, pueden llegar a pedirnos la anexión total. Ellos, a sus propios ojos, no son país ni nación. Son un conjunto de individuos extraviados en busca de una explicación y de un consuelo. Ninguna liga los une. Por ello nos será tan fácil dominarlos y quedarnos con lo suyo sin la menor oposición. Se dará el caso de un aplauso multitudinario a nuestros soldados cuando desfilen por las grandes capitales de la República vecina.

Polk levantó el entrecejo. ¿Estará enloqueciendo Walker? ¿Cómo supone que voy a leer esa pieza ante el Congreso y exhibir todo mi juego político?, parecía decir en sus reflexiones...

Es falso que, como se ha dicho, los mexicanos se vayan a defender como lo hicieron los españoles durante la invasión napoleónica por el solo hecho de que son primos hermanos entre sí, la misma relación existente entre nosotros, los norteamericanos, y los ingleses. Falso, nada más falso: nosotros integramos una raza blanca, libre, de extracción caucásica, poderosa, imaginativa, industriosa, alfabetizada y productiva, jamás nos sometimos a la degradación racial propia de un mestizaje. Tenían razón nuestros antepasados. El mejor indio es el indio muerto. Los mexicanos, después de 300 años de dominación española, se mezclaron con los aborígenes solo para producir una raza inferior formada por indios torpes, inútiles, ignorantes y atrasados.

El rostro de estupor de Polk no dejaba lugar a dudas, solo que Walker, engolosinado, creyéndose autor de unos párrafos que tarde o temprano serían colocados en letras de oro en las paredes de mármol del Capitolio, leía convencido del poder de convencimiento contenido en sus cuartillas.

Los aztecas eran diferentes. Se trataba de una nación de valiosos guerreros con un gran sentido de la dignidad. Eran recios luchadores por definición, solo que fue tan pavoroso el dominio español, tan profunda la huella de la conquista, tan traumático y sangriento el mestizaje, que la actual mezcla de españoles e indios, los herederos de 300 años de Inquisición, de intransigencia e intolerancia ibéricas, aplastó para siempre el carácter precolombino, el imperial, el del dominio de Tenochtitlán, para convertir a los mexicanos de nuestro tiempo en un mero conjunto de inútiles, de castrados, tímidos, incapaces de ver a la cara ni siquiera a los suyos...

A Walker le faltaba un párrafo antes de concluir su discurso. ¿Por qué no terminarlo de leer sin interpretar las gesticulaciones del jefe de la Casa Blanca?

La Inquisición les hundió un clavo ardiendo en la nuca, les marcó el alma a sangre y fuego, se las quemó al extremo de que hoy desdeñan a los de su propia raza, son escépticos irremediables y siguen esperando el arribo de un príncipe rubio, el de sus sueños, el que alguna vez vendrá a dominarlos y protegerlos porque ellos se reconocen incapaces de autogobernarse: el famoso Quetzalcóatl, que bien puede ser el príncipe español o el francés de la Guerra de los Pasteles o el yanqui, tal y como nosotros mismos podemos llegar a serlo. Adoraban a los amos rubios y altos ya mucho antes de la conquista de México. Además, a diferencia nuestra, no creen en nada, ni en ellos mismos: desconfían el uno del otro y, por lo mismo, son incapaces de unirse y de construir una morada común de acuerdo a los deseos de las mayorías. En esas condiciones no nos preocupemos: ganaremos la guerra...

En ese momento Polk cubrió delicadamente con su mano las cuartillas redactadas por Walker, de modo que no pudiera continuar con la lectura. Había tenido suficiente. Podría ser un gran experto en finanzas y, por ello lo había contratado para ocupar un cargo tan elevado, pero de relaciones políticas y abordaje diplomático estaba muy lejos de poder ser escuchado con paciencia y deseos de entendimiento.

—¿Está usted en contra de mis ideas, señor presidente? —preguntó un Walker sorprendido ante la repentina e inexplicable actitud de Polk.

—No —contestó sonriente dándole una palmada afectuosa en la espalda—. Coincido en buena parte con ellas. Pero ese es el ejemplo claro de lo que no se debe decir jamás en un auditorio donde esté representada la nación norteamericana —concluyó dirigiéndose a la sesión de gabinete—. Si deseas y piensas que nosotros podremos anexarnos todo México con una escasa oposición de nuestros vecinos, entonces dilo así en el Congreso y, como tú dices, el efecto será el mismo de agitar un gigantesco avispero... Ejecuta tus planes sin revelarlos...

Instantes más tarde, sentado en la cabecera y sin mayores preámbulos, el presidente menciona que afortunadamente el día de ayer había llegado el correo de Taylor anunciando el inicio de las hostilidades, pero que él, de cualquier manera, ya había decidido declararle la guerra a México por el incumplimiento en el pago de reclamaciones.

—Que quede muy claro —sentenció ante la mirada complaciente de la mayoría de los miembros de su gabinete—: si tenemos
que ir a esta guerra es contra la voluntad del presidente de Estados
Unidos. Es imposible que aceptemos una invasión a nuestro propio
territorio, deslindado por acuerdos internacionales, que acribillen
a tiros a los nuestros y el gobierno a mi cargo permanezca con los
brazos cruzados: no lo permitiré...

Por supuesto, Polk se cuidó mucho de revelar sus intenciones en torno a Nuevo México y a California y, desde luego, se
negó a reducir el enfrentamiento a un mero conflicto fronterizo
que concluiría con la expulsión de los mexicanos de los supuestos
territorios propiedad de Tejas. Dicha expulsión obviamente no satisfacía sus apetitos anexionistas. La única alternativa era la guerra.
Ningún tema relativo a Tejas lo postraba ya en el insomnio, sino,
en todo caso, el acceso a la gigantesca Bahía de San Francisco. Una
nueva salida al Pacífico, además de la de Oregón y la anexión de
un par de millones de kilómetros cuadrados que nada tenían que
ver con la "deshonrosa afrenta de Carricitos" ni con los territorios
ubicados entre el Nueces y el Río Bravo...

En la noche, agotado, fatigado pero incapaz de conciliar el sueño,
el jefe de la Casa Blanca decidió ir a la habitación de Sarah, sin desprenderse, por supuesto, de su gorro para dormir, un regalo de su
madre, tejido por ella como recuerdo de su graduación con honores en
1818 de la Universidad de Carolina del Norte, antes de incorporarse
a la política, sirviendo en la legislatura de Tennessee. Su mujer se sorprendió por el arribo intempestivo de su marido y más aún, escapaba
a su imaginación que se atrevería a abrazarla debajo de las sábanas y a
poseerla tal vez para coronar con un poco de amor los éxitos históricos
del día. El rito fue concluido antes de lo que se tarda en producir un
simple chasquido de dedos. Sin caricias ni besos ni arrumacos ni insinuaciones ni palabras obscenas ni advertencias lujuriosas ni respiración perdida ni sudores ni invocaciones ni contracciones ni lamentos
ni apelaciones. Acto seguido, salió de la cama y poniéndose de pie
se retiró bajándose el camisón y ajustándose el imprescindible gorro
nocturno, mientras silbaba el *Yankee Doodle*. Su esposa, entre tanto,
le disparaba una certera mirada de odio a la nuca...

Mientras que el presidente Polk concluía el 8 de mayo la redacción de su primer discurso para explicar y fundamentar la gran causa de la guerra, precisamente en esa misma fecha se daba de hecho una primera batalla formal entre Estados Unidos y México en Palo Alto, en el territorio legal del departamento de Tamaulipas, el general Arista, al frente de 304 zapadores, 79 artilleros, mil 729 infantes y mil 161 de caballería, en total 3 mil 273 hombres y, en cumplimiento de las instrucciones de su gobierno de iniciar una guerra defensiva, descubre la línea de comunicación y de abasto de Taylor con la base de operaciones norteamericanas ubicada en el fuerte de Santa Isabel, en las afueras de Corpus Christi, obviamente al norte del Río Bravo y al sur, claro que al sur del Nueces, territorio claramente mexicano. Se trataba de romperla a como diera lugar para bloquearlos, aislarlos y, una vez rodeados, abrir fuego sin pausa alguna.

Taylor descubre las intenciones de Arista a través de Chapita Sandoval,[77] un espía mexicano contratado por Kinney, el coordinador del servicio de inteligencia del ejército norteamericano, y ante una agresiva y talentosa estrategia que, de lograrse, lo habría dejado descolgado, sin víveres ni médicos ni municiones, el 8 de mayo de 1846 en el llano de Palo Alto, enfrente de Matamoros, se da, durante cinco horas, lo que casi en su totalidad fue un duelo de artillería. Ambos ejércitos contaban con 10 cañones, solo que los mexicanos disponían de ocho únicamente de cuatro libras, y dos de ocho libras. Los norteamericanos, por el contrario, disponían de un alcance dos o tres veces mayor que el de sus enemigos: ocho cañones, pero de 12 libras, y dos nada menos que de 18 libras.

El general Winfield Scott había aconsejado a Taylor contratar varios espías mexicanos simultáneamente porque se había comprobado que muchos agentes secretos se presentaban como tales sin serlo y, por lo mismo, vendían información falsa a cambio de una compensación económica injustificada. Lo más conveniente era poder cruzar los reportes porque ya se había descubierto que muchas personas, enviadas por Arista, revelaban planes inexistentes en forma intencional. No dé usted un paso en México sin que sus espías le digan qué encontrará donde coloque el pie. Con el dinero en efectivo que lleva para partidas secretas podrá usted contratar a un muy buen número de "agentes confidenciales" a su servicio.

Créales solo cuando los reportes de la mayoría coincidan en un solo objetivo. Cuidado: le venderían su alma al diablo...

Muy pronto la superioridad en materia de armamento y de conocimientos militares, sumados al efecto devastador causado por la información confidencial aportada por espías mexicanos y, ante la manifiesta superioridad de la artillería, se hacía patente la derrota, ¿la derrota?, la masacre en Palo Alto, que caía ante el poderío militar yanqui. Todo concluyó cuando la artillería hacía blancos una y otra vez causando bajas importantes, en tanto los hombres de Taylor rodeaban sigilosamente a los de Arista. Distraían al enemigo, lo cercaban escondiéndose sin disparar un solo tiro entre los matorrales. A la voz repentina de un *Fire...!* ciertamente inentendible y otros tantos *Fire...! Fire...! Fire...!,* gritos emitidos rabiosamente como si se quisiera vengar una afrenta histórica, la fuga generalizada no se hizo esperar. En el campo de batalla quedaron los cadáveres de 252 mexicanos, mientras que en el lado norteamericano solo se reconocieron 11 cuerpos.

¿Ahí, en Palo Alto, concluyeron las hostilidades todavía desconocidas, tanto por Paredes como por Polk, en razón de la distancia y la dificultad de las comunicaciones entre Washington y la Ciudad de México? No, qué va... Ante la precipitada y caótica huida de las tropas mexicanas al grito de sálvese el que pueda, que más tarde se escucharía una y otra vez por diferentes razones a lo largo de la guerra, el ejército yanqui dispuso la persecución de los soldados mexicanos hasta mucho más allá del otro lado del Río Bravo.

Cuando Arista y sus hombres se supieron perseguidos y ante la dificultad impuesta por la naturaleza, dados los enormes esfuerzos para cruzar o saltar por encima del Río Bravo y su enorme caudal, el general mexicano condujo a su ejército a un paraje conocido por unos como Resaca de Guerrero y por otros como Resaca de la Palma. Arista llevó a la tropa, el mismo 9 de mayo, al fondo de una barranca con bosques y pantanos a los lados. Supuso incorrectamente que ni ese día ni mucho menos en ese lugar sería atacado. De ahí que diera órdenes de desenganchar los cañones y de descuidar las reservas, las únicas que podrían auxiliarlo en caso de urgencia. Se abstuvo igualmente de proteger los flancos, precaución elemental a cargo de un militar prudente, con un mínimo de imaginación y perspicacia bélica.

Sintiéndose resguardado por chaparrales, matorrales y arenas movedizas, escondido en la hondonada, habiendo transcurrido ya casi 30 horas sin que la tropa probara alimento alguno y leyendo en su rostro las huellas de la fatiga, dispuso un descanso obligatorio. No había aprendido nada de las decisiones irresponsables de Santa Anna en San Jacinto. ¿No conoció ninguna de las decisiones que condujeron al desastre? De pronto, en el momento más inesperado, la temida artillería yanqui empezó a hacer de nueva cuenta blancos fatales y puntuales. La sorpresa fue inaudita. El miedo y la improvisación causaron los efectos deseados. Mientras se hacían del armamento necesario, lo preparaban, enganchaban los cañones, buscaban un lugar apropiado para la defensa y disparaban, el fuego enemigo causaba estragos. Las bajas fueron enormes. La mayoría de los artilleros mexicanos se lastimaron las manos, la cara o los oídos al detonar sus cañones al carecer del espacio necesario para ejecutar la maniobra. La tropa mexicana, desmoralizada en un principio, corrió más tarde despavorida hacia Matamoros. Arista, después de recibir una negativa de armisticio, se sumó a la fuga abandonando heridos, armamento, cañones, los menguados alimentos, el escaso rancho y las municiones. Muchos soldados mexicanos fueron hechos prisioneros por las tropas de Taylor. La rendición fue incondicional.

Cuando los norteamericanos percibieron la presencia de una bandera blanca continuaron disparando unos momentos más como si estuvieran vengando a los caídos en El Álamo, en El Goliad y sobre todo a los muertos de Carricitos. El intercambio de proyectiles había concluido. Al percatarse que efectivamente los mexicanos ya no devolvían el fuego, Taylor, sabiéndose observado por sus oficiales y subalternos de menor jerarquía, esperó pacientemente unos momentos antes de dar la orden de cancelar las hostilidades.

—*Cease fiiiiring!* —gritó, alisándose el bigote.

Los hurras yanquis de placer retumbaban como un eco macabro hasta más allá de la capital de la República Mexicana. Remontando valles, montañas, mares y ríos, llegaron hasta la isla de Cuba... Los prisioneros mexicanos, una vez desarmados, fueron ubicados en una pequeña plataforma a un lado de los pantanos. La mayoría de ellos fueron analizados detenidamente como bichos extraños. Bien pronto se convirtieron en objeto de una burla imprevisible cuando tiraron al suelo sus armas. Los observaban caminando alrededor de ellos como si hubieran descubierto un animal salvaje en medio del bosque y del pantano. Fue la primera ocasión en que los soldados yanquis conocieron de cerca los huaraches. Un grupo numeroso se desprendió entonces de su calzado enlodado en el instante mismo en que se les ordenó hacerlo de acuerdo a la traducción inmediata de dos de los espías mexicanos, quienes recibían toda clase de insultos que aquellos parecían no escuchar, a los que si acaso contestaban llevándose el dedo índice a la boca exigiendo silencio.

Varios voluntarios sin jerarquía militar se probaron las prendas mexicanas sentados en el suelo polvoso. Imposible caminar con ellas. Además del olor que despedían y la dificultad de fijarlas firmemente con los lazos de cuero desgastado, estaban confeccionadas para ser usadas simultáneamente para un solo pie, por lo general, el derecho. La fiesta llegó a un momento de esplendor cuando se turnaban los huaraches y trataban de desplazarse como mejor podían haciendo todo tipo de muecas y de movimientos grotescos. Solo algunos de los vencedores supusieron la tortura insufrible que habría significado marchar en esas condiciones por largos periodos y además, subiendo o bajando montañas con lluvia o nieve. Los yanquis, aun los voluntarios, usaban buenos zapatos y botas para ser utilizados, también indistintamente, en cualquier extremidad y en toda clase de climas. Sus uniformes y equipo no dejaban de sorprender a los mexicanos. El proceso de observación era recíproco.

Los prisioneros, sobrevivientes del ejército de Arista, conocieron ahí mismo los novedosos fusiles de percusión modelo 1841, todos del mismo calibre y que disparaban una bala y tres postas. A diferencia del fusil mexicano de chispa, aquellos requerían de un fulminante en lugar de pedernal para disparar. Además, cada una de las armas contaba, por si fuera poco, con bayonetas de indudable filo y de reflejo deslumbrante, a diferencia de las mexicanas, casi todas oxidadas, herrumbrosas ante la falta de una vaina para guardarlas. Algunos de los invasores, expertos en armamento, se dieron cuenta de que los rifles eran modelos antiguos de origen inglés. Debieron haber sido adquiridos en los años finales de la independencia de España, según explicaron a los novatos. Estos últimos fueron instruidos en el uso de la cazoleta en la que se depositaba la pólvora, misma que, de mojarse en caso de lluvia, se convertía, a simple vista, en una desventaja adicional, ciertamente dramática: los americanos podían disparar, inclusive sus tres postas, sin la preocupación de que se mojara el depósito y se inutilizaran las armas. Para la sorpresa inaudita de todos se descubrió la existencia de rifles de varios calibres, según se fueron arrojando al piso como juguetes inservibles y vergonzosos. Bastaba imaginarse a media batalla, dijeron, la desesperación de los auxiliares al repartir balas esféricas inadecuadas. ¿Balas esféricas todavía a mediados del siglo XIX? La confusión bien podía conducir a una catástrofe en medio de un nutrido tiroteo.

Durante la comparación del armamento, la conversación se desvió hacia la caballería norteamericana, dotada de carabinas de modelo reciente y también de pistolas de percusión y sables. ¿Cuál no sería el rostro de estupor de los yanquis cuando se comprobó que los mexicanos de a caballo todavía utilizaban mosquetones de chispa y eso cuando, por influencias, favores o hasta sobornos podían tener acceso a ellos, según relataban algunos de los prisioneros, dado que la mayor parte de la caballería de Arista estaba armada con lanzas anacrónicas a falta de presupuesto militar para adquirir equipos modernos? Nunca deberá olvidarse que cuando finalmente se contaba con recursos para la guerra a costa de préstamos forzosos o de incrementos tributarios impopulares al extremo de producir el derrocamiento del general-presidente en turno, entonces el dinero aparecía en las cuentas personales de los militares de alta graduación y pocas veces se veía traducido en armamento de percusión. Grave, gravísimo error de extemporánea reparación...

Cuando la plática festiva cayó en el tema de la artillería, entonces quedó de manifiesto, con una simple ojeada a los equipos, que los norteamericanos utilizaban cañones, unos *Horwitzer* y otros *Paixhans*, patentados en 1826, conocidos en el léxico castrense como cañones bomberos por la precisión de su tiro y porque al momento de hacer blanco las bombas estallaban, además de destruir los objetivos. En cambio, la artillería mexicana empleaba todavía los cañones *Gribeauval*, una tecnología utilizada con éxito en las guerras napoleónicas de finales del siglo XVIII y principios del XIX... Para 1846 ya eran obsoletos.

—La valentía de los soldados mexicanos —apuntó Taylor— jamás podría suplir la incapacidad financiera ni la ineficiente dirección de las tropas ni el atraso técnico del alto mando militar mexicano.

¿El festín había concluido? Por supuesto que no: ninguno de los mexicanos jamás supuso las carcajadas que escucharían a continuación, ni mucho menos el motivo de tanta celebración. Las razones de la hilaridad se debían a la calidad y estado, sobre todo, de los cañones mexicanos. ¿Con estos juguetes pensaban ganarnos...? La mayoría de nuestras tribus de indios tienen mejores rifles que el ejército mexicano, decían entre risotadas ofensivas, lástima que haya norteamericanos que se los vendan de contrabando a cambio de unos dólares... Nuestros apaches luchan más que los soldados mexicanos. Atrapar, por ejemplo, a un comanche vivo es toda una proeza... Un navajo pelea más que estos militarcitos de chocolate...

Acto seguido colocaron un cañón norteamericano al lado de uno mexicano. Los prisioneros de Taylor no pronunciaban palabra alguna, si bien se sorprendieron de la calidad y sabor del rancho repartido para el almuerzo. La fiesta parecía ser ciertamente divertida. Improvisaron entonces un blanco distante. Los veteranos conocedores de dichos equipos, un comandante de la batería y el jefe de artificieros, limpiaron con el taco la garganta de un cañón mexicano de cuatro libras, el más pequeño para humillar aún más al enemigo. Introdujeron la pólvora compactándola muy bien. Deslizaron la bomba, apuntaron hacia un árbol, encendieron el mechero y entonces, entre risas insultantes, ante la ausencia de una baqueta, los soldados yanquis corrieron despavoridos a guarecerse en el interior de una pequeña caverna o atrás de la nopalera más cercana, hasta que se produjera la detonación. Todo parecía una feliz travesura. El obús causaba daño al momento del impacto, sí, sí, podría derribar las paredes de un fuerte, penetrarlas, destruirlas, abrir también un enorme orificio por donde podría ingresar la infantería, sí, pero no causaría daños adicionales propios de un estallido. Todos vieron caer la bomba mucho antes que el objetivo y llegar rodando, si acaso hasta el pie del árbol. Por supuesto nunca estalló. No podía hacerlo. Los que sí estallaron, pero otra vez en sonoras carcajadas, fueron los soldados yanquis. El mismo Taylor, siempre sobrio y reservado, no pudo permanecer ajeno al festejo, una vez que dejó centinelas colocados estratégicamente a los lados de la hondonada y debidamente equipados con sus respectivos clarines.

Muy pronto llegó el momento de disparar el cañón americano. Por supuesto fue escogido el de 18 libras, uno desconocido para el ejército mexicano. Los artilleros yanquis cargaron reposadamente el arma. Se trataba de equipo de percusión. Pidieron en términos de burla que un ordenanza diera las instrucciones para ejecutarlas mecánicamente y, sin apartarse del equipo, sin correr a esconderse de nada, tapándose simplemente los oídos, abrieron fuego. Las cabezas giraron de inmediato en dirección del árbol que cayó violentamente al piso convertido en una brasa humeante hasta en la última de sus ramas. Acto seguido volvieron a disparar hacia una de las paredes de la barranca, un blanco remoto al que ningún cañón mexicano tendría acceso. El traquidazo ensordecedor dejó boquiabiertos a los mexicanos. Jamás imaginaron alcanzar una distancia así, y menos aún que al llegar el obús a su destino todavía contara con poder expansivo y explosivo, no simplemente destructivo.

La sorpresa se dio también cuando supieron, por primera vez, de un cañón de percusión que lanzaba proyectiles sin necesidad de prender una mecha. La admiración creció cuando se comprobó una realidad: ya no era necesaria la pólvora para provocar la detonación. La sorpresa no se pudo ocultar al incendiarse el blanco ni se pudo disimular cuando se presenció el alcance de los obuses. El asombro fue vergonzoso al conocer el aspecto moderno del artefacto, y más aún cuando ninguno de los artilleros tuvo que correr, presa de miedo, a refugiarse a ningún lado para poder disparar, dada la hondonada en que practicaban los disparos. Se trataba por lo visto de asistir a la comedia de las sorpresas y de las desventajas.

Los prisioneros mexicanos entendieron en ese momento los alcances y los peligros de la guerra. Un general mexicano, Enrique Araujo, asistente de Arista, comentó entre dientes:

—Si a los aztecas los dominaron los españoles con la fuerza de la pólvora, a los mexicanos de hoy también nos podrían conquistar con la misma pólvora, pero la de mediados del siglo XIX...

Mientras tomaban el almuerzo y antes de levantar el campamento, Taylor hizo saber que liberaría a muchos de los prisioneros al llegar a Matamoros y lo haría precisamente para que hicieran correr la voz del poderío norteamericano.

—Si los aterrorizamos antes de las batallas nos estaremos quitando muchos obstáculos ya antes de llegar al campo del honor.

—¿Matamoros? —preguntó Hitchcock, un lugarteniente, mientras tomaba una taza de café. Eso está del otro lado del Bravo.

—En efecto —agregó *Good old Zack*, como le llamaban afectuosamente sus subordinados—, está del otro lado de la frontera.

—Cuando salimos de Corpus Christi me explicaron que en esta guerra solo se trataba de sacar a los mexicanos del territorio norteamericano, hasta largarlos al otro lado del Bravo. ¿Qué tenemos que hacer en Matamoros, en suelo mexicano y sin mediar declaración de guerra, al menos que yo sepa?

A Taylor le pareció una imprudencia la posición asumida por Hitchcock. A esas situaciones se exponía un general al compartir el rancho con toda la tropa en plan de camaradería. Sin embargo, todavía contestó amablemente en un tono de voz que cualquiera hubiera podido interpretar como el repentino agotamiento de la paciencia:

—Tomaremos Matamoros con o sin declaración de guerra.

Poco a poco irían quedando claras las verdaderas intenciones yanquis. Por supuesto que no se trataba de apropiarse simplemente de una franja de terreno entre el Bravo y el Nueces. Uno era el solo hecho de la defensa y otro muy distinto el de iniciar una guerra ofensiva. Para defender Tejas, si ese hubiera sido el objetivo, ¿no bastaba con mandar 50 mil hombres a la frontera y aprobar un presupuesto de defensa de varios millones de dólares? Si México se sentía agraviado, ¿por qué no sentarse a dialogar y tratar de comprar únicamente la franja ubicada entre los dos ríos tejanos en lugar de declarar la guerra…? ¿O había algo más de fondo…?

—Señor —intervino todavía Hitchcock sin medir que su avance se hacía en terreno enemigo: si vinimos a defender Tejas y los mexicanos se encuentran muy espantados del otro lado del Río Bravo, entonces ya cumplimos nuestra misión y podemos volver a casa. Tejas está a salvo, ¿o no…?

Prefirió entonces recurrir al lenguaje castrense para dar por concluida esa parte de la conversación.

—Son instrucciones, muchacho. Los militares estamos para cumplir instrucciones y no para interpretarlas… ¡Tomaremos Matamoros a cualquier precio!

Para distraer la atención de los selectos comensales sentados en un gran círculo junto con *Good old Zack*, este se dispuso a contar anécdotas de la Academia Militar de West Point. Para él la prosapia de esa institución castrense sería para siempre un motivo de orgullo. "Las conquistas económicas han de defenderse con la voz de los cañones", solía repetir en estas reuniones improvisadas con las que fascinaba a su audiencia cualquiera que fuera su tamaño. No se cansaba de hablar del prestigio de dicha institución dedicada genuinamente a la formación de soldados para consolidar el crecimiento económico de Estados Unidos, de tal manera "que los avances no se deshicieran como papel mojado..." La tecnología y los conocimientos adquiridos nos serán especialmente útiles ahora cuando tenemos que defender nuestro patrimonio de estos mexicanos invasores, auténticos atracadores que se niegan a aceptar la validez legal de nuestras nuevas fronteras...

En aquella ocasión, después de ganar la batalla de Resaca de la Palma y antes de escribir un reporte dirigido a Washington, les comentó a sus subalternos, sosteniendo la pipa de mazorca horadada entre sus dientes:

—Si por algo se le debe tener gratitud al presidente Thomas Jefferson es por haber firmado los estatutos que le dieron vida legal a la primera gran Academia Militar de los Estados Unidos ya desde 1802. Nuestro agradecimiento debe ser infinito —tomó un largo sorbo de café.

—Necesitaríamos, claro que necesitaríamos —él lo veía con toda claridad— capacitar a nuestros propios oficiales, ingenieros militares y artilleros, formarlos sólidamente en el arte de la guerra. ¿Que despertaríamos envidias? Por supuesto —se contestaba él solo—. Y para extinguir de raíz las envidias, para oponernos a ellas, se debe recurrir necesariamente a unas herramientas imprescindibles: las armas, y quien no sea diestro en su manejo que se prepare a cualquier clase de sometimiento y a todo tipo de humillaciones, despojos y afrentas. Sin West Point, créanme —insistía viendo a un reducido grupo de voluntarios a la cara—, Estados Unidos sería despojado, tarde o temprano, de su progreso y jamás podría exportar los avances de su civilización al mundo entero...

Solo se escuchaba la respiración del viento cuando mecía las copas de los árboles. Lo que momentos antes había sido un infierno ensordecedor, ahora se oía y se vivía como la paz propia de los cementerios.

Mientras Taylor revelaba sus puntos de vista políticos y militares, los soldados mexicanos enterraban a sus muertos, rígidamente vigilados de cerca por los norteamericanos. Por las manos prietas y agrietadas, del mismo color de la tierra, se podía distinguir con suma facilidad su extracción humilde. Quienes portaban huaraches delataban inmediatamente su extracción rural. Ellos no hubieran comprendido la importancia de la plática de Taylor ni la trascendencia de una academia militar en el desarrollo económico de una nación.

—¿Por qué creen ustedes que derrotamos a Inglaterra en 1812? ¿Por qué creen ustedes que estamos mejor preparados para esta guerra que los mexicanos? ¿Por qué creen ustedes que muy pronto nos ganaremos el respeto del mundo entero? ¡Por nuestra fuerza, por nuestro armamento, por nuestra información militar, por nuestra audacia, coraje y temeridad! Que nadie se confunda, somos un país de guerreros —agregó sin que nadie contestara—. Así y solo así nos haremos de autoridad y solo con autoridad convenceremos… Imagínense, ya en 1825 West Point envió a sus expertos a estudiar las armas y las tácticas militares desarrolladas durante las Guerras Napoleónicas. Recogimos en aquel entonces armamento de primera mano y lo reprodujimos, además de mejorarlo sensiblemente en Estados Unidos. Por esa razón los mexicanos sucumbirán ante nuestras armas y ante las tácticas militares que nos fueron particularmente útiles para acabar con los indios. ¿Qué hubiera sido de nuestro país si ellos nos hubieran vencido…? Se imaginan, tú, Hitchcock, hubieras sido el gran indio labio roto —comentó entre carcajadas que todos compartieron para no herir la sensibilidad del respetado general.

Taylor cargó nuevamente la pipa, ya quemada por las orillas, con tabaco inglés perfumado. Se tomaba su tiempo en la explicación.

—Lo que se ignora es que en West Point matamos varios pájaros de un tiro porque no solo formamos soldados, sino que los egresados también se gradúan obligatoriamente como ingenieros militares. Por ello, en Estados Unidos son tan solicitados por sus conocimientos y habilidades para construir canales, puertos, puentes y caminos, además de todo lo necesario para asegurar nuestra gloriosa expansión al oeste.

El entusiasmo de Taylor era contagioso. La satisfacción de ser norteamericano se reflejaba en el intenso brillo de sus ojos, muy a pesar de sus 61 años de edad. ¿Cansancio? Imposible en un militar de su fortaleza. Todavía aspiraba a ser presidente de su país.

—Todos debemos estar orgullosos de nuestra nacionalidad. El orgullo patrio, y escúchenlo bien, ustedes los jóvenes —exclamó como si fueran las palabras que deseara consignar en su testamento—, es la energía que nos mueve en el campo de batalla. Es la fuente de inspiración en el combate, junto con el recuerdo de nuestras familias. El orgullo patrio nos concede la fuerza necesaria, nos aporta el arrojo y la audacia para tomar fuertes, baluartes, fortalezas y puertos, luchar a bayoneta calada, cuerpo a cuerpo, cara a cara contra el enemigo que se disminuirá y huirá en la medida en que nos crezcamos ante su presencia. El orgullo —agregó como si él mismo necesitara escucharse previendo la confrontación armada que, sin duda, se presentaría en un futuro inmediato— es la materia prima para construir una nación próspera —también era un buen momento para continuar con el proceso de convencimiento de los militares de jerarquía inferior, tarea que jamás se debería abandonar—. El orgullo nacional es el ímpetu que requiere el empresario para cerrar grandes negocios. El orgullo de ser norteamericano —se puso de pie como si la pasión lo fuera dominando— es la causa que debe inspirar a nuestros legisladores para redactar leyes inteligentes, útiles y de vanguardia. El orgullo debe mover a los presidentes, a los jueces, para obligarlos a lograr una más eficiente impartición de justicia, a los maestros para forjar más adecuadamente a los ciudadanos del futuro, a quienes, en su momento, les corresponderá cumplir con la patria.

—¿Por eso es tan fácil derrotar a los mexicanos? —cuestionó Hitchcock tratando de no provocar a su superior y menos, mucho menos, si ambos se encontraban en público.

A Taylor la pregunta le caía del cielo. Los ejemplos siempre eran ilustrativos.

—Estos muertos de hambre —adujo sin sentarse y golpeando su pipa contra una de sus botas— usan cañones anticuados, no han comido en siglos, no cuentan con el equipo necesario ni con la capacitación y, les aseguro —concluyó ya despidiéndose— que no hay voluntarios entre sus filas como los que se encuentran entre las nuestras, no hay mística ni orgullo ni motivos por los cuales luchar si muchos de ellos con dificultad hablan el castellano y la mayoría no sabrá ni leer ni escribir. Les garantizo que a una buena parte de los muertos los trajeron a la fuerza sin saber ni por qué peleaban —retirándose, alcanzó a decir—: el agradecimiento por la patria es proporcional a lo que ella nos ha dado en materia de bienestar, y me temo que por el aspecto de esos infelices, descalzos, muy poco habrán recibido de su país, si no es que se los han quitado, y por lo mismo, pocas fuerzas, energía y orgullo tendrán para defenderlo…

En Washington, Polk rinde su mensaje al Congreso el 11 de mayo de 1846. Buena parte de su discurso se inspira en la proclamación de la guerra contra Inglaterra, redactada por el presidente Madison en 1812. El presidente de Estados Unidos no esperaba un respaldo unánime por parte de los legisladores, no: bien sabía él que estaba obligado a concederles tiempo, más tiempo precioso para que deliberaran al menos un par de días en el Capitolio, respecto a los riesgos de entrar en una guerra. Se trataba de una ley que debería ser votada como cualquier otra. La mayoría del Congreso tomaría la decisión final. Sus planes expansionistas estaban en manos de los diputados y de los senadores de ambos partidos.

Los debates del 12 de mayo hablan de Polk, el mendaz, el embustero, el mañoso… Clayton y Benton, dos congresistas, alegan que "el hecho de haber enviado a Taylor a la frontera, equivalía a una provocación que necesariamente desembocaría en una guerra sin el consentimiento del Congreso". "¿De qué se trata?", dicen en pequeños grupos en medio de los pasillos: "¿Provoca usted la guerra y después obliga al Congreso a declararla cuando ya todo es irremediable?"[78] "El Congreso tenía que haber nombrado un comité especializado para ver si la sangre se había derramado o no en suelo norteamericano. ¿Por qué tanta prisa en la declaración de guerra?" "Con esta guerra Polk violó cada principio de derecho internacional y de justicia moral." "Si los mexicanos resisten a Taylor, deben ser honrados y distinguidos por ello." "Espero que la guerra no produzca alianzas entre México, Francia y el Reino Unido." "Nunca una decisión tan delicada se había tomado con tanta precipitación, tan escasa recapacitación y presionada por objetivos deleznables."[79] El Congreso norteamericano, después de dos días de deliberaciones, en una mañana fría y lluviosa, aprueba la ley de guerra el 13 de mayo de 1846. Las manifestaciones populares a favor se suceden en gran parte del país. Se declaran iniciadas las hostilidades. La noticia llegará a México la primera semana de junio. El presidente Paredes carece de alternativas para impedir el estallido del conflicto. Imposible convocar a una negociación ya en esos momentos. Su actitud hubiera sido entendida como una humillante retirada para su gobierno, un acto de cobardía, una súplica de piedad, cuando él públicamente, 20 días atrás, había convocado a empuñar las armas. La violencia se había puesto de pie y tomaría el curso que fuera.

Se echa a andar una enorme maquinaria bélica. Se escuchan sonidos de clarines, golpes de carruajes, relinchos de caballos al ser subidos a los bergantines. Se acomodan cajas de armamento en los depósitos de los bajeles. Se gastan millones de dólares en balas y bombas. Las fundiciones bien pronto empezarán a trabajar a toda velocidad. Las industrias de la costura reciben pedidos sin precedentes para confeccionar uniformes. Se improvisan líneas de ensamble para producir rifles y pistolas de percusión. Las fábricas de pólvora empiezan a trabajar horas extras. West Point hace planes. Los generales deliberan en el Departamento de Guerra. Por doquier se ven letreros solicitando mano de obra. Los fulminantes y cañones de 10 a 18 libras se consignan en bodegas cerca de los puertos. Los hospitales y escuelas de medicina ofrecen sus servicios para ayudar a los heridos en combate. Surgen periodistas interesados en cubrir la fuente y asistir a los campos de batalla. Será el primer conflicto bélico recogido gráficamente por los periódicos en el propio frente. De toda la nación se reciben solicitudes de voluntarios para asistir y ofrecer su vida a cambio de la supervivencia de la patria. Los laboratorios producen masivamente medicamentos, gasas y prótesis.

El mismo día en que el Congreso norteamericano vota la ley, por medio de la cual se declara formalmente la guerra a México, paradojas de la vida, ¿no...?, el presidente Polk cita en su oficina al secretario de la Marina. Su primera, primerísima decisión, una vez obtenida la autorización legislativa para iniciar las hostilidades, consiste en instruir a George Bancroft para que de inmediato se imponga un férreo bloqueo naval al puerto de Veracruz. ¿Entiende usted, señor secretario?, no podrán pasar ni los moscos: nadie es nadie, ¿verdad?

—Sí, señor presidente...

—La única excepción será la de Antonio López de Santa Anna.

Bancroft se quedó sorprendido. ¿El expresidente de México?

—Sí...

—¿Únicamente él podrá pasar y desembarcar...? —cuestionó Bancroft sin ocultar su extrañeza.

—El mismo, señor secretario —concluyó Polk con cierta hosquedad por el número importante de asuntos que debería abordar esa misma mañana con Bancroft—. Deberá usted instruir al comodoro Conner de la importancia de esta orden.

—Así lo haré.

—¿Queda claro que solo Santa Anna, y nadie más, podrá romper el cerco marino? —preguntó Polk—. Bastará con que se identifique para que se le extienda un salvoconducto.

—Con nuestros buques de guerra formaremos un muro impenetrable, señor.

—Bien —concluyó Polk, constatando que no había espacio para malos entendidos—. Es imperativo poner a Santa Anna en territorio mexicano. Alguna vez le detallaré las razones de esta urgencia...

Ese mismo día, George Bancroft emitió una instrucción prioritaria para ser "entregada en las manos al propio comodoro David Conner. Confidencial. Personal e intransferible. Secreto de guerra". El sobre lacrado tenía un sello de la oficina del secretario de la Marina: "Si Santa Anna intenta entrar por los puertos mexicanos lo dejará usted pasar libremente. Bancroft".[80]

La maquinaria de guerra empieza a moverse con la precisión de un reloj suizo. Anuncia gravemente el paso de las horas a una velocidad meteórica. Taylor recibe la instrucción de moverse hacia Matamoros y atacar el norte de México, agresión que hubiera llevado a cabo de cualquier forma apoyado en el pretexto de la persecución de asesinos de yanquis. La Casa Blanca es un manicomio.

Unos entran y otros salen con un acuerdo en el portafolios o la visitan en busca de órdenes. A partir del 13 de mayo empieza un largo periodo de insomnio entre los militares y los políticos norteamericanos. Nadie desea rendir malas cuentas ni dar malas noticias. Polk tenía puesto el dedo en el gatillo con casi un año de antelación. Lo oprime con decisión. Es consciente del efecto del estallido. No ignora, por supuesto, la pérdida de vidas ni el luto en miles de hogares norteamericanos. La expansión al oeste es incontenible. Cualquier precio es bajo a cambio de hacerse de los territorios mexicanos. Se sabe apoyado por la Divina Providencia. Tiene el respaldo de Sarah, de su gabinete, de su partido, de buena parte de la prensa y de la mayoría del Congreso y de la nación, además de que él mismo está en paz con su persona y sus decisiones. Por algo el pueblo norteamericano votó por mí...

Según Polk, él mismo hizo todo lo posible para convencer a los mexicanos por la vía pacífica y estos se negaron a acceder a sus pretensiones. Había que arrebatarles lo suyo con el uso de la fuerza. Despojarlos de sus pertenencias. La guerra es, en síntesis, un robo callejero, un asalto a mano armada. Los muertos son inevitables. Desde luego que él no se llama bandido de la misma forma en que las putas no se quieren llamar putas. Las claridades terminológicas son ofensivas. ¿Dónde están los eufemismos si no para justificar las conductas desviadas o exageradas? La diplomacia se puede utilizar óptimamente para esos efectos. ¿Bandido?, no, no: "Expansionista..."

Polk también tiene la fantasía de desplomar su brazo armado con un sable de acero y empuñadura de oro mientras grita "*Fire!*" desde una pequeña colina a un lado del Potomac. Kearny invade finalmente Nuevo México, marcha en dirección a Santa Fe. Wool se mueve en dirección de Chihuahua. Fremont declara en California la independencia de la República del Oso. Se abstiene de comentar la matanza de indios aborígenes mexicanos que ejecutó a su paso. Son hechos que, por sí solos, justificarían una guerra. Empieza el proceso de purificación étnica en los nuevos territorios. Mata, mata, le dicen sus voces, tienes el permiso de la Divina Providencia... ¡Viva la República de California!, gritan apenas 60 mercenarios disfrazados de expedicionarios la mañana del 14 de junio de 1846 al caer Sonoma sin oposición. Los mexicanos-californianos no opondrán mayor resistencia: se rendirán sin defenderse, alega Polk. ¿Para qué mandar una fuerza de tierra mayor? ¿Sesenta hombres solamente? Sí, sí, son suficientes, ya lo verán...[81] ¿Para qué mandar 20 mil...? Es un esfuerzo inútil...

El nuevo "país" se somete a una ley marcial y se convoca a elecciones. Se repite la obra teatral tejana, la vieja estrategia creada originalmente por el presidente Jefferson: poblar territorios ajenos, desarrollarlos, armarlos, independizarlos, convertirlos en República y anexarlos a la Unión Americana. Crean un país para más tarde robárselo... ¡Ya está!, *la commedia è finita*... Imposible que los filibusteros conocieran la declaración de guerra de Polk apenas el 13 de mayo anterior. Una comunicación de Washington a California podría tardar hasta nueve meses, si es que se enviaba hasta el sur del hemisferio, cruzando el estrecho de Magallanes y subiendo posteriormente por el Pacífico hasta llegar a la Bahía de San Francisco. Al propio Stockton, a bordo del *Congress*, le había tomado nueve meses navegar de Norfolk a Monterey. El bergantín *Pilgrim* se había tardado cinco meses para llegar de Boston a Santa Bárbara. ¿Cruzar del Atlántico norte a Los Ángeles a caballo?, además de ser una temeridad, podría tomar mucho tiempo a falta de ferrocarriles.

Aparte del *USS Congress*, y del *USS Pilgrim*, están ya anclados en las costas californianas el *USS Portsmouth*, el *USS Savannah*, el *USS Levant*, el *USS Warren*, el *USS Cyane*, entre otros tantos más. ¿A quién deseaba engañar Polk con una guerra ofensiva mexicana por el Río Nueces? ¿Qué tiene que ver el Río Nueces con la toma de puertos, pueblos y ciudades mexicanas de California...? ¿Por qué manda media flota norteamericana al Pacífico mexicano del norte? ¿No bastaba sentarse a negociar la frontera de Tejas...? Sloat arriba el 2 de julio a Monterey. Un año antes había tomado ya la Bahía de San Francisco. Ahí habrá de esperar al coronel Stephen W. Kearny. Por lo pronto iza la bandera de Estados Unidos en territorio mexicano. Guerra o no guerra, esto por lo pronto ya es nuestro. Se perpetra el robo del siglo. Simplemente declara, como un militar respetuoso del derecho internacional: "No vengo como enemigo de California, sino al contrario, como su mejor amigo, pues en adelante, será una parte de Estados Unidos".[82]

Comodoro Sloat: ¿No hay convenios, ni tratados ni acuerdos de paz previos ni convenciones ni modales ni formas civilizadas para robar?

Cuando el 29 de julio el propio Fremont toma el puerto de San Diego, su primera instrucción consiste en hacer ondear la bandera de las barras y de las estrellas. El lábaro mexicano será utilizado para limpiar las botas llenas de lodo de los soldados norteamericanos.

Gillespie a Mazatlán. James Maggofin sale, como agente especial, también a Nuevo México para intentar sobornos y convencer a las autoridades mexicanas de las ventajas de la guerra y de la americanización. Los mormones siguen cruzando el Mississippi para instalarse en lo que será Utah. Clyman los encuentra también el 2 de julio. Se ordena el bloqueo de Tampico y el de Veracruz a partir del 20 de mayo. El presidente se reúne durante más de cuatro horas con Marcy, secretario de Guerra y con Winfield Scott, el genio militar más reconocido de Estados Unidos, para estudiar la estrategia de Taylor al sur del Río Grande.

—Por favor —les dice como siempre al comenzar las juntas de gabinete—, trabajen incansablemente en sus oficinas no para sucederme en el poder, sino para lograr la grandeza norteamericana.

El 18 de mayo Taylor cruza el Río Bravo y toma Matamoros sin tener conocimiento, por supuesto, de la declaración de guerra norteamericana. De inmediato lo informa a la Casa Blanca. "Cruzamos ya el Río Bravo y cayó Matamoros sin disparar un solo tiro. No hay bajas. No hay muertos. No hay heridos. No hay desaparecidos."

Buchanan lee durante una reunión del gabinete el parte enviado por el Departamento de Estado a Londres y a París para explicar la guerra con México. Ignorando la expresión de azoro y más tarde de rabia del presidente Polk, el responsable de la política exterior norteamericana, sigue leyendo: "Nuestro objetivo no es desmembrar a México ni hacer conquistas. La frontera pretendida es la del Río Grande. Al lanzarnos a la guerra no lo hacemos con el fin de adquirir ni California ni Nuevo México, ni alguna otra porción de México".[83]

Cuando Buchanan termina la lectura del mensaje y tal vez espera una ovación por su exquisito manejo diplomático orientado a tranquilizar a las grandes potencias, Polk, con el rostro enrojecido, sin pronunciar palabra alguna, abandona el salón después de reunir rápidamente sus papeles y guardarlos desordenadamente en el portafolios sin dar por concluida la sesión. Los secretarios del gabinete cruzan miradas entre sí. Sus rostros sorprendidos y el intercambio de señales revelan la comisión, tal vez, de una gran indiscreción. ¿Se habría sentido mal el presidente? Su salud, era conocido, siempre había sido muy frágil. Buchanan siente cómo se abre el piso exactamente bajo su sillón de cuero negro capitoneado y se dispone a caer en el vacío. Concentra la atención de sus colegas. ¿Cómo soportar las insinuaciones que podía leer en sus ojos? Salió entonces en busca de Polk para tratar de obtener una respuesta.

La puerta de la oficina estaba abierta. El secretario de Estado decidió entrar sin tocarla. Jamás se imaginó encontrar a un Polk colérico, quien, habiendo perdido todo el control y el respeto, se dirigía a Buchanan a gritos que se escuchaban en toda la Casa Blanca.

—Es usted un obtuso —le disparó a quemarropa, perdido de rabia, tan pronto puso un pie en la oficina—. Esa declaración expuesta a los gobiernos extranjeros fue innecesaria e impropia, ¿no lo entiende ni con el cargo que ocupa? —se dirigió a su subalterno con una mirada volcánica—. Las causas de la guerra, fíjese bien, ya fueron suficientemente explicadas en mi mensaje al Congreso que recogió toda la prensa del mundo, James —agregó tratando inútilmente de contenerse—. Claro que no nos estamos lanzando a una guerra por conquista, pero, ¿por qué tenía usted que citar California y Nuevo México? ¿No entiende usted que, como dicen los franceses, *qui'l se excuse, sa acuse?* ¿Acaso nunca se imaginó que al hacer la paz trataríamos de obtener California y todas las partes del territorio mexicano que bastaran para satisfacer las demandas de nuestros ciudadanos contra México, además de los gastos de guerra que esa potencia, con sus continuos ataques e injurias, nos ha causado? ¿No comprendió hasta hoy que tenemos que inflar la cuenta para que la indemnización nunca alcance? ¿Cree que los contribuyentes norteamericanos van a tener que pagar esta guerra provocada por México? ¿No era evidente que nos tendrían que pagar con tierras? ¿Qué demonios tenía usted que poner en la conversación las palabras California y Nuevo México cuando nadie, absolutamente nadie debe tener en su cabeza la idea de que toda esta guerra es para ganar esos territorios y usted, James, va y dice algo que hasta hoy muy pocos sospechaban?

—Es que yo...

—¡Es que nada...! Me ha comprometido con el mundo entero y si lo corro hoy mismo todos dirán que lo hice porque usted reveló mis planes, de modo que no tengo otra alternativa que tolerarlo de aquí en adelante...

—Yo...

—¡Cállese, ya!, ¿me entiende? ¡Cállese!

—No me callo. Tengo derecho a hablar aunque sea lo último que haga.

Polk se dio cuenta de que la puerta de su oficina estaba abierta y de que todo el personal ya se estaría informando del conflicto. Se dirigió a cerrarla precipitadamente mientras que por la mente incendiada y temerosa de Buchanan pasó la idea de que venía a golpearlo; a esos extremos había perdido el presidente los estribos.

El secretario de Estado adujo en su defensa, ocultando como podía el malestar por las ofensivas faltas de respeto, que si a Francia y a Inglaterra no se le explicaban bien los alcances y motivos de la guerra y no quedaba en claro que California no estaba en los planes de Estados Unidos, aquellas potencias podían sumarse a México en contra de nuestro país para evitar lo que ellos podían entender como un despojo...

Polk le refutó alegando que si ya se había olvidado del pacto suscrito con Inglaterra en torno a la cesión de Oregón y el compromiso inglés de no apoyar a México.

—¿Ni en una guerra, señor? —preguntó Buchanan—. Yo no estaría tan seguro que Inglaterra no intervendrá a favor de México si los ingleses se dan cuenta de que nuestros deseos son apropiarnos por las buenas o por las malas de California y de Nuevo México. Creí que era mejor deslindar nuestras intenciones para que no surgieran preocupaciones por parte de ellos y se nos complicaran nuestros planes bélicos.

—Escúcheme muy bien, James, y no olvide nunca y hasta aquí dejaré mi conversación con usted al día de hoy: "Antes de comprometerme a no obtener California haré la guerra a Inglaterra y a Francia y a todas las potencias de la cristiandad que me la disputaran.

Sepa que me mantendré firme y lucharé hasta que el último hombre de este país caiga como consecuencia del conflicto".

—Señor presidente...

—Hemos terminado —repuso Polk—. Mañana, con más calma, continuaremos la conversación —agregó para tranquilizar a su secretario de Estado.

—Señor...

—¿No habla usted inglés...?

Buchanan se cruza en la puerta con el director del *Washington Union*. Polk le da instrucciones muy precisas en su carácter de primer accionista de uno de los diarios más influyentes de la capital de Estados Unidos. Las órdenes ya van escritas en un papel sin firma. No hay espacio para interpretaciones. Estas son las ocho columnas. Los triunfos de Taylor deben ser divulgados. La grandeza del ejército norteamericano debe ser aquilatada. La amenaza mexicana debe ser reconocida y considerada en todos sus extremos y peligros...

A la mañana siguiente el periódico amanece con estas notas en primera plana. El jefe de la Casa Blanca preparaba a la opinión pública, así como al Congreso de su país. Sus intenciones no podían ser más claras, aun cuando arrojaba la piedra y escondía precipitadamente la mano: "Conduciremos una guerra contra México con todo el vigor de nuestro poder... Invadiremos el territorio; tomaremos todos sus baluartes, fortalezas y bastiones; tomaremos inclusive su capital si no existe otra forma de llevar un sentido de la justicia".[84]

El *Mercury* consignó: No arrojemos al vacío la joya preciosa de nuestra libertad por la codicia del saqueo y el orgullo de la conquista.

El *Times* asentó: ¿Estamos preparados para elevar a nuestro nivel de igualdad, a nuestra posición social y política, a los mexicanos que no son otra cosa que unos perros callejeros muertos de hambre?[85]

Los mexicanos no son adversarios dignos de nuestro acero. Son enemigos disminuidos muy fáciles de derrotar para incorporarlos a la esclavitud, pero ¡oh!, cuidado, por cada territorio anexado habrá más enfrentamientos con los abolicionistas, más divisiones entre nosotros y más peligro de una guerra fratricida en Estados Unidos que podría dividir en dos a esta extraordinaria nación. Esclavistas contra abolicionistas: terminaremos construyendo dos países que nunca desearon nuestros Padres Fundadores...

Muchos hombres de negocios se oponen a la guerra contra México al igual que rechazaron en su momento la anexión de Tejas porque se estaría estimulando el abolicionismo y, por lo tanto, debilitando las lucrativas relaciones comerciales con el sur. Se congela de inmediato el crédito bancario en Nueva Orleans. Se desploman los precios del algodón. Se disparan los precios de los fletes. Suben los importes de las primas de seguros ante la posibilidad de ataques de piratas mexicanos. En ciertos sectores se paraliza transitoriamente la economía. Empiezan las reclamaciones contra Polk. Los cuestionamientos en torno a la verdadera necesidad de la guerra. ¿Vale la pena? Defendamos Tejas y ¡ya! No vayamos a un conflicto armado contra nuestro vecino del sur. Cumplamos únicamente con los propósitos de una guerra defensiva. La efervescencia bélica va en aumento. En México todavía se desconoce que una declaración formal de guerra navega con las velas extendidas y muy buen viento, por el Atlántico del norte, en dirección al puerto de Veracruz. Se trata de un gigantesco obús que próximamente hará blanco en la puerta central de Palacio Nacional. El 25 de mayo Polk sostiene una larga conversación con John Slidell, el frustrado embajador plenipotenciario que se cansó de recibir portazos en pleno rostro de todas las autoridades mexicanas.

Entre los temas abordados, Slidell externa su absoluta incomprensión hacia los mexicanos. Ellos no entienden que solo los hombres ricos y exitosos se salvarán. Que Dios no está con los pobres ni con los fracasados. ¿Por qué rehúsan el dinero, señor presidente, si al tenerlo tendrán toda la simpatía y la buena voluntad del Señor? Con 30 millones de dólares a cambio de unos territorios que ni conocen, bien podrían haber reconstruido su país y, por lo menos, calzar, alimentar y educar a su gente. ¡Imposible!, un mexicano rechaza la tabla de salvación aun ante el inminente peligro de ahogarse si tiene que comprometer su imagen pública.

¿Pero no se decía que se vendían al mejor postor a cambio de dos níqueles...?

Se venderán siempre y cuando nadie pueda señalarlos ni se exponga su prestigio político.

¿Y no se hubiera podido entregar el soborno con toda discreción…?

No, porque Paredes jamás habría solicitado una autorización de venta de territorio al Congreso ni este la habría concedido: el pueblo mexicano se los habría devorado a mordidas. Era imposible guardar un secreto así. Los trámites se tenían que hacer expuestos tras una vitrina, a la vista de todos, y ahí la inmovilidad era total…

Polk habló con John Slidell de asuntos diversos. En cada razonamiento aparecían sus quejas reiteradas ante la grosera conducta del gobierno mexicano hacia su persona. Golpearle a usted en el rostro o darle con la puerta en la cara, equivalía a hacérmelo a mí, John…

En aquellos momentos y, dadas las buenas relaciones de confianza y hasta de afecto entre el embajador y el presidente, este último decidió contarle a Slidell las conversaciones que había tenido en febrero pasado con un tal Alejandro Atocha, un caballero español de comportamiento muy artificial al que yo no le confiaría ni un triste pedazo de caña de azúcar de nuestras plantaciones de la Luisiana. Polk le contó a su interlocutor que Santa Anna le había informado desde Cuba, a través de Atocha, sus intenciones de regresar a la presidencia de México para ayudar a Estados Unidos a la obtención de los territorios pretendidos y que, inclusive, el expresidente mexicano le había dado consejos militares y externado estrategias para facilitar el dominio norteamericano en su propio país. Todo ello, John, a cambio de 30 millones de dólares…

El presidente Polk le manifestó su escepticismo en torno al planteamiento de Atocha, dado que, ¿y por qué no?, tanto el mensaje como el supuesto embajador santanista, bien podrían ser parte de una trampa aviesa propia de los periodos de guerra. Gracias a la desconfianza que le despertaba el asunto había decidido enviar a un representante personal a Cuba para entrevistarse, sin intermediarios, con Santa Anna. Solo de esta manera verificaría las verdaderas intenciones del Napoleón del Oeste y desenmascararía de una buena vez, si ese fuera el caso, a su pretencioso enviado. Slidell, sin salir de su asombro ante el atrevimiento del expresidente mexicano, y sin hacer el menor comentario en torno a su concepto de patriotismo, sin meditar la respuesta y como si la hubiera pensado toda la vida, propuso la candidatura de su sobrino, el comandante Alexander Slidell Mackenzie:

—Él, señor presidente, es bilingüe. Domina el español, además de tratarse de un individuo discreto e inteligente de extracción militar. Con respecto a su temperamento y determinación, debo decirle que fue precisamente él, quien en 1842 estaba a cargo del bergantín *Somers* cuando sufrió un motín a bordo. Bien, pues después de descubrir a los sublevados y de encerrarlos, uno de ellos, no hay que olvidarlo, era nada menos que el hijo de John C. Spencer, en aquel tiempo nuestro secretario de Guerra. Mi sobrino les formó un consejo de guerra en alta mar, del que resultaron culpables tres centinelas que fueron ahorcados al día siguiente como medida de escarmiento para el resto de la tripulación. De regreso Mackenzie fue sometido a una corte marcial a instancias de Spencer, furioso por lo que él llamó asesinato de su vástago, pero fue absuelto de todos los cargos y repuesto al *Somers* sin consecuencia alguna. Ese es nuestro hombre, señor...

Polk aceptó la idea con la misma rapidez con la que Slidell la había planteado. Después de desahogar ciertas dudas en relación a sus hábitos personales, a su disponibilidad actual, dados sus compromisos con las fuerzas armadas, y a la experiencia política y diplomática del comandante, le pidió que solicitara a la brevedad audiencia con él, para responsabilizarlo de esa nueva misión secreta.[86]

Unos días después el embajador Slidell y su sobrino, el comandante Slidell Mackenzie, arribaban a la Casa Blanca para recibir instrucciones personales del presidente de Estados Unidos. Como era tradición y suponiendo que el militar tenía conocimiento de las intenciones de Polk, entró de lleno en el tema sin la menor pérdida de tiempo. Polk hizo hincapié en varios aspectos fundamentales después de revelarle al militar sus conversaciones con Atocha, así como los planes de Santa Anna en relación a México.

Yo me encontraba a un lado del presidente cuando instruyó a Mackenzie repitiendo punto por punto los pasos a seguir, como si no tuviera otro asunto en la cabeza. Se sujetaba cada uno de los diversos dedos de la mano para asegurar que no escaparía ningún asunto a la enumeración. Meñique izquierdo: ¡Esto! Anular izquierdo, ¡Aquello! Cordial, índice y pulgar, lo de más allá… Contaba viendo fijamente a la cara de su distinguido mensajero. No había margen de error. No podía haberlo. Por ello nunca delegaba nada a nadie.

Primero: deseo constatar todas y cada una de las afirmaciones de Santa Anna en relación a la estrategia de la guerra y a los territorios de su país, ¿Cuáles son sus condiciones para suscribir un tratado de paz? Segundo: por ninguna razón nadie deberá enterarse de esta misión secreta que yo le estoy confiando. Huya de los periodistas. A partir de hoy absténgase de explicar su presencia en Washington y, sobre todo, las razones por las cuales asistió a la Casa Blanca. Tercero: deberá memorizar esta conversación de modo que no lleve usted nada escrito ni comprometedor, salvo los documentos que le entregaré a continuación. Esta nota contiene mi oferta al señor Santa Anna. Como usted verá, no lleva firma ni sellos ni membrete oficial. Deberá usted aprenderla y destruirla para no dejar ninguna huella, menos, mucho menos ante un sujeto como con el que estamos negociando. Cuarto: ratifique usted mi oferta de 30 millones a cambio de Nuevo México y California. Quinto: en esta carta del secretario Bancroft dirigida al comodoro Conner, anclado en el puerto de Veracruz, constan las instrucciones para que se rompa el bloqueo naval y se le permita el paso a Santa Anna y sus acompañantes. Estas órdenes ya fueron enviadas en su momento a Conner, pero Santa Anna debe llevar una copia de ellas para una mejor identificación. El jefe de nuestra flota se la requerirá para permitirle el paso al territorio continental mexicano. Séptimo: regresará usted directamente a Washington, sin detenerse en lugar alguno, para informarme de lo sucedido y poder obrar así, en consecuencia. Octavo: zarpará usted de Norfolk el próximo 6 de junio a bordo del bergantín *Truxtun* rumbo a La Habana. Una vez ahí el cónsul Campbell lo llevará a usted ante la presencia de Santa Anna.

Mackenzie pensó en silencio con su experiencia náutica: ¿Un bergantín de dos velas…? ¡Un mes! A finales de la primera semana de julio estaré sentado, frente a frente, con Santa Anna. Espero tener buen viento…

La reunión había sido muy breve. Polk había sido muy claro. Slidell Mackenzie había entendido sus instrucciones. Mientras abandonaban la Casa Blanca en un carruaje descubierto gozando la temperatura de un día soleado a finales de la primavera de 1846, el embajador insistió en que del éxito de la gestión dependían las posibilidades de lograr una gran carrera al lado del presidente. Tienes un futuro espléndido en tus manos... ¿Te imaginas cuántos envidiarían tu posición? Estarás solo. Nadie te podrá ayudar. De ti dependen los resultados. ¡Suerte!

Ya veríamos la rigidez de estricta formación militar de Slidell Mackenzie para cumplir "al pie de la letra" con lo ordenado...

Esa noche Polk asentó en su diario: Dios escogió a Estados Unidos para regenerar a la población decadente de México. "Hoy, al decidir la reinstalación de Santa Anna como dictador, di el primer paso para desmembrar México. Espero que la operación sea breve."

Solo que ni la contratación de Slidell Mackenzie ni la reinstalación de Santa Anna en la presidencia mexicana ni los triunfos de Resaca de la Palma y de Palo Alto ni la orden de bloquear puertos mexicanos y lanzar expediciones militares a Nuevo México y California para tomar dichos territorios a nombre de Estados Unidos eran suficientes para calmar la voracidad de Polk. ¿Santa Anna? Era capaz de engañarse a sí mismo. Se robaba solo. Tal y como me habían contado, en una ocasión el famoso dictador se estaba vistiendo y al meterse la mano en la bolsa izquierda de su pantalón encontró unas monedas de plata. Consultó, en silencio, enarcando las cejas frente al espejo, el origen del dinero, ¿cómo habría llegado ahí...? Fue entonces cuando, una vez que volteó a ambos lados para constatar que nadie lo veía, se cambió rápidamente las monedas a la bolsa derecha y siguió tan campante: había cometido su fechoría de cada día...

No, no: estaba muy bien la idea de despachar a Mackenzie, ni hablar, pero en ese instante pediría una reunión con el secretario Marcy para estudiar las posibilidades de atacar Monterrey y Tampico. ¿Acaso no se lo había aconsejado el propio Santa Anna, por conducto de Atocha, a principios del año? Cuando caiga Monterrey caerá la mitad del cuerpo mexicano.

En Cuba, mientras tanto, a mediados de la primavera de 1846, Santa Anna posa para un nuevo busto en bronce encargado al escultor francés Guillaume Noire, del taller de Isabella Ribeaux. Su deseo es aparecer con el rostro levantado y la mirada desafiante imaginando la cúpula de *Les Invalides*, en París, donde descansa para siempre el emperador Napoleón, emperador de todas las Francias. En tanto posa, un sastre de La Habana, Francisco Betancourt, le prueba su nueva indumentaria de pantalón y camisa confeccionados con tela de algodón blanco importado. Ante un espejo inmenso recargado en la pared de su Salón de la Gloria se admira de cuerpo completo, íntegramente vestido, sin que la pata de palo distorsione su imagen. El reflejo que contempla es mucho más grande que su propia vanidad. Al probarse las prendas exige soledad y silencio. Asiste al feliz momento de la contemplación. Se adora de frente y de perfil, con el pecho insuflado, el vientre plano y la espalda erecta. Los hombros caídos y la figura desgarbada corresponden a los hombres derrotados, a los resignados, a los que han perdido toda esperanza en la vida. Por el tono del grito, festivo o rabioso, tiplado o ronco, sonoro o débil, arrastrado o cortante, el "tijeras", como cariñosamente lo llama Santa Anna, ya sabe si acertó o no en los cortes, si han sido o no del gusto de Su Ilustrísima. Siempre dirá en familia que un hombre tan vanidoso como el expresidente mexicano exige la perfección en sus atuendos. Si la indumentaria no impresiona, aun cuando sea por obesidad del modelo, él, el sastre, siempre cargará con la responsabilidad.

Santa Anna lucirá espléndidamente bien en su aspecto externo, alto, delgado, carente de la menor protuberancia estomacal, ojos color café oscuro, pestañas naturalmente largas y rizadas, patillas largas y muy bien recortadas, uñas limpias, de filo blanco, barnizadas, pelo negro, sedoso, barba cerrada, azul de media tarde, mirada de águila, jamás de cuervo como la de Sam Houston. El Salvador de la Patria es de piel blanca, muy bien cuidada, impecablemente afeitado, al extremo de rasurarse la mínima vellosidad. A cualquier hora de la jornada se ve muy fresco y reluciente, como si momentos antes hubiera tomado un baño de tina o de temazcal. Nunca dejará de perfumarse con agua de heliotropos mezclada con pétalos de rosas blancas para iniciar un diálogo íntimo, con aquellas mujeres quienes, además de obsequiarlo con una simple genuflexión, todavía se atrevieran a acercarse en exceso durante el intercambio de saludos sociales. Los cuidados higiénicos de su persona llegan al extremo de colocarse cera derretida, ligeramente tibia, en el interior de las fosas nasales para que, al secarse, el barbero Mambón, le arrancara los pelos de la nariz de un solo jalón, haciendo que el alarido se escuchara a lo largo y ancho de La Habana. Todo sea por la galanura, ¿verdad, Mambón?

Al ver reflejada su imagen en el espejo jamás pensará en sus catastróficas gestiones presidenciales ni se acordará de sus fracasos militares ni recapacitará en los golpes de Estado que él mismo ha patrocinado y hasta ejecutado y que tanto han desequilibrado al país, no, no pasará por su mente la cantidad de veces que hizo degollar a soldados prisioneros, preferirá evitar el tema de la matanza de Zacatecas, de la misma manera en que no recordará la pérdida de Tejas, ¿Tejas?, ¿cuál Tejas?, ¡Texas!, en todo caso de aquí en adelante y hasta el final de la historia, ni deseará releer con la memoria las cláusulas ignominiosas y secretas contenidas en los Tratados de Velasco y que él firmó a cambio de salvar su pellejo en su carácter de Padre de la Patria. No, no, en el espejo siempre se verá como Su Excelencia, como el Benemérito de Tampico y Veracruz, como el César Mexicano y hasta como el Napoleón del Oeste, entre tantos títulos más que lo ayudarán a sentir el contacto estremecedor con la gloria.

En ocasiones, después de las pruebas del sastre o de posar frente al escultor de cara a la posteridad o de visitar varias veces al día su granja de gallos de pelea para supervisar la higiene y la alimentación de sus animales, una vez concluida la lectura de cartas enviadas de México y de Estados Unidos y de contestar con muy buena letra y no tan buena ortografía a sus remitentes o de entrevistarse con visitantes, la mayoría de ellos miembros del ejército o representantes del clero, ambos mexicanos, cuando de golpe se encontraba sin ocupación a su alcance, una vez concluidas sus clases de cachumba, salía a montar a caballo, galopaba a ratos en la playa o se lanzaba en una carrera furiosa entre los callejones de las bananeras y si ni de esa manera lograba desahogarse porque el sentimiento de lejanía y la ausencia de reconocimientos lo devoraba por dentro, entonces lo asaltaba una fijación: Lola, Lolita, Lola. ¿Dónde estará Dolores?

Así, repentinamente desesperado, como si una furia pasajera se hubiera apoderado de él, se le veía apearse del caballo después de rayarlo casi en el vestíbulo de la casa, en donde materialmente le aventaba las bridas al caballerango más cercano, porque a él deberían esperarlo en diferentes partes de la finca para que no se molestara en amarrar a la bestia, y entraba precipitadamente en la residencia en busca de Lola, ¿Lolaaaaa? ¡Looolaaaa!, gritando como loco, golpeándose las botas con el fuete, exigiendo la presencia inmediata de su mujer. Cuando escuchaba su voz proveniente de los jardines o de la cocina o del costurero o del Salón de la Gloria, en donde a ella le gustaba estar para cuidar los detalles de las condecoraciones o de los uniformes o de las banderas, hasta ahí corría renqueando Su Excelencia para tomar de la mano a su esposa y conducirla hasta sus habitaciones en la parte superior de la casa. Claro que desde esa estancia era imposible contemplar el Pico de Orizaba, pero ahí, sin Veracruz y lejos de su tierra, de su medio y de la mayoría de los suyos, poseía una y otra vez a aquella mujer sin concederle, en la mayoría de los casos, la oportunidad de desvestirse. Bastaba con recostarla y levantarle las enaguas para consumar el apremio sin considerar los deseos o las súplicas de su joven y bella cónyuge.

Muchos de sus colaboradores más cercanos, como bien podría ser el gallero en jefe, nombrado así por Su Excelencia para recordar sus ascensos en la jerarquía militar, recordaban cómo el César preguntaba con insistencia y mal disimulada ansiedad al servicio el paradero exacto de Lola, hasta que iba a buscarla para tomarla si la ocasión era propicia. ¡Cómo lo irritaba el recato, a veces inexplicable, de su esposa! Por eso, precisamente por eso, cuando volvía caminando lentamente entre las bananeras, ayudándose de su bastón con la forma de un galgo blanco trabajado con espuma de mar, y de pronto veía a alguna nativa cargando una gran penca, él la aliviaba de tan tremendo esfuerzo y así, sudada, sintiéndose enervado por el perfume almizcleño que despedía, después de darle una gratificación generosa, el expresidente deslizaba los resortes del escote sujetando a la muchacha por los hombros y así, sin detenerse, le retiraba blusa y falda hasta dejarla expuesta al sol como una diosa recia tallada en ébano, a la cual cubría de besos y caricias, en tanto murmuraba su agradecimiento a Dios por este espléndido obsequio concedido a los hombres de bien. Al fin y al cabo que ellas ya conocían las debilidades del patrón y lo dejaban hacer con tal de estar al lado de un príncipe y, por qué no, por el gusto de recibir unas monedas de oro, útiles para sobrevivir en casos de cesantía...

Yo mismo estuve presente cuando en la noche o después de la siesta imprescindible o, extraviado en fantasías nocturnas, simplemente giraba en la cama, acomodándose en apariencia, y sin despertar, o tal vez ya despierto, como si fuera víctima de un instinto salvaje, poseía a Lola sin hablar, sin consultarle ni preguntarle: la hacía suya entre quejidos inentendibles y una suave e invitadora resistencia. Lo mismo acontecía cuando no recibía oportunamente noticias de México o cuando, en los últimos tiempos, no llegaba la carta esperada con las fechas exactas para regresar al poder y defender a la patria del artero ataque norteamericano. ¿Qué hará Gómez Farías que no escribe? El correo proveniente de Washington llegaba a La Habana una semana antes que a la Ciudad de México. Por esa razón él conoció, antes que el gobierno encabezado por Paredes, la noticia de la declaración de guerra en contra de México por el presidente y el Congreso de Estados Unidos. ¡Qué gran oportunidad le planteaba la vida en charola de plata para poder vengar la dolorosa afrenta de San Jacinto! Él haría que todos los Sam Houston, los Polk, los Andrew Jackson de la historia se tragaran sus palabras una a una. Caras, muy caras pagarían los norteamericanos las humillaciones recibidas hace exactamente diez años, cuando Tejas todavía era mexicana.

Santa Anna no comentaba con nadie, por supuesto que no, cuando le había dado una serie de consejos de estrategia militar al jefe de la Casa Blanca para precipitar la derrota mexicana y así, y solo así, facilitar la anexión de California y de Nuevo México. La última entrevista de Atocha con Polk había sido en febrero y, desde entonces, ya habían transcurrido casi cuatro meses sin que ningún embajador secreto del presidente yanqui se hubiera presentado en su finca de La Habana a comprobar la veracidad de su propuesta. ¿Polk no habría creído nada? La declaración de guerra muy pronto estaría en manos de Paredes y, sin embargo, Santa Anna no había sido convocado ni por lo visto formaba parte de la estrategia bélica de Polk y de su Alto Mando. De cualquier manera él trataría de continuar con la ejecución de sus planes al lado de Gómez Farías, sin saber que había sido arrestado por un periodo muy breve, junto con algunos exministros como Trigueros y Lombardo, Sierra y Rosso, el abogado personal de Santa Anna, por su participación en la conjura tramada contra Paredes.[87]

La aprehensión de quienes promovían la repatriación del Visible Instrumento de Dios retrasaría los planes para derrocar al gobierno de Paredes, quien había secuestrado las cartas enviadas entre Cuba y México, las intercambiadas por los "secuaces", y por ello conocía al detalle la estrategia para deponerlo de su elevado cargo.

En donde quiera que te encuentres, maldito Atocha, que te parta un rayo. ¿Cómo te atreves a dejarme ayuno de noticias por tanto tiempo? ¿Vendrá alguien a verme de parte de Polk? ¿No me creen que puedo ayudarlos a cambio de una remuneración casi simbólica? ¿Piensan que no cumpliré mis promesas? ¡Pinches yanquis! ¿Dónde estás, Atocha? ¿Dónde está el enviado de Polk? ¡Mentecato embustero! Solo deseabas viajar con un gran presupuesto a mis costillas, ¿verdad...? Pues ya se te acabó tu pendejo...

En esos días, cuando la ansiedad se desbordaba, buscaba donde fuera a Dolores para poseerla en sueños o en la realidad. Mientras más se resistía ella por cuestiones femeninas, más sordera aparentaba tener el dictador. Así, la buscaba de día y de noche, en el atardecer o en la mañana después de tocar frenéticamente los bongós, en el jardín, en la playa, en el costurero, en el Salón de la Gloria, en la cocina, mientras Dolores daba los últimos toques de crema y chorizo a los huevos a la veracruzana preparados para el almuerzo, en los alrededores de la poza, del ojo de agua, en donde tantas veces se habían dedicado a disfrutar los exquisitos placeres del tacto.

Cuando no llegaban las noticias provenientes de México, los recurrentes momentos de amor con Lola o con cualquiera de las mulatas que tuviera a la mano lo consolaban de toda desazón, lo ayudaban a extinguir, o al menos reducir, el fuego interior que lo devoraba; ahora bien, cuando las cartas firmadas por don Valentín o por el general Salas o por Canalizo o cualquier otro de sus seguidores, por las razones que fuera, llegaban a tiempo y con la debida abundancia informativa, entonces los motivos de celebración eran tantos que ni doña Lola ni todas las nativas talladas en ceibas milenarias le servían siquiera como comparsa para festejar las felices novedades.

Paredes nunca imaginó, pensaba Santa Anna durante sus largos recorridos a pie por la inmensidad de la finca, que él sería el presidente de la República, a quien le correspondería el envidiable privilegio de abrir el sobre lacrado conteniendo nada menos que una declaración de guerra de parte de Estados Unidos. Cuando Mariano lea la carta con la firma del presidente Polk, sentirá que el techo de Palacio Nacional se le viene abajo hasta quedar sepultado bajo sus escombros junto con los que fueran del Palacio de Moctezuma. Si lo conoceré yo: nació cobarde, es cobarde y morirá cobarde. Para mí constituiría una distinción recibir una misiva así, una invitación a un duelo formal para defender el honor y la integridad territorial de la patria; para Mariano será un chicotazo en plena cara, una patada en los testículos, un golpe asestado con un guante blanco relleno de acero, una terrible encrucijada para poder salvar su dignidad sin quedar expuesto como lo que es, un hombre diminuto, pequeñito, insignificante, que no está a la altura de las circunstancias históricas. ¡Qué manera de desperdiciar un verdadero honor...! Que me declaren la guerra a mí, malditos cabrones... Ahí los quisiera yo ver...

Empiezan a llegar a México las noticias de las dos sucesivas derrotas de Arista a manos de Taylor en Palo Alto y en Resaca de la Palma. Se hace del conocimiento público que, en su precipitada y no menos indigna fuga, después de abandonar hombres, parque, cañones, mosquetes y otras armas y equipos, había ido a refugiarse en Matamoros y que, perseguido aún de cerca por los norteamericanos, pedía, exigía, y reclamaba, desesperado, el envío de refuerzos para impedir el desplazamiento del enemigo hasta la mismísima calle de Plateros, la que conduce a la Plaza de la Constitución de 1824 en el centro de la capital de la República. Paredes ordena la sustitución de Arista. Además de inepto y cobarde, un traidor que, el año pasado, le había negado el apoyo para derrocar al presidente Herrera. Ahora contaba con la oportunidad no solo de externarle su desprecio y su coraje, sino de removerlo de su cargo con todas las justificaciones. Mi general: es usted un inútil. ¡Largo! Llega en su lugar el general Francisco Mejía. "Toca a usted ahora el distinguido honor de hacer regresar a los yanquis invasores hasta más allá del Río Nueces. Cumpla con sus deberes patrióticos y militares: expúlselos del territorio tamaulipeco..."

Mientras Slidell Mackenzie navega rumbo a La Habana, la declaración de guerra norteamericana va en camino de la Ciudad de México. Tardará en arribar entre cuatro y cinco semanas a partir del 13 de mayo. El 12 de junio el Congreso mexicano nombra oficial y legalmente a Mariano Paredes y a Nicolás Bravo presidente y vicepresidente de la República, respectivamente. Ahora serán titulares del Ejecutivo de todo derecho y no solo de hecho.

Un día después de su toma de posesión y de rendir su protesta formal como jefe del Estado Mexicano, cuando apenas se estaba terminando de ajustar la banda tricolor cruzada sobre el pecho tantas veces galardonado, el general Mariano Paredes Arrillaga encuentra, arriba de la cubierta de cuero negro de su escritorio, un sobre misterioso que ostenta el águila blanca de Norteamérica con la leyenda *E pluribus unum* en el ángulo superior izquierdo. Una de las garras de la bestia, la izquierda, mantiene atrapadas 13 flechas, la fuerza y el poder de las colonias originales. La derecha exhibe una rama de olivo también con 13 hojas representando la paz anhelada...

Después... después los dos vemos el sobre blanco, inmóvil y desafiante. Los dos lo contemplamos impávidos. Los dos anticipamos su contenido. En las formas diplomáticas, exquisitas y refinadas, se usa la gentil notificación mediante la cual se informa el uso de la fuerza para matar, destruir y saquear sin consideración alguna. Es un aviso que dan los países antes de desatar la barbarie y precipitarse en la animalidad. Es la civilidad internacional a su máxima expresión. Los dos entendemos que al leer el mensaje cambiará la vida de él, como se alterará la mía, la de todos, la del país entero que deberá acostumbrarse a otra geografía política, a otras fronteras, a otros linderos, además de enlutar a familias enteras que colocarán crespones negros en los zaguanes de sus casas o en la puertucha de los jacales. ¿Cómo se atreven a hablar de paz...?

Las sonrisas que devolvió a la asamblea legislativa cuando le tributó una estruendosa ovación al asumir el cargo, se le habrían de congelar de inmediato al nuevo jefe del Estado Mexicano. El mismísimo cónsul Black de los Estados Unidos había llevado la misiva, de acuerdo a las instrucciones de Polk, para entregarla en mano al presidente de la República Mexicana. El diplomático norteamericano había pasado toda la mañana en la antesala esperando una entrevista con Paredes. Se había presentado sin cita previa dada la urgencia del asunto a tratar. Volvería más tarde a comentar el mensaje enviado por su gobierno.

Aquel día, el 13 de junio de 1846, precisamente en la mañana en que Paredes Arrillaga se hacía cargo de la oficina más importante de México, momentos después de haberse desprendido del sombrero de tres picos y del redingote y de haber dejado sobre una silla los imprescindibles guantes blancos y el sable largo y curvilíneo con empuñadura de oro, sin joyas repujadas, ni textos escritos sobre el acero refulgente, en ese preciso instante cuando, de acuerdo a la Constitución y a las leyes que de ella emanan, se disponía a resolver el destino del país sentado en el sillón de terciopelo verde con la figura de un águila devorando una serpiente bordada con hilos de oro en el elevado respaldo, en el momento en que la investidura presidencial le pesaba más que la losa del famoso Pípila, el héroe de la Alhóndiga de Granaditas, nada más inoportuno, devastador y desquiciante que encontrarse con una carta originada en Washington, de la oficina del presidente de Estados Unidos, que ningún jefe de Estado Mexicano, ni de ningún otro país, hubiera querido recibir a ningún costo y en ninguna circunstancia.

Paredes Arrillaga había conocido a través de Juan Nepomuceno Almonte, el embajador mexicano durante la parte final de la gestión del presidente Tyler y el inicio del mandato de Polk en 1845, las respuestas dadas a la Casa Blanca por parte del gobierno de la República relativas al rechazo mexicano a vender nada, ni un metro cuadrado ni un acre ni una nopalera ni un encinal ni un triste maizal por más reseco y abandonado que estuviera. Nosotros no vendemos tierra ni nuestros ojos ni nuestros hijos: no vendemos nada. ¡Por supuesto que, a diferencia de ustedes, creemos que no todo está en el comercio...!

El diplomático mexicano había revelado a Paredes la capacidad militar de Estados Unidos. Aquel tenía noticia de su carácter belicoso y de la formación profesional de sus cadetes en varias academias norteamericanas especializadas en las artes de la guerra. Era sabido el hecho de que ese país podría reunir en un muy corto plazo una sorprendente fuerza de voluntarios dispuestos a defender a su patria. El reclutamiento jamás sería un problema. No existía la leva, el reclutamiento coactivo tan difundido en México. Bastaba recordar los hechos heroicos ejecutados por los *minute-men* durante los años de la Guerra de Independencia. Era suficiente una breve y apresurada llamada de clarín en la madrugada para poner de pie, armados con mosquetes, a miles de civiles improvisados de soldados. Una parte significativa del presupuesto militar estaba destinada a la superación del ejército, siendo que los recursos económicos llegaban efectivamente a las arcas del ejército. Defenderán con toneladas de pólvora lo suyo y también lo robado, señor presidente... *Créame, Estados Unidos es la mayor banda de hampones conocida en la historia y se encuentra perfectamente armada para que nadie se atreva a protestar ni a criticar sus latrocinios.*

Por alguna razón, cuando botaban una nueva fragata con tres palos horizontales en algún puerto de la costa Atlántica, de inmediato invitaban a conocer las novedosas capacidades destructivas de la nave al cuerpo diplomático acreditado en Washington, precisamente para impresionarlo, de modo que, en sus reportes mensuales a sus países de origen, no omitieran consignar la fortaleza, en ese caso naval, de Norteamérica. ¿Por qué envían como visita de buena de voluntad a Europa al *USS Congress* dotado de una impresionante capacidad artillera? West Point, por su parte, también hacía recurrentes prácticas y ejercicios castrenses en las instalaciones de la academia y, posteriormente, servía un gran almuerzo a los convidados extranjeros con tal de divulgar, disimuladamente, sus nuevos avances en materia de armamentos. A nadie debería escapar la fortaleza militar norteamericana. Solo las mentalidades obtusas podían engañarse negando las consecuencias de un conflicto bélico con el que ya muy pronto sería considerado el Coloso del Norte.

En el mismo despacho en el que Santa Anna supo de la muerte de Inés, la misma oficina desde la que se escribía a diario la historia de México, Mariano Paredes cortó una esquina del sobre ayudándose con los dientes. Solo un par de ocasiones había despachado en Palacio Nacional. Paredes prefería hacerlo en el entrepiso del Palacio de Borda o en las oficinas del correo, lugar que era "cita de beatas, beatos, mayordomos de monjas, sacristanes, sobrinos devotos y pecadores arrepentidos", según cuenta Guillermo Prieto... Acto seguido, en lugar de utilizar el abrecartas de plata zacatecana colocado sobre la charola de asuntos de salida, introdujo el dedo índice para rasgar precipitadamente el envoltorio. Imposible ocultar su ansiedad. No había tiempo para las exquisiteces ni para los refinamientos. Extrajo el papel, lo desdobló con angustia y leyó como pudo la nota diplomática, mediante la cual se le hacía saber el estado de guerra entre los dos países, así como el inicio declarado de hostilidades.

Paredes dio un salto sobre la silla como si se hubiera sentado de golpe sobre una plancha incandescente. Se puso repentinamente de pie sosteniendo la misiva entre sus dedos. El texto le quemaba las manos. Contrajo los músculos del rostro. Clavó instintivamente la mirada en el artesonado. Buscaba explicaciones. Salidas. Soluciones de última hora. Tal vez una evasión inteligente. El presidente palideció de inmediato. Sintió perecer sepultado por el peso de la responsabilidad. Las manos se le helaron. Un sudor frío recorrió todo su cuerpo, mientras la boca se le secaba y la lengua se le pegaba al paladar. Los golpes severos del corazón en el pecho le anunciaban la terrible gravedad de la situación. Se sintió abandonado y solo en una de las coyunturas más críticas en la historia patria. Se sabía un golpista y por ende, en el fondo, despreciado por la sociedad.

¿Sería cierto?, o tal vez solo soñaba… No, no podía ser real. Siempre pensamos que Polk sería igual a Andrew Jackson, a Martín van Buren, a William Henry Harrison y a John Tyler: presidentes todos ellos expertos en la amenaza y en el chantaje, pero incapaces de pasar a los hechos. Solo que esta vez se había llegado demasiado lejos. El error de cálculo, la generalización irresponsable, se pagaría con sangre, tierra, muerte y desgracia. ¿Por qué no haberse adelantado a la presencia de un Polk, un rufián, asaltante que llegaría muy lejos en la ejecución de una larga tradición de despojos necesarios dentro de una política de cínico expansionismo? ¿Por qué, por qué una guerra entre México y Estados Unidos precisamente durante mi gestión? ¿Por qué, por qué yo…? ¿Por qué a mí…? ¿Por qué no a Herrera? ¿Por qué no a Santa Anna…? ¿Por qué, por qué yo…? ¿Por qué no a Bustamante, a Bravo, a Lucas Alamán o a Canalizo, el payaso, merolico del Quince Uñas? ¿Por qué no esperar el arribo de don Enrique de España para ser ungido soberano de México, el rey extranjero, el español de pura cepa que necesitamos los mexicanos para gobernar nuestro país y hacernos respetar por

Estados Unidos? Tiempo, tiempo, necesito tiempo... Sí, sí, pero ya era demasiado tarde. Los hechos se habían consumado y las circunstancias lo habían atropellado: carecía ya de cualquier margen de maniobra. Un conflicto armado entre Estados Unidos y México, con una tesorería quebrada, un país desunido, dividido, escéptico y apático, con un ejército integrado por "brigadas de generales en lugar de generales de brigada", sin conocimientos estratégicos ni equipo militar moderno y suficiente, expertos eso sí en las más sofisticadas técnicas del golpe de Estado, una guerra en semejantes condiciones, constituía todo un suicidio.

Arrojó la carta violentamente sobre el escritorio. Se dirigió a la ventana para contemplar a los transeúntes de la Plaza de la Constitución. Imaginó repentinamente a varios batallones de soldados norteamericanos, regiamente uniformados, rindiéndole los honores a la bandera de las barras y de las estrellas colocada en el asta de un Palacio Nacional ultrajado, invadido por extranjeros: la prueba catastrófica de que México había caído en manos ajenas. El destino de la patria era ya indescifrable. Los norteamericanos entonaban su himno descubiertos y con la mano derecha colocada en el pecho, mientras unos tambores y clarines ordenaban los tiempos de la ceremonia. Cantaban con un entusiasmo intimidatorio. Parecían haber entonado la melodía y la letra toda la vida.

Los mexicanos habíamos perdido el sol: ya no controlábamos nuestro país. Imposible soportar esas imágenes. La misma sensación habría experimentado Moctezuma cuando fue informado que los españoles, armados con palos de fuego, se acercaban por el Popocatépetl rumbo a la gran Tenochtitlán, muy a pesar de sus ostentosos regalos y advertencias. No había logrado hacerlos desistir de la invasión. Venían, también, a apoderarse de todo lo mexicano. Llegarían con la fuerza destructora de una imponente inundación. Se retiró de la ventana sin saber, por lo pronto, qué hacer con sus manos, qué hacer con la situación, hacia dónde dirigirse, qué hacer, de cara a la prensa y a la opinión pública, con la carta siniestra enviada por Polk; qué hacer con él mismo, con el general-presidente, con su imagen política; qué hacer con el Congreso, qué hacer con el ejército, qué hacer para defender ya no solo la integridad territorial, sino la supervivencia misma de México, impidiendo que el país entero fuera engullido de una sola tarascada por esos malditos extranjeros devoradores de dinero y de personas, los piratas que exigen el dinero con una mano y la pistola en la otra... ¿Qué hacer para rescatar a la nación de estos corsarios asesinos que matan en nombre de la libertad, asaltan por las órdenes supremas de Dios e incendian, despojan, usurpan, violan y atracan con la protección de la Divina Providencia, de tal modo que las fechorías y actos criminales refuerzan la confianza y seguridad en su ejército, en sus hombres de negocios y en la sociedad en general? Se trataba, claro está, de licencias y derechos concedidos por Dios exclusivamente a su raza elegida, su preferida, su favorita sin duda alguna. ¡Vayan todos a la chingada!

¿Por qué, por qué había derrocado a Herrera con el pretexto de que este no quería ir a la guerra y aparecía acobardado, cuando en realidad la prudencia y la cautela dictaban los movimientos del expresidente? ¿Por qué si ya contaba con la mejor división del ejército mexicano y él mismo había sido enviado al norte, por el propio presidente Herrera, para defender el territorio patrio, por qué había ordenado a la tropa dirigirse a la capital de la República para deponer al jefe del Estado, en lugar de cumplir patrióticamente con sus instrucciones? ¡Cómo se arrepentía! ¡Horror! Estaba pagando, y a un precio muy elevado, el costo de la traición. Jamás podría alegar en su defensa que había depuesto a Herrera por sus reiteradas negativas a ir a la guerra, cuando él mismo tampoco deseaba conflictos militares y menos, mucho menos, con Estados Unidos. Si se negaba a iniciar las hostilidades sería evidente que el derrocamiento de Herrera no había pasado de ser una justificación ingrávida para hacerse del poder a cualquier precio. Una vulgaridad. La historia lo etiquetaría como un golpista y un auténtico traidor. De modo que la guerra era la guerra... ¡A hacerle frente...!

¿Por qué entre decenas de presidentes de México tenía que ser precisamente a mí a quien le declarara la guerra Estados Unidos? ¡Carajo, carajo, carajooooo...!, se dijo al contemplarse frente a un espejo de marco patinado colocado a un lado de la puerta de la sala de juntas. Sintió como nunca la inutilidad de sus patillas, las percibió ridículas por alguna razón, al igual que su uniforme con la guerrera llena de condecoraciones colocadas a ambos lados de la banda tricolor. Entendió la fatuidad de su vida. ¿De qué le servían tantos galardones y reconocimientos, muestras de poder, prestigio y autoridad si el alcance de la artillería americana, tal y como le habían informado los lugartenientes de Arista, era muy superior a la capacidad mexicana de fuego? Nosotros dispararíamos con arco y flecha mientras que los enemigos lo harán con cañones. Mis poderes están huecos. No tengo manera de exhibirlos ni de utilizarlos. No los tengo. Con lo único que cuento es con retratos para el recuerdo. Fue entonces cuando arrojó al suelo la Gran Cruz de Honor prusiana, para acto seguido tirar rabiosamente la impuesta por la Legión de Honor Francesa y así una y otra al diablo, a la mierda, al carajo.

Tenía la apariencia de un sargento degradado. Bien pronto se quedaría desnudo. ¿Qué es todo esto sino vanidad y pedantería? Imposible detener así con medallas inútiles, a un ejército de profesionales.

Se desprendió de la banda tricolor con furia inaudita, como si al aventarla contra el sillón más cercano se viera relevado de toda responsabilidad nacional. Su rostro desencajado y feroz se reflejaba con un odio desconocido en él, mientras su famoso mentón aparecía más protuberante que nunca. Los ojos le brillaban por la ira o, tal vez, por el arrepentimiento. Se abrió a continuación la guerrera de color azul marino profundo, puños y cuello bordados en oro, desgarró prácticamente los ojales y rompió los botones dorados. Una vez desprovisto de la maldita prenda saturada de significados, tomándola por el cuello, la hizo girar con la mano derecha de abajo para arriba arrojándola contra el espejo en el primer giro. No causó el menor daño. En su coraje fue hasta su escritorio para tomar un tintero y aventarlo entre maldiciones contra la figura que veía reflejada. Deseaba convertir su imagen en astillas como quien destruye un reloj a martillazos por no poder detener el paso del tiempo o golpea en la boca a quien pronuncia verdades a gritos que no se desean escuchar o quema los instrumentos de una orquesta para acabar con la música y cancelar toda posibilidad de reencuentro en el mundo de las fantasías…

Muy pronto se vio únicamente vestido con su camisa blanca muy amplia y sus pantalones ajustados del mismo color. Las botas altas, negras, perfectamente lustradas, lo hacían parecer un enano de un circo. Desprovisto de oropeles, maquillajes, afeites y disfraces, se contempló como un ser insignificante. De pronto sintió la necesidad de volverse a vestir con la guerrera y seguir soñando. Levantar las condecoraciones y colgárselas de nueva cuenta en el pecho para poder ser otra vez digno y honorable. Si a una virgen se le retira de su elevado nicho en una catedral y se le desnuda privándola de su pequeño vestido de brocados y de su mantilla, entonces parecerá una triste muñeca de trapo, absurdamente maquillada, sin ningún poder ni autoridad ni magia para impresionar a los feligreses. ¡Qué importante era la indumentaria! ¡Cuántos complejos se ocultan tras ella!

De pronto el ciudadano presidente de la República, el señor general don Mariano Paredes Arrillaga, se armó de valor y permaneció observándose unos instantes más. ¡Qué difícil es atreverse a contemplar la realidad! No apartó la vista del espejo percatándose, con el paso del minutero de su reloj de pared, cómo se hundía en el piso sin poderlo impedir. ¿Se hundía...? No, yo estaba presente en el momento en que cayó de rodillas y se cubrió la cabeza con ambos brazos. Yo, yo estaba ahí en el instante más desesperado de su existencia. Después de lamentarse una vez más de su suerte se incorporó para arrastrarse y recargarse contra la pared. Así permaneció un largo rato hasta que recogió las piernas para colocar sus manos sobre sus rodillas. Se percató entonces que ni su secretario particular había llamado a la puerta. Por lo visto no se había presentado nada urgente ni importante... Además, hubiera sido incorrecto que su subalterno lo descubriera en esas condiciones tan lamentables.

Las fuerzas militares norteamericanas tenían una ventaja adicional: ya se habrían estado preparando y desplazando por lo menos cuatro semanas atrás. ¿Renunciar en ese momento? ¡Imposible!, además de tonto quedaría como un auténtico cobarde. ¿No había sido muy hombre para derrocar a Herrera?, entonces debería seguir siéndolo a la hora de enfrentar militarmente a los yanquis asesinos de millones de indios, a quienes, por supuesto, también les habían robado sus tierras a balazos.

Paredes había cumplido apenas un día instalado legalmente en el poder y ya sentía asfixiarse. Lo sujetaban del cuello unas manos tiesas, frías, inclementes que le azotaban sádica y furiosamente la cabeza contra la pared. Necesitaba buscar una salida airosa, o se condenaría eternamente. ¿Mantenerse en el cargo y enfrentar, junto con todo el cuerpo del ejército mexicano, a los invasores que bien pronto ingresarían al país por todos los costados como los buitres arriban desde los cuatro puntos cardinales ávidos de devorar la carroña? ¡Ni hablar! La exposición sería mayúscula. ¿Solicitar licencia como presidente a las 48 horas de haber protestado aceptar el cargo, pero con el pretexto de asumir el control y la dirección de la defensa del país? ¡Ni hablar! Él no cargaría con la responsabilidad de la derrota. Palo Alto y Resaca de la Palma serían escenarios dantescos de guerra que se repetirían una y otra vez hasta que las tropas yanquis ingresaran a la Ciudad de México. ¿Suicidarse al estilo de los militares japoneses haciéndose un harakiri, rajándose el vientre antes de soportar la pérdida del honor? ¡Ni hablar! Ni siquiera se dispararía en la cabeza un tiro con su pistola belga de dos cañones de percusión y cacha de concha nácar y plata. Nadie había vuelto de una cuchillada en el bajo vientre ni de un disparo de esos, pero tenía entendido que ambas heridas producían un dolor agudo, aun cuando fuera momentáneo. ¡Ni hablar! ¿Entonces?, entonces ya tendría tiempo para buscar un buen pretexto.

Pasado el mal rato, superada transitoriamente la sensación del naufragio sin tierra a la vista, los norteamericanos no desfilarían mañana mismo en la tarde frente a la iglesia de la Profesa, ¿verdad…?, de acuerdo a lo anterior y, contando todavía con tiempo, sería muy conveniente arroparse con la guerrera, recoger las condecoraciones y adherirlas a la prenda junto con la banda tricolor, fiel prueba de su poderío político, y mostrar audacia, equilibrio, compostura, la de un presidente, sí, sí, tenía que comportarse como un jefe de Estado, de ninguna manera como un chiquillo que ya no desea su juguete porque le lastima los dedos. Así lo hizo. Con señorial reposo, acusado el dolor y superado ya el malestar inicial de la noticia, adoptaría la postura del jerarca. Siempre le quedaría el viejo recurso que tan buenos resultados le había reportado en el escarpado camino en dirección al éxito: "A los niños se les engaña con juguetes, a los pueblos con palabras".[88] Él sabría hablar, encontraría la manera de explicarse muy bien, daría con la solución adecuada, en la coyuntura idónea. Al tiempo, al tiempo…

De regreso a su escritorio, una vez acicalada la guerrera y arreglado el escaso cabello, sentado sobre el sillón presidencial con los codos colocados sobre la mesa y la cabeza recargada sobre ambas manos con los dedos entrecruzados, Paredes pensaba en alternativas. Por lo pronto, se dijo, ¿por qué no disminuir la presión y beber un poco, tan solo un poco de brandy? Un "alcoholito", la herramienta ideal, insustituible para huir de la realidad aun cuando fuera por unas cuantas horas.[89] Volteó instintivamente para los lados y al no sentirse visto, abrió el cajón derecho para extraer una botella café de vidrio oscuro. La expuso a contraluz para descubrir la cantidad de líquido restante. Medía los tragos para conocer el nivel de euforia y la duración de la fuga. Tenía de sobra para pasar un muy buen rato, lo suficiente para observar el porvenir desde una atalaya de mármol blanco. La etiqueta parecía haber sido recortada de un viejo pergamino. Estaba redactada a mano. La cosecha lucía muy vieja. Un buen licor recupera los ánimos perdidos. Enciende el espíritu. Acorta las distancias. Rompe los hielos. Ilumina las mejillas. Disminuye el tamaño de las dificultades. Llama al optimismo. Despierta la audacia. Estimula la placidez. Invita a la comprensión y a la comunicación. Apaga la angustia. Anima a la contemplación de la belleza. Reduce la peligrosidad de los adversarios. Dispara el gozo en los momentos felices y hace olvidar los tristes. Libera la generosidad. Invita al perdón. Induce a la comprensión y a la tolerancia. Desata los afectos. Alivia las cargas de la vida. Revive al ser espléndido que habita en nuestro interior. Disminuye el tamaño de los desafíos. Sacude la megalomanía. Proyecta la imagen de los enemigos en una proporción diminuta. Los obstáculos aparecen como salvables. Hace sonreír a los rostros petrificados y promueve el amor entre los mortales. Seguid mi ejemplo: besad a todas las mujeres ajenas, hermanos míos, querámonos, abracémonos, multipliquémonos...

El presidente de la República pasó bebiendo el resto de la jornada. Arreglaba sus ideas. No podía ser molestado. Por lo visto había recibido una comunicación de Washington que requería toda su atención. Que nadie lo interrumpiera. Había que dejarlo solo y así se encontraba hasta que doña Josefa Cortés de Paredes llegó a Palacio Nacional, acompañada como siempre por un par de ensotanados, en busca de una explicación respecto a la larga ausencia de su marido.[90] No había sabido nada de él en todo el día. Fueron inútiles las súplicas para impedir que entrara en el despacho presidencial. Doña Pepa no tardó en conocer el lamentable estado de su marido: estaba más ebrio que un barril de pulque corriente. Necesitaría rezar mucho más que un Padre Nuestro para obtener el perdón y confesarse más de una vez, de modo que los sacerdotes conocieran, de viva voz y de primera fuente, la gravedad de los problemas nacionales. ¿Qué te ha hecho beber de esa manera, hijo mío? Cuéntale a este pastor de Dios toda la verdad para que la indulgencia divina acuda en tu socorro... ¡Jamás dejarían de lucrar con los secretos de confesión!

Paredes sabía que los ataques mexicanos a las tropas norteamericanas se justificaban en la misma medida en que se estaba defendiendo el territorio tamaulipeco. La franja entre el Bravo y el Nueces jamás había sido tejana. Se trataba claramente de un intento de robo, de un descarado despojo, en donde las acciones militares servirían a Estados Unidos como un pretexto para declarar la guerra total. Jamás se derramó sangre norteamericana sobre territorio norteamericano. ¡Nunca! ¡Falso, absolutamente falso!

En primer lugar se había derramado veneno, jamás sangre, porque eso era lo que corría por las venas yanquis y, en segundo lugar, las batallas siempre se habían dado sobre suelo mexicano, mismo que se debía defender a cualquier título y con lo que se tuviera al alcance. Polk mentía. Polk engañaba a su pueblo. Polk escondía la verdad y, si recibía apoyo, todo ello se debía a una alteración de la realidad. Claro que eran puritanos para lo que les convenía. Se recurría a los embustes, prohibidos por el protestantismo y sancionados igualmente por el calvinismo, siempre y cuando no se les descubriera. Por esa razón a los corresponsales de guerra, a los representantes de los diarios norteamericanos más reconocidos, a enviados del Senado de Estados Unidos, no se les permitía ingresar en las áreas conflictivas, las mismas en donde se desarrollaban las hostilidades. "Ustedes comprenderán que les impidamos el paso. Cuidamos su integridad física, además, se trata de preservar delicados asuntos de Estado..." Por supuesto que, de haber entrado, se hubiera descubierto de inmediato que las batallas se libraban en suelo mexicano y que los yanquis abusivos, asesinos a sueldo, invadían propiedad ajena...

El gran cínico bien podría haber dicho: ¡Cierto! La declaración de guerra había sido producto de un engaño al Congreso y al electorado, pero al fin y al cabo ya teníamos una declaración de guerra. Una justificación, si lo deseas, muy discutible, pero quiéraslo o no, justificación... El tiempo se ocupará más tarde de borrar todos los detalles. En un país de inmigrantes, como el nuestro, nadie tiene memoria ni le interesa tenerla. Ahí está California o Nuevo México y Tejas. ¿Quieres vivir ahí y olvidarte de Prusia o de Francia o de España o hasta de Inglaterra? ¡Bienvenido! Ponte a sembrar o a buscar pepitas de oro en los ríos o funda un banco. Olvídate de lo demás. Se trata de desarrollar los nuevos territorios y no caer en el error de la corona española ni en el del México independiente. El ideal hubiera consistido en que Santa Anna nos convocara para redactar un nuevo tratado fronterizo y devengara el precio acordado. Todavía existen esperanzas. Veremos la respuesta de Su Excelencia...

De sobra sabía Paredes que los norteamericanos matan por dinero y posteriormente disfrazan sus horrendos crímenes alegando la causa de la libertad y de la democracia o la defensa del honor. Asesinan sádicamente con su poderoso armamento, se decoran el rostro con la sangre de sus enemigos, por lo general incapaces de defenderse, gritan como enloquecidos, bailan alrededor de la víctima una serie de danzas macabras, destruyen a bombazos pueblos y ciudades, queman pastizales, iglesias y catedrales para intimidar a sus adversarios y, posteriormente, justifican con pretextos infantiles sus siniestras agresiones, ocultando a sus electores y a la sociedad la única verdad que intentan esconder: detrás de cada ataque existe un interés económico que siempre deberá ocultarse a los ojos de la opinión pública para que esta siempre entienda que su gobierno defendía la justicia, la legalidad y la democracia, en síntesis, nuestro ejército obró como promotor del bien universal.

A Polk, es evidente, solo le interesa California y disfrazará sus verdaderas intenciones hasta anexársela con todas las marrullerías, trucos, mentiras y abusos que tenga a su alcance, en el nombre sea de Dios que siempre nos bendiga en los usos y en los abusos. ¿Acaso no era sabido que desde 1825, los años de Poinsett, los embajadores norteamericanos acreditados en México habían venido a hacer

273

ofertas económicas a cambio de territorio? Guadalupe Victoria los había rechazado, al igual que Vicente Guerrero y Bustamante, entre otros presidentes mexicanos más. Ahí estaban, a la vista los intentos de Poinsett, Butler, Shannon, Ellis y Thompson hasta llegar a Slidell, quien ya ni siquiera había sido recibido a pesar de su carácter plenipotenciario.

La última conclusión a la que llegó Paredes antes de perder la lucidez, consistió en la necesidad de declarar la guerra a Estados Unidos antes de que México se desintegrara. No dudaba que muchos departamentos mexicanos pudieran pedir la anexión a la Casa Blanca con tal de aliarse a un gigante en lugar de seguir atado a un muerto de hambre incapaz de poner el orden y de prosperar. Desprenderse del esquema político mexicano para engancharse a una enorme locomotora no dejaba de ser una tentación y, para acabar con esta, antes de que fuera demasiado tarde, era conveniente unir al país por medio de una respuesta armada en contra del corsario goloso. Cierto, todo ello era válido y, sin embargo, Paredes no responde con otra declaración de guerra porque, a su juicio, se trata de una facultad legal propia del Congreso mexicano... El general-presidente, salvo cuando asestó un golpe de Estado en contra del presidente Herrera, siempre ha respetado la soberanía y la autonomía de gestión de los poderes en que se encuentra dividida la República... Él defenderá a la patria como lo considere más conveniente...

Al día siguiente, por supuesto ya muy entrada la mañana, el presidente Paredes ordenó la publicación y difusión de la declaración de guerra por parte de Estados Unidos. Imposible ocultarle al país esa terrible realidad ni los alcances de tan injusto ataque. ¿Acaso notificaría públicamente el inicio de las hostilidades cuando los yanquis ya hubieran colocado su odiosa bandera en las torres rematadas con forma de campana de la Catedral Metropolitana? Desde luego que no. Los bandos fueron leídos en plena Plaza de la Constitución a toda hora del día. Se trataba de informar también a la población analfabeta, más de un 85% de la nacional, de los males que agobiaban a la patria. Es la hora de la unión: todos los mexicanos, puestos de pie como un solo hombre, debemos luchar contra un formidable enemigo al que podremos derrotar solo si echamos mano del coraje y de la dignidad heredados de nuestros ancestros.

Los diarios de circulación nacional recogieron la fatal noticia, colocándola en los encabezados con el tamaño de letra más grande a su alcance. Los años siguientes solo se ocuparían de un tema: la guerra. La muerte. La devastación. La agonía. La impotencia. La humillación y la mutilación. El tiraje de los periódicos se multiplicó. Las ventas estaban restringidas porque las mayorías nacionales no sabían leer ni escribir.

¿A dónde vas con un pueblo con el que no te puedes comunicar, es decir, con una nación que habla diversos dialectos sin que nadie o muy pocos se entiendan entre sí y que tampoco se pueden comunicar con recursos escritos por el analfabetismo imperante? El trato igual entre desiguales resulta una aberración. ¿Cómo gobernar con semejantes desequilibrios?

Ahí está el México del whisky y el del pulque; el de la copa de cristal de Bohemia y el del jarro de barro; el del canapé y el del taco; el de quienes comen sentados con tenedor, cuchara y plato y el de quienes lo hacen en cuclillas y con las manos; el de las uñas cortadas y pulidas con un filo blanco y el de los dedos cubiertos de lodo seco; el de la barba cuidada en la peluquería y el del bigote chorreado de aguamielero; el del perfume y la lavanda y el del sudor rancio de siglos; el del corte inglés y el de tela de manta; el del piano de tres cuartos de cola y el de la harmónica lejana o la guitarra nostálgica; el del sombrero de copa y el de paja; el del médico graduado en el extranjero y el del brujo que cura el mal del viento con incienso y bailes rituales; el del pañuelo de seda y el del paliacate; el del baño de mármol y el de la letrina rural; el de las botas importadas y el de los huaraches; el de la berlina y el de la yunta; el del palacete capitalino y el del jacal pestilente; el de los viajeros a Europa y el de quienes nunca pasaron más allá de su milpa; el de quienes se expresan en castellano y el de quienes lo hacen únicamente con arreglo a dialectos; el de la parrilla doméstica para calentar alimentos y el del tlecuil; el de la cama y el del petate; el del tapete y el del suelo de polvo; el de las piscinas y el de los jagüeyes...

Las dudas de Paredes empiezan a cobrar visos de realidad. El periódico *Don Simplicio* hace notar que, en Corpus Christi, los norteamericanos se habían atraído las simpatías de sus habitantes por las mejoras que habían realizado... En Camargo, las tropas norteamericanas habían ayudado con gran eficiencia a la población durante la inundación que ese mismo año se había sufrido... Les muestran su agradecimiento. El peligro de una solicitud de anexión voluntaria por parte de cualquier departamento de la República crece con el avance de las tropas yanquis. *El Tiempo* consideraba que si México vacilaba, muchos mexicanos "comprendiendo la inmensa debilidad del país", no dudarían en anexarse a la Unión Americana. Por esa razón, la decisión de declarar la guerra tenía que ejecutarse de inmediato con tal de impresionar a los propios ciudadanos y mantener al país unido en la medida de las posibilidades. ¿Yucatán no contaba con un estatuto independiente y en cualquier momento bien podría también anexarse a Estados Unidos? Otros diarios aducían: "No podemos firmar un tratado que legalice la usurpación. Debemos ir a la guerra hasta restablecer las cosas al estado en que se encontraban antes del primer acto de hostilidad de aquella nación".

Al abordar el tema de la venta de California y de Nuevo México Martinillo sentenciaba en una de sus columnas:

Es esencia del contrato de compra-venta que el consentimiento sea mutuo y espontáneo. No se puede comprar cuando el dueño de una cosa no quiere venderla. Me vendes o te asesino, es el lenguaje del salteador. La amenaza propia de un bandido y no de una nación supuestamente respetable que canta todas las mañanas en sus escuelas y templos auténticas loas a la libertad y presume la sumisión a la ley como señal de civismo para no comportarse como un bárbaro más que resuelve sus diferencias con las manos, sin tener el menor respeto por la propiedad ajena. Los norteamericanos no han evolucionado en términos del derecho: siguen pensando al estilo del hombre del Paleolítico. Esto me gusta. Te lo arrebato. Ahora es mío. Soy más fuerte. ¡Calla!

Otros diarios consignan: "La guerra debe ser ofensiva en lugar de defensiva porque de otra manera nuestra fuerza moral quedaría arruinada para siempre". "La gloria que le daría al nombre mexicano el que esas hordas de ladrones encontraran el escarmiento de su audacia en vergonzosas derrotas." "Estados Unidos no es una nación guerrera ni conquistadora sino un compuesto de todos los vicios." "La guerra es el único partido que queda a los mexicanos si no quieren perderlo todo."[91] "Deberemos llevar adelante la guerra hasta que las poblaciones norteamericanas se conviertan en montones de ruinas."

El Republicano reconocía que las fuerzas invasoras eran superiores a las nuestras pero volvía a insistir en el sistema de guerrillas y descartaba toda posibilidad de tomar la ofensiva. "Debemos continuar la guerra antes de que una paz de oprobio haga de México el objeto del desprecio del universo. La guerra y nada más que la guerra es el único camino que México debería seguir." "Cualquier oferta de mediación debe ser rechazada pese a que la situación del país es ciertamente deplorable. Si queremos conservar ilesa nuestra personalidad no podemos dar muestras públicas de impotencia." "La Nación debe combatir e inclusive sucumbir pero con honor y dignidad. Quienes sostengan la necesidad de la paz deben ser acusados de facciosos, traidores y degradados."[92] "La derrota y la muerte en las márgenes del Sabina serían gloriosas pero infame y execrable la paz firmada en el Palacio de México. Busquemos una alianza con Europa para que la embestida del Norte no acabe con nosotros."[93]

El Congreso extraordinario mexicano autoriza repeler la agresión bélica el 2 de julio de 1846. El primer párrafo del histórico decreto quedó consignado en los siguientes términos:

Decreto del Congreso Mexicano autorizando al Gobierno para repeler la agresión de los Estados Unidos.

Mariano Paredes Arrillaga, general de división y presidente interino de la República Mexicana, a todos los habitantes de ella, sabed, que el Congreso Nacional Extraordinario ha decretado lo siguiente:

Artículo Primero: El gobierno, en uso de la natural defensa de la nación, repelerá la agresión que los Estados Unidos de América han iniciado y sostienen contra la República Mexicana, habiéndola invadido y hostilizado en varios de los Departamentos de su territorio...

Dado en México, a 2 de julio de 1846. Anastasio Bustamante, diputado presidente. Manuel Larrainzar, diputado secretario. Luis M. de Herrera, diputado secretario.

Por tanto mando se imprima, publique, circule y se le dé el debido cumplimiento.

Palacio de Gobierno General en México,
a 2 de julio de 1846
Mariano Paredes Arrillaga

Paredes piensa en los dos únicos vapores de guerra que son propiedad de México: el *Moctezuma* y el *Guadalupe*. Ordena de inmediato su traslado y su venta en Cuba con la idea de impedir que sean hundidos o capturados por los norteamericanos. El gobierno cubano los embarga por no haber liquidado los saldos pendientes de amortizar. Para defender las costas mexicanas quedan los bergantines *Mexicano, Veracruzano, Libre* y *Zempoalteca,* además de las goletas *Águila* y *Libertad,* el pailebote *Morelos* y las cañoneras *Guerrero, Queretana* y *Victoria,* todos de navegación a vela. El propio Paredes decide proteger la escasa fuerza naval mexicana refugiándola en el Río Alvarado. El alto mando de la marina se opone. Bastará, alegan, que los yanquis impongan un bloqueo en la desembocadura del mismo río para quedarnos sin nuestras goletas, pailebotes y bergantines. ¡Dejaremos todos los puertos mexicanos a disposición de los norteamericanos, señor! La historia no tardaría en concederles la razón.

Los mexicanos se revisan por dentro, se ven frente al espejo cuando constatan que la mayoría de los departamentos en que está dividido el país no están dispuestos a enviar ayuda en forma de "hombres y recursos o bien se niegan abiertamente a ello, encontrándose algunos en franca rebeldía contra el centro o divididos en bandos locales como ocurría en Tabasco, Chihuahua y California, pues consideraban la guerra extranjera como una guerra contra el Centralismo o pretendían considerarla como provecho propio o partidista". ¿Cómo es posible que con el país invadido haya departamentos que se declaren neutrales porque las guerras de la nación no son necesariamente las suyas? He ahí el comienzo de la desintegración del país. ¿Puebla? Neutral. ¿El Estado de México? Neutral. ¿Yucatán? Neutral. ¿Para qué seguir contando...? Menudo futuro...[94]

En plena efervescencia bélica, cuando los tambores de la guerra se escuchan en América del Norte y los clarines convocan a la defensa de la patria, cuando ambos bandos prometen lavar con sangre las ofensas, vejaciones y humillaciones y cada uno de los adversarios clama tener la razón legal, además de la moral, la vida, llena de paradojas y casualidades, pone en manos de Paredes la oportunidad dorada, la ansiada, la requerida para renunciar a la presidencia de la República salvando su honor, dejando incólumes sus convicciones patrióticas y demostrando, ante propios y extraños, su sentido del honor y de la dignidad militares.

A lo largo del proceso de invasión del ejército norteamericano, se produce en Guadalajara un levantamiento armado en contra de Paredes. Se insiste en llamarlo traidor por sus conocidos intentos de traer a un monarca español para regir el destino de México. También es acusado de cobarde por no declarar la guerra. El mismo movimiento propone la restauración del Federalismo y lo más sorprendente: solicita la repatriación inmediata de Antonio López de Santa Anna para hacerse cargo, una vez más, de la presidencia de la República. Don Valentín Gómez Farías y sus hijos, además del resto de los involucrados en la conjura política, sonríen desde la plenitud de su intimidad. Un golpe de Estado en plena guerra y el país ya invadido.

En el levantamiento armado encuentra Paredes la feliz oportunidad para escapar de su elevado cargo y convertirse en un presidente prófugo de sus propios poderes. El 27 de julio de 1846, a media mañana veraniega, renuncia intempestivamente a la presidencia de la República. Aborta estruendosamente, por ende, el proyecto monárquico del que él mismo quiso desprenderse un mes atrás. Le entrega el mando a su vicepresidente, el general Nicolás Bravo, junto con la banda tricolor y 3 mil hombres para proteger a la capital. He ahí al nuevo jefe del Estado Mexicano. ¿Razones? Hará aplastar a los sublevados, les instaurará un consejo de guerra y, después de un juicio sumarísimo, los condenará a ser pasados por las armas ante un certero pelotón de fusilamiento. Necesito imponer el orden a través de medidas ejemplares: acabemos con los rebeldes y con los cobardes. ¡En este país no hay espacio para los pusilánimes ni para los traidores, más aún cuando estamos invadidos! Malhechores: habrán de conocer el filo de mi espada… Una vez concluida esa tarea, marchará rumbo al norte. Encabezará al ejército mexicano para defender a la patria devastando materialmente a las tropas invasoras. ¡Que no quede ni un soldado yanqui vivo en el territorio nacional! ¿Me han entendido…?

Herrera había derrocado a Santa Anna a finales de 1844. Paredes Arrillaga había derrocado, a su vez, a Herrera en enero de 1845. Paredes había renunciado a la presidencia el 27 de julio de ese 1846 y una semana después, el 4 de agosto de 1846, a las cinco y media de la tarde un sonoro cañonazo, disparado desde la Ciudadela marca el inicio del regreso de Santa Anna al poder. El César Mexicano lo escucha sonriente desde Cuba. Se abre un nuevo capítulo en la historia dolorida de México. El general José Mariano Salas, en disimulada representación del Benemérito de Veracruz, exige la capitulación de Bravo, quien, en un movimiento desesperado y tratando de evitar el golpe de Estado, cambia al gabinete de Paredes y confirma la validez de las bases orgánicas, solo para renunciar a la presidencia después de haberla ejercido durante una semana…

Salas convoca a un Congreso para reinstaurar la Constitución Federal de 1824. Podrá ser candidato a diputado constituyente quien lo desee, sin limitación de ingresos personales ni exhibición de sus haberes patrimoniales. Asimismo, por lo pronto, hace arrestar a Paredes para hacerse dueño por completo de la situación y despejar así el camino de Su Excelencia rumbo a la jefatura de la nación o, por lo menos, hacia la jefatura del ejército mexicano, en los momentos más comprometedores y dramáticos de su corta vida como nación independiente. Salas, Salas, ¿por qué Salas, mi enemigo más nauseabundo, dirá Paredes recordando la borrachera aquella del 7 de abril de 1843 cuando, precisamente el general Salas lo acusó con Santa Anna de su estado de ebriedad y, por lo mismo Su Excelencia lo destituyó como jefe de gobierno de la capital de la República? Ahí y así arrancaban los procesos de venganza.

Taylor se queda sin adversario. Se abre un paréntesis en la guerra. ¿Cómo pueden los mexicanos arrebatarse el poder cuando están intervenidos militarmente por una potencia extranjera? Valentín Gómez Farías se frota las manos. Volverá a ser vicepresidente como en 1833. Arremeterá de nuevo contra los intereses económicos de la iglesia católica y pondrá en orden al ejército. Esta vez no fallará. Poco, muy poco habría de vivir, quien careciera de tiempo para constar, con horror, el comportamiento del clero mexicano durante la guerra contra Estados Unidos. Los calificativos se impondrán por sí solos.

Es mi deber consignar aquí tan solo un par de párrafos de una carta enviada por el embajador español, don Salvador Bermúdez de Castro, el aliado más destacado del presidente Paredes, junto con Lucas Alamán, en la conjura para hacer traer a don Enrique de España con el objetivo de ocupar el trono mexicano. Esta misiva redactada por un diplomático extranjero no deja de sorprender por la visión que se tenía de nuestro país en aquellos años aciagos de confusión, inestabilidad y desorden, precisamente, en momentos en que México estaba invadido y los enemigos, furiosos y destructores, avanzaban hacia el centro capital.

Yo, yo que viví esos años, puedo describir los rostros de mis queridos colegas, los diplomáticos extranjeros acreditados en esta nación, cuando constatamos que Estados Unidos había declarado la guerra a México, que el país estaba invadido masivamente por tropas y buques norteamericanos y que, sin embargo, muy a pesar de estar padeciendo esa terrible coyuntura, Paredes, el presidente de la República, en medio del conflicto armado, le había cedido el cargo a Nicolás Bravo el 27 de julio de ese mismo 1846.

Por si lo anterior no fuera bastante, a tan solo una semana de esta temeraria e inoportuna renuncia, cuando el presidente sustituto, el propio Bravo, llevaba en el ejercicio del cargo escasamente siete días, este, a su vez, fue derrocado violentamente. Todo parecía indicar que la dramática realidad circundante no constituía una amenaza lo suficientemente grave como para invitar a los mexicanos a cerrar filas en defensa de su patria. ¡Horror...! ¿Qué tendría que suceder —me cuestionaba yo pasmado en mi incredulidad— para que los mexicanos se unieran y así, juntos, pudieran alcanzar un objetivo de interés recíproco? Si ni siquiera una intervención armada los unía, qué, entonces, ¿qué podría hacerlo...?

Pero los juegos alarmantes sobre el alambre a 50 metros de altura apenas comenzaban: el 4 de agosto, el mismísimo verdugo de Bravo, el general Salas, un incondicional de Santa Anna, se hace del poder solo para entregárselo nuevamente al exdictador, quien, según se dice, se colocará la banda presidencial por novena vez también en este mes de agosto en curso. Cuatro presidentes en menos de un mes en plena confrontación bélica contra una potencia naciente: Paredes, Bravo, Salas y Santa Anna. ¡Cuánta irresponsabilidad! ¿Era muy complejo diferir la solución de las diferencias internas para atacar a los invasores y, una vez firmada la paz, proseguir con las difíciles tareas de desanudar los problemas domésticos?

Resulta muy sencillo distraer a los mexicanos de lo realmente importante, inducirlos a que se peleen como perros rabiosos, mientras que, por el otro lado, los despojas de lo realmente sustancial. Al arribo de Santa Anna bastaría con que lo depusieran del cargo para que estos fanáticos, hijos nuestros, se mataran entre sí por recuperar su banda tricolor y, mientras tanto, los invasores podrían acercarse a la Ciudad de México, hasta ingresar cantando por el lado de Xochimilco, apropiándose de todo su país...

Tienen toda la razón en buscar a un príncipe europeo: ellos son incapaces de autogobernarse. Sépanlo muy bien: de continuar este caos político y esta corrupción galopante, muy pronto podremos asistir a la absorción total de México a Estados Unidos. ¡Ay!, la que fuera nuestra colonia más rica y próspera, con cuya riqueza nos consolidamos en el resto del mundo...

En ese mismo agosto, en el Congreso norteamericano los abolicionistas pierden la votación para prohibir la extensión de la esclavitud en Texas. Este nuevo estado será esclavista. Pocos entreven la amenaza política que se cierne sobre Estados Unidos. De seguir la división racial puede darse una guerra civil que convierta en astillas los sueños de los Padres Fundadores. California y Nuevo México, parte de Chihuahua y Sonora pueden desquiciar la composición de las Cámaras de representantes y hacer abortar el proyecto original de las 13 colonias.

En lo que hacía a Polk, el presidente de Estados Unidos, no se detiene ante nada. No tenía tiempo que perder. Armaba su tejido como la araña teje su red. Metódico, convincente, puntual y asesino. Declara ante el Congreso de su país que el objetivo real de la guerra es "el agrandamiento territorial de su país." No le importa que desde la oposición le griten "corsario", "filibustero", "ladrón", "mentiroso". Tampoco le hiere que, en un discurso en el propio Congreso, el senador Corwin le dijera a la cara: "Si yo fuera mexicano le diría: ¿No tiene usted espacio para enterrar en su país a sus propios muertos? Pues si viene usted al mío los recibiremos con las manos llenas de sangre y les daremos una feliz bienvenida en tumbas muy hospitalarias..."[95] El presidente no se conmueve ni se impresiona. Slidell Mackenzie ya había zarpado el 14 de junio, rumbo a La Habana. El plan estaba en marcha. ¿Su misión ante la opinión pública? Estudiar los movimientos de los corsarios en Cuba y en el resto de las Antillas. ¿El objetivo secreto? Entrevistarse con el exdictador mexicano, Antonio López de Santa Anna, para constatar una a una, las aseveraciones y las promesas vertidas a través de la persona de Atocha en la Casa Blanca. Buchanan ordena al cónsul Campbell "facilitar los trabajos de Mackenzie para hacer acopio de información sobre el *modus operandi* de los corsarios en Cuba y en Puerto Rico".

Para la inaudita sorpresa de Polk y de Buchanan, muy a pesar de sus esfuerzos por evitar todo tipo de filtraciones, cuando la luz del enorme faro del cabo Henry ni siquiera se había perdido de vista, el *New York Journal of Commerce*, publica en su primera plana: "El Comandante Mackenzie zarpó el 14 de junio de Norfolk en Estados Unidos a bordo del bergantín *Truxton*, en dirección a La Habana, encargado de cumplir una misión con Santa Anna".

La expedición se hace del dominio público. Los gritos rabiosos de Polk ya no alcanzan los oídos de Mackenzie, quien de pie, en la proa, desafiando al viento nocturno, despeinado, sujeto de uno de los mástiles, espera con ansia los aromas del Mar Caribe y sueña con nuevos papeles diplomáticos o navales: se contempla en un cuadro al óleo de cuerpo completo, ubicado en el enorme *hall* central del Departamento de Marina, exhibiendo su uniforme de gala como supremo almirante de la mar océana, con los brazos cruzados, sosteniendo una pipa con la mano derecha, mientras que a sus espaldas se distingue un colosal mapamundi, dibujado sobre un viejo pergamino. Seré el Nelson norteamericano...

En la mañana del 5 de julio, Mackenzie es el primero en descubrir, a la distancia, la figura de El Morro. Una suave brisa matinal acerca al *Truxton* hasta el muelle, mientras decenas de gaviotas sobrevuelan, curiosas y juguetonas, alrededor del bergantín en busca de pescado. El viento veleidoso las hace subir o descender sin apartarse de la embarcación. El día es claro, si acaso al fondo, del lado de la costa Atlántica, se distinguen unas nubes inocuas acostadas sobre la línea del horizonte. Las aves, de un blanco impoluto, integran un alegre y festivo comité de recepción. En ocasiones flotan inmóviles, después, agitan brevemente sus alas para mantenerse en el vacío. Retozan. El sol acaricia la piel a esas horas del amanecer. El arribo, en calma chicha, reconforta los sentidos. El barco se desplaza lentamente en dirección a su destino final ayudado por las olas que se dirigen a la playa. El piar de un tocororo rompe el silencio. Sorprende a los viajeros con su plumaje azul, blanco y rojo, precisamente los colores de la bandera norteamericana. El comandante-embajador piensa en obsequiarle un pájaro similar, disecado, al presidente Polk. El primer recuerdo de La Habana.

El comandante es el primero en saltar a tierra firme sin requerir la ayuda de nadie. Besa la proa de la nave, la golpea dos veces con el puño cerrado, a modo de un especial agradecimiento. El intenso calor se hace sentir de inmediato. Las camisas blancas, sueltas, de manga larga, de inmediato se adhieren húmedas al pecho. El rostro de Mackenzie, cruzado por arrugas a sus 43 años de edad, se puebla de pequeñas perlas de sudor. La sal del mar acaba con todo menos con el honor, repetía hasta el cansancio a sus subalternos y amigos. Al momento arriba un carruaje descubierto tirado por un par de caballos famélicos. Lo aborda Mackenzie sin descuidar que su baúl, forrado en cuero café con sus iniciales, sea debidamente acomodado en la parte trasera. Un grito inentendible y un latigazo bastan para que las bestias se pongan en movimiento al trote reposado en dirección a La Habana, la vieja. El malecón está custodiado, al fondo, por una larga línea de Palmas Reales, de los pocos árboles, según le explican, con la capacidad de resistir la embestida de los más poderosos vientos huracanados. La naturaleza es sabia, se dice en silencio. Solo sobreviven los más fuertes, los más dotados. Si el pez grande se come al chico, de la misma forma, tarde o temprano, absorberemos todo el hemisferio sur. Veremos ondear el mismo lábaro de las barras y de las estrellas en lo alto del Capitolio, en Washington, otro, aquí, en Cuba, y uno más, en el estrecho de Magallanes. El triángulo perfecto.

Se instala en el hotel Siboney. De inmediato envía a un mensajero al consulado norteamericano con una carta, redactada el día anterior a bordo del *Truxton*, dirigida a Campbell anunciándole su arribo, así como la inaplazable necesidad de entrevistarse con Santa Anna, a la brevedad posible. La respuesta no llega sino hasta dos días después: Su Excelencia, don Antonio López de Santa Anna, lo recibirá en su residencia, en el camino a Varadero, el día 8 de julio a las 17:00 horas. El señor presidente (nunca se apeará del cargo) le suplica su puntual asistencia "dadas las complejidades relativas a la administración de su agenda..."[96]

Cuando Santa Anna supo de la visita la tarde anterior, echó al aire una serie de papeles, incluidos los "intocables", reinas mías, les había ordenado a las mulatas del servicio doméstico: a este escritorio jamás le quiten el polvo, ¿está claro?, ni lo limpien ni se acerquen ni mucho menos lo arreglen, porque cada una de ustedes me las pagará al triple, ¿me entienden...? Mientras las cartas, cartapacios, documentos, sobres, secantes y envoltorios caían al piso, el exdictador salió corriendo atropelladamente en busca de Dolores. Aquella, al oír los gritos, presumió un nuevo ataque amoroso de su eterno galán. Lo percibía. Cerró los ojos, juntó las palmas de las manos, echó para atrás la cabeza mientras las agitaba brevemente como quien invoca la santa piedad del Señor. Más le valía a Gómez Farías concluir los arreglos para la repatriación de su marido antes de que este acabara con ella entre tantos otros desahogos más. Cuando doña Lola escuchaba tras de las puertas los comentarios de las "chicas del servicio" en relación a las persecuciones de que eran víctimas por parte de su marido, en el fondo descansaba... Ella, según le hacía saber a su madre en cartas privadas, "no podía con el ímpetu viril de su esposo" y, en ocasiones, hasta pedía en silencio "que se fuera *por ahí,* con otra mujer, para ayudarle a cargar el peso de las obligaciones conyugales. ¿Mi papá también te perseguía por toda la casa con aquello en la mano...?"

Esta vez Dolores se equivocaba. Efectivamente la buscaba mientras repetía con insistencia su nombre y azotaba las puertas al no dar con ella. Cuando la encontró en el vestidor arreglando sus sandalias de acuerdo a la intensidad de los colores amarillos, los del verano, la abrazó, la levantó en vilo, la estrechó, la besó en el cuello y la hizo girar, esta vez sin caerse, como cuando ambos rodaron por el suelo, entre carcajadas, al romperse en dos la maldita pata de palo.

—¿Sabes quién está ya en La Habana y viene a verme mañana mismo, amorcito…?

—El padre Frías, mi confesor —repuso ella, sin congelar el júbilo del Benemérito.

—No, alguien muy importante para mí, cuya visita he esperado por mucho tiempo —repuso sin decepcionarse ni inquietarse ni soltar a Dolores. A las mujeres quiérelas como son…

—Ya sé —dijo Lola, Lolita, Lola, colgándose del cuello de su marido—. Otro hijo de Gómez Farías que viene a decirte que ahora sí todo está listo; que saldremos rumbo a Veracruz en el primer barco, que la comitiva ya te espera en el puerto y que darán 21 cañonazos para honrar tu presencia…

—¿Te estás burlando? —cuestionó, poniéndose serio.

—De ninguna manera —lo besó repetidamente—; solo que ya hemos pasado del calor al frío esperando muchas veces la tan cantada visita que, la verdad, ya no sé ni qué creer.

Sabiendo que su esposa festejaría todo aquello que él celebrara, la jaló hacia sí para decirle al oído: el presidente Polk de Estados Unidos me ha mandado finalmente a su mensajero, del que tantas veces me habló Atocha, ¿te acuerdas?

—Sí, claro que sí —exclamó eufórica doña Lola sin tener la menor idea de la persona a que se refería su marido. Solo que cuando aparecía el nombre de Polk, puesto así, en medio de la conversación, era conveniente recapacitar sin tanta festividad—: ¿Polk…?, dijiste… ¿Y quién es el enviado? ¿Lo conoces?

—No sé si es hermano o sobrino de Slidell, el embajador que Herrera y Paredes se negaron a recibir, ¿te acuerdas?

—Claro, claro, sí, sí, mi amor…

—Pues viene mañana en la tarde, a las cinco. Han mordido el anzuelo, mi vida, se lo han tragado entero con todo y carnada —exclamó sonriente, festejando su astucia—. Ahora tengo que tirar hábilmente de la cuerda para que no se me rompa —repuso soltando a su mujer y dirigiéndose a la cama para sentarse en una esquina—. Esto va en serio. De ser cierto estaremos saliendo otra vez para México en las próximas tres semanas. Si Polk ordena que se rompa el bloqueo para permitirme desembarcar en Veracruz, escúchame bien —repitió entusiasmado y frotándose las manos—: si Mackenzie trae consigo el salvoconducto, sin duda volveré a ser el presidente de México —alcanzó a decir sin comprometerse con más palabras en relación a sus planes—. Está claro que Atocha convenció a Polk y vienen a ratificar mi propuesta. Llegan atrasados, pero ya están aquí.

—¿Qué les serviremos? —preguntó Dolores sin percatarse del significado de las palabras finales pronunciadas por su marido.

—Por supuesto que le daremos de mi tequila favorito. Saca los chatitos de vidrio soplado. Sirve unas chalupitas y prepara todo en el Salón de la Gloria. Que limpien mis uniformes y las vitrinas y cómprale a Juancillo un traje de mayordomo y unos zapatos para que parezca persona… Ya verá este mequetrefe lo que es entrevistarse con el Napoleón del Oeste…

—¿Te mando la salsa roja picante para que lo enchiles como al cónsul Campbell?

—No —repuso Santa Anna sonriendo ampliamente—, no, esta vez no.

—¿Te acuerdas —recordó doña Lola a punto de soltar una risotada— que el pobrecito rompió todo el protocolo y entró como un auténtico loco a la cocina para sofocar con algo el fuego de la boca y, con tal de escapar a su tortura, echando mano de lo que fuera, sin preguntar, hundió una y otra vez el dedo en el guacamole que picaba mucho más aún y todo lo que logró fue que también se le incendiaran los labios, los ojos y la lengua? El gordito aquel se bebió casi toda el agua de la isla y ni así logró sofocar la quemazón…

La señora Santa Anna se sentía muy reconfortada cuando hacía reventar a carcajadas a su marido, objetivo muy sencillo de alcanzar porque este siempre estaba listo para festejar la menor ocurrencia de su mujer en forma, por demás, escandalosa.

—¿Te acuerdas Toñis, cómo al pinche gordo ese solo le faltaba enchilarse el culo? —cuestionó doña Lola a sabiendas que si algo la unía con el exdictador era precisamente su sentido del humor. Cómo reían. Las carcajadas las escuchaban en toda la finca.

Si la primera indiscreción, impropia de un agente secreto norteamericano, la comete Mackenzie al confesar su misión a un "amigo" del *New York Journal of Commerce*, incurre en una segunda equivocación al llegar a la residencia del exdictador mexicano y entregarle a Juancillo Trucupey su tarjeta de presentación, indicándole al mozo en un buen castellano, que venía de parte del presidente de Estados Unidos. ¿Cómo abrir su juego así, a un desconocido, cuando su identidad, supuestamente, se debía preservar fuera del alcance de todos los curiosos, incluido, desde luego, el buen Juancillo? Mal comienza la semana al que ahorcan en lunes...

Momentos después, vestido con toda propiedad, Juancillo regresa con instrucciones de conducir a Mackenzie al Salón de la Gloria. Ahí habrá de esperar unos minutos, concebidos intencionalmente como parte de la estrategia del Benemérito, para dar una efímera idea al embajador de los tamaños de la personalidad de su futuro interlocutor. No, no venía a rendir honores al jefe de una tribu ni al supremo sacerdote de una población extraviada en la serranía ni, mucho menos, visitaba a un funcionario menor del gobierno mexicano. No, muy pronto estaría enfrente de El Visible Instrumento de Dios, el Gran Almirante y Mariscal de los Ejércitos y Padre del Anáhuac.

Mackenzie no pudo ocultar su sorpresa al ingresar en el salón. Las ventanas estaban cerradas para darle más solemnidad. Las cortinas permitían el paso de una luz discreta y protocolaria. El silencio era escrupuloso. No era momento para oír el sonido del bongó ni del chuchumbé ni bailar el siquisiri. Solo faltaban un par de guardias para sentirse en el recinto de un museo. Sintió que entraba a un templo. Por alguna parte extrañó las veladoras parpadeantes. ¿Así sería la sala de trofeos de Nelson o de Napoleón? El embajador norteamericano permaneció inmóvil unos momentos antes de desplazarse con los brazos cruzados en el pecho, alrededor de las vitrinas ubicadas en el centro del salón. Ahí, de pie, leyó algunas de las inscripciones grabadas en las condecoraciones, así como las explicaciones que justificaban su otorgamiento por parte de un sinnúmero de gobiernos extranjeros. Mientras el comandante norteamericano tocaba la manga de la guerrera usada el día de la toma de posesión de Vicente Guerrero como presidente de la República, quien también se arrepintió hasta las lágrimas de no haber colgado a Santa Anna, su "querido" compadre, escuchó voces y pasos que se acercaban lentamente. En ese instante ya solo contó con tiempo para tocar la punta de una de las bayonetas tomadas a los españoles en Tampico durante la expedición de Barradas.

Por el umbral de la puerta central aparecieron las figuras de Santa Anna y de Dolores, con quien el presidente rubricaba un acuerdo de última hora. Nunca se imaginó Mackenzie la belleza y juventud de la esposa del exdictador. ¿Por qué alguien puede reunir tantos privilegios y honores? Lo que acabo de ver en esta sala y, además, esta mujer que todos desearíamos tener…

Después de hacer una breve reverencia y de besar fugazmente la mano de tan encantadora dama, extendió la diestra firmemente al patriarca mexicano. La mirada de Santa Anna exhibía una gran generosidad y hasta bonhomía. En ningún momento proyectó la de un traidor que vendiera secretos de su patria a un tercero ni filtrara las claves militares de acceso para dominar a México sin mayores complicaciones. Lucía como un hombre tranquilo, proyectaba una gran paz interior, y mostrándose como un ser afable proclive a la sonrisa, a festejar el menor comentario humorístico de su interlocutor. Cordial y comprensivo, Santa Anna se sabía dueño de una simpatía cautivadora, de una risa contagiosa y de una personalidad magnética ante la cual la mayoría se doblegaba. Se trataba de un seductor profesional. La señora Santa Anna alegó cualquier pretexto nimio para retirarse, una vez satisfecha su curiosidad femenina.

Después de un par de comentarios banales en relación a la vida en Cuba, al tiempo, al clima, a la comida y a la música, Mackenzie fue el primero en entrar en materia. Se expresaba en español con sorprendente fluidez, un requisito imprescindible para cumplir con su misión, puesto que era conocida la ignorancia de Santa Anna respecto a la lengua inglesa, por más que su amigo Sam Houston le había enseñado algunas frases durante su cautiverio después de San Jacinto. Ante la sorpresa del presidente, el norteamericano le hizo saber que gracias a los viajes que había realizado por el Mediterráneo a bordo de barcos de guerra de Estados Unidos había publicado a los 26 años de edad un libro intitulado *Un año en España* y que, desde entonces, única y exclusivamente en sus ratos libres, se había dedicado a escribir libros, eso sí, con muy escaso éxito comercial.[97]

—Como no escapará a su interés, la semana entrante cumplimos ya dos meses de la declaración de guerra de mi país a México…

—Ha sido una pena —repuso Santa Anna lacónicamente sin mostrar emoción o rechazo alguno. Sabía que al hacerlo el embajador tendría que hablar más y con ello correría más riesgos de equivocarse.

—Mi presidente, señor Santa Anna, me ha instruido para hacerle saber su deseo de no continuar con la guerra. Queremos firmar cuanto antes la paz a través de un tratado que nos otorgue todos los derechos territoriales sobre California y Nuevo México, pagándoles por supuesto a ustedes la cantidad, nada deleznable, de 30 millones de dólares. A nadie conviene la guerra, mejor hagamos una fructífera transacción mercantil sobre tierras que ustedes tienen olvidadas —adujo el marinero vestido en traje de gala blanco con insignias reveladoras de su jerarquía naval.

Santa Anna negó suavemente con la cabeza. Se puso de pie para exhibir su camisa de manga larga y sus pantalones blancos. Vestía con toda naturalidad. Con entrar a ese salón ya se podría saber todo de él.

—Tal vez yo no me expliqué lo suficiente con Atocha o Atocha no planteó correctamente mis sugerencias al presidente Polk, pero nunca, jamás, mexicano alguno se sentará a la mesa con los yanquis ni con cualquier otro extranjero para vender parte de nuestro territorio. Eso ya lo pueden olvidar usted, su presidente, su Congreso, su prensa y toda la sociedad norteamericana —argumentó blandiendo suavemente la palma de la mano derecha invertida.

—Entonces la guerra será larga, destructiva, cara, muy cara, sangrienta y dolorosa —interceptó el comandante en plan amenazador, sintiéndose aliviado al escuchar el nombre Atocha en boca del exdictador. Ahora ya no tenía la menor duda de la identidad del español que había visitado a Polk a principios del año como representante-mensajero de Santa Anna. Una buena parte de su cometido se había cumplido antes de lo previsto y sin mediar preguntas. Atocha, ya estaba claro, no era ningún farsante. Podría bajar sus cartas con la debida tranquilidad. La relación con el exdictador ya había quedado demostrada.

—En efecto —aclaró Santa Anna, sin dejarse intimidar—. Si ustedes quieren abreviar la guerra, solo deben abrir el bloqueo en Veracruz para dejarme pasar en absoluto secreto. Ahí tiene usted una alternativa útil para disminuir los daños y los costos.

En ese momento llegó Juancillo Trucupey con una pequeña charola y cinco o seis vasos diminutos para beber tequila de una botella de la que pendían listones muy cortos con los colores de la bandera mexicana. Al lado derecho aparecía un plato repleto de pequeños bocaditos cubiertos por queso blanco rallado y un recipiente con salsa roja muy picante. Mackenzie nunca podría imaginar el sufrimiento que representaba, para el joven muchacho, la necesidad de usar zapatos.

El yanqui se deshizo en elogios al probar por primera vez el tequila y más aún cuando degustó las chalupitas hechas, por supuesto, en casa. Santa Anna se abstuvo de hacer una broma en esos momentos tan críticos de la conversación. Ya tendría tiempo de sobra para ello. Además qué tal si Mackenzie venía prevenido por Campbell. De tiempo atrás sabía que los norteamericanos se apoyaban los unos a los otros...

Después de aprender a tomar la sal colocada sobre el dorso de la mano, chupar el limón y dar varios tragos de tequila, el comandante estuvo listo para continuar la conversación. Prefirió sacar de su portafolios unos apuntes para leerlos sin dejar a la memoria las instrucciones de Polk y cometer así una omisión de imprevisibles consecuencias.

—El presidente Polk —leyó Mackenzie colocándose unas breves gafas que en cualquier momento se le podrían resbalar por la nariz— ve con placer la restauración de usted en el máximo poder de México —señaló cuando Santa Anna ya deseaba una respuesta en torno al salvoconducto para desembarcar en Veracruz.

El Invencible Libertador prefirió callar y escuchar. De hablar se había arrepentido muchas veces, de guardar un prudente silencio, nunca. Prefirió engullir una chalupa entera y esperar a que Mackenzie concluyera la lectura de sus notas. Tal vez así se evitaría discusiones y circunloquios inútiles.

—El presidente Polk desea mostrar su buena fe y, por lo mismo, ya ha girado las órdenes respectivas para permitirle a usted el regreso a su país.

Nunca pensó Santa Anna que la reunión se desarrollaría con tanta facilidad. Por lo visto no había nada que discutir ¿Algo habría dicho que detonara la conversación en tan buenos términos?

Mackenzie no pensaba en detenerse ni explicar. Ya posteriormente lo haría.

—El presidente Polk espera que cuando usted regrese al poder suspenda las hostilidades por tierra en términos inmediatos y, acto seguido, nombre a un ministro para lograr acuerdos sobre todas las diferencias existentes entre ambos países.

Santa Anna regresó a su asiento. Contempló a la distancia la bandera del Ejército Trigarante, la misma que él llevó sujeta a la montura el día 27 de septiembre de aquel histórico 1821, durante el desfile de la independencia. Pobre del malogrado emperador: nunca se pudo imaginar los enormes problemas, presiones y dificultades que enfrentaría un México libre de la corona española. ¡Cuántas veces había escuchado decir a Iturbide: somos, don Antonio, la colonia más próspera de la Nueva España, la más promisoria y ordenada…!

—El presidente Polk —continuó Mackenzie mirando esquivamente las respuestas corporales de Santa Anna, quien ostentaba una manifiesta incapacidad de permanecer sentado en el asiento— promete pagar generosamente a cambio del establecimiento de una nueva línea fronteriza.

¿Santa Anna estaría soñando? Cuando trataba de descifrar su rostro, encontraba en todo momento una expresión de incredulidad. A diferencia de Mackenzie, yo lo conocía en la intimidad y sabía distinguir muecas, gestos, rictus y cualquier otro movimiento de los músculos de su cara. ¿Cómo era posible que le concedieran todos sus deseos? ¿Regresar a México? ¡Acordado! Ya era una realidad. ¿Poder? Ahí lo tienes de regreso. ¡Volverás a la presidencia de México! ¿Dinero? Lo tendrás a manos llenas, en cantidades que jamás imaginaste. ¿Tener la oportunidad de vengarte de los yanquis…? ¡En el momento en que lo dispusiera! Contarás con las armas suficientes para lograrlo. ¿Establecer una nueva frontera? Ya se vería cómo salvar la honrilla de cara a sus paisanos sin comprometer su imagen histórica. La jugada correspondía a todo un profesional de la política: deshacerse, ceder o vender los territorios requeridos por los yanquis sin ser etiquetado de traidor por sus compatriotas, los mexicanos. Entiéndanlo en el nombre sea de Dios: o entregamos los territorios norteños o perderemos todo el país. Negociemos y vendamos ahora mismo que todavía tenemos tiempo… Rescataría, en todo caso, un lugar digno en la historia patria y, por el otro, se quedaría con la mayor cantidad de dinero posible sin prolongar la guerra en exceso. Retirar después, discretamente, los recursos de la tesorería nacional sería un juego de niños... Más tarde, una vez puestos a salvo los sagrados intereses de la nación, podría retirarse a El Lencero a disfrutar su papel en la defensa de la patria. ¿Difícil...? Los grandes desafíos, se decía en silencio, están hechos para los grandes hombres...

—El presidente Polk, como usted verá —continuó Mackenzie, retirándose las gafas de la cara a modo de una señal de que había terminado la lectura de su mensaje—, desea porciones importantes del territorio norte de México y está preparado para actuar inmediatamente pagando significativas cantidades de dinero en efectivo.

Mackenzie vio a la cara a Santa Anna. Ambos volteamos a verlo en su carácter de dueño de la escena. Escrutábamos su rostro. A sus 52 años de edad lucía muy juvenil. Parecía regresar del Mar Caribe después de un chapuzón. Las arrugas, esas inocultables cicatrices de la vida, no marcaban su piel revelando el paso del tiempo ni delataban la magnitud de las adversidades sufridas. Se le veía tan fresco. ¿Qué le ayudará a este hombre a parecer tan vital? ¿Su cinismo? ¿Su ausencia de lealtad a todo lo que le rodea, su incapacidad para comprometerse con algo o con alguien? ¿La compañía de una mujer hermosa? ¿La pasión por el poder al que siempre aspira y cuando finalmente lo tiene lo desaira para luego volver a conquistarlo? ¿La existencia de las ilusiones se refleja en la piel? ¿Los dolores padecidos se leen en la mirada siendo que este ser único no proyecta ninguna emoción adversa? ¿Será en todo caso un extraordinario actor? Mira sus espaldas invariablemente erectas. No lo ha encorvado el peso de la vida ni el de los años. Mira su sonrisa cautivadora. Mira su hablar con las manos. Mira su simpatía contagiosa. Mira con qué ligereza contempla la existencia. Mira cómo las traiciones no le han hecho mella. Mira cómo las decepciones no lo desaniman. Mira cómo ve para adelante sin voltear jamás la cabeza para atrás...

El Benemérito se puso de pie. Había madurado su respuesta. La agilidad de movimientos es una exigencia en la política y en la guerra.

—¿Esos apuntes que hizo el favor de leerme los tomó usted cuando el presidente estaba hablando? —cuestionó Santa Anna con la debida cautela.

—Efectivamente, general, no deseaba yo incurrir en ningún error de interpretación ni olvidar alguna de las instrucciones —alegó con inocencia el marino norteamericano—. Casi podría decirle que son las palabras del presidente.

—Bien —acotó Santa Anna.

—¿Alguna preocupación en particular...?

—No, muchas gracias, ninguna —agregó acariciándose la barbilla—. Estamos de acuerdo en todo. Antes que nada le suplico a usted externarle al presidente Polk mi enorme agradecimiento por permitirme tan generosamente regresar a mi país para dedicarme de nueva cuenta a los elevados asuntos de Estado que tanto me incumben —el jefe de la Casa Blanca había sido debidamente informado por Buchanan y este a través de Black, el cónsul norteamericano en la Ciudad de México, del movimiento organizado por Gómez Farías, entre otros políticos más, para instalar de nueva cuenta a Santa Anna en la presidencia de la República. Se sabía que aquel había sido encarcelado en una prisión capitalina, junto con otros cabecillas, por participar en una conjura para derrocar al presidente Paredes, pero que sería próximamente liberado y ello facilitaría el acceso de Santa Anna al poder, siempre y cuando Polk rompiera el bloqueo en el puerto de Veracruz—. Agradézcale también, señor Mackenzie, sus ofertas fraternas de paz, mismas que, desde luego, yo sabré honrar deteniendo la guerra y nombrando a un representante personal para llegar de inmediato a un acuerdo en materia fronteriza y, por qué no, económica.

Mackenzie no interrumpiría por nada a su anfitrión. Necesitaba conocer a la brevedad su posición respecto al resto de los puntos sugeridos por Polk.

—Todos sabemos que la frontera de Tejas con México es el Río Nueces, entonces, ¿cuál es la necesidad de cambiarla al Río Bravo? ¿Por qué insistir tanto en esa franja insignificante cuando el pueblo de México no está dispuesto a cederla a ningún precio y más aún, cuando hay temas territoriales de mucha más trascendencia? —cuestionó Santa Anna de pie luciendo una mirada patriarcal. En todo momento parecía representar un papel.

Mackenzie venía muy bien preparado para no dejar duda alguna respecto a los intereses y propósitos de Estados Unidos. Sabía adular y agradar, pero cuando tenía que precisar los términos de la negociación, sabía conducirse con extrema severidad.

Al presidente Polk y al pueblo de Estados Unidos le tienen sin cuidado las pretensiones de los mexicanos. Estoy aquí para cumplir órdenes muy específicas y no para atender caprichos de salvajes, iba a concluir con esa expresión peyorativa pero prefirió no usarla para no provocar un rompimiento y llegar con malas nuevas de regreso a Washington.

Santa Anna bajó sus manos a la altura de sus piernas. Se sirvió otro tequila y después de beberlo de un solo trago, como para darse fuerza y ánimo, disparó a bocajarro:

—¿Esta es una negociación o es una imposición?

Mackenzie, acostumbrado a los desplantes irreversibles en donde se comprometía el honor, y la dignidad se salvaba con las armas al más decantado estilo militar, cayó de inmediato en el garlito. Las fanfarronadas no estaban a la altura de la dignidad de un hombre bien nacido. Retrocedió, temeroso del fracaso de su gestión. Si en ese momento se hubiera puesto de pie y con un "hemos terminado" se hubiera dirigido a la puerta de salida, hasta ahí lo hubiera alcanzado Santa Anna renqueando e invocando su comprensión. El jalapeño era un maestro en desplantes y encontraba verdadero deleite en hurgar en las intimidades morales y en el temperamento de sus semejantes a quienes, después de someterlos a pruebas de rigor, ya sabía con quién se iba a tomar los tequilas o a jugar el patrimonio en las peleas de gallos. Cuando producía un chasquido de dedos era claro que ya tenía los accesos confirmados para controlar a su interlocutor. A los mexicanos los conocía por la textura de la piel de sus manos o por la mirada o por el andar o por el solicitar o por la manera de llevar el sombrero cuando se descubrían al llegar a la iglesia o por la forma de sujetar a sus mujeres al cruzar la calle o al quejarse o al tomar el tenedor o recoger los frijoles con la tortilla partida en dos o al dar la orden letal a un pelotón de fusilamiento. Conocía a sus paisanos, le bastaba con verlos para saber qué cuerda jalar en cada momento, como si tocara un requinto y extrajera así la nota deseada…

—Ambos países deseamos evitarnos problemas, general, yo cumplo con transmitirle a usted el mensaje de mis superiores. Solo quisiera decirle que mi gobierno retendrá esa región y pagará abundantemente por ella, magnánimamente, si usted quiere, pero, eso sí, la necesitamos a toda costa.

—De acuerdo, solo que puede usted cumplir con su encomienda diplomática de manera amable o agresiva. Usted decide con cuál espada se bate a duelo en la madrugada, comandante —sentenció Santa Anna como si se hubiera jugado la vida a espadazos al menos un mil veces al amanecer a los pies del Castillo de Chapultepec o en los tupidos bosques tropicales de Jalapa.

Ambos personajes se apeaban de nombramientos y gentilezas. Santa Anna recurría a ejemplos intimidatorios e introducía en la conversación palabras como "espada", "duelo", "madrugada", como si en cualquier momento fuera a retar a su huésped y a batirse con sus sables sobre la arena de la playa a la luz de la luna. Si Mackenzie hubiera sabido lo que era en México un bravucón, se hubiera crecido al desafío.

—Prefiero el recurso de la amabilidad —adujo sonriente el comandante.

—Bien, muy bien, si no ya estaba yo pensando en hacer traer al cónsul Campbell para que fungiera como su padrino... —remató Santa Anna igualmente sonriente sin dejar de disminuir con sus ejemplos a su interlocutor. En realidad, lo aplastaba.

Los dos soltaron una feliz carcajada, ciertamente artificial, como si revisaran el número de balas que les quedaba en la cartuchera.

De cualquier manera el lenguaje utilizado por Mackenzie le recordó a Su Excelencia que Polk tenía el poder, ¡ah!, que sí lo tenía y no dudaría en utilizarlo con tal de alcanzar sus fines. La prueba estaba a la vista: México y Estados Unidos estaban en guerra y Polk era el único responsable de ello.

El Benemérito recurrió a una salida ingeniosa para disimular sus intenciones. Fue entonces cuando expuso a Mackenzie que antes de ver la llegada de un príncipe español para gobernar México, él estaría dispuesto a negociar un nuevo tratado de límites. Subrayó la importancia de que su conversación se mantuviera en escrupuloso secreto.

—De divulgarse lo que hemos tratado podría ser acusado de traidor, usted entiende, ¿no? —cuando Su Excelencia solamente buscaba el bien para su patria siendo que el arribo de un monarca europeo regresaría una vez más las manecillas de la historia con todas sus consecuencias—. Con la venta de esos territorios México no perderá nada y, por el contrario, nos haremos de importantes recursos para crecer y satisfacer necesidades populares, "las mínimas que exige el hombre para colocarlo a la altura misma de la dignidad del ser humano".

Mackenzie observaba cómo Santa Anna insistía en la búsqueda de alternativas para dejar a salvo su honor. ¿Acaso don Enrique vendría a sentarse en su trono mexicano cuando precisamente el país anfitrión, el país que lo había invitado a gobernar, se encontraba nada menos que en guerra contra Estados Unidos? España, por su situación económica, no podría apoyar al joven monarca. Tenía casi todo por perder y nada por ganar. Además, el propio Paredes Arrillaga, seguido por Lucas Alamán, ya daban por perdida su causa y, sin embargo, Santa Anna trataba de lucrar políticamente con un cadáver para justificar sus objetivos.

—Además, debe saber usted, comandante —exclamó Santa Anna en uno de sus arranques—: si llegara a imponerse la monarquía en México yo me iría con mi familia a Tejas y solicitaría al presidente Polk la ciudadanía norteamericana.[98]

Mackenzie no podía entender los alcances de la conversación. No dejaba de tomar notas. ¿Quién le iba a creer en Washington que nada menos el expresidente mexicano había hecho una aseveración de esa naturaleza? Santa Anna se iría a vivir a Texas y se haría ciudadano norteamericano... *Oh, my goodness!*

—Su gobierno debe entender, señor comandante —continuó Santa Anna como si no hubiera dicho nada trascendente—, que si aceptan mis consejos y cambian su estrategia militar, tal y como yo deseo que se haga, este hecho debe ser entendido como un acto de patriotismo de mi parte y así, y solo así, podré firmar en paz un nuevo tratado de límites —todavía agregó para fundar aún más su dicho—. Quiero salvar a México del retorno de un reyezuelo español y si el precio de todo ello es elevar el nivel de la guerra con el objetivo de suscribir otro acuerdo fronterizo, juro que lo haré: antes está la supervivencia de mi país. No permitiré que sea absorbido otra vez como colonia europea.

Bien sabía Mackenzie que Santa Anna había criticado y atacado a Estados Unidos por el papel beligerante y encubierto que había asumido en la pérdida de Texas y sin embargo, a pesar de saber cómo detestaba a sus vecinos del norte, se acercaba a negociar con tal de obtener ayuda para regresar al poder. Era irrelevante discutir los términos de un arreglo con un enemigo o un amigo, nacional o extranjero, si este haría las veces de puente para que Su Excelencia volviera a sentarse en la silla presidencial. El comandante norteamericano se concretó a alegar:

—Cuenta usted con la seguridad de que mi gobierno sabrá apreciar en la medida de lo que vale su esfuerzo para luchar por la supervivencia de su país.

Eran exactamente las palabras que Santa Anna deseaba escuchar. A partir de ese momento, necesitado de creer en alguien, reveló sus planes y marcó los errores en que estaba incurriendo Estados Unidos en la estrategia militar al invadir México.

—Necesitamos hacer creer a mis compatriotas que la situación es desesperada, comandante. Tenemos que asustarlos, plantearles un escenario siniestro, convencerlos de la posibilidad de que todo México sea engullido por ustedes. Uno es el mexicano que llega a sentirse seguro de las situaciones y otro, muy distinto el que reacciona contra el pánico, ahí es donde tenemos que esperarlos con un lazo en la mano —adujo muy entusiasmado—. Cuando estén hundiéndose en las arenas movedizas tendremos que esperar unos momentos más, casi cuando solo puedan sacar una parte de la cara y de la nariz para respirar, para negociar con ellos. Son muy tercos, los conozco, me hice con ellos, entonces, aceptadas las condiciones, los rescataremos y de inmediato los obligaremos a firmar apuntándoles con una pistola a la cabeza antes de que se les olvide lo acordado...

A Mackenzie lo acosaba la sorpresa por estar con un individuo con características únicas, jamás vistas en su experiencia profesional, al tiempo que lo invadía una gran felicidad al contar con un aliado firme, confiable e incondicional para ganar la guerra a corto plazo quedándose, cuando menos, Estados Unidos con California y Nuevo México. Se trataba de una gran negociación para Washington, allá México con sus políticos imposibles de calificar.

—Le garantizo que será usted considerado todo un héroe —apoyó Mackenzie empujándose los restos de tequila de su caballito—. Ahora dígame cómo y por dónde atacar...

—Dígale por favor al presidente Polk —agregó Santa Anna goloso y volteando instintivamente a los lados para constatar que ni Juancillo se encontrara en el Salón de la Gloria— que debe avanzar sobre Saltillo y hacerse de esa ciudad para que, ya convertida en centro de operaciones, pueda tomar Monterrey y de ahí bajar hasta San Luis Potosí,[99] lo cual despertará el miedo y también algunas muestras aisladas de coraje que nos acercarán a la negociación deseada.

Era claro que Su Excelencia llevaba mucho tiempo pensando esa solución y de ahí que no le fuera difícil revelarla con toda puntualidad.

—Escúcheme bien, Mackenzie —adujo Santa Anna, obligando a su interlocutor a acercarse más—: al mismo tiempo deben tomar Veracruz, para lo cual es inevitable bombardear el puerto y la fortaleza de San Juan de Ulúa desde su flota anclada en el puerto. Mientras no caiga Ulúa no caerá Veracruz. Si mis paisanos resisten por lo tercos que son, los cañones de ustedes deben ser orientados también hacia la población, a las casas, a las iglesias, a los mercados, a las plazas: solo así podrán doblegarlos. Tampico, sí, sí, Tampico —repuso como si se le estuviera olvidando una parte muy importante de la conversación—. ¿Me pueden explicar por qué razón no han tomado Tampico? Deben hacerlo a la brevedad: el clima de octubre a marzo es muy sano. Ese es el que deben aprovechar… Pero ¡ya!, ¿para qué perder más tiempo?[100]

Mackenzie prefirió tomar nota ante el alud de ideas que dejaba caer el César Mexicano, como si se tratara de una pertinaz lluvia tropical de esas que también se sienten en Jalapa, la tierra que viera nacer al Benemérito un feliz 21 de febrero de 1794.

—Entonces, cuando los mexicanos sientan que pueden perderlo todo, cuando sientan cómo se hunden irremediablemente, instante tras instante, es cuando yo entraré en escena con una cuerda en la mano para salvar a mi patria de la desaparición total —concluyó, poniéndose nuevamente de pie en busca de la fuente de chalupas que yacían ignoradas de buen tiempo atrás.

Santa Anna se vio convertido en un dictador millonario, pero no contempló a un Polk erigido como presidente de hecho de toda una nueva nación conquistada. Por supuesto que en la conversación ninguno de ambos personajes, es más, nadie, ni Polk ni Buchanan ni Bancroft ni Walker ni Marcy se detuvieron a considerar la pérdida de vidas civiles y militares ni se detuvieron ante el luto en los hogares de ambos países ni en la destrucción que se sufriría en México como escenario de la guerra, porque obviamente el campo de batalla no serían las calles de Washington ni se mataría puerta a puerta en la capital de Estados Unidos invadida por tropas extranjeras, tal y como dijo Martinillo en el último párrafo de su columna cuando México también le declaró, en respuesta digna, la guerra a Estados Unidos:

¡Cuánto gusto me produciría apostar los cañones mexicanos en dirección a la Casa Blanca, estar a un lado del Potomac y disparar toda la artillería de mi nación hasta agotar la última bomba y más tarde aventar aunque fueran pedradas contra ese auténtico nido de víboras en donde se planean los más feroces ataques en contra de un pueblo desvalido y pobre como el mío, el mexicano, cuya desgracia más sobresaliente, es la tenencia de un territorio ambicionado por esta raza auténticamente maldita que solo puede sobrevivir a base de tragarse todos los bienes ajenos! ¿La Raza Maldita...? Nunca pensé en dar con una definición más certera que encuadrara a estos piratas, ya más sofisticados, del siglo XIX.

—Creo —adujo Santa Anna mientras Mackenzie tomaba notas— que me he expresado con la suficiente claridad y, si no es así, proceda usted a desahogar sus dudas para no dejar ninguna inquietud en el tintero...

—Así es, general, he recogido su agenda militar y las justificaciones de su conducta. Créame que sabré comentarlas en Washington con la deferencia y espíritu patriótico que ha sabido transmitirme. Por su parte, ¿retiene usted alguna duda o se reserva un punto pendiente de tratar? —preguntó el norteamericano completamente satisfecho de su gestión y deseoso de volver al bergantín *Truxton* para emprender el regreso, pero eso sí, no precisamente a Washington, como se lo había ordenado el propio presidente Polk...

—Gracias por su cortesía, comandante —repuso Santa Anna ante la sorpresa del marinero, quien ya no esperaba ningún agregado a la conversación—, pero yo sí tengo un aspecto, igualmente delicado, que abordar.

Mackenzie dejó de escribir y clavó la mirada en el rostro de Su Excelencia. ¿Por qué, se dijo en silencio, los mexicanos siempre tienen una baraja en la manga? Ya me lo habían dicho: nunca parecen concluirse los asuntos, invariablemente surgen los pendientes, los problemas no abordados, los malos entendidos, lo que se dijo o no se dijo...

—Se lo diré bien y rápido, tal y como se lo solicité al presidente Polk a través de mi querido amigo Atocha...

—Usted dirá, general...

—Necesito 2 millones de dólares para gastos...

—¡Dos millones de dólares! —repuso ahora Mackenzie poniéndose de pie y dirigiéndose a la botella de tequila que se mostraba ya a medio nivel.

—Requiero darle garantías de pago a mi ejército para asegurarme el ascenso al poder. Si llego con las manos vacías y solo les prometo uj313n bienestar futuro, no pasaré de mi finca en Veracruz: nadie me creerá, comandante, nadie me seguirá y nuestros planes se vendrán abajo como un castillito de naipes.

—Bien, se lo diré al presidente Polk en mi primera entrevista.

—¿No tendría usted conveniente en asentarlo ya que usted escribe todo y no deja nada a la memoria? Sin 2 millones de dólares, como adelanto de los 30 que nos darán, nuestro proyecto se derrumbará por sí solo.

Cuando Mackenzie terminaba de escribir la palabra "millones", guardaba ordenadamente sus notas y cerraba su portafolios, todavía de pie, viendo cara a cara al exdictador, con el ánimo de despedirse formalmente, Su Excelencia se le acercó al oído para decirle en voz muy baja mientras que el norteamericano pensaba que se trataba de otro asunto "delicadísimo" de última hora:

—¿No le gustaría a usted cenar unas gallinitas antes de tomar el barco rumbo a Washington? —cuestionó Santa Anna con una sonrisa socarrona a punto de soltar una carcajada.

—No, general, muchas gracias, de niño me obligaron a comer pollo al extremo de que hoy lo odio y no puedo comerlo, el solo hecho de olerlo me descompone.

—No, mi comandante —se acercó Santa Anna en plan más amistoso y percatándose de que su invitado no había entendido el mensaje—, los mexicanos invitamos a nuestros socios

301

obsequiándoles mujeres hermosas para celebrar el cierre de un buen negocio y este es el caso... Tengo unas gallinitas en el centro de La Habana listas para comerse con las manos, amigo Mackenzie y estos pajarracos, créame, no sobrevuelan el Potomac... ¡Se lo aseguro...!

—¿Pero no está usted casado? —preguntó confundido el agente secreto de Polk.

—Casado..., sí; castrado, no... qué va señor...

—Guárdeme sus gallinitas para otra ocasión —respondió el yanqui turbado y tratando de apresurar el paso hacia la puerta de la calle. Estos mexicanos no se van a salvar nunca. Ignoran las reglas más elementales del puritanismo... Nacen condenados y morirán condenados por no respetar los derechos ajenos. ¿Qué pensaría su mujer si hubiera escuchado su propuesta?, le hubiera gustado preguntarle al dictador, pero por supuesto, este habría salido con una respuesta hiriente para justificar sus malas acciones. No desearás los bienes ajenos, parecía ser un mandato divino.

Cuando ya se dirigían a la salida y después de que Santa Anna le explicara brevemente la historia de algunos de los gallos disecados que tenían en los pasillos, de pronto se detuvo tomando por última vez del brazo al marinero norteamericano. Este, por supuesto, se mostró muy sorprendido. ¿Acaso quedaba algo restante por tratar? ¡No quiero gallinitas, *God damn it!*

—¿No tiene usted nada para mí de parte del presidente Polk?

—Nnnnooo —repuso el yanqui levantando los ojos y la cabeza buscando en el techo una respuesta. ¿Habría olvidado ahora él algo?

—Yo le recordaré —exclamó cuando Mackenzie se dio por vencido—. Debe usted tener perdido entre sus papeles un salvoconducto para que Conner me deje pasar a través del bloqueo naval en Veracruz... ¿Cómo haría si no para entrar a México?

—¡Oh!, sí, sí, me había olvidado, con eso de las gallinitas cualquiera se pone nervioso.

Mackenzie hurgó rápidamente entre sus papeles hasta encontrar el sobre sellado y lacrado para entregar "en mano" del propio Antonio López de Santa Anna. Su Excelencia lo abrió precipitadamente en presencia todavía del agente secreto enviado por Polk. No venía firmado por Polk, sino por Bancroft, el secretario de la Marina. Ahí constaban las instrucciones tan anheladas. Ese papel valía oro para poder regresar a México. Se rompería el bloqueo solo por él, pero eso sí, tan pronto pusiera un pie en tierra firme veracruzana lo enrollaría y lo quemaría para prenderse un buen puro de la región. Nunca nadie podría saber el secreto. Si se llegara a descubrir la existencia del salvoconducto, se complicaría severamente la buena marcha de los asuntos. ¿Cómo se lo explicaría el propio Gómez Farías?

Santa Anna sonrió mientras detenía el sobre y la carta en su mano.

—¿Entonces qué, mi comandante, le entramos a unas gallinitas? Tengo unas para usted bien tiernitas y de pechuga blanca, blanca, blanca...

—Gracias, mi general —dijo Mackenzie al abordar su berlina. Sorprendido por haber venido a una cátedra de estrategia militar en lugar de una reunión para comprobar temas diplomáticos, el comandante se atrevió a inquirir—: ¿Considera usted, general, que toda esta información se la deba dar yo primero a Taylor o a Polk hasta Washington? La razón me dice que debo ganar tiempo con Taylor dándole instrucciones que tarde o temprano tendrá que acatar. Aprovecharé esa ventaja.

—Todo dependerá del nivel de discreción de Taylor, *mister* Mackenzie, usted sabrá mejor que yo.

—Adiós, general Santa Anna...

—Vaya usted con Dios, que todo lo sabe —alcanzó a decir el dictador como si quisiera aventar una última daga al cuello de su invitado...

El carruaje de Mackenzie no había desaparecido de los linderos de la residencia de Santa Anna, cuando doña Lola ya se acercaba curiosa a conocer el resultado de las negociaciones. El general abrazó a su mujer cuidándose mucho de no arrugar el documento que tenía en sus manos. Sin soltarlo, le dijo al oído:

—No sé por qué razón el presidente Polk me mandó un pendejo de estos tamaños...[101]

—¿Por qué pendejo? —dijo ella, sorprendida porque su marido recurría muy rara vez a las palabras altisonantes, "con todo y que soy veracruzano", le aclaraba siempre.

—Imagínate: me leía como un párvulo sus instrucciones casi dictadas por Polk sin darse cuenta de que, al empinar al presidente, él mismo se cerraba puertas en la negociación. Siempre lo confirmo: los yanquis serán muy buenos para robar y matar con todo y su santo puritanismo, pero eso sí, lo que tienen de grandotes lo tienen de pendejos...

—Bueno, bueno, ¿pero te dio el salvoconducto?

Abanicándose con el sobre que detenía en sus manos y golpeándose levemente con él en el mentón, le susurró:

—Los detalles te los contestaré ahora mismo en la cama... Ya tenemos algo que festejar. Por lo pronto dile a Licha, a Mari y a Aurora que vayan guardando tu ropa en los baúles. Nos iremos en menos de un mes... Volveré a ser presidente, esta vez, gracias a Polk...

Tercer capítulo

La segunda conquista de México

> El carácter esencial del americano es duro,
> solitario, estoico y asesino.
>
> D. H. LAWRENCE

> La raza maldita, la anglosajona, no se define
> por su amor a todo lo ajeno, sino por el
> impulso divino que experimentan al robar
> y la bendición que perciben del más allá al
> consumar el hurto.
>
> MARTINILLO

Era por todos sabida la resistencia de Polk a dar sus instrucciones por escrito. Jamás asentaba su firma al calce de un documento que posteriormente pudiera comprometerlo, más aún si se trataba de una operación secreta de las tantas que tramó en el interior de la Casa Blanca. Obviamente temía las consecuencias políticas que podrían derivarse si una de sus órdenes confidenciales aparecía repentina y sospechosamente sobre la mesa de trabajo de un legislador de la oposición o "traspapelada" sobre el escritorio de un periodista enemigo. Pero no solo en ese sistema de respuestas adversas radicaba la justificación de su conducta, no, Polk también temía el juicio de la historia en el caso de que un documento confidencial, suscrito por él, fuera a caer en manos de biógrafos o investigadores que pudieran "ensuciar" su imagen de cara a las futuras generaciones.

Mackenzie recibió sus órdenes verbales como cualquier otro funcionario o agente encargado de una operación secreta. Su obligación consistía en abstenerse de mandar reportes por correo que pudieran ser interceptados o abiertos en los despachos del Departamento de Estado o de la Casa Blanca y, con carácter urgente zarpar rumbo a Washington para informar al presidente, de viva voz, cara a cara, de lo acontecido. La primera entrevista no sería con Bancroft ni con Marcy ni con Buchanan: antes que rendirle cuentas a nadie se debería apersonar con el presidente de los Estados Unidos y luego, luego, ya recibiría instrucciones.

¿Qué hizo Alexander Slidell Mackenzie? Legó a los historiadores y novelistas un material invaluable para reconstruir los hechos tal y como se dieron entre los más encumbrados personajes de la época. En primer lugar, la misma noche del 8 de julio envió una carta al secretario Buchanan relatándole los pormenores de la conversación con Santa Anna y explicándole cómo había desarrollado, punto tras punto, exactamente, las instrucciones de Polk. "Le leí, señor secretario, las órdenes que me dio el presidente para no cometer error alguno, órdenes que aquí mismo le transcribo con las respectivas respuestas del líder mexicano." Si Buchanan y Polk no podían creer las indiscreciones de su "enviado diplomático", menos, mucho menos pudieron concebir cómo Mackenzie, en lugar de navegar a toda vela rumbo a Washington, había zarpado en dirección a los cuarteles de Taylor en las márgenes del Río Bravo, por supuesto sin autorización alguna, para revelarle al general su misión secreta, así como las sugerencias del mismo Santa Anna para intervenir militarmente en México.[102]

Por un momento Taylor creyó estar soñando o hasta llegó a dudar del equilibrio mental de Mackenzie:

—¿Entonces me quiere usted decir que Polk invita a Santa Anna a regresar a su país para encabezar al ejército mexicano en contra de nosotros y al mismo tiempo para lograr la paz que incluya la anexión de toda California y Nuevo México y tal vez parte de Chihuahua y Sonora a cambio de 30 millones de dólares? Ya decía yo que el pleito de la franjita entre el Nueces y el Bravo era un mero pretexto para algo mayor, mucho mayor...

Mackenzie asentía mecánicamente con la cabeza.

—¿Entonces yo debo proceder a bombardear Saltillo, Monterrey y bajar hasta San Luis Potosí, señor comandante? —preguntó Taylor en plan provocador a sabiendas que él no daría un paso sin instrucciones escritas de Marcy o del presidente y que Mackenzie en todo caso era un irresponsable, un niño que jugaba con la cuerda de un cañón *Horwitzer* cargado.

—No, por supuesto, no haga eso.

—¿Por qué no...?

—Porque no lo ha autorizado el presidente ni Marcy ni el Alto Mando.

—¿Entonces qué sentido tiene venirme a ver si de cualquier manera, como militar, solo acataré las órdenes que tenga sobre mi mesa de campaña?

—Buenos días, general...

—Vaya usted con Dios, comandante...

Mackenzie nunca se dio cuenta de los errores cometidos hasta que pisó la oficina de Polk y este le exhibió el reporte enviado a Buchanan y le reclamó tanto la nota aparecida en el *New York Journal of Commerce*, como la conversación supuestamente secreta que había sostenido con Taylor en sus cuarteles generales del Río Bravo. Fue de las escasas ocasiones en que escuché a Polk dirigirse a un subalterno recurriendo a expresiones procaces y soeces. Si bien es cierto que su carrera se vio de alguna manera truncada por estas efemérides, no es menos válido que sus indiscreciones se convirtieron en un material muy valioso para conocer de cerca a Polk, así como descubrir o confirmar las tramas que urdió para apropiarse de más de la mitad del territorio mexicano. Bienvenido sea a la historia de México el comandante Alexander Slidell Mackenzie...

El día 8 de julio de 1846, tan pronto se perdió de vista el enviado norteamericano, estalló una revolución en la residencia de los Santa Anna en Cuba, cuando propios y extraños fueron informados, entre gritos y sombrerazos, que el destierro de más de un año tocaba a su final. Don Antonio, decían, volverá a ser presidente: ¡Viva, viva, viva...! El movimiento era similar al que se vivía en la Casa Blanca y en el Palacio Nacional de México por aquellas fechas. Con una importante excepción en las comparaciones: en la finca del Quince Uñas todo era celebración en torno al patriarca, al invencible, al supremo. Hasta doña Lola, tan poco amiga del alcohol, no tuvo empacho en tomarse "a pico" dos buenos tragos de tequila rodeada del personal doméstico mexicano y cubano. El César y doña Lola fueron paseados en hombros por la casa, los jardines y hasta la playa.

Lo único que faltaba para fletar el *Arab*, que estaría próximamente arribando a las costas cubanas, sería la liberación de don Valentín Gómez Farías de la cárcel de la Ciudad de México, en donde había sido recluido por participar en la conjura para derrocar a Paredes, junto con otros líderes liberales radicales.

Empezaron a escucharse las notas del chuchumbé, mientras los más cercanos del exdictador se dieron a bailar el siquisiri, otros a zapatear o a interpretar sones dirigidos a las mulatas. Juancillo Trucupey trajo rápidamente a los artistas del bongó, a los requintos y hasta una marimba de las que tanto disfrutaba el patrón. No tardaron en aparecer los barriles de ron, las tinajas con limonada, los tacos con ropa sucia, los moros y cristianos con plátanos machos y la salsa de las salsas, el ánimo, la alegría, el sabor, la intensidad festiva, el placer por la música y la feliz indolencia de soltar las piernas, de dejarlas ir contagiadas del lenguaje de un ritmo tropical.

La fiesta llevaba ya un par de horas cuando se escucharon gritos e insultos en el palenque, la antesala de la gloria, según la había bautizado el *presidente*. Nadie se hubiera percatado de la feroz riña que se producía en el lugar favorito del amo, si no es porque un disparo rompió con todo el jolgorio. Por supuesto que bailarines, cantantes, novios y pretendientes, doña Lola y sus chicas e invitados de última hora corrieron a través de los gallineros para descubrir el origen y los protagonistas de la reyerta. El silencio se impuso antes de lo que se tarda en producir un chasquido de dedos para que sobresalieran solamente dos voces entre todos los asistentes: un norteamericano enorme, del tamaño de un oso, con las barbas eternas sin que jamás alguien le hubiera mostrado la existencia de unas tijeras, vestido casi con andrajos, su ropa hecha casi jirones, discutía, sosteniendo por el cuello una botella de ron y utilizando todo género de palabras soeces en inglés o español dirigidas a Santa Anna, quien no se había mudado de indumentaria después de la visita de Mackenzie. ¿Acaso había llegado el momento del duelo, sobre todo en ese día tan feliz que marcaba para el César un éxito diplomático en su carrera y el regreso a la vieja y amada patria? ¿Un duelo aunque fuera a golpes y que este salvaje le deshiciera el rostro, rescatado de mil batallas sin una sola cicatriz, con un puñetazo que, sin duda, derribaría a un gorila enfurecido?

—*Raterou* —le gritaba en plena cara al Invisible Instrumento de Dios—, *sois un ladróun di lo pior qui mí haber conocidou en mi vida, grandísimou cabraun.*

—Usted no me va a venir a insultar en mi propia casa, con mi propia gente y frente a mi propia familia, maldito yanqui comemierda: ustedes son unos ladrones, abusivos, estafadores. Todo lo que tienen ustedes lo han hecho a base de quitarnos a los demás lo nuestro. Los *cabraunes* serán ustedes —dijo Santa Anna burlándose abiertamente del hombre-oso.

—*¿Quí decir osté?*

—*Mí decir qui ustedes ser unos cabraunes* —repuso Santa Anna imitando el acento inglés del agresor con su flema jarocha y sin dejarse intimidar.

—*Mí no haber hechou trampas.*

—Pues *mí* tampoco, cabrón.

—*Usté haber sacado un gallou cuchou, todou jodidou y mí haberle apostado todous mis ahourrous.*

—*Mí* no tener la culpa de que sea usted tan grandote y tan buey —desafió Santa Anna dispuesto a todo. Cualquier cosa podían criticarle en el ejército, pero el cargo de cobarde en el campo del honor, jamás lo toleraría. Eso sí que no. Todos los suyos lo habían visto en el frente, montando su caballo blanco, *El Fauno*, esquivando las balas y hasta las bombas. ¿Cobarde? Que me lo digan en la cara.

—*Usté me engañóu.*

—Miente, señor, yo no lo engañé, lo que pasa es que usted perdió y se niega a reconocer su derrota como corresponde a un cobarde.

—*Mí no ser cobardei.*

—Sí que lo es.

—*¿Por qué no nos damous de chingadazous, como decir por aquí su gente, ahí mismo en el centro del palenquei, en la arena?*

—Porque *mí* no ser *pendejou, siñour* —devolvió otra vez Santa Anna la agresión con una burla desmedida—, *con uno que usted me dar tener mí* suficiente…

—*Entonces escoger el arma que usté querer.*

—Está bien —adujo Santa Anna, recuperando un poco el equilibrio—; de lo que se trata aquí no es de jugarse la vida sino de comprobar quién es más macho. Usted dice —bajó un poco la voz— que no es ningún cobarde y yo digo que usted y todos los que hablan como usted son unos cobardes malditos y rateros.

—*¿Cómo querer usté que mí demostrar que no ser cobardei y que usté es una gran caca de vaca…? ¡Ouh!, caca de vaca, que bonitou versito le he compuesto, siñor.*

—Mire güerito: déjese de payasadas y comprueve su valentía, esa que dice tener, pegándose un tiro en el pie, a ver si es tan hombre. Veamos quién resiste más el dolor, si un mexicano o un pinche yanqui robavacas... —asentó Santa Anna y de inmediato puso una pistola cargada en la mano derecha del norteamericano.

Se hizo un espeso silencio. Al fondo solo se escuchaba el guirigay de los gallos. De pronto pareció que se estaba velando a un muerto. Nadie reía. No se percibían siquiera murmullos aislados. Todos los presentes enmudecieron y clavaron la mirada en el extranjero.

Santa Anna escuchó entonces la respuesta esperada.

—*¿Por qué no comenzar usté?*

—¿Me da la oportunidad de demostrar que yo soy mucho más valiente que usted y que su presidente Polk y el tal Taylor, ese mata-apaches?

—*Sí, gustousou* —exclamó el hombre-oso devolviéndole la pistola al expresidente, mostrando ya cierta humildad.

El general-presidente se percató de que si disparaba contra su pierna izquierda, esta no sangraría y la trampa quedaría al descubierto. Dándose cuenta de las consecuencias emplazó a su enemigo a que cada quien disparara simultáneamente contra la pierna del otro, la que cada uno escogiera para el sacrificio. El yanqui aceptó temblando. Santa Anna expuso, obviamente, su pie izquierdo.

Su Excelencia nombró a Juancillo Trucupey como padrino, de tal manera que a la voz de tres ambos jalaran el gatillo. Juancillo, escondiendo como pudo la sonrisa y mirando fijamente al piso, pidió que cada uno de los agraviados adelantara el pie sobre el que hubieran decidido recibir el disparo.

—*No vaya usté a mover el pie cuando mí disparar.*

—Usted tampoco, *mister*, eso sería una villanía, impropia de caballeros que se disputan el honor.

Juancillo llamó al orden:

—¿Listos?

—Listos —repusieron ambos al unísono.

—A la una...

—A las dos... y

—A las ¡tres...!

Se escucharon dos balazos casi disparados al mismo tiempo. El yanqui rodó por el suelo dando alaridos de horror, sujetándose el pie herido, cubierto de sangre que manchaba el piso como si hubieran combatido 100 gallos bravos de pelea. Volteaba a diestra y siniestra en busca de ayuda, de algún consuelo posible, de un médico o tal vez un brujo que se apiadara de él y le evitara un dolor que jamás había sentido en su vida, ni siquiera cuando mataba comanches y recibía flechazos en las nalgas y en los hombros.

Por su parte Santa Anna, Su Excelencia, permanecía enhiesto, incólume, impertérrito, sin proferir el menor lamento ni acusar siquiera un rictus de dolor en el rostro. Disimulando como pudo la cojera, se dirigió al norteamericano para tirarle en el rostro la pistola y enseñarle a ser tan hombre como para resistir los balazos sin quejarse como mujercita.

—¿No que ustedes los del norte tenían muchos güevos? Ya me las veré muy pronto con miles de habladores como usted… Saquen de mi propiedad a esta mariquita y regálenle el gallo muerto para que se haga un taco. Si lo vuelven a ver que se atreve siquiera a acercarse por aquí, chínguenle la otra pinche pata…

A partir del 8 de julio los días parecían ser de cinco horas de duración. La luz de la alborada no terminaba de anunciar el nacimiento de un nuevo día, cuando los grillos y las luciérnagas se constituían en simpáticos heraldos para señalar el feliz arribo de una noche habanera más. Juan Nepomuceno Almonte llegó sin avisar a la finca de los Santa Anna. Traía noticias frescas de México, buenas nuevas: a Valentín Gómez Farías y a otros tantos de sus seguidores los habían liberado de la prisión el día 15 de julio, solo para ejecutar el golpe irreversible en contra del gobierno de Paredes. Nepomuceno sí que tenía el aire de don José María Morelos y Pavón. Nicolás Bravo había quedado como presidente interino. Los pasos se daban, uno tras otro, de manera puntual y magistral. En las próximas horas Salas, un santanista, se haría del supremo poder presidencial.

Alejandro Atocha irrumpió una mañana cuando Santa Anna desayunaba un gran plato de fruta bomba y unos huevos rancheros confeccionados con chiles jalapeños muy picantes. Después de la agradable sorpresa, el dictador continuó la conversación a solas con su embajador, mientras remojaba un par de conchas en un chocolate de Oaxaca servido en un jarro de barro con sus iniciales, tal y como al presidente le gustaba hacerlo. Atocha comentó que acabar con Bravo era más fácil que quitarle a un niño una paleta de caramelo, ¿no cree usted, mi presidente?

—Nadie —cortó Santa Anna con suma severidad y honesta rispidez—; nadie debe saber nunca nuestros tratos con Polk, ¿entendido?

La afabilidad de otros días había desaparecido. Ni siquiera se había hecho eco de su conversación.

—Señor —contestó Atocha sorprendido y sintiéndose casi insultado—, está usted hablando con un caballero español y los caballeros españoles no tenemos memoria ni tratándose de damas ni de negocios.

—Está bien, amigo Alejandro, por eso lo elegí para esta aventura en la que todos, también usted, se está jugando la vida —concluyó lanzando otras de sus puyas mortales—. Desde que Estados Unidos le declaró la guerra a México, estaba yo seguro de que Paredes renunciaría a la presidencia, una porque no tiene los tamaños para ocupar ese cargo y dos, porque sabía que si él no dimitía, nosotros lo derrocaríamos. Que no se pierda de vista que estamos tras esto casi desde que él depuso a Herrera. ¡Mentecato!

Atocha nunca se había encontrado con un Santa Anna tan rudo. Sin embargo, no había razón alguna para alarmarse. Su Excelencia tendría buen cuidado en no ofender ni molestar a su interlocutor puesto que tenía nuevos planes para él... De cualquier forma no dejaba de advertirle:

—Yo sé que usted es un caballero pero la presencia de las damas o la recurrencia del alcohol en ocasiones relaja la voluntad, de ahí que me permito sugerirle que si habla dormido, a partir de este viaje empiece a dormir solo por lo que le quede de vida, y si bebe mucho vino tinto, es muy conveniente que lo cambie por agua de horchata, ¿me entendió? —cuestionó Santa Anna sin dejar el menor espacio a dudas ni a bromas—: una sola indiscreción de usted y todos estaremos muertos, además la puerta de la Casa Blanca la debemos tener permanentemente abierta y usted no puede faltar...

—Ni quiero faltar, señor…

—Cada vez que le sirvan pescado piense en que se lo come gracias a que el animal abrió la boca, ¿o no…?

Atocha solo asentía con la cabeza.

—En este mismo barco —arguyó Santa Anna—. Todos se preguntarán las razones por las cuales los americanos romperán el bloqueo para dejarnos pasar únicamente a nosotros, ¿es claro? ¡Júreme por su vida que nunca nadie sabrá por usted cómo logramos pasar! —le dijo apretándole con una fuerza insólita el antebrazo y mirándolo como si estuviera pronto a un ataque de ira.

—Jamás se arrepentirá de haber confiado en mí. Nunca verá usted un libro con mis memorias, publicado para lucrar con secretos inconfesables. Yo no soy un yanqui, señor —contestó poniendo una mano sobre la otra de Santa Anna—; habla usted, repito, con un caballero español que tiene otro sentido de la dignidad, de la hidalguía y del honor.

Cuando Santa Anna había hecho los arreglos necesarios para fletar el *Arab*, un moderno vapor inglés, apareció Manuel Crescencio Rejón para formar parte de la comitiva que viajaría a Veracruz. En ese momento se contaba hasta con la fecha exacta en que zarparían: el 8 de agosto al amanecer. Ese mismo día, en la mañana, a un mes de la visita de Mackenzie a Cuba, el presidente Polk pedirá al Congreso los 2 millones de dólares solicitados "para negociar los acuerdos de paz en México". En realidad se trataba de "los gastos" a los que se refería Santa Anna.[103] ¿Coincidencias? Ninguna. Todo formaba parte de un plan perfectamente diseñado.

La noche anterior a la partida, un cometa rasgó la bóveda celeste dejando a su paso una lluvia de estrellas, considerada por los viajeros como una señal de buena suerte. Al día siguiente, el barco no zarpó hasta que se confirmó que todos los gallos del "señor" y también, por supuesto, la señora doña Lola, estaban ya a bordo. Empezaba una corta travesía de una semana dependiendo, claro está, del buen tiempo, aun cuando el capitán insistió en afirmar que la temporada de ciclones y huracanes comenzaría hasta el mes entrante.

Una vez en alta mar, la euforia se adivinaba en todos los rostros menos en el de Su Excelencia. La esperanza invitaba a la sonrisa, al optimismo y hasta a la ensoñación. Los cambios siempre despiertan entusiasmo que se convierte en frustración cuando ni las promesas ni las expectativas se cumplen. Sin embargo, el patriarca se mostraba hosco, esquivo y rejego a participar en cualquier conversación. Viajaba pensativo y absorto, analizando el significado político y militar de su viaje, así como las dificultades sin igual que implicaba su nuevo encumbramiento, más complejo y comprometedor que los anteriores. Por lo general solicitaba que se le dejara solo, en cubierta, con sus pensamientos. Claro está, Santa Anna no podía ignorar, ni lo ignoraba, que su misión, como todas, consistía en lucrar con los vacíos de poder, con las rivalidades internas; acomodarse finalmente con el grupo vencedor, creyera él o no creyera ni en sus principios ni en sus objetivos ni en sus representantes políticos. Se trataba de arrebatarles la bandera ideológica en el último tramo del camino y presentarse como el triunfador definitivo hasta llegar a la meta. ¿Monarquía constitucional, Federalismo, Centralismo, República democrática, dictadura y hasta otro imperio al estilo de Iturbide, si las circunstancias así lo aconsejaban? Él tenía un traje en el armario y una máscara para cada ocasión, al igual que diversas prótesis para cada evento. Sí, solo que la actual aventura tenía otros matices ciertamente muy delicados. Las condiciones exigían la pericia de un joyero.

Cuando el César escuchaba que alguien puede engañar una vez a una persona, pero no puede engañar siempre a todas, sonreía por dentro: efectivamente siempre las había engañado a todas y esta vez también lo haría, de ahí que resultaba imperativa la soledad y la oportunidad de pensar bien sus jugadas. No en balde tenía el espíritu, la actitud y la estructura mental del apostador. Se jugaba todo a un naipe, a una carta, a un caballo. Ahí es donde se conocía a los hombres de verdad. Todo se lo debo a mis gallos. Ese es el verdadero juego de la vida, aplastar al contrincante y zurcirlo a picotazos y a navajazos u obligarlo a retirarse prudentemente antes de la contienda. Los contrincantes no eran fáciles de vencer ni los obstáculos imposibles de salvar. Solo deseaba meditar muy bien los pasos a dar, cuándo avanzar, con quién avanzar y, desde luego, dónde poner los pies para no precipitarse, en el momento menos esperado, en el vacío.

¿Cómo iba a jurar otra vez el sometimiento a unas leyes en las que no creía o tal vez ni siquiera sabía si las aceptaba, o no, si en el fondo le tenían muy sin cuidado, tanto su existencia, como su aplicación? El reto no era difícil: a los mexicanos les gusta que les mientas porque quieren creer en todo, se agarran de lo que sea con tal de tener una esperanza...

Sabía, porque también lo sabía, que el país estaba en guerra y que el erario, como siempre, se encontraría en crítica bancarrota. El reclutamiento sería forzoso y por lo mismo, los "soldados" acuartelados contra su voluntad a través de la leva combatirían sin convicciones, desertarían en las noches encontrándose al amanecer la mitad del ejército, porque como muchos prófugos le dijeron en momentos de intimidad, antes de ser pasados por las armas por traidores: "ustedes los políticos cometen los errores y cuando ya están metidos en un callejón sin salida entonces le piden al pueblo que pague con su vida sus traiciones a la patria, misma que para nosotros no es sino un buen plato de frijoles, un café de olla y un corral para que jueguen los chamacos y crezcan las gallinas..."

El ejército de Estados Unidos contaba con voluntarios aguerridos a sueldo y el sueldo se les pagaba efectiva y puntualmente. En México no existían los voluntarios y a la tropa no se le pagaba en meses. Los americanos tenían acceso diario al rancho, abundante y diverso, mientras nosotros teníamos comida de vez en cuando, cada vez más racionada y rancia, hasta que ya no quedaba sino el recurso de las hierbas silvestres. Ellos tenían equipo y sabían usarlo. Nosotros carecíamos de las armas adecuadas, y además no teníamos capacitación para usarlas. Sus generales eran buenos estrategas con grados militares ganados en la academia y en la carrera castrense; nuestros oficiales de mayor grado casi nunca habían pasado por las aulas, por ningún tipo de aulas, y por ello era común oírlos decir: soy general por mis güevos y cuide los suyos si pretende ignorar mis títulos... El orden en las filas de los invasores se imponía a través de Consejos de Guerra o de cortes marciales, instrumentos a los que muy pocas veces recurríamos nosotros, porque casi siempre resolvíamos las diferencias por compañerismo. Sí, sí, es cierto que tenemos más brigadas de generales que generales de brigada.

Cuando adivinaron la cercanía de la costa yucateca, Santa Anna experimentó un largo calosfrío. ¿Qué no estaré mejor en Cuba gozando de mi mujer y de mis mujeres, de mis gallos, de

315

mis amigos, de mi dinero ahorrado y de mi paz? ¿De dónde me saldrá esta vocación de mártir si tengo títulos y riqueza para vivir plácidamente hasta el último de mis días? ¿Qué me importa Tejas ni California ni Nuevo México ni Polk ni su padre ni los mexicanos ni su abuela? ¿Cuál es la necesidad de coleccionar más coronas de laureles puestas en mis sienes? ¿Hasta dónde se va a saciar mi deseo de conquistar la eternidad? ¿Qué más te dan los yucatecos, Toñis? Tú tírate a los gallos, a las mulatas y a la diversión. Créeme que te lo has ganado.

Santa Anna engañaría a Polk porque, desde luego, no firmaría tratado alguno de nuevas fronteras al llegar a la presidencia y estafaría, también, a los mexicanos haciéndoles saber que o se sometían y aceptaban los 30 millones ofrecidos, o los norteamericanos absorberían de plano todo el país imponiéndonos una religión diferente a la católica y romana y además, nos gustara o no, tendríamos que aprender inglés y aceptar sus modos de vida, sus alimentos, su música, su concepto de civilización, sus costumbres y su odiosa manera de ser que no solo nos condenaría ante Dios, sino que nos amargaría la existencia por no tener que ver nada con nosotros. Un yanqui, por definición, se somete a la ley siempre y cuando se encuentre dentro de las fronteras de su país; nosotros le guiñamos el ojo a cualquier disposición y a quien intenta hacerla valer. Sería una tortura eterna...

La imposición del sistema norteamericano a toda la sociedad mexicana, incluida la educada, me dijo Sam Houston, equivale a colocar por primera vez la montura sobre los lomos de una potranca salvaje. Darán de coces, de patadas y de cabezazos; se estrellarán enloquecidos contra los corrales, relincharán lanzando su dolor a todas las comarcas, tirarán mordidas y dentelladas, se arrojarán al piso como si fueran presas de una comezón atroz, claro que sí, aunque son muchos y muchas las malas costumbres, domarlos será laborioso, pero para eso están los tiros de gracia, los azotes con látigos de acero, las exposiciones al sol sin agua durante una semana, los disparos a quemarropa destinados a los rebeldes incurables, los pelotones de fusilamiento, las horcas en cualquier palo improvisado, los verdugos y las sentencias a cadena perpetua que no te las quita ni el Santísimo, querido Tony... No te preocupes, nosotros los convertiremos a culatazos en seres humanos...

Era muy claro: a Polk tenía que sacarle el dinero. A los mexicanos, sus compatriotas, la autorización para vender California y Nuevo México, antes de aceptar un destino de horror. A Gómez Farías tendría que permitirle atentar contra el patrimonio eclesiástico como único recurso para hacerse de fondos económicos de cara al financiamiento de la guerra. Ningún país le prestaría a México en esta coyuntura tan dramática. Los contribuyentes mexicanos no cooperarían alegando carencia de capitales o escepticismo en torno al destino de la exangüe recaudación que se lograra. La única opción era la apuntada por don Valentín: les guste o no, la única institución más rica que el propio gobierno es la iglesia católica. A ella le impondremos préstamos forzosos, mi general Santa Anna, y si se niegan, la única alternativa, por lo pronto, será el embargo y remate de sus cuantiosos bienes. Ahora sí pido su ayuda, a diferencia de 1833. Si quiere usted ganar la guerra contra Estados Unidos o al menos defendernos con gallardía y llegar a la suscripción de los tratados de paz con la frente en alto, solo nos queda disponer de la inmensa riqueza eclesiástica, sin perder jamás de vista que el clero mexicano le tiene más lealtad al Papa que al presidente en turno y que, por si fuera poco, no les importaría que México fuera absorbido por Estados Unidos si les respetan sus bienes y sus gigantescas rentas. ¿Quién está antes, el Papa y sus intereses o la patria...? Dime, dime, hijo...

Quedaba claro: Santa Anna tenía que engañar a Polk y a su gabinete ofreciéndole unos territorios y una paz que tal vez nunca suscribiría, pero que le permitiría romper el bloqueo en Veracruz; tendría que engañar a su pueblo asustándolo para que negociara; engañar a Gómez Farías haciéndolo sentir que estaba a su lado en la expropiación de los bienes eclesiásticos, cuando en el fondo anticipaba la virulencia clerical en la defensa de su patrimonio material. Engañar, engañar, engañar...

A don Valentín le debía, en el fondo, su posición actual, sí, sin duda, pero no por ello ignoraba que la grey católica se lanzaría a las calles a matar con tal de defender los intereses divinos. Su Excelencia sabía que el pueblo tomaría las armas solo por no ir a dar al infierno como castigo por no haber respetado las consignas sanguinarias de los purpurados. Los sacerdotes eran expertos manipuladores de la conducta de sus seguidores con tan solo insinuar los horrores a padecer en el más allá, de incumplir con los inapelables mandatos de los "representantes de Dios" aquí en la tierra. ¿Cómo alguien puede aceptar serenamente semejante nombramiento? El fanatismo les impedía distinguir que el patrimonio, a cambio del cual darían tal vez la vida, era simplemente propiedad de hombres voraces, hipócritas y despiadados, banqueros, financieros, arrendadores, latifundistas, agiotistas disfrazados de sacerdotes. ¿Quién engañaba a quién…?

Santa Anna, bien lo sabía él a la perfección, engañaba también al pueblo de México: nunca nadie en la historia debería saber que él había tenido tratos secretos, inconfesables, nada menos que con el presidente de Estados Unidos, el causante de la guerra, el asesino, el invasor, el mutilador.

La tarde del 16 de agosto de 1846, Santa Anna fue el primero en identificar la fortaleza de San Juan de Ulúa. Se llenó de recuerdos desde su más remota infancia. Su padre le había mostrado por primera vez y, con fundado orgullo, una larga muralla de 32 argollas de bronce para resguardar de los vientos a la real flota de galeones. Conoció, gracias a él, la batería Corrida de Glacis, un modelo de cañones ingleses en serie, empleada para su defensa. Le señaló el lugar donde comenzaba un banco de corales que había servido, en su momento, como barrera defensiva natural en contra de piratas y corsarios como John Hawkins, Walter Raleigh, Francis Drake y Laurenz de Graff, entre otros tantos más. Muy pronto alcanzó a distinguir la Gran Plaza de Armas, la Casa del Castellano, los cuarteles y baluartes, las troneras y parapetos, la cuantiosa artillería para defender la fortaleza. Se sintió en su casa cuando casi pudo tocar con la mano el Faro de San Pedro, un fanal hecho con linternillas de aceite que irradiaba luz a ocho leguas de distancia sobre el que ondeaba feliz e indolente el lábaro patrio. ¡Cuántas joyas tan hermosas! Lástima que los yanquis fueran a destruirlas a bombazos… Más le valía verlas y grabarlas fijamente en su memoria por última vez… Ningún pesar le produjo imaginar la bandera de las barras y de las estrellas sobre la Torre del Caballero… Todo era parte de la estrategia…

De golpe empezaron los momentos difíciles. Tarde o temprano tendrían que presentarse y por supuesto no se hicieron esperar. Un barco norteamericano se acercó lentamente hacia el *Arab* en busca de identificaciones y justificaciones de su presencia en un puerto bloqueado militarmente. Los *marines* se abstuvieron de abordarlo y mucho más de revisarlo para constatar si llevaban o no carga, en especial armamentos de cualquier tipo. Tenían instrucciones precisas de exigir únicamente la identificación adecuada.

Santa Anna le pidió a Atocha que no diera explicaciones en público y que se dirigiera a hablar directamente con Conner en el buque insignia.

—Muéstrele usted al comodoro los papeles que juzgue convenientes —adujo, recordando el acuerdo previo al que ambos habían llegado—. Además, usted es quien habla el mejor inglés de todos nosotros —concluyó sonriente cuando solo el español conocía el nivel de tensión que existía en el interior de su Excelencia.

—¿Sucede algo? —preguntó doña Lola sin ocultar su ansiedad.

—Nada, nada, mujer, trámites aduanales de todos los días. Rutinas, rutinas, mi amor... Tú por lo pronto dispón lo necesario para desembarcar de un momento a otro.

Atocha se ausentó con el salvoconducto guardado en el redingote, para mostrárselo a Conner después de los saludos de rigor.

El comodoro abrió el sobre lacrado sin ver siquiera a Atocha ni devolver el saludo. Si acaso revisó despectivamente su indumentaria. Vio la firma de Bancroft. Constató que el texto recibido del Departamento de Marina era igual al que le exhibía el español. Tenía que permitirle el paso y someterse a las órdenes llegadas de Washington desde mediados de junio. Retuvo las instrucciones para que nadie pudiera hacer mal uso de ellas y más tarde pudieran llegar más *Santa Annas*: punta de bribones.

Con un movimiento de la mano, como quien da el último escobetazo para sacar la basura de una habitación, Conner invitó a un Atocha confundido a abandonar el barco mientras le decía:

—Ya sé que muchas ciudades y departamentos se han pronunciado a favor de Santa Anna, pero debo mencionarle —advirtió con una voz muy ronca— que a menos que Santa Anna haya aprendido algo útil en la adversidad y se haya convertido en otro hombre, lo único que hará es aumentar el desorden del país y será echado nuevamente del poder en menos de tres meses... En lo que hace a mi persona, debo dejarlo pasar en contra de mis convicciones. Si por mí fuera lo colgaba del palo mayor de esa goleta, ¿lo ve...? Lo demás sería trabajo de los buitres y de los zopilotes veracruzanos...

—¿Podemos pasar?

—Sí, sí, adelante. Me es imposible impedirlo. Salgan lo más rápido posible del alcance de mis cañones...

Los marines condujeron a Atocha de regreso al *Arab*. A lo lejos hacía aspavientos de felicidad, levantaba los brazos en señal de éxito, mensajes que Santa Anna devolvía con el rostro impertérrito.

—Vamos. Descendamos. Llegó la hora.

Más tarde Conner reportaría lo acontecido:

> Hoy permití a Santa Anna pasar sin ser molestado y sin dirigirme siquiera a su barco, dado que el Capitán Lambert, un oficial inglés a cargo del vapor en que viajaba, me indicó que no traía carga ni pensaba llevarse alguna de regreso. Pude abordar fácilmente el *Arab*, pero preferí no hacerlo para que pareciera que había entrado sin mi concurrencia.[104]

Don Valentín Gómez Farías lo esperaba rodeado de sus tres hijos, un grupo insignificante y lastimoso de soldados de infantería muy mal uniformados y otros tantos rezagados que habían llegado tarde al encuentro. Del pueblo se habían reunido algunos curiosos en número por demás muy reducido, a quienes Santa Anna les dirigió un discurso flamígero y grandilocuente como si toda la Plaza de Armas estuviera pletórica de seguidores y fanáticos incondicionales.

Les dijo:

—"Juro no desviarme jamás de las obligaciones que me impone la ley... Lo juro" —se desgañitó hasta casi perder la voz—. "Estad seguros de que conmigo no seréis devorados por el fuego de la anarquía ni oprimidos por el cetro del despotismo. Jamás lo perdáis de vista..." —gritó como si una rabia interna lo devorara ferozmente—. "He repetido muchas veces que estoy muy distante de las aspiraciones del poder, las que considero mezquinas, cuando todo mexicano no debe aspirar a otra cosa que contribuir a la salvación de la patria..." —exclamó como si intentara desenvainar su sable dorado obsequiado por el rey de Prusia y deseara amenazar con él al cielo. Acto seguido les recordó, blandiendo el puño, sin que la mayoría entendiera el contenido del mensaje—: "No ha habido ningún secreto: la dictadura la ejercí por voluntad de la nación. Yo solo cumplí instrucciones de la patria. Soy un mero instrumento…" "El único y sagrado objeto de toda mi vida ha sido romper el triple yugo de la ignorancia, de la tiranía y del vicio" —reclamaba airado mientras el rostro se le enrojecía por la furia—. "Ha sido forzoso venir a ocupar un poder que me repugna y que estaba decidido a no admitir jamás" —confesó dolorido pero convencido de la necesidad de su presencia—. "Todas las tareas de mi vida quedarían recompensadas si en medio de la paz y de la prosperidad pública, termino mis días entre vosotros…"[105] "Yo, el héroe de Tampico, el héroe de Veracruz, el héroe de Zacatecas, el Benemérito de la Patria, os prometo que exterminaré sin piedad con el filo de mi espada a los invasores que han osado profanar el divino suelo patrio…"

Cuando termina el acto, escucha un grito perdido en el anonimato que le hace cimbrar todo el cuerpo:

—¿Cómo le *hicistes* para pasar, Quince Uñas? ¿No que mucho bloqueo…?

Santa Anna siente una daga tasajeándole el escroto. Cierra los ojos. Prefiere no contestar a la chusma ignorante, vulgar, insensible y malagradecida. "Eso es lo que son, unos malagradecidos", se dice en silencio.

Comienzan los insultos. El recibimiento frío se torna hostil. Los gritos no lo ensalzan: lo ofenden, lo apostrofan, lo denigran. "Viene usted porque no nos quedó otro." "Primero nos convencerá de las ventajas de ir a la guerra y luego nos convencerá de las razones por las que perdimos." "Tienes más caras que dedos, Quince Uñas." "¿Federación y Santa Anna…? ¿Hasta cuándo…?"

Gómez Farías lo toma del brazo:

—Es cierto, señor presidente, esa duda la tenemos todos. ¿Cómo logró romper el bloqueo? A mí en lo personal me llamó mucho la atención que llegara aquí, al puerto… Creí que desembarcaría en cualquier parte del litoral yucateco y…

—Ya ve, Valentín, son tal vez cortesías diplomáticas que en ocasiones se conceden como honores a quienes fuimos jefes de Estado.

Antes de que Gómez Farías pudiera contestar, Santa Anna arguyó:

—Quisiera pasar unos días en El Lencero y después salir rumbo a la capital. Deseo reponerme del viaje.

—Señor, sabemos que Taylor se dirige a Monterrey —arguyó Gómez Farías—. Sus tropas empezaron a moverse rumbo al Cerro de la Silla a partir del 6 de julio, hace casi más de un mes que iniciaron su desplazamiento y apenas empezamos a organizar la defensa en esa plaza…

—Muy pronto tendrá usted noticias mías —contestó cortante. Nada lo conmovería.

—¿Y la presidencia? No olvide que tenemos que convocar a un Congreso que elija a un presidente y vicepresidente. Debemos acabar con las bases orgánicas y con todo resto de Centralismo. Reinstaurar la Constitución de 1824…

—Dígale a Salas que se ocupe del Congreso y de las convocatorias para la presidencia. Que no pierda tiempo.

—¿Jurará usted la Constitución del 24 y defenderá el Federalismo? —cuestionó Gómez Farías a sabiendas de que no era el momento oportuno para hacerlo, solo que le urgía ratificar lo más importante.

—Lo juro —repuso Santa Anna lacónicamente, exhibiendo ya un rostro cansado y de hartazgo. Parecen menores de edad recordando las reglas del juego.

—¿Está conforme en imponerle a la iglesia préstamos forzosos y en rematarle bienes, si llegara a oponerse, para pagar gastos de la guerra?

—Proceda, Valentín, proceda, no tenemos alternativa. Ellos tienen los recursos. Es hora de que exhiban su patriotismo —concluyó sabiendo que nunca lo exhibirían.

Dicho lo anterior, abordó su diligencia. Con el rostro adusto se sentó y, sin despedirse, se perdió entre las primeras calles del puerto mientras Gómez Farías y los suyos se miraban confundidos a la cara. Las campanas de una iglesia cercana anunciaban las cuatro en punto de la tarde. Mientras Santa Anna recordaba cada esquina de Veracruz y se retiraba del lugar en donde la metralla francesa le había hecho perder la pierna izquierda tan solo ocho años antes, se dijo para sus adentros: debo retirarme y dejar que pase el tiempo. Hoy es claro que me necesitan, mañana seré indispensable y vendrán a buscarme de rodillas…

Por su parte, el presidente Polk intenta un acercamiento con Salas para tratar de llegar a un acuerdo. ¿Duda de Santa Anna? Fracasa. Salas aduce la imposibilidad de cualquier negociación en la medida en que no se nombre un nuevo Congreso y autorice sus gestiones. Su poder es provisional. Carece de fundamento legal para actuar en cualquier sentido. Durante las juntas sabatinas del gabinete en la Casa Blanca se insiste en que Estados Unidos debe demandar la frontera en el paralelo 32, en El Paso, o en el 26, la desembocadura del Río Bravo, incluyendo la mayor parte de Chihuahua, Sonora y la Baja California. No aceptemos ni un metro cuadrado menos de indemnización por el daño que nos han causado los mexicanos al obligarnos a entrar en esta guerra que nos ha costado tantos millones de dólares. No tengamos piedad con ellos. Que nos paguen con su territorio si no tienen dinero ni para comer y el que llegan a tener se lo roban entre ellos. Se continúa hablando de la necesidad de llevar a cabo una guerra corta. Estamos seguros de que el enemigo emplazará a lo mejor de sus tropas en una sola batalla que ganaremos a cañonazos y después el país quedará a nuestra disposición. Un único combate bastará para desmoralizar a toda una nación. Les preocupa la guerra de guerrillas pero la desestiman. Es muy sofisticado para los mexicanos.

¿No les fue suficiente ver cómo Fremont se hizo de California con 60 hombres? ¿No basta con ver las noticias frescas de Nuevo México, que revelan cómo el gobernador Armijo entregó la plaza sin disparar un solo tiro, contando con 3 mil hombres para defenderse, solo porque nuestro James Magoffin le llenó los bolsillos con dólares, una media carreta con oro y muchas botellas de champán?[106] Un soborno oportuno entregado a este gobernador mexicano hizo el milagro de la rendición total. Así no es tan difícil ganar una guerra, ¿verdad? Ni siquiera Archuleta, su segundo de a bordo, hizo una defensa decorosa. Ambos permitieron que izáramos nuestra bandera sin haber desenvainado ni un cuchillo para matar a un conejo. Fue mucho más sencillo de lo que esperábamos: sin mediar trámites legales engorrosos. Kearny sentenció antes de continuar su viaje a California: "Declaro a Nuevo Mexico, que de ahora en adelante se escribirá sin acento, al igual que nuestra Texas ya se escribe sin la jota, como un estado más anexado a Estados Unidos, para lo cual, en este acto, les entregamos un gobierno civil."[107] ¿Y los tratados de cesión territorial? ¿Y la autorización de los congresos? ¿Ya es nuestro así porque sí?

Sin embargo, las líneas de abasto por el norte, hasta llegar a donde se encuentran las tropas de Taylor, revisten cada vez más dificultades. Taylor fue informado finalmente el 10 de junio que Polk había declarado formalmente la guerra a México y que el Congreso había expedido por mayoría de votos la ley respectiva. Era irrelevante: él ya había tomado Matamoros. El estallido de las hostilidades era ahora una realidad. Se extienden ampliamente todas las licencias para matar. Se prosigue en los planes para atacar Saltillo y Monterrey de acuerdo a los planes conjuntos, eso será de un momento a otro, sí, pero dicha estrategia alargará la guerra y el tiempo correrá a favor de la oposición en el Congreso norteamericano, más aún por el costo económico creciente del conflicto. Cuentan los dólares, el número de morteros, de cañones, de rifles, las balas, las bombas, cómo transportarlas y cómo fabricarlas en un centro de operaciones, en una fundición alejada del espionaje enemigo, pero no se habla de los muertos ni de los heridos ni de los irreversiblemente mutilados. Las cifras se esconden a la prensa. La sangre es desprestigio. Los caídos son argumentos a favor de la cancelación de hostilidades. Son señales evidentes del salvajismo y del precio de la codicia. ¿Seguir matando por tener más territorio? ¿Invadir, atacar y destruir porque envidiamos el patrimonio del vecino, llámese indio cherokee o mexicano? Cuidado con los ojos de la prensa. ¿Acaso esconder la realidad no es un engaño a la nación? Calla, chamaco, es la guerra. Ya aprenderás. Eres muy joven para criticar...

Santa Anna, por su parte, se levantaba temprano en la mañana, se llevaba perezosamente una chirimoya de la cocina y se retiraba a sentarse lejos, muy lejos, al lado de una acequia ubicada todavía dentro de los linderos de su propiedad, en donde, recostado contra una ceiba, ordenaba sus pensamientos. Dejaba servidos sobre la mesa del comedor sus huevos a la veracruzana, su rebanada de requesón, su tamal de Oaxaca envuelto en cáscaras de plátano, su vaso de leche bronca, sus cortes de papaya en láminas, sus limones bien agrios partidos en dos, su jugo de naranjas recién exprimidas, sus frijoles refritos, sus tortillas, sus totopos, sus conchas favoritas, las de azúcar, no las de chocolate, y su café, bien concentrado, servido con mucho piloncillo en su jarro de barro con sus iniciales. Cuando algún grupo de mulatas daban con él, abruptamente emprendían una enloquecedora huida perdiéndose entre los callejones de las bananeras o hasta en el corazón de la selva, pero cuál no sería su sorpresa que al voltear, sin dejar de apretar el paso, se percataban de que esa vez el amo no las había seguido. Ni las que se atrevían a pasar frente a él, las más audaces, recibían siquiera el obsequio generoso de su mirada. Nada. Si acaso contestaba los saludos mientras jugaba con un palito a hacer círculos en la tierra o continuaba buscando tréboles entre la hierba. El patrón ya no fumaba su puro ni pedía que se lo encendiera alguna de las muchachas para luego echarle el mechero dentro del escote. ¿Bromas? Ninguna. Mi general ya no nos persigue ni monta a caballo hasta regresar al animal chorreando en babas y sudores blancos ni revisa sus gallos ni habla con los capataces ni organiza fiestas en el palenque ni apuesta ni canta ni baila ni duerme siesta ni se oyen los gritos jocosos de doña Lola, no, no, Toñis, otra vez no, ni camina entre los chirimoyos ni corta sus ramitas de huele-de-noche ni junta azahares en el puño de su mano ni hace como si te quisiera alcanzar ni va a la poza a espiar cómo nos bañamos ni recibe tanta gente de México como antes ni ríe ni grita ni se enoja ni reclama ni ordena y se regresa muy temprano del apancle siendo que, hasta altas horas de la noche, se le ve prendiendo vela tras vela para volver a sentarse tras ellas, viendo la luz sin verla... ¿Qué le habrá pasado al señor don Antonio?

¿Santa Anna habría llegado demasiado lejos? Eran muchos a los que tendría que engañar esta vez y, lo más difícil, pocos, muy pocos quienes todavía meterían la mano al fuego por él. Es muy fácil mentir a quien nos distingue con una fe ciega, pero es casi imposible lograrlo cuando el estafado tiene antecedentes de la inconsistencia moral del victimario. La confianza, como la vida, solo se pierde una vez. El general-presidente no podía ignorar su realidad; sin embargo, buscaba salidas ingeniosas perdido en un laberinto del que esperaba salir, como casi siempre, airoso. Resultaba difícil, si no imposible, demostrarle sus felonías. Podría ser traidor, se decía en silencio, pero no pendejo... ¿Mentirle a todos otra vez...?

Santa Anna y Gómez Farías acuerdan que el 15 de septiembre de ese mismo 1846 sería la fecha ideal para el arribo victorioso del tantas veces Benemérito a la capital de la República. Festejarán junto con el pueblo adorado un aniversario más de la independencia de México. Se niega a llegar al centro mismo de la Ciudad de México. Plantea la necesidad de permanecer por un tiempo en Tacubaya y salir en el menor plazo posible rumbo al norte, a enfrentar, aunque fuera con las mismas manos, a los invasores, con soldados o sin ellos, con presupuesto para armas o sin él, con bombas o con piedras, con lo que tuviera a la mano o con lo que se le ocurriera o pudiera lanzarles como insultos hasta que se le acabara la voz. No quiere ver a la chusma que extrajo su pierna momificada del cenotafio. ¡Ah!, pueblo malagradecido. ¡Cuídate de quien no tiene memoria porque te matará mil veces...!

La plebe derribó mis estatuas, deshizo todo aquello que hablaba de mi grandeza, dañó el teatro que llevaba mi nombre y se orinó hasta saciarse en el recuerdo del Padre de la Patria y en mi pierna, la que doné como prueba de mi sacrificio por la patria. ¡Oh!, Dios, socórreme, mira lo que han hecho con lo que tú has bendecido. Dime, dime cómo acercarme a esta muchedumbre que no entendió ni entiende ni entenderá ni sintió ni siente ni sentirá y está hueca por dentro porque no se acepta azteca, pero tampoco española, y reniega en silencio de sus raíces indígenas. ¿Qué es, buen Dios? ¿Con quién hablo? ¿Quiénes son mis interlocutores? ¿Seres humanos que acaso han superado apenas el grado superior que los distingue de la animalidad? ¿Voy a jugarme la vida por unos sujetos a los que la guerra les es irrelevante, y hasta divertida, por la curiosidad que les inspira? ¿Voy a exponer a la muerte a miles de soldados para tratar de recuperar una patria invadida en la que muy pocos creen o hasta desprecian? ¿Acaso les importa a estos que México desaparezca si, al fin y al cabo, mientras siga habiendo pulque, putas y cuetes en las ferias, eso es todo lo que esperan de su existencia? ¿Eso es lo que voy a defender? ¿Ellos son quienes se van a enfrentar a los norteamericanos?

Pide que lo escolten de El Lencero hasta la Ciudad de México precisamente los milicianos de Xico, los que estaban decididos a cocinarlo como tamal envuelto en hojas de banana. Ya habrían aprendido de sus errores y estarían arrepentidos de sus actos.

Santa Anna insiste en no entrar a la ciudad.

—¿Cómo es posible que el presidente rechace a su gente? —le pregunta Gómez Farías ejerciendo presión—. A estas alturas no nos podemos permitir un rompimiento con el pueblo ni este nos toleraría una ofensa de semejante magnitud.

"Santa Anna se docilitó."

Sumido en la parte trasera de la carretela, sosteniendo un estandarte con la leyenda "Constitución de 1824", acompañado por don Valentín Gómez Farías sentado en el asiento delantero, Santa Anna hace su entrada triunfal en la Ciudad de México sin lanzar sus acostumbradas sonrisas ni levantar los brazos para recibir ovaciones ni contestar los saludos. No ocultaba el peso de su responsabilidad. Continuaba sin encontrar la salida del laberinto. Se pueden reconocer dos arcos floridos preparados precipitadamente: *Bienvenido, Santa Anna* —nada comparable a los de los buenos tiempos— y algunos escasos retratos sacados de las bodegas sin ocultar las huellas de polvo. No hay repique de campanas ni cañonazos de salva ni desfiles ni carros alegóricos ni coros de niños ni mantas ni arreglos florales. El protocolo no es militar. Sobrio. No se distinguen condecoraciones ni listones ni bandas ni entorchados. Los protagonistas están vestidos de civiles. No hay aplausos ni vivas ni porras. Parece ser el ensayo de una ceremonia luctuosa. Tal vez las exequias del Benemérito. A propósito, El César vestía "muy democráticamente un paletó de camino, pantalón blanco y nada de cruces ni relumbrones". Ambos callados, "parecían más víctimas que triunfadores", aunque el vicepresidente ocultaba muy bien su satisfacción porque sentía haber recuperado la confianza en el Quince Uñas, desde que este había jurado defender la Constitución del 24. Es el nuevo Santa Anna. Creamos en él. Además, me ha dejado las manos libres en mis relaciones con la iglesia. Esta vez sí me apoyará… El Congreso, un Congreso libre, habrá de elegirnos formalmente a finales de año. ¿Esta vez sería diferente? Cabeza y corazón mandaban mensajes encontrados…

En la carretela acuerdan que Santa Anna no aceptará por lo pronto, la presidencia. Que él se dedicará a reclutar un ejército. Que nada tiene que hacer sentado en el sillón de enorme respaldo verde aterciopelado de Palacio Nacional. Que su lugar está en el norte, en el campo del honor. Que él organizará la defensa de la patria. Que Gómez Farías se ocupe de las finanzas y de los presupuestos, él se las arreglará para juntar un ejército. Que solo aspira a ser el general en jefe del Ejército Libertador Republicano. Que ningún otro título le inspira más consideración y compromiso. Que instalará su cuartel general en San Luis Potosí. Que partirá en los próximos 15 días a cumplir con su elevada encomienda. Que nunca, desde los años remotos de Moctezuma, la patria había estado tan amenazada. Que con poco habrá de lograr mucho. Que requiere la concurrencia de todos. Que es el momento de la unión. Que todos deben respetar la personalidad de Mariano Salas como jefe provisional del Ejecutivo. Que nadie debe intentar ni siquiera pensar en deponerlo. Que cada quien debe ocupar su trinchera sin egoísmos ni divisiones. Que viva México. Que viva Tejas. Que viva California. Que viva Nuevo México. Que viva la Virgen de Guadalupe. Que mueran los yanquis y su maldita Divina Providencia.

Después de haber tomado Reynosa, Camargo, Cerralvo y Marín, Taylor llega con 6 mil 500 hombres a las inmediaciones de Monterrey el 19 de septiembre de 1846. Pedro de Ampudia, el decapitador-fríecabezas, ha sido encargado militarmente para la defensa de la plaza. El general norteamericano sabía que Monterrey no había sido reforzado tal y como se especulaba. Se encontraban en esa plaza las tropas mexicanas que habían salido de Matamoros más las enviadas desde la capital. En total, si acaso, unos 5 mil hombres. El servicio de espionaje integrado por *rangers* del oeste tejano, enemigos mortales de los mexicanos, sumados a agentes locales contratados a sueldo por los asistentes de Taylor, según los consejos de Scott, revelan la fortificación de la ciudad y señalan los puntos frágiles y débiles por donde se debe enfocar el ataque. El teniente Meade, mexicano, mexicanísimo, uno de los grandes traidores, abastece con datos precisos al alto mando norteamericano para garantizar el éxito enemigo en Monterrey.[108] Ahora tienen ustedes todo para ganar: ¡aprovéchense!

Los espías mexicanos cumplen con su parte y cobran su dinero. Revelan la ubicación de la artillería regiomontana, describen su alcance y sus reservas en materia de municiones. Informan que el gobierno local ha gastado hasta el último peso en la defensa de su ciudad. Si han de tomar Monterrey ha de ser sobre nuestros cadáveres, repiten los ciudadanos, celosos y orgullosos de su identidad. Los regiomontanos están dispuestos a dar el todo por el todo. Ellos son, sin diferencias de clases, quienes cargan los bultos junto con los soldados de menor jerarquía, quienes arman los parapetos, quienes colocan costales cargados de tierra al lado de nuestros cañones para reducir el impacto de los obuses yanquis. Ellos son quienes bloquean las calles. Abastecen con agua los puestos de ataque. Improvisan puestos de atención médica. Levantan fortificaciones de la noche a la mañana. Reparan reductos llamándose los unos a los otros. Solo, como siempre, en el alto mando del ejército, los militares discuten entre sí. Ellos, por rivalidades jerárquicas, por mezquindades, envidias y recelos hacen destruir fortificaciones y reductos para ordenar unos nuevos a un par de metros. No es hora de caprichos pero se imponen los caprichos. ¿Quién manda aquí, usted o yo? ¿Cuántos galones lleva en la manga o cuántas estrellas exhibe su gorra? No basta el esfuerzo ajeno, siempre las rencillas personales destruyen el trabajo común. Los chinos invariablemente repiten como fruto de su experiencia: lo primero que se pudre del pescado es la cabeza. Los jefes, los generales, la autoridad discrepan, se pelean entre sí. Taylor atacará con más virulencia al conocer esta situación. Ordena dividir sus fuerzas para atacar por dos frentes.

El general norteamericano contaba con información privilegiada, la abastecida por los espías, e inexplicablemente la ignora, no la aprovecha siendo tan valiosa. Sus escasos conocimientos en materia de artillería lo inducen a tomar la plaza a bayoneta calada. Conocía la ubicación de los cañones mexicanos y, sin embargo, en lugar de ordenar el fuego a la distancia con su armamento de largo alcance, se equivoca y ordena a la infantería desafiar las fortificaciones. Una parte de sus efectivos se habían quedado como reservas en Camargo. La lucha en el interior de Monterrey muy pronto es cuerpo a cuerpo, calle por calle, casa a casa, puerta por puerta, esquina por esquina. Se acaba el parque. Piden municiones. ¿Para qué las queréis?, reclama Francisco Mejía: no las necesitáis… Tenéis bayonetas… Tenéis coraje… Tenéis algo que defender y por qué luchar. No sois ladrones… ¡Pelear por lo vuestro…!

Los disparos de la artillería norteamericana no se escuchan. Ya es muy tarde. Un disparo puede matar a uno de sus mismos compañeros que combate igualmente con la bayoneta. Las calles están llenas de muertos de ambos bandos. Los heridos de cualquier uniforme piden auxilio con el último aliento. Nadie remata a nadie. No hay tiempo para ello. Unos saltan sobre los cadáveres de los otros. Se trata de salvar la propia vida. Matar es un imperativo. Un clarín ordena con heroica puntualidad la retirada. Monterrey no ha caído. Se levantan los brazos agónicos para celebrar el resultado de esta primera embestida. El daño es enorme, pero Monterrey sigue siendo mexicano. Vivan, vivan mil veces los regiomontanos. ¡Ellos dieron una muestra de honor para el presente y para la historia!

En los cuarteles generales de Taylor se le reclama no haber aprovechado la información aportada por los espías mexicanos y por los *rangers*. Se califica al general norteamericano de precipitado, poco juicioso, imprudente, irreflexivo y atropellado en sus decisiones. ¿Qué tal un consejo de guerra en Washington? En México no se conoce ese rigor militar ante los crasos errores, desviaciones, insubordinaciones o imprudencias de los capitanes, comandantes o generales ocupados de la seguridad, en lo que cabe, de sus subordinados. Como siempre la influencia, el amiguismo, el compadrazgo, los intereses creados derogan la ley de un simple plumazo. ¿No lo vuelves a hacer? ¡No! ¿Me vas a hacer leal de hoy en adelante? ¡Sí! Bueno, entonces mandaré un reporte de buena conducta de tu parte... Meade, el traidor mexicano, mexicanísimo, tiene la audacia y el cinismo para mandarle decir a Taylor: resulta increíble que habiendo tenido toda la información secreta de las posiciones mexicanas no haya hecho uso de ella causando tantas muertes.[109] Usted es el único responsable. ¡Muéranse!

Las magníficas montañas que circundan la ciudad se podrían haber aprovechado para emplazar una artillería moderna, solo que carecíamos del armamento necesario porque, en buena parte, el dinero destinado para adquirirlo se había distraído en otros menesteres... Al día siguiente, Ampudia tiene que retirarse de sus fortalezas improvisadas con mampostería. Los cañones norteamericanos causan verdaderos estragos. Saben que en el combate cuerpo a cuerpo perderán. Nunca imaginaron el coraje de la tropa mexicana, aunque siempre supusieron la incapacidad de su alto mando.

Disparan a la distancia. Los mexicanos se refugian en el edificio del arzobispado. Hasta ahí llegan los obuses yanquis. Atrás, atrás. Repliéguense. Utilizan entonces la catedral a modo de ciudadela. La capacidad de fuego la estaba convirtiendo en ruinas cuando Ampudia, quien, justo es decirlo, luchó con todo lo que estuvo en su poder, solicitó un honorable armisticio.

¿Un día? ¿Dos días de batallas por Monterrey? ¡Qué va! Después de una semana de feroces combates en las calles de la ciudad, Monterrey capituló el 24 de septiembre de 1846. Un mes antes había caído Nuevo Mexico, ya escrito sin acento y sin vergüenza. Los sobornos causaron más daño que las bombas. ¿Causas? Falta de parque, rivalidades permanentes entre los generales y oficiales defensores de la plaza, la superioridad artillera del enemigo y, por supuesto, el eficaz servicio de espionaje proporcionado por los agentes mexicanos contratados por los yanquis. Los soldados mexicanos eran, la mayoría, reclutados contra su voluntad, indios conscriptos, medio entrenados, medio muertos de hambre, mal vestidos, sin paga y en muchas ocasiones sin dominio del castellano. Si todos hubieran tenido el coraje y la dignidad del soldado raso, del panadero, del albañil, del sastre, del cantante callejero y del vendedor ambulante que se batieron como gigantes en las calles de Monterrey...

No somos un país guerrero, a diferencia de nuestros antepasados aztecas. La Inquisición, tres siglos de Inquisición, de fuego en las piras y en las cárceles clandestinas, nos mutilaron para siempre. ¿Cómo sería en la edad adulta un chamaco que desde los tres años de edad le quemaban diariamente los pies con una plancha incandescente? ¿Qué sería, ese eterno torturado, ya convertido después en capitán, maestro, gobernante o cura? El alma del mexicano se formó en la piedra de los sacrificios y años más tarde en la enorme pira de la Inquisición. Renunciamos a los extremismos, nos apartamos de la ley, recurrimos al amiguismo para resolver nuestros agravios. Busquemos ahí las explicaciones. Ahora resolvemos nuestras diferencias y perdonamos nuestras ofensas a *tequilazo* limpio con quienes nos dañaron. Unos dirimen sus problemas en los tribunales, nosotros, en las cantinas... Es más fraterno, más amistoso, más humano: en Estados Unidos son socios y se matan por un níquel de diferencia en las cuentas. Aquí y ahora ya no llevamos a los culpables a la piedra ni los atamos alrededor de la pira: simplemente el responsable paga los tragos o lo arreglamos a cuchilladas... ¿Qué prefieres, un pleito en los tribunales, las puñaladas traperas o un perdón lacrimoso en las cantinas?

Taylor concede un armisticio de ocho semanas. Yanquis y mexicanos se ven a la cara cuando inhuman a sus muertos. Se cruzan miradas desafiantes de rencor y de prepotencia. Se dan pleitos callejeros aislados en la plaza pública central. Se profieren insultos que ni una ni la otra parte comprenden. La ciudad de Monterrey se entrega a los norteamericanos. La rendición es incondicional. La bandera de las barras y de las estrellas ondea en lo alto del Palacio de Gobierno, sobre las ruinas de la catedral y en los restos del edificio del arzobispado. Se habían peleado los soldados yanquis para tener el privilegio de colocarlas. Todo se había resuelto por medio de apuestas. Bien pronto proliferan esas malditas telas por toda la ciudad. Parece una gran burla. Todo indica que cada soldado invasor trae en su equipo de campaña varios lábaros odiosos para colocarlos en cada metro de terreno enemigo conquistado o en la boca abierta de los cadáveres de los mexicanos caídos.

Al clero le preocupa la impartición de servicios religiosos. Descansa cuando Taylor no ordena la sustitución de curas católicos por los pastores protestantes que lo acompañan durante la campaña. El general americano concede libertad religiosa. Es mejor asociarse con las autoridades eclesiásticas para ejercer control sobre la población, resignaros, hijos míos, es la palabra y la voluntad del Señor, que incendiar a una feligresía fanática imponiéndole rituales y liturgias reñidos con sus concepciones y creencias. Prohibir las prácticas católicas en Monterrey o en cualquier parte del territorio mexicano equivale a despertar al diablo extrayéndole un ojo. Tema que se diga: "Hijo mío, ¿quieres ganarte el cielo?, pues mata a un yanqui, envenénalo, dispárale si está dormido o distraído, degüéllalo o acuchíllalo para que ya no se reproduzcan entre sí. De esta manera Dios te recibirá en su Santa Gloria y te concederá la eternidad en el paraíso y no en el infierno, lugar este último reservado a los que no cumplen con sus sagrados deseos. Amén". No despertéis al México bronco imponiéndole, más de tres siglos después, otra religión. No se tolerará semejante ofensa. Taylor le da una recepción al clero a la altura de sus merecimientos. Sirve un banquete fuera de toda proporción, en el que les rinde sus respetos, consideración y afecto. Los ensotanados se miran sorprendidos mientras tallan con las yemas de los dedos sus cruces pectorales de oro y piedras preciosas, como si agradecieran un feliz milagro. Los sacerdotes comienzan con las misas donde pueden y exigen limosnas más generosas para reconstruir las iglesias, las casas de Dios... Da, da cordero del Señor, así también te ganarás el cielo...

Polk estalla en un ataque de rabia cuando llega el reporte de Taylor anunciando las ocho semanas de tregua. Dos meses es una barbaridad. Yo siempre exigí una guerra corta. La oposición se me vendrá muy pronto encima lanzando dentelladas que recibiré yo y no los idiotas de mis generales. Se vuelve a hablar de Winfield Scott, el militar más respetado y acreditado de Estados Unidos. El conflicto armado se alargará porque no existe en México un interlocutor estable y confiable para sentarse a dialogar en una mesa de negociaciones. A veces un presidente de la República se mantiene solo una semana en el cargo. Esa también puede ser una ventaja. Aprovechémosla. A más desorden y caos político en México, más oportunidades de éxito en la guerra. En ocasiones es conveniente desestabilizar a un país antes del estallido abierto de hostilidades. Los mexicanos son nuestros mejores aliados. Mientras se disputan el poder, se lo arrebatan entre sí, nos dejan abiertas las puertas para entrar a la cocina y servirnos a nuestro antojo.

Scott, un viejo conocido de Santa Anna cuando estuvo preso en Washington, era toda una institución nacional en Estados Unidos. Cuando Polk llegó a la Casa Blanca, Scott llevaba ya casi 40 años de exitosos servicios en el ejército. Su vida dedicada a la carrera de las armas le había reportado todo género de honores que muy pocos discutían. El famoso *Major General* era una leyenda, un intocable, respetado por la escuela que había sabido formar y por la que se le había llenado de condecoraciones y ascensos hasta llegar a la máxima jerarquía militar. Había servido exitosamente en la guerra contra Inglaterra en 1812 y después había destacado en el exterminio de indios, imponiéndoles fronteras nuevas a través de "eficientes" negociaciones. Nadie mejor que él para asediar Veracruz, atacarlo, bombardearlo y tomarlo para de ahí continuar una marcha de ascenso hacia la nueva conquista de la otrora Nueva España. Nadie mejor que Winfield Scott para seguir la ruta de Hernán Cortés hasta llegar a la antigua Tenochtitlán, hoy la altiva

Ciudad de México, la Ciudad de los Palacios, según le había expresado Humboldt a Jefferson. Por supuesto que aprovecharía los mapas dibujados por el propio investigador alemán, que, además de contener un detallado inventario de las riquezas de la Nueva España, le serían de particular importancia al destacado militar para llegar al corazón del país enemigo.

Se reúnen casi diariamente Polk, Marcy y Scott en la Casa Blanca para conocer los partes de guerra. En ocasiones el propio Scott revela sus puntos de vista en las juntas del gabinete. Ahí explica en detalle las dificultades que enfrentará Taylor para avanzar, así como los problemas logísticos de abasto de la tropa, sobre todo en materia de municiones. Hace saber que los norteamericanos pueden comprar casi de todo en materia de alimentos en los mercados mexicanos. Los comerciantes les venden y ellos compran sus comestibles pagando con nuestras monedas. Por un momento pensé en un envenenamiento masivo de nuestros muchachos o en una negativa a todo tipo de transacción con nosotros, aun cuando pagáramos con oro, pero la realidad ha sido muy distinta: el alma del mexicano es noble y generosa. Nos ayudarán siempre que lo solicitemos. Esa facilidad nos ha ahorrado mucho tiempo, mucho esfuerzo y mucho dinero, desde que el avituallamiento oportuno no lo hemos tenido que hacer desde Estados Unidos. ¿Se imaginan ustedes si hubiéramos tenido que llevar cereales, frutas y legumbres desde Nueva Orleans o la Florida? Todo hubiera llegado descompuesto siendo un verdadero manjar para las moscas y los gusanos. Gracias a los mexicanos este problema no se ha presentado, pero eso sí, hemos padecido enormes dificultades para encontrar material médico o quirúrgico para atender a nuestros enfermos. ¿Saben, a propósito, que el agua mexicana está matando más norteamericanos por diarrea que por las balas del enemigo?

Scott explicaba en detalle sus ángulos y enfoques bélicos. Nadie lo superaba en conocimientos. Su posición se consolidaba en cada entrevista. En una ocasión, tal vez la definitiva, agregó, aprovechando la furia de Polk por el armisticio de ocho semanas, que México tardaría mucho tiempo en caer y que la campaña se alargaría indefinidamente si no se atacaba la capital de la República. Hernán Cortés lo entendió muy bien: de nada le servía haber vencido a los tlaxcaltecas y haberse aliado con muchas tribus circunvecinas a la capital del imperio azteca, si no se tomaba Tenochtitlán. Si toda la fuerza militar mexicana muy pronto estará concentrada en el norte del país, llegó la hora entonces de desembarcar unos 10 mil hombres por Veracruz y obligar al enemigo a partirse en dos. Ya no sabrán y tal vez tampoco tengan con qué defender, por ejemplo, San Luis Potosí o Veracruz. Ya ni hablemos si hacemos otro desembarco por Mazatlán o Acapulco. Les daremos un colosal hachazo en la mitad de la columna vertebral. "Cuando caiga la cabeza de México, cuando pongamos nuestra adorada bandera en las torres de la catedral de México, en el Palacio Nacional y hasta en el Castillo de Chapultepec, objetivos militares que ya he estudiado, se derrumbará el país entero, mientras tanto todo se reducirá a amenazas para firmar la paz. No se confundan, señores: ataquemos la Ciudad de México, hagámosla un bastión norteamericano y nuestro vecino del sur se desplomará a nuestros pies. Esto ya no es un trabajo diplomático ni político. Estamos frente a un objetivo típicamente militar. Si queremos ganar esta guerra bien y pronto, démosles la palabra a los profesionales de la guerra, nosotros, los generales. No tenemos otra manera de conquistar la paz."

Las rivalidades entre Polk y Scott eran conocidas, sobre todo porque el último era un whig y tenía justificadas aspiraciones presidenciales, sin embargo, muy a pesar de sus deseos, de la prepotencia, de la suficiencia y altanería del militar, el jefe de la Casa Blanca nombra a Winfield Scott como general en jefe para ejecutar la segunda conquista de México. Escoge a Scott, además de ser un genial estratega, el mejor hombre, porque es el único militar digno de respeto para Taylor, otro arrogante, intocable, que no hubiera resistido el nombramiento de un tercero distinto a Winfield en toda la jerarquía militar norteamericana. Por Scott y solo por Scott aceptaría convertirse en un general subordinado durante la campaña mexicana. Zarpará hacia México a mediados de noviembre de 1846. Antes deberá amarrar todos los cabos para garantizarse el éxito. Le agradece a Polk su nombramiento con lágrimas en los ojos.

En los últimos días de septiembre, antes de la salida de Santa Anna rumbo al norte del país, Valentín Gómez Farías empieza a ocuparse de los asuntos del gobierno. El César Mexicano se encuentra dedicado a reclutar un ejército en 15 días. Don Valentín tendrá que reunir los fondos posibles en el mismo periodo. Santa Anna había escuchado y ahora lo confirma atónito que, en un momento de supuesta unión nacional, tan solo 19 de los estados que integran el país otorgarán su apoyo en forma de dinero, hombres y víveres. El problema es de la República: somos ajenos...[110]

¿Cómo ajenos? Este es el país de todos nosotros...

Nosotros no metimos al país en este enredo. Somos, por ende, inocentes.

Pero también los van a invadir a ustedes.

Negociaremos.

¿Y el futuro de sus hijos y el destino de la patria?

Ya te dijimos que nosotros no aportaremos ni dinero ni hombres ni víveres. Todo lo demás es irrelevante.

Don Valentín logra persuadir al clero de la capital de la necesidad de hipotecar bienes de la iglesia, los menos apreciados, para abastecer al gobierno con fondos a través de un préstamo. Solo ustedes tienen los medios y los recursos. Las arcas nacionales están vacías. Entre sobornos, comisiones y desviaciones, de los 2 millones obtenidos con tantas dificultades, llega al ejército una cantidad insignificante. Los periódicos liberales advierten a la iglesia mexicana que, al igual que los españoles acabaron con la religión politeísta de los aztecas, de la misma forma los protestantes norteamericanos, en especial los calvinistas, erradicarán hasta la última simiente católica del nuevo territorio conquistado, a menos que entreguen una parte de sus inmensas riquezas para financiar una guerra que al clero tampoco le conviene. México será un país protestante gracias a la avaricia católica. Punto débil, toral, intolerable amenaza. Un funesto enemigo.

El presidente Salas trata de imponer préstamos forzosos a los extranjeros. Bermúdez de Castro y Bankhead, ministros de España e Inglaterra, se oponen radicalmente a la medida y amenazan también con el uso de la fuerza, además de ejercer todo tipo de resistencia. Empiezan los motines en la Ciudad de México. Los monarquistas, los aristócratas, hombres prósperos, los moderados y los conservadores ven de reojo a Gómez Farías como el monstruo que había atentado contra la iglesia en 1833. No lo olvidan ni pierden de vista sus manos. Adivinan sus intenciones: a la primera oportunidad tratará de embargar o expropiar bienes eclesiásticos apoyado en la absoluta urgencia económica derivada de la guerra. Cualquier pretexto es bueno para tomar lo ajeno, sin importarle si son o no bienes propiedad de Dios... Se hacen grupos dentro de los grupos. La división crece. Se profundiza mientras Taylor gira la cabeza a la derecha. Fija su mirada en Saltillo. Su siguiente objetivo. Lo tomará el 16 noviembre de ese mismo año.

Los planes entre Polk y Santa Anna marchan a la perfección. Su Excelencia ha reunido ya casi 3 mil hombres y en cualquier momento saldrá rumbo a San Luis Potosí. En la prensa mexicana se concluye que la única manera de vencer a Estados Unidos es a través de la guerra de guerrillas.[111] Un general-presidente, como el César Mexicano, jamás combatiría ni permitiría que sus oficiales y soldados luchen escondidos en los árboles, organizando celadas o emboscadas cuando menos se lo esperaran los yanquis. No somos niñas. Los militares damos la cara como hombres y arreglamos nuestras diferencias a bombazos. Pero señor, podemos matar sus caballos en las noches, envenenarles la comida y el agua, quemar su depósito de medicamentos o hacer estallar sus arsenales y hasta atacar sus líneas de abasto para dejarlos sin municiones. En una guerra convencional seremos derrotados por la abundancia, el alcance y la calidad del armamento de los enemigos, así como por la escasa capacitación de nuestros soldados. Nos inmolaremos en batallas como la de Austerlitz, la que libró Napoleón contra los austriacos. No jugamos a las escondidillas. Nos jugaremos el alma, el honor y la dignidad en batallas históricas que hablarán de nosotros para siempre. ¿Quién dijo que desperdiciaré mis conocimientos militares como si fuera un asaltante de caminos...? Soy el general en jefe del Ejército Libertador Republicano y no un maldito roba-vacas... ¿Sonó bien...?

En Estados Unidos, mientras tanto, se filtra la noticia, otro error de Mackenzie, de las negociaciones secretas entre Polk y Santa Anna. El Congreso exige al presidente una copia del texto enviado por Bancroft a Conner, a través del cual se le autoriza al ex-dictador mexicano desembarcar en un Veracruz herméticamente bloqueado. Una inexplicable excepción. El Congreso exige el descubrimiento del plan secreto. ¿Qué papel juega Estados Unidos en esta estrategia encubierta? ¿Cuánto les costará a los contribuyentes? ¿Por qué tener acuerdos a espaldas de la nación? La bomba no tardará en llegar a México. La detonación será estremecedora. ¿Santa Anna, traidor? ¿Estuvo negociando con el peor enemigo que haya tenido México en su historia? ¿Polk y Santa Anna se entienden?[112]

Cuando el presidente Salas nombra a Gómez Farías como su secretario de Hacienda, el clero sabe que el notable reformista tarde o temprano volverá a comenzar su viejo ideario expropiador de los bienes clericales. Un grupo de jerarcas eclesiásticos se acerca a Taylor para ofrecerle todo el territorio mexicano arriba del grado 26, o sea la Alta California, Nuevo México y parte de Tamaulipas, Nuevo León, Sonora y Chihuahua a cambio de una indemnización de 3 millones. Aducen ante Taylor que si ese es el costo para concluir con la guerra lo pagarán con gran satisfacción, porque de alargarse el conflicto no solo perderán los territorios del norte, sino que a la iglesia se le confiscará y se le rematará todo su patrimonio para financiar una guerra que de antemano está perdida. Nosotros preferimos, señor Taylor, deshacernos de "algo" de tierra, obtener así unos millones de pesos que le caerán muy bien a las arcas nacionales, pero eso sí, preservar íntegros los bienes de la iglesia apostólica y romana. ¿Debo entender que ustedes prefieren que se mutile a su país antes de que su iglesia empobrezca…?, preguntó Taylor para medir las convicciones patrióticas de sus interlocutores.

—Seamos prácticos: de seguir la guerra, perderemos tanto los territorios norteños como los bienes de la iglesia; si ahora mismo suspendemos las hostilidades y nos pagan los 3 millones solicitados, únicamente perderemos las llanuras y de esta forma el patrimonio clerical habrá quedado a salvo de las manos de los canallas. Lo demás son sentimentalismos estúpidos. Es mucho más digno y honorable dejar a salvo los bienes del Señor, que defender los intereses de la patria… ¿Quién es más importante…?

Poca trascendencia habría tenido en la historia de México esta nueva felonía clerical si no es porque Taylor comunicó dicha oferta a Leslie Cazneau y a Mirabeau Bonaparte Lamar, este último, expresidente de Tejas, quienes a su vez recurrieron a Moses Beach, el editor y dueño del famoso periódico *New York Sun* para conocer su opinión y lograr su apoyo, dadas sus excelentes relaciones en las altas esferas de Washington. Tan pronto Cazneau y Mirabeau abandonan la oficina de Beach, este solicita, a través de Buchanan, una cita con el presidente Polk, reunión de la que se desprenderían terribles consecuencias que ignoran la mayoría de los mexicanos. ¿Por qué...?

No quisiera interrumpir el orden de la narración, pero la villanía cometida en contra de México fue de tales proporciones que bien valdría la pena contar en un párrafo la conversación entre el tal Moses Beach y Polk para dar una idea de los alcances de la petición hecha fundamentalmente por los religiosos a Taylor y sus hombres y posteriormente, ya en su momento, describir con lujo de detalles en qué se tradujo, desde un punto de vista militar, el papel desempeñado entre Beach y el clero mexicano.

En aquel otoño en el Washington de 1846, una mañana color plumbáceo, Beach le hizo saber a Polk la existencia de lo que podría ser un gran aliado para precipitar el final de la guerra a favor de Estados Unidos.

—¿Cuál aliado? —cuestionó Polk.

—La iglesia católica, señor. Es sabido que el clero mexicano abriga fundados temores en el sentido de que se le confiscarán sus bienes para destinarlos al financiamiento de la guerra contra nosotros, los norteamericanos.

—Eso ya no es ningún secreto —adujo el presidente con sequedad.

—De acuerdo —repuso Beach igualmente cortante como si no deseara ser interrumpido—; el otro miedo que me externó el clero al solicitar nuestra intervención, se inspira en la búsqueda de acuerdos entre la iglesia protestante norteamericana y la católica, en el sentido de que nosotros jamás trataremos de imponer nuestras creencias religiosas, principalmente las calvinistas, en los territorios conquistados durante la guerra.

Polk concedió su falta de interés en ese objetivo sin ver todavía con claridad hacia dónde se dirigía Moses Beach.

—Yo creo que a ninguno de nosotros nos interesa que los mexicanos dejen de ser católicos o lo que se les dé la gana.

—Así es, señor presidente, ¿cómo contradecirlo? —adujo el periodista—. Lo que llama la atención en este escenario consiste en convencer al clero mexicano de nuestra neutralidad religiosa, extendiéndole todas las garantías de su gobierno, en el sentido de que bajo la ocupación norteamericana en México, nosotros no tocaremos ni un cirio pascual votivo ni una sola de sus gladiolas blancas, es decir, respetaremos tanto los oficios religiosos como su patrimonio, siempre y cuando los sacerdotes, en reciprocidad, convenzan desde el púlpito y los confesionarios a los feligreses, al pueblo y al ejército en general, del sacrilegio que implicaría atacar a nuestras tropas con cualquier tipo de armas. Si quieren quedar bien con Dios y con su santa causa tendrán que deponerlas, so pena de sufrir un terrible castigo el día del Juicio Final...

Polk se acomodó en el asiento. Ahora entendía los alcances de la jugada y la importancia de la alianza con el clero.

—¿Quiere decir que algunas ciudades mexicanas podrían rendirse sin defenderse siempre y cuando nosotros le garanticemos al clero que no tocaremos su patrimonio al final de la guerra ni impediremos que cumplan con los mandamientos de su religión en cualquier momento?

—Así es, señor —repuso entusiasmado el periodista—; así es...

—¿Y usted lo cree posible...?

—Tan posible, señor presidente, que hoy podría yo apostar con usted, después de haberme entrevistado con algunos representantes del alto clero mexicano, que ciudades como Jalapa o Puebla caerán en nuestras manos sin que tengamos que disparar ni una sola bala de salva. Los curas adormecen con sus homilías a la gente en México —concluyó Beach con un brillo perverso en los ojos, fiel reflejo de su satisfacción por sentirse útil y hacer un planteamiento inteligente al presidente—. Si los curas llegan a sostener durante las misas: quien mate o hiera a un norteamericano se condenará en el infierno... Ellos son buenos y están aquí por nuestro bien... Este tipo de intervenciones será suficiente para salvar cientos de vidas de nuestros muchachos, de nuestros queridos *marines*, señor. Ahorraremos pólvora y sobre todo dinero, tiempo y muy malos ratos si este conflicto termina a la brevedad, señor. Le cortaremos las uñas a nuestro Congreso, señor...

La conclusión del presidente fue tan obvia que para Beach ya no fue necesario ofrecerse como candidato para llevar a cabo esa operación secreta. Si el periodista dominaba con tanta claridad la realidad religiosa en México, a la Casa Blanca le correspondía el inmediato nombramiento secreto y el abastecimiento de fondos, los necesarios para garantizar el éxito de la misión de su nuevo agente. Moses Beach era el hombre ideal, no solo por ser dueño de un gran patrimonio económico, sino por estar acostumbrado a guardar secretos profesionales gracias a su papel en la prensa y a proporcionar información de la que Polk, por lo general, carecía.

—Mientras le escuchaba estaba pensando en seleccionar a un buen diplomático del Departamento de Estado, pero me es evidente que usted es el mejor hombre para desempeñar el cargo. ¿Cuándo puede salir a Veracruz? Su proyecto me fascina.

—Antes tendré que arreglar la expedición de unos pasaportes británicos en Cuba. Nadie en México me permitirá ingresar con pasaporte norteamericano y si me lo permitieran por medio de un soborno, me estaría jugando la vida junto con la de Jane Storms.

—¿La periodista? —preguntó Polk.

—Sí, ella me acompañará. Su sagacidad me ilumina y su conocimiento del español me será definitivo...[113] —concluyó Beach con un aire de tranquilidad y suficiencia.

Ya de pie y antes de retirarse de la Casa Blanca, el reputado periodista alcanzó a decir:

—Tengo conmigo una copia de su próxima columna dominical. Se la obsequio, señor presidente. Le va a hacer sonreír.

Cuando Beach abandonaba el despacho presidencial, Polk empezaba la lectura del texto de la famosa periodista, ahora ya convertida en agente al servicio de la Casa Blanca. Ella había sido la primera en acuñar el término "Destino Manifiesto". ¿Cómo olvidarla? Sus columnas reflejaban la profundidad de sus conocimientos de la cultura y civilización anglosajona y española:

ALGUNAS DIFERENCIAS ENTRE MÉXICO
Y ESTADOS UNIDOS

Las colonias norteamericanas lucharon, desde un principio, por conservar las instituciones políticas inglesas, tales como el gobierno representativo, la ley común, el sistema de jurado popular, la supremacía de la ley, el sistema de impuestos y la subordinación del ejército a la autoridad civil. Gozábamos de unidad nacional, arraigo institucional, soñábamos con la idea de una patria nueva y promisoria. Las colonias españolas, por el contrario, en 300 años, nunca contaron con un gobierno representativo ni hubo subordinación del ejército ni de la iglesia al poder civil en razón de los fueros ni se dio unidad nacional ni arraigo institucional ni identificación con el país.

Nosotros no rompimos con nuestro pasado, mientras los mexicanos sí rompieron con el suyo: de ahí advino el caos. Nosotros nos convertimos en anglosajones modernos, plenamente convencidos de nuestra nacionalidad; ellos rechazaron lo español, pero también lo indígena y, por lo tanto, cayeron en una confusión al no saber ni qué eran ni cómo deseaban ser en todos los órdenes de su vida.

La cerrazón española impidió abrir sus puertas al mundo y dejó de poblar masivamente sus colonias, mismas que hoy, en la actualidad, se hubieran convertido en países libres y progresistas. Baste el siguiente cuadro para explicarnos nuestra política migratoria, así como la riqueza que podremos crear con 20 millones de personas esforzadas, libres, alfabetizadas, dotadas de una mística del progreso y deseosas de construir un futuro en una nueva patria en donde los pobres, los ignorantes y los flojos, a diferencia de México, desde luego, no tienen cabida:

Crecimiento de la población de EUA comparada con la mexicana:

	Estados Unidos	México
1790	4 millones	4.636 millones
1810	7.2	6.1
1820	9.6	6.2
1830	12.9	7.9
1842	17.12	7.015
1846	20.2	7.5

Nuestros colonos se consideraban justificadamente elegidos de Dios para crear una comunidad ejemplar encargada de regenerar el mundo. Eran hombres de negocios, dueños de sí, acostumbrados a tener autoridad y que llegaban a América con sus familias para glorificar a Dios por medio del trabajo y a vivir una vida honesta y próspera, ya que el triunfo de la profesión era un signo de elección divina. Para nosotros trabajar es orar. Para los españoles el trabajo es impropio de su categoría social.

Los conquistadores no eran colonos: ellos venían solteros, a enriquecerse a costa de los demás con la esperanza de gozar su fortuna en España. Después de comerse el fruto tiran la cáscara mexicana. ¿Eso se entiende por patria? Ellos no llegaron con sus familias y sus mujeres a fundar un nuevo país. Ellos procrean hijos por doquier. Prostituyen a la gran familia azteca, son, en muchos casos, convictos que venían en contra de su voluntad al nuevo continente. Su avidez por el lujo y la vida material no se satisfacía por medio del trabajo, sino del despojo, del privilegio y de la influencia. El rencor que crearon entre las masas aborígenes desposeídas de su religión y de sus bienes envenenó el alma mexicana. Por ello no hay mejor indio que el indio muerto. Se acabaron los resabios y los resentimientos. Enterrémoslos con todo y penachos.

La colonización sajona extinguió el mestizaje; la española lo propició. Nosotros, los protestantes, no estamos obligados al pago del diezmo; ellos, los católicos, debían pagarlo coactivamente. Nosotros, desde muy temprano, logramos separar a la Iglesia del Estado; ellos subsisten amenazadoramente fusionados en lo político y en lo religioso. Nosotros ejercemos el libre comercio, ellos siempre dependieron de Sevilla, al otro lado del Atlántico. Nosotros abrimos la migración; ellos no colonizaron los territorios norteños ni supieron trabajarlos ni defenderlos ni unificarlos con el resto del país. Nuestras fincas sureñas prosperaron gracias a la esclavitud, nuestro campo floreció. La encomienda concentró la riqueza y creó abismales diferencias sociales que hoy amenazan la vida y la paz de México. Nosotros crecimos por medio de la agricultura y el comercio; ellos, a través de la minería y cuando la minería se desplomó, se desplomó el país. Nosotros elegimos a nuestras autoridades religiosas y a las civiles, con excepción del gobernador; ellos nunca eligieron a sus líderes políticos ni eclesiásticos, nunca eligieron a nadie. ¿Qué mexicano votó alguna vez para elegir al cura de su parroquia...?

Entre nosotros, los ricos se salvan, mientras que los pobres y los analfabetos se condenan. Para ellos es más fácil que pase un camello por el ojo de una aguja a que un rico entre al reino de los cielos. Nosotros proponemos la tolerancia religiosa; ellos aceptan los dictados de una iglesia autoritaria que invita a la resignación y a la miseria, para controlar mejor a la feligresía y cobrar más limosnas, cuyo importe siempre ocultan. Nosotros somos optimistas, arquitectos responsables de nuestra vida; según ellos, Dios escribió, desde un inicio, el destino: son fatalistas, todo es irremediable. Lo que será, será. Nosotros vinimos a regenerar el mundo; ellos están a lo que Dios mande. Uno activo, el otro pasivo. Nosotros tenemos derecho a la tierra no cultivada, sea o no de México, por disposición de la Providencia. Ellos detentan grandes territorios no por creer tener derecho divino ni para trabajarlos, sino para ostentarlos socialmente sin reparar en el daño social.

En Estados Unidos, de 1789 a 1847, en 58 años, hubo 11 presidentes sin que ninguno de ellos hubiera terminado su mandato en forma violenta. Ahí están: George Washington, John Adams, Thomas Jefferson, James Madison, James Monroe, John Quincy Adams, Andrew Jackson, Martin van Buren, William Henry Harrison, John Tyler y James Polk. En México, de 1821 a 1846, en 25 años, se cambió en 33 ocasiones de titular del Poder Ejecutivo. ¿Cómo construir una nación sin estabilidad política? Nosotros jamás disolvimos un Congreso ni encarcelamos a nuestros legisladores ni asesinamos senadores ni los torturamos ni los desaparecimos ni incendiamos periódicos ni fusilamos ni encarcelamos periodistas ni destruimos sus planchas ni sus tipos ni contamos con policía secreta a las órdenes de nuestros pastores ni estos operaban cárceles clandestinas...

¿Quién tiene un mejor derecho a adueñarse del futuro?

Mientras Santa Anna se dirigía, a finales de aquel 1846, rumbo a San Luis Potosí, a caballo o a pie y, otras tantas veces, sentado cómodamente a bordo en su carretela, no podía impedir que los viejos recuerdos de la campaña tejana, la de El Álamo y El Goliad, lo asaltaran sin tregua alguna. La herida estaba abierta y sangraba, supuraba abundantemente, aun cuando ya habían transcurrido 10 años de aquel catastrófico evento. ¿Cómo olvidar los días más amargos de su existencia? Nunca había experimentado la terrible agonía de saberse atrapado, sin escapatoria posible. Jamás había padecido el pánico de la impotencia, de la desesperación, del enclaustramiento. Él, el mago de las evasivas, esa vez vio canceladas todas las opciones de salida, clausurada cualquier posibilidad de fuga. Ahí se encontraba con la mirada angustiada, arrinconado, contra la pared, con mil bayonetas y mosquetes enemigos apuntándole a los ojos, a la cabeza y al corazón.

La sensación de la asfixia se repetía noche a noche, cuando un verdugo, escondido tras una máscara oscura, azotaba violentamente el hacha contra su cuello haciendo crujir las vértebras como un par de bisagras viejas, antes de producir un enorme chorro de sangre oscura. De la misma manera deliraba al verse rodeado de un grupo de sayones vestidos con túnicas negras y enormes capirotes inquisitoriales que lo rodeaban para sacarle los ojos con los pulgares. Invariablemente amanecía con el rostro y el pecho cubierto por abundantes sudores y con la ropa hecha jirones después de vomitar pesadillas de horror.

Al pasar por Tula decidió esperar unos instantes a que sus hombres se adelantaran. Desfilaban frente a él. Lo saludaban informalmente, sin dejar de observar la figura del Benemérito de Tampico y su gran prestigio ganado en el campo del honor. Al dirigirse al norte, a enfrentar a Taylor, sufría el mismo frío de aquel terrible enero de 1836 en el Bajío. Cuando en ese maldito año vio desfilar a su ejército en filas de cuatro en cuatro, arrastrando los pies, los huaraches, los zapatos y en el mejor caso las botas, pensaba en el tamaño del sacrificio nacional para impedir que Tejas fuera desmembrada del resto del país. Los escasos ahorros públicos de México se consumirían en ese objetivo, al extremo de suspender el pago de salarios a burócratas y pensionados.

Santa Anna reflejó instintivamente un rictus de malestar en el rostro al recordar las fuerzas y equipo con que contaban tanto él como Vicente Filisola, el segundo en jefe, general de división del Ejército de Operaciones sobre Tejas. Enfrentar a una potencia como Estados Unidos con semejantes recursos fue una temeridad en 1836, tal y como lo es ahora mismo, en 1846, se dijo sin parpadear ni contestar los saludos de la tropa cuando pasaba frente a él. ¿Cuál es la diferencia, se dijo, entre 1836 y 1846 en materia de recursos humanos y pertrechos de guerra? ¿En qué hemos evolucionado?

Para rescatar Tejas en 1836 tuvo que cruzar el Río Bravo y lograrlo sin los medios necesarios para transportar 182 efectivos de artillería, 185 zapadores, 4 mil 473 efectivos de infantería, mil 24 de caballería, 95 de caballería presidial y 60 de a pie: un total de 6 mil 19 hombres y 21 cañones.[114] Llevaban 833 carros de ocho ruedas y mil 800 mulas, de las cuales 800 eran embargadas, además de 200 carretas tiradas por bueyes con los alimentos y, sobre todo, auxiliar a las mujeres y sus hijos en número de 2 mil 500 personas. Toda una odisea.

Ahí marchaban, al encuentro de su destino, a El Álamo, unos 2 mil hombres de la guarnición de la capital de la República, debidamente uniformados, con pantalones blancos, casacas azules con puños color escarlata y charreteras verdes. Llevaban un sombrero elevado rematado por una pluma roja de gran tamaño, un peto de latón y una manta blanca enrollada y colocada tras los hombros. Estos breves contingentes tenían, según Su Excelencia, todo el aire de la Gran Armada de Napoleón.

Después de los elegantes atuendos de algún reducido sector de la infantería, a continuación marchaba una inmensa masa de campesinos, vestidos con trajes de manta, reclutados contra su voluntad, analfabetos, al igual que un nutrido grupo de mayas aportados por el gobierno de Yucatán, todos ellos lanzados a la guerra sin los conocimientos ni, al menos, un entrenamiento básico. Dan pena, se dijo en silencio Santa Anna, cuando recordó que iniciaba una aventura militar de semejantes proporciones sin un cuerpo de médicos ni cirujanos experimentados ni ingenieros ni expertos en logística ni curas para dar misa, confesar o conceder la extremaunción ante los casos irreparables. Nada. ¿Qué hacer con los heridos sin los medicamentos adecuados y elementales? Una herida insignificante no solo implicaría un hombre menos para el combate, sino la amputación del miembro lastimado o hasta la muerte misma por impotencia para contener la gangrena. ¿Cómo escoger los terrenos con las mejores condiciones para acampar y para el combate? ¿Cómo desplazar los cañones en el mejor tiempo posible y sin pérdida de municiones? ¿Quién moriría reconfortado después de recibir todos los servicios espirituales?

Bien pronto tocó el turno de la caballería, un cuerpo privilegiado por Santa Anna, uniformado con pantalones azul oscuro, saco escarlata, solapas verdes, charreteras doradas y collares para acreditar la jerarquía militar. Ostentaban cascos decorados con grandes penachos y enormes capas de piel de vaca que cubrían tanto al jinete como al animal. El presidente de la República contemplaba a los caballistas con gran simpatía. Puesto de pie y sin soltar las bridas de *El Fauno*, saludaba a sus soldados más aguerridos con aire y protocolo marcial. No se había extraviado el sonido de los cascos de los caballos al golpear algunas piedras, todavía se escuchaba su bufar aislado, cuando aparecieron, ante la vista de Su Excelencia, unas mil 500 mujeres y sus hijos, un total de 2 mil 500 personas que seguían la marcha del ejército sin apartar la vista del camino de polvo.[115]

El contingente integrado por estas familias se perdía en una línea de un par de kilómetros de longitud. Santa Anna despreciaba estos grupos, pero no tenía más remedio que tolerarlos por la ayuda que obsequiaban. Se trataba de las esposas de los soldados reclutados en contra de sus deseos, atrapados en el interior de una iglesia, arrodillados frente a un crucifijo, cazados en un mercado o en plena vía pública o al salir de alguna cantina después de beber un par de vasos de pulque, jóvenes, como requisito indispensable, a quienes, una vez sometidos y por más resistencia que opusieran, se les encadenaba y se les obligaba a formar fila para "defender la patria amenazada..." Ellas, sus mujeres, igualmente descalzas y con chamacos envueltos en los rebozos desgastados, lavaban la ropa, cocinaban con lo que tuvieran a su alcance, ordenaban a los niños o se prostituían cuando su marido caía en una batalla y lo reemplazaban por otro soldado de acuerdo a una vieja tradición de apoyo y solidaridad. Ahí estaban ellas, invariablemente siguiendo a sus hombres en los caminos tortuosos o en las mismas batallas ayudándolos, si acaso, a cargar los mosquetes. También se les veía golpeando con una varita en las ancas a un burro que cargaba los víveres o silbándole a la bestia para animarla o vendiéndola en un local abierto a un comerciante de ganado a cambio de unos pesos para comprar comida. ¡Cuántos hombres no hubieran muerto de inanición de no haber existido estas venturosas mujeres que a diario hacían el milagro de las tortillas, los frijoles y las salsas!

Para el César resultaba conveniente constatar una vez más de qué hombres y equipo dispondría para largar del territorio nacional a los *téxicans* que exigían la independencia de Tejas y la fundación de una futura República, libre y soberana. Según Santa Anna, la inmensa mayoría de los tejanos de aquel 1836 no habían nacido ni siquiera en Tejas. Se trataba de meros prófugos de la justicia americana, aventureros del Mississippi, mercaderes corruptos de la Luisiana y agricultores de Kentucky, Tennessee y Alabama, además de soldados disfrazados de granjeros, supuestos inmigrantes en busca de tierras, ciertamente lacayos de la Casa Blanca y del Departamento de Guerra...

En realidad, recordó cuando ya empezaba a contemplar las planicies queretanas, la insurrección de los colonos había comenzado cuando el gobierno mexicano decidió restablecer las aduanas, la aduana de Anáhuac y las guarniciones militares en Tejas. ¿Cuáles colonos?, eran yanquis invasores, transgresores de la ley, piratas camuflados de civiles enviados por los presidentes de Estados Unidos para "poblar", en realidad para empezar a robarse el territorio de Tejas. ¿Por qué pagarle impuestos al gobierno mexicano, grandísimos cabrones, no? El coraje se revivía en su interior como si el tiempo no hubiera transcurrido. Vino a su mente el momento en que ordenó la clausura del Congreso y se erigió como dictador para emitir decretos y gobernar como le viniera en gana, sin pedir autorización a Congreso alguno para imponer y cobrar impuestos al comercio exterior o interior. Como dictador tú eres la ley, tú sabes si aplicas o no las normas aduanales. Encarnas el Estado. Entonces ejerces el monopolio de la fuerza para dirigir al país hacia la ruta más conveniente. Conoces mejor que cualquiera lo más conveniente para los gobernados. Lo sabes: por algo eres el supremo intérprete de la voluntad popular.

Santa Anna mostraba una sonrisa sardónica. Los Congresos, se convencía mientras esperaba sentado a la sombra de un pirú con los codos apoyados en las rodillas y el mentón en los puños cerrados, sirven para dividir el poder, solo que a los mexicanos siempre les ha gustado que alguien concentre toda la autoridad y la ejerza. No perdonan la tibieza. La entienden como falta de virilidad impropia en un país de machos. Güevos, güevos para mandar y gobernar. Si tienes el marro, úsalo, no es como la espada decorativa en un uniforme de gala... ¿Para qué entonces jugar a la democracia con parlamentitos que solo nos desvían de nuestro rumbo y entorpecen la marcha de los asuntos que verdaderamente benefician al país? Mejor, mucho mejor, clausurar sus odiosos recintos y largar a los legisladores del país a patadas...

Resultaba imposible no recordar la marcha por la reconquista de Tejas en aquel nefasto y dramático 1836, un año trágico, auténticamente negro en la historia de México. Habían transcurrido 10 años y ahora enfilaba nuevamente al norte, a enfrentar a los norteamericanos, a quienes esta vez ya no les bastaba Tejas, desde luego que no: su voracidad no tenía límites, sus apetitos territoriales eran insaciables. Esos traficantes asesinos venían por el resto del país matando y quemando todo a su paso, al estilo de Atila, quien decidía a su capricho lo que tomaba, fuera de quien fuera, y luego lo desechaba o se lo apropiaba para siempre... Adiós, México, adiós, patria querida, adiós, nacionalidad... Ahora ya no vienen solo por Tejas, esta vez quieren todo el país...

En ese momento percibió, en las alturas, a un nutrido grupo de zopilotes en espera de alguna res muerta. ¡Qué festín devorar la carroña!, solo que para esos pajarracos no se trata de carroña. Los hedores mefíticos les despiertan el apetito y se solazan y se atacan entre sí al devorar o disputarse las tripas podridas repletas de excremento en descomposición. Se trata de un auténtico placer. En la política es lo mismo, se convencía de la metáfora, hay personas que se escandalizan con nuestra conducta porque no entienden nuestras reglas ni comprenden que nuestro comportamiento responde a una búsqueda de las mejores opciones para la patria... No hay de qué sorprenderse ni poner caritas...

Si los tejanos se rebelaron contra el pago de impuestos, concluyó sus recuerdos en esa parte del camino, mucho más se opusieron cuando nos convertimos en República centralista. En ese momento, esos bellacos, instruidos desde la Casa Blanca, decidieron separarse de México y yo, desde luego, no lo iba a consentir. De ahí mi viaje a Tejas con 6 mil hombres: solo fui a impedir que se independizaran de nuestro país y que mutilaran para siempre nuestro territorio. Ignoré a mis detractores de siempre, quienes lógicamente, parapetados en su eterna cobardía, se opusieron a la campaña militar tejana porque sabían que el problema no era en contra de los odiosos *téxicans*, sino que, en el fondo, se trataba de una confrontación disfrazada contra Estados Unidos, un coloso que trabajaba arduamente en su estrategia expansionista. ¿Cómo atacar, en realidad, a nuestro vecino del norte con la tesorería quebrada, con un ejército de muertos de hambre y con equipos caducos? ¡Que no vaya Santa Anna a Tejas! Vendámosla, olvidémonos de ella y reconstruyamos el país con el producto de la enajenación de los territorios. Malvados traidores: si supieran que a mí Tejas me importaba menos que un cuarto de carajo y que yo solo iba en busca de la gloria...

Una de las peores adversidades que encontraron en aquellos años cuando se dirigían a El Álamo, a El Goliad, concretamente a San Antonio de Béjar para dar con Sam Houston y traerlo arrastrado por un caballo hasta la Plaza de la Constitución, fue sin duda el invierno, el gran enemigo invencible del propio Napoleón. Pocos imaginaron que, después de apretar el frío al extremo de paralizar el cuerpo, unos tímidos copos anunciarían la presencia de una pavorosa tormenta de nieve, un espectáculo de verdadero horror, justo cuando se encontraban a unos pasos para iniciar el cruce del Río Bravo a la altura de Laredo. Los males no concluían, por el contrario, comenzaban. Los mayas empezaron a golpearse las manos, saltaban como si les hubiera caído un panal o un avispero en la cabeza. Después, como si ellos mismos trataran de abrazarse, se daban manotazos en la espalda. El denso vaho de su aliento era la mejor prueba del rigor invernal. Muy pronto se les vio llamarse entre sí en su lenguaje ciertamente incomprensible y reunirse con los pantalones y camisas de manta y los huaraches húmedos, los pies ya congelados, en pequeños grupos para juntar algo de calor entre todos los cuerpos morenos. Al amanecer, esos hombres integraban un monumento funerario, un breve mausoleo de hielo, hecho solo con los cadáveres de los aborígenes desconocedores de semejantes fenómenos naturales y que nunca entendieron lo que habían venido a defender por más que se les explicó la justificación de su presencia en el norte del país, donde hombres altos, blancos y barbados, deseaban apoderarse de una parte muy importante de la patria. La masa para las tortillas se había petrificado. El clima había cobrado sus primeras víctimas sin que ninguno de los cañones de ocho libras hubiera detonado para iniciar el rescate de Tejas.

La peregrinación aparecía cada vez más diezmada. Día tras día se encontraban cuerpos de niños o de mujeres que habían perecido igualmente congeladas como muchas de las mulas de carga. Numerosos hombres cojeaban ayudados por muletas improvisadas porque habían amanecido con los pies morados, tumefactos, endurecidos, helados, impedidos de practicar el menor movimiento. ¿Cómo amputarles la extremidad sin la presencia de un médico? Los condenados a muerte trataban inútilmente de continuar el viaje rumbo al norte hasta que, resignados, abandonaban cualquier esfuerzo para ponerse de pie. Se rendían. Descartaban o rechazaban cualquier ayuda. Ya todo es inútil. Déjenme morir en paz... La pulmonía se convirtió en un flagelo ante la falta de medicamentos. Entre las bajas y las deserciones nocturnas, el Ejército de Operaciones sobre Tejas perdía el 20% de sus hombres antes de librar la primera batalla.

Santa Anna, mientras tanto, descansaba en su tienda de campaña, en cuyo interior se encontraba una cama, candiles y tapetes persas, además de un número indeterminado de artículos y objetos imprescindibles para su aseo personal.

¿El castigo ya era suficiente? ¡Qué va! Todavía tuvieron que resistir ataques repentinos de comanches y apaches antes de llegar a Tejas, agresiones que cobraron vidas y que concluyeron en el robo de alguna parte de los escasos comestibles. Por si hubiera sido insignificante el daño sufrido por el invierno, ¡ay!, Napoleón, ahora te comprendo, todavía se presentó un obstáculo natural totalmente previsible que agotaría las reservas de paciencia del Ejército de Operaciones: ¿Cómo cruzarían el Río Bravo 8 mil 500 personas, desde luego, sin puentes, con carretas tiradas por bueyes, carros pesados de ocho ruedas, piezas de artillería, víveres, municiones y pólvora?

Se improvisan balsas después de talar los árboles de la periferia. El ejército carece de equipo de puente. Santa Anna dirige las operaciones montado en su brioso corcel. Se muestra incansable. Infatigable. Lo vi ayudar a unos muchachos a cortar un árbol con una sierra desgastada. Por aquí, por allá, ordenaba inquieto y furioso mientras golpeaba con el fuete las ancas de su caballo. Ayuda a amarrar los troncos. Trae cordeles. Golpea con el hacha. Coordina las actividades. Se exhibe como un gran organizador.

La caudalosa corriente del río vuelca las primeras barcas preparadas con la máxima rapidez. La intensidad de las lluvias ha producido grandes riadas. Se oyen los gritos angustiosos de auxilio de los soldados-campesinos que se hunden sin saber nadar. Los animales sacan desesperadamente las cabezas del agua hasta perderse para siempre después de una breve lucha. La carga naufraga. Todo se pierde en el primer intento. El Bravo se traga hombres, equipos, caballos, mulas y bueyes. Momentos después recupera el silencio y su flujo natural como si nada hubiera acontecido. Vienen los segundos y los terceros intentos. Se escuchan gritos de los oficiales: "Mójense ustedes, pero que no se moje la pólvora".[116] Llega uno, más tarde otro hasta la margen izquierda. Intentan regresar al lado opuesto para hacerse de más pasaje, haciendo palanca y oponiendo resistencia, con un palo largo. Son pangas muy rudimentarias. Imposible, la corriente los arrastra, junto con los hombres que se atreven a cruzar a pie, caminando sobre el fondo, apoyándose en las piedras sumergidas. Bien pronto se pierden en la marea. Tienen que abandonar municiones, pólvora y provisiones en la margen derecha. Una catástrofe. El agua gélida complica las operaciones. Cuando están listos para proseguir la marcha hacia San Antonio, las fuerzas se han agotado. El frío ha destruido el ánimo. El escaso coraje ha desaparecido. Son señales ominosas que el César ignora.

—Continuemos —arengó Santa Anna a los suyos—. Continuemos hasta izar esta bandera mexicana que sostengo entre mis manos, en lo alto del Capitolio en la ciudad de Washington.[117]

Para estimular a la tropa que temblaba de frío, todavía clamó al cielo hasta perder la voz con este grito patriótico que a todos nos motivó: "Yo marcharé personalmente a someter a los revoltosos y una vez que se consume este propósito, la línea divisoria entre México y Estados Unidos se fijará junto a la boca de mis cañones".[118]

Al final Santa Anna leyó un decreto en voz alta y firme, cuyo contenido siniestro muy pronto se encargaría de ejecutar con todas sus consecuencias:

"Los extranjeros que desembarcaren en algún puerto de la República Mexicana y penetraren por tierra armados y con objeto de atacar nuestro territorio, serán tratados y castigados como piratas y se les pasará por las armas como corresponde a todo invasor".[119]

Continúa la marcha rumbo a El Álamo. Se decide dividir al ejército. Una medida estratégica equivocada: una parte se va con el general Filisola, otra con el general Urrea y la última marcha bajo el mando del general Ramírez y Sesma, el famoso militar que acuñó la frase: "Con el negro pellejo del presidente Vicente Guerrero me haré un par de botas".[120] Sí, sí el mismo Ramírez y Sesma que robó como nadie la plata de Zacatecas cuando Santa Anna la atacó y doblegó con un enorme saldo de muertos, unos meses atrás solo por resistirse a aceptar, como Tejas, la conversión de República Federal a República Centralista. El mismo Ramírez y Sesma que vendía los pertrechos de guerra a los soldados, así como los alimentos, la ropa y las mantas.

¿Cómo es posible que usted lucre con el dolor, la enfermedad y el hambre de los suyos?, le pregunté un día a este afamado militar tan reconocido por Santa Anna. ¿No se da usted cuenta de que no hay nada para nadie y lo poco que existe, usted lo aprovecha para enriquecerse en lo personal? Me ignoró al contestarme que Ricardo Dromundo, el cuñado de Santa Anna,[121] hacía lo mismo con toda impunidad y nadie se atrevía a reclamarle su comportamiento. Si él se somete a la ley y asegura respetar las órdenes de la superioridad, yo, por mi parte, me dijo el gran cínico, empeño mi palabra para garantizarle a usted que, desde luego, continuaré haciendo negocios con la masa, las tortillas y el piloncillo de estos infelices muertos de hambre… Solo repuse: si esta guerra por la recuperación de Tejas se pierde será por culpa de los generales como usted. El ejército regular está muy por encima de la calidad de sus directivos. Dicho esto, continuó contando sus monedas, haciendo pequeños lotes y engolosinándose con tan solo verlos. No me volvió a dirigir la mirada.

¿Cómo podía Santa Anna sustraerse a tantos recuerdos de aquel fatídico 1836 si, ahora, en 1846, recorría el mismo camino? Tirando a su caballo del ronzal caminó al paso de las mujeres que integraban la retaguardia de su ejército. ¿Qué ejército del mundo permitiría la presencia de las esposas y los hijos de sus soldados en una guerra?, se preguntó mientras veía varios comales que sobresalían perdidos entre los huacales que arrastraban penosamente esas mujeres, auténticas heroínas. Realmente integramos un país diferente…

El sol calcinaba. Por la noche helaría. La diferencia de temperaturas a nadie sorprendía en el Bajío, salvo a los extraños. Mientras Su Excelencia se desplazaba al ritmo de su gente, pensó cuando en abril de 1835, antes de atacar Zacatecas por oponerse a la República centralizada, él había renunciado a la presidencia de la República para encargarse del ejército, pero el Congreso no le había aceptado la dimisión, rechazando la moción entre discursos encendidos. ¿Por qué, por qué fui tan imbécil de aceptar la investidura presidencial y la jefatura del ejército simultáneamente? Un presidente con licencia, pero al fin y al cabo presidente de México. Sí, así, con semejante nombramiento a cuestas, se había dirigido a Tejas y con esa personalidad caería en manos de Sam Houston. Un jefe del Estado Mexicano preso por sus enemigos yanquis. ¡Horror! De otra manera, se dijo, en silencio, los americanos hubieran aprehendido a un general mexicano, si se quiere al de máxima jerarquía, pero nunca a la primera figura política de la nación. ¡Cuánta desesperación ante su captura!

Santa Anna se ajustaba el sombrero. Volteaba inquieto para ambos lados. Se acariciaba la barba sin percatarse que era presa de una gran inquietud. Los recuerdos que lo habían proyectado al insomnio.

No podía olvidar cómo, en ese entonces, lo bombardeaban a diario con noticias provenientes de Tejas hasta convertirlo en una tea humana. En su carácter de distinguido, probado y comprobado patriota jamás toleraría que los yanquis se engulleran nuestro territorio de un solo bocado. Los obuses, guardados en sobres lacrados, le estallaban a diario en plena cara: "Mientras los mexicanos resuelven la mejor forma de autogobierno, en Nacogdoches —junio del 35— se levantan en armas los tejanos". "Los yanquis aprovechan la anarquía política existente en México para desmembrarlo." En octubre, "Los norteamericanos infiltrados en Tejas proclaman su independencia de México. ¿Razones? La derogación de la Constitución de 1824..." En noviembre, "Los colonos tejanos toman El Álamo. El general mexicano, Martín Perfecto de Cos, el cuñado de Santa Anna, encargado de liberar Tejas, huye con 800 hombres y abandona el equipo militar..." "Compañías inmobiliarias de Nueva York, la Galveston Bay and Tejas Land Company, financian la conjura." "Se ha iniciado ya un reclutamiento de voluntarios en Nueva York, Pennsylvania y Nueva Orleans para combatir en Tejas contra México." "Se desata en Estados Unidos una fiebre por Tejas: si los mexicanos no pueden autogobernarse, ¿cómo van a gobernar los territorios del norte, cuando sus políticas, además de equivocadas, tardan meses en llegar aquí?"

Era tal el cúmulo de reportes, notas, informes que arribaban a diario a la Ciudad de México, tan claros los planes con los que Estados Unidos tramaba y ejecutaba el robo de nuestro territorio, que la angustia y el coraje por la descarada mutilación de la patria nos hacía apretar, instintivamente, tanto los puños como las mandíbulas. Todos clamábamos venganza.

Santa Anna marchaba con la mirada extraviada. Recordaba los alcances de su rabia cuando le notificaron, todavía antes de cruzar el Bravo, que "proliferan las organizaciones para reclutar voluntarios dispuestos a luchar por la libertad y la democracia en Tejas". "Se recolectan fondos para hacer una Tejas libre del despotismo." A ningún tejano se le ocurre disponer para fines personales de lo recaudado ni robar esos dineros. Son recursos intocables, destinados a un fin específico. "El presidente Jackson, a favor del movimiento, ordena encubiertamente la concentración de tropas norteamericanas en la frontera. Solo intervendrán si Houston así lo decide y en escrupuloso secreto." "El expresidente John Quincy Adams declara públicamente que entre Jackson y Houston traman por primera vez una guerra anexionista." "Desde la Luisiana se mandan armas a Tejas. El gobierno legalista de Jackson disimula las ayudas encubiertas. No desea verse involucrado." Castillo Lanzas, embajador de México en Washington, escribe: "O se vende Tejas o se impone el orden". "En la convención de colonos tejanos de noviembre de 1835 se exige la separación de Tejas de México hasta el retorno del Federalismo." "El jefe de la Casa Blanca no puede ignorar las fronteras acordadas en el Tratado Adams-Onís de 1819. Solo puede comprar Tejas o lograr su independencia de México." "El interés de Inglaterra y Francia por Tejas significa una amenaza para Estados Unidos. Jackson convertido en el primer promotor de la anexión antes de que Tejas caiga en manos de otra potencia extranjera." "Tejas se erigiría, de acuerdo a su Constitución, en estado esclavista y podría conducir al desmembramiento de Estados Unidos por cuestiones raciales. Esta decisión desquiciará al

Congreso norteamericano. Los esclavistas tendrán más asientos que los abolicionistas. Se habla de guerra civil, guerra de secesión."

Por mí que se maten entre ellos. Mejor, mucho mejor que alguien haga el trabajo en mi lugar, se decía Santa Anna sonriendo, mientras montaba de nuevo su caballo sin dejar de pensar también en la batalla que próximamente libraría en contra de Taylor... Esta vez el combate no será contra norteamericanos disfrazados de tejanos como hace ya 10 años, sino contra el ejército de Estados Unidos. Abierto, claro, evidente: existe una declaración formal de guerra entre ambos países.

Encorvado, sentado en la montura, continúa en sus evocaciones haciendo un recuento del origen del desastre tejano. En diciembre de 1835, ya lanzado a la reconquista de Tejas, le había llegado una copia de la declaración de independencia en la que se asentaba: "... los tejanos tomamos las armas para defender nuestros derechos y libertades amenazados por el despotismo militar". "Los tejanos declaramos nula toda relación de subordinación con México." "Los tejanos no aceptaremos en el futuro ningún derecho de las autoridades mexicanas." "Los tejanos les declaramos la guerra a México por negarse a reconocer nuestra posición política." "Los tejanos premiaremos generosamente con las tierras de esta nueva República a quienes se sumen a la defensa de este nuevo país." Esta oferta produjo una enorme migración yanqui hacia ese disputado territorio mexicano.

¡Mil veces cabrones, cabrones y más cabrones todavía, los países que, como Inglaterra y Francia, reconocieron diplomáticamente, un par de años más tarde, a la naciente República de Tejas! ¿Cómo aceptar que Tejas tenga su propio embajador en la Place Vendôme, en París...? A pedradas, a patadas, si no tuviera otro recurso, sacaría a esos invasores el Benemérito en Grado Heroico, nombrado así después de la matanza de Zacatecas. ¿Cómo es posible, se preguntó contemplando la inmensa llanura queretana, que de 55 firmantes del acta tejana de independencia, solo un mexicano se encontrara como suscriptor del gran hurto? Todos eran piratas norteamericanos, salvo Lorenzo de Zavala, exdelegado en las Cortes de Cádiz, exgobernador del estado de México, exsenador de la República, exministro de México en Francia. ¿Un mexicano ilustre que se pone del lado de los tejanos porque no está de acuerdo con la derogación de la Constitución de 1824? Al diablo con que su vida será motivo de estudio por los historiadores para justificar su conducta y abstenerse de justificarla como una gran felonía...

A Lorenzo de Zavala y a todos los mexicanos que hubieran ayudado de una forma o de la otra a los tejanos, los colgaría de un álamo y más tarde los haría quemar en leña verde... Traidores infelices... Bien lo sabía el Benemérito: sin la ayuda económica, el apoyo militar, el respaldo moral, los hombres, el equipo bélico y las municiones concedidas y abastecidas encubiertamente por Estados Unidos a los colonos, estos nunca hubieran logrado su independencia. Aplacar la rebelión hubiera sido una tarea más sencilla que el sometimiento de Zacatecas cuando se levantó en armas por la misma razón que Tejas. Solo que en este caso el problema no era contra mexicanos sublevados, sino contra Estados Unidos.

Santa Anna sonreía satisfecho cuando se percató de que el sol ya estaba en el cenit. Muy pronto sería el momento de descansar para no agotar a la tropa inútilmente. En el atardecer baja el consumo de agua. Se suda menos. Se avanza más. El desgaste es menor. El ánimo es otro. Se pueden exigir esfuerzos adicionales.

¿Que juré la Constitución de 1824 y luego la derogué y por esa razón Tejas pretende independizarse? Sí, en efecto, hay un paralelismo en las relaciones con las mujeres y la política: prometer, prometer hasta meter y, después de metido, olvidar lo prometido... ¿Acaso la política y las mujeres no representan el juego más hermoso de la existencia?

¡Descanso a toda la tropa!, tocó un ordenanza cuando daban las 13 horas.

Antonio López de Santa Anna llegó finalmente a San Antonio de Béjar a principios de 1836. Ahí se encontró con que El Álamo continuaba tomado por 183 rebeldes al mando de William Barret Travis. Entre los "colonos" defensores de la vieja misión estaban Jim Bowie, traficante de esclavos, y David Crockett, el aniquilador de indios, amigo muy cercano, al igual que Houston, del presidente Jackson. Con la salida de Cos, la autoridad mexicana había desaparecido de hecho y de derecho. Supo que en los próximos días, el 1 de marzo, en Washington en los Brazos, un pueblo de 7 mil habitantes, se firmaría el Acta de Independencia de Tejas. La suscriben 11 representantes de Virginia, nueve de Tennessee, cinco de Carolina del Norte, cinco de Kentucky, cuatro de Carolina del Sur, dos de Tejas, dos de Nueva York y dos de Pennsylvania...[122] ¿Dónde están los mexicanos rebeldes que desean formar una República soberana? No se les ve. Está clara la estafa. Se asoma la cola del zorro debajo de la piel de oveja. La obviedad enfurece. David Burnet será el primer presidente de la República, Lorenzo de Zavala el vicepresidente, al que le espera la pira, según Su Excelencia, y Samuel Houston, jefe de las fuerzas militares del nuevo país, titular de un ejército inexistente.

¡Marchemos a El Álamo! ¡Acabemos con los invasores! ¡Que no quede uno solo! ¡Hagamos que paguen el precio de sus fechorías! ¡Nadie puede atentar contra la dignidad de México sin pagar las consecuencias, una a una! ¡Que escarmienten los piratas! ¡Impongamos una medida ejemplar: no puede haber sobrevivientes! ¡Así nunca olvidarán la lección! ¡Desenvainen las espadas! ¡Mosquetes al hombro! ¡Lanzas en ristre! Caballería, artillería, infantería, pueblo de México: ¿Listos...? ¡Vayamos por los atracadores! ¡Hagamos justicia! ¡Demostremos por qué nos ganamos la independencia de España! ¡Jamás caeremos en ningún otro tipo de vasallaje! ¡Sabemos defendernos solos! ¡Salvemos a la patria! ¡Seamos sus dignos hijos!

Las tropas de Santa Anna arriban finalmente a El Álamo. En la sobriedad de la construcción destacan las manos de los franciscanos. Ellos abandonaron la misión muchos años atrás. Hoy se encuentra convertida en una fortaleza. Sus muros de tres metros de altura y uno de ancho, lo demuestran. Se encuentra defendida "por 14 cañones enfilados desde las esquinas, en las puertas y en los ángulos". La altura de los álamos despierta la imaginación del César Mexicano. Sus ramas resistirán el peso de muchos invasores que, colgados, configurarían un hermoso monumento a la justicia.

Empieza un largo sitio que los defensores resisten inexplicablemente. Travis envía un mensajero exigiendo refuerzos. Ya todo parece depender de los niveles de paciencia de Su Excelencia, el señor presidente de la República. La orden de ataque se da con la intercepción de un correo con la respuesta de Houston: "Ánimo y sostenerse a todo trance, pues ya voy en camino a su auxilio con 2 mil hermosos hombres y ocho cañones bien servidos". No hay tiempo que perder. Llegó la hora de aplastar a las cucarachas, se dice el César Mexicano. En la noche del 5 de marzo de 1836 ordena a los de a pie que se acerquen lo más posible a la muralla. Se le contradice: "Señor, comencemos mejor con la artillería y horademos los muros de la misión. No expongamos a la tropa al fuego criminal de los tejanos". El Benemérito contesta: ni son tejanos porque son yanquis y si usted sabe más que yo, vaya al colegio militar a dar clases. Todavía se le insiste: expondremos a nuestros hombres a un riesgo inútil. Cuidémoslos para cuando enfrentemos a Houston. Además, mañana llegarán cañones de más calibre... ¡A callar!, es la respuesta, o los mandaré juntos al frente. Además, la vida de uno de estos soldados no vale más que la de una gallina...

El general en jefe-presidente desespera, grita, insulta, ofende, reprende y maldice sin justificación alguna. La urgencia por dar con Sam Houston le impide pensar, reflexionar y medir el peligro, evaluar juiciosamente su situación y la de la tropa. Llega a golpear a los soldados, unas veces con violencia, se le nota iracundo, en otras tantas maltrata a sus subalternos con un señalado dejo de amargura. El grupo íntimo de colaboradores se percata de las dificultades para concentrar su atención en un asunto, aun cuando se trate de un tiempo reducido. Se le ve disperso, ajeno, abatido, abúlico: solo parece poner toda su atención cuando se pronuncia el nombre de Houston. Aparenta ser un fanático. El alto mando desconfía de sus decisiones. Las contraórdenes se repiten varias veces al día. De la gran exaltación pasa a la apatía. De los discursos grandilocuentes cae en la pasividad con la mirada extraviada. Desea acción, contra quien sea y como sea, pero al fin y al cabo, acción. Busca a los *téxicans* en cada rincón. Los persigue en sus sueños. Sus generales se miran entre sí, confundidos. Empiezan a apodarlo "El Anormal".[123] Se duda de su equilibrio. Hay quien sostiene que en su ofuscación es capaz de ir él solo a combatir a Houston a pesar de contar este con un ejército pertrechado por la Casa Blanca. No se percata del riesgo. No tiene los pies en el piso. No comparte su "realidad" con la de sus generales. Ya solo se espera que la capacidad de improvisación de sus soldados les permita superar las instrucciones erróneas dictadas por su máximo jefe. Es el mismo hombre, el Napoleón del Oeste, quien sostuvo al cruzar el Río Bravo, que bien pronto izaría la bandera tricolor en el Capitolio en Washington...

Santa Anna ignora que Houston no mandará los refuerzos prometidos. Ha planeado una sanguinaria trampa. Si un hecho va a despertar la rabia de toda Texas y de Estados Unidos, es la masacre que ya se prevé en El Álamo. "Dejemos que asesinen a mansalva a esos heroicos defensores nuestros, convencidos de su patriotismo. Su muerte será la bandera con la que ejecutaremos una venganza masiva, furiosa y justificada", concluye el jefe de la "armada tejana" en la soledad de su tienda de campaña. Además Sam Houston, analista devoto de las grandes batallas del pasado, seguirá los consejos estratégicos de Quintus Fabius Maximus, el general romano vencedor de Aníbal: huir y huir de día y de noche de las tropas del cartaginés crecido y ensoberbecido ante la inminencia de su éxito. Ya los tengo, ya los tengo gritaba mientras perseguía al romano sin tregua y sin dolerse por el agotamiento de su ejército. Bien pronto, los africanos exangües exigieron un descanso en un terreno adecuado, mismo sobre el que Fabius Maximus dirigió el ataque final, obviamente por sorpresa. ¿No se había ganado Fabius un lugar destacado en los diccionarios de historia militar? Rehuir la confrontación para ganar ventajas hasta la victoria final.[124]

Houston solo necesita que los mexicanos extingan a tiros a los defensores de El Álamo y de inmediato se lancen a la persecución del ejército tejano. Se moverá nervioso de un punto al otro. Los confundirá, los cansará, los dejará fatigados y exhaustos en el lugar preciso y entonces, apoyado por sus propias fuerzas y las tropas abiertamente norteamericanas del general Gaines, acantonadas en la frontera, según las instrucciones del presidente Jackson, atacará en el momento preciso con todas las ventajas para darle una lección inolvidable al "Salvador de la Patria". Houston y Jackson habían acordado en secreto que si Santa Anna perseguía al primero hasta más allá del Río Sabina, el de la frontera de Tejas con la Luisiana, en ese momento Estados Unidos declararía la guerra, con toda justificación, por violación territorial de otra potencia... Otra trampa muy bien urdida... ¡Ay de Santa Anna y por ende de México, si Su Excelencia masacraba a los rebeldes de El Álamo y se echaba encima a toda la comunidad civil y militar de Tejas y de Estados

Unidos…! ¡Ay del Napoleón del Oeste si se decidía a perseguir a cualquier costo a Houston hasta dar, ya agotado, con él…! ¡Ay del general-presidente si en su arrebato por extinguir al ejército tejano cruzaba el Río Sabina…! Lo que le esperaba… Lo que le esperaba a México…

—Sam, debe parecer que huyes en dirección al Sabina. Si lo cruza Santa Anna, ahí mismo lo crucificaremos. De otra suerte Gaines te ayudará con "desertores…" Nunca pierdas de vista que invariablemente se trata de culpar a la víctima de todos los males. Tú eres responsable, le dirás al agredido, de que tenga que matarte. La culpa es tuya y por ello te desmiembro…

Santa Anna invita a la rendición incondicional. De uno de los muros de El Álamo estalla un cañón. Esa es la respuesta. La bomba hace blanco a un lado del cuartel general del presidente. Este hace clavar una bandera roja a las puertas de la misión. A nadie escapa su significado. A partir de ese momento no habrá tregua ni perdón ni piedad ni consideración alguna. El domingo 6 de marzo de 1836 ya no se da un toque de queda, sino de "al ataque". A continuación se escucha una segunda instrucción del ordenanza. Llama a degüello. No puede haber sobrevivientes. A quien se le encuentre con vida se le degollará, se le encarnará la bayoneta oxidada en la tráquea o se le disparará a la cabeza a quemarropa.

Los primeros mexicanos que llegan al pie de los muros son rociados con balas. Por supuesto son sacrificados inútilmente. El ataque a la misión es por todos los flancos. Cae el muro exterior. Los artilleros dejan de disparar. Todos son baleados. Los cañones se silencian. Los tejanos se refugian en el convento, en la iglesia. Se esconden tras unos sacos de arena; una barricada improvisada. No resisten el fuego mexicano. El final es inminente. Cae la sacristía. Es tomado el recinto. El pasillo interior de la parroquia. Los confesionarios. Las criptas, aposentos, habitaciones, patios y jardines. La lucha es cara a cara, frente a frente, ojo por ojo, con sables, bayonetas, a golpes, con cuchillos que cuelgan de los cinturones, con pequeñas pistolas escondidas en las botas. Un vendedor de pieles hace su última defensa con una navaja de peluquero, un verduguillo obsequiado por su padre. Recibe un tiro en la garganta. Sus contracciones llaman a la piedad. Dale un balazo pa' que deje de sufrir. Mejor déjalo que se tarde en morir, por ladrón. Nadie se salva del degüello. Una bandera con los tres colores patrios, verde, blanco y colorado que ostentaba un 1824 al centro es descolgada, arriada y tirada a un lado, para izar una con los mismos colores pero con un águila devorando una serpiente. No al México federal. Sí, al México centralista.

A Travis se le encuentra herido. Ofrece dinero a cambio de su vida. Santa Anna, sin conocer la oferta, hace que lo fusilen. La ley es la ley. El escarmiento es el escarmiento. Los demás sobrevivientes son degollados. No hay cristiana sepultura. Los cadáveres de 183 norteamericanos, ¿cuáles mexicanos?, son incinerados en una enorme pira para que nadie olvide ni dude lo que le espera si osa desafiar al Benemérito en Grado Heroico que viene a imponer la ley y el orden. Bien pronto se sabe que solo 32 eran colonos, el resto eran soldados o mercenarios norteamericanos.[125] Se encuentran 400 cuerpos de soldados mexicanos. Al fin y al cabo, según Santa Anna, son gallinas. El sacrificio fue enorme. La paz vuelve a reinar.

Llega la noticia de que el general Urrea tomó la plaza e hizo 400 prisioneros, norteamericanos invasores, piratas, en El Goliad. Pide clemencia para ellos. El Napoleón del Oeste se la niega. En esta guerra, insiste, no hay prisioneros ni sobrevivientes, sentencia al recordar la intransigencia de Arredondo, su superior, ya casi 25 años atrás. En esa ocasión, en 1813, el jefe del ejército realista mandó fusilar a 110 personas, obligándolas previamente a cavar una fosa común. Otros fueron encerrados en un cuarto hasta morir de asfixia, sed y hambre. Un grupo menor fue colgado de los álamos más cercanos y los sobrantes, los más afortunados, fueron enviados a trabajos forzados en la construcción de carreteras. Santa Anna le contesta al general Urrea por escrito: "Espero que en contestación me diga usted hallarse satisfecha la vindicta pública con el castigo de tan detestables criminales".[126]

Son pasados por las armas. Las detonaciones y los tiros de gracia solo servirán para encender la furia en Texas y Estados Unidos. Urrea había tomado El Goliad con 400 mayas analfabetos que ni siquiera hablaban castellano. Capturan nueve cañones, tres banderas, mil rifles. No respetan las reglas elementales de la guerra. Los tejanos huyen despavoridos. Ellos mismos destruyen todo a su paso. Incendian sus propiedades, graneros, casas y escasos pastos. Se llevan consigo los animales que pueden y al resto los sacrifican y queman, de tal suerte que los mexicanos no puedan aprovechar nada. Santa Anna decide perseguirlos. Su furia irracional despertada por la cacería de *téxicans* no le permite bascular el riesgo enorme que implica dividir a su propio ejército. Parte a su columna en dos. Se dirige a San Felipe de Austin y más tarde a Harrisburg con tan solo 600 hombres, todos ellos en territorio enemigo. En su fanático afán por conquistar la gloria no mide o desdeña el tamaño de las fuerzas norteamericanas. No piensa en la posibilidad de una trampa, de una emboscada, de una celada en el momento más inoportuno. El invencible se define por su buena suerte, por su buena estrella. Imposible llamarlo irresponsable: el presidente estaba decidido a alcanzar, a como diera lugar, al gobierno tejano que se dirigía a Galveston.

Houston recibe las noticias de El Álamo y El Goliad cerrando ambos ojos en señal de duelo. En su interior aplaude. Santa Anna va cayendo una a una en sus trampas colocadas estratégicamente. ¿Un héroe por haber masacrado a colonos casi indefensos y, además, sitiados? Todo marcha de acuerdo a sus planes muy a pesar de las exaltadas reclamaciones de sus fuerzas en todos los niveles de mando. Nadie comprende su actitud ni justifica sus decisiones. Él se niega a explicarlas. Se encierra en su hermetismo para mandar dos cartas: una a Gaines en la frontera de la Luisiana: "Muy pronto entrará usted en acción. No importa que sean tropas norteamericanas en territorio de la República de Texas. Usted siempre podrá decir y justificarse alegando que eran desertores fuera del control de esa superioridad y que recibirán, de localizárseles, el castigo correspondiente". La otra carta va dirigida a su querido amigo, el presidente Jackson. Además de narrarle lo acontecido en esa misión, remata con la siguiente frase antes de rubricar la misiva: "Con la batalla de El Álamo se ha abierto definitivamente el camino de Estados Unidos para marchar hacia el Pacífico".

Las buenas noticias llegan a México el 20 de marzo a una velocidad meteórica. Santa Anna relata su triunfo como si se tratara de un informe redactado por un sínodo de dioses griegos. El primer reporte aparece en *El Nacional*, el 21 de marzo de 1836: "Gloria Inmortal al Ilustre General Santa Anna". "Eternas alabanzas a la invencible armada mexicana." *El Mosquito Mexicano* decía: "Que viva la patria". "Que viva la valiente armada mexicana." "Que viva el bravo general Santa Anna." Los rebeldes tejanos perdieron todo y el general Santa Anna envió su insultante bandera a la capital. Todo eran loas al "Invencible Libertador". "Nuestra pluma es incapaz de describir su heroísmo. Usted, general-presidente, es superior a César y a Aníbal. Solo podemos admirarlo."[127] *El Santanista Oaxaqueño* publica a diario panegíricos respecto a sus destacadas cualidades y liderazgo indisputable. "Gracias a la Patria por habernos dado un hijo, un hermano, así." Los músicos componen canciones en su honor y las imprimen para que la ciudadanía las memorice. Los poetas escriben versos fogosos para destacar al héroe que emerge hacia el cielo desplazando en la historia a los dioses del Olimpo. "Tú, Zeus, apártate de tu trono de nubes y concédeselo a nuestro Santa Anna, quien se ha ganado un honorable espacio en el universo para que su nombre sea escrito con todas las estrellas del firmamento…" En Veracruz, en *El Censor* se proclama a Santa Anna como "El Padre del Anáhuac" o "El Libertador de los Mexicanos".[128] *El Ojo Escrutador* publica un artículo con el siguiente título: "Santa Anna, a diferencia de Iturbide, sí se merece la calidad de Emperador de los Mexicanos". Otro, *La Esperanza*, sugiere en su primera plana: "Otorguémosle poderes absolutos. Hagamos de él nuestro Supremo Dictador. Necesitamos un Sultán".

En Estados Unidos *El Demócrata* publica, también en su primera plana, una nota enmarcada con líneas negras, anchas, como si se anunciaran las honras fúnebres de un destacado personaje:

> El instinto entre las razas nunca se extingue entre los individuos. La raza angloamericana es más fuerte y resistente que cualquier otra. Dotada de una increíble e inagotable energía, nunca se rinde ni huye ante los reveses por más severos o aplastantes que sean. Por otro lado, los mexicanos modernos son los escombros de algunas razas inferiores y degradadas. Son una mezcla entre africanos e indios, siendo que hasta la vieja sangre española está mezclada con la morisca y desmoralizada por un largo periodo de indolencia y de corrupción política. Ambos son física y mentalmente la verdadera antítesis de los angloamericanos. Ellos son débiles y nosotros fuertes. Ellos huyen, nosotros peleamos.[129] ¿Qué más da la derrota de El Álamo? Es una

simple batalla. La justicia está de nuestro lado. Dios también. ¿Cuál es nuestra preocupación? ¡Esperemos! ¡Esperemos...!

Santa Anna desarrolla una actividad descomunal. Continúa frenéticamente su cadena de errores, uno más temerario que el otro. Esta vez ordena una nueva división del ejército. Él partirá, a marchas forzadas, con 600 hombres rumbo al Río Colorado y al Brazos de Dios. El Ejército de Operaciones cuenta con 3 mil 800 hombres, entre jefes, oficiales y soldados. Las bajas sumaban 2 mil 200 entre muertos, enfermos, heridos, desaparecidos y desertores. El Benemérito ordena los puntos, fechas y horas para los reencuentros. Se administrarán con arreglo a correos en caso de cambio de planes. Llega a San Felipe. La devastación es sofocante. Los "colonos" han quemado todo a su paso. No dejan rastro de vida, solo las huellas del incendio y las cenizas de la desolación. Huyen como pueden porque temen la ira de los mexicanos. ¿Seguirlos? Sí, ¿a dónde?

Llegan noticias de que Burnet, el presidente de la República de Texas, el vicepresidente Zavala y los integrantes de la convención se encuentran en Harrisburg. Su Excelencia cabalga incansablemente, si acaso aborda su carreta cuando encuentra a alguna mujer sobre la marcha que despierta sus sentidos y le recuerda los placeres del amor: siempre hay tiempo para el amor. Lo demás son pretextos. Tiene que dar con los representantes de ese gobierno de piratas. Si logra clavar en una pica la cabeza de Burnet, la de Zavala y las de los convencionistas y las exhibe como trofeos de guerra por toda Tejas, el miedo se encargará de decapitar el movimiento secesionista. Sueña con aprehender a los cabecillas y darles su merecido, el mismo trato dispensado a auténticos corsarios como los de El Álamo y los de El Goliad. ¿Cuál República de Texas? ¿Cuál presidente y vicepresidente de la República? Dejémonos de cuentos y de patrañas: todo esto seguirá siendo un departamento mexicano.

Su mente calenturienta alucina. El apetito voraz por alcanzar la gloria le hace subestimar la importancia del enemigo. Realmente se percibe como invencible. En ese momento, más que nunca, se siente el Napoleón del Oeste. En ocasiones se lanza al galope dejando atrás a sus tropas y a su escolta personal. Un tiro certero salido de una nogalera o un secuestro del general-presidente desquiciaría al ejército mexicano. La campaña se quedaría repentinamente sin cabeza. Señor, con todo respeto, ni se adelante ni se pierda... Estamos rodeados de enemigos. La celada se puede dar en el momento más inesperado. Le irritan las reclamaciones. ¿La lentitud será una forma de cobardía? ¡Vamos, vamos! Lo exaspera la fatiga de los suyos. No admite tanta debilidad. Un buen soldado debe caminar de día y de noche durante toda su existencia. Quien carezca de resistencia física y pierda de vista las dimensiones históricas de nuestra misión que regrese a la capital y compre estambre y agujas para tejer una chambrita, color rosa, a un lado de la chimenea, eso sí, con las pantuflas bien puestas. ¡Carajo...!

Harrisburg, Harrisburg, se repite febrilmente. Mientras más rápido llegue a esa población, más posibilidades tendrá de sorprender al enemigo en una batalla relámpago con todas las ventajas de su lado. Ignora reglas elementales en la guerra y en la paz: es espiado, acechado y vigilado por Houston. Al llegar a esta nueva plaza después de haberse jugado la vida al acercarse, a la hora del crepúsculo, custodiado con tan solo 15 de a caballo y percatarse que "las autoridades tejanas" han huido a bordo de un vapor con la proa rumbo a Galveston, decide perseguirlas hasta dar con ellas. Nuevo esfuerzo para la tropa que marcha entre tormentas de agua y lodazales donde se atascan los carros de ocho ruedas. Lo hace de noche, si acaso durmiendo en descampado y sin el rancho elemental requerido por una tropa hambrienta y fatigada. Tal vez el deseo fanático por conquistar la gloria sea el origen de la fuerza y de la energía del César Mexicano, sentimiento que no es compartido por la inmensa mayoría de los suyos, quienes en todo momento reflejan en sus rostros y en sus movimientos las huellas del cansancio y la necesidad de comer algo más que totopos húmedos. Los soldados desesperan cuando el Benemérito ordena, como un capricho inoportuno y de pésimo gusto, que entre la carga se transporte un piano que, sin duda, le permitirá volver a recordar las viejas melodías jarochas. El pesado aparato musical es subido y colocado, entre protestas, sobre un carro tirado por un par de bueyes que afortunadamente han podido pastar gracias a la temporada de lluvias. Los pastizales de las planicies son un manjar para las bestias a mediados de aquel abril de 1836.

¿Ya dio con el enemigo? No, no, ahora se informa que el gobierno tejano se encuentra ya ubicado en Nuevo Washington. Hasta ahí deberá llegar en el menor plazo posible. Cuando se encuentra a las puertas de la población, Manuel Barragán, al mando de un piquete de dragones, le informa a Santa Anna la ubicación exacta de Sam Houston.

—Está colocado de espaldas al Río Búfalo, mi general. Si los atacamos ahora mismo morirán ahogadas estas ratas invasoras y las que se quieran escapar las rociaremos a balazos, mi general. Será lo mismo que aplastarlos contra un paredón, mi general.

Santa Anna se echa la mano instintivamente a la espada. Acaricia delicadamente la empuñadura de oro macizo. Mastica sus ideas sin poner atención al nerviosismo de Barragán. Hacía mentalmente una composición estratégica del lugar. Imagina el ataque frontal y a los yanquis huyendo hacia la retaguardia solo para encontrarse con el Búfalo y ahí contra la pared; sería como matar conejos en un cajón... Por la mente de nadie pasaba la idea de que la ubicación de Houston constituía un señuelo, una carnada, para que los mexicanos se ubicaran enfrente de sus tropas a poco más de un kilómetro, en condiciones ventajosas para los norteamericanos.

—Ahí está el enemigo, vayamos por él —gritó de pronto desaforadamente. Sale con lujo de violencia de la tienda de campaña dando voces a diestra y siniestra y empujando cuanta persona u objeto se encontrara a su paso. Deja pendiente por un momento la persecución de Burnet y de Zavala. Desmantelemos el brazo militar de estos truhanes. Es el día 20 de abril de 1836.

Cuando se dirigía a caballo en dirección de Morgan Point, un pequeño puerto estratégico desde el que enviaban víveres a Houston a través de balsas, se encontró con la llegada de las tropas selectas de refuerzo enviadas por Filisola al mando del general Martín Perfecto de Cos. Los soldados venían, como siempre, con el estómago vacío y fatigados después de marchar, con escasos descansos, durante casi tres días a lo largo de 80 kilómetros, en pésimas condiciones. El Benemérito invita de inmediato al combate. Imposible iniciarlo en dichas condiciones de agotamiento. La razón se impone después de un par de deliberaciones.

Houston, quien había hecho presos a dos dragones mexicanos de las brigadas santanistas, conoció el número de soldados bajo las órdenes del presidente de la República, las condiciones de fatiga en que se encontraban, el equipo con que contaban, así como el número de los de a caballo y los de infantería.

El jefe de la Nación, encargado de la defensa del país, también había mandado espiar tras las líneas del invasor. Había descubierto que Houston, además de la situación territorial tan comprometida en la que se encontraba al haber acampado de espaldas al Río Búfalo, únicamente contaba con 900 hombres y dos cañones gemelos a los que los yanquis conocían como las *Twin Sisters* y que recientemente habían llegado de Estados Unidos como parte de la ayuda militar encubierta proporcionada por el presidente Jackson. Jamás podrán resistir un ataque nuestro, piensa el Padre del Anáhuac, quien solo dispone de una pieza de artillería de bajo calibre para encabezar el combate y ahora en total mil 400 hombres, al incluirse la tropa a las órdenes de Cos. Con una ventaja adicional cree contar Santa Anna: el enemigo está acobardado porque supone su suerte de caer en manos de los mexicanos y, además, estará debilitado después de tantos días de agotadora marcha en la que se fatiga mucho más el perseguido que el perseguidor. Uno se mueve por miedo, el otro por la fuerza y el coraje de la ilusión. Houston jamás tomará la ofensiva en esas condiciones.

Después todos juntos cruzamos en varios viajes de balsa con la idea de aproximarnos lo más posible al ejército tejano. Se trataba de no estar más lejos de una distancia de un kilómetro y medio. Los generales que nos acompañaban buscaban un lugar adecuado para acampar sin cometer el mismo "error" estratégico que los norteamericanos. Nunca nadie imaginó siquiera que pernoctaríamos ese mismísimo 20 de abril a espaldas del río San Jacinto, bautizado con ese nombre desde el siglo XVIII, según se dijo, en honor de Jacinto de Jáuregui, un gobernador de la provincia de Tejas.

Jamás: no era conveniente ni inteligente pasar la noche con dicho río al lado derecho, las marismas de la bahía de Galveston por la parte de atrás y, a la izquierda, la inmensidad de las llanuras tejanas… Cercados, encajonados, encerrados en un callejón, pero eso sí, Houston nunca atacará por carecer de capacidad ofensiva. "No hay enemigo pequeño", alcanzó a decir uno de los militares de alta graduación que cruzaban con la tropa. Pero no prejuzguemos. Mi general-presidente sabrá escoger el sitio idóneo donde seremos invulnerables. Yo mismo constaté la fe ciega o el miedo que exhibían los subalternos al juzgar las decisiones de su superior... Todos medíamos el peligro y tratábamos de garantizarnos el éxito, así que a bordo de esa panga nos convertimos de golpe en estrategas lúcidos y perspicaces, menos el general-presidente de la República, quien, en lugar de urdir planes para atacar a los yanquis, descubrió a bordo de su barcaza a una mujer, a una mulata, una auténtica hija del trópico recalcitrante, una hembra dueña de unos atributos que, justo es decirlo, podrían conducir a la perdición de un hombre, más, mucho más, si este es, como el caso del Libertador de los Mexicanos, un varón verdaderamente sensible y frágil en lo concerniente a la belleza femenina.

¿La historia de esta diosa de la selva? Emily Morgan se la contó con lujo de detalle a Su Excelencia con muchas palabras castellanas y otras tantas inglesas durante la travesía en aquella panga maldita que cambiaría la historia de México y del mundo entero.[130] Mientras ella narraba su vida con mucho gracejo y describía cómo había sido esclava nacida en las Bermudas allá en los años veinte del mismo siglo XIX, mi general no dejaba de contemplar sus labios carnosos ni el abismal escote que escondía las cúspides de la eternidad y al mismo tiempo, sin permitir que se interrumpiera la narración, empezaba a acariciar esas piernas sólidas, de material incandescente. Mientras un lanchero apoyaba una gran estaca en el fondo y empujaba la balsa en dirección a la orilla opuesta, el presidente, siempre uniformado, aun cuando vestido elegantemente en traje de campaña con alguna que otra condecoración sin faltar, eso sí, la banda tricolor que le cruzaba el pecho del lado izquierdo al derecho, con los dedos índice y pulgar de ambas manos, tomó delicadamente la falda volada, amplia, generosa, de tela ingrávida de muchos colores que portaba la hermosa nativa y la levantó más arriba de las rodillas hasta dejar descubiertos los muslos. Por alguna razón había insistido tanto en cruzar solamente acompañado de la muchacha y del barquero, llamado Turner. ¡Que espere la tropa! ¡Tenemos tiempo! Hoy no atacará el Cuervo de Houston...

A la hermosa Emily la había comprado un traficante de negros, quien se la había vendido en 1835, un año antes, a su vez, a un tal James Morgan, empresario de Filadelfia, dedicado a la

369

especulación inmobiliaria de terrenos en Tejas, en compañía de un grupo de socios de Nueva York. Emily West, de acuerdo a la costumbre, cambió su nombre por el de Emily Morgan, el apellido de su amo, de su dueño, según le explicó a un Santa Anna dedicado a la contemplación de esas espléndidas piernas, una recompensa que no le concedía la patria a cambio de sus pesares de campaña, sino la vida, a cuenta del premio que le esperaba por su vocación de héroe y sus empeños por defender los bienes y la integridad de sus semejantes. Nadie mejor que él para recibir un homenaje como el que le dispensaba aquella mujer.

Santa Anna creyó escuchar que ella y el barquero trabajaban en Tejas con contratos a 99 años porque la esclavitud estaba prohibida por la Constitución mexicana de 1824 y que su patrón la había contratado para cruzar personas y mercancías de un lado al otro a cambio de un precio y que ella misma había atravesado al general Sam Houston varias veces, ese hombre corpulento y violento, mal encarado y gruñón, pero que cuando reía sus carcajadas se oían hasta el Mississippi. El Protector de la Nación pasó en instantes de la contemplación al tacto, ante la actitud indolente y permisiva de la mulata, que no parecía ser consciente del feroz efecto que sus prendas producían en los hombres. Tan fascinado se encontraba mi general que no se percató del guiño que Emily lanzó a Turner, el barquero, otro esclavo, cuando el insigne mexicano evidentemente se propasaba ante la inexplicable tolerancia de ella. Un sonoro golpe sacudió entonces a Santa Anna. Su cabeza dio un chicotazo violento. Habían encallado del otro lado. El viaje por el paraíso había terminado. La panga se estrelló contra la arcilla deteniéndose súbitamente.

Emily saltó a tierra como si se tratara de un viaje más sin ninguna trascendencia. Ordenó a unos negros dotados con una imponente musculatura que desembarcaran el equipaje y la carga de la panga con la máxima rapidez posible. Tenía que regresar por más pasaje para entregarle muy buenas cuentas a Morgan. No se imaginaba la clase de garañón que tenía enfrente ni mucho menos los sentimientos que había despertado en él.

Santa Anna la tomó de la muñeca con impositiva firmeza mientras le ordenaba con voz tiránica, de esas que no dejan espacio para ninguna clase de duda:

—Escúchame bien, reina de los manglares —le dijo sin que ella entendiera su significado—: haz de saber que este fue tu último viaje por el día de hoy…

Turner asistía a la escena tirando del andarivel sin dejar de oponer resistencia a la corriente clavando una enorme estaca en el fondo del río. En cualquier momento la arrancaría del suelo y se la hundiría en pleno cráneo al general-presidente. Emily, conocedora de la impulsividad de su compañero, el barquero, lo tranquilizaba con suaves movimientos hechos con la mano libre.

La mulata se acercó al oído del jefe de la Nación para murmurarle en voz baja que requería unas palabras con el lanchero, las últimas instrucciones del día, las necesarias para impedir la ira de Morgan. No me niegue unos instantes con mi muchacho, luego seré toda suya. Ese es su deseo, ¿no? Houston es un hombre violento, usted no lo parece, ¿o sí lo es…?

Santa Anna, sabiendo segura a su presa, la soltó del antebrazo sin perderla de vista, acomodando nuevamente su mano sobre la empuñadura de la espada y llamando a uno de sus soldados para que le limpiara las botas de la arcilla. Un general que se respeta no puede tener sucio el calzado porque demuestra sus carencias en materia de transporte. ¿Quién que viaje en carroza o a caballo se puede manchar las botas con cieno? Quedaría como un muerto de hambre…

Contempló de espaldas a Emily imaginando sus formas cubiertas por la falda. Podía suponer la generosidad de las carnes que la vida le obsequiaría al anochecer. Antes la bañaría en la tina de cobre con la que viajaba invariablemente mientras un músico ciego, contratado especialmente con esa dolencia, interpretaría algunas piezas con el piano de cola secuestrado en Harrisburg días atrás. Hoy más que nunca presionaría a su valet de cámara para que apurara el montaje de su tienda de campaña y pusiera los tapetes persas que lo hacían sentir como si no hubiera salido de su finca de Manga de Clavo.

Una vez a solas, Su Excelencia le quitaría la blusa sin solicitar su autorización. Ahora era toda de él, de Su Excelencia y de nadie más. Su esclava en todos los ámbitos de la palabra. Ordenaría descorchar una botella de champán que mandaría enfriar en las aguas frías del Río San Jacinto. Así, desnuda ella del torso, bebería en sus copas favoritas de Bohemia, obsequiadas por el ministro francés acreditado en México el día de su primera toma de posesión como presidente de la República. La vería. La volvería a ver llenándose los ojos de ella. Por ahí comenzaría hasta acabar con la última burbuja, momento mismo en que la desprendería totalmente de sus hábitos, por más humildes que fueran, y la introduciría en la bañera humeante para bañarla a plenitud, cubrirla de besos y, acto seguido, hacer cambiar el agua para acompañarla en otra inmersión, una vez garantizada la higiene total. En ese instante juntaría sus palmas en un breve aplauso para que, como por arte de magia, aparecieran nuevas copas con más, mucho más champán, el necesario para bañar a una diosa de estas latitudes y semejantes magnitudes.

Nunca hubiera imaginado el general-presidente que Emily no había estado instruyendo a Turner en materia de transporte de carga, equipo y personal del ejército mexicano, sino que le había ordenado correr hasta el campo donde se encontraba el cuartel de Houston para decirle que tenía al general-presidente en sus manos, que ella se encargaría de mantenerlo en la tienda de campaña hasta bien entrada la mañana, que él, el general norteamericano, debía aprovechar esa oportunidad para atacar con todas sus fuerzas, porque las tropas mexicanas de refuerzo, recién llegadas, estaban agotadas y muertas de hambre. Dile que la siesta, a la que están acostumbrados los mexicanos, será larga, muy larga, la más larga de la historia, que él lo podrá comprobar con su catalejo, el mismo que me enseñó para ver de cerca lo que estaba muy lejos. Háblale del tubo, del catalejo ese con el que tanto me hizo reír cuando lo ayudé a cruzar el río por primera vez. Que compruebe, que compruebe primero y luego que ataque, que ataque sin piedad porque Santa Anna no podrá ni correr: estará con los pantalones abajo y eso complicará la maniobra. ¿Bien?

—Sí.

—Oye —tomó Emily a Turner del brazo—: dile a Houston que si en algo estima mi piel que no dispare en dirección de la tienda de campaña que tiene el escudo de México, salvo que no desee tomar vivo a Santa Anna y esté decidido a matarme a mí también…

Dicho esto, y acariciándole la cabeza a Turner, volvió a Santa Anna, quien la esperaba gozoso.

—¿Qué tanto le explicabas al panguero? —cuestionó el presidente con una sonrisa muy espontánea y candorosa.

—Nos falta mucha gente para traer a este lado de la orilla. Según escuché son ustedes casi mil 400 hombres, ¿no?

—Sí, muchos más de los necesarios para masacrar a esos infames que se esconden tras esa arboleda. Miserables pistoleros contratados por Washington... Valdría la pena que se fijaran cómo es la luz porque nunca más la volverán a ver...

Momentos después Santa Anna condujo a Emily a su tienda de campaña.

—Ponte cómoda, volveré: tengo un par de asuntos pendientes que arreglar.

Convocó entonces a sus generales a un sitio desde el que era posible observar los movimientos en el campamento de Houston. Se distinguía con suma facilidad el humo de las fogatas. El enemigo hacía los preparativos para el arribo de la noche. Casi se podían percibir los conejos asados atravesados por espetones. Unos vigilaban a otros. En el cuartel norteamericano se discutía la necesidad de atacar en ese preciso instante en que habían llegado las tropas de Cos, según habían informado puntualmente los espías. Los mexicanos estarían cansados después de una marcha de 50 leguas. No tendrían fuerza para apretar el gatillo ni mucho menos para blandir la espada o levantar la lanza. No esperemos, Sam, a que lleguen más refuerzos: es ahora, reclamaba el alto mando.

—Los yanquis no atacarán —se defendía Santa Anna—; están acobardados, lo sé y, además, el cansancio les impedirá dar un paso. También necesitan descansar.

La discusión subió de tono. Estamos cometiendo el mismo error que los yanquis, insistían los militares mexicanos de alta graduación. La regla número uno en la milicia consiste en dejar abierta permanentemente la retaguardia y nosotros mismos la estamos cerrando. Esta es una posición suicida. Lo aprendería un cadete en el primer día de clases en la academia. Nos masacrarán si nos atacan, mi general. No lo permitamos. Nos están tendiendo una trampa. La vemos con la misma claridad que el humo de sus hogueras. Nos cazarán inmóviles como la araña se acerca al insecto atrapado en su red para devorarlo.

El cansancio nos desdibuja la realidad. Nos hace ver fantasías y alimenta miedos inexistentes. Un buen reposo nos conviene a todos, insiste Santa Anna, frotándose las manos, mientras pensaba en Emily desnuda, hundida en la bañera, perdida entre vapores y aromas a heliotropo. Él vertería la jofaina completa sobre la cabellera de esa mujer. Le pediría que se enjabonara frente a él y luego, una vez puesta de pie, le vaciaría muy lentamente una o dos jarras sobre la cabeza para que el agua escurriera sobre su piel y le retirara muy despacio la espuma del cuerpo. En ese momento, el ilustre guerrero se desprendería de la armadura y, sin retirar la mirada de su presa, entraría en acción.

—¿Puede la gente encender fuego para calentar las tortillas? —le preguntaron a Su Excelencia cuando ya se retiraba a su tienda.

—Por supuesto —adujo Santa Anna—. Ya estarán hartos de comerlas frías después de tantos días de lluvia. El humo ya no nos delatará. Los dos sabemos dónde nos encontramos. En la guerra y en el amor también hay reglas, jóvenes —agregó el César con una amplia sonrisa que le inundó todo el rostro. Cualquiera hubiera dicho que tenía una expresión de escuincle travieso.

Además, pensó satisfecho, el diablo sabe muy bien a quién se le aparece...

De cualquier manera Santa Anna ordena extremar el cuidado en los flancos. Coloca a varias compañías a ambos lados con instrucciones muy precisas para dar la alarma al primer movimiento extraño. Duplica el servicio de vigilancia. Busca un lugar elevado para ubicar al corneta. Infiltra soldados en el bosque mientras transcurre la noche. Dirige las primeras operaciones para vigilar la construcción de un enorme parapeto diseñado para proteger su único cañón de 12 que habría de causar estragos en las filas del enemigo. Pide al batallón Matamoros que se coloque al centro, en previsión de un ataque por sorpresa. Hace votos por que las fuerzas de Houston estén igual o más fatigadas que las mexicanas. Se persigna discretamente bajo la guerrera suplicándole a Dios que nada lo interrumpiera esa noche.

Al cerrar tras de sí la cortina de la tienda de campaña, ya oscurecía. Emily, sentada con las manos cruzadas disciplinadamente sobre sus piernas, esperaba la visita inevitable del presidente. Por la mente del Benemérito pasó fugazmente la imagen de María

Inés de la Paz García, su mujer, con la que había contraído sus primeras nupcias cuando ella contaba 14 años de edad, en 1825. El recuerdo de su esposa y de los tres hijos vivos que habían procreado debía tenerlo presente en el campo de batalla, cuando se lanzaba a pleno galope con la espada desenvainada en busca de los pistoleros yanquis a sueldo, pero no, en ningún caso aceptaría una invasión de sentimientos en esas circunstancias. ¿Por qué la mente tiene que traicionarnos en los momentos críticos de la vida proyectando imágenes inoportunas, ciertamente torturadoras, cuando necesitamos emplearnos a fondo en un objetivo concreto, como lo es, sin duda, la seducción de esta esclava portentosa?, se dijo en tanto se postraba frente a Emily, mientras una de las velas del candil de prismas empezaba a parpadear.

Una vez frente a ella le confesó que él únicamente se arrodillaba ante la belleza y ante Dios nuestro Señor, en ese orden, mi amor, exclamó en tanto volvía a subir con los dedos índice y pulgar la falda amplia que cubría esas piernas tan bien torneadas en maderas preciosas tropicales. La imagen de su hijo Antonio, muerto a los cinco años de edad, se fijó en su mente. Instintivamente cerró los ojos como si se los hubiera picado con una aguja.

Había tenido tiempo de sobra para pensar en él durante todo el trayecto desde la Ciudad de México a San Antonio de Béjar, hasta antes de El Álamo, pero no, los sentimientos aparecían en la cabeza cuando menos se deseaban ni se esperaban. Si yo he domado ejércitos, he conquistado ciudades y regiones rebeldes, he destruido enemigos de gran calibre como al imperio español hace ocho años, me he encumbrado hasta la presidencia de mi país y ahora resulta que puedo con el mundo entero pero no puedo conmigo mismo... Haría su mejor esfuerzo para vencerse y concentrarse en una tarea al que muy pocos podrían dedicarse de cuerpo y alma.

Besó los muslos de aquella fiera del trópico sin que ella exhibiera la menor resistencia, pero sin sumarse a las caricias ni a los arrumacos del presidente. Se dejó hacer levantando si acaso la cabeza, clavando la mirada en el ostentoso candil. ¿No basta con una vela para iluminar la pequeña estancia? Las personas que buscan el lujo están huecas por dentro, por ello, en todo momento huyen de la realidad construyendo castillos de oro, se dijo la mulata sujetándose de la silla cuando la audacia del presidente parecía desbordarse y agradarle. Los yanquis son muy bestias. Ignoran las más elementales insinuaciones del cortejo y desconocen las maneras delicadas de acercamiento a una mujer. Para ellos es como cerrar un negocio. Lleguemos rápido al precio que deseas por este par de mulas. Vayamos por los atajos. Dejémonos de cortesías. Al grano. ¿Cuánto? ¡Ya! ¡Ahora! Tengo otras actividades más importantes hoy por la tarde. El tiempo es dinero. Solo que Santa Anna tenía sus ritmos. Si quieres hacer muy rápido un guiso de gallina en la olla, todo lo que lograrás es convertirla en carbón. Las prisas en el comal y en la cama garantizan el fracaso del cocinero y del amante.

Santa Anna y Emily se pusieron de pie, tal y como Su Excelencia lo había previsto y fantaseado. Sin decir palabra, la desprendió de la blusa y de la falda hasta dejarla totalmente expuesta a la tibia luz de los candiles. Antes de introducirla en la bañera humeante, se retiró, según su costumbre, unos pasos con el objetivo de contemplar a la mujer a la distancia, tal y como el pintor debe apartarse de su obra para medirla con la perspectiva adecuada. Emily mantenía los brazos en los costados mientras el Libertador caminaba en su alrededor al estilo de un viejo usurero que estudia detenidamente el objeto dado en prenda antes de pignorarlo. La mulata tenía unas señoras nalgas, unas nalgas rápidas, glotonas, saludables, robustas, jocosas, saturadas y antojadizas. Un manjar, aquellas nalgas eran un manjar, un auténtico festín de la carne.

Sin resistir el peso de la mirada, la joven se cubrió los senos oscuros con las manos. El general en jefe del Ejército de Operaciones se las retiró sin que nada perturbara sus visiones y ya, también, sin que ningún recuerdo lo asaltara a su antojo. Se vencía. Se crecía. La mulata carecía de las grasas que las mujeres de la aristocracia acumulan en la cintura. Sus tejidos eran recios como la maleza de la selva. Se trataba de una hembra, fuerte, sólida, buena para parir hijos sanos.

Sentada en la cama, Emily tomó una iniciativa con la que sorprendió al Napoleón del Oeste. Solicitó ser ella quien le retirara los pantalones a su amante. Santa Anna accedió encantado, imaginando de antemano la sorpresa que iluminaría el rostro de la mulata hasta el día del juicio final. La muchacha recordaría hasta el último minuto de su vida lo que vería a continuación. Desprendió al dictador de sus tirantes de seda y procedió con alguna timidez entendible a hurgar en la bragueta del Libertador de los Mexicanos. En un principio, la escasa luz de los candiles no la dejó comprobar lo que su vista ya le anunciaba sin el menor margen de error. Cuando el general-presidente giró hacia la izquierda adivinando las dudas de la muchacha, ya no quedó ninguna duda de su hallazgo... Emily levantó la cabeza para encontrar la mirada de Santa Anna. No lo podía creer. Frotaba con las yemas de sus pulgares hasta cerciorarse de lo que le decían sus sentidos. Efectivamente Su Excelencia usaba botones de oro macizo con el escudo nacional grabado en cada uno de ellos. Los había mandado a hacer en Londres con uno de los joyeros de la corte de la reina Victoria I de Inglaterra. Este orfebre, amigo el ministro inglés en México, había colaborado en la confección de la corona de la soberana, la misma que había utilizado el día de su ascenso al trono.

Un guiño travieso fue suficiente para apelar a la comprensión de la mulata. Las experiencias con los mexicanos siempre eran diferentes. Nunca faltaban los toques de humor.

La bañó una vez y hasta dos, tocándola, sintiéndola, provocándola con el jabón, haciéndola retorcerse de placer, llamándola a sonreír al principio y luego a reír abiertamente cuando empujaban hasta el fondo, una tras otra, las copas de champán que le hacían cosquillas en la nariz y más tarde le impedían sentir el peso de sus piernas hasta flotar entre carcajadas solo escuchadas por la escolta personal del Generalísimo. La fiesta parecía llegar a su apogeo. Ambos se bañaron, jugaron, se acariciaron, se vieron, se incendiaron, se invitaron, se disputaron el tacto más sensual. Todo salía de acuerdo a los planes de Santa Anna. Después de vaciarse varios aguamaniles el uno a la otra, el César la sacó de la tinaja, la frotó con una tela absorbente, la empapó con agua de rosas y la condujo al lecho cargándola, mientras perdía la cabeza entre la negra cabellera de aquella mulata que por muchas razones no habría de olvidar jamás.

¿El lecho? El lecho no era una cama suntuosa, grande y cómoda como la que Su Excelencia utilizaba cuando pernoctaba en Palacio Nacional en una habitación que daba a la calle de Moneda, no, qué va. En realidad se trataba de un catre de latón, ciertamente modesto, uno parecido al utilizado por Napoleón en las noches anteriores a la batalla de Austerlitz. Ahí, en un espacio tan reducido y frágil, tenía que recostarse la pareja para disfrutar las excelencias del amor. Puede creerse o no, pero la imaginación salvó todos los escollos y permitió que Antonio y Emily, Emily y Antonio se pusieran a veces de pie como si caminaran sobre arenas movedizas, otras veces vi arrodillado a uno de ellos mientras el otro, erecto, tocaba con las manos el techo de lona de la tienda como si quisiera arañar el vacío. También los contemplé sentados, viéndose de frente o a él besando los hombros de la mulata colocada de espaldas. Si el catre hubiera estado en Palacio Nacional, los rechinidos producidos por los viejos resortes, los gemidos de placer, las súplicas para no perder el ritmo y acelerar el paso, más, más, no pares, no te detengas, no, no, los agradecimientos a la Divinidad, Dios, Dios, Dios o el *Ouh my dear Lord!*, el encumbramiento del ser amado, las invocaciones lanzadas en diferentes idiomas para diferir el desenlace, se hubieran escuchado en la Plaza de la Constitución y hasta la calle de Plateros. Menudas sonrisas se hubieran producido entre los viandantes, entre los vendedores de algodón rojo azucarado o entre los boleros, músicos callejeros, o chicharroneros que vendían sus productos en la plaza.

La pareja cumplió con todos los ritos hasta que el presidente cayó desfallecido en uno de los extremos del catre. La música producida por unas marimbas lejanas parecía acariciarle la lacia cabellera negra. Emily lo acompañaba en el sueño, adherida a él, hasta bien entrada la mañana en la que ni el sol, cuando alcanzó el cenit, logró despertarlos. El primero en volver a la vida fue el Libertador, según yo mismo pude comprobarlo. Tan pronto se dio cuenta de su situación y de su estado, al ver sobre el tapete persa dos botellas de champán vacías y constatar que lo de la maravillosa mulata con mirada y piel de pantera no había sido un mero sueño erótico, pues la tenía desnuda a un lado, dormida todavía en la orilla del catre, decidió tomarla otra vez, la última, aprovechando que ella todavía luchaba, negando con la cabeza, por salir de los vapores de una exquisita somnolencia. La volteó, la montó como a una jaca sevillana que tenía en Manga de Clavo, la sujetó firmemente por las crines, crispó los músculos de la cara, apretó las piernas para sujetarse bien al animal y se lanzó a pelo, a un galope desaforado en el que Su Excelencia cerró los ojos como si fuera a saltar a la otra orilla brincando sobre un profundo precipicio. Esto era la vida, de eso se trataba el verdadero arte de la existencia, se decía mordiendo los labios carnosos y húmedos de aquella mujer endiablada que contaba con la capacidad de enervarlo, hasta que unos disparos de cañón inconfundibles, no, no se trataba de relámpagos diurnos, heraldos de una lluvia imponente, seguidos de tiros de mosquete, lo devolvieron a la realidad.

El César Mexicano se quedó paralizado, inerte. Aguzó el oído. Frunció el ceño. Arrugó de golpe todo el rostro. Permaneció unos instantes inmóvil como una lagartija que mide el peligro. Confirmó en un santiamén lo que le decían sus sentidos. No había la menor duda: contra todos sus pronósticos, Houston había decidido atacar. Se había equivocado de punta a punta. Sus generales tenían razón, toda la razón. No había enemigo pequeño. Se apartó de un salto de aquella mujer que, sorprendida, exigía una explicación que nunca escucharía. ¿Los balazos y los gritos de horror no eran una respuesta? ¡Al carajo con las mujeres, con el champán, con las tinajas, los vapores, los perfumes de heliotropo, las aguas de rosas y los tapetes persas! ¡Al carajo con todo! Mi ropa, ¿dónde está mi ropa?

—Mi vida —dijo Emily cubriéndose el pecho.

—Mi vida al carajo: búscame mis botas y no te quedes ahí acostada como pendeja… Mis pantalones, ¿dónde están mis pantalones, mis tirantes, mi espada…? Mueve el culo, carajo —gritaba el general-presidente fuera de sí—. Encuentra lo que te pido o haré que te fusilen entre siete batallones, ¡carajo! —tronaba fuera de sí quien antes se ostentaba como un caballero exquisito.

Emily se envolvió en las sábanas para buscar las prendas cuando unos disparos rompieron la tela de la tienda de campaña presidencial. Hicieron pedazos los brillantes del candil. Entraron los ayudas de cámara y un par de generales, sin el menor recato, para dar la voz de alarma y recibir instrucciones. Santa Anna salió a descampado vestido con los pantalones, los tirantes colgados a los costados, las botas escasamente puestas y una camisa sin abotonar. ¿Órdenes? Ninguna. En lo único que pensó El Libertador y Benemérito en esos momentos fue, primero, en salvar el pellejo, y acto seguido en que nunca los norteamericanos se permitieran el lujo de aprehender al mismísimo presidente de la República Mexicana. Huiría bajo las piedras, disfrazado de cura, de madre de la caridad o de piruja, lo que fuera, o trataría de pasar como un muerto más tirado a la orilla del río. ¿Y si lo incineraban vivo…?

—¡Un caballo! —exigió a sus lugartenientes, una vez hecha una breve composición del lugar y de medir las posibilidades de éxito en un ataque tan sorpresivo.

Santa Anna nunca supuso que mientras él se dedicaba a la contemplación de esa vestal del trópico, ya profanada, Houston se había trepado a un árbol con su catalejo para espiar el campo mexicano. Oteaba cada movimiento del enemigo. Desconfiaba de las palabras de Turner, quien esperaba con una sonrisa la constatación de sus informes y, por supuesto, una jugosa propina. La sorpresa del militar norteamericano no pudo ser mayor. No solo Santa Anna había dividido su ejército: Filisola se encontraba con más de 5 mil hombres en el Brazos, al menos a 20 leguas de distancia, sino que el dictador mexicano había caído en la trampa y había acampado exactamente enfrente de las tropas norteamericanas, disfrazadas de tejanas, instalándose en un callejón sin salida. Atacaría por el lado de las llanuras. No habría piedad. Aplastaría a los mexicanos como cucarachas. ¡El sol de Austerlitz brilla nuevamente!, dijo Houston lleno de entusiasmo. Estaba decidido, pensó el general norteamericano, mientras saltaba pesadamente al piso, dando órdenes inmediatas de ataque. Había llegado el feliz momento de la revancha, la dorada y ansiada posibilidad de que sus tropas saciaran el apetito de venganza.

Houston se dirigió a su caballo tan apresuradamente como pudo. Su gente había contado con el suficiente tiempo para recuperarse después de una larga marcha de dos días, durante la cual habían recorrido más de 55 millas en medio de densa lluvia y lodazales interminables. Llama al ataque a través de su ordenanza. Convoca a las armas. Es hoy. Ahora mismo. Toma tu mosquete y tu gorra y corre a la línea. Fórmate en el lugar previamente asignado. Cuenta tus balas. Mide tu pólvora. Un tambor solitario acompañado por un pífano entona *Come to the Bower*. Música celestial para los yanquis, invasores, pistoleros a sueldo de la Casa Blanca. Sam Houston constata a diestra y siniestra que sus tropas y las *hermanas gemelas* esperaran tan solo la orden final de avanzar o de encender el mechero. Los dos cañones están listos para disparar. Uno de ellos había sido cargado con herraduras a modo de munición. El efecto del fuego habría de ser devastador. El jefe de la "armada tejana" emite un grito profundo, estremecedor, un gruñido salvaje para despertar la furia de los suyos. El ejército, puesto de pie como un solo hombre, se lanza al combate. Al bajar violentamente su sombrero, Houston rompió el silencio del bosque: *Reeeemeeeember the Aaaalamooooouuu...!*

El plan se ejecutó a la perfección. Las tropas tejanas se acercaron sigilosamente entre los árboles del bosque. Al centro marchaba el coronel Burleson. A su izquierda, el segundo regimiento a las órdenes del coronel Sherman; a la derecha cuatro compañías de infantes al mando del coronel Henry Millard y, en los extremos, Mirabeau Buonaparte Lamar. Se acercan agazapados, en silencio; no se pueden desperdiciar balas. El trabajo con la bayoneta deberá ser intenso. Los mexicanos son mil 400, los yanquis casi novecientos. Se debe aprovechar a su máxima expresión el factor sorpresa. Bastó otro grito de Houston, otro *Remember the Alamo,* para que en unos instantes el ataque fuera considerado letal.

Los mexicanos se defienden como pueden, pero los arrasa la artillería o los alcanza la caballería o los remata la infantería antes de que puedan volver a cargar sus rifles de pedernal y pólvora. *Mí no Álamo,* gritaban como respuesta al embate yanqui. Mientras llega el caballo solicitado por Santa Anna, este alcanza a ordenar que los batallones Guerrero y Aldama no abandonen el campo ni se refugien en la retaguardia. Es peor: ahí o se ahogarán o los asesinarán, es suicida, será una carnicería. Ignoran sus instrucciones. No hay tiempo de prepararse ni de cargar ni de apuntar cuando ya un yanqui disparó a quemarropa o hundió la bayoneta por la espalda en la precipitada fuga. Los que huyen a la marisma o a San Jacinto son masacrados en el agua. No pueden devolver el fuego porque se les moja la pólvora. El río se tiñe de rojo. Es inútil esconderse en el robledal. Así, indefensos, son rociados por las balas del enemigo. El soto está lleno de soldados mexicanos muertos. Los atacantes se comunican en inglés. No hablan español. El uniforme los delata ¿Tejanos mexicanos? *¿Téxicans?* ¡No!, son los mismos invasores yanquis: los Barrett, Bowie, David y Dickinson, algunos de los asaltantes de El Álamo, quienes lo tomaron contra toda ley, son ahora vengados en 18 minutos. *Remember the Alamo! Remember Goliath...!* [131]

Saldo del ataque: los norteamericanos registran dos muertos y 23 heridos. A los mexicanos se les toma un cañón cargado, todos los equipajes, útiles de campaña y cuatro banderas, 600 fusiles, 300 sables y 200 pistolas, algunos centenares de mulas y 12 mil pesos. Lo más importante: se cuentan 630 soldados muertos, 730 prisioneros, entre coroneles, tenientes coroneles, además Manuel Díez de Bonilla, el secretario particular del presidente Santa Anna, el verdadero autor de sus discursos, el mismo que le enseñó técnicas de redacción y le dio pacientemente clases de oratoria...[132] Un desastre total. La rendición es incondicional por más que Juan Nepomuceno Almonte trata de ofrecer alguna resistencia con un grupo de leales, pero son tantos los caídos, al frente y a los lados, tal la superioridad por la ley de la ventaja, que opta sabiamente por exhibir una bandera blanca en señal de paz. Se salvan. No los degüellan. Los encorralan tras unas cercas destinadas a guardar ganado. Se instala una guardia. ¿Y el Ángel Tutelar de la República Mexicana?

Su Excelencia ha huido. Un asistente lo salva al facilitarle un caballo en el último minuto, tal y como aconteció en la batalla de Tolomé tan solo cuatro años atrás, en que el gran embustero fue igualmente batido pero supo, como siempre, convertir el error en gloria al culpar inequívocamente a los demás. Monta enloquecido a la bestia. Sabe que vienen por él. Ese es uno de sus objetivos. No quiere ni pensar en la suerte que le espera después de lo de El Álamo o El Goliad. Los norteamericanos no deben ignorar que los mexicanos decapitamos a nuestros enemigos y luego freímos su cabeza en un sartén para escarmiento de terceros. Le cobrarán muy cara su orden de degüello y de fusilamiento. Acicatea salvajemente al animal. Asesta sonoros cuartazos en las ancas. Profiere insultos contra la fiera y contra quienes le bloquean el paso... ¡Fuera! ¡Fuera!: soy el presidente de la República...

Galopa hasta las llanuras tejanas. Se aleja sin voltear para atrás. No quiere oír un disparo más ni un lamento ni una maldición al matar. Se da cuenta de que no soporta el traquidazo de los cañones. Es más, odia los cañones. Cabalga, golpeando al animal en las ijadas hasta que después de una hora interminable, la bestia se rinde y rueda muerta, reventada, junto con el jinete. Este, sin girar la cabeza para comprobar si es perseguido o no, corre a guarecerse cuando la noche llega en su auxilio y lo cobija, lo esconde, lo protege de los soldados yanquis que saldrán a buscarlo por órdenes de Houston.

Logra cambiarse de ropa gracias a la generosidad de unos campesinos, en cuya choza pernocta presa de una agitación incontrolable. Si al menos pudiera dar con el ejército de Filisola. La idea se convierte en obsesión. No deja de escuchar cascos de caballo que se acercan mientras trata de conciliar el sueño en un pajar. Escucha un vocerío en el que destacan exclamaciones y maldiciones en inglés. Oye, como fantasías propias de un pánico cerval, cómo cuelgan una soga de la rama de un álamo y ajustan el dogal. No recuerda ni un instante los históricos momentos vividos al lado de Emily ni pasa por su mente alucinada la posibilidad de una traición. Él acepta que de cualquier manera hubiera acampado en el mismo lugar muy a pesar de las sugerencias y hasta reclamaciones de su alto mando. No piensa en Emily ni en Inés García, lo feliz que estará su mujer gozando las maravillas de Manga de Clavo, ni quiere pensar en su imagen en México si llegaran a aprehenderlo. ¿De dónde sacar un caballo nuevo, un caballo alado para volar hacia la luna? Daría su finca, su patrimonio, sus ahorros en libras esterlinas a cambio de su libertad, de escapar, de fugarse o si acaso de encontrar a Filisola y sus miles de hombres para regresar y darle su merecido a Houston… Filisola, Filisola, por lo que más quieras, ¿dónde estás…?

En la mañana siguiente, muy temprano, emprende el camino hacia el sur, hacia el Río Bravo. Va costeando para no perderse. El hambre lo devora. A veces tropieza. Cae. Se sofoca. Huye. Huye. Huye hasta que una patrulla de soldados enviados por Houston, exactamente los que él temía, lo detienen para preguntarle en un pésimo español si sabía o había visto a un general mexicano, un tal Santa Anna, con un uniforme blanco. No lo conocían. Obviamente nunca lo habían visto ni imaginaban su aspecto. El Benemérito los dirige rumbo al norte después de ver enrolladas las cuerdas de los arzones. Tiembla. Estos agradecen la instrucción. Se retiran a galope. De pronto se detienen de nueva cuenta. Houston dijo que nos lleváramos a cualquier hombre solo que no estuviera trabajando su tierra. Regresan por él. Lo amarran de las manos y se lo llevan ante sus protestas y maldiciones. Al fin y al cabo, si no es el presidente mexicano, el asesino de El Álamo, lo soltamos. Las órdenes son las órdenes. El Libertador se resiste. Se tira al piso. Lo jalan los caballos. Lo arrastran. Comienzan las sospechas. Deciden separarse. Dos de ellos conducirán al preso hasta el Río San Jacinto. Al campamento norteamericano. Al lugar mismo de la debacle. Jalan a Su Excelencia como si se tratara de una fiera salvaje. Al llegar a los cuarteles de Houston nadie reconoce al ilustre prisionero. Es más, continúan el paso indiferentes después de contemplar a ese campesino muerto de hambre.

Al pasar frente al corral en que tienen encerrados a los prisioneros mexicanos, ni las voces ni la sorpresa se hacen esperar: ¡'ira, ahí *train* a mi general Santa Anna! "Es el presidente en persona y lo *train* como perro rabioso." "Sí, sí, es el mero jefe", gritan los soldados sin ocultar su azoro.

Los dos integrantes de la patrulla se sorprenden, cruzan miradas de estupefacción y le preguntan desde los caballos, girando sobre las monturas, la verdadera identidad de su ya, en apariencia, ilustre prisionero. Este hace toda clase de señas a los suyos para que guarden silencio, para que no lo delaten, para que pase desapercibido. Lleva las manos atadas. Fracasa en el intento. Cuando todos los demás soldados se dan cuenta, no hay quien contenga el griterío. El alboroto es mayúsculo. Ahora ya no hay duda: se trata de Antonio López de Santa Anna en persona. El escándalo no se reduce a los mexicanos. Los norteamericanos-tejanos se percatan de la situación. El cuartel general de Sam Houston estalla como si hubieran explotado los depósitos de pólvora. Los supuestos *téxicans* quieren linchar a Su Excelencia. *Remember the Alamo, you son of a bitch*. Unos echan mano de la pistola, otros corren por la bayoneta, los más optan por la tradición tejana de colgar a los criminales del primer árbol. Justicia popular, justicia efectiva, justicia ejemplar y eficiente. *Hang him! Hang him!*

Santa Anna palidece. El miedo se refleja en sus ojos. Ve las sogas, los dogales, ramas gruesas, resistentes, su piel blanca y cuidada ya desprovista del lodo de la huida y del obligado disfraz, ahora la imagina herida, lastimada, sangrante. Escucha cómo afilan el acero de los cuchillos contra las piedras. Alcanza a oír el sonido producido por las balas redondas al resbalar en el interior de los cañones de los mosquetes. Cuando la chusma se arremolina solo se le ocurre ir a protegerse atrás de sus captores. Se esconde entre sus caballos. Pega la cabeza a las ancas. Cierra los ojos. Parece elevar una plegaria.

En ese momento desiste de su propósito de ir a colocar la bandera tricolor mexicana en lo alto del Capitolio en Washington y olvida aquello de que la línea divisoria entre México y Estados Unidos se fijará junto a la boca de mis cañones...

Junta las manos como si elevara una plegaria. Escucha los gritos. Las reclamaciones airadas. Los nombres de los inmolados en El Álamo. Las piernas amenazan con no sostenerlo. Ese instante se traducirá en insomnios por muchos años. Olvida su alta investidura. Solo piensa en salvar la vida. La dignidad es un elemento decorativo que se exhibe desde las alturas del poder. Ahora solo debe salvar el pellejo, el pellejo, solo el pellejo. En cualquier momento podría desplomarse y caer al piso con la frente pegada al polvo del campo del honor. Un hombre fornido, barbado, pelirrojo, sucio de un siglo, le asesta una patada en la espalda. Otro le golpea en la nuca. Uno más alcanza a sujetarle la cabellera largamente acariciada por Emily y se la zarandea de un lado al otro como si intentara arrancársela. Los impactos del corazón contra el pecho le impiden respirar acompasadamente. Las pasiones parecen desbordarse. Nadie es capaz de poner orden. Él no devuelve las ofensas ni los insultos ni los trancazos. Trata de protegerse la cara con las manos y hundiéndola tras las botas de Joel Robinson, su captor, el hombre que pasaría a la historia por haberlo atrapado en pleno campo tejano.[133]

El barullo llama la atención de Sherman, de Burleson, del coronel Henry Millard y, por supuesto, de Mirabeau Buonaparte Lamar. Sam Houston no se acerca al lugar de los hechos. Descansa a la sombra de un álamo. Fue herido durante la refriega en un tobillo. Los mexicanos le mataron dos caballos. Yace inmovilizado, con la pernera deshilachada, sin ocultar su curiosidad por la inquietud de la gente. La herida le escoce. Acostumbrado a sufrir el dolor físico no se queja. ¿Quién puede llamar tanto la atención? No tarda en recibir la respuesta. Sherman se acerca jalando de la misma cabellera a un hombre alto de piel blanca, vestido casi con andrajos y con las manos atadas. Lo ha salvado de un linchamiento. Le asesta una brutal patada en las nalgas mientras lo presenta:

—*General, this son of a whore is the famous Santa Anna* —alega dándole un segundo puntapié a Su Excelencia, quien casi cae al suelo.

—This is the one who killed Travis, Barrett, Bowie, David Crockett and Dickinson, when they were helpless at the Alamo. Will you please accept, in the name of our deads, to hang this real garbage and then burn him as he did with our brothers and friends?

Houston no podía salir de su asombro. Le hubiera gustado ponerse de pie y dar un par de vueltas alrededor de su prisionero, verlo, olerlo, revisarlo, reconocerlo, pero le resultaba imposible moverse. Un hombre tan corpulento no podía caminar con un solo pie, menos aún si todavía sangraba por la herida.

El Libertador dijo, levantando el rostro y prestando atención a la corpulencia del general norteamericano, un hombre de más de dos metros de altura y que fácilmente pesaría más de 120 kilos:

—Soy el general Antonio López de Santa Anna, presidente de México, general en jefe del Ejército de Operaciones. Me pongo a las órdenes del valiente general Houston[134] —se presentó el Benemérito adulando a su enemigo y sin dejar de tartamudear.

Houston entendió la rapidez con la que Santa Anna iniciaba el proceso de seducción. ¿Acaso su prisionero no tenía una fama bien ganada de ser un seductor profesional?

—¡Ah!, sí, siéntese, acérquese, por favor, tome usted asiento —dijo el general norteamericano en un inglés muy precipitado como si el presidente mexicano lo entendiera. Al ver las muecas de su cara se percató de la necesidad de un intérprete.

Mientras Santa Anna se sentaba sobre un cofre lleno de medicamentos, Houston preguntó si algún subordinado mexicano podría hacer las veces de traductor. No pasó mucho tiempo antes de que se presentara esposado el propio Juan Nepomuceno Almonte.

No podía creer la condición en que se encontraba el presidente. Una confusión de sentimientos se agolpó en su garganta. Bastó una mirada entre ambos para que fuera evidente cuánto lamentaban su suerte. Siempre lo había visto portar uniformes muy elegantes con charreteras de oro, plata y seda, guerreras azul oscuro o rojas con estrellas de seis puntas bordadas en las bocamangas, el cuello elevado, almidonado, con el escudo nacional grabado con hilos dorados y un sinnúmero de condecoraciones adheridas al pecho, pantalón blanco y botas altas de charol negro. Esta vez lo encontraba desprovisto de esa impresionante vestimenta y exhibido como un prófugo de una cárcel pueblerina con el rostro todavía manchado de cieno. Su mirada, sorprendentemente, ya no revelaba angustia ni miedo. Una vez superado el pánico del linchamiento había recuperado el equilibrio y ahora hasta mostraba cierta altivez en su manera de estar. Una injustificable soberbia acompañaba repentinamente sus modos.

—Mi coronel —ordenó Santa Anna a Nepomuceno—, dígale al general Houston que él es un hombre privilegiado desde que tiene preso al Napoleón del Oeste y que ahora solo le resta ser generoso con el vencido —exclamó el Benemérito en tanto volteaba a ver el rostro de Houston para conocer la respuesta. Nunca se imaginó que la contestación la darían los militares norteamericanos que presenciaban la entrevista. ¿Cómo se atreve este mamarracho, general Houston, a hablar de generosidad cuando él mandó degollar a nuestros hermanos de Goliad y mató a todos los defensores de El Álamo sin permitir sobrevivientes? ¡Colguémoslo! ¡Hagamos justicia! Un par de militares de alta graduación desenvainaron amenazadoramente sus cuchillos en espera de una instrucción para proceder inmediatamente al degüello de Su Ilustrísima.

—¡Calma! —tronó Houston—. Envainen y retírense —ordenó antes de poder perder el control de ese histórico encuentro.

—Merezco un buen trato —exigió Santa Anna mientras mostraba sus manos atadas—. Esto es una ofensa a mi personalidad.

Es tan insensato e insolente, se dijo Houston sentado y recargado contra el tronco de un magnífico roble, que no se percata que dos palabras mías, *Hang him!*, serían suficientes para terminar con su vida... Sin embargo, procedió con la conversación a sabiendas de que se encontraba frente a un hombre singular. Trató, pues, de controlar sus impulsos y ordenó que lo desamarraran no sin empezar a descubrir las partes débiles de su prisionero. Este no es de los que resisten un encierro de tres días en una mazmorra. Mientras más se le castigue en su dignidad, más ventajas podremos obtener de él. Por lo general, los insolentes son cobardes, veremos...

—Me parece muy audaz de su parte el hecho de pedir para usted lo que se negó a conceder a un grupo de muchachos indefensos, la mayor parte compatriotas suyos, general —declaró Houston con el ánimo de entablar un diálogo respetuoso desde que le reconocía su jerarquía y pedía, con un chasquido de dedos, que le liberaran las manos al presidente mexicano. En tanto esto sucedía, el *Big Drunk,* como era conocido desde sus épocas juveniles cuando vivió con los indios cherokees, dio un trago enorme a su botella de ginebra. Deseaba mitigar el dolor de su tobillo herido.

Santa Anna guardó un prudente silencio mientras se acariciaba las muñecas. Luego contestó a su captor:

—Ni eran muchachos, ni estaban indefensos, ni mucho menos eran mis compatriotas, general, usted mejor que nadie sabe que en El Álamo casi no había mexicanos ni fue un grito de mis paisanos por su independencia de mi país. ¿Verdad? —dijo sin medir el alcance de sus palabras. Iba a agregar que eran mercenarios, pistoleros, piratas, colonos disfrazados de corsarios estimulados desde Washington, invasores, señor Houston, qué general ni qué carajos, fuimos invadidos por terratenientes, agentes inmobiliarios, vendedores de tierras al amparo de los cañones de Estados Unidos. Toman unos territorios ajenos por la fuerza y si después el propietario no se los quiere vender, entonces le declaran la guerra en el nombre de Dios, por eso son ustedes una raza maldita, estuvo a punto Santa Anna de escupirle a la cara esas palabras a su interlocutor, pero se vio colgado dos minutos más tarde del mismo roble contra el que estaba recargado el general norteamericano.

—Ustedes tienen que reconocer la independencia de Tejas de la misma manera en que España reconoció la de México. Es una necedad impedir la evolución de las naciones, Su Excelencia —adujo Houston con talento diplomático, tratando de acercarse al cautivo.

Mientras Santa Anna hacía espacio sobre el cofre para sentarse más cómodamente, escondiendo el miedo al estilo de un gran actor, exclamó:

—No es comparable una guerra con la otra, general Houston. Usted bien sabe que la independencia de México la lograron los mexicanos, mientras que aquí, en Tejas, son ustedes, los norteamericanos quienes pretenden mutilar a nuestro país. Los tejanos aborígenes jamás hubieran pensado en una anexión a Estados Unidos.

—Nadie ha hablado de una anexión. Se trata del nacimiento de una República soberana e independiente.

—General Houston: usted y yo sabemos que después de la independencia vendrá la anexión a su país y Tejas será una nueva estrella de la Unión Americana.

—Esa será una decisión mayoritaria de los tejanos expresada a través del voto, señor Santa Anna. Si ese ha de ser el destino de esta República, que se resuelva democráticamente —adujo Houston dando un pronunciado trago de ginebra y aventando el frasco para atrás sin importarle a dónde iría a caer. A continuación pidió una nueva botella.

—De cada 10 tejanos uno es mexicano, los otros son yanquis. En 1821 había 3 mil 500 tejanos. Quince años después, Tejas ya cuenta con 35 mil habitantes, de los cuales 30 mil son norteamericanos.

—Eso es una exageración —repuso Houston.

—Tan no lo es, que en El Álamo casi no había mexicanos —aclaró Santa Anna sorprendido por la rapidez con que consumía alcohol el jefe de la "armada tejana"—. Treinta y dos de los caídos en la campaña eran supuestamente colonos yanquis, el resto de los 183 eran norteamericanos que ni siquiera hablaban español ni tenían arraigo en la tierra. ¿Dónde están los mexicanos?

—Ustedes nos dieron la autorización para poblar Tejas desde el gobierno de Iturbide. Hace 15 años que venimos haciéndolo. Yo mismo cumplí con todas las condiciones impuestas a los colonos —agregó Houston sin ocultar su pronunciada sonrisa—: adopté la nacionalidad mexicana y me convirtió al catolicismo el padre Miguel Muldoon[135], de modo que ambos somos compatriotas, general, solo que usted derogó la Constitución de 1824, una Constitución liberal como la nuestra, y los tejanos no estamos dispuestos a continuar vinculados a ustedes sobre la base de una República centralizada…

—Les dimos efectivamente la autorización para poblar, pero no para invadir o, ¿creen ustedes que no descubrimos cómo en primer lugar movilizaron colonos, luego exigieron la separación de Tejas de Coahuila para llegar más tarde a la independencia creando al efecto una República y concluir el proyecto con la anexión a Estados Unidos?

Santa Anna se sentía impedido de contestar como eran sus deseos. Su instinto político lo invitaba a expresarse con la mayor precaución posible. Usted tiene de mexicano y de católico lo mismo que ambos tenemos de compatriotas. ¡Menudo cinismo!

—A los "colonos" como usted, la Constitución de 1824, la monarquía constitucional o no, la República Federal o Centralista, la dictadura virtuosa, les tiene materialmente sin cuidado: seamos honestos, general, lo único que les interesa son nuestros territorios y el establecimiento y difusión de la esclavitud.

—Bien visto, sí, en una parte: usted mismo podrá comprobar en qué se convierten estos territorios abandonados si se ponen en manos norteamericanas. En lo que no coincido es en la esclavitud —dijo mientras leía la etiqueta de un brandy. Santa Anna empezaba a salivar—. Yo estoy en contra de la esclavitud, de la misma manera que me opongo a la matanza y segregación de los indios —concluyó, invitando sorpresivamente a beber a Su Excelencia de la misma botella.

El presidente mexicano dio grandes tragos de licor agradeciendo la hospitalidad de su captor. Se limpió la boca con la manga todavía cubierta de cieno y repitió la escena como si no hubiera bebido agua en dos siglos. Sí que necesitaba algo fuerte para recuperar ánimos y tener una perspectiva más optimista de su situación. De pronto imaginó los titulares de los periódicos mexicanos cuando se supiera de su captura a manos de los norteamericanos. Las puñaladas de los periodistas le atravesarían una y otra vez sus carnes hasta desangrarlo. ¿Cómo defenderse estando desde Tejas a cinco semanas de distancia de las planchas donde se imprimían los diarios?

Houston disfrutaba la soledad a la sombra de aquel roble. Estaba interesado en acercarse al presidente mexicano para lograr acuerdos, más aún cuando Filisola podría caer, en cualquier momento, encima del campamento con sus miles de hombres. ¿Por qué no charlar animadamente como dos viejos colegas y descubrir de qué manera podría obtener más ventajas de su adversario?

El general norteamericano le contó a Santa Anna que a él los indios *cherokees*, el cacique *Oo-loo-teh-ka*, le habían puesto el Cuervo desde que huyó de la casa paterna cuando apenas contaba 13 años de edad para ir a refugiarse por más de un año en el corazón de esa tribu de gente buena y noble.[136]

—¿Se imagina usted cuando mis padres supieron que vivía yo entre salvajes siendo tan joven? Tengo debilidad, a diferencia del presidente Jackson, por los indios. Conozco sus costumbres y sus ritos y me siento como uno más de ellos, al extremo de haberme casado con una hermosa mujer conocida como Agua de Lluvia —comentó Houston con un dejo de nostalgia. Le hizo saber a Su Excelencia, quien lo escuchaba atónito, que muchos años después había sido legislador por Tennessee y que más tarde, siendo ya gobernador de ese mismo estado, también se había casado sometiéndose a las leyes de los blancos, pero que su matrimonio había durado tan solo tres semanas. El dolor del rompimiento había sido tan intenso que Houston había ido a refugiarse de nueva cuenta con los *cherokees*, donde había permanecido por un espacio de tres años después de abandonar la gubernatura, alegó, soltando una carcajada, quien ya llevaría bebiendo por lo menos toda la mañana. Por esa razón los indígenas, sus grandes amigos, le habían apodado el *Big Drunk*.

Santa Anna lo acompañó dando también grandes tragos de brandy sin dejar de pensar en el futuro que le esperaba cuando Houston se durmiera o se retirara. ¿Lo encerrarían o lo entregaría a las fieras disfrazadas de militares que esperaban ansiosas la conclusión de su charla?

—Que nadie hable mal de los *cherokees*, general Santa Anna: he pasado largos años con ellos y he aprendido a quererlos y a entenderlos a diferencia de los comanches, a los que he atacado —con gran esfuerzo y haciendo muecas de dolor se acomodó pesadamente contra el tronco del árbol—. No sabe la discusión que tuve con el presidente Jackson cuando, años atrás, me prohibió invadir precisamente todos estos territorios tejanos con miles de *cherokees* porque tenía planes especiales para Tejas y no deseaba complicárselos con "la presencia de esos seres tan primitivos, decadentes y cavernícolas". Si no hubiera sido porque se trataba del presidente de Estados Unidos y yo era conocido como un *Jackson's man*, sin duda lo hubiera retado a un duelo después de abofetearlo. La gente habla sin conocer a estos hombres milagrosos, pero Jackson es Jackson y a callar...

Ambos militares dialogaban y bebían hasta que Houston le ofreció a Santa Anna una pipeta para que el presidente mexicano lo acompañara fumando un poco de opio y lograra tranquilizarse, al menos, un poco.[137] Parecían viejos conocidos. Efectivamente se acercaban.

—Nunca pensé, general Santa Anna, que usted se atrevería a cruzar el desierto de Saltillo en pleno invierno. Todos sabíamos que vendría, que nos conoceríamos, sobre todo después de la primera convención en que acordamos separarnos de México, sí, solo que lo esperábamos hasta finales del verano. La verdad —confesó Houston—, nunca creímos que llegara tan pronto siendo que los pastizales florecen después de marzo. Se expuso a que sus caballos murieran de hambre entre tanta nieve…

—El coraje es el mejor estímulo, general. Cuando está uno poseído por la rabia, no se siente el cansancio, ni se mide el peligro, se multiplican las fuerzas, se disminuye el tamaño de los obstáculos si el futuro de la patria está en juego —concedió Santa Anna dando una larga chupada al humo del opio.

Ambos personajes empezaron a abordar diferentes temas relativos a sus experiencias personales. En una ocasión, luchando Houston contra un búfalo enorme, había logrado sujetarlo de los cuernos y después de hacerle girar con gran fuerza la testuz, a pesar de la feroz resistencia del animal, lo había desnucado una vez escuchado un terrible rechinido que arrancó una estruendosa ovación de la concurrencia. Nunca, ningún *cherokee* le había ganado a derribar árboles a hachazos ni a cruzar los ríos caminando sobre troncos. ¿Usted ha peleado contra un oso enfurecido, general Santa Anna?

Construían un andamiaje por el que pudieran caminar y transitar muy a pesar de las dificultades irreconciliables. Recurrían al intercambio de anécdotas para comunicarse o identificarse sin prestar demasiada atención a sus diferencias abismales, a su formación, a su pasado, a sus carreras y a sus convicciones. Alguna coyuntura se prestó para que, mientras continuaban tomando brandy y se reducían las distancias, pudieran hablar también de los duelos. Sam Houston se había batido muchas veces a golpes, en la calle, con los puños desnudos o con espadas o pistolas en muchos bosques y parajes de Estados Unidos.

Santa Anna, sin dejarse disminuir, había hecho lo propio al amanecer en las faldas del Castillo de Chapultepec o en Jalapa para disputar el amor de una mujer, por una deuda de juego o por una inadmisible ofensa que el sentido del honor obligaba a lavar solo con sangre. El general-presidente siempre permitía al adversario escoger las armas, hasta las lanzas si ese era el caso. Nadie mejor que él para maniobrar el sable. Los mejores espadachines franceses le habían enseñado en los jardines del *Palais Royal* el manejo de unas técnicas de esgrima devastadoras. El Benemérito había tomado clases en el *Bois de Boulogne*, en París, con un mosquetero al servicio de la armada francesa. Ahí había estudiado las más modernas estrategias militares al extremo de recibir un doctorado. Nadie mejor que Santa Anna como artillero, zapador, dragón, todo un experto en las artes de la bayoneta: él podía ensartar a cuatro soldados con un simple movimiento. Imposible superarlo a la hora de cruzar las líneas de fuego enemigas montando a caballo sin ser tocado por una sola esquirla de los obuses.

¿En el clarín? Él, el Napoleón del Oeste, ahora preso, les daba clases a quienes tocaban la generala. Soy un técnico completo en las artes de la guerra. Fui enviado a Manchester para capacitarme en el abordaje de barcos en alta mar. Un guerrero completo. Yo no le rompo la testuz a los búfalos, yo les fracturo el cuello a los toros bravos y, además, sé montar a pleno galope a un caballo salvaje y domarlo sin arzón ni acicates ni espuelas ni cuarto ni voces. Los controlo con las crines al igual que a las mujeres. Un poco de batalla y eso es todo… Houston no salía de su sorpresa mientras Nepomuceno Almonte traducía sabiendo que todo lo narrado era una auténtica sarta de mentiras dirigidas a un yanqui que era tan candoroso como grandote, tierno y absolutamente asesino como todos.

No podía faltar el tema de las mujeres. Las indias *cherokees* lo conmovían. El *Big Drunk* se reconoció impaciente, brusco, violento, incapaz de comprender los momentos de llanto que lo confundían y encolerizaban. Cuando ellas lloraban se paralizaba sin saber cómo reaccionar hasta que optaba por tirarse de las barbas o de los cabellos, gritar o retirarse. Yo sé batirme en duelo, lanzarme a la cargada al frente de mi ejército, golpearme con mis enemigos en la calle hasta que alguno de los dos desfallezca escupiendo sangre, pero eso sí, no me pidas que entienda las lagrimitas de una dama. Mejor te las tiras y te olvidas de ellas. Ya. Al diablo. A otra cosa. Su mundo me es inaccesible. Ignoro la manera de reaccionar, pero eso sí, no puedo vivir sin ellas. Su primera esposa, Eliza Allen, además de Agua de Lluvia, la *cherokee*, nunca pudo superar que Houston tuviera un orificio en la espalda causado por una flecha que supuraba abundantemente y despedía hedores hediondos. Son unas incomprensivas…

Santa Anna hizo notar la exquisitez y delicadeza que imprimía en sus relaciones con las putas y la brusquedad con que se dirigía a las aristócratas. A las putas las trato como ricas y a las ricas como putas. Ambas se fascinan. Sé hablar con ellas, correrlas y recorrerlas. En el fondo de mí sale un caballero desconocido que sabe cómo abordarlas para llevarlas a la cama. Todas quieren, en el fondo, acostarse contigo pero no saben cómo decirlo. Si sabes que el sí es no y el no es quién sabe, ya llevas ganado un gran trecho. El arte de la seducción es lo más civilizado y refinado que existe, argüía Santa Anna ocultando una sonrisa después de entrever la personalidad salvaje de su interlocutor:

—No se puede golpear a una mujer en la cabeza con un enorme marro, al estilo del hombre primitivo, para arrastrarla y poseerla en el interior de una caverna.

El general americano reía a carcajadas con los ejemplos del presidente mexicano. En buena parte aceptaba que esas fantasías lo acosaban cuando se encontraba frente a una hembra antojadiza, pero que alguna parte de su educación le impedía atacar de esa manera a su víctima, por más que esos fueran sus impulsos iniciales. La técnica del garrote era impecable: se evitaban muchas palabras, se ahorraba tiempo y se llegaba al grano, o sea al lecho, en efecto, sí, así era, solo que las reglas de la civilización y de la mesa deberían observarse también en la cama… Nada de que las golpeas, te las coges y a otra cosa. Olvídate de los preámbulos y de los endulzamientos…

Santa Anna adujo, sin soltar la botella del cuello:

—A las mujeres se les conquista por el oído, por ahí se introduce lentamente el veneno, el verbo, las imágenes para adormecerlas. No debe ser uno visto. El diablo siempre ataca de perfil y por las orejas…

Llegó el tema de las condecoraciones mientras Houston bebía y bebía compulsivamente. De golpe se habían convertido en grandes amigos y la tropa se sorprendía ante tan estruendosa hilaridad.

Houston se vestía con trajes de flecos confeccionados con pieles de búfalo, igual en Washington, cuando iba a visitar frecuentemente al presidente Jackson, durante su término como legislador o como gobernador de Tennessee. Su indumentaria producía verdaderos escándalos. No se bañaba ni se peinaba ni se aseaba la boca aunque se le cayeran los dientes. Vestirse muy bonito es propio de maricas, decía burlándose del protocolo mexicano. Yo, por ejemplo, posé desnudo como gobernador de Tennessee, solo me cubrí con una toga al estilo romano, mientras que ustedes se hacen retratar montados a caballo, vestidos con trajes ridículos de gala y levantando siempre la mano derecha como si le ordenaran al cielo el momento preciso para enviar relámpagos donde ustedes lo dispusieran...

A Santa Anna le fascinaban los entorchados, las guerreras, las charreteras, los brocados, los bordados dorados en las mangas y en el cuello, los coloridos listones de seda de los que penden condecoraciones inaccesibles al grueso de los mortales, las bandas que cruzan el pecho, las espadas de acero y oro con incrustaciones de piedras preciosas, las botas altas de charol, los pantalones ceñidos, los guantes blancos, las insignias de plata y esmalte sujetas por unas presillas, los gruesos lazos con borlas en los extremos usados a modo de cinturón, el redingote napoleónico decorado con sus iniciales en las solapas, los bustos en bronce o en mármol, los retratos monumentales al óleo inmortalizando el momento de la rendición de una ciudad con la consecuente entrega simbólica de las llaves y, a diferencia del yanqui, tomaba baños un par de veces al día, concedía una particular atención a su arreglo personal, a su aliento, al tamaño y limpieza de sus uñas, al arreglo de su cabello, al cuidado de su piel, usando cada día diversos tipos de lavandas, enjuagues y afeites para lucir invariablemente lozano.

El Benemérito no comprendía el rechazo de Houston al boato, al lujo y la ostentación de poder. ¿Cómo llegar a la Casa Blanca greñudo, desaliñado, con aliento de perro milpero, sin afeitar, las uñas cochinas, vestido con la indumentaria *cherokee*, con flecos colgando de todos lados y mocasines apestosos de varias vidas? ¿Así quiere usted ser recordado y pasar a la posteridad? ¿Cómo era posible que un político, un generalote de sus tamaños, hubiera pasado cuatro años, sí, cuatro años al lado de los indios? Su Excelencia jamás conviviría, ni media hora siquiera, con los chamulas, los zapotecas o los huicholes comiendo sus inmundicias, sin agua caliente, durmiendo en petate adentro de un jacal apestoso que oliera a madres sin su bacín ni su aguamanil... Sí, sí, cómo no...

Fue entonces cuando le ordenó a Nepomuceno Almonte, controlando todos los músculos de su cara sin expresar la menor sonrisa, una de sus grandes cualidades histriónicas:

—Dile al general Houston de mi parte y, con todo respeto, que lo que tiene de grandote, también lo tiene de pendejo...

El coronel Almonte sintió en el cuello una inmensa espina de bacalao que le atravesaba la tráquea. Era una de las típicas ocurrencias de El Libertador que podían desquiciarlo, más, mucho más, en una coyuntura tan adversa y peligrosa en la existencia de ambos. El presidente de la República preso por los norteamericanos y todavía se prestaba a las bromas. ¡Con 10 mil carajos y un cuarto...!

Hablaron de política. No podían dejar de hablar de política. Houston tenía una marcada inquietud. ¿Por qué, si ustedes copiaron de nuestra Constitución la suya de 1824, se siguen arrebatando el poder presidencial como si se disputaran a una mujer barata? Los indios *cherokees* tienen más estabilidad en los altos mandos que ustedes y sus presidentes de nueve meses, como el caso del presidente Guerrero, entre otros tantos más. Parece que nunca podrán sobrevivir sin los españoles, sin un dictador, sin una mano fuerte que los gobierne, de preferencia si es extranjera. En ese momento Houston recordó que el propio Vicente Guerrero, siendo presidente de la República en 1829, le había ofrecido nada menos que a su amigo, Joel Poinsett, embajador de Estados Unidos en México, convertirse en el segundo emperador mexicano para conducir exitosamente las riendas del país.[138]

Santa Anna desconocía semejante ofrecimiento. Enarcó ambas cejas y dejó pasar el comentario en torno a la figura de su compadre. ¿Dudarlo? No, no lo dudaba. Las tentaciones por traer a un príncipe extranjero a gobernar México siempre habían existido y se llevaría mucho tiempo antes de acabar con ellas. Además, ¿por qué en lugar de un soberano europeo no pensar también en un líder norteamericano, como el propio Poinsett, de quien se criticaban sus acercamientos, al menos extraños, impropios de un hombre con otro hombre, como era el caso del presidente Guerrero? Mejor, mucho mejor, escapar a temas tan escabrosos...

Houston continuó extrañándose de no ser interrumpido:

—Mientras ustedes, como pueblo, representan al público, nosotros, en Estados Unidos, somos actores, protagonistas de la democracia, todos pensamos y todos decidimos lo más conveniente para nuestro país. Entre ustedes piensa solo uno y decide solo uno, por lo general se equivoca y nunca nadie protesta como si el país no fuera de ustedes, ¿no, señor presidente? Los mexicanos ven la política como si asistieran al teatro, a un espectáculo en el que la audiencia no participa. Si acaso rechifla o aplaude. Hasta ahí.

Santa Anna ya había pedido su propia botella, esta vez de ginebra. Aun cuando no era proclive al alcohol, su situación bien se prestaba a un momento de consolación. Las zalamerías del dictador no parecían impactar mayormente a su captor. Alegó que él sabía que Estados Unidos se caracterizaba por su respeto a la ley y a la libertad de la gente, sin embargo, la existencia de la esclavitud los descalificaba, era una vergüenza, un atropello, de la misma manera que el respeto a la legalidad solo se daba dentro de sus fronteras, porque tan pronto salían de su país se olvidaban de las reglas domésticas y trataban de alcanzar sus propósitos con las bayonetas, con la marina y con sus cañones.

—Parece que ustedes nos dicen: esto me gusta, ahora es mío y, si quieres te lo pago, para salvar algo de mi conciencia, pero si no, me lo quedo de cualquier forma y si te resistes, te mato —el opio y el brandy hacían sus efectos...

Nepomuceno no podía ocultar su rostro de horror. Traducía rápidamente pasando a la báscula cada palabra. Intentaba cuidar el lenguaje y el sentido de su discurso para no herir susceptibilidades y no acabar linchados por esa chusma vociferante que solo esperaba una palabra para entrar en acción. El presidente, quien no podía ya controlar su lengua en ningún sentido, porque, además, se tropezaba con ella al hablar, agregó que en el ámbito internacional la política instrumentada por el presidente Monroe, esa tesis de América para los americanos dictada hacía unos 15 años, implicaba el desconocimiento de la soberanía del resto de los países del hemisferio, porque Estados Unidos impondría su ley con la fuerza de las armas y ello estaba reñido con la tesis de respeto y libertad que pretendían vender en el mundo.

—¿Cuál respeto después de como se hicieron ustedes de la Florida y como quieren hacerse de Tejas? Desde que el presidente John Quincy Adams nos mandó, hace poco más de 10 años, al hijo de puta del embajador Joel Poinsett a comprar nuestros territorios del norte y, nosotros, los mexicanos, rechazamos tajantemente su oferta de 5 millones de dólares, ustedes no han dejado de insistir y, en razón de sus ambiciones, hoy estoy aquí, preso, solo por defender lo nuestro. Si no se hubieran querido robar todo esto yo no estaría aquí sentado...[139] —adujo el prisionero recurriendo a groserías de las que trataba de apartarse en su lenguaje cotidiano.

Como Nepomuceno traducía ya lo que le venía en gana, Houston empezó a distraerse. Cuando trató de retomar el tema, ordenó:

—Dígale a *Santa Anny* que mejor me hable de México. Todo lo que me dice es basura.

El César Mexicano, unas veces balbuceando, otras recuperando la compostura y gesticulando insistentemente con las manos, le hizo saber a Houston sus puntos de vista en relación a sus compatriotas, no sin exhibir una gran satisfacción por revelar a un extranjero las claves para controlar a sus paisanos.

—Los mexicanos —comentó mientras inhalaba largamente el humo del opio por la pipeta— son unos huérfanos de padre, por ello se pasan la vida buscando una figura fuerte que les enseñe el camino a recorrer y les alerte de los peligros y riesgos que pueden enfrentar. Usted prométales seguridad, deles esperanza, consuelo, hágalos sentir que pueden llorar en su hombro porque los comprende mejor que nadie y todo se habrá resuelto: será usted un gran líder, mi general. Solo aparente una gran preocupación por ellos, que los entiende y comparte su sufrimiento y el resto caerá en cascada. Los mexicanos solo quieren amor, protección y ternura: quien simule dárselos hará que el pueblo entero coma para siempre de sus manos...

Santa Anna parecía estar impartiendo una cátedra.

—¿Ve usted cómo la democracia no funciona en naciones, como la nuestra, en la que se busca a un hombre recio que piense y decida por todos? Somos diferentes. Ustedes resuelven en concierto, nosotros buscamos al *tlatoani*, al supremo sacerdote, al sabio, al valiente, por ello no cabía una estructura federal y recurrimos a la centralización con un Supremo Gobierno... Ustedes —continuó desbridado— se acostumbraron a hablar, a parlamentar, a votar para arribar a acuerdos y dirimir sus diferencias políticas y sociales; nosotros invariablemente recurrimos a una figura fuerte como la de un rey, un virrey, un inquisidor o estos dos últimos juntos para gobernar con fuego y acero.

Houston escuchaba con deleite a su distinguido prisionero. No cualquier general, de cualquier parte del mundo y de la historia, había hecho preso al jefe de la nación enemiga. Era un deleite oírlo y conocer sus puntos de vista entre los dos países.

—¿Quién —cuestionó Su Excelencia, revelando sus conclusiones durante las largas marchas a caballo por llanuras, desiertos y planicies— les ha dicho que si algo les funciona a ustedes, nos ha de funcionar a nosotros? Su Constitución es resultado de su experiencia política, importarla a nuestro sistema fue un error porque negamos 300 años de vasallaje impuestos en una colonia gobernada despótica y tiránicamente en la que estaba prohibido pensar, pedir, protestar, meditar y oponerse a nada. A la democracia se arriba a través de un proceso, no de una imposición repentina y caprichosa —adujo, sacudiendo restos de lodo de sus pantalones—. Ustedes, ante la presencia de conflictos, recurren a sus instituciones, nosotros a las personas, al amiguismo, al influyentismo, es decir, al hombre fuerte. No pensamos ni recurrimos a la ley para dirimir diferencias, sino a un superior que pueda imponer el orden —iba a decir que Iturbide no estaba tan mal al haber concebido un modelo de monarquía constitucional, regido por un emperador con amplios poderes, una especie de sustitución del virrey para darle continuidad a nuestras tradiciones políticas. Claro que ni borracho haría semejante concesión, él, quien había precipitado en el abismo el primer imperio y también a la primera República Federal…

Nepomuceno traducía al pie de la letra, confirmando una vez más el conocimiento que tenía Santa Anna de los suyos. Por ello había llegado tan lejos. ¿Un imbécil ignorante? ¡Qué va…! Nadie sin un dominio tan férreo de sus compatriotas podía llegar donde había llegado el señor presidente.

Houston trató inútilmente de incorporarse. El dolor del tobillo herido no cedía ni con el opio ni con la ginebra. Sangraba. Aparecía cierto cansancio en su rostro. Ya no respondía como al principio de la conversación. Tal vez por ello decidió poner sus cartas abiertas sobre la mesa. El juego había concluido. Mañana sería otro día. Hoy no se iría a descansar sin desvanecer una amenaza que se cernía sobre él y sus hombres y que bien podría acabar con todo lo ganado. No deseaba enviar un reporte similar al que tendría que mandar Santa Anna a su gobierno anunciando su captura.

Los movimientos de Houston le indicaron a Nepomuceno el final de la conversación. Finalmente descansaba. Ya tendría tiempo de aclarar con Santa Anna, en una celda improvisada, sus afirmaciones vertidas durante la plática.

—Tengo entendido que se acerca hacia San Jacinto el general Filisola al frente de más de 4 mil hombres del ejército mexicano —aseveró Houston como si cerrara el puño. Acabó de un solo golpe con la cordialidad reinante.

Santa Anna se puso serio, sabiendo que la hospitalidad sería muy cara. ¿Gratis la ginebra y el opio? ¿Genuina y desinteresada "la amistad" de Houston? Esperó el resto de los argumentos del general norteamericano como quien aguza el oído para escuchar un ruido muy fino.

—Usted y yo queremos ser amigos —agregó el norteamericano con un lenguaje jabonoso—, ¿no…?

—Sí… —adujo Santa Anna, esperando el impacto final—, su amistad me enaltece, mi general, es usted un profesional de la guerra y, por ello, le rindo mis respetos.

—Usted quiere su vida tanto como yo la mía, ¿no…? —adujo, metiendo la bomba en el cañón y encendiéndole mechero.

—Por supuesto —contestó Santa Anna, apurando el último trago de brandy y preparándose para escuchar la verdad oculta tras ese lenguaje aparentemente cordial—. Dejémonos de cuentos. Vayamos al grano.

—Entonces le daré papel y pluma para que usted ordene a Filisola un repliegue de todas sus tropas al sur del Río Bravo, porque, escúcheme bien, si nos vemos obligados a librar otro combate, esta vez contra las tropas del tal Filisola, no tendré más remedio que complacer previamente a mis muchachos, quienes, como usted mismo lo constató, señor presidente, estarían muy felices de disponer de su cuerpo y de sus entrañas, de sus ojos y de sus orejas y desde luego, de su cuello, de la manera que mejor satisfaga sus apetitos de venganza

—concluyó en términos tan severos que no permitían abrigar la menor duda respecto a la contundencia de sus intenciones. Houston no se percibía como un hombre con el que se pudiera jugar...

—Entendamos con claridad —advirtió sonriente el general norteamericano al constatar el efecto de sus palabras—: si usted detiene a Filisola y ordena que se retire más allá del Bravo, yo detengo a mis muchachos y les ordeno que no lo toquen por ser nuestro amigo, de lo contrario, me lavaré las manos como Pilatos, eso sí, con gran dolor para mí porque ya no tendré a un interlocutor tan ameno como usted para beber brandy y fumar opio...

Santa Anna se sintió atrapado por una sacudida intensa. Era el final de la cordialidad. Bien lo sabía él. Nepomuceno lo vio a la cara imaginando que el Benemérito iba a negarse a ejecutar una orden semejante. Por un momento pensó que Santa Anna contestaría: créame que, como sentenció mi compadre Vicente Guerrero, la Patria es Primero y por mí puede usted proceder a echarme en manos de esa jauría que me espera relamiéndose para devorarme de tres mordidas. Ni muerto antepondré los intereses ni la integridad territorial de mi país, solo porque me aterran desde niño las heridas en mi piel. Mi pellejo no tiene precio. Cuélgueme, fusíleme, acuchílleme, degüélleme, despelléjeme, descuartíceme, pero no me interpondré ante Filisola para impedir que arrase con todos ustedes, banda de pistoleros, ladrones, asaltantes. Nos faltarán álamos, robles y encinos para colgarlos, balas para dispararles en pleno rostro, leña para incinerar sus cuerpos o lobos tejanos para devorar sus entrañas... Vine, sépanlo todos, para defender a la patria. A ella me debo y a ella, y solo a ella rendiré mi vida, mi honra y mi espada. Jamás detendré a Filisola. Proceda como juzgue más conveniente.

Se produjo un espeso silencio. Su Excelencia concentraba las miradas de Houston y de Nepomuceno Almonte. Son las decisiones que definen a un hombre. Las que hacen historia. Las que alteran el destino de un país. Las que cambian el curso de los acontecimientos y convierten un error en mil aciertos. Las que crean un ejemplo y marcan una generación. Se es o no se es. La moneda está en el aire y con ella se juega la suerte de una nación, en ningún caso la de una sola persona. Santa Anna podía alegar la inutilidad de una orden de esa naturaleza porque él, presidente de la República y general en jefe del Ejército de Operaciones, se encontraba preso y, por ende, sus poderes y facultades legales estaban suspendidos hasta que obtuviera su libertad. Filisola no podría ser sometido a una corte marcial por desacatar la instrucción de un superior jerárquico, dado que este se encontraba como prisionero del enemigo y coartados sus mandos. Filisola podría ignorar a Santa Anna sin ninguna responsabilidad militar ni política ni penal. Nadie podría formarle un consejo de guerra. ¿Entonces para qué ordenarle algo que podía desechar como las noticias de un periódico viejo? No importa, le hubiera respondido Houston. Ese es problema de Filisola, usted escriba una misiva, cumpla con su parte o yo lo entrego a mis perros, esos que salivan frente a usted, señor general-presidente.

Cuando Santa Anna agachó la cabeza y aceptó la pluma, la tinta y un papel, Nepomuceno entendió que la causa estaba perdida. Houston aplaudió por dentro sin hacer el menor aspaviento ni comentario alguno. Honor a los vencidos, se dijo en silencio. Desde el instante en que el general americano vio llegar a Sherman jalando del pelo a Santa Anna y este aparecía con el rostro descompuesto, pálido y tembloroso porque lo iban a linchar sus hombres, entendió, por el pánico que proyectaba su mirada, que estaba frente a un farsante, un cobarde, un embaucador, un maleante, embustero, tramposo, un actor, un gran actor que él había descubierto tras bambalinas, entre candilejas, cuando se maquillaba y se disfrazaba: yo lo vi en calzones. Sabía que firmaría lo que le pusiera enfrente con tal de salvar su pellejo. Sabía qué tecla tocar para obtener el sonido deseado. Le arrancaría a su ilustre prisionero unas notas jamás escuchadas en Estados Unidos.

Tan pronto Houston tuvo el mensaje en sus manos, le hizo una última pregunta a su prisionero:

—¿Por qué simplemente no nos venden Tejas, de la misma manera en que Francia vendió la Luisiana y España la Florida, así de fácil? Pasarán años, tal vez siglos, antes de que ustedes pueblen Tejas como nosotros lo hicimos en 20 años...

El Benemérito tardó en contestar. Buscaba instintivamente la botella de alcohol, un gratísimo refugio, o la pipeta de la euforia.

—No, general Houston, los mexicanos jamás venderán Tejas. Es inútil.

—¿Y usted?

—Yo no me mando solo. Mi Congreso jamás ratificará una venta así. Son muy necios y, por otro lado, está prohibido por nuestra Constitución —además, iba a agregar, quien venda Tejas pasará a la historia como antipatriota y ratero y ninguno de ambos calificativos iba de acuerdo con su concepto del honor.

—¿Nos ayudará...?

—Ya veremos, amigo Sam...

Santa Anna escribió a Filisola para la historia por más que yo hubiera querido romper en dos su pluma, hacer trizas el maldito papel después de tirarle la tinta a la cara, pero no tuve más remedio que presenciar, en mi absoluta impotencia, el primer paso para proceder a la mutilación del inmenso México heredado de la corona española:

> He resultado estar como prisionero de guerra entre los contrarios; habiéndoseme guardado todas las consideraciones posibles; en tal concepto, prevengo que Vuestra Excelencia prevenga al general Gaona contramarche para Béjar a esperar órdenes, lo mismo que verificará Vuestra Excelencia con las tropas que tiene a sus órdenes previniendo asimismo al general Urrea se retire con su división a Guadalupe Victoria, pues se ha acordado con el general Houston un armisticio, ínterin se arreglan algunas negociaciones para hacer cesar la guerra para siempre...Espero que sin falta alguna cumpla Vuestra Excelencia con estas disposiciones, avisándome, en contestación, de comenzar a ponerlas en práctica.[140]

Cuando el general Filisola recibe la misiva del dictador-presidente decide ignorarla y proceder a atacar a Houston por todos los frentes. Sabía, a través del servicio de espionaje, que las tropas mexicanas estaban muy cerca del enemigo, tal vez a dos días de distancia a marcha normal. Sabía que los norteamericanos no pasaban del número de novecientos soldados con todo y oficiales. Sabía que, cuando menos, quintuplicaba a las fuerzas contrarias. Sabía que contaba con grandes posibilidades de vencer a los corsarios, a los mercenarios contratados por la Casa Blanca. Sabía que los más de 600 prisioneros santanistas en poder de Houston serían aliados incondicionales a la hora de la batalla. Sabía que si la ejecución de su estrategia implicaba la muerte de Santa Anna, ello sería irrelevante de cara a la defensa de la soberanía territorial de la nación. Sabía que el presidente preso, por la sola condición de haber perdido su libertad y estar en poder de sus captores, por esa única razón, carecía de facultades para ordenar ni siquiera una taza de café a un subordinado y, por lo mismo, en nada podría representar al Estado mexicano. Sabía que las leyes del ejército le autorizaban para proceder de acuerdo a su criterio sin ninguna repercusión penal por desacato a la instrucción de un superior. Por todas estas consideraciones, Filisola decidió aplastar hasta el último invasor yanqui, colonos o no, piratas especializados en el despojo de bienes ajenos. No se detuvo ante nada. Su único objetivo, anclado en su mente, no era otro que el de luchar incondicionalmente por la patria. A ella se debía. En su actitud determinada se advertía la necesidad de continuar el movimiento de desalojo de nuestra Tejas, la de la jota. Era evidente su determinación de recuperar lo nuestro a cualquier costo, sacrificara o no la vida de quien fuera, llámese jefe del Ejecutivo con licencia o sin ella, general, escritor, financiero, empresario, cura, cardenal, catedrático o legislador. No existía diferencia alguna. Nada ni nadie era más importante que la suerte del país. ¿Qué aconteció en la realidad, según me encontraba yo al lado del famoso general mexicano, a quien le correspondía en ese momento escribir una brillante página de la historia patria?

El general Filisola y su Estado Mayor decidieron conjuntamente acatar las instrucciones de Santa Anna y replegarse al extremo de abandonar la futura Texas hasta llegar a Monterrey, dejando una pequeña guarnición de 400 hombres en San Antonio de Béjar. ¡Cobarde!, gritamos un grupo de patriotas. ¡Cobarde! Santa Anna por haber pedido que Filisola se retirara a cambio de salvar su pellejo y ¡cobarde, también mil veces cobarde!, Filisola, por acatar órdenes de un presidente preso y evacuar el área cuando bien pudo aplastar a Houston por encontrarse tan cerca como el Brazos. En las grandes coyunturas de la vida es cuando se conoce a los hombres y tanto Santa Anna como Filisola tomaron decisiones movidos por el miedo, que invariablemente ha sido un pésimo consejero. ¿Esos militares de alta graduación eran los responsables de preservar la integridad territorial de México? ¿Ellos eran los defensores de la patria, los bravos soldados que obsequiarían su vida a cambio de la supervivencia de la nación? ¿Y el sentido del honor castrense? ¿Y la dignidad militar forjada con el mismo acero de los cañones? ¡Qué gran tema para los discursos políticos! ¡Qué gran ejemplo para las generaciones venideras! ¡Qué vergüenza para todos nosotros los mexicanos!, comentamos en grupos cerrados cuando vimos a Filisola dar marcha atrás sin pedir siquiera autorización o instrucciones al gobierno central hasta que la felonía ya estaba consumada.

Filisola no aplastó a ningún invasor yanqui ni sancionó a los colonos sublevados ni luchó incondicionalmente por la patria ni continuó el movimiento de desalojo de nuestra Tejas ni recuperó lo nuestro a cualquier costo, sacrificara o no la vida de quien fuera ni le importó la suerte del país... Marchó a Monterrey hasta que las condiciones ambientales y el hambre devastaron la moral de su ejército. ¿Cómo no transcribir aquí, la misiva enviada por Filisola, a título de respuesta, al general-presidente, o sea, la justificación de su traición? Leamos:

[Hice] los movimientos que me convenían para la concentración del ejército y, verificado esto, marché sobre este flanco, para que, desembarazado de algunas cosas inútiles y bromosas, tomar de nuevo la iniciativa sobre el enemigo; más atendiendo a la solicitud de V. E. a las circunstancias que de ella expresa, queriendo dar una muestra de mi aprecio a su persona, como a los prisioneros existentes de que V. E. me habla, voy a repasar el Colorado.

Filisola se repliega al Colorado, con todo el ejército mexicano, porque pretende dar una muestra de su aprecio a Santa Anna. He ahí la justificación para traicionar a la patria: aprecio a la figura del tirano. ¡Horror! ¡Horror! Con esos hombres, con esas materias primas, ¿cómo construir la gran casa de México?

Doña Inés García recibe un correo especial de su marido. Le narra lo acontecido como si fuera un soldado al servicio de Agamenón:

Abril 26 de 1836

A orillas del Río San Jacinto

Inés mía. Amor de mis amores. Niña de mis ojos. Luz de mi vida:

Quiero ser el primero en informarte a través de esta carta escrita con mi puño y letra, que me encuentro en perfectas condiciones de salud a pesar del horror del combate. No quise mandarte un mensaje por un tercero, sino que preferí yo mismo redactar la presente, para que no tuvieras duda de mi integridad física ni de mi estado de salud.

No me cuesta trabajo imaginar las aflicciones que habrás sufrido por mi causa. Lo lamento con profundo dolor. Juré ante Dios que yo había nacido para hacerte feliz y, en este caso, he traicionado mi promesa. Cada lágrima que hayas derramado equivale a un torrente de sangre mía derramada. Créeme: mi tortura es doble, una por saberte afligida por mi suerte y la otra, por no poder ignorar mi condición de preso en mi carácter de presidente.

Fui hecho preso por esta gavilla de bandidos pero no sin antes haber matado a muchos yanquis en el combate cara a cara y cuerpo a cuerpo. Debes saber que antes de caer en sus manos, atravesé en línea, con la bayoneta de un soldado muerto, a cinco de los invasores hasta dejarlos encajados contra uno de los inmensos robles, testigos de mi coraje originado en la defensa de la patria.

Lamentablemente no morí en el campo del honor como corresponde a todo soldado que se estime, pero sí es conveniente que sepas para que les cuentes a nuestros hijos, que me apresaron con mi espada rota y llena de sangre enemiga. Cuando agoté mis propias municiones, tomé las que me ofrecían mis oficiales y luego me defendí como un tigre cuando me derribaron de mi caballo. Cada yanqui que intentaba atacarme salía con un chorro de sangre emanado de la garganta o del estómago. Nunca me desprendí del cuchillo que llevaba escondido en mis botas. Sucumbí por el peso de 100 soldados mercenarios.

Si por lo menos 50 soldados mexicanos hubieran respondido como yo lo hice, hubiéramos podido vencer a los

900 hombres de Houston, quien, debo confesarlo, me ha concedido todas las distinciones inherentes a mi elevado cargo.

Sábete querida, amada y respetada y si te cuentan que caí en campaña, recuérdame como a un soldado digno y probo que ofrendó su vida por la patria. Ese es el mejor ejemplo y la única herencia que les dejaré a mis hijos.

Extraño tus besos, tus caricias, tus miradas, tus manos, tus perfumes, tu pelo, tu piel. ¡Ay de aquel que no muere perdido por el amor de su mujer! Yo habría fallecido bendito por tu recuerdo.

Tu esposo que te recuerda saliendo risueña de un haz de luz al principio de la alborada. Pronto volveré. Tuyo hasta mucho más allá de la eternidad. Antonio.

Mientras en México crecía el malestar al difundirse la noticia del presidente preso por los invasores, en Tejas el general Houston tiene que abandonar a su prisionero-presidente porque la herida de su tobillo podría infectarse irreversiblemente con un grave riesgo de amputación de su pierna. Santa Anna tembló al conocer la noticia. Si alguien le había salvado la vida en innumerables ocasiones y lo había rescatado de esos perros de caza que sin duda eran los "colonos" todavía enfurecidos por la masacre de El Álamo, ese había sido el general Samuel Houston. Su protector se iba a recibir tratamiento médico a Nueva Orleans. Los norteamericanos ya se habían desplazado de San Jacinto a Galveston para tener, por un lado, un mejor control de Santa Anna y, por el otro, para huir de los hedores mefíticos que despedían los cadáveres de los soldados mexicanos ya en avanzado estado de descomposición.

El presidente Burnet y el vicepresidente Zavala aparecieron en el escenario de los hechos dando órdenes a Houston. Su llegada era comparable al arribo de enormes parvadas de aves de rapiña dispuestas a arrebatarse lo mejor de la carroña. El general vencedor no contaba con otras alternativas: tenía que someterse, contra su voluntad, a las instrucciones dictadas por el jefe de la nación tejana. Tanto Houston como Santa Anna fueron embarcados rumbo a Velasco, desde donde el primero podría zarpar para ser operado inmediatamente del tobillo y el segundo, recluido en una prisión oscura, sin ventilación, amarrado y con una bola de acero encadenada a través de un grillete a su pierna izquierda, se vería obligado a firmar los tratados más vergonzosos de los que México tuviera memoria. Santa Anna, justo es decirlo, se negó en un principio. Yo mismo estaba presente cuando Rusk, el secretario de Estado de Tejas, le mostró varias veces el texto de unos tratados que tendría que suscribir el general-presidente. ¿Qué contenían? Los textos establecían la independencia total de Tejas de la República Centralista de México.

Antes de someterme a semejante humillación y de ceder el territorio patrio a esta gavilla de pistoleros a sueldo, prefiero una y mil veces que me ejecuten, que me saquen los ojos en vida, que me torturen, que me cuelguen del roble más cercano, que mi cuerpo lo exhiban a los zopilotes para que den cuenta de mis carnes y que me decapiten y frían mi cabeza en aceite, pero eso sí, jamás cometeré una felonía de esas proporciones que me arrebate el aliento y la paz para siempre. No, no firmaré, se dijo preparándose para lo peor y sintiendo cómo lo sentaban sobre el arzón de un caballo con las manos atadas a la espalda y sin la venda negra con la que le impedirían ver los detalles de su ahorcamiento: él no temía a la muerte. La vería cara a cara.

¿Cuándo firmó y suscribió Su Excelencia todo lo que le pusieron enfrente? En el momento preciso en que el presidente Burnet decidió entregarlo a la chusma. Esta se haría cargo de la suerte del ilustre preso. Finalmente se impartiría justicia. Fue entonces cuando entraron por él, lo desataron, rompieron el grillete, lo liberaron de la bola de acero, mientras el César Mexicano preguntaba una y otra vez sin obtener respuesta, si había conseguido la libertad. El grupo de celadores no contestó. Vamos a entregarlo al pueblo de Tejas para que este dicte su veredicto final.

Santa Anna se percató de que una muchedumbre vociferante reclamaba airadamente su presencia. Lo entregarían sin más. Se escuchaban insultos, ofensas, consignas sanguinarias, demandas furiosas de venganza. Se distinguían puños amenazadores en alto, cuchillos y espadas que rasgaban el espacio, así como algunos tiros aislados al aire. Los ánimos entre "los muchachos de Houston", parecían desbordarse. Nadie sería capaz de controlarlos en unos momentos más. El general-presidente de la República trató de dar marcha atrás. Volver a recluirse. Escapar a esa turba enloquecida y desenfrenada. El miedo se distinguía en cualquier rasgo de su rostro. Los ojos, sobre todo los ojos, denotaban el tamaño del pánico que se había apoderado de él. Farfullaba términos inentendibles. En esa habitación lo vi con profunda lástima y desprecio. El Benemérito se arrodilló ante Rusk. Se colgó materialmente de una de sus piernas. Suplicó. Invocó. Mendigó. Imploró. Rogó. Pidió piedad mientras estallaba en un llanto compulsivo. Se sujetaba firmemente del secretario de Estado de Tejas como si fuera la única tabla de salvación en una de las crecidas del Mississippi. Mojaba con sus lágrimas los pantalones del funcionario. Nada ni nadie podría desprenderlo de aquella figura enhiesta como un ciprés que, si acaso, bajaba la vista para contemplar a su prisionero con una expresión de asco.

De golpe Santa Anna dejó de llorar. Gimoteaba. Ya solo pequeños espasmos delataban su aflicción hasta recuperar por completo su respiración, su dignidad y su equilibrio. Parecía un acto de magia. Sorprendía un viraje tan radical en sus emociones. Se enjugó las lágrimas y tomó entre sus manos dos tratados que le extendió Rusk para consolarlo. El secretario de Estado había sacado de una de las bolsas de su chaleco los dos textos que había venido negociando con el general-presidente muy a pesar de su rechazo inicial. Expuestos así, a la vista, El Ángel Tutelar de la República Mexicana entendió de inmediato que se le ofrecía un canje: su vida contra la firma de unos tratados que mutilarían a México para siempre. Uno de ellos era público, se podía revelar a la prensa en cualquier momento; el otro era secreto: nunca nadie debería conocerlo ni mucho menos divulgarlo. En el primero se acordaba el cese de hostilidades y el retorno de Santa Anna a Veracruz. En el segundo, firmado también en su carácter de presidente de la República, se especificaba el reconocimiento de la independencia de Tejas por parte de los mexicanos. Santa Anna se obligaba a convencer a sus compatriotas de la necesidad de ratificar el tratado una vez de regreso en México y, además, se comprometía a no volver a recurrir a las armas ni influir para que se tomaran medidas en contra del pueblo de Tejas…[141]

—Una pluma, denme una pluma —exigió ante quienes estábamos en esa habitación.

Pobre México, me dije en silencio. ¿Los héroes no son aquellos que ofrendan su vida a cambio del bienestar de la patria?

Tan pronto Rusk tuvo en sus manos los tratados firmados, abandonó abruptamente a los presentes. Tenía verdadera urgencia de informar a Burnet y a Zavala. La legalización de la independencia era una realidad. Santa Anna había suscrito en secreto la entrega de Tejas. ¿Y la chusma vociferante? ¿Y la muchedumbre rabiosa y vengativa? No había de qué preocuparse. La turba airada bien pronto fue disuelta mientras que Santa Anna, en lugar de recuperar su libertad y regresar sin tardanza a Manga de Clavo, fue encerrado a empujones en la mazmorra insalubre y fétida de la que tanto se quejaba. Se le volvió a atar y a encadenar a la misma bola de hierro. Como vociferaba y maldecía en español y nadie entendía sus floridos adjetivos, pero eso sí, perturbaba con sus denuestos la paz de Velasco, se le introdujeron en la boca abundantes pedazos de tela manchados con cuajarones, tal vez de los escasos muertos norteamericanos de San Jacinto, y así y solo así se le obligó a guardar silencio por cinco meses más.

Las malas noticias vuelan. Don José Justo Corro, presidente interino a partir del 27 de febrero de ese macabro 1836, recibe el sobre maligno con la información de la aprehensión del general-presidente, Antonio López de Santa Anna, prisionero de Sam Houston. La misiva proviene de Texas, no de Tejas. Justo Corro se cubre la cara al terminar la lectura de la carta. ¿Vergüenza o coraje? ¿Qué hacer? ¿El presidente mexicano preso? ¿Y Filisola y los miles de soldados que los acompañaban? ¿No había jurado Santa Anna, al salir rumbo a Tejas, que marcharía personalmente a someter a los revoltosos y una vez que se consumara ese propósito la línea divisoria entre México y Estados Unidos la fijaría junto a la boca de sus cañones? ¿Cómo reaccionar? ¿Qué pasos dar? Por lo pronto informar a la nación pasando cada palabra a la báscula. En medio tránsito del Federalismo al Centralismo, el jefe del Ejecutivo, el bastión de la iglesia católica, es aprehendido en el extranjero. ¿En el extranjero? Por supuesto que no: es secuestrado en el mismísimo territorio nacional por una banda de traficantes de terrenos financiada desde Nueva York y Washington.

Debo obsequiar a los ojos del lector esta nota que Corro hizo publicar en los periódicos del país haciendo saber a la ciudadanía sobre el cautiverio de Su Excelencia:

La Providencia, cuyos designios son inescrutables, ha permitido que una cortísima parte de nuestro ejército haya experimentado un revés en Tejas, mientras que las fuerzas mexicanas eran por todas partes victoriosas; pero lo más doloroso es que el ilustre presidente de la República, general Santa Anna, ha caído en manos de los enemigos de nuestra independencia. Grande es el sentimiento que ha recibido el gobierno con este suceso; pero aún es mayor la confianza que pone en nosotros, pues que ella responda en el honor de esta nación heroica, y en los grandes recursos de qué echar mano el gobierno.

El ejército manifiesta un grito: vengar a la patria y salvar su honor. No es probable que ocurran casos de connivencia en los enemigos exteriores, pero si ocurrieren, toda la energía y serenidad de las leyes caerían sobre los culpables.

No dudo que los mexicanos ligados por los más sagrados intereses, dejarán de dar una prueba de lo que vale el provocado valor de un pueblo grande y libre. El gobierno nada omitirá, no perdonará medio alguno para dar pruebas de que no ha jurado en vano salvar a la patria, y mantener sus augustos derechos.[142]

Además de lo anterior, Corro ordenó que "mientras Santa Anna estuviera en prisión, se pusieran a las banderas y a los guiones de los cuerpos del ejército un lazo de crespón y que el pabellón nacional fuera izado a media asta en las fortalezas y buques nacionales entre tanto se obtuviera la libertad del presidente de la República".

Al concluir el martirio del apóstol se izarán a su máxima expresión los lábaros patrios. Las campanas de parroquias, iglesias y catedrales convocaban a diario al vecindario, a los analfabetos y al pueblo en general, para informarle de los últimos acontecimientos. Los curas invitaban a rezar a la feligresía para pedirle a Dios la pronta liberación del general-presidente. La prensa, por su parte, vertía en sus primeras planas una serie de adjetivos diametralmente opuestos a los mencionados durante los días de gloria, cuando Su Excelencia tomó El Álamo. El lenguaje, a tan solo un par de meses de distancia, era radicalmente distinto. Los escasos periódicos ya no lo elogian ni parece que la experiencia sea narrada por Aquiles ni por Leónidas o Alejandro Magno ni por Napoleón juntos. Ya no se dice "Gloria inmortal al ilustre general Santa Anna", ni se grita viva la patria ni se pronuncian inacabables loas al Invencible Libertador ni se afirma su superioridad en relación con César y Aníbal. Ya no se expresa: "Gracias a la Patria por habernos dado un hijo, un hermano así", ni los músicos ni los poetas componen canciones en su honor, ni se obliga a que la ciudadanía las memorice y los niños las aprendan en las escuelas. Ya no es el dios del Olimpo ni El Padre del Anáhuac o El Libertador de los Mexicanos ni se pide convertirlo en el Supremo Dictador ni se le quiere hacer Sultán. Ahora se le llama Monstruo, Ratero, Tramposo, Traidor, Perjuro, Napoleoncito, Príncipe de los Fracasos, el Gran Señor de los Embustes, Benemérito de la Mierda y Libertador del Carajo. Descarado rufián. Apóstata. ¿Qué dará a cambio para salir de la prisión? Cada país se merece a los gobernantes que tiene...

Yo mismo guardé en un viejo cartapacio el artículo que publicó Martinillo cuando supo de la aprehensión de Santa Anna en el Río San Jacinto. Volcarlo en estas páginas me produce una satisfacción especial porque un tiempo después una muchedumbre, integrada supuestamente por "santanistas furiosos", ingresó al periódico *El Sol en el Cenit* y destruyó las instalaciones, sustrajeron los tipos, incendiaron los depósitos de papel y en instantes imperceptibles se produjo una inmensa humareda que consumió los archivos y las esperanzas de la existencia de un medio amante de la verdad. El cavernícola destruye con el marro todo cuanto le molesta:

El Napoleón del Oeste
Por: Martinillo

¿Pero quién es este sujeto que osa llamarse a sí mismo el Napoleón del Oeste? ¿Cuánta audacia u obnubilación se requiere para establecer semejante comparación? Sé sobradamente que desperdicio papel, tinta, tiempo y espacio al tratar de encontrar puntos de contacto entre Napoleón y nuestro Santa Anna, un auténtico profesional del embuste y de la manipulación popular, una siniestra imitación del emperador de los franceses, además de un inigualable oportunista carente de principios y de verdaderas convicciones políticas. Veamos:

Napoleón se hizo famoso por lograr la expansión continental de Francia; Santa Anna por mutilar a México y perder a nuestra querida Tejas, que tal vez ya nunca recuperemos. Napoleón desarrolló un sentimiento de grandeza entre los franceses; Santa Anna nos humilló y nos sepultó en la vergüenza. Napoleón disfrutó éxitos militares en Marengo, Ulm, en Austerlitz, en Rívoli, entre otras tantas batallas más; Santa Anna no fue derrotado en la campaña rusa ni en Waterloo, sino en San Jacinto y no por alianzas militares integradas por varias potencias europeas, sino por unos soldados improvisados que lo sorprenden dormido, sí, sí, dormido... Napoleón redactó un código civil para regular el comportamiento de la comunidad; Santa Anna perturbó el orden público y promovió el caos civil. Napoleón era respetado y admirado por su probado talento militar; Santa Anna nunca se le ha reconocido como estratega genial en el campo de batalla. Napoleón nunca fue hecho preso por los ingleses ni por los austrohúngaros; a Santa Anna, siendo general presidente de la República, lo atraparon sus propios enemigos.

Napoleón enriqueció culturalmente a Francia; hizo construir la columna de la *Place Vendôme*, el *Carrousel* para conmemorar la batalla de Austerlitz, inició los trabajos del Arco del Triunfo en los Campos Elíseos, hizo espléndidos trabajos de expansión del *Louvre*, fundó la bolsa de valores, promovió la industria, el libre comercio y estimuló la atmósfera de negocios en lo general. Santa Anna vive como si la belleza no existiera. No dejó huella histórica en la capital de la República. Si estimuló los negocios, fueron solo aquellos en los que él estaba personalmente interesado. Napoleón creía en el honor, en la disciplina, en la patria y en la obediencia. Santa Anna tiene su muy peculiar sentido del honor, de la disciplina, de la patria adecuados a cada circunstancia...

Napoleón era reconocido por su sentido de la nobleza; Santa Anna es famoso por sus traiciones.

Napoleón impuso que el empleo legal de los fondos públicos fuera garantizado; expidió reglamentos para normar la operación de la administración pública; fundó la universidad imperial como un cuerpo encargado exclusivamente de la enseñanza y de la educación pública en todo el imperio. Sentenció que su código, por el simple hecho de su simplicidad, había hecho más bien a Francia que la masa de todas las leyes que le precedieron. Justicia e igualdad para todos. En México, nuestro Napoleón del Oeste, ha desfalcado al erario, jamás se ha preocupado por la educación ni por la justicia ni luchó por la igualdad ni le importó la fraternidad ni la libertad académica ni la de prensa.

Napoleón usaba la inicial "N" en la vajilla, en su portafolios, en sus sables y espadas, en la solapa de su casaca y en el redingote, en los lomos y en las ancas de su caballo, en los manteles, en los muros de los edificios, en la fachada de los puentes, en lo más alto de los arcos para conmemorar el triunfo militar, en su lugar Santa Anna tendría que poner una triste "a", la de Antonio, una "a" siempre sería insignificante comparada con una "N" majestuosa del Emperador. La "N", la "N" por todos lados y la "a", ¿que con la "a"? ¿A quién le importa la letra "a"?

Si nuestro Napoleón del Oeste admira tanto a Napoleón y a su colosal imperio, ¿por qué razón cooperó con notable éxito en el derrocamiento de Iturbide y se pronunció con tanta fiereza en contra del primer imperio mexicano, una estructura política más acorde con la tradición virreinal que hubiera evitado, tal vez, los desequilibrios que nunca pudo impedir ni corregir el régimen federal? ¿Santa Anna hubiera tenido las agallas para arrancarle al Papa la corona de las manos para coronarse él mismo el día de la inauguración de Santa Anna I? ¡Vamos, hombre…!

¡Qué daño tan monstruoso le ha hecho Santa Anna a nuestro país al destruir el imperio constitucional, después a la República Federal y ahora propone una República Centralista como la solución definitiva, siempre y cuando le convenga a sus intereses personales… El país México, para Santa Anna nunca fue lo mismo que *La France* para Napoleón, de la que él vivía tan orgulloso.

Nuestro Napoleón del Oeste no está orgulloso de su México y de sus habitantes, antes bien, los desprecia desde lo más profundo de su alma…

¿Napoleón y Santa Anna son lo mismo? Estamos sin duda frente a otro gran embuste de este gran pillo.

En septiembre, Sam Houston es nombrado presidente de la República de Tejas. Votan 6 mil 640 personas. El nuevo país lo integran 40 mil colonos. Gana con 5 mil 119 votos. Declara... "nos uniremos a la gran familia republicana del norte..." Enseña abiertamente su juego el día de su toma de posesión... Una de las principales preocupaciones de Houston consistía en decidir un destino neutral para su ínclito prisionero. ¿Qué hacer con él? El vicepresidente Mirabeau Buonaparte Lamar solo piensa en fusilar a Santa Anna al mínimo descuido. Austin propone que se le envíe a Washington a entrevistarse con el presidente Jackson. Santa Anna iría en su calidad de presidente-preso a entrevistarse con el jefe de la Casa Blanca, con quien ya había intercambiado alguna correspondencia, dirigiéndose Su Excelencia en los siguientes términos a quien, en buena parte, era uno de los responsables de la debacle tejana. Santa Anna desea viajar a Washington y convencer a Jackson de la necesidad de concluir la guerra. Es la dorada oportunidad de Santa Anna para huir de Tejas y dejar atrás, sin voltear la cabeza, los horrores de San Jacinto y de la chusma asesina:

Muy señor mío y de mi aprecio:
Cumpliendo con los deberes que la patria y el honor imponen al hombre público... las circunstancias me redujeron a la situación de prisionero. La buena disposición de... Houston... y mi conocimiento, produjeron los convenios de los que le adjunto copias, así como las órdenes para que el ejército mexicano se retirara más allá del Río Bravo...
No habiendo duda de que Filisola cumplía religiosamente con cuanto le correspondía... dispusieron mi marcha a México... pero desgraciadamente algunos indiscretos... produjeron un alboroto... que me redujo otra vez a estrecha prisión.
Semejante incidente obstruyó mi llegada a México y causó que... el gobierno hubiera separado del Ejército al general Filisola... ordenando al general Urrea la continuación de operaciones... en consecuencia ya se encuentra en el Río Nueces...
La continuación de la guerra y sus desastres serán... inevitables... si una mano poderosa no hace escuchar oportunamente

la voz de la razón... Bastante celoso soy de los intereses de mi patria para no desearles lo que más les conviene... Dispuesto siempre a sacrificarme por su gloria y bienestar, antes de consentir en transacción alguna, si aquella conducta resultase ventajosa a México... El convencimiento pleno de que la presente cuestión es más conveniente terminarla por medio de las negociaciones políticas. Entablemos mutuas relaciones para que esa nación y la mexicana estrechen la buena amistad y puedan entrambas ocuparse de dar ser y estabilidad a un pueblo que desea figurar en el mundo político, y que con la protección de las dos naciones alcanzará su objeto en pocos años.

Los mexicanos son magnánimos cuando se les considera. Yo les patentizaré con firmeza las razones de conveniencia y humanidad que exigen un paso noble y franco...

Por lo expuesto se penetrará U. de los sentimientos que me animan, con los mismos que tengo el honor de ser su muy adicto y obediente servidor.[143]

¿Por qué se dirige Santa Anna a Jackson cuando Estados Unidos había declarado su "supuesta" neutralidad? ¿Por qué zarpa Su Excelencia encadenado a Washington a sugerencia de Austin? ¿Por qué no a París, a Londres o a Moscú? La realidad, los hechos, empiezan a demostrar en la práctica cómo las decisiones finales se toman desde Washington. Se caen las caretas. Se desvanecen los maquillajes. La máscara permite identificar, poco a poco, el rostro del verdadero autor intelectual de la independencia de Tejas. Sus facciones aparecen con el tiempo como si emergiera de las aguas cenagosas de un pantano. Eran las de él, sí, claro, las del propio Jackson. El mismo que había enviado armas, dinero, municiones en forma encubierta, acelerado la marcha de los colonos rumbo a Tejas y armado un proceso diplomático. Ahí estaba el propio Houston, sus manos, sus oídos y su cabeza en la nueva República, además de David Crockett y otros tantos amigos y colegas delegados para apoyar la causa de la independencia y más tarde la de la anexión. ¿Más elementos probatorios? Santa Anna invita a Jackson, no al rey de Inglaterra ni al zar, a terminar la presente cuestión por medio de negociaciones políticas... ¿Por qué la voz de la razón debe ser la de Jackson? Sí, sí y la pregunta obligada: ¿Por qué el

Inmortal Caudillo, e Ilustre Vencedor de Tampico, se despide de Jackson como su muy adicto y obediente servidor…? ¿El presidente mexicano es el muy adicto y obediente servidor del americano? He ahí al verdadero Santa Anna, el auténtico Napoleón del Oeste…

Houston decide enviar a Santa Anna a "conversar" con el presidente Jackson. Le regala a "su amigo" un capote de lana gruesa. Conoce los fríos de la costa atlántica. Convence finalmente al Congreso tejano de la importancia de dejar a Santa Anna en libertad siempre y cuando vaya a Washington y se comprometa con el presidente Jackson. Es un problema tenerlo en el nuevo *Houston City*. Su Excelencia zarpa el 25 de noviembre de 1836 acompañado por Nepomuceno Almonte y una escolta seleccionada por Houston en la que se distinguen Hockley, Bee y Patton. No importa la identidad de sus cancerberos. Prevé su libertad. Sabe que gana espacio. De ahí lo mandarán en una goleta a Veracruz. ¿A título de qué lo mantendrán preso y encadenado en la Casa Blanca? No existe razón alguna para detenerlo. Lo sabe. Otea los vientos norteños de su tierra. Percibe el aroma de las mulatas. Imagina volver a ver los nidos de calandrias, disfrutar el dulce de tejocote, beber vino en sus copas de Aranjuez, devorar los huevos con frijoles refritos y requesón, envolverse entre las piernas de Inés, volver a contemplar las nomeolvides pintadas en la pared de la habitación, encantarse con la vista del Pico de Orizaba y desde luego, continuar apostando a sus gallos, que lo han esperado ya casi un año desde que salió rumbo a El Álamo para expulsar a los rebeldes.

Tan pronto pudiera volver a la Ciudad de México comería en el restaurante La Gran Sociedad, su favorito, o en La Sociedad del Progreso, el preferido de Inés por la concurrencia exquisita de las damas de la alta aristocracia, esposas de industriales, comerciantes o militares, donde servían el mejor caldo con arroz, aguacate, chile y cilantro, además de los más variados guisados, entradas, postres, pan y tortillas. En una ocasión, ¿cómo olvidarlo?, el Libertador había ganado hasta 6 mil pesos por haber comprado un billete de lotería en la entrada de la Fonda de la Amistad. El vendedor todavía está esperando su recompensa cuando el pobre imbécil ignora que yo todo se lo debo al cielo…

Navegan rumbo a Louisville a bordo de un bote sobre las aguas mansas del Mississippi. La población sale a conocer cómo es el aspecto del presidente mexicano. Su presencia provoca curiosidad. Lo imaginan como a un emperador azteca. La mayoría desea arrebatarle una pluma a su penacho. Le pedirán una de las conchas con las que decoran sus tobillos a la hora de los bailes rituales. Lo tratan de entrevistar los periódicos locales. Sorprende por su lenguaje fácil y adulador. Según se acerca al norte, aumentan los reconocimientos por haber atacado a unos esclavistas que pretenden incorporar a la Unión Americana a otro estado con más siervos indignos. Que se olvide Jackson de la anexión: no permitiremos más representantes esclavistas en el Congreso. Descompondría el balance de fuerzas políticas. No habrá anexión. No. Los abolicionistas ovacionan a Santa Anna. Bien por El Álamo. Bien por El Goliad. Bien por haber defendido esos territorios mexicanos. Lástima por haber perdido la campaña. En Louisville comienza el viaje en tren. Su Excelencia había escuchado narraciones en diferentes ocasiones respecto a la existencia de estas máquinas capaces de mover miles de hombres y de caballos. Contempla por primera vez una locomotora. Se estremece ante sus silbidos y sus enormes fugas de vapor. Su asombro es mayúsculo. Una maravilla del ingenio humano. En las estaciones hay tumultos para verlo. No hay hostilidad. El pueblo norteamericano está informado. Sabe de su existencia. Llega a la capital de Estados Unidos el 18 de enero de 1837, en medio de una espectacular nevada. ¡Claro que para él las heladas ya no representaban la menor novedad porque las había padecido en su dolorosa marcha por la reconquista de Tejas!

Jackson lo recibe en su habitación. Está enfermo. El viejo general hace esfuerzos por incorporarse y dispensarle una recepción respetuosa al César Mexicano. Este le prometerá lo que sea con tal de zarpar lo más rápido posible rumbo a Veracruz. Ya se sabe: prometer, prometer hasta meter y después… El jefe de la Casa Blanca, rodeado de asesores, escucha a Santa Anna. Lo deja hablar. Houston se lo había dibujado a la perfección a la distancia.

—Déjelo expresarse, señor presidente, tarde o temprano, en sus afanes adulatorios y con la sorprendente imaginación de un excelente mentiroso, terminará por enredarse con su propia lengua y entonces lo tendrá usted en sus manos.

Jackson apunta a la cabeza y dispara:

—Le ofrezco a usted 3.5 millones por la cesión de Tejas incluyendo la frontera hasta el Río Bravo y luego trazamos una línea de 38 latitud norte hasta el Pacífico, incluyendo California y, por supuesto Nuevo México.[144] Bien conocía el presidente de Estados Unidos la vulnerabilidad legal de los Tratados de Velasco. Intentaba vías paralelas para asegurarse el éxito. Sí, pero además deseaba adquirir más territorios.

Santa Anna escucha la oferta. La medita. Entiende en ese momento que el problema no se cancelará entregando Tejas. Los yanquis vienen por medio país, se dice en silencio.

—Como usted comprenderá, señor presidente, con todo el respeto que le debo, le reconozco y le profeso como una autoridad superior, no cuento con los poderes para comprometer una operación tan generosa de su parte. Mi Congreso no me ha dado la autorización ni para ceder ni para vender una parte del territorio —repuso a sabiendas de que si firmara ahora un tratado con Jackson entregando los territorios del norte, a lo que ya se habían resistido Guadalupe Victoria desde 1826 y Vicente Guerrero en 1829 en sus negociaciones con Poinsett, lo podrían etiquetar como traidor a la patria. No se podía ser tan burdo. De regreso urdiría una estrategia, si es que algún día volvía a la presidencia, para recuperar Tejas. ¿Y la siesta? ¡Ay!, la siesta… ¿Y si supieran en el Congreso, en su gabinete y en la prensa de Emily Morgan? ¿Qué habría pasado con Emily? ¿Nunca la volvería a ver? Menuda piel y musculatura de pantera…

El presidente Jackson obsequia al Napoleón del Oeste con un banquete monumental. Se invita al cuerpo diplomático acreditado en Washington. La cena es de gala. Santa Anna extraña todas sus condecoraciones y su guerrera azul marino y oro bordada con hilos dorados, además de su espada de acero refulgente y puño decorado con piedras preciosas repujadas. Se las arregla con toda dignidad. Exhibe exquisitas maneras de un hombre cultivado y regio. No parece sorprenderse por el lujo ni por la ostentosa riqueza consignada en la decoración de las mesas ni por la luminosidad de los candiles ni por la elegancia y refinamiento de los invitados ni por la fina indumentaria hasta de los meseros. Fija su atención en los cuadros enormes que hablan de la fundación de las 13 colonias y de la llegada del *Mayflower* a Plymouth en 1620 con los primeros *pilgrims* a bordo. Hay retratos de George Washington, John Adams, Thomas Jefferson, James Madison, James Monroe y John Quincy Adams. Destacan, colgados del lado derecho, unos óleos de cuerpo completo de Alexander Hamilton y de Benjamín Franklin, entre otros. Piensa en el Palacio Nacional de México. Solo recuerda cuadros con su propia imagen. ¿Qué hicimos los mexicanos con nuestros Padres de la Independencia?, piensa, mientras repasa los rostros de algunos de los Padres Fundadores de Estados Unidos. ¿Hidalgo? ¡Fusilado! ¿Morelos? ¡Fusilado! ¿Iturbide? ¡Fusilado! ¿Guerrero? ¡Fusilado! Los verdaderos consumadores del movimiento revolucionario fueron fusilados. A todos los héroes que supuestamente nos dieron patria y libertad, los fusilamos. Sí, sí, fusilados, fusilados, fusilados… ¿Qué clase de país es el mío que pasa por las armas a sus próceres? ¿Dónde está la gran tela o la gran calle o el gran monumento a Guadalupe Victoria o a Vicente Guerrero? ¿No existieron? ¿No forman parte de la historia? ¿Por qué un Jefferson o un Washington no nacieron con sus ideas y temperamento en Chihuahua? ¿Los hubiéramos fusilado igualmente?

Los periódicos locales advierten que Santa Anna comerá con las manos. Que en todo caso lo conveniente es amarrarle a la cabeza una gran bolsa llena de forraje para alimentarlo como a los caballos. Cuidado: nunca ha comido nada caliente. ¡Ay de los comensales que lo acompañen a los lados, porque una mula de Kentucky podría tener mejor aliento que este caníbal! Atención, señores embajadores: no lleven sus carteras a la ceremonia. Podrían carecer de fondos para regresar a casa…

El Benemérito conoce en esa ocasión a James Polk, líder del Congreso, y a Winfield Scott, inmerso en un consejo de guerra del que saldría absuelto. Les llevaría 10 años más volver a encontrarse, claro está, en terrenos opuestos. Cuando ya navegaba rumbo a Veracruz a bordo del *Pioneer*, a mediados de febrero de 1837, confiesa a Nepomuceno Almonte que nunca olvidará la generosidad del presidente Jackson. Lo admiraré hasta el último día de mi vida. Sueña con ver San Juan de Ulúa. No desea voltear para atrás. Pero jura castigar a Filisola por haber acatado sus órdenes. Él, Filisola, es el gran culpable. ¿Por qué carajos me obedeció si yo estaba preso? Le impidió morir como corresponde a todo un patriota en manos de sus captores. ¿Qué acaso no sabe lo que es un héroe? Tenía que haber arrojado caballería, infantería y artillería en contra de los invasores hasta despedazarlos sin importar si él era o no uno de los caídos. Somos soldados, ¿no...? Filisola no se retiró por acatar mis órdenes, ¡qué va!, huyó hasta Monterrey por miedo. Es un marica, poco hombre. Nos habremos de ver las caras. Urrea es responsable por la muerte de Fanning que tanto le reclamó su amigo Houston. Nuevamente: ¿No saben cuándo cumplir o incumplir las instrucciones? Él es inocente de todos los cargos. Definitivamente está rodeado de pendejos o cobardes. ¿Cómo se puede proyectar a las estrellas a un pueblo así?

—¿Jurará usted, mi general, la nueva Constitución centralista, la promulgada en septiembre del año pasado? —pregunta Nepomuceno Almonte.

—No deseo acordarme de ese maldito 1836. Solo juraré acatar la Nueva Carta Magna y luego me retiraré a Manga de Clavo. No volveré jamás a la política. Ya no tengo estómago para ello.

Jackson le concedió la libertad. ¿Para qué retenerlo o enviarlo a Tejas? Siempre, a Estados Unidos, le será más valioso vivo que muerto. Santa Anna siempre podrá ser un aliado secreto, un informante valioso. Además, y por si fuera poco, tal vez podría convencer al Congreso mexicano de la venta del territorio tejano. ¿Por qué no intentarlo? *Good bye, Santa Anny: don't forget your North American friends. With warm regards, Andrew...*

Si grande fue la sorpresa para los veracruzanos al encontrarse de golpe, en pleno puerto, con la figura del Benemérito ya liberado y de regreso en la patria, más grande fue su estupor cuando se hizo acompañar por un piquete de soldados norteamericanos al mando del teniente J. Tatnall hasta las puertas de su finca. ¿Miedo o intranquilidad por alguna razón desconocida...? No, por supuesto que no, usted sabe, los caminos están lleno de asaltantes en estos días...

¡Qué satisfecho se sintió Santa Anna cuando, así escoltado por los norteamericanos en su propia tierra, abordó su carroza con destino a Manga de Clavo y sus compatriotas, sus propios compatriotas, le obsequiaron vivas, vítores y porras por haber regresado con bien a la patria querida…! Bienvenido, hijo mío, ven, ven, acércate porque coronaré tu cabeza con hojas de laurel de oro…

Alguien le arroja una gacetilla por la ventana. Cae en el interior de la carroza a los pies de Tatnall. Se trataba de un párrafo redactado por Martinillo:

> Estados Unidos se benefició notablemente al no haber fusilado a Santa Anna. La historia lo demostrará. Por otro lado, Estados Unidos perjudicó notablemente a México al no haberlo fusilado. La historia también lo demostrará.

Cuando Tatnall pidió la traducción del texto, Santa Anna negó su importancia y procedió a limpiarse las botas con ese papel barato.

—La arcilla de muelle corroe el cuero de mis botas, teniente —explicó el César mientras escupía por la ventana…

Cuarto capítulo

Se consuma el robo del siglo

> Yo no creo que jamás haya habido una
> guerra más injusta que la que los Estados
> Unidos hicieron a México.
> Me avergüenzo de mi país al recordar
> aquella invasión. Nunca me he perdonado el
> haber participado en ella...
>
> ULYSSES S. GRANT,
> presidente de Estados Unidos
> 1869-1876

Cuando Santa Anna salió de sus reflexiones, ya habían dejado de pasar las 2 mil quinientas mujeres con sus hijos. ¿A dónde tendría lugar la batalla en contra de Taylor a principios de aquel 1847? Ese criminal había acabado con Mariano Arista y Pedro de Ampudia, los había derrotado en Resaca de la Palma, en Palo Alto y en Monterrey, que había caído con gallardía, pero nunca había cruzado espadas ni medido fuerzas con un prohombre de sus tamaños. Hablamos de un talento militar singular y de una imaginación logística incomparable. Una extraña prisa se apoderaba de Su Excelencia, como la padecida cuando fue a liberar El Álamo. Era el momento de acelerar el paso. Llegar a San Luis Potosí. Terminar el reclutamiento y continuar la marcha rumbo al norte.

En 1836 no había podido vencer a Houston ni expulsarlo más allá del Sabina. Ahora, en 1846, vería la manera de vencer a Estados Unidos en una guerra abierta, ya declarada, originada nuevamente en la avaricia territorial norteamericana.

Concentraría su atención en el perfeccionamiento del ataque a los malditos yanquis de todos los diablos, ya infiltrados en más de la mitad del territorio nacional. Ahora no se trataba de soldados norteamericanos disfrazados de colonos o tejanos vestidos de soldados, esta vez el enfrentamiento brutal sería contra el mismísimo ejército de Estados Unidos. En este país jamás se hablará inglés ni habrá otra bandera distinta a la mexicana ondeando en Palacio Nacional y en las torres de la catedral.

El armisticio entre Taylor y Ampudia, acordado a raíz de la batalla de Monterrey, concluirá a finales de noviembre. Santa Anna aprovechará el tiempo para reunir fuerzas, reclutar soldados mediante la leva, buscar fuentes de financiamiento, principalmente a través de la iglesia. No podrá enfrentar al invasor hasta bien entrado enero de 1847. Waddy Thompson, quien fuera ministro de Estados Unidos en México de 1842 a 1844, declara: "Una guerra contra México sería como un encuentro entre una mujer débil y un hombre fuerte y armado". México dividido. México negro. México dolorido. México mutilado.

El escenario nacional era catastrófico "por el completo olvido de las leyes, el desorden horrible en la hacienda, la dilapidación de los fondos públicos, el devorador agiotaje, la desmoralización del ejército, el completo desconcierto de la administración, el descrédito en el exterior, la desmembración del territorio y el riesgo inmenso en que se halla expuesta nuestra nacionalidad". Solo que, como siempre, nada era suficiente. Cunde el rumor como el incendio de un pastizal cubierto por rastrojo. El viento estimula el fuego cuando finalmente llega a México la noticia de un entendimiento entre Polk y Santa Anna que se remonta a los meses de exilio de Su Excelencia en Cuba. Por supuesto, no había perdido el tiempo...

¿Atocha? ¿Quién es Atocha? ¿De dónde salió este hombre? ¿Qué papel jugó en las negociaciones relativas a la repatriación de Cuba del general-presidente? Se discute el tema del salvoconducto que le permitió a Santa Anna romper el bloqueo impuesto en Veracruz. ¿Por qué las fragatas y los destructores le abrieron el paso? ¿Qué se dio a cambio? La palabra traición aparece de nueva cuenta sobre la mesa cubierta por mapas en la sala de juntas donde se discute la suerte de México. Acuérdense cuando fue derrotado en El Álamo y se hablaba de acuerdos secretos con los yanquis firmados en Velasco 10 años atrás. ¿Otra traición? Su Excelencia niega toda posibilidad. No nos distraigamos de lo verdaderamente importante ni le hagamos el juego a la oposición ni mucho menos al enemigo que viene a desunirnos sembrando intrigas. Preparémonos para derrotar a Taylor...

La tormenta amaina. De repente vuelve a adquirir una violencia destructiva muy entendible a partir del momento en que el

Salvador de la Paz ordena inexplicablemente la evacuación de Tampico. El general Valencia, responsable de la guarnición, se resiste llegando incluso a proferir todo género de maldiciones e insultos. Insiste en que el César es un traidor. ¿Por qué no dar la batalla él, que tanto habla de la patria? ¡A callar! ¡Retírese! ¡No tengo por qué dar explicaciones! Cañones, cajas con rifles, obuses, municiones y un sinnúmero de barriles de pólvora son arrojados a las aguas del Río Pánuco. Se cuenta con tan solo trescientas bestias de carga y se requieren al menos ochocientas. Imposible transportar los pertrechos. No se dejará que el enemigo aproveche ese armamento para exterminar al propio ejército mexicano. La riada deglute de un solo trago todo el equipo. ¿Por qué la rendición incondicional cuando se contaba con armamento y soldados capacitados? ¿Por qué entregar la plaza a los enemigos cuando las posibilidades, ya no solo las de defensa, sino las ofensivas eran infinitas? ¿Por qué, maldito cojo del infierno, debemos capitular sin disparar ni un solo tiro? La mala puntería de los artilleros franceses hizo que te hirieran la pierna izquierda en lugar de que las esquirlas de la metralla te volaran la cabeza… Santa Anna recuerda textualmente las palabras con las que se dirigió a Mackenzie, todavía en La Habana, cuando le hacía llegar mensajes al presidente Polk señalando las mejores alternativas para derrotar a México con la menor derrama de sangre, así como el menor costo económico posible.

¿Me pueden explicar por qué razón no han tomado Tampico?, se cuestionaba Su Excelencia. Deben hacerlo a la brevedad: el clima de octubre a marzo es muy sano. Ese es el que deben aprovechar… ¡Pero ya!, ¿para qué perder más tiempo…?

Polk espera de Santa Anna el exacto cumplimiento de sus promesas para concluir la guerra, *it's a gentlemen agreement*. Lo tranquiliza la rendición de Tampico. Sin embargo, el jefe de la Casa Blanca desea firmar un armisticio, liquidar a México una cantidad acordada para dirimir cualquier diferencia y nada de esto se da porque Santa Anna, en lugar de iniciar las negociaciones, ha emprendido una marcha militar para atacar a Taylor. Su Excelencia, ya confirmado por el Congreso como nuevo titular del Ejecutivo y Gómez Farías como vicepresidente, muy a pesar de los rumores de su acuerdo secreto con Polk, vuelve a despachar a Atocha rumbo a Washington con una serie de cartas para entregárselas al presidente y a integrantes del gabinete. Deseaba calmar a los yanquis. Jugar como siempre su doble juego: cobrar la indemnización y alcanzar la gloria entre los mexicanos. ¿Difícil? Hacía mucho tiempo que se había terminado lo fácil. Las grandes empresas son para los grandes hombres.

Claro que deseaba ceder California y Nuevo México por medio de negociaciones inteligentes de las que él saldría como vencedor absoluto. El Salvador de la Patria, ahora ya no solo el Libertador. Gracias a mí rescatamos lo más importante del país, antes de que los malditos yanquis se lo engulleran todo de una mordida. Gracias a mí queda algo de México, lo más importante. Gracias a mí hay Castillo de Chapultepec y pirámides de Teotihuacán y de Chichén-Itzá. Gracias a mí recuperamos lo más importante de la nación, la parte necesaria para explotarla convenientemente con el dinero de la indemnización. Con ese dinero, restada la parte que me corresponde, construiremos el país que se merecen nuestros hijos. Bien por los dos lados, se dijo sonriente: la operación me reportará la gloria requerida, así como los recursos para una senectud feliz. Doble éxito. Doble triunfo. Doble felicidad. Doble apuesta solo para especialistas. La vida es riesgo. ¡Cartas! ¡Juguemos mi resto al as de corazones rojos! Esto equivale a mil peleas de gallos juntas. ¿Qué tal obtener el reconocimiento histórico de mis compatriotas y una cuenta triple en Manning and Mackintosh? Cuando ingrese el dinero yanqui yo me ocuparé de distribuirlo convenientemente en términos de los merecimientos de cada uno de los protagonistas… Por lo pronto, se dijo, cuando ya agachaba la cabeza, por una densa tolvanera, necesito inyectar mucho más miedo, tal vez hasta pánico, en esta sociedad atolondrada, integrada por menores de edad… ¿Qué prefiero, ser héroe y pobre, o exiliado y rico? Si gano en la próxima batalla me espera la gloria, y si pierdo, me espera la compensación, el dinero yanqui. ¿Qué es mejor, la gloria o el dinero o ambos…? Que lo decida la suerte: pelearé como un tigre contra Taylor, si gano, los honores, si pierdo, el dinero. ¡Ay! ¡Ay! ¡Ay…!

En apariencia todo se desarrollaba de acuerdo a lo programado: el Ángel Tutelar de la República Mexicana había llegado a Veracruz rodeado de enemigos en plena guerra. Además, se había hecho del control del ejército y ostentaba una vez más el título de presidente de la República. Muy pronto encabezaría heroicas batallas por su patria. El jefe de la Casa Blanca, por su parte, había aumentado la presión militar al extremo de que ya no solo Matamoros, Parras, Saltillo, Monterrey y Tampico estaban en manos norteamericanas a principios de 1847, sino que Scott se encontraba en altamar y muy pronto llegaría a San Juan de Ulúa. Pobre del puerto de Veracruz: no quedaría una piedra sobre la otra… Los planes trazados entre Polk y Santa Anna se ejecutaban de acuerdo a lo sugerido por el propio jefe del Estado Mexicano, solo que el jefe de la Casa Blanca, dueño de diversas iniciativas, también se había apoderado de Santa Fe, Nuevo México, y de San Diego, Los Ángeles, Monterey y San Francisco, en síntesis, de toda California.

Atocha, una vez en Washington, plantea a Bancroft, a Walker y a algunos senadores la nueva y promisoria propuesta santanista en enero de 1847:

—A cambio de la terminación de la guerra y de ceder California, el señor presidente de la República exige 20 millones. El territorio entre el Río Bravo y el Nueces quedará como una reserva entre ambos países, señores. Además —agrega con aire petulante— deseamos que las reuniones entre los agentes o embajadores de México y Estados Unidos se lleven a cabo, con sus debidos poderes, en La Habana: escojamos un lugar neutral, lejos de los observadores y de los espías que, en estos días, pueden encontrarse hasta debajo de un plato. Serán los "Acuerdos de La Habana".

Atocha lleva, en esta ocasión, cartas para acreditar su personalidad diplomática y, por si fuera poco, relata pormenorizadamente el encuentro entre Mackenzie y Santa Anna en La Habana. No hay duda. Es el hombre de las confianzas de Su Excelencia.

Alejandro Atocha hace saber la necesidad de levantar el bloqueo naval sobre Veracruz. Es la garganta de mi país. Por ahí comemos, respiramos, bebemos y vivimos. Mantengan sus fuerzas militares, pero permitan el comercio. Por favor no nos asfixien.

Polk se niega. Teme que los mexicanos aprovechen la apertura para importar armas y abastecerse de equipo y pertrechos militares. Agarrados del cuello no se moverán.

Finalmente resuelven conceder facultades a los comisionados de ambos países para levantar el bloqueo de acuerdo al avance de las negociaciones en La Habana. Atocha tendrá que volver a México de inmediato para recabar la conformidad del gobierno santanista y proceder a documentar la cesión de California a cambio de los 20 millones. ¿Nuevo México? De regreso traerá una propuesta concreta para entregar también ese inmenso territorio a Estados Unidos. Será, dice sonriente, como todo en la vida: una cuestión de pesos y centavos. Zarpará en el *Revenue Cutter Bibb* a Veracruz, y ahí lo esperará la goleta para transportarlo de regreso a Washington con la contestación esperada.

Mientras Alejandro Atocha se acercaba a las costas mexicanas, Moses Beach, el próspero editor del *New York Sun* y campeón de las políticas expansionistas, acompañado por Janet Storms, viajaba en dirección de la Ciudad de México para iniciar un proceso de convencimiento del clero mexicano respecto a la neutralidad religiosa de la intervención armada. Supuestamente llegaba a fundar un banco y a construir un canal en el Istmo de Tehuantepec. Su labor, en realidad, tenía un doble objetivo. Primero, comprometer la palabra del presidente de Estados Unidos en el sentido de que los bienes propiedad de la iglesia mexicana serían respetados a ultranza; segundo, que el ejército de aquel país se abstendría igualmente de intervenir en cuestiones propias del culto, y que en ningún caso ni circunstancia se trataría de imponer el calvinismo ni ninguna rama del protestantismo en cualesquiera de sus modalidades. Respeto absoluto a cambio de renunciar a la resistencia armada. El clero mexicano debería influir en la feligresía para que esta no ejerciera defensa alguna. Las ciudades deberían rendirse ante la noticia del arribo de las tropas norteamericanas para que las autoridades eclesiásticas conservasen todos sus privilegios. No solo Santa Anna tenía acuerdos secretos con Polk. Ahora la iglesia mexicana, apostólica y romana, también tenía relaciones inconfesables con el enemigo más peligroso del país. Los católicos, manipulados por el clero a través de las misas, no solo facilitarían la ocupación extranjera, sino que ayudarían al invasor en "lo que la piedad cristiana aconsejase…" "Quien mate o hiera a un norteamericano se condenará en el infierno…"

Las carencias financieras en el país invadido son desalentadoras. Con la aduana de Veracruz tomada y el comercio suspendido, resulta imposible obtener más créditos con los impuestos a las importaciones concedidos a título de garantía. ¿De dónde obtener ayuda económica si las exportaciones, sobre todo las de plata, estaban canceladas? Nada nuevo: solo la iglesia católica contaba con los recursos para pagar los gastos propios de la guerra. Ninguna otra institución ni empresa contaba con tanta riqueza como para rescatar al país de una auténtica debacle. Las máximas autoridades eclesiásticas tendrían que dar pruebas de su patriotismo. Si su lealtad no estaba con Roma, sino con México, había llegado la hora crítica e impostergable de demostrarlo. ¿La patria es primero...?

Una de las disposiciones de don Valentín Gómez Farías en aquel enero de 1847, mientras Santa Anna suplicaba el envío de dinero para terminar el reclutamiento de tropas en San Luis Potosí, consistió en expedir una ley para embargar los ingresos captados por el clero derivados del arrendamiento de bienes rurales o urbanos. Le incauta sus rentas a la iglesia. Las necesidades militares son enormes. No encuentra otra manera de satisfacerlas. Las autoridades eclesiásticas responden con la excomunión, con la imposición de las más terribles sanciones en la otra vida. El infierno será un castigo insuficiente, un juego de niños, para quien ose poner una mano sobre la caja de caudales propiedad de Dios. El dinero del Señor es sagrado. Sus ahorros no son de este reino ni de este mundo. ¡Ay de aquel que toque con sus manos mortales el patrimonio de Dios! Maldito seas. Te convertirás en un sapo viejo alado y negro si dispones del dinero de la divinidad para cualquier fin terrenal. Vivirás la eternidad en la galera más recalcitrante, oscura y fétida del infierno si embargas las rentas de estos hijos humildes de Cristo Rey, hijos del redentor que solo administramos con escrupulosa transparencia un dinero bendito del que somos apenas santos depositarios...

—Cabrones —dice Gómez Farías—, ¡cabrones, mil veces cabrones!, se parecen a los políticos que endulzan la vida del populacho solo con esperanzas mientras los hunden, en vida, en un infierno de horror. ¡Qué fácil es engañar a los feligreses, sobre todo cuando los ayudas a resignarse con la justicia en el más allá, porque te conviene usarlos perfectamente sometidos en el más acá...!

El clero, la feligresía fanática que busca en todo lance la indulgencia eterna y los monarquistas, conspiran. Además, alegan los purpurados, cualquier dinero entregado al ejército se lo robarán los generalotes. Los arrendatarios, sobre todo las mujeres, se niegan a entregar al gobierno las rentas contratadas por la iglesia. Pagarle a un excomulgado implica la comisión de un pecado mortal imperdonable en esta vida. Te condenarás. Cumplir con la ley Gómez Farías implica una asociación delictuosa con el mismísimo Lucifer. ¡Cuidado! Santa Anna requiere los recursos. Gómez Farías decreta la venta de bienes del clero hasta por 15 millones de pesos.[145] Una tercera parte se tomaría del arzobispado. Se practica un inventario de propiedades inmobiliarias de la iglesia. Se acerca una ola de remates. La feligresía se resiste a entrar en las adjudicaciones. Comprar una parte, aun cuando mínima, del patrimonio eclesiástico, equivale a robar un pedazo de la túnica del Señor. ¡Te condenarás! ¡Te condenarás! ¡Te condenarás…!

Moses Yale Beach visita a Gómez Farías y le informa de la posibilidad de constituir un banco central. La cita la obtiene a través de Nepomuceno Almonte, exministro de México en Washington, donde ambos habían trabado una sólida amistad.[146] Al presentarse disfrazado de banquero inglés, manifiesta su confianza en México: pensamos que este país siempre representará una extraordinaria posibilidad de inversión para nosotros… La guerra podría no ser un obstáculo. Estados Unidos se cuidará mucho de intervenir en los asuntos de la Gran Bretaña. Santa Anna le envía una carta informándole de la verdadera personalidad del periodista norteamericano. No es banquero ni es de origen británico: es un agente secreto enviado por Polk que viene a aprovechar, a lucrar, con las diferencias entre el clero mexicano y el gobierno. ¿Cómo lo sabe Santa Anna? El jefe de la Casa Blanca había aprendido a confiar en Atocha y, en la última visita de este a Washington, comete la afortunada imprudencia de darle una carta para que la pusiera en manos de Beach.[147] ¿Candor norteamericano?

Se descubren las auténticas intenciones de Beach, más aún cuando este, teniendo ya relaciones estrechas con los máximos representantes clericales, no solo les extiende las debidas garantías de respeto norteamericano a sus bienes materiales y al ejercicio del culto, sino que los invita a organizar y a financiar revueltas contra el gobierno federal. La resistencia al pago, a los embargos y a las incautaciones está bien, sí, pero ustedes, señores, tienen la manera feliz y eficiente de convencer a los feligreses para que tomen las armas en contra de estos arbitrarios interventores de la propiedad clerical. No lo permitan. Los consejos de Beach muy pronto se convierten en hechos que ningún mexicano conoce. Mientras el país está invadido, atrapado en una guerra contra Estados Unidos y el presidente de la República, encargado en San Luis Potosí de la defensa de la nación, desespera paralizado por la falta de recursos para enfrentar a Taylor, en la Ciudad de México Moses Yale Beach convence al clero de las ventajas de ejecutar un levantamiento armado en contra del gobierno santanista, en particular el de Gómez Farías.[148]

Las autoridades eclesiásticas y los conservadores seleccionan a un grupo de jóvenes de gran solvencia económica, habitantes de la Ciudad de México, adscritos a los batallones Independencia, Hidalgo, Mina, Bravo. Se trata de *los polkos*, amantes de la polka, el baile más conocido de la época en las altas esferas de la capital. Estos soldados de élite, portadores de uniformes de gran lujo para lucirlos socialmente y distinguirse del grueso del ejército, ejecutan el levantamiento a las órdenes del general Matías de la Peña.[149] A estos "soldados de la fe" no les fue difícil adueñarse de la ciudad porque la guarnición que la custodiaba había salido a defender a la patria amenazada por el general Taylor y sus tropas. José Fernando Ramírez y yo los vimos pasar una noche fría de febrero de 1847. Él contó en aquellos años, mucho mejor que yo, lo acontecido con la rebelión de los polkos:

> los escapularios, las medallas, las vendas y los zurrones de reliquias que en docenas pendían del pecho de los pronunciados, especialmente de la sibarita y muelle juventud que forma la clase de nuestros elegantes, habrían hecho creer a cualquiera que no conociera nuestras cosas, que allí se encontraba un amplio campo de mártires de la fe, que todo serían capaces de sacrificarlo a la incolumidad de su religión, vulnerada por las impías leyes de ocupación de bienes eclesiásticos.[150]

Jamás permitiremos que un gobierno liberal o de cualquier otra tendencia atente en contra de los bienes de la iglesia. Si por herejes no temen la venganza del Señor, entonces recurriremos a las armas para demostrarles nuestro mejor derecho a la propiedad que ostentamos. Excomunión, ¿no?, entonces balas, bayonetas, mosquetes y espadas, sí.

Pero si el país está invadido por los yanquis. Se trata de la peor amenaza en contra de nuestra nacionalidad, es más, ustedes mismos pueden sucumbir ante el arribo del protestantismo profesado por nuestros enemigos. ¿Cómo es posible que les crean a los agentes yanquis?

Esos que tú llamas enemigos ya están de nuestro lado. No incautarán ni un cirio pascual ni retirarán a nuestras vírgenes de sus altares… Por lo que hace a la patria, nosotros solo cuidamos el patrimonio de Dios y esa labor también se puede desarrollar en inglés. Tú, sí, tú, ¿ya hablas inglés…?

Beach informa por escrito a Polk y a Buchanan: "Disuadí a los obispos de enviar ningún dinero a Santa Anna, sobre todo cuando Scott está por llegar a Veracruz.[151] No es casualidad el abandono financiero por parte de la iglesia al que se someterá a Santa Anna con el inicio del ataque norteamericano en las costas del Golfo de México. He empatado los dos eventos". Beach sabe que su jugada es magistral, por eso sonríe burlonamente al sellar el sobre dirigido a la Casa Blanca. Sabe que la rebelión de los polkos causará un daño devastador en la tropa mexicana que enfrentará a Taylor y sabe, porque lo sabe, que México no podrá enviar refuerzos ni militares ni económicos para ayudar contra el inminente ataque norteamericano a Veracruz. Necesitará hasta el último de sus hombres en la capital de la República. Scott tomará Veracruz con la misma facilidad con que le quitaría un caramelo a un niño. No cabe duda de que el cabildeo diplomático con los enemigos de México causa más daño que mil obuses juntos…

El general Valentín Canalizo lanza una proclama:

> Después de que nuestro ejército afronta los peligros, la traición y la cobardía se esmeran en proclamar la anarquía para buscar a México un funesto destino. Se acaba de establecer el orden y se proclama el desorden… Se necesita reforzar a Veracruz y los miserables que tienen miedo inconfesable de presentarse ante los enemigos exteriores, tienen la osadía de provocar una guerra fratricida…[152]

Santa Anna es alcanzado en plena campaña contra Taylor con un correo devastador. Va a un nuevo encuentro con la vida y con la historia. Abandona San Luis Potosí en franca bancarrota. Solo lo acompaña el valor de sus soldados:

Señor presidente: se ha rebelado alevosamente el regimiento de los polkos en contra de nuestro gobierno. La iglesia católica se niega a apoyar financieramente a su propio país en momentos tan críticos. Sepa usted que no claudicaré en mis empeños. Me haré de recursos con todo el poder de la ley. Viva México. Gómez Farías.

En su cita inevitable con el destino, Santa Anna se desplaza en marchas extenuantes. Se entera de que Tabasco también se insurreccionó contra el gobierno federal y Yucatán se declara neutral. ¡Dios, qué país...! No hay caminos, los parajes son hostiles. Las montañas cubiertas por bosques son infranqueables, más aún con el enorme peso de su carga. El invierno, como en 1836, no dejaba de ser cruel e inconmovible. Da con precipicios tan profundos que el eco no vuelve, neblinas cerradas donde es imposible ver los pasos dados por huaraches cubiertos de lodo y botas llenas de cieno después de cruzar los riachuelos. Las tormentas obligan a un resguardo. Los impactos feroces de las gotas de lluvia contra la piel producen ampollas parecidas al piquete de un enorme zancudo. El Napoleón del Oeste piensa en Aníbal cuando cruzó los Alpes montado en los lomos de un elefante. Es difícil mantener el rumbo correcto entre tantas sierras, todas ellas parecidas. El sol y las estrellas lo guían, sí, sí, pero las brújulas son instrumentos invaluables. Si por lo menos hubiera senderos. Las fieras merodean en las noches alrededor de las fogatas. Los rugidos son de horror. Si la leña no está mojada y en la mañana hubo oportunidad de cazar conejos o liebres, bien se puede comer algo caliente con la ayuda de los espetones, a falta, la mayoría de las veces, del rancho que debería garantizar Su Excelencia.

Según se avanza al norte, el frío se hace glacial. Imposible encontrar arbustos para preparar una hoguera. Se duerme en descampado. Solo Santa Anna no puede prescindir de su servicio de plata labrada ni de su tienda de campaña con todas las comodidades. Los soldados juntan sus cuerpos para calentarse. Recuerda la figura de hielo integrada por los mayas muertos cuando fue a recuperar Tejas. El desierto es más agresivo esta vez que en el 36. ¿Le pesarán los años al caudillo? Por supuesto que no: tiene tan solo 53 años de edad. ¡Un chamaco que pernocta con su esposa, una mujer de escasos 18, a la que le rinde los debidos honores cotidianamente! Falta el agua. Se presenta en algunos casos la sofocación. La sed arrecia. El lujo más preciado llega a ser una sombra. Los caídos empiezan a marcar la ruta para quienes deseen seguir los pasos del ejército mexicano. Los cadáveres y ropajes pesados y otros utensilios podrían ser utilizados como mojoneras. Los víveres empiezan a escasear. Las raciones se reducen. No los acompañan médicos capacitados, si acaso estudiantes sin los conocimientos ni los materiales elementales. El campo está despoblado de sus habitantes naturales. De vez en cuando se percibe la presencia distante de los zopilotes...

A la mente de Santa Anna acude el último acuerdo al que llegó el gabinete, encabezado por Gómez Farías, cuando rechazaron la propuesta de Atocha para vender California por 20 millones de dólares. Él ya se encontraba en San Luis Potosí al producirse la visita. Buchanan iba a asistir personalmente a Cuba para fungir como uno de los altos comisionados para la paz de parte del presidente Polk. No a la venta de California. ¿No entenderán los yanquis que no es un problema de dinero ni de más o menos millones?

Dígale al presidente Polk que si no desocupa el territorio nacional no entraremos en negociación alguna. Que se olvide de los 20, 50 o mil millones... Antes está nuestra dignidad y nuestro sentido del honor...

Señores: es una posición de arrogancia y de falso orgullo intolerable. Piensen que el enemigo derrotó a Inglaterra y es infinitamente superior en armamento, en mística militar y en capacidad ofensiva a nosotros. Nos derrotará, alega el español pensando en las lejanas posibilidades de cobrar la comisión prometida por Su Excelencia. Él no trabaja gratis ni su interés es patriótico: busca dinero, sí, dinero.

No diga usted, por favor, que nos derrotarán, porque los yanquis no lo lograrán nunca y tampoco diga nos derrotarán porque usted no es mexicano y, por ende, no cabe en el plural.

Como ustedes lo deseen, pero es mi deber informarles que mientras más tiempo transcurra antes de que firmen un tratado de límites territoriales con Estados Unidos, más posibilidades tendrán de perderlo todo y quedarse, además, sin una justa indemnización que solo obtendrán si Polk no se ve obligado a tomar la Ciudad de México y el país completo con un alto costo económico y político. Cada día se complicará más la situación y cada día obtendrán ustedes menos compensaciones...

Santa Anna niega con la cabeza mientras se desplaza al paso en dirección a Saltillo. Entiende que el miedo de perderlo todo no ha llegado al nivel requerido. Los mexicanos no han acabado de medir el riesgo. Tal vez los yanquis deban tomar el Castillo de Chapultepec y entonces sus paisanos se sentarán a la mesa de negociaciones cuando ya sea demasiado tarde: ya todo estará perdido. Ahora se puede todavía ofertar y discutir; posteriormente, una vez convertidos los norteamericanos en los amos del país, nos darán una propina por California y Nuevo México. No aprendieron de Tejas. Se perdió sin que ganáramos ni un triste dólar. ¿Por qué los mexicanos serán tan pendejos y fanáticos? Muy pronto perderemos lo que falta del norte del país y lo que nos quieran dar de caridad ya solo nos alcanzará para una peluqueada en la Plaza del Volador.

Recargados los codos en el arzón de su silla de montar, Santa Anna evaluaba detenidamente sus posibilidades de éxito. ¿Y si moría en la batalla contra Taylor? Ganaría la gloria y nunca, ningún mexicano, olvidaría su nombre. ¿No estaba más feliz en su casa de La Habana tan solo seis meses atrás? La gloria es la gloria. El dinero es el dinero. La patria es la patria. En un par de días más se reuniría con las tropas evacuadas de Tampico, muy a pesar de la rabia, de la protesta airada del general Valencia y de los insultos recibidos cuando decidió rendir la plaza sin disparar un solo tiro. No importa, nada importa, se dijo farfullando disculpas inaudibles. Lo único válido es que Scott exigió el envío de los mejores hombres de Taylor para desembarcar en Veracruz. El general norteamericano se encuentra severamente debilitado. Diezmado. Reducido. Amputado. Son ventajas significativas. Si derrota a Taylor se reforzará la moral nacional. Scott será más prudente a la hora de evaluar la capacidad militar mexicana. Aprenderá a no subestimarla. Polk mirará a México con más respeto y Gómez Farías adquirirá una fuerza inusitada en sus negociaciones con la iglesia. A ganar por todos lados. Santa Anna hace un recuento de sus fuerzas. Desde su salida de San Luis Potosí ha perdido 4 mil de 18 mil hombres. La deserción, el frío, el hambre han causado bajas significativas mucho antes de enfrentar a la artillería norteamericana.

Taylor y su ejército salen de Saltillo rumbo al sur. Han descansado durante seis meses. "Santa Anna no me ganará, porque antes de que nos enfrentemos habrá un nuevo golpe de Estado y será removido del cargo. Además, Mackenzie, de regreso de Cuba, me hizo saber que el generalísimo está de nuestro lado. Polk lo tiene controlado."

Todo parece indicar que la batalla se llevará a cabo en La Angostura. Se distingue una serie sucesiva de colinas y despeñaderos. Ambos ejércitos se preparan para la lucha. Taylor sale de Agua Nueva tras destruir todo a su paso. No deja una piedra encima de la otra. No permitirá que nadie aproveche las ventajas del lugar. Donde pisa el caballo de Atila, no vuelve a crecer el pasto. Escoge, con toda ventaja, el terreno. Emplaza, tras los escasos árboles, sus baterías camufladas en algunos collados estratégicos. Dirige un ejército habituado al intenso frío de esas llanuras y cuenta con una artillería de mayor alcance y poder explosivo. Los soldados mexicanos, por supuesto los regulares, los profesionales, no los reclutados a través de la leva, lo superan en número y en coraje. Uno de nuestros soldados vale más que mil generales.

La batalla se lleva a cabo el 22 de febrero de 1847. Los mexicanos se saben vencedores. Los lanceros cumplen con sus instrucciones. La infantería rompe a punta de bayonetazos las líneas enemigas. La artillería mexicana también cumple con sus objetivos. El invasor es desalojado de sus posiciones. Se les arrebatan a tiros tres banderas. Una parte de la tropa ya no tendrá que asearse el trasero con matojos rasposos del desierto. Cuentan con una tela que les será útil al menos en un par de ocasiones. Se disputan los lábaros yanquis. Los hacen jirones con objetivos higiénicos muy precisos. También se toman cañones, carros, parque, y se logra atrapar a un buen número de prisioneros. No se les fusila ni se les degüella. Se les trata civilizadamente. Hasta esa parte del combate la ventaja es claramente para los mexicanos. Se piensa en un último esfuerzo, en rematar a los malditos yanquis heridos, hijos de su puta madre. La tropa está agotada. No ha comido en dos días. En medio de la discusión sobreviene una tormenta. El campo de batalla se empapa. Ambos ejércitos se retiran. Al final del feroz aguacero Santa Anna recorre el campo del honor. Sus tropas lo ovacionan. El triunfo es mexicano. No hay duda. ¡Viva mi general! ¡Hemos ganado! ¡Viva! ¡Viva! ¡Viva!

Un oficial se dirigió a Taylor y le dijo que la batalla estaba perdida, a lo que Taylor contestó: "Lo sé, pero eso no lo saben los soldados… Las batallas se pierden hasta que los generales conceden la derrota. Yo no la reconoceré". Mañana será otro día, se resigna el general norteamericano a sabiendas de que una derrota le significará la pérdida de la presidencia de Estados Unidos, a la que piensa acceder caminando sobre los cadáveres de los mexicanos. Su popularidad se desplomará en La Angostura. Será su Waterloo. Cae la noche. La helada es insoportable. La tienda de campaña de Santa Anna permanece con los candiles de plata encendidos. Su Excelencia reflexiona. Medita las alternativas. ¿Cabe alguna posibilidad distinta del ataque en la madrugada? Las velas se consumen una tras otra. Solo la luna inmóvil escucha los pensamientos del Libertador. El silencio es total. Los heridos son atendidos con lo que se tiene a mano. Los lobos merodean el campo de batalla. Es de llamar la atención que no devoran cadáveres de mexicanos. Prefieren comer las carnes yanquis. Se escuchan tiros aislados para ahuyentar a las fieras.

El generalísimo sale repentinamente de su tienda. Corre las lonas que hacen las veces de puerta como si las cortara con un cuchillo. Llama a su alto mando. Todos concurren de inmediato al lado del general-presidente. Santa Anna ordena, inexplicablemente, la retirada.

—Nos vamos, señores…

—Mi general, los tenemos solo para rematarlos con las primeras luces del amanecer. Nos queda parque y los hombres todavía pueden hacer el último esfuerzo… Están a tiro…

—Han de saber ustedes que en la Ciudad de México, apoyados por la iglesia, se levantaron en armas los polkos. Tenemos que apresurarnos a regresar para sofocar la rebelión.

Silencio. Cruce de miradas. Maldiciones mudas. No es posible que nos estemos batiendo en contra de los yanquis y nuestros propios compatriotas, con la ayuda de los curas, intenten un golpe de Estado en un momento tan crucial.

Entonces se dice: estamos de acuerdo en volver, mi general, pero antes ataquemos a los yanquis. Un día más es irrelevante. Si llegamos a la capital 24 horas más tarde no habrá mayor diferencia... ¿No cree usted...? Además se presentará ante el pueblo como un héroe. Recibirá un homenaje nacional por haber vencido a los yanquis... Son nuestros, solo falta darles un último golpe en la nuca...

—No tenemos alimentos ni agua. Estamos fatigados. Acabarán con nosotros —aduce todavía Santa Anna.

—¿Cuál es finalmente la razón, los víveres o los polkos?

—Las dos.

—Por los víveres no debemos preocuparnos. Nuestra gente está dispuesta al sacrificio. Mañana nos comeremos todo el rancho de los yanquis. Nos quedaremos con su ejército, sus armas y sus uniformes. Ya verán lo que es el frío. Ahora mismo, muchos de nuestros indígenas ya se calientan con las botas y con la ropa de los norteamericanos. Repitamos el ejemplo; podemos, mi general. Hagamos un desfile por las calles de México con los prisioneros yanquis vestidos con huaraches y trajes de manta. Esa sí será una lección de patriotismo... Luego enderezaremos nuestros mosquetes contra esos niños mimados, los pinches polkos, y los fusilaremos por traidores junto con un gran número de sacerdotes...

Santa Anna quería la retirada. Claro que se había batido frente a su propia gente con una fiereza desconocida. Se había expuesto a la metralla norteamericana como el más valiente de sus soldados. Desafiaba a la muerte. La despreciaba. Dio lecciones de arrojo inolvidables, sí, pero nunca fue herido ni alcanzado por una bala que lo proyectara a la gloria. Duda. Vuelve a dudar. La derrota de La Angostura producirá en la capital el miedo necesario para firmar los tratados de cesión territorial con Estados Unidos. Sabe que Scott invadirá Veracruz con apoyo de más de 100 barcos de guerra. México tiene cinco. El éxito militar es remoto. Imposible. ¿Qué hacer? Opta por el dinero, por la compensación económica. Unos mexicanos crecidos y desbordados nunca se sentarán a negociar...

—Nos vamos. Preparen a la gente.

Llegan dos emisarios de Taylor. Piden un armisticio en tanto se discuten las condiciones de paz entre los dos gobiernos. Es claro que no desean otra batalla. Cualquiera puede interpretar las entrelíneas de los parlamentarios yanquis.

Santa Anna se niega. Pelearemos. Nos hay armisticio que valga. ¡Largo, antes de que los haga fusilar! Hace tocar generala. Las fuerzas se forman de inmediato. Les demuestra a los yanquis la fortaleza de su ejército. Sus soldados están listos para continuar la guerra. En realidad solo desea impresionarlos para evitar que lo persigan al otro día. El objetivo se cumple. Las expresiones del rostro de los norteamericanos no dejan lugar a dudas. Su preocupación es justificada.

—Ahora más que nunca debemos atacarlos, mi general. Nos están pidiendo tregua. Están tocados de muerte. ¡Rematémoslos!

—Nos vamos, he dicho. Además, me dicen que Scott está por desembarcar en mi tierra —insiste recurriendo a más argumentos para lograr convencer a los suyos—. Tal vez en marzo, en unos días más, llegue a Veracruz. Tendremos que defender el puerto.

—Nunca llegaremos a tiempo, mi general. Si bombardean Veracruz el mes entrante, nadie de nosotros podrá estar allá para ayudar… Ahora, aquí, en La Angostura, démosles con el puño cerrado.

—¡He dado una orden! ¿Quién desea ser juzgado por rebelión?

Nadie comparte la decisión del Benemérito. La palabra traición vuelve a ocupar el centro de las conversaciones. En Palo Alto y Resaca de la Palma se habló de incapacidad. En Monterrey se subrayará la superioridad artillera norteamericana ante el probado heroísmo de los regiomontanos. En Tampico y en La Angostura nadie recurrirá a otro término distinto al de traición, traición, traición: los teníamos arrodillados, solo les faltaba el tiro de gracia y, sin embargo, abandonamos la plaza.

Los clarines tocaron la diana y la movilización comenzó rumbo a Agua Nueva, la vandalizada por Taylor, la destruida, en la que Su Excelencia no encontrará nada de lo esperado. Imposible el avituallamiento. ¿Lo sabía? ¿La inteligencia yanqui se lo había informado? Santa Anna encabeza las sombras huidizas de la noche. Marcha hacia la muerte. No es posible el reabastecimiento. No encuentra los víveres ansiados por la gente. A San Luis Potosí regresa menos de la mitad del ejército. Los alimentos en descomposición provocan una disentería galopante.

Solo queda arroz para comer, y eso sin sal ni salsas. Los muertos caen a cada paso sin que se detenga la marcha. El frío no ceja. Las bajas son de 10 mil 500 soldados. Solo 400 habían caído en La Angostura.[153] Entre la tropa se escuchan maldiciones. No se explican por qué teniendo al enemigo con la bayoneta puesta en la garganta y contra el piso, se le dejó ir con vida. El general Miñón desfila encadenado a un lado de la tropa. Se le ha aprehendido por haber intentado una acción que le hubiera cortado la retirada al enemigo.[154] De haber concluido su movimiento se hubiera obtenido un éxito todavía más arrollador…

El Ángel Tutelar de la República Mexicana viene al frente de su tropa jalando del ronzal a su caballo blanco. No puede dejar de pensar en La Angostura, pero tampoco en Veracruz ni mucho menos en la rebelión de los polkos. Sabe muy bien que la Ciudad de México se levantó en armas como una respuesta adicional del clero para abstenerse de participar económicamente en la guerra. Los sacerdotes, se dice, aman mucho más el dinero que el evangelio. Un enfrentamiento con ellos equivale a estrellarse contra un muro. No solo tienen poder militar y político aquí en la tierra, sino que en el más allá su autoridad es incontestable. Yo tampoco deseo que en la eternidad continúe este infierno de perros en que se ha traducido la existencia terrenal. Al llegar a Palacio Nacional mi primera decisión consistirá en despedir a Gómez Farías. Lo siento por lo ocurrido cuando fue mi vicepresidente en 1833. Lo siento. Lo vuelvo a sentir, eso sí, cada vez menos, ahora que lo removeré nuevamente de tan elevado cargo. ¿Que me dirá traidor y malagradecido? Sí, al fin y al cabo no sería ni la primera ni la última vez que me ataquen injustificadamente con semejantes calificativos…

Al amanecer los yanquis no pueden creer su suerte. Tiran todas sus cachuchas al aire. Se abrazan. Sacan a un Taylor estupefacto y azorado en hombros de su tienda de campaña. Bailan al estilo apache alrededor de enormes fogatas. Se pintan el rostro con carbón. Disparan al aire. Entonan el himno. La felicidad llega al otro lado del Potomac. Los brindis, el choque de copas y vasos de whisky se escuchan a lo largo y ancho de Estados Unidos. Los mexicanos, decían, inexplicablemente nos dejaron vivir.

El único que sonríe sardónicamente es Taylor. Se sabe derrotado, tan derrotado que no se atreverá a marchar rumbo a San Luis Potosí. Hubiera sido un suicidio. El daño sufrido fue mayúsculo. Pregúntenle a Mackenzie por qué ganamos esta batalla. Él lo sabe muy bien. En La Habana se fraguó la historia que hoy se cumplió. *Many thanks, my dearest general Santa Anny...*

Las ciudades y pueblos norteamericanos son decorados con los colores de la bandera de Estados Unidos. Los edificios públicos, hoteles, empresas, parques, museos, universidades, hospitales y escuelas celebran el éxito militar yanqui. Por todos lados se identifican pabellones y estandartes con barras y estrellas. El jolgorio es total. El pueblo está de acuerdo con la guerra. Nadie la rechaza. Son millones de Polks y de Buchanans y de Walkers juntos. Lo llevan en la sangre. Hay grandes mantas por doquier anunciando los triunfos de las batallas en Palo Alto, Resaca de la Palma, Monterrey y La Angostura. Las celebraciones se extienden por varios días. La popularidad de Taylor se dispara al infinito. Nadie se le podrá oponer en su candidatura a la presidencia. Se ha vuelto invencible. Los mexicanos muertos y la destrucción del país vecino le aseguran los votos necesarios.

Mientras Santa Anna y sus menguadas huestes llegan exhaustas y desmoralizadas a los alrededores de San Luis Potosí, dejando el camino sembrado de cadáveres, en la mañana del 8 de marzo de 1847, el general Scott aparece en el claro y tibio horizonte de las costas de Veracruz con 163 barcos de guerra.[155] Desembarcan 13 mil *marines* sin haber sido repelidos por los 200 cañones existentes en los fortines, la mayoría de ellos inútiles y pesados, pues se remontaban a los años de la colonia. Jamás se había contado con presupuesto para reemplazarlos o repararlos.

Los marineros norteamericanos establecieron un sitio hermético por tierra y por mar. Le exigen a Juan Morales, general mexicano de la guarnición, la rendición incondicional e inmediata junto con los 5 mil soldados que tiene a sus órdenes. Morales se niega. Reconoce la falta de pólvora, alimentos, medicinas y carbón y, aun así, rechaza valientemente el ultimátum. Esa es la postura del héroe.

El defensor de Veracruz escribe al secretario de Guerra:

Un puñado de valientes, descalzos y mal vestidos, pero sin más afecciones que las que inspira el verdadero patriotismo, son todos mis recursos; los elementos que pudieron cooperar a un absoluto triunfo se me han escapado mientras más afanosamente los he pedido. Entre tanto, en esa capital la discordia civil hace derramar la sangre de los que podrían verterla en defensa de la patria. Veracruz ha quedado sometida a sus propias fuerzas, como si realmente no perteneciera a la unión nacional.[156]

El sacrificio será total. Llueve entonces fuego sobre el puerto de Veracruz, puerta de los invasores de México. Por ahí llegaron los españoles y los franceses durante la Guerra de los Pasteles. Ahora toca el turno a Estados Unidos. La artillería norteamericana no apunta contra las posiciones militares encargadas de la defensa, no, qué va, abre fuego contra las torres de las iglesias, contra escuelas, almacenes, comercios, edificios públicos, baluartes, residencias, hospitales, conventos, parques y acueductos. Se trata de crear el pánico entre la población, que resiste estoicamente el castigo. El edificio de correos se convierte en escombros. El festejo es mayúsculo. Las felicitaciones no se hacen esperar. Vuelan por el aire las gorras con las insignias de los artilleros. De algo tiene que servir la inversión de tantos millones de dólares en academias militares fundadas para capacitar a los cadetes en la sofisticada ciencia del asesinato en masa, ¿no...? Cae el bastión de Santa Gertrudis. Los cañones *Horwitzer* y *Paixhan* funcionan a la perfección. El viento expande el incendio. Las bombas provienen de los barcos y de los morteros ya desembarcados. Ya casi no sobresalen construcciones. El baluarte de Santiago, un laboratorio de pólvora, vuela por los aires junto con los expertos dedicados a la manufactura de los explosivos. Veracruz se convierte en meros escombros humeantes.

Durante seis días y sus noches, obuses de gran poder explosivo e incendiario destruyen la ciudad. La industria militar norteamericana podría estar orgullosa de la calidad de sus productos. Sus accionistas tienen el mercado y sus dividendos asegurados. ¡Bravo! Los graduados en West Point festejan el lanzamiento puntual y preciso de 6 mil 700 proyectiles sin detenerse a considerar si los destinatarios eran niños, mujeres, artistas, pensadores, bailarines, músicos y poetas. ¿Quién dijo que en las guerras no deberían morir los inocentes? ¿Qué es un inocente? No hay tiempo para discernirlo. *Fire...!* *Fire...! Fire...!* ¿Cómo privar de la vida a quien puede crear una obra de arte con un pedazo de carbón y una hoja de papel? ¿Cómo matar a quien ama a un instrumento musical y dedica su existencia a arrancarle notas estremecedoras? ¿Cómo asesinar a quien puede curar con sus manos y con su ciencia? Festejan a gritos el derrumbe de una torre o el incendio del Palacio Municipal.

Se convierten en astillas las marimbas, los requintos, las guitarras y se hacen jirones los sombreros de cuatro pedradas, los trajes blancos y los paliacates colorados. Mueren los maestros de siquisiri, los intérpretes de sones, los de zapateado y las mulatas. ¡Ay, las mulatas...! Se improvisa un hospital de sangre. Las mujeres aportan sábanas y escasas vendas para atender a los heridos. Muchas se incorporan como enfermeras al lado de los médicos del puerto. No se puede contar con apoyo de tropas de la capital de la República, porque están dedicadas a extinguir el levantamiento de los polkos. Moses Beach sonríe junto a Janet Storms, quien en breve espacio viajará al puerto de Veracruz para una ronda de conversaciones con Scott. La entrevista será crucial. La misión de la periodista consiste en informar a Scott de los acuerdos alcanzados entre Beach y la iglesia católica, siempre y cuando se respete el patrimonio y el derecho al culto del clero mexicano. El encuentro con Scott es inaplazable. Se puede ahorrar mucho tiempo, dinero y vidas, en ese orden...

Veracruz es reducido a cenizas, muerte, desolación y llanto, solo porque Polk había resuelto que "después de reiteradas amenazas, México ha traspasado la frontera de los Estados Unidos, ha invadido nuestro territorio y ha derramado sangre norteamericana en tierra norteamericana". ¡Bastardo!

Hijos de puta, les digo yo: jamás traspasamos la frontera de su país. Defendíamos territorio tamaulipeco, territorio mexicano, el que constaba en los acuerdos y tratados que ese maldito criminal, el presidente de Estados Unidos, se negó a reconocer. Él los violó, él engañó a su país y al mundo en su afán por encontrar un pretexto para declararle la guerra a un país indefenso y mutilarlo territorialmente. Una cobardía sin límites. Bombardeas a personas inocentes solo para hacerte de un patrimonio a todas luces ajeno. El oro, el oro, miserable criminal, el oro es lo único que te mueve a ti y a tu democracia igualmente asesina. Con togas y birretes negros legalizan los hurtos por mayoría... Tenemos la razón legal porque somos más fuertes. ¡Con qué gusto dispararía yo mis cañones sobre el Capitolio, el histórico recinto que autoriza democráticamente el presupuesto para matar! ¡Qué placer me invadiría si pudiera dejar caer mil bombas sobre la Casa Blanca, la madriguera asquerosa donde se incuban los asesinatos en masa y de donde surgen las explicaciones estúpidas para justificar la cadena de crímenes ejecutados para llenar sus arcas con dinero robado! Son ustedes los representantes más destacados de la raza maldita de nuestro tiempo, los atilas del siglo XIX...

El general Juan Morales, a través de los cónsules de Inglaterra, Francia, España y Prusia, pide a Scott una tregua para permitir la salida de niños y mujeres. El general norteamericano rechaza semejante posibilidad. No accede a las peticiones de los diplomáticos y continúa disparando de día y de noche. Tiene instrucciones precisas de matar a quien habite los territorios a ocupar. ¿Excepciones? ¡Ninguna! Scott había sido un extraordinario estudiante en la academia militar y posteriormente maestro en las artes de aniquilación en masa. ¿En dónde aplicar sus conocimientos si no aquí, en Veracruz, atacando objetivos civiles indefensos, sin distinciones de sexo, edad o actividad profesional? Los artilleros celebran al estilo *cherokee* cada blanco que logran. Hacen apuestas. Nadie repele el fuego. Es un juego de niños: se puede disparar a mansalva sin correr el riesgo de una sola baja. Divertido, ¿no...? Es una maravilla pasar de la realidad a la práctica, y no precisamente en el campo de pruebas con blancos móviles, sino con seres humanos. Ahí es donde uno debe demostrar sus conocimientos y su hombría de bien...

El 29 de marzo capitula Veracruz. Se rinde ante el fuego norteamericano sin haber recibido un solo soldado de la capital ni el envío de un kilo de pólvora o tortillas, aunque fueran totopos para paliar el hambre. Se alcanza uno de los objetivos colaterales de la rebelión de los polkos. Vi a muchos soldados mexicanos arrojar sus armas sobre pequeños montículos mientras se enjugaban lágrimas de impotencia y de coraje. Los yanquis arrían la bandera nacional del fuerte de San Juan de Ulúa e izan la bandera de las barras y de las estrellas, que ya ondeaba en California, en Nuevo México, en Saltillo y en Monterrey. Veracruz queda llena de odiosos pabellones norteamericanos. Parecen burlarse mientras ondean en los restos de algunos edificios públicos. ¿Quién se atreverá a prenderles fuego durante las noches? ¿Quién pagará recompensas a cambio de una mano o de un ojo o de la cabellera, al estilo *sioux*, de cualquiera de los soldados invasores? ¿Cuánto pagar por la cabeza de Scott o la de Taylor? Es un problema de arrojo, de audacia, sí, pero quien se meta con México será decapitado, mutilado, amputado. No habrá piedad: una intervención armada en contra de los herederos legítimos del imperio azteca equivaldrá a tomar un machete afilado por la hoja. Te cortará los dedos, las extremidades, la nariz o los testículos. Con México no se juega. Te lo demostraré. Verás lo que es perder. Todo es legal y válido.

Si Dios no existe, como no existe, y sobran evidencias para demostrarlo, entonces todo está permitido. Nada se podrá calificar como traición o felonía. Es ético y moral envenenar, contaminar el agua o los alimentos, emboscar, acuchillar al dar la vuelta en una esquina, disparar desde un edificio o una casa, sorprender en un prostíbulo a los invasores ávidos de mujeres y tasajearlos hasta no dejar rastro de su maldad ni de su existencia. Nada está prohibido: a los enemigos se les puede sorprender en las afueras de un templo, después de cumplir con los servicios religiosos, y matarlos, estrangularlos, colgarlos entre seis y 10 personas. La alevosía, la premeditación y la ventaja no son condenables, como tampoco es reprobable atacarlos a puñaladas cuando adquieren verduras o pan o alimentos en nuestros mercados ni es criticable despacharlos al otro mundo junto con los comerciantes que les permiten sobrevivir en territorio nacional desde el momento en que aceptan el dinero, las monedas de oro, de los asesinos. Cualquier marchante mexicano que venda una sola papaya a un norteamericano será considerado un traidor a la patria, y por ende se le deberá someter a un juicio popular sumarísimo del que saldrá lapidado en plena vía pública. Yo, yo puse las piedras, pero nunca nadie las utilizó. Los proyectiles se enlamaron y enmohecieron después de la primera temporada de lluvias.

Los mexicanos, sepultados en la confusión, la angustia y el miedo, no se percatan cabalmente de las dificultades que enfrenta Polk en su Congreso. Las críticas por el bombardeo de Veracruz, la duración y el costo de la guerra, amenazan con la cancelación de las actividades militares en México. La oposición de los estados norteños es cada vez más ríspida y difícil. Se niegan a continuar con el conflicto armado. No desean más estados esclavistas. California y Nuevo México pueden llegar a serlo. Insisten en el abolicionismo. Las tensiones entre el norte y el sur pueden desembocar en una guerra civil. El proyecto político de las 13 colonias volaría en mil pedazos por el expansionismo de corte esclavista. A más tiempo, más desgaste político para el presidente, menos posibilidades de obtener recursos. En cualquier votación se podría acordar una reducción drástica del presupuesto bélico. A iniciar la retirada. De ganar la guerra y anexarse más territorios, la violencia racial podría estallar en Estados Unidos. La generalización de una guerra de guerrillas hubiera eternizado el conflicto armado y hubiera hecho insostenible la posición política del presidente. Las emboscadas nocturnas ejecutadas por mexicanos para matar soldados y caballos norteamericanos e incendiar sus depósitos de pólvora y alimentos hubieran desquiciado a Scott, a Taylor, a Marcy y a Polk. Resultaba imperativo romper sus líneas de abasto desde la retaguardia y evitar las confrontaciones cañón contra cañón, artillería contra artillería... Rifles contra piedras.

El espionaje y el cabildeo mexicanos en los altos círculos políticos de Estados Unidos hubiera beneficiado sensiblemente a Santa Anna, siempre y cuando este hubiera estado dispuesto a romper con los patrones tradicionales de la guerra y aprovechar cuanto recurso tuviera a su alcance. Lo que fuera con tal de ganar. ¿Por qué era una mariconada dar la guerra de guerrillas en lugar de pelear cara a cara, batallón tras batallón, regimiento por regimiento, división por división y brigada por brigada contra un ejército equipado con armamento más moderno? ¿Por qué jugar con las reglas de un enemigo superior, sobre todo cuando este cuenta con más experiencia, capacitación e incomparable poder de fuego?

Al rendirse Veracruz, el general norteamericano nombra a las autoridades para administrar la ciudad y el puerto. Por supuesto, los funcionarios mexicanos son excluidos del Palacio de Gobierno. Impone a William J. Worth con el título de gobernador y comandante general de la plaza y del castillo de San Juan de Ulúa. Sí, sí, el mismo que fungió como espía a las órdenes de Taylor en la toma de Matamoros, encabezó la sangrienta toma de Monterrey y que, al final de la contienda, calificara a su superior como un "gigante sin cabeza". Él, Worth, especialista natural en el reclutamiento de espías mexicanos, un organizador nato en materia de actividades encubiertas, se ocupó de la administración veracruzana. Su primera decisión fue adoptar los aranceles vigentes en Estados Unidos; la segunda, que irritaría a Santa Anna solo en un principio, tuvo como objetivo instalarse en Manga de Clavo, nada más y nada menos que la finca de Su Excelencia. Lola, Lolita, Lola se mantenía en El Lencero en espera de noticias.

Una vez caído el puerto se levanta el bloqueo. Se reanudan las operaciones comerciales. Worth eleva drásticamente los impuestos de importación a México. El importe de la recaudación total se les oculta a los mexicanos. Los montos y su destino forman parte de un secreto militar. Los vistas aduanales impuestos por el invasor disponen de los tributos recaudados a cuenta de la indemnización de gastos de guerra que México ya le adeuda a Estados Unidos "por haber orillado a un país pacífico a un conflicto armado del cual es totalmente inocente". Los cajeros yanquis trabajan con el rostro cubierto al estilo de los asaltabancos. El antifaz no es blanco: está hecho con pedazos de banderas de barras y estrellas. Los rateros son inconfundibles.

Las instrucciones que recibe Worth son muy claras: "cada peso, dólar o libra esterlina que se cobre en las aduanas mexicanas será depositado en las arcas de Estados Unidos para los fines que juzgue procedentes..."[157] ¡Robo! ¡Robo! ¡Robo! Robo descarado, gritan desde el otro lado del Atlántico los extranjeros, principalmente europeos, tenedores de bonos mexicanos garantizados con los impuestos aduanales de importación. Estados Unidos no representa sino a una cáfila de piratas, dignos herederos de Francis Drake, su primo hermano. Los acreedores internacionales de México que tenían garantizadas sus inversiones y pagos con arreglo a los ingresos aduanales, por supuesto no solo no cobran, sino que pueden comprobar cómo los yanquis sustraen a su antojo y sin participar a nadie de los montos ni del destino de lo recaudado: simplemente advierten el futuro que les espera a manos de este gigante goloso, ladrón y asesino...

Cuando Scott camina entre las cenizas de Veracruz, se percata del daño causado. Por alguna razón viene a su mente la batalla de 1812 contra los ingleses, en la que resultó herido dos veces. En aquella ocasión perdió 700 hombres de mil 300. Le satisface un saldo en blanco después del bombardeo al puerto mexicano. No encuentra una piedra encima de la otra. La artillería barrió la ciudad entera. En West Point se forjaban militares de primera línea. Sus conocimientos podían comprobarse a simple vista. ¿Cómo sostener un imperio respetable sin una gran academia castrense y sin el apoyo de una marina imponente? Acepta que "el pueblo veracruzano resistió más de lo que podía esperarse con una decisión admirable". Manifiesta su respeto y afecto al pueblo de México. La conmiseración llega al extremo de solicitar a sus tropas la entrega de su rancho, de sus porciones de guerra, para compartirlas entre la población desvalida. Se mueren de hambre, ¿no ven...?

Los quemados por el fuego caminan por las calles en busca de la nada. Se distinguen rostros tiznados y caras de desolación de muchos veracruzanos con las ropas hechas jirones tratando de encontrar a sus seres queridos, mientras lanzan maldiciones y estallan en ataques de llanto. El ataque a la población civil había sido definitivo. El control es total. Scott sabe que cuando Conner bloquea el puerto de Alvarado, la escasa flota mexicana queda encerrada, enclaustrada: ya no podrá navegar durante toda la guerra. Un grave error de Paredes Arrillaga. Para todo efecto, los escasísimos barcos de guerra nacionales ya no existen. Los dos últimos buques fueron enviados a Cuba para que no los hundiera la marina norteamericana, pero al atracar son embargados por adeudos pendientes con una compañía naviera de La Habana. Mathew Perry ya se encontraba en Tabasco estudiando las posibilidades de un canal interoceánico. Se trataba de comunicar el Golfo con el Pacífico y encontrar así un paso para detonar el comercio y la industria norteamericanos. ¿Cuál era la relación entre Perry y el Río Nueces?

Lo evidente no requiere pruebas. Carricitos fue el pretexto. ¿El Río Nueces...? ¡Vamos, hombre!

La noticia de la caída de Veracruz sacude a la sociedad mexicana. El gigante avanza y aplasta todo a su paso. Ahora ya no hay duda de que se dirige a la cabeza, a la capital de la República, a ejecutar la segunda conquista de México. Mientras el 30 de marzo se anuncia la caída de Veracruz en manos de Scott, Janet Storms solicita audiencia con el general norteamericano. Este se resiste a tener tratos con una mujer que alardea de ser una enviada del presidente Polk. ¿Una mujer inmiscuida en elevados asuntos de Estado?

¿Cómo negarle el paso? Decide recibirla en tierra. Jamás una dama viajó en el barco de un fenicio o de un corsario. Cualquier marinero sabe que traen mala suerte en alta mar o hasta en los puertos, mientras se encuentren a bordo. Solo le informa que Beach, su jefe, ya ha logrado acuerdos con la iglesia católica para que Jalapa, Perote, Puebla y la propia Ciudad de México se abstengan de oponer resistencia a los norteamericanos.[158]

—Se rendirán sin defenderse, general... A cambio usted deberá comprometerse a respetar tanto la propiedad como la libertad religiosa de la iglesia católica.

Scott frunce el ceño. Escucha con detenimiento y escepticismo una oferta tan peculiar como inesperada. Esta posibilidad puede precipitar el desenlace de la guerra, inclinar el fiel de la balanza hacia Estados Unidos. Bienvenidos los aliados que luchan contra un enemigo común...

—La recepción en Puebla puede ser tan generosa —agrega la periodista más destacada y reconocida del *New York Sun*— que el propio obispo de la ciudad pondrá a su disposición su lujoso palacio el tiempo que sea necesario y, además, le ofrecerá una misa de gracias, un *Te Deum* en honor de nuestros muchachos, general. Como dice Moses, un buen cabildeo como el nuestro puede ahorrar muchas vidas, tiempo y dinero...

Scott ve fijamente a la cara a Janet. No está acostumbrado a tratar con mujeres; menos, mucho menos cuando el tema versa sobre estrategias armadas.

—¿Y dónde está Beach? ¿Por qué no vino personalmente a informarme de esa situación? Yo, con todo respeto, me pregunto, ¿por qué razón debo creerle a usted? Imagínese que entro a Puebla con mis contingentes y me empiezan a disparar desde tantas ventanas, azoteas, puertas y esquinas tenga la ciudad...

Qué podía saber esa hermosa mujer, ciertamente inteligente, de las trampas, de los ardides de la guerra. A él, un viejo zorro, hecho a un lado de los traquidazos de los cañones, ya nadie podía venir a enseñarle nada. ¿Acaso iba a justificar una derrota en los elegantes salones de Washington, en el club de oficiales, alegando que la culpa había sido de Janet Storms? Se convertiría en ese preciso instante en el hazmerreír del Alto Mando...

—General Scott —respondió la periodista sin dejarse disminuir—: Moses Beach no pudo estar aquí, tal y como eran sus deseos, porque está organizando otra rebelión en la Ciudad de México en contra de Santa Anna.

Scott creía que estaba soñando. Con el gesto adusto y sin perder la palabra, la dejó continuar.

—El gobierno federal trató de expropiar bienes de la iglesia católica, debe usted saber que es la institución o empresa más rica de este país, incluido el propio Estado —exclamó la Storms sabiendo que tendría que emplearse a fondo para convencer al militar—, y entonces nosotros, después de haber tenido largas discusiones con el alto clero, les aconsejamos que no solo no prestaran dinero ni a Gómez Farías ni a Santa Anna, sino que se levantaran en armas financiando movimientos armados entre los militares de la capital para dividir al ejército mexicano y precipitar la rendición del país.

—¿Y funcionó?

—Tan funcionó que usted tomó Veracruz casi sin resistencia gracias a que la guarnición de la Ciudad de México se vio obligada a sofocar el alzamiento y Juan Morales se quedó sin refuerzos. ¿Se lo explica usted? Y otra prueba más: Santa Anna abandonó el campo de batalla en La Angostura porque tuvo que regresar precipitadamente a la capital, antes de ser derrocado y sustituido en el mando del ejército.

—¿Y todos estos servicios a cambio de qué? —preguntó Scott, explicándose la ausencia de respuesta mexicana durante la toma de Veracruz—. No hay nada gratis en la vida...

—El trato, como ya se lo indiqué, consiste en que el clero mexicano, temeroso de la imposición de nuestra religión, ofrece la rendición incondicional de ciudades a cambio de la libertad de oficiar sin restricciones el culto católico y de mantener intacto su patrimonio. La feligresía será convencida durante las misas y las confesiones, general.

—¿No es una trampa? —cuestionó Scott, saliendo gradualmente de su escepticismo.

—Imposible —repuso Janet muy dueña de sí misma—. Se lo podemos probar a través de nuestro trabajo en la Ciudad de México, de lo que el presidente Polk ya ha sido debidamente informado, y por medio de la rendición de ciudades antes de llegar a Puebla. Créame que los sacerdotes saben cumplir su palabra...

—A mí me daría vergüenza pertenecer a una religión que antepone sus intereses económicos, por más importantes que sean, a la salvación de la patria y no solo la traiciona, sino la entrega al enemigo. Me dan asco, *miss* Storms.

—A mí me produce la misma repulsión, general, pero estamos aquí para ganar esta guerra. Los enemigos de mis enemigos son mis amigos...

—Lo tomaré muy en cuenta —repuso Scott con su acostumbrada sobriedad.

—Ellos no han podido olvidar que la caballería del general Taylor entró a los templos de Monterrey y entre carcajadas destruyeron cuanto encontraron a su paso. Decían que eran fetiches y brujería, pruebas del atraso mexicano. Era como entrar, argüían, a la cueva de un brujo que quema incienso...

—Descuide.

—Tan pronto se acerque usted a Jalapa vendrá a visitarlo un grupo reducido de sacerdotes para ratificar el acuerdo que le acabo de exponer. Al día siguiente podrá usted entrar tan tranquilo...

El 30 de marzo de 1847, al concluir la audiencia con Janet Storms, el general Winfield Scott envía un mensaje a la Casa Blanca anunciando la caída de Veracruz. La pinza funcionará a las mil maravillas. Taylor en el norte. Scott por Veracruz, preparándose para emprender el camino rumbo a la capital de la República.

Kearny en Nuevo México, Stockton y Fremont en California. La estrategia de los bandidos resulta incuestionable.

Cuando llega la comunicación al escritorio del presidente de Estados Unidos, Polk se pone de pie y levanta los brazos en señal de triunfo. Estos alardes son muy propios de su personalidad, sobre todo si no se siente observado. Buchanan solicita audiencia momentos después. Se convoca a una reunión de gabinete con el objetivo de comunicar lo acontecido. Se trata de un parte de guerra. Veracruz, una plaza inexpugnable, ha caído. ¿Bajas norteamericanas? ¡Ninguna! ¡Éxito total! La mayoría apuesta por una rendición incondicional del país. Cualquier nación medianamente sensata depondría las armas. Ya basta. Es suficiente. Sentémonos a dialogar. ¿Qué quieres...? ¿Será necesario tomar la capital de la República? ¿Los mexicanos no han entendido la destrucción y las muertes que les esperan? ¿Más? ¿Quieren más castigo? ¿Desean acaso que toda la República quede en el estado en que se encuentra hoy Veracruz? ¿No les importa que el país entero se convierta en un montón de ruinas humeantes y en montañas de cadáveres? Se rendirán, sí, sí, se rendirán...

Para la sorpresa de todos, México no se rinde. ¡Qué se va a rendir! Mientras la odiosa bandera de las barras y de las estrellas no ondee en Palacio Nacional, México continuará en la batalla. Mientras haya una bala cargada en el mosquete o una bomba colocada en un solo cañón o sea posible asestar una puñalada, un bayonetazo o un herido pueda asestar una patada tirado en el piso, la guerra continuará. Si Santa Anna ofreciera en venta un solo metro cuadrado de terreno, sería colgado de un ahuehuete de Chapultepec y acto seguido se argumentaría la falta de poderes de Su Excelencia para suscribir cualquier documento, tratado o convenio a nombre de México. No, no habrá rendición...

En Estados Unidos les resulta inaceptable tanta necedad suicida. Después de la caída de Veracruz, Polk nombra a Nicolás Trist como comisionado para la paz. Él deberá acompañar al ejército americano con un borrador del tratado en el bolsillo para negociar las nuevas fronteras cuando el gobierno mexicano así lo requiera. Por supuesto que la discusión no versará sobre el origen de la guerra ni la atención se centrará en la definición de la frontera tejana en el Río Nueces o en el Río Bravo. Esos temas se abordarán, sí, pero son irrelevantes. Polk no declaró la guerra por un riachuelo ni para hacerse de una franja de terreno realmente intrascendente: él va, se lo dijo a Jackson, a su gabinete más íntimo, a Sarah, su esposa, cuando ocasionalmente llegaban a compartir el fuego de la chimenea, por la Alta y la Baja California, Nuevo México, parte de Tamaulipas, Nuevo León, Sonora y Chihuahua.

¡Claro que Trist es el hombre para negociar la paz con México! Subsecretario de Estado de Polk, de finos modales para dialogar en un tono delicado y respetuoso con los emisarios mexicanos, había contraído nupcias con la nieta de Thomas Jefferson y prestado sus servicios brevemente en la administración del presidente Andrew Jackson como su secretario particular. Todo un demócrata, hispanoparlante, conocedor del temperamento español, con ocho años de experiencia consular en Cuba y dos como jefe de personal del Departamento de Estado. Un estudioso de las relaciones internacionales. ¿Defectos? Demasiado susceptible, titular de un gran orgullo, en ocasiones indiscreto, redactor compulsivo de cartas y, finalmente, podía ser obsesivo, necio y explosivo hasta la ceguera… De acuerdo, no es perfecto, pero sobre todo es un destacado negociador, imaginativo y capaz de descubrir sobre la marcha diversas posibilidades de abordaje para convencer a sus interlocutores. Esta alternativa, ¿no…? ¿Y esta…? ¿Y esta más…? ¿Y esta otra? ¿Qué tal? Trist tomaría el próximo buque con la representación presidencial. Viajaría con el pasaporte de embajador plenipotenciario. Una distinción diplomática. Sus credenciales eran apabullantes.

Trist llevaría en la valija diplomática un proyecto de tratado de "paz" que México debería suscribir para concluir de inmediato las hostilidades. El documento, sancionado por el propio gabinete de Polk en sesión del martes 13 de abril de 1847, contenía las futuras fronteras entre México y Estados Unidos. Esa era la suprema decisión del jefe de la Casa Blanca. Palabra inapelable. La nueva línea entre los vecinos iniciaría en la desembocadura del Río Bravo y correría hasta un punto de intersección con el lindero sur de Nuevo México, estado que debería cederse al igual que la Alta y la Baja California. Por si lo anterior no fuera suficiente, a título de indemnización o de privilegio del conquistador, el presidente de Estados Unidos exigía el derecho de paso del Golfo de México al Océano Pacífico. A cambio, el gobierno norteamericano se haría cargo del importe de las reclamaciones adeudadas por México y además pagaría 15 millones de dólares por los territorios mencionados a razón de 3 millones anuales con una tasa del 6% de interés hasta la amortización del pasivo.[159]

Las instrucciones secretas, la insistencia del presidente en un manejo de la "misión negociadora" con la máxima discreción, nuevamente se frustran: el *New York Herald* publica, en primera plana, dos cartas con los planes del jefe de la Casa Blanca. La nueva filtración desquicia a Polk. ¿Acaso estoy rodeado de espías o de imbéciles?

Polk, sin embargo, no podía evitar los resentimientos contra Santa Anna y Atocha. ¡Desde cuándo tendríamos que haber firmado las cesiones prometidas y empeñadas con la palabra de honor…! Si yo hubiera sabido que ese piojo execrable me iba a traicionar lo hubiera arrestado y fusilado al tratar de romper el bloqueo en Veracruz. Yo lo saqué de su mazmorra en Cuba, le di de comer en la mano y ahora me la muerde. Lo contraté para que abreviara la guerra: jamás supuse que me enfrentaría a un conflicto tan largo, costoso y desgastante. Algún día lo volveremos a aprehender tal y como lo logró Houston, y lo tendré a mis pies tal y como lo tuvo Jackson en 1836. ¿Qué mexicano es confiable…?

Después de la caída de Veracruz, la guerra entre México y Estados Unidos se desarrolló sin que el país invadido hubiera podido ganar sospechosamente ni una sola batalla. Nada. Cero. Fuimos derrotados en campos, cañadas, ciudades, pueblos y plazas. Las armas nacionales jamás se cubrieron de gloria.

¿Puente Nacional? Fue abandonado por Valentín Canalizo, el padrino de Su Excelencia el día de su enlace con Dolores Tosta, ¿se acuerdan? Este general desocupó la plaza en una fuga precipitada deshaciéndose de valiosos cañones que Santa Anna le hizo recoger más tarde, no sin propinarle una severa reprimenda.

—¿No sabe usted que el valor es lo primero que distingue a un militar?

—Sí señor, pero los yanquis son cabrones…

—Pues yo más que ellos: ¡fusílenlo! —gritó furioso el Benemérito a sabiendas de que daba una de tantas instrucciones que nunca cumpliría.

Antes de la batalla de Cerro Gordo el gobierno interino, a cargo del general Pedro María Anaya, empezó a preparar la defensa de la Ciudad de México. La iglesia católica respondía, curiosa y sospechosamente, con una gran lentitud ante el llamado de la autoridad. Se hacía correr la voz: con los yanquis nos irá mejor que con Santa Anna o con el diablo de Gómez Farías. ¿Cerro Gordo? Para Scott era vital abandonar Veracruz lo más pronto posible e internarse en las montañas, rumbo a la Ciudad de México, antes del arribo de la temporada de las fiebres mortales. No podía permitir, según él, que los mosquitos causaran más bajas que los soldados mexicanos. Bien lo sabía: a los aztecas los derrotó finalmente la viruela, en ningún caso fueron los españoles. Él pondría a salvo a su gente. Estaba informado de la funesta agresividad de las enfermedades tropicales, así como de que Santa Anna se acercaba rápidamente a su encuentro con el resto de sus tropas fatigadas y enfermas después de marchar más de mil kilómetros desde La Angostura. Finalmente medirían el filo del acero y el poder de los cañones. "A quien lo atrape como Houston en San Jacinto, lo haré general", ofrece sonriente una recompensa. Los dos ejércitos contaban con 9 mil hombres. Los planes en el interior del campamento norteamericano se llevaban a cabo metódicamente. Yo presenciaba en el interior de las tiendas de campaña cómo, día a día, armaban detalladamente su estrategia.

En el alto mando mexicano se buscaban las mejores fórmulas para atacar y defenderse. El teniente coronel Manuel Robles Pezuela, brillante ingeniero militar, hizo saber, a través de un dictamen, que Cerro Gordo era un buen punto para estorbar el paso del enemigo pero no para derrotarlo.[160] El camino podía ser cortado, advirtió, y corremos el riesgo de ser rodeados y masacrados, tal y como ya lo había señalado, con toda certeza, el general Juan Cano. Ambos coinciden. Nos acribillarán contra las montañas o en el filo de los profundos despeñaderos, mi general; además carecemos de agua en el área.

—¿Qué recomienda? —cuestionó Santa Anna sin voltear a ver al rostro a un teniente coronel que se atrevía a opinar.

—Lo mejor sería —repuso Robles Pezuela entusiasmado porque se le tomaba en cuenta— que nos enfrentáramos a los norteamericanos en Corral Falso, ahí la topografía está con nosotros.

—Los esperaremos aquí, en Cerro Gordo —repuso Santa Anna casi sin dejarlo concluir.

Indignado, Robles Pezuela dijo:

—Si esa es la decisión fortifique entonces los cerros de La Atalaya y El Telégrafo, por ahí nos pueden atacar.

—¿Me está dando usted órdenes a mí? —interrogó furioso el Libertador, mientras colocaba los nudillos a un lado del mapa extendido sobre la mesa.

—No, señor. Soy soldado y cumplo con mis obligaciones al informar los peligros que podemos enfrentar. Por eso soy ingeniero militar y por eso me contrató el ejército mexicano —adujo sin dejarse impresionar.

—Si es usted militar, como lo es, no responda y cumpla con las órdenes de su superior —replicó Santa Anna—. Además tendrían que jalar con cuerdas los cañones por esas pendientes y esos trabajos no los haría ni Hércules mismo.

—Señor, yo mismo subí a La Atalaya y a El Telégrafo y créame que se puede. Nos podrían atacar por el flanco izquierdo y...

—Está usted equivocado, Robles Pezuela: por ahí no pasaría ni un conejo...

—Discúlpeme, mi general, yo mismo hice una inspección y...

—¿Terminó, teniente?

—No, señor...

—Pues como si lo hubiera hecho. Se ocupará usted de la defensa como yo le ordeno, ¿entendido?

—Sí...

—Sí, mi general-presidente, o lo mando encerrar a un calabozo —repuso Santa Anna pensando que la derrota de Cerro Gordo, en caso de darse, inyectaría el miedo suficiente entre la ciudadanía, el Congreso, la prensa y el gobierno para firmar el tan anhelado tratado de paz. De inmediato enviaría a Atocha a entrevistarse una vez más con el presidente Polk en la Casa Blanca. Los acuerdos eran los acuerdos. No importaba que, a su juicio, se hubiera llevado mucho más tiempo que el esperado por Polk. ¿Aceptaría ofertas en relación a un precio menor? Sí, sí lo haría: Todo sería cuestión de escuchar...

—Sí, mi general-presidente...

Mientras las discusiones estratégicas subían de nivel entre los mexicanos, Scott ordenaba al capitán Robert E. Lee que estudiara en detalle los flancos para descubrir si había alguno abierto o descuidado. Dio con el paso buscado. El 18 de abril el enemigo atacó por donde pocos lo esperaban, por donde no pasaría, curiosamente ni un conejo. Quienes defendían el flanco izquierdo huyeron. Los obuses llovían precisamente desde La Atalaya y El Telégrafo con todo el poder destructivo de la artillería yanqui, las tropas de Scott cerraron los caminos y esperaron a los fugitivos que pretendían huir por la retaguardia. Ahí los remataron. Yo mismo comprobé que parecía un campo de prácticas de tiro en West Point. Los blancos también eran móviles, solo que se trataba de seres humanos. En tres horas y media se silenciaron los cañones. ¿Saldo? Tres mil mexicanos prisioneros. Santa Anna logró huir por milagro. No se pudo cobrar la recompensa ofrecida por Scott. Las tropas del Padre del Anáhuac registraron mil 200 bajas, mientras que en el bando norteamericano se conocieron 400 soldados muertos.

—¿Qué hacer con tantos prisioneros? —se preguntó Scott. Los colocaría al frente y los liberaría al día siguiente durante un desfile para conmemorar la caída de Jalapa y de Perote.

¿Jalapa? Se rindió sin disparar un solo tiro.

¿Perote? Se rindió el 22 de abril de 1847 sin oponer resistencia, salvo una breve escaramuza sin trascendencia. La plaza fue abandonada el día anterior por las fuerzas mexicanas. Scott sonreía. El general Castillo entregó en la fortaleza de Perote "54 cañones y morteros de fierro y bronce de varios calibres, más 11 mil balas de cañón y bombas que totalizaban unas 14 mil, además de varios centenares de rifles". ¡Horror! La cantidad de enemigos muertos o presos que hubiéramos podido hacer con ese armamento.

¿Puebla? Tal y como se había pactado, no dio batalla alguna. Capituló desde el inicio. Ustedes y yo conocemos de sobra las razones. Los poblanos alegaron en su defensa que estaban hartos de tanta derrota. Que odiaban a Santa Anna. Que era inútil defenderse. Que a su paso lento, muy lento, por cierto, a través de Puebla, proveniente de Cerro Gordo, rumbo a la Ciudad de México, le habían escupido desde los balcones y le habían llamado traidor a coro. ¡Largo! ¡Bandido! ¡Sinvergüenza! ¡Vendepatrias!¡

Puto cojo de mierda!, le grita un lépero desde la puerta de una pulquería. Si te hubieran volado la cabeza en lugar de la pierna, no estarías aquí, grandísimo cabrón… No había faltado quien le lanzara piedras desde las azoteas. Imposible organizar una resistencia, una defensa en Puebla. Esta ciudad está llena de traidores, se dijo con el rostro compungido el Protector de la Nación, por más que algunos poblanos le ofrecen un almuerzo, durante el cual explica la cantidad de errores cometidos por sus subalternos y que habían conducido a tan catastrófica derrota. Él, Santa Anna, nunca fue culpable de nada. Haber escogido Cerro Gordo en lugar de Corral Falso, como lo sugirió Robles Pezuela, desde luego no es tema de conversación. Rehúye la verdad como los vampiros la luz. Sueña con la muerte de Robles Pezuela. Podría desenmascararlo. Espera que los yanquis hayan acabado con él…

Tres semanas antes de llegar a Puebla, Scott se ve en la necesidad de liberar a los voluntarios de su ejército contratados a plazo fijo. La relación laboral se daba por terminada. Imposible retenerlos. Sabía que en el ejército mexicano no existían los voluntarios. El reclutamiento se hacía a través de la leva, y por ello muchas veces faltaba el entusiasmo tan necesario en el campo de batalla. La convicción por la lucha. El honor de haber participado en los combates. La defensa de la patria. Scott no puede retenerlos. Los acuerdos deben respetarse. Se queda con tan solo 7 mil 113 hombres.[161] Les concede el derecho a regresar a Estados Unidos a más de 3 mil soldados. Alardea en privado que con un piquete de siete leales podría tomar la Ciudad de México. ¿No han visto cómo huyen estos desnalgados cuando les reviento un cañón?

Aun así dividió a su ejército en dos secciones: 4 mil entrarán con Worth a Puebla el 15 de mayo. Él permanece con la diferencia hasta el 28 de mayo, en que desfilará orgulloso y entre sonoros vítores por las calles poblanas. Los 3 mil 113 soldados a su cargo son una mera precaución: si los curas traicionan a su propio país, ¿por qué razón no me van a traicionar a mí, finalmente un invasor…? Semejante decisión temeraria y criticada por su alto mando, ¿por qué partir en dos sus fuerzas en un momento crítico?, es tomada al haber podido confirmar las palabras y los tratos de Moses Beach y de Janet Storms con el clero católico poblano. El camino a la gloria está libre. Tomará un largo baño. Se pondrá su mejor uniforme. Hará cepillar a su caballo. Desempolvará su sombrero de gala. Estrenará guantes blancos. Pulirá su espada para que luzca reluciente. ¿Será un anticipo a su regreso a Washington como un general triunfador, digno de ser ungido con la presidencia de Estados Unidos? ¿Quién se ha impuesto por las armas mejor que yo? ¿Quién goza de más prestigio militar? Nadie, ¿verdad? Entonces, limpien mi escritorio en la Casa Blanca. Voy para allá…

Worth llega a Puebla con 4 mil hombres de acuerdo a lo convenido. La población total de la ciudad es de 80 mil habitantes. El obispo Francisco Pablo Vázquez, el mismo que le había negado días antes recursos a Santa Anna y se había escondido para ya no hablar con él, sale a las puertas de la ciudad con el palio para recibir al general norteamericano. Le canta el *Te Deum* prometido. Janet Storms presencia los hechos. Muy pronto los narrará en el *New York Sun*. El general norteamericano, bien lo sabe el ensotanado, no le pedirá dinero ni apoyo económico de ningún tipo. Es una garantía. En ese sentido es mejor un Scott, un Worth, un Taylor o un Quitman que un Santa Anna o un Gómez Farías y sus necedades expropiatorias. El patrimonio clerical no es un objetivo de Estados Unidos en la guerra. Todo lo contrario. La fiesta es mayúscula. Ningún soldado desenvaina la espada ni echa mano de la bayoneta en ristre ni empuña la pistola. Las mujeres presencian el desfile desde los balcones. El ejército se lava en una fuente de piedra basáltica con agua clara, fresca, cantarina. Todo es fraternidad, bendiciones, bienvenidas a las tropas invasoras que ya descansan en la Plaza de Armas. Los léperos se acercan a los norteamericanos con botellas de pulque. Al principio rechazan la invitación a beber ese líquido viscoso, blanco. De pronto uno se anima, el otro también. Cunde el ejemplo. Empiezan las risotadas. Los grupos parecen estar integrados por conocidos de toda la vida. ¿Guerra…? *Freddy, please try this shitty stuff…*

Los poblanos imaginaban a hombres muy altos, casi gigantes, que de un espadazo podían partir en dos a cualquier mortal. Se entienden como pueden en plena plaza pública. No es pecado, procedan, amaos los unos a los otros, había dicho el señor obispo. Todos, al fin y al cabo, somos hijos del Señor… No permitáis que el odio ni el rencor aniden en vuestra alma. Recibidlos como buenos hombres de Dios… Los americanos le enseñan sus rifles al populacho. La gente los admira con curiosidad. Lástima que no te pueda mostrar en este momento sus poderes ni sus alcances… *Hey, you, Charlie, cheers!*, brindan de una banca a la otra. Estos poblanos son como nos los pintaron, ¿verdad?

Pocos soldados ponen atención a la riqueza arquitectónica de Puebla. No reparan en las torres de sus iglesias ni en el trabajo en piedra de la fachada de la catedral ni se fijan, en su mayoría, en los mil campanarios existentes ni en sus avenidas flanqueadas por árboles ni se detienen a contemplar los colegios y sus arcadas maravillosas ni sus conventos. Worth escribe a Scott:

> Tenía razón Janet Storms. Esto no es una trampa. Algunos poblanos nos han recibido, justo es decirlo, con frialdad. La mayoría nos ha tratado como turistas y, en ningún caso, como enemigos. Ni un disparo. Ni una amenaza de fuego. Ni una señal de protesta. Venga. No hay peligro. Usted mismo lo podrá constatar. La ciudad le va a maravillar. Es completamente distinta a lo que conocemos en Estados Unidos.

Scott entró en Puebla el 28 de mayo de 1847. La recepción en muy poco se distinguió de la de Worth. Llegó acompañado por 3 mil hombres. El obispo Vázquez volvió por el palio y cantó de nueva cuenta un *Te Deum*. Acto seguido le suplicó hospedarse en el Palacio del Obispado. Sea usted mi huésped. No me prive de ese señaladísimo honor… Ahí tendrá el general norteamericano todas las comodidades necesarias para cumplir con su elevado cargo. El clero cumple con sus compromisos. Evidentemente tiene palabra de honor. Los yanquis lo constatan…

Después de alojarse y tomar un poco de vino frío, propio para los calores de la época y antes de la comida, el obispo Vázquez le pidió a Scott, en medio del jardín y a un lado de una fuente de cantera tallada con la imagen de San Francisco, que por favor lo ayudara a resolver un asunto de grave preocupación popular.

—¿Cuál es? —dijo Scott sonriente y gratificado, mientras el general Worth se acercaba con una silla a tomar parte de la conversación.

Ante los dos militares, escuché al obispo Vázquez solicitando la aprehensión de un ratero, un verdadero azote de la población, un malviviente llamado Manuel Domínguez, quien había estado a punto de matar al propio Santa Anna años atrás amenazándolo con comérselo como tamal si no accedía a sus pretensiones.[162]

—¿Y por qué no está en la cárcel?—cuestionó Worth, mostrando un sorprendente interés.

—O se escapa porque tiene una red de cómplices, igualmente bandidos, únicamente interesados en robar, en delinquir y en hurtar a cuanto poblano se encuentre en la ciudad o en las carreteras, o logra salir de las prisiones por los sobornos enormes que entrega. Ningún policía resiste sus ofrecimientos económicos.

Cuando Scott intentaba darle las debidas tranquilidades a su amable anfitrión, Worth se adelantó con más preguntas. El tema parecía importarle de manera muy significativa:

—¿Cuántos bandidos integran la red, Su Señoría?

Halagado por el reconocimiento de su alta investidura eclesiástica, Vázquez repuso que tal vez se podría estar hablando de unos 500 maleantes, despreciables vándalos que molestaban a hombres y mujeres, niños y ancianos por igual.

—Que me perdone el Señor, pero me gustaría verlo colgado de cualquier árbol de mi jardín...

—¿Y dónde opera principalmente, para dar más pronto con él? —continuó Worth su interrogatorio en tanto Scott no disimulaba su sorpresa ante un interés tan repentino de su subalterno.

—Este zángano, una mala oveja de Jesús, trabaja a lo largo del camino de Veracruz a Puebla y a la Ciudad de México — contestó el obispo sin detenerse—. Ha robado a los ministros de Inglaterra, de Estados Unidos, de Francia, de España, y a banqueros, duques y duquesas, aristócratas, políticos, comerciantes, sacerdotes, ¡ay, Señor mío!, si solo poseemos los humildes bienes que Dios nos da para su santa custodia... Sé que se entienden a señas como los masones, general, y entre la gente pobre empiezan a tener simpatías porque les reparte alguna cantidad de los botines. Este cínico se dice el Robin Hood poblano... ¿Habrase visto un bicho igual?

—¿Matan...? —insistió Worth mientras Scott ya adivinaba el sentido y la justificación de las preguntas de su subordinado.

Nada supera el placer de trabajar con personas inteligentes, se dijo satisfecho y sonriente.

—No —repuso Vázquez en tono resignado—. Solo son rateros, aun cuando a Domínguez ya lo sentenciaron tres veces a la pena capital por asesinato. Pero ese no ha sido ni es su estilo, y se lo digo yo —confesó con un dejo de tristeza—, yo que lo odio aunque el Señor me castigue por tener sentimientos tan bajos. Mentir no puedo...

Worth no necesitaba saber más. Tenía la información requerida. Buscaría hasta debajo de las piedras al tal Manuel Domínguez, de quien, por otro lado, ya había escuchado varias versiones de sus andanzas por las sierras mexicanas. Sabía que Domínguez podría encabezar lo que él había llamado *The Mexican Spy Company*. Una red de espías locales, todos ellos mexicanos, que le informarían en detalle los planes de Santa Anna, el número de sus fuerzas de caballería e infantería, la cantidad de municiones, los lugares seleccionados para atacar, la composición de la vanguardia y de la retaguardia, el tamaño de la artillería, el calibre de los obuses, los alimentos disponibles, el ánimo de la tropa. Tanto él como Hitchcock, quien había estado con Taylor en la batalla de Resaca de la Palma, deseaban saber, en detalle, cada movimiento de Santa Anna. Estos hombres de la *Mexican Spy Company* se introducirían hasta los cuarteles generales del ejército mexicano. Lo demás sería coser y cantar.

Muy pronto tuvieron Worth y Hitchcock a Domínguez a sus pies en un campamento improvisado al sur de la ciudad de Puebla. El conocido ratero se negó a hablar y a contestar nada en tanto no le liberaran las manos. Se concretaba a negar con la cabeza y a decir:

"Mi jants, mi jants..."

Cuando se cumplió con su requerimiento, ya puesto de pie, lo primero que hizo fue regañar a los dos militares norteamericanos.

—Seré ratero profesional, señores, pero tengo mi dignidad —aclaró ante un intérprete. Spooner, el traductor oficial había sido asaltado por Domínguez un mes atrás al llegar a Perote. Solo le dejaron la ropa interior. Worth y Hitchcock soltaron la carcajada ante semejante cinismo.

—Si ustedes quieren sacar lo mejor de un mexicano, respétenlo, háblenle bonito, *achinguetadito*, háganlo sentirse cómodo y honrado. Escúpanlo, patéenlo y encadénenlo y jamás encontrarán un ser más terco y suicida en todas sus marchas por el mundo. ¡Nunca me vuelvan a encadenar, señores! ¡Prométanlo!

—Lo prometemos —alegaron los militares extranjeros.

—Bien, ahora, ¿pa' qué soy bueno? ¿En qué puedo servir a los señores?

—Sabemos que eres ratero.

—En efecto y a mucha honra. Reparto el botín entre los pobres, siempre y cuando no me lo quede yo todo.

Nunca se habían encontrado Worth y Hitchcock a un cínico de semejantes dimensiones. Domínguez nunca se quejó de la invasión ni habló de la guerra ni atacó a los extranjeros por estar en su patria.

—¿Quieren que asalte al general Scott en el Obispado...?

—Por supuesto que no, Domínguez —respondieron viéndose a la cara y dudando de lo que estaba aconteciendo. Lo que queremos de ti y de tu organización es que dejen de asaltar a los norteamericanos...[163]

—Eso cuesta dinero —repuso Domínguez, metiéndose las manos en la bolsa.

—Estamos dispuestos a pagarlo —cortó Worth con severidad. Bien sabía que si el ejército norteamericano se dedicaba a perseguir bandidos en las montañas y llegaba a matarlos o a fusilarlos *in situ*, tarde o temprano vendría la represalia más temida, la guerra de guerrillas, estimulada y organizada por esta enorme pandilla de asaltantes que ya no tenía nada que perder.

—En relación al precio llegaremos a un acuerdo, ¿qué más desean los señores...? —preguntó Domínguez con aire insolente. Sin embargo, a los norteamericanos les hacía pasar un rato maravilloso, inolvidable. Lo contarían en sus memorias de guerra. A diferencia de los oficiales mexicanos, que jamás escribirían nada, invariablemente subsistiría la versión yanqui de la guerra. Los soldados santanistas no redactaban ni un par de líneas por ser analfabetos en su inmensa mayoría.

—Roba a cuantos mexicanos y otros extranjeros te encuentres, pero, eso sí, ya no deberás asaltar norteamericanos, por un lado; por el otro, deseamos convertirte en un mensajero, en un correo secreto para transmitir información en el interior de las filas del ejército norteamericano. Es decir —aclaró Hitchcock—, tu organización deberá llevar correos a Veracruz, a Jalapa, a Perote y de regreso, sobre la base de que los documentos de la valija nunca deberán caer en manos de Santa Anna...

—Señor general o lo que sea —advirtió disgustado Domínguez—, le he dicho que soy ratero, soy poblano, pero digno, y si tengo un trato con usted no lo voy a traicionar nunca: póngame a prueba...

—No solo deseamos que nos ayude como mensajero —acotó Worth engolosinado—, sino como guía y, además, espía. Necesitamos, por ejemplo, que nos muestre el mejor camino, el mejor acceso a la Ciudad de México, sin perder de vista que llevamos cañones de gran peso y que seremos en total unos 7 mil hombres los que tendremos que llegar ahí en el menor tiempo posible, tal vez antes de que arriben unos refuerzos que esperamos de Estados Unidos.

—Eso es pan comido. Nadie como yo conoce los atajos para llegar a la capital... ¿Y como espía? —preguntó Domínguez, ávido de conocer todas sus responsabilidades.

—Queremos conocer todos los movimientos y recursos del ejército mexicano que en estos momentos se encuentra en la Ciudad de México —repuso Worth, todavía temeroso de una resistencia nacionalista, un dejo patriótico de aquel pintoresco personaje.

—Olvídelo —repuso encantado el singular ladrón-mensajero-guía-espía poblano—. Nos sabemos meter por todos los agujeros hasta conocer los secretos en los confesionarios. Lo del idiota de Santa Anna es más fácil que robar una borracha: se lo juro...

Arregladas que fueron las diferencias y aceptadas las contraprestaciones, tres dólares diarios para Domínguez y dos para sus ayudantes, además de pagos extraordinarios por eventos o requerimientos distintos a los pactados, Domínguez llevó un mensaje al coronel Childs en Jalapa. A partir de ese momento, entraba y salía sin la menor preocupación por el cuartel norteamericano, donde los vigilantes ya le abrían la puerta con una de las señales utilizadas por los demás bandidos para solicitar el paso.

Fue para mí realmente sorprendente la facilidad con la que Domínguez se adaptó a las nuevas circunstancias. En muy poco tiempo empezó a balbucear el inglés para facilitar su comunicación con los oficiales yanquis, sus patrones. Visitaba las cárceles regionales en busca de presos que hubieran sido sus socios o amigos. Los liberaba de inmediato con el apoyo norteamericano. En la calle se abrazaban y reían. La única súplica de Worth es que quien hubiera obtenido la libertad a través de Domínguez, se presentara en su oficina para jurar eterna lealtad ante la bandera norteamericana, solicitud a la que todos accedieron: ¿Jura usted ser leal a este pabellón de las barras y de las estrellas? ¡Lo juro! ¿Jura usted defenderlo en la bonanza y en la adversidad? ¡Lo juro! ¿Jura usted anteponer su vida cuando la de un norteamericano esté en juego? ¡Lo juro!

Después, tal vez por la autoridad y el poder, Domínguez empezó a desarrollar una personalidad asesina. Disfrutaba en exceso las emboscadas de guerrilleros mexicanos, opuestos a la intervención armada perpetrada en contra de su país. Aquellos recorrían la región integrados en piquetes, en busca de soldados americanos para ajusticiarlos con la debida alevosía y ventaja. Domínguez, pronto conocido como el Capitán de los Rateros, representaba la antiguerrilla. Le producía una extraña fascinación el hecho de cazar materialmente, en medio del bosque o de la selva, a los mexicanos enemigos mortales de los yanquis. Asesinaba a los auténticos patriotas que con un viejo mosquete o si acaso un machete o unas piedras iban al encuentro de los invasores. La única razón por la que no mataba a los sobrevivientes de las balaceras era por los castigos que podían imponerle los propios oficiales yanquis, quienes no deseaban despertar más resentimientos ni rencores que podían también traducirse en más celadas contra ellos. El coraje en relación a sus semejantes fue creciendo con el tiempo. Era difícil justificar o entender su sed de venganza en relación a sus paisanos. ¿Odiaría a todos los que se parecían a él? ¿Ahí se justificaba su vesania a la hora de darles el tiro de gracia o de dispararles escondido tras los árboles? Es más fácil encontrar entre los mexicanos desunión y desconfianza que solidaridad y apoyo. ¿Qué es esto? Lo curioso fue localizar, con el paso del tiempo, a muchos Domínguez más, que operaban en la misma banda o pululaban por el país esperando la feliz oportunidad de una venganza anónima… ¿De quién se venga tanto un mexicano…? ¿Cuál es la fuente misma del rencor histórico que lo corroe por dentro?

Domínguez y sus cientos de seguidores, registrados en la nómina militar del ejército invasor, entraban a pueblos y ciudades vendiendo manzanas, cebollas y otros alimentos. Disfrazados de comerciantes, intentaban conocer por adelantado los planes de protección civil, escuchar rumores, medir estados de ánimo populares y hacer el mayor acopio de información que pudiera ser de utilidad para el enemigo. Sus reportes eran esperados con ansiedad por el alto mando norteamericano.

La satisfacción de Scott por la eficiencia de la *Mexican Spy Company* no dejaba el menor espacio para dudas. En uno de sus informes a Washington, dejó muy en claro su posición:

> Me han proporcionado —los espías poblanos— los más exactos informes sobre los movimientos del enemigo y los planes de sus paisanos; por conducto de ellos pude aprehender a varios militares y civiles en las reuniones nocturnas que tenían por objeto sublevar al populacho. La compañía de espías ha peleado con valor, y está tan comprometida que tendrá que salir del país cuando se retire nuestro ejército.[164]

Scott se equivocaba de punta a punta en esta aseveración. Tan pronto corrió la voz de que las fuerzas norteamericanas habían contratado a mexicanos nativos, la mayor parte de ellos poblanos, para espiar, delatar, acusar y debilitar la defensa de la patria, no se hizo esperar la respuesta nacionalista. Al poco tiempo comenzó una cacería de estos "alacranes" amigos de los enemigos. ¡Ay de aquel dominguista, integrante de la *Mexican Spy Company* que cayera en manos de los patriotas! Lo mejor que le podía pasar cuando se comprobaba su identidad era que lo colgaran o que lo fusilaran. Ninguna suerte mejor que dichos castigos si los guerrilleros lograban atrapar a uno o dos de los espías, tal y como aconteció en la siguiente experiencia que nos dejó a los presentes marcados para siempre:

Yo estuve en una emboscada metido en uno de los nudos montañosos de la sierra de Puebla. Al fondo se veían las fértiles llanuras, los espesos bosques de inmensos árboles que esconden las colinas y a los bandidos. El paraje idóneo para una emboscada. Los espías poblanos abrieron el fuego repentinamente contra los mexicanos, quienes escasamente tuvieron el tiempo necesario para desmontar. La balacera se extendía más de lo normal por la cantidad de contrincantes. Los espías dejaron de disparar al percatarse de que nadie devolvía el fuego. Ante tanto silencio y sin abandonar, por supuesto sus armas, salieron de sus escondites ubicados estratégicamente en la espesura del bosque. Cuál no sería su sorpresa cuando en lugar de dar con los cadáveres de sus paisanos, estos los cazaron desde la retaguardia. Muchos resultaron muertos de inmediato. Los dos únicos sobrevivientes, como dije, hubieran deseado perecer en ese mismo momento.

Solo porque lo vi puedo contarlo. Mi escasa imaginación como relator me hubiera impedido contar los siguientes hechos tal y como acontecieron en mi presencia. En estos pasajes de la historia, lo confieso, se demuestra con meridiana claridad la validez del aserto: la realidad supera a la mejor de las novelas.

Yo estaba a un lado de los patriotas cuando uno de los demás espías poblanos, tirado en el piso, empezó a quejarse del dolor de una bala alojada en el bajo vientre. Sangraba profusamente. El que parecía ser el jefe de los patriotas, ordenó lacónicamente:

—Ve y remata a ese hijo de la chingada con un tiro en la frente. Antes dile que aprenda a morir como hombre.

—Ya no tengo balas, mi comandante.

—¿Y tú…? —preguntó a su más cercano colaborador, un sujeto vestido con camisa y pantalones de manta, huaraches enlodados y un poncho color blanco, grisáceo, manchado de más de un siglo.

—Yo tampoco, comandante, me gasté hasta el último tiro *pa'* echarme a estos pinches pelados.

Harto de escuchar evasivas, les preguntó a seis de a caballo si les quedaba parque.

—No —respondieron al unísono.

Deseoso de iniciar el "juicio" de los dos prisioneros y ante el aumento del volumen de los quejidos del herido, ordenó a un tal Inés, que fuera a silenciar, como mejor pudiera, al cabrón ese que no sabe morir como hombrecito.

—Eso sí, quiero que se dé cuenta de lo que le pasa.

Inés se perdió entonces entre la arboleda. Parecía que iba en busca de una piedra para romperle el cráneo al espía. Para su decepción, regresó al camino solo con terrones húmedos en las manos, mientras el poblano no dejaba de dolerse ni de irritar aún más al comandante.

Desesperado ante tanta inutilidad, el jefe de los patriotas, harto de estar rodeado de tanto pendejo, se dirigió al herido arrastrando las botas manufacturadas con piel de víbora, en tanto se desprendía violentamente del estorboso mosquete que llevaba cruzado sobre el pecho. Al llegar donde se encontraba el poblano, quien se retorcía como víbora sobre un comal incandescente, le asestó una brutal patada en los testículos para que, después de dolerse a gritos y cubrírselos con las manos ensangrentadas, volteara instintivamente a buscar el rostro de su victimario. Fue entonces cuando el comandante, de apellido Rulfo, se arrodilló piadosamente frente al espía y con la cacha de su rifle le empezó a dar golpes en la cara. El traidor trató de cubrirse con los dedos hasta que no le quedó ni uno entero. Cuando giró inconsciente a un lado del camino, Rulfo tomó el arma por el cañón todavía caliente de la matazón anterior y remató con salvajes culatazos al "enemigo de todos nosotros". ¡Toma! ¡Toma! ¡Toma…!, grandísimo cabrón: eso es lo que te mereces por no estar con los jodidos y trabajar con los que nos partieron la madre… ¡Toma! ¡Toma! ¡Toma…!, gritaba furioso hasta perder la fuerza de los brazos y hundirse en un charco de sangre.

De regreso al grupo donde se encontraban amarrados los otros dos prisioneros pidió una jícara *pa'* lavarse tanto las manos como las botas, ambas ensangrentadas.

—Sangre puerca de estos miserables, ¿verdad, cabroncetes? —adujo burlón para constatar el rostro de terror de los prisioneros. Solo la mirada de pánico de Santa Anna, cuando lo atraparon en San Jacinto, era de alguna manera comparable con la mostrada por aquellos desgraciados espías poblanos. Sabían que su final era irremediable. De ahí no pasarían. Solo que ninguno de ellos podría siquiera suponer cómo terminarían sus días. Cualquier castigo impuesto por el maligno, por Satanás en el mismísimo infierno, sería inferior, irrelevante, intrascendente y pueril en relación al castigo que enfrentarían en los siguientes instantes a manos de los patriotas.

Inés tomó la palabra.

—Antes de ejecutarlos, mi comandante, este par de cabrones nos tienen que decir los nombres y lugares donde operan, ¿no…?

—¡No! —repuso el comandante con una poderosa voz de trueno—. Primero los juzgamos como marca la ley —adujo en tono imperativo, movido por un gran apetito de venganza. Imposible esperar ni un instante más…

—Sí —contestaron los demás a coro—. ¡Hay que juzgarlos por más ojetes que sean…!

—¿Son culpables? —preguntó Rulfo levantando el brazo izquierdo mientras blandía amenazadoramente un enorme machete—. Quien esté de acuerdo en que son culpables que levante el brazo.

Todos levantaron de inmediato el brazo. Los de a caballo, sin apearse, también condenaron a los prisioneros.

—Son culpables, entonces —agregó el comandante—. ¿Y ahora qué chingaos sigue…?

—¡La ejecución! —exigió uno de los patriotas de origen poblano.

—¡No! —tronó otra vez Rulfo—. Tiene razón Inés: que primero suelten la sopa estos cabrones.

De inmediato procedieron a atar a un árbol a los espías, quienes compulsivamente y después de todo género de invocaciones, empezaron a prometer lealtad eterna al movimiento de los patriotas. Juraban traer de los meritITOS güevos al tal Manuel Domínguez, a su madre, a su hermana, al obispo Vázquez de Puebla, al arzobispo de la capital.

—Dennos tiempo y le traemos a Su Excelencia, al *mesmísimo* Santa Anna, comandante Rulfo, por lo que más quiera en esta vida… ¿A *Escott*, el general yanqui? Mañana le traemos las orejas de *Escott*, *verdá* de Dios… pero déjenos vivir por lo que *asté* más quiera…

Silencio.

Simplemente los arrastraban hasta el tronco enorme de un roble, donde, después de ocho vueltas de cuerda, quedaron totalmente inmovilizados. Todos los patriotas buscaron entonces leña seca que juntaron a un lado del camino. Apareció mágicamente un caldero donde cocinaban el puchero. Acarrearon como pudieron agua de un apancle y pronto la hirvieron hasta el momento en que Rulfo pidió que le trajeran al primer culpable. *Tráime* al primer Cuauhtémoc, el que te parezca más macho.

Este se resistía gritando, tirándose al piso, llenándose la cara con hojas húmedas del bosque, llorando, suplicando, invocando que no era necesario que le quemaran los pies, que él diría todo, confesaría todo, explicaría todo, se arrepentiría de todo y juraría todo lo que le pidieran.

—No, no es necesaria la tortura. Somos paisanos, hermanos, no chinguen.

Esto último fue lo que más irritó a Rulfo.

—¿Tú qué tienes de hermano si te *vendites* a los yanquis y nos *traicionates* a todos?

—Ya no lo volveré a hacer, lo juro…

—Yo me encargaré de que no lo vuelvas a hacer, pedazo de marica. Igual que dices que no hace falta la tortura para que cantes, a mí tampoco me hacen falta tus promesas de que no lo volverás a hacer: no tengas duda… ¡No lo volverás a hacer ni en esta vida ni en ninguna otra!

Los alaridos de dolor de ambos se escucharon por todas las laderas, serranías, nudos montañosos, cantiles, llanuras, bosques, colinas, valles, senderos, despeñaderos, desfiladeros y cañadas. Ni el eco nocturno de las fieras rugientes me estremeció tanto como el dolor de esos infelices. Tirados a un lado del camino, los dejaron descansar después de haber revelado nuevos nombres de los integrantes de la *Mexican Spy Company*. Era la hora del almuerzo. Ninguno de los cuerpos de los otros espías manifestaba ya el menor movimiento. Estaban, para su buena fortuna, más muertos que los muertos. Después de comer, sentados en cuclillas, unas tortillas recalentadas y unos frijoles de la olla y café que prepararon en el mismo caldero, comenzó el segundo proceso de ejecución de la sentencia…

Al que les pareció más cínico y que maldijo a México porque le había quitado todo, desde tierra, mujer, hijos, comida y educación y por eso se había inscrito como espía para vengarse de los políticos mexicanos y de su país, a ese lo condenaron a morir con todos los agravantes.

Inés apareció de pronto tras los caballos cargando cuatro cuerdas anchas y largas que fueron amarradas a cada uno de los tobillos y muñecas de la víctima que permanecía, sujeto entre varios, boca arriba, en el piso. La otra punta se la entregaron a cuatro jinetes que rodeaban el cuerpo del traidor. Una vez amarrada la cuerda con varias vueltas y nudos a la silla de montar, se fueron retirando los caballos lentamente en dirección a los cuatro puntos cardinales hasta que el cuerpo de la víctima quedó tenso, prácticamente suspendido en el aire. Los aullidos eran de horror. La selva respiraba desacompasadamente.

Rulfo ordenó, entonces, que los jinetes detuvieran la marcha inmediatamente hasta que los cuatro verdugos, colocados cada uno con fuetes al lado de las bestias, esperaran las instrucciones finales. El otro prisionero había escondido la cabeza entre las piernas y lloraba compulsivamente. Se negaba a ver la ejecución de su compañero de andanzas. Ignoraba que su suerte sería mejor que la de su colega. Los agravantes, en su caso, eran menores. Ya se lo habían hecho saber.

A la voz de jalen, ¡hijos de la rejija!, emitida por Rulfo, los caballos empezaron a desplazarse lentamente, dando pequeños, muy pequeños pasos, en las direcciones más opuestas posibles, mientras los huesos del prisionero crujían como bisagras de ventanales viejos y oxidados que jamás hubieran sido abiertos. Si los rugidos, parecidos a los emitidos por las fieras heridas, erizaron la piel cuando les quemaron los pies antes del almuerzo, después de las tortillas y de los frijoles, recuperado el ánimo con un buen café de olla, los alaridos del primer espía se pudieron escuchar hasta la California, todavía mexicana, antes de perpetrarse la consumación legal del hurto del siglo xix. Nunca, jamás en mi vida había escuchado un grito de dolor similar. Nunca, seguramente volveré a escucharlo... El poblano se desangró en menos tiempo del necesario para guiñar un ojo.

¿El segundo prisionero? Como les había contado, corrió con mucho mejor suerte... Lo ejecutaron unos pasos más adelante, donde el charco de sangre y los restos humanos ya no eran visibles. Los verdugos repitieron el procedimiento y ataron las extremidades del reo con las mismas cuerdas, ya ensangrentadas, a las sillas de cuatro caballos. De nada les sirvieron las súplicas ni la resistencia ni los ataques de llanto de quienes habían resultado responsables del patriótico juicio. Los encargados de ejecutar la sentencia golpearon brutalmente con los fuetes las ancas de los caballos. Los animales salieron despedidos como enloquecidos, corriendo a todo galope rumbo a las colinas, a los valles, hondonadas y precipicios hasta volar en dirección del infinito. Al último espía no lo estiraron. Reventó como si hubieran dejado caer una gran calabaza desde lo alto del Palacio del Arzobispado en la calle de Moneda en la Ciudad de México. Solo emitió unos sonidos guturales que ni se escucharon con claridad porque los cascos de los caballos los aplacaron robándome la atención el hecho de ver cómo arrastraban las extremidades por los caminos de México...

—Ahí le dejamos ese banquete a los buitres —dijo Rulfo mientras montaba su caballo y se perdía en la serranía seguido por los suyos—. Cuanto espía mexicano encontremos le daremos su merecido —agregó soltando la carcajada, enrollando su mecate y amarrándolo a un lado de la montura—. Ya es hora de entender que, quienes ayuden a despedazar a este país, los despedazaremos nosotros. La patria está en juego... Aquí no caben los traidores hijos de puta...

Días después tanto los Rulfo como los Domínguez, espías y contraespías, guerrilleros y contraguerrilleros, patriotas y anti-patriotas, recibieron sendas invitaciones de Su Excelencia, Antonio López de Santa Anna, para unir sus fuerzas al ejército mexicano que él comandaba para darle gloria a las armas nacionales. Ambos grupos declinaron participar alegando diferentes razones y recurriendo a diversos argumentos. Las dos facciones coincidieron, por un motivo o por otro, en que Su Excelencia se fuera mucho a la chingada... Señor Benemérito: no podría usted imaginar cuál sería su suerte si cayera en nuestras manos. Cocerlo como tamal sería ya un juego de niños...

Nicolás Trist, el embajador plenipotenciario del gobierno de Estados Unidos enviado por Polk para legitimar el atraco terri-torial a través de un tratado civilizado, empieza por tener severos enfrentamientos con Scott. El diplomático simplemente ignora al militar y trata de entablar una comunicación directa con Santa Anna. Él representa el ángulo diplomático, el de las palabras tersas, suaves, redondas, amables y comprensivas. "Yo lo invita-ría respetuosamente a contemplar mi planteamiento desde este generoso punto de vista..." Difiere del lenguaje de los cañones. Yo no vengo a matar. Mi misión es hablar. Vestir, si se quiere, los hechos con un ropaje fino y hecho a la medida. Dialoguemos. Charlemos. A todos nos interesa la paz y salvar la dignidad. De-mos cada quien un paso al centro y apartémonos de los extremos en donde se originan los rompimientos. Yo sugeriría... Yo apun-taría... Yo propondría...

Durante el rompimiento entre Scott y Trist, se presenta Edward Thornton, un nuevo jugador, representante de la embajada de la Gran Bretaña en México, para aconsejar al último respecto a la conveniencia de sobornar a los mexicanos.

—Ya sé que nosotros tenemos otra concepción de los asuntos de Estado, pero aquí, en este país, es la mejor herramienta para dirimir diferencias: créame, con dinero se desatoran los asuntos antes que con las balas...

Trist y Scott deciden darle a Santa Anna 10 mil dólares y, además, le ofrecen un millón más a la firma de los tratados de paz.[165] Su Excelencia se frota las manos. Va alcanzando sus objetivos: hacerse de inmensos recursos y pasar a la historia como el auténtico Salvador de la Patria. Recibe el dinero con verdadera fascinación. Le es, por supuesto, insuficiente. Santa Anna alega que aun estando las tropas tan cerca de Puebla encuentra mucha resistencia para firmar un tratado de paz con cesión territorial. La gente, el pueblo, la prensa lo atacaría lanzándole a la cabeza el argumento de la precipitación. Lo acusarían de tener un interés oculto, inconfesable.

—En el Congreso no hay quórum suficiente tal vez por el mismo caso de la guerra, *mister* Trist. Aunque los legisladores alegan que, de acuerdo a la Constitución de 1824, la que ya nos rige de nueva cuenta puesto que el año pasado dejamos sin efecto la Constitución Centralista, tengo facultades, en mi carácter de presidente de la República, para firmar tratados, yo me niego a hacerlo porque la actitud de los senadores no responde sino a una trampa para hacer recaer sobre mí la responsabilidad histórica de la entrega de California lavándose ellos las manos en semejante decisión. "No, *mister* Trist, yo le pido que las tropas de Estados Unidos avancen hasta la Ciudad de México y se establezcan en El Peñón, a un lado del Lago de Texcoco.[166] A ver si así entienden la población y mis oponentes, el peligro que corremos para entonces proceder a una negociación feliz y amistosa. Avancen pues hasta El Peñón. ¿Podría usted informar al general Scott de lo anterior? Suyo, afectuosamente, s.s.s. ALSA."

En una lonchería en la Ciudad de México, atrás del sagrario de la catedral metropolitana, en la que entro a desayunar un café con leche, una concha y un par de mamoncitos, encuentro sobre la mesa el siguiente recorte de un periódico:

A QUIEN CORRESPONDA

¿No es raro que Santa Anna haya sido la única persona a la que se le permitió romper el bloqueo naval de Veracruz? ¿Por qué sospechosísima razón lo dejaron pasar los norteamericanos? ¿Qué habrá dado a cambio este sinvergüenza para obtener el salvoconducto? ¿Por qué teniendo de rodillas a Taylor en La Angostura abandonó al otro día el campo de batalla, cuando tan solo faltaba darle al enemigo, casi rendido, un sonoro tiro de gracia? ¿Cómo aceptar su pretexto infantil, es decir, la supuesta necesidad de venir a sofocar la rebelión de los polkos, cuando luchar un día más hubiera significado no solo un claro triunfo militar, una muestra de fortaleza y un marcado reforzamiento de la moral nacional, sino además, una respuesta muy clara para Polk y su Congreso de que la guerra no sería fácil ni corta, situación que hubiera complicado la continuación de hostilidades?

En La Angostura y en Cerro Gordo, el "Señor de las Traiciones" empezó a pagarle a nuestros enemigos una parte del precio del salvoconducto.

Ahora, mientras los norteamericanos esperan en Puebla el arribo de refuerzos de Estados Unidos; ahora, cuando miles de voluntarios norteamericanos han regresado a su patria, al extremo de que hoy existen en la plaza únicamente 7 mil soldados enemigos que viven como turistas, ahora que los tenemos a tiro de cañón, antes de que vuelvan a contar con 15 o 20 mil efectivos, ¿no es el momento adecuado para organizarnos y acabar con ellos en un dos por tres? ¿Qué hace Su Excelencia de mierda que no los ataca ni nos convoca a todos al ataque...?

¿Qué nos espera en la capital de la República peleando contra un ejército muy poderoso y un traidor al frente de las fuerzas nacionales? ¡Pobre México! Si la iglesia ya se condenó al fuego eterno por haber organizado la Rebelión de los Polkos, entre otras más y, por otro lado, el Quince Uñas, otro traidor, vende militarmente la patria a los invasores, ¿qué nos queda a los humildes patriotas...?

En lo que hace a la prensa extranjera, en particular la de Estados Unidos, el periodista y director general del *New York Sun*, Moses Beach, publicó sus reflexiones dignas, muy dignas de ser rescatadas:

MÉXICO ANEXADO A ESTADOS UNIDOS

Cuando el ejército de Estados Unidos ganó con tanta facilidad las batallas de La Angostura y de Cerro Gordo quedó evidenciada nuestra franca superioridad militar, misma que los norteamericanos deberíamos aprovechar para anexarnos "Todo México" de una buena vez por todas y para siempre. "Todo México" debería intitularse nuestra campaña política. "Todo México." ¿Por qué resignarnos con tan solo la mitad? Es nuestro momento, entendámoslo.

Además de nuestra imbatible fortaleza militar tenemos dos grandes ventajas a nuestro favor, aprovechémoslas: una, la demostrada falta de patriotismo imperante en México y la segunda, la admiración reverencial que tienen los mexicanos hacia el poder yanqui. La Providencia nos impuso una gloriosa misión consistente en salvar de la barbarie al resto del continente, en especial a nuestro vecino inmediato del sur. Es entonces nuestra obligación demostrarles a otros países y más tarde al mundo entero, inclusive por medio de la fuerza, que la única opción para alcanzar la felicidad y el progreso es a través de la adopción de instituciones democráticas similares a las estadounidenses. Los haremos felices y progresistas aun en contra de su voluntad. Ellos todavía no saben lo que les conviene.

Además, si los norteamericanos no nos apoderamos del país vecino, se dejará libre el camino para que lo haga una potencia europea. ¿Quién de nosotros desea la ejecución de semejante fechoría…?

No estoy solo en este proyecto llamado "Todo México". Afortunadamente cuento con el decidido apoyo de los demócratas de nuestra costa atlántica del norte y con la opinión favorable e influyente de otros periódicos, como el *Boston Times*, el *New York Sun*, el *New York Herald*, el *Philadelphia Public Ledger* y el *Baltimore Sun*.

Que quede muy claro: "La conquista que lleva paz a una tierra donde la espada ha sido siempre el único árbitro entre facciones igualmente despreciables; que instituye el primado de la ley; que provee la educación y la superación de la gran masa del pueblo que durante un periodo de 300 años ha sido esclava de una raza autoritaria extranjera; que hace prevalecer las libertades religiosas y de pensamiento en donde el clero ha sido capaz de reprimir toda religión salvo la propia, tal conquista, aunque se le estigmatice, necesariamente debe ser una gran bendición para el conquistado".

Anexémonos "Todo México" ahora mismo.

En alguna ocasión, cuando las tropas de Scott ya empezaban su marcha trágica hacia la Ciudad de México, comenté con el periodista Martinillo en una vinatería de la calle de Plateros el final que podía esperar a los mexicanos si perdíamos la guerra contra Estados Unidos y nos absorbían integralmente. No imaginé la cantidad de ejemplos que me expuso para definir el perfil del nuevo conquistador. Puestos de pie sobre trozos de aserrín, me dijo, entre vasos de vino clarete y una larga inhalación de puro veracruzano:

—Mire usted, estos sujetos se pintan solos a partir del momento mismo en que sostienen y defienden la institución de la esclavitud que nosotros prohibimos por salvaje desde la Constitución de 1824, hace ya 23 años.

De espaldas siempre a la pared, sabedor de que podrían herirlo en cualquier momento los esbirros del dictador, me preguntó:

—¿Qué puede usted esperar de una nación invasora que en casa obliga a los esclavos negros a trabajar jornadas sin descanso hasta 18 horas diarias, salvo que se estuviera dispuesto a recibir azotes con púas de acero? Sus amos, los finqueros o hacendados, marcan cual ganado o mutilan a su gente para hacerlos escarmentar o los encarcelan en los almacenes donde secan el tabaco para matarlos de asfixia. Eso es lo que ellos llaman progreso...

Yo lo dejaba hablar porque era bien sabido que se trataba de un personaje informado:

—Como los finqueros son los dueños de por vida de los esclavos, por lo mismo pueden condenarlos a la pena de muerte, sin previo juicio, con tan solo comprobar que el acusado había asesinado, violado, robado o asaltado a personas blancas. Sé de muchos casos en que el infeliz negro, en la mayoría de los casos inocente, se le ataba a un árbol y se le prendía fuego. En el evento remoto de intentar la fuga, unos perros infernales lo perseguían y para cuando los capataces llegaban en su rescate, desde luego para quemarlo, las fieras habían dado cuenta de él: se lo habían comido vivo.

—¿Eso es lo que nos espera de los hombres que pretenden imponer por la fuerza sus instituciones y hacer feliz al mundo entero porque así lo dispuso Dios? ¡Carajo!

—Ellos, que tanto presumen de su Constitución y de sus libertades, el miserable país de las libertades, debemos recordarles —adujo dando un largo trago del clarete frío— que las reuniones de esclavos son consideradas ilegales, salvo que esté presente un blanco; se les tiene prohibido portar armas y no pueden permanecer fuera de su plantación por más de cuatro horas y, por si fuera poco, no se les reconoce como miembros de la comunidad ni tienen derecho alguno sobre su propia familia. Usted dirá la clase de maldición que se cierne sobre México... Ese es el perfil de nuestros conquistadores...

Mientras Martinillo hablaba, lo rodeó un parroquiano y luego otro y otros curiosos más. Era claro que no sabían leer ni escribir. Esa era la única manera como podían informarse, aun a riesgo de parecer indiscretos. El miedo, ampliamente justificado ante la llegada de las tropas norteamericanas, se leía fácilmente en sus rostros. Otros paisanos no ocultaban su disgusto ni su coraje y maldecían a su paso una y mil veces el nombre de Santa Anna, el gran traidor, bandido. Algunos festejaban la llegada de los yanquis porque finalmente se impondría el orden y el país podría generar la riqueza anhelada. Se acabarían los fueros y los privilegios y todos por igual se someterían al imperio de la ley, sin excepción. Con los yanquis no habría bromas.

Martinillo continuó mientras un pequeño grupo lo rodeaba:

—Si alguna persona blanca ayuda a los esclavos fugitivos, se le encarcela por seis meses, además de pagar una multa adicional por mil dólares, una locura de sanción —dijo disgustado—. Deben saber ustedes, porque ese es su futuro —advirtió girando para que nadie perdiera detalle de la conversación—, que a los esclavos les está prohibido aprender a leer para negarles el acceso a la Biblia y a la Constitución del país. ¡Se trata de impedir que se instruyan a como dé lugar para que sean dependientes viviendo en la animalidad! Señores, eso significa la llegada de estos bárbaros que ya se acercan desde Puebla a la capital. ¡Ay de aquel que instruya a un niño negro, porque se le encarcelará y se multará desproporcionadamente! Aun en el norte del país, en donde los negros son libres, los niños negros reciben 10 azotes salvajes por ir a la escuela. ¿Te imaginas la calidad de los amos?

—Pero nosotros nunca seremos sus esclavos —adujo uno de los presentes, de piel oscura y escaso bigote y labios anchos.

—No lo dude, hermanito: son los bárbaros de nuestros días, o, ¿no es bárbaro el que prohíbe a un ser humano poseer libros, plumas, tinta y papel para ilustrarse, ya que eso es lo único que nos distingue de los animales, nuestra inteligencia, nuestra mente, misma que ellos nos impedirían usar por considerarnos inferiores al no ser güeros ni grandotes ni pendejos... —arguyó el periodista sin poder esconder su malestar—. ¡Tienen autoridad para quemar las escuelas clandestinas, y pueden castigar con un collar de hierro enredado al cuello a una mujer parturienta hasta que nazca la criatura, lo anterior para evitar abortos! Son brazos nuevos de trabajo, señores, ¿cómo no los van a cuidar...?

Martinillo se crecía ante la presencia del público, por más reducido que fuera. Lo importante era hacer llegar el mensaje, divulgarlo.

—¡Olvídense de ir a la iglesia! Está reservada solo para los blancos. ¿Eres prietito? Pues prepárate, serás esclavo a menos que te robes un mosquete y dispares con lo que puedas o desde donde te sea posible a las tropas yanquis cuando próximamente desfilen por nuestra ciudad. Si te toman vivo serás limpiabotas de Scott hasta el último de tus días, salvo que él te desprecie y te azoten por cualquier razón, seas hombre o mujer, da igual, y te pongan manteca de cerdo en la cabeza para que el dolor te enloquezca cuando se derrita y te penetre por las llagas. ¿O prefieres que te amarren cerca de nidos de avispas? Los conozco, créanme que conozco a los yanquis y es mejor que resistamos con lo que sea la toma de la ciudad antes de que nos sometan a tormentos y castigos parecidos a los de la Inquisición, que ya superamos...[167]

—¡Los yanquis! ¡Los yanquis!, ahí vienen los yanquis —gritaba la chusma que corría despavorida por la calle de Plateros. Después de tirar unas monedas sobre la mesa, salimos todos juntos a constatar la presencia de las primeras tropas. Falso. El nerviosismo ciudadano a veces se desbordaba. Sin embargo, las batallas para la toma de la Ciudad de México comenzarían en cualquier momento.

El alto mando mexicano resolvió no atacar Puebla, sino reorganizar el ejército y fortificar la Ciudad de México para esperar al enemigo precisamente en la capital de la República. Si cayera la cabeza del país todo estaría perdido. Nadie podía ignorarlo. Era la última oportunidad. Solo contábamos con una bala y debíamos dispararla con nuestra mejor puntería al centro de la frente del invasor o se habría consumado la segunda conquista de México con todas sus consecuencias. Se reclutan hombres, se construyen parapetos, se repara la artillería, así como las armas portátiles. El clero se muestra sospechosamente apático, apartado, lento. Da algunos recursos para disimular su posición. No se olvida la rebelión de los polkos de febrero pasado. Estamos a mediados de agosto de ese fatídico 1847. Se reúnen 20 mil hombres. Los ingenieros militares ayudados por ciudadanos, voluntarios, realizan obras en Chapultepec, Mexicaltzingo, San Antonio, Churubusco y las garitas de Belén, Santo Tomás, de San Cosme, Nonoalco, Vallejo y Peralvillo, además de los cerros cercanos a la Virgen de Guadalupe.

No hay arreglo con Polk ni con Trist: sus demandas territoriales son inaceptables. Santa Anna da argumentos en contra. Mejor la paz. Sus palabras suenan a las de un traidor. No insiste. Las armas. Tomemos otra vez las armas. Somos más que ellos. No importa que seamos improvisados ni carezcamos de instrucción militar y contemos con equipos inferiores a los del invasor. La población de la ciudad es de 400 mil personas. Somos cinco veces más que los poblanos. No permitamos que se repitan los acontecimientos de la conquista de la Gran Tenochtitlán, cuando tan solo 300 españoles se adueñaron de la capital del imperio, habitada cuando menos por un millón de indígenas. No. Son otros tiempos. Defendámonos con adoquines lanzados a la cabeza, con pistolas domésticas, con venenos o puñaladas arteras. Démosles con palos, verduguillos, botellas, piedras, navajas, mosquetes y tercerolas. Todo es válido para atacar al invasor.[168]

¿La batalla de Padierna? Santa Anna, dueño de una extraordinaria capacidad para reunir ejércitos e improvisar defensas, se dedicó a reforzar la entrada a la capital. Su plan era puramente defensivo. Esperaba el ataque por el oriente, por el Peñón, a donde le había sugerido a Scott que se acercara, solo que la *Mexican Spy Company* le informó con la debida oportunidad del nivel de fortificación de la plaza y aconsejó el ingreso a la capital por otro lugar menos guarnecido. El 11 de agosto de 1847, al llegar los norteamericanos a dicho Peñón, su cuerpo de ingenieros y Manuel Domínguez encontraron otra entrada por Tlalpan, además de descubrir los caminos para evitar las fortificaciones de San Antonio y Churubusco.

Santa Anna ordena al general Valencia que espere a los norteamericanos para atacarlos por la retaguardia. Valencia no está conforme con la instrucción. Desobedece a su superior. El ataque se da finalmente en Padierna, el 19 de agosto de 1847. Scott ataca por donde no se les espera. Santa Anna contempla desde las alturas de San Ángel cómo los norteamericanos rodean a Valencia. El hijo de Iturbide llama a la respuesta a todo pulmón: "Conmigo, muchachos, mi padre es el padre de nuestra independencia". Es el momento de atacar, mi general, le dicen a Su Excelencia. Sorprenderemos a Scott a dos fuegos, el nuestro y el de Valencia. Nosotros los rodearemos a ellos. Será como cazar conejos, mi general-presidente. Los norteamericanos descubren la posición de Santa Anna y se saben atrapados. Solo hace falta que el Benemérito desenvaine la espada y la deje caer al grito de ¡al ataque! para desbaratar al ejército yanqui y perseguirlo en desbandada hasta el mar. Ahí se les arrojará al agua a punta de bayonetazos y se les rematará a tiros ayudados por los tiburones de la Isla de Sacrificios.

¡Al ataque! ¡Al ataque! ¡Al ataque! Se entiende que esa debe ser la instrucción, pero Santa Anna no la da. No la dio. No la dará nunca. Montado sobre su caballo blanco, con el rostro impertérrito, desoye los gritos de desesperación de su gente, las reclamaciones para entrar en acción. No mueve ni un labio ni levanta la mano ni da voz alguna para entrar al rescate de Valencia. Ni siquiera se ajusta el sombrero. Espera a que los norteamericanos exterminen a las tropas mexicanas. Lo hacen con insuperable eficiencia, dado que tan solo tienen que cuidar un flanco. No hay peligro alguno por la retaguardia. Valencia suplica el auxilio mientras asiste a su derrota. Más tarde gritará desesperado y maldiciendo a Santa Anna: ¡Sálvese el que pueda…! Su Excelencia no utiliza su capacidad de fuego ni convoca a sus lanceros: Valencia me desobedeció. Que tenga su merecido, alega el Gran Almirante y Mariscal de los Ejércitos. Es hora de que aprenda a respetar a sus superiores. Que cargue con el peso de su responsabilidad. Más tarde propondrá someterlo a un consejo de guerra por haber desacatado sus órdenes. Además, sabe, es una buena oportunidad para hacer desaparecer a un enemigo político… ¡Que se quede solo y escarmiente! No iré a rescatarlo… Se quedará sin refuerzos…[169]

La vieja voz de la historia se escucha en el campo del honor. ¡Traición! ¡Traición! ¡Traición! En la noche todo había terminado en Padierna. Valencia se lame las heridas en tanto clama venganza. Las tropas de Santa Anna descansan en San Ángel. Una parte de la Ciudad de México ya había caído. Las sospechas avanzan como una mortal gangrena. Lo de La Angostura, Cerro Gordo y ahora Padierna, ¿son casualidades? ¿Tantas casualidades…? ¿Por qué el Quince Uñas no apoyó a su subalterno para ganar la primera batalla de la ciudad y luego ajustó cuentas con quien resultara responsable? Primero es la patria, ¿no…? El Benemérito se muestra satisfecho: había dado una lección inolvidable a Valencia. ¿Y el país? Bueno, Valencia ya nunca volvería a desobedecer…

¿Churubusco? Yo estaba presente cuando en Cerro Gordo Santa Anna dijo que "por La Atalaya y El Telégrafo no podría pasar ni un conejo", y pasaron los hombres de Scott, con todo y cañones, para sorprender y derrotar al ejército mexicano. En Churubusco se equivocó de nueva cuenta al declarar que nadie podría cruzar por el Pedregal y, por supuesto, pasaron los norteamericanos caminando sobre el piso reseco de lava volcánica. ¿Se equivocó…? Pues se volvió a equivocar, esta vez más gravemente y no solo en su estrategia defensiva, sino que cuando el general Anaya pidió más municiones con la máxima urgencia, el Padre del Anáhuac le envió el parque requerido, el suficiente para defenderse, sí, pero de un calibre diferente al de los mosquetes y cañones utilizados en la defensa del convento. Un error. Otro lamentable error. El 20 de agosto de 1847, antes de la histórica batalla, Santa Anna pasó a avisarles que llegaba el enemigo. A continuación se retiró con sus fuerzas de 5 mil hombres en lugar de quedarse a ayudar a

Anaya en su enfrentamiento contra las tropas de Scott. En cinco horas de combate también, claro está, cayó Churubusco. ¡Cuántas coincidencias! ¿Acaso mi general-presidente desea perder todas las batallas? Donde él está presente y dirige las hostilidades la derrota está garantizada. Sobran los ejemplos para fundar mi dicho. Ahí está la historia militar.

Se equivoca al pensar que los norteamericanos no cruzarán por el Pedregal. Se equivoca al enviar el calibre del parque requerido. Se equivoca al no asistir a mi general Anaya durante el ataque yanqui, sobre todo cuando él contaba con 5 mil hombres frescos, bien armados, totalmente desperdiciados. Se equivoca, se equivoca, ¿se equivoca...?

Santa Anna solicita una tregua. Scott la rechaza. Se sabe vencedor. La capital de la República está a punto de caer en sus manos, solo faltan un par de escaramuzas. Nada parecido a La Angostura ni a Cerro Gordo ni a la batalla por el convento de Churubusco. Recapacita. El general norteamericano concede. A su vez solicita un armisticio. Sus tropas están agotadas, más aún después del viaje desde Puebla siguiendo la ruta de Cortés, sugerida por Manuel Domínguez y su *Mexican Spy Company*. Scott escribe a Santa Anna:

> Demasiada sangre se ha vertido ya en esta guerra desnaturalizada entre las dos grandes Repúblicas de este continente. Es tiempo de que las diferencias entre ellas sean amigable y honrosamente arregladas; y sabe V.E. que un comisionado de los Estados Unidos, investido con plenos poderes para este fin, está con este ejército. Para facilitar que las dos Repúblicas entren en negociaciones, deseo firmar en términos razonables un corto armisticio. Espero con impaciencia hasta mañana por la mañana una respuesta directa a esta comunicación; pero entre tanto tomaré afuera de la capital las posiciones que juzgue necesarias para el arribo y comodidad de este ejército.[170]

Scott será criticado por esta decisión desde Washington, porque teniendo a México a su merced desaprovechó la oportunidad de atacar, tomar la capital e imponer de inmediato gravámenes de guerra, de tal modo que los mexicanos financiaran los gastos y sueldos del ejército norteamericano. Es severamente amonestado por el jefe de la Casa Blanca. Fue usted a matar, no a conceder días de asueto para que los mexicanos se reacomoden… En efecto. Polk enfurecerá porque la duración de la guerra le resulta, cada día, políticamente más perjudicial. A más duración del armisticio, más, mucho más, se pone a tiro de la oposición. Diferir la guerra es un arma a favor de sus enemigos políticos en el Congreso. Sin embargo, el 24 de agosto queda formalizado el armisticio. Se abre un paréntesis. Los capitalinos respiran. Dejan de escucharse los traquidazos en cadena a lo largo y ancho del Valle de México.

El diputado Ramón Gamboa denuncia que Santa Anna no solo traicionó a México en La Angostura, en Cerro Gordo, en Padierna, por no haber auxiliado oportunamente a Valencia, en Churubusco por no haber brindado ayuda a los defensores del convento, sino por

el infame armisticio que ha celebrado, cuando sabe que el enemigo no tiene arriba de 7 mil hombres útiles, que carece de muchísimos artículos necesarios, que su tren es voluminoso y lleno de estorbos, y que espera el auxilio por Veracruz y aun por San Luis Potosí; y cuando, por otra parte, en la capital hay más de 15 mil hombres y es público el ardor de venganza en que están los mexicanos.

El propio Gamboa subraya en el seno del Congreso mexicano la sospechosa cadena de derrotas, tan paradójicas, que han humillado al ejército mexicano.

¡Que venga Santa Anna, el maldito cojo de todos los demonios!, sentenció una mayoría de legisladores en los últimos días del armisticio. El diputado Ramón Gamboa, de acuerdo con Luis de la Rosa, secretario de Relaciones a la sazón, propone la consignación penal del presidente de la República ante un Gran Jurado en que habrá de convertirse el propio Congreso nacional. Se le exigirán explicaciones en torno a Mackenzie y su visita a La Habana, según lo habían publicado los periódicos norteamericanos. Santa Anna tendrá que aclarar lo del salvoconducto para romper el bloqueo en Veracruz, la eternidad de tiempo perdido en San Luis Potosí antes de atacar a Taylor, la extraña orden para desocupar Tampico, la inexplicable instrucción de abandonar La Angostura, la indigerible derrota de Cerro Gordo, el abandono de Puebla, las inexcusables derrotas de Padierna y Churubusco, además del armisticio... Tantos desastres y ¿ni un solo éxito...? El maldito Quince Uñas es un traidor. Erijámonos en Gran Jurado. Juzguémoslo. Condenémoslo. Colguémoslo públicamente a un lado de la catedral...

Trist aprovecha la ocasión del armisticio para reunirse con los comisionados mexicanos y avanzar en la redacción de un tratado de paz. ¿Tratado? El tratado es un acuerdo de voluntades políticas entre dos o más Estados. Precisemos entonces: si está ausente el ingrediente de la voluntad, la libertad de determinación, la de decidir sin presión alguna, ¿no estamos, mejor dicho, ante la figura de un ultimátum? Cuando se vende un objeto y se suscribe un contrato sintiendo la boca del cañón de la pistola en la sien derecha, ¿se habla de un contrato entre personas civilizadas que ratifican un pacto al estampar su firma, o de un asalto en donde el bandido desea legalizar su conducta?

Los mexicanos, encabezados por Bernardo Couto según instrucciones precisas de Su Excelencia, proponen, en las primeras reuniones, aceptar la independencia de Tejas, anexada a Estados Unidos a cambio de una indemnización, eso sí, siempre y cuando se reconociera la frontera del Río Nueces, la original, la históricamente válida entre Tejas, Coahuila y Tamaulipas... El Nueces, el Nueces dividía esos Estados y más tarde departamentos, jamás el Bravo. México, aduce como si no sintiera el filo de la bayoneta yanqui medio encarnada en la garganta, no negociará ninguna otra parte del territorio nacional hasta que las tropas norteamericanas no abandonen el suelo patrio y se levante el bloqueo de los puertos.

¿Abandonar el territorio mexicano...? Las carcajadas de Polk se escuchan hasta más allá del Hudson. Acto seguido da un golpe sobre el escritorio. No es momento de reír: los mexicanos no entienden que están muertos. Que estamos a unas cuantas calles de tomar la Plaza de la Constitución. Que los tengo con la frente contra el piso y la bota en la nuca. Si aprieto los asfixio. Todavía no comprenden que si quiero me quedo con todo el país, que ese es el sentir de muchos secretarios de mi gabinete y todavía me vienen con pretensiones estúpidas. Tratan de imponer condiciones como si ellos fueran los vencedores... ¿Cómo harán los mexicanos para escapar tan fácilmente de la realidad? Son cínicos, apáticos o han enloquecido: no los comprendo. ¿Reaccionarán cuando vean nuestra bandera ondear en su Palacio de Gobierno?, se pregunta Polk con sus ojos grises de acero, hundidos en profundas cuencas oscuras en tanto proyecta su conocida mirada opaca. La fatiga se percibe en su rostro. Apenas ha superado dos años de su gobierno, cuenta con 51 años de edad y su aspecto ya es el de un anciano caduco y amargado. Si tan solo pudiera conciliar el sueño, al menos unos instantes... ¿El amor...? Al diablo con el amor: esas son frivolidades latinas...

En la siguiente reunión, durante el armisticio y a modo de respuesta en torno al abandono de las tropas del suelo mexicano, Trist solicita el reconocimiento definitivo de la anexión de Tejas a Estados Unidos, además de la entrega de Nuevo México, parte de Tamaulipas, por supuesto Coahuila, Sonora y Chihuahua, así como la totalidad de ambas Californias. Antes de concluir también se refiere a la necesidad de concederle a Estados Unidos el libre paso de hombres y mercancías a través del Istmo de Tehuantepec ya fuera recurriendo a ferrocarriles, canales o caminos que se pudieran construir.

¡Robo!, ¡robo!, iba yo a gritar. Malditos yanquis, miserables bribones. Hago muchos votos por que el imperio naciente que ustedes encabezan muy pronto sea decapitado, porque de otra suerte el mundo entero y todas las generaciones por venir, tendrán que vérselas con un coloso fanáticamente armado y vorazmente deseoso de apoderarse de todo lo ajeno por el uso de la fuerza. Por lo pronto invaden un país vecino porque codician, en un principio, solo sus tierras, y, además de violar su soberanía, matar a mansalva a sus defensores, violentar sus mermadas finanzas, aplastar todo tipo de resistencia, todavía buscan una compensación por los daños que ustedes mismos causaron. Nunca nos entenderemos, escúchenlo bien: podrán disponer de lo nuestro porque no tenemos forma de oponernos, ejecutarán el despojo a los ojos de la humanidad, pero eso sí, jamás olvidaremos lo que siempre dijo Martinillo: "donde hay un yanqui hay un ratero y hasta un asesino, dependiendo de la resistencia de la víctima..." Son ustedes la raza maldita que subsiste tragando únicamente dólares, devorándolos, estén donde estén y vengan de donde vengan, sin escrúpulos...

Ladrones, son ustedes unos ladrones, ladrones multimillonarios, pero al fin y al cabo ladrones, ladrones elegantes y de hablar civilizado, ladrones cultivados en importantes universidades, pero nunca dejarán de ser ladrones. Ladrones respetados por la brutalidad de la que son capaces, pero nunca queridos. Ladrones candorosos, gigantes, duros, solitarios, estoicos y poderosa y atrozmente criminales. Hoy le dan a México muestras de sus alcances, más tarde se las darán a todo ser viviente sobre la tierra...

En las siguientes reuniones, los mexicanos se resisten a aceptar que en los territorios cedidos, fueran los que fueren, se instalará el horror de la esclavitud. Trist se niega. Se opone. Una condición así sería imposible: ningún presidente norteamericano se atrevería a presentar un proyecto semejante al Senado. Polk mismo tiene esclavos. Somos amantes de la libertad del hombre y de la esclavitud. Adoramos las dos instituciones. Parece un contrasentido, lo sé, pero no lo es: los negros no son seres humanos, ¿entiende? Estamos frente a una condición *sine qua non*. El punto no es discutible.

¿Por qué razón les vamos a entregar California? ¿Qué tiene que ver California en el conflicto del Río Nueces?

Estamos frente a una condición *sine qua non*. El punto no es discutible.

Nuevo México es un territorio mexicano desde hace más de 300 años, ¿por qué tenemos que cedérselo?

Estamos frente a una condición *sine qua non*. El punto no es discutible.

La porción entre el Nueces y el Bravo ha sido históricamente nuestra, ¿a título de qué desean apoderarse de ella?

Estamos frente a una condición *sine qua non*. El punto no es discutible. En todo caso son derechos del conquistador...

México no accede a perder una parte de California ni considera los otros territorios exigidos por los yanquis. Se resiste a aceptar las pretensiones monstruosas de Trist, aun con media capital de la República tomada por el enemigo. Ante la actitud negativa e intransigente de Trist y la repetición de su insoportable letanía, "estamos frente a una condición *sine qua non*, el punto no es discutible", el gobierno mexicano asienta por escrito este párrafo que deja perplejos a Trist, a Polk, a Buchanan, a Marcy, a Walker, a Scott, a Taylor, a todo el personal de la Casa Blanca, al Departamento de Guerra y al de Marina. ¿Cómo es posible que un muerto de hambre tenga dignidad? Los tengo a mi disposición ahí, tirados sobre el piso, de espaldas al suelo, absolutamente indefensos, agotado de tanto patearlos, y cuando me acerco para sujetarles la cabeza y estrellárselas contra el suelo, todavía tratan de imponerme condiciones. Nunca nadie en el mundo ha tenido un enemigo igual:

> En Nuevo México y en las pocas leguas que median entre la derecha del Nueces y la izquierda del Bravo, está la paz o la guerra. Si el comisionado de los Estados Unidos no deja al gobierno mexicano escoger más que entre esta cesión y su muerte, en vano le mandó su gobierno: desde antes pudo asegurarse cuál había de ser la respuesta. Si también los Estados Unidos han hecho su elección y prefieren la violencia a nuestra humillación, ellos serán los que den cuenta a Dios y al mundo.[171]

El 8 de septiembre de 1847 se reanudó la lucha apoyada en otro argumento: Santa Anna había aprovechado la tregua para edificar fortificaciones y parapetos, se había reabastecido y preparado, violando las cláusulas del armisticio. Falso. En ese caso, ambas partes habían ignorado las bases de la tregua. La justificación real del reinicio de hostilidades se encuentra en la imposibilidad de lograr un acuerdo con los mexicanos. ¿Cómo hacerse de un mayor poder de convencimiento? A bombazos. Los cañones *Horwitzer*, los *Paixhans* y la pólvora serían los nuevos instrumentos para la suscripción del tratado. Harían las veces de la tinta y el papel. Los artilleros yanquis sustituirían a los representantes diplomáticos. Trist perdió la palabra. Los obuses volverían a hablar con su lenguaje lacónico, sonoro e indiscutible.

En la última reunión, la tarde anterior, antes de que se rompieran las conversaciones y estallara de nueva cuenta la guerra, Nicolás Trist dio esta explicación cuando se le dijo que había venido a comprar con una pistola en la mano. Trist se despidió de sus amigos, los comisionados mexicanos, con quienes curiosamente ya había empezado a entablar lazos de simpatía y afecto. Hasta podría decirse que el ambiente de comprensión personal, no como representantes de sendas naciones, había propiciado el nacimiento de una fraternidad. Una maravilla, ¿no...? El enviado por Polk vertió argumentos muy claros para explicar su posición en el lenguaje más apropiado y refinado que pudo encontrar. Yo, por mi parte, lo hubiera sacado de las solapas de aquella casa de Coyoacán.

¡Cuánto trabajo me costó mantener las manos dentro de las bolsas de mis pantalones y no estrangularlo rompiéndole la nuez con mis pulgares! Con el sombrero en la mano y el proyecto de tratado en la otra, trató de justificar la avidez expansionista de Estados Unidos en los siguientes términos. Pronunciaba muy lentamente:

> Yo no represento a mi país en su carácter de comprador ni pretendo obligarlos a ustedes a vender territorios propiedad de México. Si estoy aquí, exigiendo nuevas fronteras, lo hago con nuestra personalidad de conquistadores, pero no en el sentido odioso de la palabra sino conforme a las reglas más conocidas de moralidad internacional. México tendría toda la razón al hablar de despojo si las acciones militares no se hubieran tomado en el marco de una causa sobradamente justificada. Yo estoy aquí, en el corazón de la capital de la República, apoyado por el ejército de Estados Unidos, porque ustedes nos obligaron a ocupar su propio país y si pretendemos los territorios ya descritos, lo hacemos, como ya dije, a título de conquista, título que podría defenderse en cualquier tribunal de la historia. Cuando concluya la guerra y desaparezca el paroxismo, se suavicen las pasiones y se contemplen los hechos con la debida perspectiva y serenidad, mi país jamás quedará ante el mundo como una nación avara que abusó de la debilidad de su vecino, sino, en todo caso, como un conquistador generoso que ofrece libremente regresar territorios ocupados en una guerra impuesta. Si insistimos en conservar parte de la conquista es porque simultáneamente queremos pagar una cantidad a modo de una ayuda pecuniaria que tanto necesita su exhausto erario. El pago que les haremos es más importante para el bienestar de México que la recuperación de lejanos y despoblados territorios.

¿Cómo decirle, pensé, que no había encontrado una sola verdad en las justificaciones para ejecutar el despojo del que éramos víctimas? Yo ya se lo había dicho hasta el cansancio. Las mentiras, a base de repetirlas incesantemente, adquieren la calidad de verdades absolutas...

Los delegados mexicanos no replicaron. Guardaron sus documentos en unos cartapacios hasta que Trist desapareció sin agregar palabra alguna. Había confesado todo lo que tenía que confesar...

El embajador plenipotenciario no había desaparecido del umbral de la puerta cuando los primeros cañonazos se empezaron a escuchar por el rumbo de Molino del Rey.

Santa Anna se encierra en Palacio Nacional. Le han arrebatado la gloria y varios sacos conteniendo millones de dólares norteamericanos. Culpa a sus subalternos de ineficacia, torpeza, cobardía. Él continúa siendo inocente de todo cargo. ¿A dónde se va con un ejército de inútiles? ¿Cómo podrá devengar unos honorarios con Polk cuando la rendición sea total? Se complica su situación económica... El presidente de Estados Unidos solo estaría dispuesto a pagar lo acordado si no tenía que llevar la guerra a los extremos a que ha llegado. Se trataba de una cesión de territorios y una contraprestación de 30 millones a cambio de concluir el conflicto, siempre que el jefe de la Casa Blanca se quedara con California y Nuevo México y no se tuviera que tomar la capital de la República. Tejas estaba perdida para siempre de buen tiempo atrás. No pasará a la historia como el Salvador de la Patria, ha perdido todas las batallas, no, pero tampoco se embolsará los dólares tan apetecidos, porque si pierde la guerra, como todo parece indicar que acontecerá, lo arrojarán a patadas de la presidencia de la República y desde el exilio o desde El Lencero, por supuesto, no podrá meter mano, como era su innegable deseo, a las arcas nacionales una vez que México hubiera cobrado la indemnización o compensación de guerra a Estados Unidos. Horror: no gloria eterna, no abundantes recursos para una senectud feliz... ¡Ay!, ¡ay!, ¡ay!

¿Molino del Rey? Fue sin duda la batalla más sangrienta de la guerra. Cayeron más de mil soldados norteamericanos, al extremo de que el propio Worth fue destituido del mando por el general Scott. Las paradojas de la historia no podían faltar. Santa Anna, otra vez Santa Anna, ordenó la desarticulación de la defensa al enviar a varios regimientos a defender La Candelaria, porque él sentía, presentía o adivinaba, sin justificar sus presentimientos, que el ataque norteamericano se produciría por ahí. Él mismo, presa de miedo, jamás se atrevió a participar en una sola de las batallas libradas en la Ciudad de México. Las dirigió a la distancia, viendo siempre por el fracaso de las tropas mexicanas. La Candelaria, atacarán por La Candelaria, manden refuerzos… No es verdad: atacaron el Molino del Rey, como cualquiera hubiera supuesto o sabido a través de la red de espionaje mexicana. ¿Por qué la Candelaria? ¡Una invención perniciosa!

Los norteamericanos atacan lo que se suponía una fábrica de pólvora. Encuentran que es una pequeña planta de fundición de cañones. Cuando Santa Anna ordena la dispersión de las fuerzas, los cañones quedan sin custodia. La rudeza de los encuentros no tenía precedentes. Los soldados mexicanos volvieron a demostrar su coraje y su sentido de la dignidad, su fervor patrio, mientras los generales demostraban nuevamente su incapacidad para diseñar conjuntamente una estrategia. Discutían airadamente. Los patriotas mexicanos dominan en el escenario, solo faltaba el ingreso oportuno de la caballería comandada por Juan Álvarez; era el momento de ingresar con toda su fuerza para rematar a los yanquis. ¿Qué sucedió cuando todos le gritábamos a Álvarez que atacara, ¡al ataque, mi general!, vayan con sus lanzas y sus espadas desenvainadas a la cacería de los yanquis? Ante su inmovilidad, todavía insistimos: ¡Los tenemos, mire usted, los tenemos!, y, sin embargo, aquí, en Molino del Rey, Álvarez, tampoco se movió ni dio un paso y, en cambio, contempló impertérrito cómo sin su ayuda derrotaban a los mexicanos, sus compatriotas. ¿El general Simeón Ramírez? ¡Huye! ¿El coronel Carlos Brito? ¡Huye! Podíamos haber ganado y, sin embargo, además del daño causado por los fugitivos que defendían la plaza, Álvarez no atacó. ¿Santa Anna le había ordenado inmovilidad total? La angustia y la desesperación del instante no permitía hacer las sesudas reflexiones exigidas por las circunstancias, más aún cuando solo faltaba por caer el Castillo de Chapultepec, además de otras garitas irrelevantes.

¿El Castillo de Chapultepec? ¿Santa Anna se encontraba en el alcázar lanza en ristre? No, por supuesto que no, de la misma manera en que no estuvo en Padierna, en el campo del honor a un lado de Valencia ni llegó para defender el convento de Churubusco, mosquete en mano como un aguerrido soldado más combatiendo con el general Pedro María Anaya, ni se presentó en Molino del Rey junto con Miguel María de Echegaray, Arturo León, Lucas Balderas y Gregorio Gelati, estos últimos muertos en combate.

El bombardeo implacable empieza a las cinco de la mañana del 13 de septiembre de 1847. Los soldados norteamericanos son sorprendidos por la heroicidad de sus colegas mexicanos. El general Bravo acuerda con Santa Anna el envío de refuerzos, parque y cañones, trato entre hombres, un pacto entre caballeros militares, palabra de honor castrense... ¿Resultado...? Su Excelencia se negó a cumplir lo prometido. Sin refuerzos, parque ni cañones para defender la plaza, esta sucumbió mientras Santa Anna se negaba a enviar al batallón de San Blas con el pretexto de que no necesitarían ayuda... ¿En qué otra ocasión utilizaría dichos refuerzos si no había nada que defender...? Los miradores, terrazas, torreoncillos, jardines, habitaciones, el paraninfo de la academia, las aulas, las balaustradas y fuentes, todo estaba convertido en polvo. Nicolás Bravo les dijo a los dos enviados de Su Excelencia: "le pedí cañones y me mandaron faroles..."[172]

En la noche todo es desolación. Tristeza. Inhumar a los muertos como fuera posible. De lo único que se trata es de salvar la vida después del implacable cañoneo norteamericano. Las deserciones mexicanas son escandalosas. El arribo de los refuerzos del batallón San Blas enviado por el Benemérito, tan necesario y crítico unas horas antes, se da cuando ya todo es irremediable: es demasiado tarde.

El 13 de septiembre izan la bandera de las barras y de las estrellas también en el Castillo de Chapultepec. Scott juzga a los soldados del batallón de San Patricio, el de los irlandeses católicos integrantes del ejército norteamericano que se habían pasado a las filas mexicanas por un simple acto de solidaridad religiosa. A unos los hace azotar. Cincuenta latigazos con alambres de púas. A otros los marca con hierros ardientes en el rostro y a los más afortunados en las nalgas, según la gravedad de la infracción y los extremos de la traición. Al resto lo cuelga. Es el único destino de los traidores, alega jactancioso.

Mientras contemplaba yo la cadena de ahorcados en el Castillo de Chapultepec, no dejaba de recordar el día en que Houston se negó a la ejecución de Santa Anna, según exigía su pequeñísimo ejército como venganza por las masacres de El Álamo y El Goliad. Tenía razón Martinillo: ¡Qué bien le hubiera hecho a México...! ¡Cuánto hubiera cambiado la historia patria si en lugar de decir, por consejos del presidente Jackson, me interesa más vivo que muerto, hubiera dicho, es de ustedes, hagan lo que juzguen conveniente con este indeseable...

Ese mismo día 13 de septiembre, Santa Anna, quien había estado presente en la defensa de la garita de San Cosme y luego en la de Belén, convocó a una junta de guerra para determinar la suerte de la ciudad. Acordaron evacuar todas las tropas nacionales ubicándolas en la Villa de Guadalupe. La capital de la República quedaba indefensa. Todo se ha perdido. Las planicies tejanas y sus litorales, las riquezas de California, sus ríos, los secretos escondidos de Nuevo México y claro está, casi 2 millones de kilómetros cuadrados, además del traumatismo nacional ocasionado por la derrota, el escepticismo colectivo y la desconfianza respecto a los líderes mexicanos del futuro. ¿Quién va a creer en quién después del desastre? ¿Que por qué razón preocuparse si al final de cuentas Fernando VII había perdido un continente? México había perdido algo más que su territorio...

La Ciudad de México está abandonada, ha caído en manos de sus captores, los invasores, los extranjeros. Una buena parte del ejército ha desertado, el resto se encuentra todavía a las órdenes de Su Excelencia, quien piensa en avanzar por el lado de Teotihuacán para tratar de sorprender a las tropas norteamericanas en Puebla. Palacio Nacional se queda sin vigilancia. Los policías que lo custodian huyen. ¿Los tesoros públicos, el patrimonio histórico de México que se encuentra albergado entre las paredes del edificio de gobierno más importante del país, lo esconde la sociedad, lo pone a salvo en enormes arcones bajo siete capas de tierra y encerrado con un sinnúmero de cerraduras para que los invasores no dispongan de él? ¡Falso! México asiste a un acto de rapiña, de canibalismo, de salvajismo e impudicia del que no se ha vuelto a tener memoria...

Antes de que las tropas de Quitman, de Smith y las de Worth y días después las del propio Scott, entre otras más, lleguen a la mismísima Plaza de la Constitución, cuando el gobierno de la ciudad ha pegado bandos en las paredes y esquinas anunciando la llegada del invasor y suplica guardar compostura para evitar daños mayores, ese es el momento, el preciso momento que aprovecha la chusma para ingresar a Palacio Nacional y ejecutar verdaderos actos de vandalismo y de saqueo. ¿Se esperaba acaso al soldado yanqui que izara la bandera norteamericana sobre la sede de los poderes federales, para darle un tiro en la cabeza o golpearlo y caer juntos al vacío con tal de impedir semejante infamia? ¡Qué va!

Tan pronto se constata que Palacio Nacional, el antiguo asiento de los poderes virreinales, carece de la debida vigilancia, se empieza a perpetrar el asalto en las primeras horas del 14 de septiembre de 1847. Los ladrones no hablan inglés, son obviamente mexicanos. Se les distingue por el idioma con el que se comunican y por la indumentaria que visten. No hay duda. Palacio es suyo en toda la extensión del pronombre posesivo. Nadie se opondrá al vandalismo. Las autoridades capitalinas no dejaron ni siquiera a un comisionado para entregar el inmueble a los invasores. Nada. No encontrarían dinero, no, otro bandido, Antonio López de Santa Anna ya se les había adelantado en ese objetivo. Su Excelencia, con la complicidad de Tornell, había vaciado las cajas fuertes tanto de la Secretaría de Hacienda, la tesorería federal, como de la Aduana.[173]

La plebe se arrebata los tapetes, los cuadros, las perchas, las sillas, los sillones. Se ve que si acaso llevan ambas manos ocupadas en el traslado de las piezas, los ladrones se entienden a patadas e insultos con quienes desean disputarles el botín. Son los léperos. El lenguaje descarnado los define y los acusa. Uno de ellos corre con dos escupideras de latón. Son suyas, que nadie se atreva a quitárselas. Las encontró en la oficina del presidente de la República, la más grande, la más espaciosa. En grupos de tres personas arrastran enormes candiles. Se caen las velas. Se rompen muchos diamantes tallados en la Bohemia. Algunos llevan pedazos de duelas arrancadas a hachazos *pa'* calentar el comal y cocinar unos huevos con chorizo y harto chile jalapeño.

Desaparecen en el inmenso tráfico del gran hurto, cajas con vajillas, lavabos desprendidos todavía con pedazos de pared, guardapolvos, una de las prótesis de Su Excelencia con un zapato negro oscuro, especial para ceremonias, *"ira,* encontré una pata del pinche cojo"… Entre varios cargan las puertas del despacho presidencial y hasta la mesa de la sala de juntas, archiveros, libros de actas, plumas, escribanías, adornos en general, juegos de lentes, retratos de Santa Anna que colgaban de las paredes de los despachos, al grito de "te encontré, miserable malviviente". Bacines, vasos con la imagen del águila nacional grabada, además de cubiertos, camas, colchas y tocadores de los departamentos que daban a la calle de Moneda. El robo fue mayúsculo. Los capitalinos mostraron su irreverencia hacia el poder político y su falta de respeto a la patria, además de proyectar un resentimiento social muy digno de ser analizado. ¿Dónde estaban los hombres que se lanzaban al vacío envueltos en la bandera tricolor para que no fuera capturada por los extranjeros invasores? ¡Patrañas y solo patrañas para adormecer la mente de los menores ávidos de ilusiones y de imágenes de una nación de hombres forjados en el mejor de los aceros!

Quitman detiene el saqueo amenazando con sus bayonetas. Es la única manera de contener a la turba. Retiene, junto con sus soldados, lo que puede únicamente para incrementar el botín de guerra de los norteamericanos, de quienes es de esperar cualquier desmán al no pertenecerles ningún bien, propiedad histórica de la nación invadida. Tan pronto como al día siguiente se exhiben los artículos robados en las tiendas de las calles aledañas a Palacio Nacional. Los anticuarios los venden a precios accesibles, dada la contingencia bélica, sin explicar su origen. Dicen desconocerlo. Los léperos invierten el producto de la enajenación, la jugosa utilidad de la operación, en vasos chorreantes de pulque. ¿Cuántas borracheras con pulque podremos agarrar con los centavos que nos ganamos?

Horas más tarde se consuma el gran sueño norteamericano, se materializan las fantasías de varios presidentes de Estados Unidos, en particular los delirios expansionistas de Polk. Quienes creyeron a pie juntillas con la teoría del Destino Manifiesto hubieran querido asistir a tan egregio evento, colocándose la mano derecha sobre el pecho, a un lado del corazón, y la cabeza agachada en señal de duelo, en solemne homenaje a los caídos, mientras que, por dentro, estarían festejando a carcajadas el feliz despojo tantos años apetecido.

La Divina Providencia ha dictado su última palabra: aliada con Santa Anna y el clero mexicano, asiste a la realización de su obra magna. Es una realidad. Todo comenzó cuando Dios condujo a los colonos de la mano en dirección de los territorios que, por disposición divina, les correspondían: Tejas, California y Nuevo México. Para Ella era claro, los yanquis obtendrían un mejor provecho de cualquier patrimonio ajeno. Ella, de nuevo la Divina Providencia, dispuso que Estados Unidos derrotara a los mexicanos a lo largo de una guerra injusta. Ella, la Divinidad, decidió privar a México de la mitad de su territorio por así convenir a los intereses norteamericanos. Ella misma forjó en los Padres Fundadores y en su pueblo el ánimo y la convicción para facilitar el gigantesco despojo territorial y propició el regreso de Santa Anna al poder durante 10 ocasiones. Ella es la culpable de la ausencia del nacionalismo mexicano. Ella es la gran culpable de las traiciones del clero mexicano y de la corrupción de nuestros generales, quienes disponían para fines personales del presupuesto público, supuestamente destinado a la defensa de la patria. A Ella, también a Ella se le debe reclamar airadamente el regreso, en 10 ocasiones, de Santa Anna al máximo poder. Ella, la Providencia, dispuso la adjudicación de los territorios mexicanos como bienes de la exclusiva propiedad de Estados Unidos.

Ella y solo Ella es la responsable de que en la mañana del 14 de septiembre de 1847 se consumara la segunda conquista de México cuando Benjamin S. Roberts, jefe de rifleros, descendió el lábaro patrio, el hermoso y colorido pabellón tricolor y, acto seguido, izó marcialmente la bandera de las barras y de las estrellas, con la que muy pocos privilegiados soldados mexicanos pudieron limpiarse el trasero a lo largo de la contienda armada, de más de un año, entre México y Estados Unidos.[174]

Roberts escribiría: "La bandera, primera insignia extraña que había ondeado sobre este edificio desde la conquista de Cortés, fue desplegada y saludada con entusiasmo por todas mis tropas".

Un mexicano también dejaría constancia de los hechos: "Todo, todo lo hemos perdido, menos el honor, porque este hace muy largo tiempo que nos dejó".

¡Falso, mil veces falso!, les digo a quienes sostienen el embuste histórico relativo al patriota mexicano que disparó a la cabeza del soldado invasor mientras izaba el pabellón norteamericano en el asta bandera de Palacio Nacional la mañana del 14 de septiembre de 1847. ¡Falso! Yo mismo presencié el homenaje rendido a la enseña de Estados Unidos en el día más trágico en la historia de México. Hubo saludos marciales, sonido de clarines, honores a Estados Unidos, la interpretación de su himno por la banda de marina, la detonación de 21 cañonazos de salva seguidos por interminables *hurras*. Ningún herido. Ningún disparo. Ninguna cabeza ensangrentada. Ningún invasor caído. Ningún honor limpiado. Nada. En cambio se perciben miles de gorras militares en el aire, cientos de gritos apaches lanzados al cielo y la música odiosa del *Yankee Doodle.*

Horas más tarde, cuando se hace descender la bandera norteamericana para sustituirla, con todos los honores, por otra más grande confeccionada, antes del desembarco en Veracruz, por mujeres norteamericanas radicadas en la Ciudad de México, de pronto se escuchan tres sonoras detonaciones. Quitman, Smith y Roberts se percatan de inmediato de que no se trata de disparos de salva. No es un juego. Son tiros reales que hacen blanco en la periferia de la Plaza de la Constitución. ¿Habrá comenzado el movimiento de resistencia ciudadana contra las tropas invasoras? La respuesta se recibe de inmediato. No, los capitalinos no tienen organizada ninguna estrategia de defensa. El clero mexicano se lo tendría que haber informado a los cuarteles del Alto Mando de Estados Unidos. Los secretos de confesión, claro está, únicamente los relativos a proyectos de oposición armada por parte de los habitantes de la ciudad capital, van a dar a diario a las manos del general en jefe del ejército norteamericano. Tenían, desde antes de Puebla, en Perote, en Jalapa, suscrito un plan de colaboración, ¿no...? Había que cumplirlo. Si no es una oposición ciudadana a la intervención, ¿entonces quién está abriendo fuego?

Rápidamente se identifica al capitán Hugner. Dispara tres balas de cañón y cinco granadas dirigidas a las torres de la catedral de México. Está dispuesto a derribarlas.[175] Que no quede ni una sola de pie. Uno, dos y tres señores cañonazos y, sin embargo, las torres subsisten. Permanecen enhiestas e intocadas. La Divina Providencia ha decidido dejarlas de pie. Priva a un artillero de su facultad más importante: la puntería. Falla. Frustrado, se le castiga y se le retiran las armas. Ya no podrá contar en familia, que él, el capitán Hugner, fue quien realizó la hazaña de derribar la catedral metropolitana. No estará en los libros de historia de su país ni del nuestro.

Los días 14 y 15 de septiembre de 1847 se producen levantamientos aislados de protesta en la capital del país. ¿Habría que esperar más tiempo a que se organizara todo un movimiento, bien vertebrado, de resistencia? La toma militar de la ciudad apenas se había consumado. Paciencia. De cualquier manera la rebelión consistió en retirar el empedrado de las calles de tal modo que los adoquines pudieran ser utilizados como proyectiles lanzados desde las azoteas de las casas. Scott ordenó que se bombardearan las puertas de las residencias, desde las cuales llovían las piedras sobre las cabezas de los invasores, y que se fusilara a sus dueños sin mayores trámites. Así y solo así se decapitaría cualquier organización opuesta a la presencia de las tropas extranjeras. Medidas ejemplares. Nadie podría llamarse sorprendido si descalabraba o mataba a un soldado yanqui. Las consecuencias fatales no se harían esperar.

Una vez atenazada, sometida y controlada la capital del país, Scott procedió a realizar su entrada triunfal. Era el día 16 de septiembre en la mañana. En ese año no se festejaría ni el grito de Dolores proferido por el cura Hidalgo ni tampoco el día de la consumación de la independencia de España, cuando Agustín de Iturbide encabezó al Ejército Trigarante, el 27 de septiembre, en el desfile de la libertad. ¿Qué celebrar? ¿Cómo hacerlo con la bandera yanqui ondeando en Palacio Nacional y en el Castillo de Chapultepec, entre otros tantos lugares?

Las muchedumbres se apiñan, desde muy temprano, para ver el paso histórico de los soldados norteamericanos por la Alameda. Se imaginan caballos de gran alzada, inmensos percherones perfectamente cepillados, albardones con el cuero curtido, enormes plumeros multicolores colocados a cada uno de los lados de la cabeza de las bestias, las crines y las colas decoradas con listones azules, blancos y rojos. Los jinetes, vestidos con uniformes de gala exhibiendo espadas relucientes, botas de charol elevadas, casacas con condecoraciones y emblemas, cascos plateados, brillantes y, según el caso, lanzas impecablemente barnizadas y pulidas, precedidos por la infantería igualmente vestida para un desfile de semejante importancia, sin faltar las bandas de música interpretando el himno y el obligatorio *Yankee Doodle*.

Todo lo anterior eran visiones populares, las mismas que habrían tenido los aztecas, en su momento, cuando esperaban, curiosos, la llegada de Cortés y de sus huestes a la Gran Tenochtitlán. En la realidad el desfile de los yanquis sorprendió al populacho. La tropa norteamericana no se desplaza con rigor marcial. Se le ve comer plátanos, jitomates, manzanas y un poco de pan dulce comprado precipitadamente en algunos de los escasos puestos abiertos, por el miedo a la violencia. Las calles se ven llenas de cáscaras y basura a su paso. Mascan tabaco de Virginia, escupen sobre la marcha en tanto buscan de reojo las vinaterías abiertas para regresar a beber brandy, whisky, ron o ginebra al término del desfile. Los soldados llegan con la cabeza vendada y manchas de sangre alrededor de la curación. No se han cambiado el uniforme en meses ni mucho menos lo han lavado. Es obvio que no han tomado un baño en mucho tiempo. Hieden. Apestan a pantano. Ahí han dormido durante mucho tiempo. El cansancio se advierte en sus rostros. Algunos devuelven el saludo de algunos léperos. La mayoría calla y se muestra indiferente cuando la rechifla de rechazo se inicia en cualquier esquina. Ninguno saca la pistola de su funda ni desenvaina la espada ni amenaza con la bayoneta. Se han amarrado los días previos casi todos los cabos. No se prevé un estallido de violencia popular, no al menos en ese momento. Ya saben a qué se exponen los responsables.

De repente acontece algo insólito. Lo impensable. Lo inimaginable. El cinismo más repulsivo aparece en el centro del escenario. Los hedores que despide producen el vómito. Yo no lo podía creer: el grupo más despreciado y odiado de la sociedad, el más corrupto adversario de la patria, el mismo que ni el propio Santa Anna pudo atraer a la causa nacional, ni siquiera a través de sobornos porque tampoco creía en la palabra ni en el sentido del honor de Su Excelencia, algo parecido a que un asqueroso conjunto de ratas letrineras, pestilentes y gelatinosas, aparecieran de golpe sobre la mesa en la que comemos, así surgió, en medio del desfile, nada menos que Manuel Domínguez, seguido por los integrantes de la *Mexican Spy Company*... ¿Desfilaban? Sí, claro que desfilaban.

Un observador agudo dejó constancia del paso de esta auténtica cáfila de bandidos en uno de los días más negros de la historia de México:

Con cinismo sin igual pasaron sobre dicho puente [Cartagena] haciendo gala de sus cabalgaduras, de sus vestidos de charros mexicanos y de sus sombreros jaranos, que ostentaban escritos sobre listón rojo el padrón de su ignominia, y como para realzar más su delito de incidencia tomaban las actitudes que los caracterizaban en toda ocasión semejante, espoleando a sus caballos y levantándoles las riendas para obligarlos a saltar con violencia y hacer caracoleos, a la vez que con la mano libre se alzaban la falda delantera del sombrero y daban un grito como es costumbre entre los facinerosos.[176]

Ellos, los espías poblanos, eran los mismos tlaxcaltecas que se aliaron con Cortés para derrotar a los aztecas en los días de la conquista de México. Otra vez los poblanos. Ellos, los "malinches", también le enseñaron el camino a la Gran Tenochtitlán a los primeros conquistadores españoles, de la misma manera que condujeron a Scott y a sus huestes norteamericanas, perfectamente pertrechadas, hasta la capital de la República. Ellos entregaron Puebla sin disparar un tiro. Ellos espiaron en el Alto Mando Mexicano los planes de ataque y de defensa para venderle al invasor la información así obtenida. Ellos también desfilaron por la Alameda y la calle de Plateros como parte innegable del ejército norteamericano. ¡Malditos delatores…!

Cuando los capitalinos descubrieron la personalidad de los espías poblanos y comprobaron que desfilaban a los lados de los invasores, la protesta del populacho y las expresiones de coraje se redujeron a un par de chiflidos y alguna que otra palabrota que en nada lastimó el pudor de los traidores. Yo hubiera querido ver a la muchedumbre, cuchillo en mano, saltar por encima de las cabalgaduras de Manuel Domínguez y compañía, decidida a degollar a estos apóstatas. Hubiera sido muy gratificante constatar cómo les disparaban desde los balcones o los derribaban de sus caballos para patearlos hasta hacerlos estallar por dentro. Los ahuehuetes del bosque de Chapultepec deberían haber amanecido con los cuerpos sin vida de estos traidores. "Uno a uno deberían haber perecido fusilados de espalda a un paredón improvisado asestándoles, acto seguido, varios tiros de gracia para dejar clara constancia de los alcances y de la irrevocabilidad del castigo. La chusma, los léperos en masa, la sociedad alta, la baja, la mediana, toda la sociedad debería haber dado cuenta de estos traidores en lugar de enrostrarles el malestar mediante el lanzamiento de un par de cáscaras de naranja que, además, erraron el blanco."

¿Quién se iba a imaginar que la *Mexican Spy Company*, en pleno, iba a desfilar entre los mismos norteamericanos para que no quedara duda de su cinismo ni de sus abiertas convicciones antipatrióticas?

Los balcones se perciben llenos de personas. Hay quienes lanzan vivas y hurras al ejército invasor. La sociedad mexicana, en pleno, asiste al evento. Festeja la futura imposición del orden. Las clases acomodadas agradecen el sosiego. Los invasores son amantes de los negocios. Los estimularán. El clero sabe que se abre un paréntesis de paz. Nadie atentará en contra de su patrimonio ni impedirá el ejercicio del culto católico. ¿Por qué no acceder a la anexión total de México a Estados Unidos y prescindir ya, sobre esas nuevas bases ciertamente sólidas, de arañas como los Gómez Farías? Los puros aplauden igualmente: ellos ven en la intervención la gran oportunidad para destruir al antiguo régimen o al menos a los moderados, al clero y al ejército. Los edificios se ven decorados con banderas blancas, otras francesas, americanas, inglesas y españolas. Se tratará de representantes diplomáticos de esos países o es simplemente una comunidad internacional. Scott recibe vítores y aplausos en el último tramo rumbo a la Plaza de la República. Él los devuelve con un simple asentimiento de cabeza y ante la insistencia, se descubrirá para agradecer la ovación con el sombrero. El general en jefe esperaba un desfile mudo salpicado a diestra y siniestra de insultos. Se equivoca. Si acaso grupos aislados de léperos silban tonadas ofensivas y gritan improperios a coro. Se maldice sonoramente a Santa Anna, Quince Uñas, hijo de puta y a Scott, yanqui cabrón. Era de esperar. Nada fuera de la rutina. La sorpresa sí la constituyen los vivas, los vítores y los aplausos.

Al llegar a Palacio Nacional Scott se apea. Quedó impresionado por la belleza de la calle de Plateros, la que lo ovacionó con más fervor y energía. Entrega las bridas a su asistente. A su lado se forman

Quitman, Worth, Smith, Twiggs y Watson, entre otros tantos más. Se vuelven a rendir los honores a la bandera de Estados Unidos. El silencio es sepulcral. Solo los léperos le mientan la madre con chiflidos y gritos destemplados. Se vuelven a disparar salvas sonoras. Se entona el himno norteamericano. Tocan las bandas; la de marina y la de guerra. Otra bandera yanqui ondea igualmente en lo alto de la catedral. Momentos antes había sido bendecida con agua mil veces bendita… El obispo le enseñó el camino a Roberts para llegar lo más rápidamente posible a las torres para colocar el pabellón en tiempo y forma. La colaboración fue eficiente y puntual…

Al terminar la ceremonia, Winfield Scott entró a sus oficinas por la puerta central del palacio. Pernoctará en la residencia del arzobispo mexicano. Comenzaba sin duda una era en la historia de México. Ese mismo día, el 16 de septiembre de 1847, Antonio López de Santa Anna fue cesado por el Congreso mexicano, en fuga, de su elevado cargo como presidente de la República y general en jefe del ejército nacional.

Cuando Scott tomó el Castillo de Chapultepec sabía que la Ciudad de México estaba en sus manos y, por lo mismo, el país ya se encontraba rendido a sus pies. El mismo 13 de septiembre, en la noche, dictó una comunicación a su secretario particular para informar al presidente Polk de lo acontecido. Envía a un mensajero hasta Washington en viaje directo en una nueva fragata de la marina de su país, anclada en Veracruz.

El presidente de Estados Unidos supone el contenido del sobre perfectamente lacrado y estrictamente confidencial. Lo abre precipitadamente. Es cierto. Lo confirma.

La capital de la República ha caído. Es nuestra. México es nuestro. Las bajas son insignificantes si se considera la magnitud del éxito desde el punto de vista de las ganancias territoriales que se obtendrán. No esperamos mayor resistencia en La Ciudad de los Palacios. Como es bien sabido por usted, a través de Beach, la iglesia católica ha colaborado con gran eficiencia para tranquilizar a la ciudadanía. Cumplida y satisfecha la estrategia militar, comienza ahora la etapa diplomática para firmar los tratados de paz y de cesión territorial de los que me ha informado Nicolás Trist dentro del más escrupuloso secreto y exclusivamente en mi carácter de general en jefe de nuestro ejército.

Asimismo le anexo un recorte de prensa, ya traducido al inglés, en donde queda clara la posición de algunos mexicanos en torno a la guerra que hoy podemos llamar concluida desde el punto de vista militar.

Suyo respetuosamente, W. Scott

P.D.

Que México vaya a convertirse en parte de Estados Unidos y ello, en un periodo no muy lejano, es algo seguro. ¿Y por qué no hacerlo hoy en lugar de esperarse 10 o 20 años más? ¿Si ya están aquí, por qué no se quedan? Ustedes ciertamente han ocasionado daño colocando al país en peor condición de la que estaba, entonces, ¿por qué no hacerle un bien y que esta situación no sea sino un paso para su regeneración y para la paz y tranquilidad que ustedes le podrían dar de inmediato?[177]

La oficina de Polk es materialmente invadida por Buchanan, Marcy, Bancroft y Walker. Todos son golpes en la espalda, apretones de manos, ojos humedecidos y abrazos efusivos. Sarah, la esposa del presidente, se tira a los brazos de su marido. Llora, llora de emoción por el éxito. Es merecido, Jimmy, trabajaste y sufriste mucho para alcanzarlo. Malditos mexicanos de mierda: cómo te hicieron sufrir… Arriban diferentes senadores demócratas y otros tantos whigs. Las felicitaciones son genuinas. La Casa Blanca es un caldero. El presidente se mantiene frío. No cantemos victoria: nos falta firmar los tratados… Los mexicanos son impredecibles, inabordables, inentendibles, indigeribles… Perdonen ustedes pero debo mantener mis reservas. Es muy difícil hacer previsiones con un enemigo que nunca se sabe por dónde va a responder. Polk es informado que la sala de prensa está rebosante. Los periodistas están de pie.

Polk deletrea prácticamente cada palabra de su mensaje. Desde la toma de Veracruz había venido garrapateando ideas para expresarlas en este glorioso día:

Ningún país ha sido más favorecido ni debe reconocer con más profunda reverencia las manifestaciones de la protección divina. Un creador lleno de sabiduría nos ha dirigido y protegido en nuestra lucha inicial por la libertad y ha vigilado constantemente nuestros notables progresos hasta que nos hemos convertido en una de las grandes naciones de la tierra. Mientras otros países se han desgarrado para progresar, Estados Unidos lo ha hecho sin sufrimientos gracias a Dios, siempre a Dios.

Al agrandar nuestros límites territoriales extendemos el dominio de la paz y del progreso sobre territorios adicionales y beneficiamos a millones de almas.

Quiero cultivar la paz y el comercio con todos los países del orbe.

No ha sido justo que México, por su obstinada persistencia en esta lucha, nos haya obligado a cambiar nuestra política financiera y haya detenido, transitoriamente, a esta gran nación en su elevada y próspera carrera.[178]

Los representantes del pueblo se han reunido nuevamente bajo la providencia del Dios Todopoderoso para deliberar sobre el bien público: la gratitud de la nación hacia el árbitro soberano de todos los acontecimientos humanos debe estar de acuerdo con las infinitas bendiciones de que disfrutamos. Paz, abundancia y satisfacción reinan dentro de nuestras fronteras y nuestro amado país presenta al mundo un espectáculo sublimemente moral.

De entre las felicitaciones que llegan a diario a la Casa Blanca sobresale, en particular, la del comodoro Stockton. Sin duda esa es la más conmovedora. Polk hubiera querido abrazar a su antiguo socio en intrigas y golpearle con entusiasmo una y otra vez las espaldas: *Brother, ouh dear brother...!*

Ganamos la guerra porque el espíritu de nuestros padres peregrinos está con nosotros y el Señor de los ejércitos y de las huestes está con nosotros. Por la providencia de Dios estamos colocados o estamos a punto de ser colocados en una posición en que, de acuerdo al funcionamiento justo y legítimo de la ley de las naciones, la suerte de México y la paz del continente, en mayor o menor grado, dependerán de la virtud, la prudencia y la humanidad de nuestros mandatarios.[179]

Todo Estados Unidos se convierte en un rodeo. Solo se habla de la expansión hacia el Pacífico. Las calles se decoran con el rostro sobrio del presidente Polk. La mayoría de los periódicos aplauden y le dan la bienvenida al gigantesco éxito militar de su país. Solo hay uno, menos optimista y eufórico, que consigna en su primera plana:

La derrota de México nos conducirá a una guerra civil entre estados abolicionistas y esclavistas. Nuestro país estallará en mil astillas en una pavorosa conflagración racial originada por la anexión de los territorios propiedad de nuestro vecino del sur.

Polk, el mendaz, un hombre en el que nadie debe creer… Él nos mintió e inició una guerra innecesaria e inconstitucional.[180] Ahora todas las naciones pensarán que a Estados Unidos lo mueve un sentimiento de rapacidad. Nosotros, y no él, pagaremos las consecuencias externas e internas…

En México, la resistencia civil originada por el traumatismo de la intervención se había reducido a las muestras de rechazo, principalmente de los léperos, cuando arrojaron piedras de las azoteas. Yo conversé con maestros y pensadores que me hablaban de la sublevación de Buenos Aires en 1806 o del feroz rechazo de los españoles en Madrid, 1808, como respuesta a la invasión napoleónica. Discutimos las posibilidades de que el populacho se levantara en contra del dominio yanqui en la capital de la República y se dieran más bajas que todas las causadas a lo largo de la guerra. Entre ellos se habló de la invasión francesa a Bruselas en 1790 y la de Nápoles en 1799, pero todos nos equivocamos. ¡Ay, si todos los capitalinos hubieran sido como Marta Hernández…!

Doña Marta, una humilde maestra de escuela, vendía dulces envenenados a los soldados norteamericanos en las puertas de la catedral metropolitana... Los manufacturaba domésticamente con un veneno de efecto retardado conocido en los pastizales del Bajío como la "veintiunilla", porque quien lo ingería tardaba 21 días en morir. Hermosa maestra, cuyo gesto ejemplar escasamente recoge la historia. ¿Cómo olvidar su estatura heroica ante el sinnúmero de bajas causadas en el ejército invasor sin más armas que su audacia, su imaginación y su patriotismo? Muchos soldados como Marta Hernández hubieran impedido la catástrofe, como igual la hubiéramos evitado de haber contado con más cantinas en donde se vendiera pulque envenenado a los enemigos, mismos que eran enterrados en solares anexos a los expendios. ¡Cuántos muertos dejaron de ser enterrados en el panteón americano de San Cosme porque nuestros pulqueros, evidentemente, jamás reconocieron la tenencia de los cuerpos! ¿Venganza a la mexicana? Algo había de ello. Bravo.

A propósito, si los yanquis caídos en campaña fueron enterrados en un cementerio, ¿por qué los mexicanos no gozaron del mismo privilegio, es decir, de la creación de un panteón abierto para glorificar los nombres de los muertos, víctimas de la alevosía y de la voracidad de Estados Unidos? ¿A quién no le hubiera fascinado la idea de poder asistir a rendir un homenaje de escrupuloso respeto a los mexicanos caídos en la guerra de 1846 aun cuando fuera un panteón simbólico lleno de cruces con los nombres de los caídos cincelados en cada uno de sus brazos? ¿Acaso nuestros muertos están enterrados en un inmenso valle verde que se pierde en la inmensidad del horizonte? ¿Dónde están esos muertos que dieron su vida para evitar la mutilación de la patria?

Mientras Trist y los comisionados discutían los términos de la paz, la fiesta se propagó entre los norteamericanos militares ocupantes del país y la sociedad en todos sus estratos. De la misma manera que la aristocracia, el alto clero y los conservadores invitaban a los más importantes generales yanquis a diferentes *soirées* o cocteles aprovechando los frescos días del otoño de 1847, los léperos empezaron a emborracharse con los soldados yanquis en cantinas, tabernas y pulquerías comunicándose en medio inglés, medio español o a señas entre ellos y entre las "Margaritas", las famosas meretrices quienes, con notable éxito, hacían su mejor esfuerzo por hacerse de unos dólares en el hotel La Bella Unión… Cada soldado empezó a tener, con el tiempo, su Margarita. Estas mujeres de la vida galante y atrevida, embajadoras de la felicidad, trataban de enseñarles a los invasores, ya desarmados y totalmente confiados, nuestros bailes más populares. Entre sonoras risotadas, tanto por su incapacidad para moverse al son de la música como por su notable falta de ritmo que se acentuaba por la ingestión de crecientes cantidades de tequila, pulque y mezcal a cualquier hora del día, intentaban los pasos del jarabe tapatío hasta rodar por el piso perdidos de borrachos en medio de un ruido colosal que advertía los extremos de la celebración. ¡Qué hermosa fraternidad! Ahí estaba un retrato espléndido del ser humano a su máxima expresión…

Una decisión de Scott produjo un mayor acercamiento entre mexicanos y norteamericanos: el máximo general yanqui obligó a los capitalinos a recibir en sus casas, a darles posada, a los oficiales del ejército de Estados Unidos. Resultaba inútil oponer resistencia y muy grave atentar en contra de la vida de los huéspedes, los invasores. De ahí, de los hogares, de las pulquerías, de los prostíbulos, de los palenques, de las loncherías y de los mercados, de la convivencia en general, surgió un entendimiento, una camaradería o compañerismo, que junto con la cálida recepción brindada por el clero, la alta sociedad y un buen sector de extranjeros, hizo que se escribieran canciones y corridos que ya hablaban de las alegres ligas existentes con la soldadesca yanqui y sus altos mandos. ¿Cómo olvidar cuando en las noches de luna llena los desafinados y ruidosos coros de borrachos cantaban "La Pasadita" o "Las Margaritas" o "La dormida" o "A ti te amo nomás", en el interior de las cantinas o cuando recorrían las calles adoquinadas a la luz de la luna de octubre, sin duda, una de las más bellas del año…? Alguien lo dijo mucho mejor que yo: es tan estimulante a los sentidos escuchar los horrores de esa fraternidad universal…

Por su parte, Santa Anna no estaba todavía dispuesto a rendirse. Decide atacar Puebla, ya camino a Veracruz… Piensa en tomar la ciudad desguarnecida y romper la línea de abasto de Scott, porque la mayor parte del ejército invasor estaba en la Ciudad de

México. La idea no es mala. El gran duque de Wellington, el genial estratega, verdugo de Napoleón, lo había sugerido. Los poblanos dan cada día más señales de hartazgo. La invasión los ofende finalmente. Estarían animados a sumarse a una revuelta. Se sabe que solo permanecen 500 norteamericanos, ¡tan solo 500 soldados norteamericanos!, en toda la plaza. Un movimiento popular bien vertebrado hubiera dado cuenta de ellos en una sola refriega. Menos del tiempo en que el César Mexicano perdió en El Álamo o en Cerro Gordo. Existen también 2 mil heridos en los hospitales locales. Esos no cuentan, se les puede rematar muy fácilmente mientras convalecen en los catres. Su Excelencia se acerca con sus tropas cada día más menguadas por la deserción, el hambre y el escepticismo. Impone un sitio: ¡Aquí nadie pasa! Devolvamos el prestigio a las armas nacionales... Muy pronto se le hace saber de la llegada de refuerzos norteamericanos provenientes de Veracruz. ¡Vayamos tras ellos!, aduce Su Excelencia. ¡Interceptémoslos en Huamantla! Fe y coraje, devoción por la patria es lo que necesitamos para vencer al enemigo. Levanta el cerco a Puebla. No permanezcamos con los brazos caídos mientras hay tanto por defender: la tierra donde habrán de crecer nuestros hijos. Vayamos con la frente en alto: hagámosles sentir el filo de nuestras bayonetas...

Después de una breve escaramuza librada precisamente en Huamantla, el Libertador de la Patria es nuevamente derrotado, vergonzosamente aplastado. Se le ordena entonces, a través de un mensaje enviado por el gobierno provisional, presentarse a una serie de interrogatorios ante una corte militar. No resiste semejante citatorio. Abandona entonces el mando de sus tropas restantes, en número insignificante, y piensa en huir hacia Guatemala. ¿Veracruz? El puerto sigue bloqueado y esta vez, bien lo sabe, carece de un salvoconducto para pasar. El comodoro lo podría aprehender. ¿Viajar nuevamente encadenado a Washington, como un bicho raro, según aconteció después de la "siesta" de San Jacinto? Ni muerto. Al recordar a Emily Morgan exhibe una extraña mueca, mezcla de placer y amargura... ¡Ay!, mulata de fuego, ojos como el carbón, muslos duros, mirada traviesa, perversa, manos torpes, inexpertas, besos interminables, labios de perdición, nalgas rápidas, suntuosas, invitadoras, hechiceras...

En Oaxaca se le notifica la imposibilidad de cruzar por esa parte del territorio nacional. El Estado libre y soberano, gobernado por un indio recio nacido en Guelatao, don Benito Juárez, aquí sí procede el "don" en toda la extensión de la palabra, le impide el paso. Los traidores no pueden pisar este suelo impoluto. Si insiste será arrestado y llevado ante una corte militar. Absténgase. Su Excelencia decide establecerse en Tehuacán mientras las aguas bajan de nivel. Ahí escribe y escribe y entre las cartas que redacta hay una muy específica dirigida a Atocha, donde le revela sus deseos y sus sentimientos:

Querido amigo don Alejandro:
La dolorosa experiencia de la guerra me ha demostrado que Polk es un traidor. Usted, estimado amigo, entenderá que ahora, menos que nunca, se negará a pagarme por mi papel desempañado en todos los combates a favor de Estados Unidos. En su insensatez, bien podría estar pensando que México perdió en todos los encuentros armados, solo por la superioridad militar norteamericana y, por lo mismo, estará descartando mi participación en los resultados a su favor. Yo cumplí porque entregué un país rendido. Cumplí porque mandé municiones de otro calibre. Cumplí porque escogí terrenos inadecuados distintos a los recomendados por mis generales. Cumplí porque me abstuve de apoyar con tropas de refuerzo a mis subordinados cuando bien podría haberlas mandado. Cumplí cuando me retiré y me di por rendido en batallas ganadas como en La Angostura. Cumplí cuando rechacé los puntos de vista de mis generales, mismos que habrían dado inequívocamente el triunfo a México. Cumplí porque sin mi ayuda Polk jamás habría ganado la guerra. Y todos estos servicios ya nunca me serán reconocidos por el jefe de la Casa Blanca. ¿No cree usted…?
Vea usted al menos la manera de que Polk me compense a cambio de mi intervención cuando se suscriban los tratados de paz. Tal vez el presidente piense que yo soy el traidor porque no suscribí un acuerdo territorial ni cancelé la guerra desde agosto del año pasado cuando me autorizó pasar por Veracruz, pero sépase que no pude hacer nada. Todavía pensé

que cuando Scott llegó al Peñón, en las afueras de la Ciudad de México, el efecto sería devastador y se procedería de inmediato a la firma del armisticio. Me equivoqué. El lema era la muerte antes que ceder California o Nuevo México. No me imaginaba yo tanta necedad o patriotismo —no sé cómo llamarlo— de mis compatriotas. Hice mi mejor esfuerzo, como le dije, por lograr unos tratos dignos y ahora, heme aquí reducido, sin gloria y sin dinero. ¡Ah!, la vida sabe ser cruel e injusta con las personas que no desean más que el bien común.

Insista usted ante Polk para obtener una remuneración después de la suscripción de los tratados de paz.[181]

La ocupación militar de la Ciudad de México, la ausencia de fuerzas policiacas, propicia una cadena de asesinatos, robos y engaños. Los delitos no disminuyen, se acrecientan. Los ladrones callejeros se preguntan en sus conversaciones recargados en las barras de las pulquerías: ¿Cómo habrán ganado la guerra estos gigantes, güeros, si se les engaña más fácil que a un niño? ¿Por qué Santa Anna no los pudo vencer si contaba con un ejército? Los castigos impuestos por el ejército norteamericano no se hacen esperar. Se trata de hacer escarmentar a la población. Los latigazos con cueros mojados, se dan en plena Plaza de la Constitución, a un costado de la catedral, curiosamente el mismo lugar donde la Santa Inquisición ajusticiaba a los herejes. Antes se anuncia en voz alta el crimen cometido y, acto seguido, el verdugo con el rostro cubierto, cumple con su consigna, una vez explicada la sanción, es decir, el número de azotes, a que se hubiera hecho acreedor el acusado. ¡Ay de aquel verdugo que fuera identificado por el populacho...! Lo que también debo confesar, después de mis conversaciones con la sociedad de clase alta y media, es que la gente, en general, el pueblo mismo, temía mucho más las acciones de los léperos que las del propio ejército invasor.

La vida, como se ve, continuaba su marcha en la Ciudad de México, de la misma manera en que Trist intentaba, a como diera lugar, obtener un tratado de paz antes de que se agotara la paciencia del presidente yanqui. El embajador no podía ocultar, ni por otro lado le interesaba hacerlo, su simpatía por los mexicanos. En ocasiones mostraba su vergüenza ante las crecientes pretensiones de

Washington, sobre todo cuando el propio Polk se atrevió a declarar en medio de las negociaciones que "habiendo poseído por muchos meses Nuevo México, ya muy pronto *New Mexico*, sin acento, y las Californias y al cesar en esas zonas toda resistencia, no se debía seguir esperando la forma de un tratado de paz, sino establecer ahí un gobierno estable, responsable y libre, bajo la autoridad de los Estados Unidos. Ahora bien, si los esfuerzos de paz no prosperan, el gobierno norteamericano tomaría todo el monto de la indemnización en sus propias manos y obligaría a todo lo que el honor exigiera…" Además exigió la imposición de impuestos "pesados y onerosos" sobre todas las importaciones que llegaran a México por los puertos ocupados por Estados Unidos con el ánimo de lograr a la brevedad la paz y evacuar México antes de que la oposición le atara las manos.

Mientras Polk meditaba la posibilidad de una anexión total, exigiría más tierras en la medida en que el enemigo se resistiera a firmar un tratado "civilizado" de paz. La sangre derramada de nuestros muchachos desde Palo Alto a la Ciudad de México vale cada día más territorio, más acres para nuestro ganado, más acres para nuestras ciudades, minas, comercios e industrias, más acres para nuestros puertos… Bien pronto las instrucciones originales de Trist no tendrán nada que ver con las nuevas pretensiones de Washington. Jamás terminarán los mexicanos de pagar el precio de la sangre yanqui derramada. No tendrán con qué indemnizar a Estados Unidos por sus caídos.

En las reuniones de gabinete se descarta la anexión de "Todo México" porque el Congreso rechazará el ingreso de más estados esclavistas y, sobre todo, por la repugnancia a absorber gente de otras razas. El mestizaje es atraso. Apartémonos de la toxicidad. Los mexicanos no lo saben, pero si no disponemos de una buena vez por todas y para siempre de todo su país, es por los millones de indios que todavía tienen. ¿Vamos acaso a matarlos a todos tal y como lo hicimos con los *cherokees*, los apaches, los *sioux* y los comanches? ¡Nos condenaríamos! Dicho de otra manera, si México no desaparece de la geografía política mundial, es en razón de sus indios. No los deseamos. Los despreciamos. Que se sepa: es con ellos, con los indígenas, con la gente más pobre y despreciada por ellos mismos, de otra suerte no los tendrían como los tienen, con quien México tiene contraída una deuda eterna, impagable. Nosotros aceptamos únicamente integrantes de la caucásica, deseamos tratos solo con personas de raza blanca, raza blanca libre, razas superiores, sin indios inútiles ni mexicanos torpes, ignorantes y atrasados.[182] Quedémonos nada más con los grandes territorios casi despoblados desde la aparición del hombre sobre la faz de la Tierra…

Trist se percata de que él es quien tiene a México en sus manos y no Polk. Aprovechará la distancia entre Washington y la Ciudad de México para apresurar la firma, más aún cuando los recortes de prensa de Estados Unidos le hablan de alternativas inadmisibles como las planteadas en el seno del Congreso yanqui. "Podría ser necesario y propio, puesto que está dentro de las facultades constitucionales de este gobierno, que los Estados Unidos mantengan a México como apéndice territorial." "Debemos proceder a la absorción total de México. *All Mexico* es el único objetivo por el que debemos pelear." "Estados Unidos no tiene por qué devorar todo México, pero estoy seguro que, de hacerlo, podríamos digerir la comida." "La universal nación yanqui puede regenerar y emancipar al pueblo de México en unos pocos años y creemos que constituye una tarea de nuestro destino histórico el civilizar a ese hermoso país y facilitar a sus habitantes el modo de apreciar y disfrutar algunas de las muchas ventajas y bendiciones de que nosotros gozamos." Trist se resiste a aceptar la desaparición política de México. No desea ceder ni a los chantajes ni a la presión anexionista de su gobierno. Él disfruta el carácter de embajador plenipotenciario. Ejecutará sus poderes antes de que se los revoquen.

El embajador Trist se encuentra súbitamente metido en una difícil encrucijada: la prensa norteamericana pide la absorción de México, bien, sí, pero algunos periódicos mexicanos, para su inmensa sorpresa, continúan hablando de un protectorado o de la anexión del país.[183] Los puros piensan en el protectorado como la opción más audaz pero eficiente para que México se deshaga de la iglesia y del ejército, los grandes lastres que impiden su evolución. El clero desea la anexión porque de esta suerte, dentro de una administración norteamericana, respetuosa de la ley y de las instituciones, nadie se atrevería a atentar en contra de su patrimonio ni le impondría más empréstitos forzosos… Las posiciones estaban divididas: otros contemplan la guerra como el único camino a seguir: "Si se pretende conservar ilesa la nacionalidad no se pueden dar muestras de impotencia. México debe combatir e inclusive sucumbir con honor y dignidad. Quienes piden la paz deben ser acusados de facciosos, traidores y degradados. Ya ni hablemos de una anexión total o de un protectorado".

La suscripción del tratado se convierte, claro está, en el gran tema nacional. Chihuahua y Sonora rechazan la pretensión de perder un solo metro cuadrado de su territorio. No aceptarán ningún convenio que implique la venta o la anexión de la superficie del Estado. Por otro lado se insiste en que, de no llegar a un acuerdo inmediato, Estados Unidos pedirá cada día más territorios. *All Mexico*. Está en juego nuestra nacionalidad. O firmamos bien y rápido o desapareceremos del mapa. Adiós, México, adiós. Con la indemnización jugosa que nos dé Estados Unidos reconstruiremos el país, pagaremos las deudas y echaremos a andar la economía. ¿Qué más nos da perder California y Nuevo México cuando esos estados nunca han aportado ni un peso a las arcas federales, sino al contrario, nos han costado importantes cantidades de recursos? No sería nada difícil que a la salida del ejército yanqui estallara una nueva guerra civil como una manifestación de rechazo a los tratados de paz. Necesitamos el dinero para una u otra razón. Entendamos por el amor de Dios: en realidad no se trata de ceder terreno, sino de recuperarlo.

Nunca perdamos de vista que todo el país ya está invadido. Los necios y los supuestamente patriotas deben comprender que si no nos sentamos a negociar, Estados Unidos puede optar por correr también la frontera del Bravo hasta Guatemala... Debo confesar que no tengo ni la menor idea de la superficie que estamos entregando. La cartografía mexicana está en pañales. Geográficamente hablando la ignorancia del gobierno mexicano es insultante. Vayamos a la guerra antes de firmar una "paz de oprobio", que haga de México "el objeto del desprecio del Universo".[184] La guerra, no, no, la paz, sí, sí, la paz...

El diplomático decide impulsar las negociaciones para suscribir la paz. Sabe que, por un lado, Polk no está conforme con las concesiones que ha hecho a los mexicanos y, por otro lado, advierte con claridad las ambiciones territoriales desbordadas que mueven a su gobierno. Es muy tarde. Por más que apremia y presiona a Luis de la Rosa, el presidente de la República después de la renuncia de Santa Anna, y urge al general Pedro María Anaya, ahora presidente interino, y a los comisionados para la firma de un acuerdo, el jefe de la Casa Blanca le ordena, según misiva del 6 de octubre de 1847, regresar de inmediato a Washington. Está usted cesado, *mister* Trist. Gestión cancelada. No dé un paso más. Vuelva. Después de recibida esta notificación, absténgase de firmar cualquier documento a nombre y representación del gobierno de Estados Unidos. "Hemos gastado mucho dinero, se han perdido muchas vidas y los mexicanos nos han ofendido con sus ofertas que, de aceptarse, seríamos condenados como el hazmerreír del mundo entero. Usted es el culpable de que los mexicanos alimenten falsas esperanzas. Vuelva a Estados Unidos por el conducto más rápido y seguro…"

La primera reacción de Trist fue la de acatar los deseos del presidente y tomar el primer buque rumbo a Washington. Bien sabe él que a su salida llegarán a México buitres hambrientos a devorar al país. No lo acepta. Comienza un largo periodo de dudas, reflexiones, recriminaciones. Conoce las consecuencias de la inobservancia de una orden presidencial. Polk ha desesperado y amenaza con hacer abortar su trabajo de tantos meses. El presidente no entiende que mutilar un país en dos, no se trata de desprenderse de una región, no, fui muy claro, dije mutilar, seccionar en dos partes una nación, de ninguna manera es una tarea sencilla. Se trata de negociar colocando pistolas en las sienes de los representantes mexicanos, pero guardar, al menos, algo de pudor y exhibir cierta generosidad y comprensión. De otra manera parecería un robo, un abuso, una conducta carente de ética impropia de Estados Unidos y de su consagrado respeto a la ley y a la libertad. Robemos civilizadamente. No parezcamos bárbaros. ¿Qué dirán de nosotros las generaciones por venir?

Trist discute su violenta remoción con Scott, con sus amigos de la embajada británica en México, con los comisionados, con representantes del gobierno mexicano. Consulta. Inquiere. Se hace aconsejar. La duda consiste en desobedecer al presidente de Estados Unidos y por supuesto al secretario de Estado y proceder a la firma de los tratados antes de que la notificación de la revocación de sus poderes y el nombramiento de un nuevo embajador llegaran al escritorio del jefe del Estado mexicano. Este no tenía por qué saber *oficialmente* de su remoción. ¿Qué hacer? Mientras cuente con poderes, Polk estará obligado a reconocer la firma de su embajador estampada en el tratado. ¿Desacatará una instrucción presidencial? Firmará, comprometerá a su gobierno, removido o no del cargo. Además, razona con Scott, una mayor exigencia territorial de nuestra parte jamás sería ratificada por el Congreso mexicano. ¿Qué hacer si ni con sobornos ni con bombas podremos obligar a firmar a los legisladores mexicanos? Si Polk los manda matar, ¿quién suscribirá entonces los acuerdos? Si me sustituye a mí solo perderá más tiempo que es precisamente lo que desea ganar...

En diciembre 4 de 1847, "el día de Santa Bárbara, virgen, mártir y protectora de tempestades", Trist decide ignorar las órdenes de Polk. Desafía al jefe de la Casa Blanca. Yo, en lo personal, le reconozco la personalidad para tomar una decisión de semejantes proporciones. Enfrentarse de esa manera a un fanático, embustero y obnubilado, como sin duda lo es el presidente de Estados Unidos, se lo digo frente a frente, cometer un desacato de esa magnitud, desde luego requiere de agallas y de temple de acero, le responde igualmente Scott. Todo a cambio de suscribir el tratado de paz. En esa ocasión, en el restaurante Chapultepec, cuando en los postres tomábamos dos copas de coñac, Trist llegó a confesarme al oído: si me someto a las instrucciones de Polk y regreso a mi país, de México no dejarán mis paisanos ni siquiera la osamenta. Hasta eso se disputarán. Me quedaré a firmar, sean las que sean las consecuencias...

El día 6 de diciembre, casi un mes después de haber recibido la orden de repatriación inmediata, envía a Polk una carta de 65 páginas.[185] A lo largo del texto le explica los peligros de la "debilidad presidencial", así como los riesgos que corría Estados Unidos, mismos que él, Trist, trataría de evitarle a su país. Impediría a todo trance suscribir otro tipo de tratado con México que, a muy corto plazo, se convertiría en un auténtico desastre para el pueblo norteamericano. Un nuevo embajador desbridado, engolosinado y voraz, podría complicar severamente lo actuado y lo comprometido. No era momento para un viraje radical en el terreno diplomático. Las consecuencias serían imprevisibles, además de injustas para ambas partes. Trist termina su larga carta con este párrafo para la historia:

La infalibilidad de juicio... no se encuentra entre los atributos de un presidente de Estados Unidos, aun cuando sus sentencias descansen en un conocimiento completo y preciso de los hechos.[186]

Polk golpea el escritorio con tal fuerza que se lastima los nudillos de la mano derecha. ¡Majadero coprófago! ¡Lo quiero aquí, enfrente de mi escritorio ahora mismo! Toma una pluma, saca su diario y redacta un breve párrafo en hojas posteriores en las que consignó sucintamente los detalles de las visitas de Alejandro Atocha. Ahí escribe con gran firmeza rasgando, casi en cada letra, la hoja de papel.

Su informe es arrogante, insolente y muy insultante para este gobierno y aun personalmente insultante para el presidente... veo claro que se ha convertido en el instrumento del general Scott...
Nunca en mi vida me había sentido tan indignado.
Su despacho solo prueba que usted carece de honor o de principios y que se ha manifestado como hombre muy bajo.[187]

¿Qué viene en ayuda de Nicolás Trist en el momento más crítico después de haber recibido, incluso, una segunda instrucción, más severa que la primera para volver de inmediato a Washington? Estalla un pleito, en la Ciudad de México, entre el alto mando militar norteamericano a raíz de unas publicaciones en que le retiraban a Scott el mérito de la toma de la Ciudad de México. Scott abre una corte de investigación para juzgar la conducta de Pillow, Worth y Duncan. Resulta imperativa la presencia de Trist para rendir su testimonio. Su dicho es imprescindible para deslindar las responsabilidades. Él vivió los hechos. Imposible que se marche. Debe permanecer en México mientras se desarrolla el proceso.

Ya a punto de concluir con este doloroso y patético relato, pensando que en cualquier momento, al principio de 1848, se firmaría un ignominioso tratado de paz que le daría forma jurídica al gran hurto y que después las tropas norteamericanas se retirarían del territorio nacional contando entre carcajadas el importe del botín de guerra y que ahí terminaría este traumático episodio de la historia de México, me di cuenta de que estaba equivocado de punta a punta. Me faltaba vivir, ¿cómo vivir…?, padecer, sufrir, lamentar y vomitar materialmente de asco cuando me tocó presenciar uno de los momentos más vergonzosos a los que pudiera asistir cualquier patriota.

¿Otra anécdota de Su Excelencia? No, claro que no: él esperaba desde Tehuacán la respuesta a la carta enviada por Atocha a Polk en la que proponía fijar unos elevados honorarios a cambio de lograr rápidamente la firma de los tratados de paz. No, en este caso no intervino el Benemérito. Él, justo es decirlo, inexplicablemente fue ajeno a los acontecimientos que narraré muy brevemente a continuación. Yo no quiero juzgar, solo intento describir la realidad de lo ocurrido no sin reflejar el sentimiento de turbación, humillación y furiosa deshonra que me atrapó sin poderlo remediar ni impedir…

Como decíamos, en aquel mes negro de diciembre de 1847 se llevaron a cabo elecciones municipales en la Ciudad de México, muy a pesar de la resistencia aparente de las fuerzas de ocupación para celebrarlas. El "triunfador" de los comicios resultó ser don Miguel Lerdo de Tejada. ¿Don? ¿Por qué "don"? Que sea simplemente Miguel Lerdo de Tejada. Punto. De alguna manera tenemos que llamarle a este sujeto, quien invitó nada menos que al general Winfield Scott a celebrar su "éxito" electoral durante un almuerzo servido en el Desierto de los Leones. El evento en sí mismo ya me parecía bastante extraño puesto que, en muy pocos países, se había visto que al general en jefe del ejército de ocupación que venía precisamente a robar por la fuerza medio territorio nacional, se le invitara a comer en un hermoso bosque sirviéndole extraordinarias viandas remojadas con vinos de colección. ¿Cómo agasajar a un invasor en lugar de apuñalarlo repetidas veces en la yugular? En fin, los hechos se desarrollaron de tal forma a la hora de brindar que, mi primer impulso, consistió en arrebatar la lanza a uno de los oficiales de Scott para clavar al tal Lerdo contra cualquiera de los pinos de aquel bellísimo jardín natural.

Para describir mejor el ataque de rabia que me poseyó baste decir que el grupo de selectos mexicanos, representantes populares, políticos, intelectuales, empresarios, banqueros, maestros, además de distinguidos invitados de la aristocracia y del clero, una muestra de lo más refinado de la sociedad de la capital del país, le pidió a Scott, insisto, al jefe del ejército invasor, la renuncia a su cargo militar, para que se constituyera, por lo pronto, nada menos que como presidente *de facto* de la República Mexicana, dictador, tirano, para no recurrir a los eufemismos. Me acordé entonces también de la carta enviada, años atrás, por Vicente Guerrero, presidente de la República, al señor embajador de Estados Unidos en México, Joel Poinsett, en donde invitaba a este último a convertirse en el emperador de México, sin olvidar, desde luego a Paredes Arrillaga y sus delirios por traer a don Enrique a gobernarnos...

Scott pareció no escuchar bien hasta que alguien le repitió lentamente la propuesta. El general norteamericano no salía de su azoro. Imposible creer lo que estaba escuchando. ¿Qué cara pondría Trist cuando le narrara lo acontecido? ¿Cómo respondería Marcy cuando se lo informara?

Cuando Scott hizo saber, entre líneas, lo honrado que se sentía ante semejante oferta, pero que sus planes políticos futuros en su patria, lo obligaban a rechazar con humildad la invitación, otro de los comensales levantó su copa y, cuando se hizo el silencio necesario para que todos pudiéramos escuchar con claridad, brindó entonces "por los triunfos de las armas americanas".[188]

¿Estoy acaso metido en un nido de traidores?, me pregunté experimentando un sabor rancio y amargo en la boca. No podía tragar ni parpadear ni hablar ni respetar lo que me decían mis sentidos. Un "ilustre" mexicano le pide a Winfield Scott, en nombre de la sociedad, que sea jefe del Estado mexicano. Otro hace votos "por los triunfos de las armas americanas". ¿Qué significa la palabra patria para estos perfumaditos políticos, pensadores, purpurados y aristócratas que despiden un fuerte olor mefítico a caño?, me volví a cuestionar esperando que nadie brindara por la anexión de México a Estados Unidos. Ese sería el tiro de gracia. El golpe de muerte. La consumación de la peor de las felonías. El grupo encabezado por Lerdo de Tejada pasaría a la historia por este brindis ignominioso que yo jamás hubiera deseado presenciar.

Cuando ya parecían concluidos los votos de felicidad y los honores a las armas, un sujeto que al hablar exhibía una lengua bífida y mostraba una cabeza achatada con los ojos asquerosamente alargados y una piel gelatinosa, propia de los invertebrados, propuso la anexión de México a Estados Unidos.[189]

Al terminar su breve alocución, mantuvo su copa en lo alto sin retirar la mirada del rostro del encumbrado general norteamericano, quien había derrotado al ejército mexicano en cuanta batalla se había enfrentado. Triunfador invicto. Vencedor absoluto.

Por un momento pensé que Scott se apartaría de las formas diplomáticas y le tiraría el champán a su interlocutor a la cara. Creí que le reclamaría su falta de patriotismo, de sentido del honor, la ausencia de confianza en su país y en sus pobladores, el vacío al que tenía que llegar para hacer semejante propuesta, el escepticismo tan despectivo e irreparable en el que subsistiría para renunciar al futuro de su país y entregarlo en manos extranjeras. Era la gran oportunidad de Scott para dar a los presentes una clara lección de patriotismo alegando que él, antes muerto, que rendirse ante la corona inglesa contra la que había peleado hasta resultar peligrosamente herido en dos ocasiones. ¿Acaso le pediría al zar o al rey de Inglaterra que viviera en la Casa Blanca para gobernar al pueblo norteamericano?

Yo ya no quise estar presente y me dirigí a mi carroza. Solo deseaba apartarme de ese maldito lugar, de esa maldita gente, de esos malditos brindis, de esos malditos deseos, de esos malditos augurios. ¿México tendrá remedio desde el momento en que tiene tanta idolatría por lo extranjero? A partir de la guerra los mexicanos, bueno, algunos mexicanos, sufrirán un sentimiento ambiguo de admiración inconfesable por los norteamericanos y simultáneamente una sensación de odio muy clara y sustentada. Nos sentimos, me dije, desde que la historia es historia, tan incapaces de gobernarnos que añoramos la presencia de un extranjero para dirigir los destinos del país. La esperanza de Quetzalcóatl sigue viva. Mientras tanto nos contemplamos a diario en el espejo negro de Tezcatlipoca. ¿Cómo edificaremos nuestro país en el futuro, seguí meditando cuando bajaba ya a lo largo de aquel camino intransitable plagado de piedras rumbo a la Ciudad de México, si ningún mexicano cree en el otro? La confianza es el adhesivo imprescindible para construir un país, para pegar una piedra con la otra. Ahora bien, si el gobierno no cree en los gobernados, desconfía de ellos y los gobernados, a su vez, no creen en el gobierno, pero tampoco creen entre ellos mismos, ¿qué podemos esperar del futuro cuando en dichas condiciones ni siquiera podremos levantar un muro ni poner un tabique sobre el otro...?

Salí asqueado y más escéptico que nunca solo para descubrir que días más tarde el general Scott sería removido violentamente de su cargo y enviado como un preso a Washington para ser juzgado por haber "contaminado a Trist" y por una serie de desacatos que, aun cuando él sabría echar por tierra, de cualquier manera arruinarían su carrera política. Ni "presidente" de México ni de Estados Unidos... ¡Qué envidia sufriría, cuando, en su lugar, llegara a la Casa Blanca, nada menos que el general Zachary Taylor, como un reconocimiento, todo un homenaje del pueblo norteamericano por haber perpetrado una efectiva matanza de mexicanos muertos de hambre...!

Los días pasaron inadvertidamente. Yo me sentía viajar en un tobogán rumbo al vacío. Después de Santa Anna, el presidente de la Rosa le entregó el poder al general Anaya y el general Anaya a Peña y Peña el 8 de enero de 1848. Cuatro jefes de Estado en cinco meses. Nada distinto a lo acontecido en la primera mitad del siglo xix, en que de 1821 a 1848, cambiamos en 36 ocasiones de titular del Poder Ejecutivo.[190] ¿En Estados Unidos? En Estados Unidos, debo decirlo, entre 1789 a 1847, en 58 años, hubo tan solo 11 presidentes, sin que ninguno de ellos hubiera terminado su mandato en forma violenta ni los hubiera derrocado la iglesia protestante en cualquiera de sus modalidades. Ahí están: George Washington, John Adams, Thomas Jefferson, James Madison, James Monroe, John Quincy Adams, Andrew Jackson, Martin van Buren, William Henry Harrison, John Tyler y James Polk.

A principios de 1848 México parecía estallar hasta convertirse en astillas. Se desarrolla un sentimiento separatista. Unos estados se oponen al tratado de paz. Amenazan con desconocer al gobierno de Querétaro, donde sesiona Trist con los comisionados. En enero San Luis Potosí, Jalisco y Guanajuato lanzan una proclama desconociendo a las autoridades federales. Al no estar de acuerdo con el tratado de paz, esos tres estados desean escindirse de México. Están inconformes con el clausulado de los acuerdos finales entre México y Estados Unidos. Un nutrido grupo de diputados se oponía igualmente a la suscripción del tratado, a sabiendas de que utilizaban una herramienta eficiente para presionar a la Casa Blanca en dirección de la anexión total del país. El presidente Manuel de la Peña y Peña manda el tratado a la ratificación del Congreso alegando que deberían respetar los hechos consumados. ¡Acabemos! ¿Queremos acaso perder todo el país? Nos lo robarán, juro que nos lo robarán. Es muy difícil discutir con la punta de un puñal hundiéndose en la garganta...

Santa Anna no podría meter mano a los 15 millones de dólares que México recibiría a título de precio o de indemnización para lavar las culpas de Polk y limpiar su conciencia. El objetivo del gobierno mexicano era obtener 30 millones. ¡No!, dice Trist, no puedo pedir nuevas autorizaciones a Washington. Ese es el pretexto. Veinticinco millones. ¡No!, no hay tiempo. Veinte millones. ¡No!, no estamos jugando: ¡Quince y ni un *nickel* más...! Bueno, quince...

El 2 de febrero se firma el acuerdo en la ciudad de Guadalupe Hidalgo. Trist escogió ese lugar, a orillas del lago de Texcoco, cerca de la Ciudad de México, "porque era el más sagrado de la tierra", ya que ahí había hecho varias veces sus apariciones la Virgen de Guadalupe, en la que él desde luego no creía y estaba convencido de su inexistencia a través de pruebas históricas irrefutables. Lo que resta de México, después de la guerra, quedaba bajo su protección especial, consignó con genuino fervor... México cede los territorios de Tejas, Nuevo México y la Alta California, a cambio de 15 millones de pesos. Los representantes mexicanos son llamados, uno por uno, protocolariamente, a suscribir el tratado de paz, o sea, la legalización del hurto del siglo XIX. Primero lo firma Couto con el rostro contrito. Luego Luis Gonzaga Cuevas con la mirada vacía. Acto seguido, Atristáin, desconsolado, y finalmente Trist.

Yo, por mi parte, no dejé de sorprenderme del proemio del tratado en el que tanto insistió Trist hasta lograrlo:

EN EL NOMBRE DE DIOS TODOPODEROSO: Los Estados Unidos Mexicanos y los Estados Unidos de América, animados de un sincero deseo de poner término a las calamidades de la guerra que desgraciadamente existe entre ambas repúblicas, y de establecer sobre bases sólidas relaciones de paz y de buena amistad, que procuren recíprocas ventajas a los ciudadanos de uno y otro país y afiancen la concordia, armonía y mutua confianza en que deben vivir como buenos vecinos los dos pueblos…[191]

¿Qué tiene que ver Dios en todo esto?, me pregunté apretando las mandíbulas. En caso de que Dios existiera, ¿quién le concedió a Trist y a los comisionados mexicanos la representación divina para actuar en el nombre del Señor? Menuda audacia. ¡Cuánta grosería y vulgaridad! Si por lo menos un sínodo de obispos les hubiera dado semejante autorización para pronunciarse aquí, en la tierra, como si Él estuviera presente. ¿En el nombre de Dios Todopoderoso? ¿Cómo debe ser la personalidad de alguien que osa comportarse en los mismos términos y usando el mismo lenguaje en que Dios lo haría? ¡Carajo…! Es insultante y provocativa la arrogancia y la insolencia de los norteamericanos desde que hacen cómplice a Dios, nada menos que al Señor, a la hora de perpetrar bombardeos como el de Veracruz, ejecutar a ciegas a niños y mujeres y matar a mansalva a tanto ser humano se interponga entre sus bombas y sus ambiciones materiales políticas. Roban, asesinan a diestra y siniestra y, como no les basta un acuerdo jurídico, un tratado internacional para refrendar sus latrocinios y sus crímenes, todavía invocan a la Divinidad para avalar su conducta, con la que sin duda, de haber juicio final, serían sentenciados a pasar en el infierno mucho más tiempo que la duración de la eternidad…

La lectura del proemio me enferma, me enfurece. ¿Por qué un introito, señores Couto, Cuevas y Atristáin? ¿Por qué? ¿Por qué aparentar lo que no es y perdonar entre líneas el salvajismo del ataque y de la mutilación? El tratado tendría que haber comenzado por la fecha, sin nombrar a Dios ni recurrir a eufemismos. Nada de que en Guadalupe Hidalgo para recurrir al amparo de la virgen. No, Couto, no, Cuevas, no, Atristáin: en la Ciudad de México, lugar preciso de la consumación del hurto, y de ahí saltar

521

al irremediable clausulado. Artículo primero: se entrega California, Nuevo México según los paralelos… Entiendo que firman ustedes con la pistola en la cabeza, entiendo igualmente que de no hacerlo, tal vez México hubiera desaparecido de la geografía política mundial, pero al menos hubiera sido posible abstenerse de firmar en Guadalupe Hidalgo y haberse resistido al introito. ¿No les interesaba a los yanquis legalizar el robo a través de un tratado? ¿Sí…? Pues entonces al grano: uno, dos, tres y cuatro. Punto. Ni Dios ni Guadalupe ni amistad ni concordia ni armonía mutua. Nada.

Yo creo que una buena parte de nosotros nunca tuvo ni tiene "un sincero deseo de poner término a las calamidades de la guerra". Si pudiéramos defendernos, como muy bien lo dijo mi general Anaya cuando se rindió en el convento de Churubusco, ninguno de ustedes estaría aquí… Créanme: de contar con parque, municiones y armas similares a las de ustedes jamás nos hubiéramos rendido. No tenemos un sincero deseo de terminar la guerra: por el contrario, dentro de nuestra impotencia, estamos obligados a concluirla contra nuestra voluntad, aun cuando, justo es decirlo, si la violencia estalló es porque a los yanquis les convenía, sabedores que, de otra suerte, jamás se hubieran podido apoderar de Tejas, ¡ay!, nuestra Tejas, hoy Texas, ni de California ni de Nuevo México, hoy New México. Y todavía sostienen con indigerible cinismo que la guerra "desgraciadamente existe entre ambas repúblicas". ¿Vivir como buenos vecinos, como pueblos hermanos? Claro, me digo, podremos tener la misma calidad de relaciones de buena amistad que puedan existir entre un ladrón y su víctima…

En el mismo mes de febrero Atocha recibe respuesta de Buchanan a su misiva en la que pedía dinero a cambio de "convencer a los legisladores mexicanos de las ventajas de la paz". El texto es muy breve. El secretario de Estado repite las mismas palabras de Polk: es usted un sinvergüenza. Prometieron una guerra corta. Unos tratados de cesión territorial expeditos. Nunca quisimos llegar a estos extremos. Es usted un granuja. Punto. No hay despedida ni un atentamente. Nada. Ni un centavo, ni un solo *nickel*. Abstengámonos de cortesías. El mismo tratamiento que Couto, Cuevas y Atristáin tendrían que haber dispensado a las sugerencias y peticiones de "cordialidad" de Trist.

De Tehuacán, Su Excelencia se desplaza, con el mismo silencio de una serpiente en la noche, hacia Manga de Clavo. Ahí escribe y escribe y vuelve a escribir. A él le preocupan las versiones que los historiadores verterán sobre su obra y su vida. Decide dar su punto de vista de los hechos. Un mensaje, una defensa a la posteridad. Mientras redacta sintiéndose a salvo, el general Hays y un grupo de tejanos sale de Puebla, en la noche, rumbo a su finca veracruzana. La *Mexican Spy Company* ha dado con su paradero. Los norteamericanos cabalgan ávidos de vengar a sus parientes, amigos, hermanos o padres, degollados o fusilados o simplemente muertos en las refriegas de El Álamo o de El Goliad. Han pasado ya más de 10 años y la herida no se ha cerrado. ¿Cuándo cicatrizará la que los norteamericanos les hicieron a los mexicanos durante la guerra de 1846 a 1848? Llevan sogas, cuchillos afilados, las pistolas cargadas. Se disputan el placer de cortarle el cuello. Yo quiero tener el privilegio. No me importa pasar a la historia como el asesino de Santa Anna. ¿A quién le importa la gloria? Yo solo quiero degollarlo como él lo hizo con mi padre...

El Benemérito es avisado en el último momento de la expedición armada con el propósito de matarlo. Huye junto con Dolores y una hija de Inés García. Cuando llega Hays, y sus secuaces entran por las ventanas, encuentran las velas prendidas, el café servido, humeante, las pantuflas tibias y unos panes chamuscados en el horno, con restos de carbón encendido en su depósito. Acaban de huir. No será fácil dar con ellos en la mitad de la noche. Al día siguiente se habrán desvanecido. Es una misión secreta. Deben volver a Puebla a la brevedad para no ser sancionados. No pueden invertir tiempo en las persecuciones. Se trata de aventar la piedra, romper en mil pedazos la cabeza de Santa Anna y volver a los cuarteles. Fracasan. No dan con él. Solo, como buenos norteamericanos, se dedican al saqueo y al despojo. Se disputan un "bastón de oro macizo en forma de águila, resplandeciente de diamantes y zafiros, esmeraldas y rubíes, con un brillante inmenso en el pico y otros menores en las garras", un regalo que irá a dar a manos del presidente Polk. Un recuerdo de campaña. Se pelean a gritos por un cinturón bordado con hilos de oro. Ostenta el nombre de Santa Anna. Se escuchan insultos, amenazas y ofensas provenientes de la habitación de Su Excelencia. Dieron con la casaca, también bordada en oro, del general-presidente. Pesa casi ocho kilos. Se oyen espadazos por la tenencia de los vestidos de seda y las finas chinelas de Dolores, Lolita, Lola. La violencia creada por la repartición del botín casi se traduce en un baño de sangre hasta que Hays impone el orden. Sí, sí, pero el Padre de la Patria se les ha fugado entre las sombras de la noche.

Santa Anna huye a Teotitlán y después a Coxcatlán. El miedo se le adivina en el rostro. Sabe las que debe. Teme emboscadas, torturas, envenenamientos, secuestros de su mujer o de su hija a cambio de que él se entregue. Odia el dolor físico. Confesaría ser la media hermana de Polk pero que no le lastimen los testículos ni le hundan astillas bajo las uñas, pero sobre todo que no lo pongan en manos de Manuel Domínguez ni de ningún integrante de la *Mexican Spy Company*, porque ellos lo pueden cocinar, esta vez sin duda ni escapatoria posible, como tamal a la veracruzana o a la oaxaqueña, al gusto del comensal.

Una mañana se hizo la luz. Sus insistentes misivas dan en el blanco. Mandaba cartas como el náufrago en una isla lanza mensajes embotellados al mar sin saber si llegarán a las manos esperadas. Tiene suerte. Vuelve a tener suerte. ¿Mucha suerte? Se presenta ante Su Excelencia el coronel Hughes, de las fuerzas del estado de Maryland. No es un resentido por El Álamo ni por El Goliad. No viene a vengar a nadie. Su misión, muy concreta, es prestar todo género de ayudas al César Mexicano, velar por su integridad física, conducirlo en paz y a salvo nada menos que a la Antigua, el mismo puerto del que partió Iturbide, para facilitar su nuevo viaje al exilio. "Vengo a ponerme a sus órdenes para brindarle a usted protección en el nombre del gobierno de Estados Unidos. Tengo instrucciones específicas de protegerlo hasta ponerlo a bordo del barco que usted seleccione." El coronel norteamericano le obsequia un banquete al general-presidente. Este corresponde puntualmente con otro similar en El Lencero. En su calidad de anfitrión, puesto de pie, copa de champán en mano, hace un brindis en el que menciona "sus ropas atravesadas por las balas enemigas", "los peligros que enfrenté cuando ustedes atacaron el Castillo de Chapultepec y yo desafié la metralla y mi tentación de bajar la bandera mexicana, envolverme en ella y lanzarme al vacío para que los invasores no la tomaran, solo que para México yo valía más vivo que muerto y desistí". No dejó de mencionar cuántos rifles de los muertos mexicanos disparó desde el convento de Churubusco ni los que utilizó de los caídos de ambos bandos en la batalla de Padierna "hasta que sucumbimos por la superioridad de la artillería norteamericana". Finalmente, antes de beber, todavía dijo: La historia demostrará que "soy el más leal amigo de los mexicanos…"[192] Hoy por hoy soy un incomprendido…

El general norteamericano contesta que "su ejército no desea perturbar ya más la vida política de México y que, en tanto se ratifica el tratado por parte del Congreso mexicano, se suspenderían todas las hostilidades hasta arribar a la paz total y a la consecuente desocupación". Su Excelencia no comprende en su fantasiosa verborrea, que si ya no es general en jefe ni presidente de la República su presencia solo puede significar inestabilidad y efervescencia. Debe abandonar el país. Esa medida es la más conveniente. Un nuevo exilio es la mejor alternativa. En pocas palabras es un estorbo para yanquis y mexicanos. Enemigo que huye, puente de plata. Estados Unidos no quiere en esos momentos a un Santa Anna en México. Todavía puede molestar, atacar; perturbar el orden precario. ¡Sáquenlo del país. Ya no sirve para nada! ¿Tendría usted la gentileza de largarse protegido por nosotros? Se abren, por supuesto nuevos motivos de sospecha. ¿Por qué se abrió el bloqueo en agosto de 1846 para que pudiera desembarcar en Veracruz el Benemérito y por qué ahora se le escolta nuevamente al puerto hasta abordar un barco español? No dejan de llamar la atención tantas atenciones y cortesías dispensadas a unos y a otros…

El 8 de abril zarpó finalmente a Jamaica después de recibir sus últimos honores militares en suelo patrio. Más tarde cambiará su residencia a Turbaco, Colombia. Comprará con "el sudor de su frente y el producto de su extenuante trabajo" la residencia donde habitara Simón Bolívar,[193] otro Libertador, según Su Excelencia, de su corte y trayectoria histórica.

El presidente Polk recibe el tratado de paz en los términos originales ordenados a Trist. No puede negarse a aceptarlos. Carece de tiempo y de oportunidad para abrir el expediente. Renuncia a los territorios de Chihuahua y Sonora, además de la Baja California y parte de Tamaulipas que tanto había apetecido. Se le ve agotado. No ha dormido en tres años. De ese tamaño era su fanatismo. De esas proporciones, sus ambiciones territoriales. Logra su objetivo, sí, pero no se siente reconocido ni aplaudido por su histórica misión. Soy un incomprendido. Dupliqué el territorio de Estados Unidos a un costo de 12 mil 876 soldados muertos o heridos, 58 millones de dólares de gastos de guerra y una indemnización de 15 millones de dólares a cambio de 2 millones de kilómetros cuadrados... De cada ocho norteamericanos, solo uno murió víctima de las balas mexicanas, el resto, por las enfermedades, la diarrea, el tifo y las fiebres de toda clase.[194] Solo fallecieron mil 610 por heridas de combate. He ahí el tamaño de nuestros enemigos. *It was not a bad business, was it...?* ¿Dónde están los planos para construir un monumento en Washington que recuerde mi gesta heroica?

Algún día me entenderán, me ensalzarán y reconocerán las futuras generaciones, se dice mientras envía, para su aprobación, los textos firmados por Trist. Tan pronto hace llegar los documentos al Congreso, le anuncian la presencia de un grupo de mexicanos en la antesala de su oficina. Lo encabeza Manuel Justo Sierra O'Reilly.[195] Le externarán su deseo de que Yucatán también sea anexado a Estados Unidos. Queremos ser una estrella más de la bandera norteamericana. Moriré, murmura Polk, sin entender a los mexicanos... Desecha la oferta por inoportuna. En efecto, ese es el objetivo, pero no es el momento...

El Senado de Estados Unidos aprueba el tratado de paz con 38 votos a favor, 14 en contra y cuatro abstenciones en marzo 10 de 1848.[196] Se pagarán 3 millones de anticipo y, posteriormente, 3 millones anuales a la tasa del 6%. Tratado o no, nosotros, los vencedores, imponemos las condiciones. En mayo de ese mismo año, en México, la Cámara de Diputados votó a favor del tratado con 51 votos a favor y 35 en contra, mientras que el Senado de la República, menos antiamericano, lo hizo 33 contra cuatro. Nunca olvidaré que el día de la ratificación de los tratados de paz en el Congreso el gobierno mexicano organizó unos espléndidos desfiles militares seguidos de deslumbrantes fuegos artificiales, mientras que una parte del pueblo apedreaba rabioso los carruajes de los comisionados y de los legisladores que habían legalizado el despojo.[197] Se fija la fecha para la desocupación de México el día 12 de junio de ese año. Cualquier resistencia era inútil. Ya todo estaba perdido. El honor también… Escasamente tenía ya fuerza para sostener siquiera la pluma y escribir las pocas líneas restantes para concluir la narración.

No puedo omitir el discurso pronunciado por Abraham Lincoln, un brillante legislador norteamericano, días después de la comparecencia de Polk:

Que [Polk] responda en forma completa, honesta y clara. Que responda con hechos y no con argumentos… Pero si no puede o no quiere hacerlo, si con cualquier pretexto, o sin él, se niega o lo omite, entonces quedaré completamente convencido de lo que sospechaba desde antes: que tiene la conciencia de obrar mal… ¡Todo lo que se refiere a la guerra, en su último mensaje, se parece a los murmullos calenturientos de un semiloco…!

Todo esto demuestra que el presidente no está satisfecho en forma alguna con sus propias posiciones. Primero toma una, y al tratar de convencernos para que la aceptemos, él mismo la abandona; después se afianza en otra y sigue el mismo proceso…

Como ya dije antes, él mismo no sabe dónde se encuentra. Es un hombre trastornado, confuso y miserablemente perplejo. Permita Dios que pueda demostrar que no hay sobre su conciencia algo más penoso que esta su perplejidad mental.[198]

—Parece bajo el costo de la guerra —dijo el senador Olliggy Smill—, pero no perdamos de vista que los territorios arrebatados a México equivalen a haber permitido el ingreso de Agamenón a Troya con todo y su famoso caballo. El rompimiento del equilibrio racial en el Congreso americano, la supremacía política de los esclavistas gracias a la anexión de Tejas y a la adquisición por derechos de conquista de California y Nuevo México nos conducirán, más temprano que tarde, a una revolución doméstica que habrá de convertir a Estados Unidos en astillas. Maldito seas, James Polk. Que tu alma se pudra en el infierno.

Así se inició y concluyó la guerra. De esta manera, como lo expuse, se perpetró el gran hurto. No necesité, tal y como lo dije desde un principio, de muletas ni de recursos documentados ni de elementos probatorios. Exigí que bastara la fuerza de mi voz, el poder de mi memoria, mi amor por la verdad y mi deseo de hacer justicia, como condición para reforzar la validez de los hechos aquí expuestos.

Asistí a varias reuniones en la Casa Blanca para conocer la planeación del despojo. Pude comprobar cómo los diferentes presidentes de Estados Unidos hacían ofertas para comprar nuestros territorios desde 1825 y, ante la negativa mexicana, invitaban a la ciudadanía, con toda discreción, a emigrar principalmente a Tejas, con o sin la autorización ni la venia del gobierno mexicano. Más tarde exigirían la independencia del territorio invadido por la vía de los hechos, constituirían una República de papel y, acto seguido, nuestro querido Departamento de Tejas se anexaría como un estado más de la Unión Americana. Final de la comedia en tres actos: poblar, independizar y anexar. Una estrategia impecable de robo legal...

Dado que el proceso anterior resultaba largo en el tiempo, y la vanidad de los mandatarios no podía soportar el transcurso de más de cuatro o, en todo caso, ocho años de su gestión presidencial, entonces, tal y como aconteció con California y Nuevo México, se nos hicieron nuevas ofertas por millones de dólares a cambio de ceder nuestras ricas praderas, llanuras, valles, ríos, litorales, riberas y cañadas. De aceptarse la transacción, se entregarían sacos llenos con miles de monedas acuñadas en oro. Asunto concluido. Si por el contrario, nos negábamos a vender el patrimonio heredado de nuestros abuelos, las tierras por las que siempre experimentamos un amor y un apego generacionales, muy pronto adquiriríamos la personalidad de víctimas en lugar de supuestos vendedores, meros clientes, según el escaso lenguaje propio de vulgares tenderos que utilizan nuestros vecinos del norte.

El rechazo a enajenar nuestros bienes incendiaba la mente mercantilista de los piratas de nuestro tiempo, quienes, disfrazados de civiles y ostentando títulos académicos, sesionaban, invariablemente movidos por la avaricia, en aquelarres pestilentes ubicados en los sótanos de la Casa Blanca, en donde urdían diversas fórmulas diplomáticas, económicas y políticas para apoderarse de lo ajeno, más concretamente de nuestros territorios, mediante el ejercicio de presiones, amenazas, chantajes y sabotajes abiertos o encubiertos. ¡Cuántas veces observé al presidente Polk concibiendo la inclusión de un nuevo agente en una conjura, mientras sostenía con los colmillos una pluma en lugar del conocido puñal de los corsarios! Ese fue precisamente el caso cuando el gobierno mexicano se negó a recibir a Slidell, su ministro plenipotenciario: ante la reiterada negativa del vendedor, urdió un pretexto pueril e irrelevante para declararnos la guerra y despojarnos de lo nuestro argumentando los derechos inherentes y justificados del conquistador.

¿Cómo oponerse a semejante agresión? ¡Con cañones! Estados Unidos solo respeta a quien tiene el suficiente poder militar como para defender su patrimonio y sus respectivos mercados. Con sus pares, las potencias militares y económicas, es cordial, amable y lisonjero. A los débiles los aplasta, los despoja, los ignora y los humilla. Se trata del mismo desprecio que experimenta cuando se encuentra rodeado de razas inferiores. No las tolera. Es la ley de la selva, la del más fuerte, la del más apto. El pez grande se come al chico.

¿Dónde estaban nuestros cañones para sostener una interlocución adecuada, sin diccionarios ni eufemismos, inentendibles para los norteamericanos? En estos mecanismos tan elocuentes de comunicación las palabras tienen un significado concreto: ¡Pum! Respuesta: ¡Pum! ¿Quién ganó la discusión? Quien se mantenga de pie. No hay más y, en ese caso, México no contaba con el poder bélico necesario para responder al ataque por carecer, como siempre, de los medios económicos o porque la iglesia, invariablemente metalizada, o los militares, financiaban una revolución doméstica en el momento más inoportuno o, en su defecto, los generales se embolsaban los fondos destinados a la adquisición de armas compradas con enormes sacrificios ciudadanos, o el presidente de la República era aprehendido en el campo del honor por el enemigo, o Su Excelencia simplemente vendía la causa patriótica al jefe de la Casa Blanca por medio de negociaciones inconfesables. ¿Es posible la defensa en esas condiciones?

Yo estuve presente en la gestación, desarrollo y ejecución de los acontecimientos y me pregunto: ¿cómo se puede resistir la fuerza aplastante de un gigante goloso, salvaje, soberbio y brutalmente asesino? Yo, yo mismo me respondo: con unidad nacional, con convicciones y amor patrióticos, con lealtad, con valentía, con honestidad, con la suma incondicional de esfuerzos, con instrucción militar y armamento adecuado, con la aportación generosa de recursos económicos y con la certeza de que tendrán el destino establecido y, además, con un fraternal compañerismo, con audacia, astucia, inteligencia y determinación insertados en el marco de una sociedad herméticamente sellada con principios mexicanos, los mismos que el líder de la coyuntura histórica para enfrentar la adversidad, habrá de explotar con lealtad, talento e imaginación en el marco de una democracia.

Sí, muy bien, solo que si el enemigo es poderoso al igual que inmoral, artero e insaciable, sanguinario, metódico, instruido en las artes de la guerra, rico, solidario entre los suyos, convencido de las acciones por las que lucha, bien alimentado y pertrechado, conducido con estricto rigor militar, y los líderes de la víctima, por el contrario, son, sálvese el que pueda, corruptos, traidores, desunidos, ignorantes, débiles, pobres, embusteros, en ocasiones cobardes, con prioridades superiores a la causa de la patria, en la que paradójicamente confían y creen más las masas, entonces el resultado no se hace esperar y la derrota se presenta escandalosamente.

Yo predije el resultado de la contienda por haber podido medir las fortalezas y las debilidades de unos y otros, según se tomaban decisiones, durante agobiantes reuniones de trabajo en la Casa Blanca o en Palacio Nacional, en las que invariablemente estuve presente. México no tenía otra opción más que sucumbir, desplomarse, rendirse con la frente pegada al piso y los ojos crispados llenos de lágrimas.

Maldije lo maldecible al conocer la infame cadena de felonías de la peor ralea cometidas tanto por la Santa Madre Iglesia Apostólica y Romana, como por los gobiernos federales y los centralizados, por los generales del ejército mexicano, por los léperos que saqueaban Palacio Nacional, por los espías poblanos al servicio de la inteligencia del invasor, por los aristócratas y criollos invariablemente escépticos y convencidos de la necesidad de traer a un príncipe como don Enrique, o a un militar extranjero como Scott, o a un diplomático como Joel Poinsett, para dirigir los destinos de México ante la manifiesta incapacidad de los nacionales.

Constaté la ausencia de solidaridad de mis compatriotas, el patético analfabetismo tan severamente condenado por la iglesia calvinista y estimulado por la católica para repetir, en la medida de lo posible, las visitas de los feligreses, ávidos de ayuda, a las parroquias, iglesias y basílicas. ¿Acaso no reza, se prosterna, suplica, pide y paga más limosnas, quien más necesidades materiales padece? ¿Quién eleva más plegarias, el pobre o el rico? ¿Quién compra más caras las indulgencias plenarias? Finalmente entendí que las donaciones y los legados, una vez en manos de los expertos financieros del clero, se convierten en préstamos destinados a explotar económicamente a quienes los concedieron con tal de comprar el perdón divino. Los pecados conducen a los fieles de la mano rumbo a los confesionarios o a las sacristías, en donde se vuelve a activar el círculo infernal de las carencias, la oración, el arrepentimiento y la limosna, para, acto seguido, comenzar con las carencias, la oración, el precio de la indulgencia…

Comprendí, también comprendí, que el amor a la patria se mide en términos materiales. A más y mejores bienes disfrutables, a mayor abundancia, prosperidad y bienestar, mayor será el agradecimiento experimentado por la colectividad y, en sentido contrario, a menores posibilidades de realizar el gran sueño mexicano y de constatar a diario el número de compatriotas que sobreviven penosamente sepultados en la miseria, entonces, menor será el sentimiento de gratitud y menor el coraje, la pasión y la fuerza para defender a México.

¿Qué nos ha entregado nuestro país a manos llenas que nos comprometa, a título de agradecimiento, a luchar por él y a entregar nuestra vida a cambio de su supervivencia?, me pregunté cuando vi al ejército mexicano, descalzo y extraviado, en los años en que se dirigía al norte rumbo a El Álamo en 1836 o a luchar contra Taylor en La Angostura en 1847, por algo llamado "patria" que no se veía reflejado en el comal ni en el metate eternamente vacíos. ¿El patriotismo se da así, porque sí, sin fundamento alguno? ¿Es un acto de fe? ¿De dónde se nutre el orgullo por México que nos conduciría a tomar las armas y pelear rabiosamente por él? ¿Quién siente más agradecimiento por su país, un chamula, un zapoteca o un potentado que hizo su fortuna en la patria? ¿Qué agradecimiento siente por la patria el que duerme en petate, carece de calzado, de alimentación, de salud y de esperanza y asiste pasmado a la muerte de sus hijos que se mueren de mal del viento?, me dije cuando vi desfilar, sentado en una piedra, al lado de Santa Anna, a 2 o 3 mil mujeres más sus hijos, quienes, a como diera lugar, seguían a su marido o a su padre, víctima de la leva.

Me incendié cuando en el Capitolio norteamericano se hablaba de la anexión total y de *New blood and new ideas*, sangre americana e ideas americanas para el "México nacido de padres vergonzosos…" Volví a dolerme del mesianismo mexicano al recordar la noche en que el cura Hidalgo, sí, sí, no hay duda alguna, don Miguel Hidalgo y Costilla, exigió ser nombrado nada menos que Su Alteza Serenísima antes de pensar en tomar por las armas la Ciudad de México. ¿Por qué razón nunca se dijo que tres días después Allende intentaría envenenar, obviamente sin suerte, al párroco de Dolores? Más preguntas: ¿por qué la historia de México le sustrajo el título de Padre de la Patria a Agustín de Iturbide, ya que él y solo él consumó la independencia de la corona española en 1821, cuando Hidalgo fue fusilado 10 años antes? ¿Por qué los mexicanos no apoyaron al padre Celedonio Dómeco de Jarauta cuando este propuso la guerra de guerrillas antes que suscribir cualquier tipo de tratado de paz y de cesión de tierra en un México intervenido? ¿Por qué dejamos solo a ese singular héroe?

No pude creer cuando Vicente Guerrero ofreció a Joel Poinsett, por medio de una carta, convertirse en el segundo emperador de México, ni absolví nunca a Santa Anna por haber acampado apresuradamente a espaldas del Río San Jacinto, urgido de poseer a aquella hermosa mulata de nalgas apremiantes, arrebatadoras y trepidantes. Condené a Filisola por no haber atacado con sus hombres a Houston aun a costa de que, en la refriega, hubiera podido perecer Su Excelencia, de la misma manera en que lo hice con los generales mexicanos que impulsaban golpes de Estado cuando el país estaba invadido. Por supuesto que aplaudí a rabiar, en un principio, a Manuel Domínguez el día aquel en que secuestró a Santa Anna y lo iba a cocinar como tamal oaxaqueño… ¿Cómo no saborear los gritos, los chillidos de placer de los léperos cuando sacaron la pata del Benemérito de un cenotafio para jugar con ella arrebatándosela en las calles, para después quemarla en una pira pública que nunca nadie olvidará?

Cuando escuché los planteamientos hechos por Moses Beach a los purpurados para que los habitantes de la Ciudad de México no se opusieran a los soldados norteamericanos; o, igualmente, el día en que oí la conversación sostenida entre Janet Storms y el general Scott para garantizarle la rendición de Puebla sin disparar ni un tiro; o la mañana aquella en que asistí al famoso Brindis del Desierto, a través del cual las nuevas autoridades de la capital de la República le ofrecieron la presidencia nada menos que al general en jefe del ejército invasor; o aquellos terribles momentos en que los oficiales norteamericanos contrataban a los espías poblanos para que les informaran en detalle de los planes santanistas; o la tarde trágica en que presencié, en Cuba, las conversaciones entre Atocha y Santa Anna, en todas esas ocasiones, llegué a pensar que los mexicanos estábamos rotos por dentro, huecos, vacíos, pero cambié de opinión después de ver luchar a nuestros soldados más humildes en Monterrey, en La Angostura, en el Castillo de Chapultepec, en Churubusco, en Padierna y en Molino del Rey. No tuve duda entonces: los líderes mexicanos son quienes están rotos por dentro, huecos, vacíos, sin principios, perversos, y en donde los ciudadanos son culpables, absolutamente culpables, es en tolerarlos y consentirlos en lugar de escupirlos, expulsarlos y mearlos, tal y como yo pude hacerlo en la tumba de Santa Anna hasta saciarme...

Todo esto lo descubrí al vivir la experiencia de México mutilado. Un México mutilado en el orden territorial, religioso, educativo, económico, industrial, financiero y moral, acosado por una raza maldita que espera nuevas coyunturas para morder, acosar, robar, apropiarse de lo que sea por el medio que sea, sin que la víctima pueda defenderse ni intentarlo siquiera mientras le succiona la sangre como una sanguijuela gelatinosa e insaciable disfrutando un cuerpo ya inmóvil.

Estos pasajes que padecí me evidenciaron las dificultades de los mexicanos para impulsar un cambio y evolucionar. Su conducta parece decirme: todo tiempo pasado fue mejor. Que nada se mueva, que nada se altere o modifique. Tengo pánico a la evolución y, sobre todo, a quien administre o maneje la evolución, porque, por lo general, quien ha tomado las riendas del país lo ha proyectado a la inversa, o sea a una pavorosa involución de la que nadie quiere acordarse, por ello y solo por ello, que nada cambie, que nada evolucione porque lejos de avanzar, retrocederemos... ¿Será que la desconfianza es ancestral y equivale a tener remachado un inmenso e incandescente clavo en la nuca desde que durante siglos no hemos podido identificar a nuestro padre?

Yo, por lo pronto, tomo mi pluma, mi tintero, y me dedico a volar por el mar sin límites de la imaginación en busca de alguna esperanza y, sobre todo, de más, muchas más explicaciones...

A modo de epílogo

¿Cómo terminaron sus vidas los personajes más destacados que aparecen en *México mutilado*?

Imposible no comenzar con **Antonio López de Santa Anna Pérez de Lebrón**, un fervoroso imperialista, un fanático republicano, un convencido federalista, un irreductible centralista, un apasionado juarista, un feroz antijuarista, un arrebatado monárquico, un iluminado clerical, un disimulado jacobino, un fecundo liberal y un conservador extremista, un gran traidor con cara, a veces, de patriota, un millonario y miserable, poderoso y perseguido, héroe y villano: en fin, un político mexicano que vivió en los extremos, defensor de cualquier corriente política a la que se adaptaría en el momento más propicio.

Al concluir la guerra, Su Excelencia volvió a exiliarse en Jamaica, por más que hubiera deseado hacerlo en Texas, así, con equis y, tiempo después se mudó a Turbaco, Colombia, a la finca que había sido propiedad de Simón Bolívar, el Libertador. El Visible Instrumento de Dios, como ya se vio, no solo volvió a ser presidente de México después de la "siesta de San Jacinto" y de la suscripción de los Tratados secretos de Velasco, no, claro que no: el Napoleón del Oeste regresó a colocarse dignamente la banda tricolor en el pecho cuando el presidente Polk le permitió romper el bloqueo de Veracruz para permitirle el acceso a Palacio Nacional con el objeto de facilitar, de esa forma, la entrega de su país a los invasores yanquis. Cualquiera podría decir que, a partir de lo ocurrido, jamás volvería a ocupar la titularidad del Poder Ejecutivo mexicano, ¿no...? Pues a Su Alteza Serenísima se le concedió una vez más el honor de dirigir México, solo para vender La Mesilla a Estados Unidos en 10 millones de pesos y ser derrocado, ahora sí, irreversiblemente en 1855.

El Inmortal Caudillo intentó regresar a México durante la intervención francesa. Trató de colaborar en el imperio de Maximiliano, después de haber jurado lealtad a la causa de este segundo imperio. No lo logró. Volvió contra su voluntad al destierro. Posteriormente le ofreció al ilustre Benemérito de las Américas "derramar su sangre" en defensa de la República. Juárez lo rechazó recordándole, además de otros hechos ignominiosos, haber jurado lealtad al imperio francés, del que muchos no quieren acordarse, por lo que no solo no lo acepta, sino que ordena su fusilamiento. Sin embargo, le es conmutada la pena por ocho años más de destierro.

Sebastián Lerdo de Tejada le autorizó al Protector de la Nación regresar a México en 1874, antes de cumplir los 80 años de edad. Santa Anna muere en su cama de agresivos ataques de diarrea la noche del 20 al 21 de junio de 1876. Días antes de fallecer todavía fue visitado por un enviado del presidente Grant, quien negociaba un tratado de comercio México-Estados Unidos. Su Excelencia le pidió 3 millones de dólares para firmar un contrato de paz con México. Ya deliraba, sí, pero continuaba exigiendo sobornos…

En su testamento reconoce a cinco hijos ilegítimos. Al expirar alcanzó a gritar con un último aliento: "Mi nombre siempre será recordado por los mexicanos de todas las generaciones". No se equivocó…

James Knox Polk terminó su mandato a principios de 1849, después de anunciar los escandalosos descubrimientos de riquísimas vetas de oro en la California ya americana. Tan solo unos meses más tarde, en ese mismo año, falleció agotado en la cama después de incontables deyecciones, es decir, de una severa descomposición intestinal, similar a la padecida por Su Excelencia y que también le costó la vida. Como se verá, ambos personajes, claves en la historia patria, murieron en auténticos charcos de materia fecal, sepultados en excremento líquido y pestilente, tal vez como un homenaje a su existencia. *Pulvis est et in pulverem reverteris*: "polvo eres y en polvo te convertirás", Génesis, capítulo 3, versículo 19, o mejor dicho, como lo advirtió Martinillo en tono burlón al conocer la noticia: *Mierdis est et in mierdis eternis reverteris*: *El Espejo Negro de Tezcatlipoca, o cómo deben morir los miserables*, capítulo 5.

Polk le heredó a Sarah, su mujer, una gran plantación a orillas del Mississippi, por supuesto que llena de esclavos, para garantizarle una supervivencia feliz. Como se sabe, no tuvieron descendencia.

Zachary Taylor, whig, sucesor de Polk, el general norteamericano que adquirió una notable fama guerrera entre el electorado de su país gracias a la masacre de mexicanos en Resaca de la Palma, Palo Alto, Monterrey y La Angostura, llegó a la presidencia de Estados Unidos, pero una enfermedad le impidió terminar su mandato. Falleció unos meses después de haber tomado posesión. Su principal preocupación como jefe de la Casa Blanca consistió en definir si los nuevos territorios que se habían anexado a Estados Unidos serían o no esclavistas.

Sam Houston fungió como senador y llegó a ser gobernador de Texas cuando estalló la Guerra de Secesión. Enemigo de la esclavitud, prefirió renunciar a su cargo antes que aliarse con los confederados o aceptar la ayuda militar ofrecida por el presidente Lincoln para sostenerse en su puesto con el apoyo de las armas de la Unión. Pidió que Texas se escindiera como República independiente, dada la inminencia de la guerra civil, recuperando el estatuto de 1836, pero no lo logró. Murió en su finca, rodeado por su esposa e hijos, en 1863.

Emily Morgan, la mulata de fuego, la de las nalgas "siniestras, traicioneras y pendencieras", sí, la misma que pernoctó con Santa Anna la noche anterior a la batalla de San Jacinto, obtuvo la libertad como esclava gracias a la intervención de Sam Houston, quien insistió en reconocerle su gesta heroica. Pasó los últimos años de su vida en la ciudad de Nueva York, rodeada de sus hijos y de su familia. Hasta el día de hoy se le conoce como *The Yellow Rose of Texas*. Se le han compuesto canciones para eternizar su patriotismo. Su Excelencia llegó a comentar que nunca en su vida volvió a disfrutar un encuentro amoroso tan intenso como el sostenido con esa fiera de los bosques norteños a la que jamás llegó a olvidar, ni supuso la trampa que le había colocado con tan buen tino, talento y oportunidad.

Valentín Gómez Farías se opuso como diputado a los tratados de paz y a la pérdida de los territorios del norte. En 1850 fue postulado sin éxito para la presidencia de la República. Fue nombrado presidente de la junta de representantes en el Plan de Ayutla que derrocara a Santa Anna. En 1856 apareció representando a Jalisco como diputado y jurando la Constitución de 1857. Terminó sus días con una dolorosa decepción en lo relativo a la capacidad de los mexicanos para ejercer un buen gobierno y convencido de que México jamás podría sacudirse de encima ni a los militares ni a los curas. Murió un año después de promulgada la Carta Magna. Hoy descansa en la Rotonda de los Hombres Ilustres.

Winfield Scott salió airoso de la Corte Marcial a la que se vio sometido a instancias de Polk. En 1852 su prestigio militar, adquirido en buena parte por haber logrado derrotar al ejército mexicano, fue insuficiente para ganar la presidencia de Estados Unidos, como candidato whig. Armó planes estratégicos para derrotar a los confederados en la Guerra de Secesión. Murió sin ser presidente ni dictador ni emperador mexicano ni, por supuesto, jefe de la Casa Blanca, a pesar de su notable capacidad para aniquilar seres humanos en masa.

Dolores Tosta, ¡ay, Lola, Lolita, Lola!, permaneció con gran lealtad y entereza al lado de su marido, desde su matrimonio en 1844 hasta la muerte de Santa Anna. Invariablemente le concedió el tratamiento de presidente de la República, así como el protocolo y las cortesías inherentes a tan elevado cargo, para cuidar hasta el último día el equilibrio emocional del jarocho. La diferencia de edades, 36 años, jamás significó para ella un obstáculo como el que pretendía amenazarlos la noche de bodas…

Manuel Domínguez y varios de sus lugartenientes huyeron a Estados Unidos al concluir la guerra, con tal de salvar el pellejo. La mayoría de los directivos de la *Mexican Spy Company* vivió en Texas hasta perderse en el anonimato. No se conoce ninguna venganza posterior de los mexicanos contra este connotado grupo de traidores poblanos, tan eficaces en la derrota de las armas nacionales.

Alejandro Atocha se perdió en alguna parte de Estados Unidos después de la guerra. El presidente Polk logró que jamás cobrara sus compensaciones por daños causados por México, a las que supuestamente tenía derecho en su carácter de ciudadano norteamericano naturalizado.

Nicolás Trist fue, desde luego, cesado de todo cargo en el gobierno federal norteamericano. Se le acusó de traidor y desleal. No fue sino hasta abril de 1871 que cobró, por autorización del Senado, los 14 mil 599 dólares a que tenía derecho por los trabajos realizados como embajador de Estados Unidos ante el gobierno mexicano desde 1848. Falleció de una embolia en febrero de 1874.

Mariano Paredes Arrillaga fue hecho prisionero en un convento después del golpe de Estado ejecutado en su contra por Mariano Salas en 1846. Posteriormente se le desterró a Francia, de donde regresó en 1848 para oponerse al tratado de paz firmado entre México y Estados Unidos. Armó una guerrilla junto con Manuel Doblado y el padre Celedonio Dómeco de Jarauta, pero fue derrotado el 18 de julio de ese mismo año. Se exilió nuevamente, solo para regresar a morir en México en una digna miseria en 1849.

Ulysses S. Grant, un destacado oficial bajo las órdenes de Winfield Scott en la campaña militar en contra de México, ocupó la presidencia de Estados Unidos de 1869 a 1877. En sus memorias, publicadas en 1885, confiesa: "Yo no creo que jamás haya habido una guerra más injusta que la que los Estados Unidos le hicieron a México. Me avergüenzo de mi país al recordar aquella invasión. Nunca me he perdonado el haber participado en ella..."

Juancillo Trucupey vive hasta la fecha conmigo. Los fines de semana trata de enseñarme a bailar el chuchumbé y el siquisiri... Debo confesarlo, sin mayor éxito...

Algunos apuntes cronológicos

1793   Nace Sam Houston en Rockbridge Country, Virginia.

1794   Nace Antonio López de Santa Anna en Jalapa, Veracruz.

1795   Nace James Knox Polk en Mecklenburg, Carolina del Norte.

1803   Estados Unidos compra "la Luisiana". El movimiento expansionista de Estados Unidos empezó, debe aclararse, tres años después de la llegada de los calvinistas a Massachussets, en 1633, cuando su tribunal general declaró que tenían derecho a los territorios no trabajados por los indios.

1806   Primera expedición de Zabulon Pike a Santa Fe. El presidente Jefferson lo envía a explorar la provincia de Nuevo México para conocer su situación socioeconómica y política. Jefferson pide que el territorio entre el Bravo y el Colorado sea declarado neutral.

1810   Proclamación de independencia de Florida Occidental. Dos años después el presidente James Madison, so pretexto de proteger a los colonos yanquis, ordena su anexión. Un claro anticipo de lo que habría de ocurrir en Texas. Estados Unidos ofrece a España una compensación económica. Jamás regresará dicho territorio.

1819   Por medio del tratado Adams-Onís, España acepta formalmente la pérdida de la Florida Occidental y la venta de la Florida Oriental, la península. Estados Unidos renuncia a su infundada pretensión sobre Texas como parte de la Luisiana.

1820   Moisés Austin y cientos de inmigrantes solicitan permiso para emigrar a Texas. Aducen ser originarios de la Luisiana española.

1821   Independencia de México. Iturbide autoriza la emigración extranjera a Tejas con ciertas condiciones.

1822	Poinsett es enviado por el presidente James Monroe a reconocer a México como país independiente, mas no al gobierno de Iturbide. Viaja con instrucciones de incluir a Nuevo México, California y Tejas dentro de la frontera de Estados Unidos.
1824	Se redacta la Constitución mexicana de 1824, tomando a la de Estados Unidos como ejemplo y recogiendo ciertos elementos de la de Cádiz de 1812. Aparecen Tejas y Coahuila como un solo estado con capital en Saltillo.
1825	Poinsett, ya nombrado ministro en México, divulga la Doctrina Monroe, exige nuevas fronteras, organiza la logia yorkina en busca de un partido favorable a Estados Unidos y contrarresta las actividades inglesas en México.
1826	Haden Edwards promulga la independencia de lo que llama "Fredonia", en realidad, Tejas, pero Austin y sus colonos se declaran a favor del gobierno mexicano.
1827	El presidente Guadalupe Victoria es informado de que en Tejas, de cada 10 habitantes, nueve eran angloamericanos con esclavos y comercio orientado hacia los Estados Unidos.
1830	Lucas Alamán dicta nuevas leyes de colonización de Tejas.
1832	Los colonos de San Felipe de Austin, Tejas, convocan a una Asamblea el 1 de octubre de 1832, a la que asisten los 17 distritos habitados por estadounidenses. Se pronuncian a favor de Santa Anna. Exigen la abrogación de la ley de 1830 y hacer de Texas un estado autónomo exento de impuestos.
1833	Primera presidencia de Santa Anna: 16 de mayo al 3 de junio. Segunda presidencia de Santa Anna: 18 de junio al 5 de julio. Tercera presidencia de Santa Anna: 28 de octubre al 4 de diciembre. En la convención anglotejana se demanda la separación de Tejas de Coahuila. Solicitan a Houston la redacción de una nueva Constitución. Viaje de Austin a la capital del país. Consigue la abrogación de la ley de colonización de 1830. No logra hacer de Tejas un estado independiente de Coahuila. Austin amenaza con la guerra. Es encarcelado ocho meses.

1834 El segundo ministro, Anthony Buttler, logra convertir las reclamaciones de ciudadanos norteamericanos en un instrumento de presión para el gobierno mexicano. Las reclamaciones constituirán, años después, una de las causas de la guerra. Santa Anna asume poderes centralistas que se oficializan en 1836 con una nueva Constitución llamada de las "Siete Leyes". Los colonos tejanos se oponen: insisten en la separación de Coahuila, en contar con sus propias instituciones, en defender la esclavitud y comerciar con los Estados Unidos. Cuarta presidencia de Santa Anna: 24 de abril de 1834 al 27 de enero de 1835.

1835 La Convención se rebela contra el gobierno centralista. El general Martín Perfecto de Cos, establecido en El Álamo, es atacado y obligado a capitular por los colonos americanos. Estados Unidos envía a sus fuerzas armadas a la frontera de Tejas con el pretexto de "cuidar la integridad del territorio norteamericano".

1836 Se imponen las Siete Leyes por cuatro años y medio hasta ser reemplazadas por las bases de Tacubaya de 1841. El 1 de marzo, los anglotejanos se declaran independientes. Eligen presidente de la República de Texas a David G. Burnet y vicepresidente a Lorenzo de Zavala. Se redacta el acta de independencia. De los 58 firmantes solo dos son tejanos. Santa Anna sitia El Álamo. Ejecuta a todos los 138 defensores. Santa Anna es derrotado y aprehendido por Sam Houston en el Río San Jacinto. Se firman los Tratados de Velasco. Se afianza la República de Texas. Santa Anna fue enviado a Washington, donde parlamentó con el presidente Andrew Jackson.

1837 El Senado de Estados Unidos reconoce diplomáticamente la independencia de Texas y su existencia como país soberano. Para México, Texas era una provincia rebelde a reconquistar.

1838 Bloqueo francés a Veracruz con el propósito de cobrar deudas: "Guerra de los Pasteles".

1839 Quinta presidencia de Santa Anna: 18 de marzo al 9 de julio. Francia reconoce a la República de Texas.

1840	Estados Unidos rechaza la solicitud de anexión presentada por Yucatán. Washington niega la oferta por ser una región pobre, muy lejana y con un alto porcentaje de población indígena. José María Gutiérrez Estrada exige la incorporación de una monarquía. El gobierno de la República de Texas invita a Nuevo México a independizarse y unirse a Texas.
1842	El comodoro Thomas Catesby Jones invade Monterey, California, creyendo que la guerra había comenzado. Sexta presidencia de Santa Anna del 9 al 25 de octubre.
1843	Entran en vigor las Bases Orgánicas. Se reemplaza la Constitución de las Siete Leyes para tratar de imponer orden político y económico en el país, dentro del contexto de una República Centralista. Dichas bases tuvieron vigencia solo en el papel poco más de tres años. Séptima presidencia de Santa Anna del 5 de marzo al 3 de octubre.
1844	Llega James K. Polk a la presidencia de Estados Unidos con el lema "reanexión de Texas y recuperación de Oregón". Octava presidencia de Santa Anna del 4 de junio al 11 de septiembre. Santa Anna es derrocado por Herrera al tratar de reconquistar Texas. Muere Inés García, la primera esposa del dictador. Contrae nupcias con Dolores Tosta.
1845	El Congreso de Estados Unidos aprueba la anexión de Texas a la Unión. Santa Anna parte al exilio cubano. El presidente Polk envía a México a John Slidell a fijar los límites entre Texas y Coahuila y a comprar California, Nuevo México y el norte de Sonora. El presidente Herrera no lo recibe. Con el pretexto de una exploración científica, el coronel John C. Fremont y sus tropas invaden California. A fines de julio Taylor sale de Nueva Orleans a Corpus Christi. Al cruzar el Río Sabina se viola la frontera mexicana, porque no se había formalizado legalmente la anexión de Texas.
1846	El general Mariano Paredes Arrillaga es presidente de facto. Acuerdos entre Atocha y Santa Anna. Polk recibe a Atocha en la Casa Blanca. El general Zachary Taylor recibe órdenes de avanzar de Corpus Christi hacia el Río

Bravo. El coronel John C. Fremont establece su destacamento en California. El general Ampudia exige al general Taylor retroceder al Río Nueces. Paredes Arrillaga declara la guerra a Estados Unidos sin autorización del Congreso. Slidell Mackenzie visita a Santa Anna en Cuba. **Abril:** La primera escaramuza en Carricitos, Texas, entre ambos ejércitos. Estados Unidos se anexa el territorio de Oregón. **Mayo:** Mazatlán se pronuncia en contra del presidente Paredes y pide el retorno de Santa Anna. En la batalla de Palo Alto, el ejército de Taylor hace retroceder al de Mariano Arista. Se da la batalla de Resaca de Guerrero. El Senado y el presidente Polk declaran la guerra a México. El comodoro David Conner bloquea los puertos mexicanos del Golfo; el comodoro John Sloat bloquea los del Pacífico; se libra la batalla de Matamoros. **Junio:** Los yanquis toman Tampico; se apoderan de Reynosa; el coronel Fremont declara la independencia de Alta California. **Julio:** Se produce el desembarco norteamericano en Monterey, California; ocupan San Francisco, California; se da la toma de Camargo, Tamaulipas; bloquean Tuxpan y Soto la Marina; Estados Unidos invade San Diego, California. **Agosto:** Se da la invasión yanqui de Santa Bárbara, San José y Los Ángeles; el general Salas derroca a Paredes y se apodera de la presidencia. Se rinde Nuevo México al ejército del general Kearney. Se abre bloqueo de Veracruz para que Santa Anna regrese, procedente de La Habana. **Septiembre:** Invasión de Mazatlán. Monterrey es derrotado. Rebelión contra los norteamericanos en Los Ángeles. El general John Wool sale para Chihuahua. **Octubre:** El comodoro Conner y Mr. Perry bombardean Alvarado y los puertos de Tabasco. **Noviembre:** Ocupación de Tampico. **Diciembre:** Caen Parras, la Alta California y Paso del Norte. El comodoro Perry ocupa Isla del Carmen.

1847   **Enero:** Veracruz es sitiado, esta vez por el general Winfield Scott. Acuerdos secretos entre los norteamericanos y la iglesia católica. Atocha vuelve a visitar a Polk. **Febrero:** Batalla de La Angostura. Santa Anna y su ejército se retiran a Agua Nueva. De ahí caminarán hasta la

Ciudad de México para hacer frente a la rebelión de los polkos. Ocupación de la Ciudad de Chihuahua. **Marzo:** Desembarco en Veracruz. Fin de la rebelión de los polkos. Capitulación del puerto de Veracruz. Ocupación de San José del Cabo y San Lucas en Baja California. Toma de Alvarado. Novena presidencia de Santa Anna del 21 al 31 de marzo. **Abril:** Toma de La Paz en Baja California. Batalla de Cerro Gordo. Toma de Tuxpan. Toma de Jalapa. **Mayo:** Cae Puebla sin oponer resistencia. Empieza la fortificación de la Ciudad de México. **Junio:** Asalto y bombardeo de Villahermosa. Ocupación de Tabasco. **Agosto:** El ejército norteamericano entra a la Ciudad de México. Batalla de Padierna. Batalla de Churubusco. Primeras negociaciones de un armisticio. Ruptura de negociaciones por excesivas demandas territoriales. **Septiembre:** Décima presidencia de Santa Anna del 20 de mayo al 15 de septiembre. Batalla de Molino del Rey. Batalla de Chapultepec. Los capitalinos saquean Palacio Nacional. Rendición de la Ciudad de México. Santa Anna renuncia a la presidencia. Manuel de la Peña y Peña, presidente de la Suprema Corte de Justicia, asume la presidencia. **Octubre:** El gobierno federal se establece en Querétaro. Las ciudades ocupadas continúan en manos del invasor. Escaramuzas y batallas continúan hasta abril de 1848. Batalla de Atlixco. Rendición de Guaymas. Negociaciones para el tratado de paz. **Noviembre:** Toma de Mazatlán. **Diciembre:** Un grupo de selectos mexicanos le ofrece a Scott constituirse presidente de México.

1848   **Febrero:** Atocha le exige dinero a Polk para sobornar al Congreso mexicano y lograr la firma de los acuerdos. Firma del tratado de paz. Levantamiento del guerrillero padre Jarauta contra el tratado de Guadalupe-Hidalgo. **Marzo:** Ratificación del tratado de paz en el Senado norteamericano. En Todos Santos, Baja California, continuaba la lucha. **Abril:** Santa Anna sale al exilio. Se establece finalmente en Turbaco, Colombia. **Mayo:** El Congreso mexicano ratifica el tratado de paz después de innumerables discusiones. **Junio:** El gobierno federal regresa de Querétaro a la Ciudad de México. Se arría la bandera norteamericana de Palacio Nacional. Entre junio y agosto se regresan a México los puertos ocupados.

1853 Decimoprimera presidencia de Santa Anna, del 20 de abril de ese año al 9 de agosto de 1855.

Notas

[1] En la página 506 del primer tomo de *El país de un solo hombre*, González Pedrero narra con detalle cómo fue la expedición y a qué se debió el triunfo de Santa Anna. Entre otras calamidades, los españoles fueron derrotados por las enfermedades tropicales y el agua sucia.

[2] Véase la página 169 de *El dictador resplandeciente*, de Muñoz. Ahí consta el texto con el que se condecoró a Santa Anna por una batalla de la Guerra de los Pasteles.

[3] Véase Costeloe, *The Central Republic in Mexico, 1835-1846*. A partir de la página 234 se explican las razones por las que Santa Anna prefirió no tomar el poder y dedicarse a gozar los aromas y la vida en su finca veracruzana.

[4] *Ibid.*, p. 242. Cuenta y detalle del ingreso de 12 millones contra los 22 presupuestados para la guerra solo para ese año.

[5] En *The Diplomacy of Annexation*, Pletcher cuenta cómo Sentmanat fue decapitado y su cabeza frita en aceite para escarmiento de otros filibusteros.

[6] Costeloe, *op. cit.*, registra en la página 245 la sentencia, tan recurrente en la primera mitad del siglo XIX.

[7] *Ibid.*, p. 48.

[8] *Ibid.*, pp. 213 y 242. Efectivamente, Santa Anna contrae nupcias con Dolores Tosta, de 15 años de edad, cuando él tenía 50. El matrimonio se llevó a cabo a seis semanas de haber fallecido su esposa Inés. Con esta última estuvo casado durante 19 años.

[9] Véase el texto de la participación de la boda en Muñoz, *op. cit.*, p. 192.

[10] En el tomo II de *El país de un solo hombre*, González Pedrero registra algunos epítetos con los que había sido distinguido Santa Anna en su vida.

[11] Véase Pletcher, *op. cit.*, p. 149.

[12] México firmó con Estados Unidos un tratado de reclamaciones absolutamente indigno e improcedente, suscrito con arreglo a los

chantajes y a las amenazas. Este documento se suscribió para tratar de dirimir supuestas diferencias originadas en daños sufridos por norteamericanos en México. Las justificaciones para poder formar parte de las listas y tener derecho al cobro de algún dinero fueron no solo pueriles, sino absurdas y risibles.

[13] La revolución de las tres horas se llevó a cabo entre el mediodía y las tres de la tarde del 6 de diciembre, sin que se disparara un solo tiro. El presidente Herrera se hizo cargo del poder ejecutivo adelantándose a los planes de Paredes y Arrillaga, quien resultó ser el golpista madrugado. Véase Costeloe, *op. cit.*, p. 256.

[14] Véase Price, *Los orígenes de la guerra con México*.

[15] El brazo de la estatua de Santa Anna apuntaba en dirección a Tejas, que deseaba recuperar. El pueblo, malicioso, decía que más bien apuntaba hacia la Casa de Moneda, para saquearla como siempre a la primera oportunidad. Véase Pletcher, *op. cit.*, p. 150.

[16] Véase Michener, *El águila y el cuervo*.

[17] Véase Pletcher, *op. cit.*, p. 261.

[18] Santa Anna, invariablemente bravucón, amenazó como si tuviera efectivamente los 12 mil hombres, cuando en el fondo se sentía perdido ante la deserción de su ejército. Véase Costeloe, *op. cit.*, p. 257.

[19] Tanto Pletcher, *op. cit.* p. 174, como Michener, en *El águila y el cuervo*, p. 178, citan que unos indígenas apresaron a Santa Anna en las inmediaciones de Xico y quisieron cocinarlo como si fuera un tamal.

[20] Santa Anna tenía depositados en esa compañía bancaria inglesa una parte de sus ahorros, de los que echaría mano tan pronto se encontrara en el exilio o cayera en la desgracia política. Véase Costeloe, *op. cit.*, p. 260.

[21] Al ejecutar el presidente Herrera la reforma del ejército desmantelaba el apoyo vital de Santa Anna y finalmente les abriría paso a las instituciones. Véase Dublán y Lozano, *Legislación mexicana*, además de *El Siglo XIX* del 11 de julio de 1845, así como su discurso al Congreso el 15 de diciembre de 1844.

[22] Véase Pletcher, *op. cit.*, p. 236.

[23] Véase Price, *Los orígenes de la guerra con México*, p. 24.

[24] *Op. cit.*, p. 34.

[25] Véase Velasco Márquez, *La guerra del 47 y la opinión pública*, p. 27.

[26] *Op. cit.*, p. 29. Dicha era la posición política de la prensa en México.

[27] Véase Caruso, *The Mexican Spy Company*, p. 23.

[28] La Casa Blanca insistía en utilizar a Tejas para provocar un conflicto en México que se tradujera en una guerra en la que pudiera intervenir Estados Unidos. Véase Stenberg, *The Failure of Polk's Mexican War Intrigue of 1845.*

[29] Tanto Pletcher como Caruso recogen la escena en la que el presidente de Tejas se queja de ser utilizado como un pretexto para armar una guerra en contra de México. *Op. cit.*, pp. 197 y 30 respectivamente.

[30] Véase Bosh García, *Materiales para la historia diplomática de México.*

[31] Véase Caruso, *op. cit.*, p. 33.

[32] El presidente Polk empezó el desplazamiento militar al menos un año antes de que estallara la guerra. Sus planes eran más que claros. Véase García Rubio, *La entrada de las tropas estadounidenses a la Ciudad de México*, p. 15.

[33] En esa ocasión se llevaría a cabo la primera entrevista entre Atocha y Polk en la Casa Blanca. Véase Caruso, *op. cit.*, p. 62.

[34] Esa era en la realidad la dirección de Atocha en la ciudad de Nueva Orleans. Véase Caruso, *op. cit.*, p. 62.

[35] Véase Muñoz, *op. cit.*, p. 196.

[36] Véase Villalpando, *Las balas del invasor*, p. 14. Era muy común en la prensa norteamericana leer este tipo de expresiones en relación con México. La sensación de suficiencia y superioridad resultaba inadmisible e irritante.

[37] Véase la opinión de la iglesia mexicana en relación con Estados Unidos, así como sus preocupaciones materiales por el estallido de la guerra, en Velasco Márquez, *op. cit.*, p. 78.

[38] Véase Pletcher, *op. cit.*, p. 260.

[39] México dejó de pagar las amortizaciones relativas al tratado de reclamaciones tres años atrás, por falta de recursos. Tenía otras prioridades que atender. Véase Caruso, *op. cit.*, p. 60 y Pletcher, *op. cit.*, p. 289.

[40] Véase la oferta de Polk en Pletcher, *op. cit.*, p. 289.

[41] Véase Riva Palacio, *México a través de los siglos*, t. IV, pp. 553-554.

[42] Véase Rosas y Villalpando, *Los presidentes de México*, p. 53, en donde consta la realidad del pensamiento de Paredes Arrillaga.

[43] Santa Anna hizo saber a Polk por medio de Atocha sobre su oferta de los territorios ubicados del Río Colorado hasta la Bahía de San Francisco a cambio de 30 millones de dólares. Para más detalles véase Caruso, *op. cit.*

⁴⁴ El mismo Santa Anna le solicitó al presidente Polk, a través de Atocha, según se dice en el propio diario de Polk, que le permitiera llegar a México vía Veracruz rompiendo el sitio naval con el que se estrangulaba ese puerto.

⁴⁵ Sobarzo, *op. cit.*, p. 197, sostiene que efectivamente Atocha le pidió a Polk, en nombre de Santa Anna, que tomara medidas más enérgicas en contra de México o nunca alcanzaría sus propósitos.

⁴⁶ Véase Noriega Cantú, *Las ideas políticas en las declaraciones de derechos de las Constituciones Políticas de México 1814-1917.*

⁴⁷ Don Enrique, primo de la reina Isabel II de España (quien contaba con tan solo 15 años de edad), fue el candidato a soberano de México, a pesar de tener solamente 22 años. Las solicitudes para que ocupara el trono mexicano fueron múltiples y variadas por parte del presidente Paredes Arrillaga. Véase Delgado, *España y México en el siglo XIX*, vol. II, pp. 138-139.

⁴⁸ El pueblo, ya desde entonces, pedía la presencia de un hombre enérgico que lo supiera poner en orden. No es nada nueva en la historia política de México esta notable tentación por el autoritarismo que viene de los tlatoanis, de los virreyes y de los caudillos. Villalpando y Rosas fundan la historia de la búsqueda de un hombre enérgico en *Los presidentes de México, op. cit.*, p. 53.

⁴⁹ Citado por Agustín Cue Canovas, *Historia Social y Económica de México, 1521-1854*, p. 339.

⁵⁰ Véase Reginald Horsman, *The Origins of American Racial AngloSaxonism.*

⁵¹ Reginald Horsman, *Rise and Manifest Destiny. The Origins of American Racial Anglo-Saxonism.*

⁵² Polk registra en su diario esta nueva visita de Alejandro Atocha a la Casa Blanca. Véase, además del diario de Polk, Caruso, *op. cit.*, p. 63.

⁵³ El diplomático inglés fue asaltado en realidad principalmente por poblanos en el camino a la Ciudad de México. Véase Smith, *The Annexation of Texas.*

⁵⁴ Embajador inglés en México.

⁵⁵ Santa Anna será presidente por novena ocasión según Villalpando, *op. cit.*, p. 73.

⁵⁶ Valentín Gómez Farías derogó el diezmo en 1833, y a pesar de las amenazas de excomulgar a quien se beneficiara de la exención, en muy pocas ocasiones el clero volvió a recaudar este vergonzoso tributo. Véase

Luis Mora, *Disertación sobre la naturaleza y aplicación...* y Costeloe, *Church Wealth in Mexico*, p. 10.

[57] Véase Costeloe, *op. cit.*, pp. 46-47, para comprobar los donativos de los fieles para que les cantaran hasta 100 años después de su muerte y garantizar así su ingreso en el paraíso.

[58] Los Juzgados de Testamentos y Capellanías y Obras Pías eran las organizaciones financieras más importantes del sistema bancario clerical. No se puede entender el poder del clero durante el virreinato sin estudiar a fondo este tipo de juzgados. Véase Costeloe, *op. cit.*, p. 28.

[59] Al final del siglo XVIII era una gran organización comercial que manejaba decenas de millones de pesos. La agricultura, la industria y el comercio dependían totalmente de los fondos piadosos. Las regiones dependían de la salud y suerte de los juzgados. Los juzgados le prestaban a mexicanos industriosos y a presidentes. El juez le reportaba al arzobispo. El juzgado tenía el monopolio de la contratación del capital de inversión. Solo podían prestar los jueces si recibían después legados y regalos a la iglesia a cambio del crédito. Si el crédito no se pagaba, el clero se quedaba con todo y casi nunca lo vendía y a veces ni lo explotaba. Daño social severo. Hacendados y comerciantes recurrían al juzgado por préstamos, a falta de bancos. Imposible la existencia de instituciones financieras paralelas y competidoras. Hasta 1830 se crea el banco de Avío. Poco tiempo después quebró y desapareció. Imposible competir con los "juzgados", las únicas entidades con la capacidad de prestar dinero para fines de inversión. A partir de la Independencia empezó su declive; en 1861, afortunadamente, Juárez acabó con ellos. Véase Costeloe, *op. cit.*, pp. 28-45.

[60] En su libro *La historia de la iglesia en México*, Cuevas explica cómo Lucas Alamán llegó a sostener que la iglesia católica mexicana era propietaria del 50% de los inmuebles del país. Véase también Costeloe, *op. cit.*, p. 86. En el Archivo General de la Nación, Justicia Eclesiástica, vol. 23, f. 85, se encuentran el número y el valor de los bienes de las capellanías en Puebla, Guadalajara, Valladolid, Monterrey, Oaxaca y Yucatán.

[61] Véase catálogo de la colección Lafragua, 1821-1853; también las *Semblanzas de los Representantes que compusieron el Congreso Constituyente en 1836*, México 1837.

[62] Esa fue la ruta y el hotel que escogió Atocha rumbo a Washington. Véase Caruso, *op. cit.*, p. 63.

[63] Polk efectivamente cuenta las visitas de Atocha y otros hechos. Una copia de su diario la publicó Luis Cabrera en México a través de Librería Robredo en 1948.

[64] La entrevista no fue suficiente. En la vida real se volvieron a reunir tres días después en el mismo lugar. Véase Caruso, *op. cit.*, p. 63.

[65] Véase el diario del presidente Polk.

[66] Véase Moyano, *op. cit.*, p. 90-91.

[67] Anson, *Memoranda and Official Correspondence Relating to the Republic of Texas.*

[68] Ampudia a Taylor, 12 de abril de 1846, en Eisenhower, *So Far from God*, p. 64.

[69] Véase Diario de Polk. Véase Glenn W. Price *Los orígenes...*, p. 258.

[70] Hitchcock, *Fifty Years in Camp and Field*, p. 213.

[71] Lockhart Rives, *The United States and Mexico*, II.

[72] Taylor to Adjuntant General, april 26, tomado de Pletcher, *op. cit.*, p. 377.

[73] Véase Costeloe, *op. cit.*, p. 294.

[74] Mientras más legados y donaciones se entregaban a la iglesia más era el perdón accesible y mucho más nos convertíamos en un país de cínicos a través de la venta de indulgencias. Para más detalles del costo para permitir el ingreso de una hija en un convento, véase Costeloe, *op. cit.*, p. 26.

[75] Richardson (ed.), *A Compilation of the Messages and Papers of the Presidents, 1789-1908*, IV-442. Véase también Price, *op. cit.*, p. 259.

[76] Price, *op. cit.*, p. 259.

[77] Véase Caruso, *op. cit.*, pp. 83-85 y Rives, *op. cit.*, 2: 195.

[78] Véase Pletcher, *op. cit.*, p. 387.

[79] Correspondence of John C. Calhoun.

[80] Reeves, Jesse S., *American Diplomacy Under Tyler and Polk*. Véase Caruso, *op. cit.*, p. 67.

[81] Efectivamente Fremont salió con 60 hombres muy bien armados a la conquista de California. A su juicio y al del presidente Polk, eran suficientes soldados para conquistar ese territorio mexicano. Véase Caruso, *op. cit.*, p. 124.

[82] Villalpando, *op. cit.*, p. 92.

[83] Véase Price, *op. cit.*, p. 259.

[84] *Washington Union*, 29 de mayo de 1846, citado en *Washington National Intelligencer*, 30 de mayo, p. 3.

[85] Citado por Pletcher, *op. cit.*, p. 456.

[86] Sellers, *James K. Polk, Continentalist 1843-1846.*

[87] Para consultar las cartas entre Fermín Gómez Farías y Santa Anna, véanse los documentos de Gómez Farías, 1412, 1417-1419 y Costeloe, *op. cit.*, p. 295.

[88] Villalpando, *op. cit.*, p. 53.

[89] La señora Calderón de la Barca y Salas hablaban mucho del alcoholismo de Paredes. Véase Villalpando, *op, cit.*, p. 53.

[90] Era conocido el sometimiento de doña Josefa Paredes al clero. Véase Villalpando, *op. cit.*, p. 53.

[91] Véase Velasco Márquez, *op. cit.*

[92] *Ibid.*, p. 48.

[93] *Ibid.*, p. 37.

[94] Moyano, *op. cit.*, p. 93.

[95] Véase Morrison, *Democratic Politics*, pp. 29-37.

[96] Efectivamente Santa Anna se entrevistó con Alexander Slidell Mackenzie, enviado personal del presidente Polk, en La Habana el 8 de julio de 1846, para confirmar la personalidad de Atocha y en su caso hacerle a Santa Anna la oferta en torno a la guerra y a los territorios norteños de México a cambio de importantes cantidades de dinero.

[97] *Dictionary of American Biography*, 1981.

[98] Aunque parezca increíble, Santa Anna estaba dispuesto a irse a vivir a Texas y adquirir la nacionalidad norteamericana en el caso de que se instaurara en México una nueva monarquía, esta vez española. Véase Pletcher *op. cit.*, p. 445.

[99] McCormac, *James K. Polk, a Political Biography*, pp. 439-440. Lo anterior consta en una carta enviada por Mackenzie a Buchanan, en donde recoge lo dicho por Santa Anna. El cónsul Campbell no toma parte en la discusión.

[100] Resulta especialmente importante estudiar con detenimiento la nota tan extensa de Fuentes Mares en *Santa Anna, el hombre*, p. 189. Ahí consta en detalle el reporte que Mackenzie le envía a Buchanan.

[101] Hoyt Bill, *Rehearsal for Conflict*, p. 108.

[102] El embajador Mackenzie desobedeció al presidente Polk y decidió visitar a Taylor en sus cuarteles en las márgenes del Río Bravo para informarle en detalle sus conversaciones con Santa Anna, con el objetivo de ganar tiempo antes de regresar a Washington. Véase Pletcher, *op. cit.*, p. 446.

[103] Polk pidió efectivamente los 2 millones de dólares al Congreso para los gastos de los que habló Santa Anna. Véase Jones, *Santa Anna*, pp. 100-101.

[104] Véase Jones, *Santa Anna*, p. 107.

[105] Villalpando, *op. cit.*, pp. 73-77.

[106] Drumm (ed.), *Down the Santa Fe Trail. The Diary of Susan Shelby Magoffin*.

[107] Varios autores, entre ellos Pletcher, *op. cit.*, p. 465, Villalpando, *op. cit.*, p. 100 y Caruso, *op. cit.*, p. 102, citan lo anterior para los escépticos que se resistan aceptar lo acontecido.

[108] Singletary, *The Mexican War*, p. 133.

[109] *Ibid.*, p. 134.

[110] Según Sobarzo, *op. cit.*, p. 196, solo siete de los 19 estados que integraban la Federación contribuyeron con hombres y recursos a la lucha contra el invasor.

[111] "Sistema de Guerrillas", véase *El Republicano*, 21 de noviembre de 1846, p. 3.

[112] *St. Louis Republican*, s.f., citado en *Washington National Intelligencer*, 6 de octubre de 1846, p. 3.

[113] M.S. Beach, "A Secret Mission to Mexico. Origin of the Treaty of Guadalupe Hidalgo", en *Scribner's Monthly Magazine*, 17, diciembre de 1878, pp. 299-300, y 18, mayo de 1879, pp. 136-137.

[114] González Pedrero, *op. cit.*, t. II, p. 531.

[115] Jones, *op. cit.*, pp. 65-66.

[116] González Pedrero, *op. cit.*, p. 533.

[117] Citado por Eisenhower, *op. cit.*, p. 13.

[118] Estamos frente a una de las bravuconadas clásicas de Santa Anna que recoge Villalpando, *op. cit.*, p. 52.

[119] Prescott Webb (ed.), *The Handbook of Texas*, 1: 704-705.

[120] Citado por Valadés, *México, Santa Anna y la guerra de Texas*, p. 160.

[121] Véase González Pedrero, *op. cit.*, vol. II, p. 537.

[122] Biografía de Sam Houston escrita por Marquis James. Edición de 1990 basada en la original de 1929.

[123] Véase Muñoz, *op. cit.*, p. 132.

[124] Citado por Michener, *op. cit.*, p. 23.

[125] Citado en Moyano, *op. cit.*, p. 71.

[126] Véase Villalpando, *op. cit.*, p. 53.

[127] *El Mosquito Mexicano*, 22 de marzo de 1836; *La Lima de Vulcano*, 22 y 24 de marzo de 1836.

[128] Artículo publicado en *El Censor* (Veracruz), 15 de abril de 1836; artículo de *El Cometa* (Mérida), reimpreso en *La Lima de Vulcano*, p. 30, 1836.

[129] Michener, *op. cit.*, p. 132.

[130] Para más detalles sobre Emily Morgan y otras versiones de su existencia, se sugiere revisar las siguientes direcciones electrónicas: www.texasmonthly.com/ranch/readme/yellowrose.html, www.lsjunction.com/walraven.htm.www.markw.com/yelrose.htm, www.tsha.utexas.edu/handbook/online/articles/print/WW/fwe41.html. Esta última es el *Handbook of Texas Online*. Presenta una versión distinta de Emily Morgan. Véase también González Pedrero, *op. cit.*, vol. II, p. 635.

[131] Efectivamente la Batalla de San Jacinto duró 18 minutos, tiempo que le tomó al ejército de Sam Houston masacrar al ejército mexicano. Citado por Valadés, *op. cit.*, p. 203 y por González Pedrero, *op. cit.*, vol. II, p. 628.

[132] Ramón Martínez Caro, el secretario particular de Santa Anna, fue quien le enseñó técnicas de redacción y estilos en materia de oratoria que su discípulo supo aprovechar excelentemente. Véase Costeloe, *The Central Republic*, *op. cit.*, p. 49.

[133] Biografía de Sam Houston escrita por Marquis James.

[134] Así se presentó efectivamente Santa Anna con Sam Houston el día de su arresto por las tropas texanas, siendo presidente de la República. Para más detalles véase González Pedrero, *op. cit.*, vol. II, p. 632.

[135] Biografía de Sam Houston escrita por Marquis James.

[136] *Ibid*.

[137] Santa Anna fumó opio, según cuenta González Pedrero, *op. cit.*, vol. II, p. 632.

[138] Sobarzo, *op. cit.*, p. 357, cita el ofrecimiento del presidente Guerrero para que Joel Poinsett se convirtiera en el emperador de México. Fuentes Mares localizó el documento en la sociedad histórica de Pennsylvania. Véase su libro *Génesis del expansionismo norteamericano*.

[139] Efectivamente, en la reunión entre Santa Anna y Houston se habló repetidamente de que Houston fumaba mucho opio para mitigar el dolor de su pie herido y bebía, como siempre, cantidades enormes de alcohol. Véase la biografía de Sam Houston escrita por Marquis James.

[140] Fuentes Mares, *op. cit.*, p. 136.

[141] Véase Valadés *op. cit.*, p. 223.

[142] Véase Valadés, *op. cit.*, p. 226.

[143] El texto de esta histórica carta enviada por Santa Anna al presidente Jackson consta en Valadés, *op. cit.*, pp. 233-234.

[144] Remini, *Andrew Jackson and the Course of American Democracy, 1833-1845*, 3 vols. Jackson hizo este ofrecimiento tal vez pensando en la vulnerabilidad de los Tratados de Velasco.

[145] Costeloe, *Church Wealth*, p. 125.

[146] Véase Beach, *op. cit.*, pp. 136-137.

[147] Véase el diario de Polk, *op. cit.*

[148] Merk, *Manifest Destiny and Mission in American History*, pp. 131-132.

[149] Tomado de Costeloe, *op. cit.*, pp. 5 y 13.

[150] Véase Villalpando, *op. cit.*, p. 109.

[151] Para más detalles de las conversaciones de Beach con los obispos mexicanos, véase Pletcher, *op. cit.*, p. 493. Fue muy clara la influencia de Beach en la iglesia católica mexicana y de esta en la rendición de varias ciudades mexicanas ante las tropas norteamericanas.

[152] Véase Sobarzo, *op. cit.*, p. 211.

[153] Véase Muñoz, *op. cit.*, p. 212.

[154] *Ibid.*

[155] Véase Villalpando, *op. cit.*, p. 115.

[156] Véase Sobarzo, *op. cit.*, p. 212.

[157] *The Diary of James K. Polk, during His Presidency, 1845 to 1847.*

[158] Smith, *The War With México.*

[159] Véase Sobarzo, *op. cit.*, pp. 202-203.

[160] Véase Villalpando, *op. cit.*, p. 121.

[161] Smith, *op. cit.*

[162] Efectivamente, los norteamericanos contrataron a Manuel Domínguez como su jefe de espías en territorio poblano y veracruzano. Véanse los honorarios cobrados por los espías en Caruso, *op. cit.*, pp. 151-152 y además en Hitchcock, *op. cit.*

[163] Caruso, *op. cit.*, p. 152 y Sobarzo, *op. cit.*, p. 225 hablan de los acuerdos entre los soldados norteamericanos y los espías mexicanos a su servicio.

[164] Véase Sobarzo *op. cit.*, p. 227.

[165] Véase Pletcher, *op. cit.*, pp. 509-510.

[166] *Ibid.*

[167] Everett, *History of Slavery.* Thomas, *The Slave Trade.*

[168] Sin embargo, se carece de evidencias de la rebeldía capitalina. Se ignora la cantidad de personas involucradas en la revuelta septembrina.

En la Ciudad de México habría unos 150 mil habitantes; se habla de 4 mil mexicanos muertos o heridos a raíz de la toma de la ciudad, y de 100 a 600 norteamericanos muertos o asesinados. Imposible saber más.

[169] Véase Muñoz *op. cit.*, p. 223; Villalpando, *op. cit.*, p. 131, y Sobarzo, *op. cit.*, p. 239.

[170] Véase Sobarzo, *op. cit.*, p. 241.

[171] *Ibid.*, p. 254.

[172] Véase Villalpando, *op. cit.*, p. 144.

[173] Véase nota 26, p. 116, de Granados, *Sueñan las piedras.*

[174] La bandera de las barras y de las estrellas fue izada a las siete de la mañana por el capitán Benjamin S. Roberts, jefe de rifleros, aun cuando hay otras versiones. Véase García Rubio, *La entrada de las tropas estadounidenses a la Ciudad de México*, p. 84, nota 37.

[175] Véase García Rubio, *op. cit.*

[176] Los espías poblanos tuvieron el descaro de desfilar el día de la rendición de la Ciudad de México, mezclados entre los contingentes norteamericanos. Véase Sobarzo, *op. cit.*, p. 241, así como mi libro *Las grandes traiciones de México.*

[177] Véase Sobarzo, *op. cit.*, p. 268.

[178] Véase Price, *op. cit.*, p. 27.

[179] *Ibid.*, p. 110.

[180] *Ibid.*, p. 143.

[181] Atocha efectivamente envía una carta al presidente Polk y al secretario Buchanan pidiendo el dinero que a su juicio Santa Anna se merecía. Véase el diario de Polk, así como Caruso, *op. cit.*, p. 77.

[182] Véase Moyano, *op. cit.*, p. 95.

[183] Véase Pletcher, *op. cit.*, p. 534.

[184] Véase Velasco Márquez, *op. cit.*, p. 48.

[185] Véase Price, *op. cit.*

[186] Véase Pletcher, *op. cit.*, p. 540.

[187] Véase Price, *op. cit.*

[188] Villaseñor y Villaseñor, *El brindis del desierto.*

[189] Numerosos autores sostienen los alcances de los diferentes votos y peticiones que se hicieron durante el brindis del desierto. Para estos efectos valdría la pena leer a Villalpando, *op. cit.*, p. 155, a García Rubio, *op. cit.*, pp. 28 y 103, y a Pletcher, *op. cit.*, p. 565.

[190] Véase Villalpando, *op. cit.*, p. 36.

[191] Véase Sobarzo, *op. cit.*, p. 290.

[192] Véase Muñoz, *op. cit.*, p. 240.

[193] *Ibid.*, p. 241.

[194] Emory Upton, *The Military Policy of the United States*, pp. 216-218. Tomado de Eisenhower, *op. cit.*, p. 369.

[195] Diarios de Polk y Richardson, *Papers of the Presidents*, IV: 581-583. Tomado de Pletcher, *op. cit.*, p. 569.

[196] Véase Sobarzo, *op. cit.*, p. 300.

[197] Lockhart Rives, *The United States and Mexico*, II: 651-654. Roa Bárcena, *Recuerdos de la Invasión*, III: 327-34.

[198] Discurso de Abraham Lincoln ante la Cámara, 12 de enero de 1848. Roy P. Basler (ed.), *The Collected Works of Abraham Lincoln*, I: 431-442.

Bibliografía

Anna, Timothy, Jan Bazant, Friedrich Katz, John Womack Jr., Jean, Meyer, Alan Knight y Peter H. Smith, *Historia de México*, Crítica, Barcelona.

Anson, Jones, *Memoranda and Official Correspondence Relating to the Republic of Texas*, D. Appleton, Nueva York.

Antología de la poesía macabra española e hispanoamericana, edición de Joaquín Palacios Albiñana, El Club Diógenes, Madrid.

Apollinaire, Guillaume, *Aventuras de un joven Don Juan*, Ediciones Coyoacán, México.

Arrioja Vizcaíno, Adolfo, *Fray Servando Teresa de Mier. Confesiones de un guadalupano federalista*, Plaza y Janés, México

Artola, Miguel, *La España de Fernando VII*, Espasa, Barcelona.

Astié-Burgos, Walter, *Europa y la Guerra de Estados Unidos contra México*, México.

Axelrod, Alan, *American History*, Pearson Education Company, Nueva York.

Barbanza, José, *Lutero*, Atlántida, México.

Barker, Eugene C., *The Life of Stephen F. Austin, Founder of Texas, 1793-1836*, University of Texas Press, Austin.

Basler, Roy P. (ed.), *The Collected Works of Abraham Lincoln*, t. I, Rutdgers University Press, Nueva York.

Baudelaire, Charles, *Pequeños poemas en prosa*, Ediciones Coyoacán, México.

Bauer, K. Jack, *The Mexican War 1846-1848*, The Macmillan Wars of The United States, Louis Morton, (ed.), Nueva York.

Beecher Stowe, Harriet, *La cabaña del Tío Tom*, Anaya, México.

Beltrán, Rosa, *La corte de los ilusos*, Planeta, México.

Bergen, Peter L., *Guerra Santa, S. A. La red terrorista de Osama Bin Laden*, Grijalbo, México.

Bosh García, Carlos, *Materiales para la historia diplomática de México*, México.

Bruce Winders, Richard, *Mr. Polk's Army. The American Military Experience in the Mexican War*, Texas A&M University, Military History Series, Texas.

Carey, Jr., Charles W., *The Mexican War "Mr. Polk's War"*, Enslow Publishers, Nueva Jersey.

Carr, Raymond, *España 1808-1975*, Ariel, Barcelona.

Caruso, A. Brooke, *The Mexican Spy Company*, McFarland, Nueva York.

Césarman, Eduardo, *Con alguna intención*, México.

Coatsworth, John H., *Los orígenes del atraso. Nueve ensayos de historia económica de México en los siglos XVIII y XIX*, Alianza Editorial Mexicana, México.

Costeloe, Michael P., *Church Wealth in Mexico. A Study of the 'Juzgado de Capellanías' in the Archbishopric of Mexico 1800-1856*.

——, *The Central Republic in Mexico, 1835-1846. Hombres de Bien in the Age of Santa Anna*. Cambridge University Press, Cambridge.

Cue Canovas, Agustín, *Historia social y económica de México, 1521-1854*, México.

Cuevas, Francisco, *La historia de la iglesia en México*, México.

Crouzet, Denis, *Calvino*, Ariel, Barcelona.

Delgado, Jaime, *España y México en el siglo XIX*, vol. II, Instituto Gonzálo Fernández de Oviedo, México.

Del Arenal Fenochio, Jaime, *Un modo de ser libres*, El Colegio de Michoacán, México

De Mora, Juan Manuel, *Gatuperio. Omisiones, mitos y mentiras de la historia oficial*, Siglo XXI Editores, México.

De Ventós, Xavier Rubert, *El laberinto de la hispanidad*, Planeta, Barcelona.

Díaz Infante, Fernando, *La educación de los aztecas. Cómo se formó el carácter del pueblo mexica*, Panorama Editorial, México.

Dictionnary of American History, Wayne Andrews (ed.), University of Pennsylvania, Filadelfía.

Drumm, Stella M. (ed.), *Down the Santa Fe Trail. The Diary of Susan Shelby Magoffin*, Yale University Press.

Dublán, Manuel y José María Lozano, *Legislación mexicana o colección completa de las disposiciones legislativas expedidas desde la Independencia de la República, ordenada por los licenciados...*, México.

Dusinberre, William, *Slavemaster President. The Double Career of James Polk*, Oxford University Press, Nueva York.

Eisenhower, John S. D., *So Far from God. The U.S. War with Mexico 1846-1848*, Random House, Nueva York.

Fears Crawford, Ann, *The Eagle. The Autobiography of Santa Anna*, State House Press, Austin.

Foos, Paul, *A Short, Offhand, Killing Affair. Soldiers and Social Conflict During the Mexican-American War*, The University of North Carolina Press, Charlotte.

Foster Stockwell, B., *¿Qué es el protestantismo? ¿Qué podemos creer?*, Ediciones La Aurora, Buenos Aires.

Frye Jacobson, Matthew, *Barbarian Virtues. The United States Encounters Foreign Peoples at Home and Abroad, 1876-1917*, Hill and Wang, Nueva York.

Fuentes Mares, José, *Santa Anna, el hombre*, Grijalbo, México.

———, *Génesis del expansionismo norteamericano*, El Colegio de México, México.

García Rubio, Fabiola, *La entrada de las tropas estadunidenses a la ciudad de México. La mirada de Carl Nebel*, Instituto Mora, México.

González Pedrero, Enrique, *El país de un solo hombre. El México de Santa Anna*, volumen I: "La ronda de los contrarios", volumen II: "La sociedad del fuego cruzado, 1829-1836", Fondo de Cultura Económica, México.

Granados, Luis Fernando, *Sueñan las piedras. Alzamiento ocurrido en la ciudad de México, 14, 15 y 16 de septiembre de 1847*, Era-Conaculta-INAH, México.

Griswold del Castillo, Richard, *The Treaty of Guadalupe Hidalgo a Legacy of Conflict*, Red River Books, Winnipeg.

Hitchcock, Ethan Allen, *Fifty Years in Camp and Field*, Nueva York.

Hobsbawm, Eric, *La era de la revolución, 1789-1848*, Crítica, Barcelona.

Horsman, Reginald, *Race and Manifest Destiny. The Origins of American Racial Anglo-Saxonism*, Harvard University Press.

Hoyt Bill, Alfred, *Rehearsal for Conflict*, Alfred A. Knopf, Nueva York.

Hudson, Linda S., *Mistress of Manifest Destiny. A Biography of Jane McManus Storm Cazneau, 1807-1878*, Texas State Historical Association, Austin.

Hutchinson, John (ed.), *Nationalism*, Oxford University Press, Oxford.

Ibargüengoitia, Jorge, *Los pasos de López*, Joaquín Mortiz, México.

James, Marquis, *The Raven. The American Past*, Book of the Month Club, Nueva York.

James, Marquis, *Biography of Sam Houston*, McMillan Publishing Company, Nueva York.

Jennings, Gary, *Azteca. La vida, el amor y el martirio de un azteca de los tiempos de la Conquista*, Planeta, México.

Johannsen, Robert W., *To the Halls of the Montezumas. The Mexican War in the American Imagination*, Oxford University Press, Nueva York.

Kandell, Jonathan, *La Capital. La historia de la Ciudad de México*, Javier Vergara Editor, México.

Kennedy, Paul, *Auge y caída de las grandes potencias*. Plaza y Janés, México.

Kirk, Russell, *The American Cause*, ISI Books, Delaware.

Lafragua, José María, *Vicente Guerrero*, Gobierno del estado de Guerrero, México.

Lavalle Argudín, Mario, *La armada en el México Independiente*, Instituto Nacional de Estudios Históricos de la Revolución Mexicana, Secretaría de Marina, México.

Leckie, Robert, *From Sea to Shining Sea. From the war of 1812 to the Mexican War, the Saga of America's Expansion*, Harper Perennial, Nueva York.

Lecturas Nacionales, *Independencia y Federalismo*, Gobierno del Estado de Puebla, México.

Lecturas Nacionales, *Intervenciones extranjeras*, Gobierno del Estado de Puebla, México.

Lockhart Rives, George, *The United States and Mexico*, t. II, Nueva York.

Loewen, James W., *Lies my Teacher Told Me. Everything your American History Textbook Got Wrong*, Simon & Schuster, Nueva York.

López de Santa Anna, Antonio, *Memorias. Mi historia militar y política, 1810-1874*, México.

Luis Mora, José María, *México y sus revoluciones*, 3 tomos, Porrúa, México.

——, *Disertación sobre la naturaleza y aplicación de las metas y bienes eclesiásticos*, Secretaría de Hacienda, México.

Lynch, John, *América Latina, entre colonia y nación*, Crítica, Barcelona.

McCormac, Eugene Irving, *James K. Polk, a Political Biography*, University of California Press, Berkeley.

Marina Arrom, Silvia, *Containing the Poor. The Mexico City Poor House, 1774-1871*, Duke University Press, Durham.

Merk, Frederick, *Manifest Destiny and Mission in American History*, Alfred A. Knopf, Nueva York.

Michener, James A., *The Eagle and the Raven*, Tor Book, Nueva York.

Moctezuma Barragán, Javier, *Francisco J. Múgica. Un romántico rebelde*, Fondo de Cultura Económica, México.

Moyano Pahissa, Ángela, *El comercio de Santa Fe y la guerra del 47*, SepSetentas, México.

Munck, Thomas, *Historia social de la Ilustración*, Crítica, Barcelona.

Muñoz, Rafael F., *Santa Anna. El dictador resplandeciente*, Fondo de Cultura Económica, México.

Noriega Cantú, Alfonso, *Las ideas políticas en las declaraciones de derechos de las Constituciones Políticas de México 1814-1917*, UNAM, México.

Osorno, Fernando, *El insurgente Albino García*, Fondo de Cultura Económica, México.

Otis A. Singletary, *The Mexican War*, University of Chicago Press, Chicago.

Prado, Eduardo, *La ilusión yanqui*, Editorial América, Madrid.

Pérez, Joseph, *Breve historia de la Inquisición en España*, Crítica, Barcelona.

Pérez Galdós, Benito, *Las novelas de Torquemada*, Biblioteca Pérez Galdós, Alianza Editorial, Madrid.

Pletcher, David M., *The Diplomacy of Annexation. Texas, Oregon, and the Mexican War*, University of Missouri Press, Columbia.

Polk, James K., *The Diary of James K. Polk, during His Presidency, 1845 to 1847*, t. II, Nueva York.

Prescott Webb, Walter (ed.), *The Handbook of Texas*, vol. 1, R. R. Donnelly and Sons, Chicago.

Price, Glenn W., *Los orígenes de la guerra con México*, Fondo de Cultura Económica, México.

——, *The Polk-Stockton Intrigue. Origins of the War with Mexico*, University of Texas Press, Austin.

Prieto, Guillermo, *Crónicas escogidas*, Océano, México.

——, *Lecciones de historia patria*, Secretaría de la Defensa Nacional, México.

Ramírez, Santiago, *El mexicano, psicología de sus motivaciones*, Grijalbo, México.

Ramos, Samuel, *El perfil del hombre y la cultura en México*, Espasa-Calpe, Colección Austral, México.

Reeves, Jesse S., *American Diplomacy Under Tyler and Polk*, Johns Hopkins University Press, Baltimore.

Remini, Robert V., *Andrew Jackson and the Course of American Democracy, 1833-1845*, 3 vols. Harper and Row, Nueva York.

Richardson, James D. (ed.), *A Compilation of the Messages and Papers of the Presidents, 1789-1908*, t. IV, Nueva York.

Rius, *El mito guadalupano*, Grijalbo, México.

Riva Palacio, Vicente, *et al.*, *México a través de los siglos*, vol. IV, México.

Romero Flores, Jesús, *México. Historia de una gran ciudad*, Ediciones Morelos, México.

Rosales Bada, Amanda, *Francisco Javier Clavijero*, Planeta DeAgostini, México.

Sánchez-Navarro, Carlos, *La guerra de Tejas. Memorias de un soldado*, Jus, México.

Schlarman, Joseph H.L., *México. Tierra de volcanes*, Porrúa, México.

Shaara, Jeff, *Gone for Soldiers*, Ballantine Books, Nueva York.

Singletary, Otis A., *The Mexican War*, University of Chicago Press, Chicago.

Sáinz de Baranda, Pedro, *Semblanza*, Secretaría de Gobernación, México.

Sardar, Ziauddi y Merryl Wyn Davies, *¿Por qué la gente odia Estados Unidos?*, Gedisa, México.

Saxe-Fernández, John, *La compra-venta de México*, Plaza y Janés, México.

Sellers, Charles G., Jr. *James K. Polk. Continentalist 1843-1846*, Princeton University Press, Princeton.

Selph Henry, Robert, *The Story of the Mexican War*, Da Capo Paperback.

Serna, Enrique, *El seductor de la patria*, Joaquín Mortiz, México.

Smith, Justin, *The Annexation of Texas*, Barnes and Noble, Nueva York.

———, *The War with Mexico*, 2 vols., Macmillan, Nueva York.

Sobarzo, Alejandro, *Génesis del expansionismo norteamericano*, El Colegio de México, México.

Stenberg, Richard R., "The Failure of Polk's Mexican War Intrigue of 1845", *Pacific Historical Review*, Universidad de California.

Suárez Argüello, Ana Rosa, *De Maine a México. La misión diplomática de Nathan Clifford (1848-1849)*, Acervo Histórico Diplomático, México.

———, *EUA. Documentos de su historia política*, II, Instituto Mora, México.

Schumacher, María Esther, *Mitos en las relaciones México-Estados Unidos*, Secretaría de Relaciones Exteriores / Fondo de Cultura Económica, México.

Trees, Andrew S., *The Founding Fathers. The Politics of Character*, Princeton University Press, Princeton.

Testimonios mexicanos. El nuevo Bernal Díaz del Castillo, Historia de la invasión de los anglo-americanos en México, Secretaría de Educación Pública, México.

Torner, Florentino M., *Creadores de la imagen histórica de México*, Compañía General de Ediciones, México.

Universidad Autónoma Metropolitana. *La guerra de Texas. Antonio López de Santa Anna*, Dirección de Difusión Cultural, México.
Upton, Emory, *The Military Policy of the United States*.

Valadés, José C., *México, Santa Anna y la guerra de Texas*, Diana, México.
Vázquez, Josefina Zoraida, *México al tiempo de su guerra con Estados Unidos (1846-1848)*, El Colegio de México-Secretaría de Relaciones Exteriores-Fondo de Cultura Económica, México.
Velasco Márquez, Jesús, *La guerra del 47 y la opinión pública (1845-1848)*, SepSetentas, México.
Vidal, César, *Lincoln*, Acento Editorial, Madrid.
Villa, Guadalupe y Rosa Helia Villa, *Pancho Villa. Retrato autobiográfico 1894-1914*, Taurus, México.
Villalpando, José Manuel, *Las balas del invasor. La expansión territorial de los Estados Unidos a costa de México*, Miguel Ángel Porrúa, México.
Villalpando, José Manuel y Alejandro Rosas, *Historia de México a través de sus gobernantes*, Planeta, México.
———, *Los presidentes en la historia de México*, Planeta, México.
Villaseñor y Villaseñor, Alejandro, *Biografías de los héroes y caudillos de la Independencia*, 2 t., Jus, México.
———, *El brindis del desierto*, Jus, México.

Yáñez, Agustín, *Santa Anna: Espectro de una sociedad*, Fondo de Cultura Económica, México.

Zamora Plowes, Leopoldo, *Quince Uñas y Casanova Aventurero*, 2 t., Patria, México.
Zinn, Howard, *A People's History of the United States 1492-Present*, Perennial Classics, Nueva York.
———, *Declarations of Independence. Cross-examining America Ideology*. Harper Perennial, Nueva York.

Índice

México mutilado de Francisco Martín Moreno
se terminó de imprimir en el mes de marzo de 2020
en los talleres de
Grafimex Impresores S.A. de C.V.
Av. de las Torres No. 256 Valle de San Lorenzo
Iztapalapa, C.P. 09970, CDMX, Tel:3004-4444